GÜNTER NEUWIRTH

Caffè in Triest

GÜNTER NEUWIRTH
Caffè in Triest

ROMAN

Die automatisierte Analyse des Werkes, um daraus Informationen insbesondere über Muster, Trends und Korrelationen gemäß § 44b UrhG (»Text und Data Mining«) zu gewinnen, ist untersagt.

Bei Fragen zur Produktsicherheit gemäß der Verordnung über die allgemeine Produktsicherheit (GPSR) wenden Sie sich bitte an den Verlag.

Immer informiert

Spannung pur – mit unserem Newsletter informieren wir Sie regelmäßig über Wissenswertes aus unserer Bücherwelt.

Gefällt mir!

Facebook: @Gmeiner.Verlag
Instagram: @gmeinerverlag

Besuchen Sie uns im Internet:
www.gmeiner-verlag.de

© 2022 – Gmeiner-Verlag GmbH
Im Ehnried 5, 88605 Meßkirch
Telefon 0 75 75 / 20 95 - 0
info@gmeiner-verlag.de
Alle Rechte vorbehalten
4. Auflage 2025

Lektorat: Sven Lang
Satz: Mirjam Hecht
Umschlaggestaltung: U.O.R.G. Lutz Eberle, Stuttgart
unter Verwendung eines Fotos von: © ullstein bild – Imagno
Druck: GGP Media GmbH, Pößneck
Printed in Germany
ISBN 978-3-8392-0111-4

Personenverzeichnis

Brunos privates Umfeld
Bruno Zabini, 37, Inspector I. Klasse, Triest
Heidemarie Zabini, geb. Bogensberger in Wien, 59, Brunos Mutter
Salvatore Zabini (1836–1899), Brunos Vater
Maria Barbieri, geb. Zabini, 32, Brunos Schwester, Triest
Fedora Cherini, 34, Hausfrau, Triest
Luise Dorothea Freifrau von Callenhoff, 27, Schriftstellerin, Sistiana und Triest
Lionello Ventura, 39, Schiffsbauingenieur, Brunos langjähriger Freund

Die Triester Polizei
Dr. Stephan Rathkolb, 59, Polizeidirektor
Johann Ernst Gellner, 52, Oberinspector
Emilio Pittoni, 40, Inspector I. Klasse
Vinzenz Jaunig, 47, Polizeiagent I. Klasse
Luigi Bosovich, 26, Polizeiagent II. Klasse
Ivana Zupan, 41, Bürokraft

Die wichtigsten Akteure
Jure Kuzmin, 25, Maschinist, aufstrebender Geschäftsmann
Franc, 50, und Alojzija, 47, Kuzmin, Jures Eltern
Anton, 27, Jože, 24, Amalija, 22, und Miško, 20, Kuzmin, Jures Geschwister
Rolando Cohn, 63, Reeder
Giovanni Pasqualini, 49, kosmopolitisch gesinnter Kaufmann
Elena Pasqualini, 21, Sprachstudentin
Milan Leskovar, 32, Polizist
Dario Mosetti, 27, Sohn eines Kleinfabrikanten
Pietro Panfili, 27, Sohn eines Großfabrikanten
Ludovico Antozzi, 26, Irredentist
Andrea Sgrazutti, 28, Steinmetz
Arrigo Franceschini, 26, Hafenarbeiter

Dienstag,
10. September 1907

NICHT MEHR LANGE. Sie hatten es fast geschafft.

Im Osten war bereits ein Silberstreif am Horizont zu erkennen, in einer Stunde würde sich der Golf von Triest mit dem Rot der Morgensonne füllen. Die letzte Nacht auf See ging zu Ende. Jure hielt das Steuerrad der Argo in Händen und ließ, wie er es von seinem Vater gelernt hatte, den Kompass nicht aus den Augen. Es war leicht, einen Dampfer auf offener See zu steuern, fand Jure, doch bei der Hafeneinfahrt würde wieder sein Vater am Steuer stehen.

Jure dachte zurück, wie lange es gedauert hatte, seinen Vater zu überzeugen, die nautische Schule zu besuchen. »Ich bin viel zu alt dafür. Wie schaut denn das aus, wenn ich Esel mich unter die jungen Männer mische? Das sind Flausen, schlag dir das aus dem Kopf!«, hatte sein Vater gesagt, aber Jure war hartnäckig geblieben. Und als Mutter nach einiger Zeit Jure in seinem Vorhaben unterstützt hatte, hatte sich Vater doch in der Schule einschreiben lassen. In Wahrheit hatte Franc Kuzmin nicht viel pauken müssen, nach zwanzig Jahren auf See hatte er längst alles Nötige gewusst, um einen Dampfer zu steuern. Natürlich hatte er das Seerecht und sonstige gesetzliche Regelungen auswendig lernen müssen, aber auf die Navigation oder die technische Wartung eines Dampfer verstand er sich als Bootsmann bestens. So hatte er nach und nach seine Scheu vor den Prüfungen abgelegt und schließlich das Kapitänspatent erlangt. Dieser Tag war für Franc Kuzmin und seine Familie ein großer gewesen.

Vater hatte Verwandte und Freunde zu einem Fest eingeladen, Jures Mutter, Schwester und Tante hatten groß aufgekocht, er und seine Brüder hatten die Tische und Stühle aufgestellt sowie Wein und Bier ausgeschenkt, Onkel Ivan hatte auf der Ziehharmonika gespielt. Es war ein schönes Fest. Und Jure hatte eine Rede gehalten. Die Verwandten hatten gestaunt, wie wortgewandt Jure vor ihnen sprechen konnte. Ja, Vater war auch erstaunt gewesen, und natürlich hatte er seinem Sohn vor allen dafür gedankt, dass er ihm so lange mit Forderungen auf die Nerven gegangen war, zur Schule zu gehen, bis er, Franc, sie erfolgreich absolvierte hatte.

Franc und Alojzija Kuzmin hatten fünf Kinder, Anton war ihr Ältester, er hatte selbst schon zwei Kinder, dann kamen Jure und Jože, die nur durch ein Jahr getrennt und seit der Kindheit praktisch unzertrennlich waren, das vierte Kind des Ehepaares war deren einzige Tochter Amalija und schließlich war da noch der jüngste Sohn, Miško, der sich als so gelehrig erwiesen hatte, dass er an der Universität zu studieren begonnen hatte. Ja, in stillen Momenten waren Franc und Alojzija auf ihre Kinder stolz, selbst wenn sich Jože wieder einmal auf eine Prügelei eingelassen hatte. Aber das mit den Raufereien hatte sich zum Glück gelegt, seit er Mitglied im neu gegründeten Boxverein war.

Alle hatten gesagt, dass Jure spinne, dass er sich verrannt habe, dass er es niemals schaffen würde. Sein ältester Bruder Anton hatte es gesagt, ebenso Onkel Ivan, seine Mutter, alle hatten Jures Pläne für unrealistisch gehalten, ja, sein Vater hatte mehrfach die Befürchtung geäußert, dass er sich in Teufels Küche begebe und entweder im Armenhaus oder im Gefängnis landen würde. Nur Jože hatte stets an Jures Seite gestanden. »Regt euch nicht auf«, hatte Jože achselzuckend gesagt, »Jure schafft das, es gibt nichts, was Jure nicht schafft.«

Drei Stunden noch bis zur Hafeneinfahrt.

Jure hatte alles riskiert, zum einen hatte er das gesamte Geld der Familie gesammelt, zum anderen hatte er ein beträchtliches Darlehen aufgenommen. Die großen Triester Banken und Versicherungsgesellschaften lagen in den Händen der Italiener und Deutschen. Jure hatte gar nicht erst versucht, bei ihnen Geld zu leihen, weil es kein Geheimnis war, dass die finanzstarken Institute die Slowenen zwar als tüchtige Arbeitskräfte schätzten, nicht aber als Geschäftspartner. Man blieb lieber unter sich. Deshalb hatten sich bereits Ende des vorigen Jahrhunderts slowenische Genossenschafts- und Konsumvereine gebildet, die es der Volksgruppe erlaubten, in bescheidenem Rahmen selbstständige Geschäfte zu betreiben. Doch erst 1905 gelang es mit der Gründung der Jadranska banka, der Adriatischen Bank, ein Bankhaus zu eröffnen, das konkurrenzfähige slowenische Unternehmen stützen konnte. Der Bankdirektor persönlich hatte sich viel Zeit genommen, um mit Jure, seinem Vater und Signor Cohn über das geplante Geschäft zu sprechen. Ohne das Darlehen wären Jures Pläne bloß abenteuerliche Ideen eines Träumers geblieben.

Sein Vater war der Kapitän, sein Bruder Anton war Matrose und Jože gehört zu den Heizern. Jure selbst arbeitete in seinem erlernten Beruf als Maschinist. Mit weiteren sieben Mann waren sie in Richtung Aden in See gestochen. Die Argo war das größte Schiff der Società Marittima R. Cohn Trieste. Die kleine Schifffahrtsgesellschaft gehörte Rolando Cohn, der in vierzig Jahren Arbeit seine Firma aufgebaut und solide geführt hatte und der schon längere Zeit daran dachte, die drei Trabakel, die kleine Dampfbarkasse und den mittlerweile betagten Hochseedampfer Argo zu verkaufen. Er wollte endlich den wohlverdienten Ruhestand antreten. Signor Cohn hatte sich in Triest umgesehen, wem er seine Firma übergeben konnte, hatte aber niemanden gefunden, dem er wirklich vertraute, bis er schließlich auf Jure getroffen war. Rolando Cohn war von der Tatkraft und der praktischen Vernunft des jungen Mannes sofort angetan gewesen. Cohn fand Jures Idee zum einen umsetzbar, zum anderen auf längere Sicht gesehen einträglich.

Jure kannte die Geschichte des Schraubendampfers genau. Die Argo war 1877 im Lloydarsenal für den Österreichischen Lloyd gebaut worden, ein mit rund eintausendvierhundert Tonnen Verdrängung eher kleiner Dampfer, der bis 1897 vor allem die adriatischen Linien befahren hatte. Danach hatte die Reederei Hadji Daout Farkouh aus Smyrna den Dampfer auf Vermittlung Rolando Cohns übernommen, ihn umbenannt und das Schiff in der Ägäis und im Schwarzen Meer eingesetzt. Doch 1902 war die Reederei in schwere finanzielle Not geraten und Cohn hatte den Dampfer zurückgekauft, ihn wieder Argo genannt und in Triest in das Schifffahrtsregister eintragen lassen. 1906 war der Dampfer in keinem guten Zustand, der Rost nagte an ihm und die Maschine benötigte eine Überholung. Cohn, so hatte er es Jure berichtet, hatte befürchtet, das Schiff verschrotten lassen zu müssen, was einen beträchtlichen Verlust bedeutet hätte. Und dann war er, Jure, aufgetaucht. Er hatte Cohn überredet, ihn und seine Brüder mit der Überholung des Schiffes zu betrauen. Jure hatte die Farbe für die neue Lackierung gekauft, seine Brüder und die weiteren Arbeiter entlohnt, während Cohn die Überholung der Maschine bezahlte.

Jures Plan war der Import von Kaffee. Er war als blutjunger Seemann des Österreichischen Lloyds mehrmals in Arabien gewesen und hatte in Aden mit verschiedenen Kaufmännern Kontakt aufgenommen, die mit Kaffee aus Ostafrika handelten. Weiters hatte er es geschafft, mit dem britischen Generalkonsulat in Triest einen Kontrakt für den Transport von Kohle zu schließen. In Aden unterhielten die Briten einen großen Seestützpunkt, der die Stadt zu einem der bedeutendsten Häfen im Indischen Ozean gemacht hatte. Die Kohledepots in Aden versorgten unzählige Schiffe der südlichen Hemisphäre.

Der Österreichische Lloyd stand zwar seit der Eröffnung des Suezkanals in scharfer wirtschaftlicher Konkurrenz zu den britischen Schifffahrtsgesellschaften auf dem Weg zwischen Europa und Indien, doch die Seebehörden in Triest zeigten lebhaftes Interesse, dass die Kriegsschiffe der Royal Navy im Roten Meer und im Indischen Ozean auf den Schifffahrtslinien für Sicherheit gegen Piraterie sorgten. Also billigte man, dass Triester Reeder Kohle für die Royal Navy nach Aden und andere britische Stützpunkte verschifften.

Jures Absicht war, mit der Argo zwischen Triest und Aden zu pendeln, auf dem Weg in den Süden war der Dampfer mit Steinkohle beladen, auf dem Weg nach Norden mit Kaffee. Während die Kohle Eigentum der Royal Navy war, war der Kaffee seiner.

Gegenwärtig war die Argo mit arabischem Kaffee und indischem Tee beladen, wofür Jure jeden Heller ausgegeben hatte, den er und seine Familie hatten zusammenkratzen können. Jure rechnete, dass noch sieben Fahrten nötig sein würden, um seine Schulden zu tilgen.

Die Tür zur Brücke öffnete sich und Franc Kuzmin trat ein.
»Guten Morgen.«
»Guten Morgen, Vater.«
»Meldungen?«
»Keine Meldungen.«

»Die Maschine?«
»Läuft gut geschmiert.«
Franc trat nahe an die Scheibe und hob das Fernglas. »Ich sehe schon die Leuchtfeuer.«
»Höchstens noch drei Stunden.«
»Zwei. Wecke deine Brüder. Die gesamte Mannschaft. Ich übernehme das Steuer. Und leg dich für ein Weilchen aufs Ohr.«
Jure lächelte bis über beide Ohren. »Unmöglich, Papa, ich kann jetzt nicht schlafen.«
»Wie du meinst.«
»Wir haben es geschafft!«
»Warte, bis wir am Molo liegen.«
»Was soll jetzt noch schiefgehen?«
»Und warte ab, ob Signor Pasqualini zu seinem Wort steht.«
»Signor Pasqualini ist ein Ehrenmann. Und er wird gute Geschäfte machen.«
Franc Kuzmin schaute seinen Sohn von der Seite an. »Du platzt ja fast.«
»Glaubst du, dass Signorina Elena mit mir einen Spaziergang unternehmen wird?«
Franc Kuzmin lachte. »Wenn du Narr so weitermachst, wird sie dich am Ende heiraten. Und jetzt wecke die Mannschaft und mach Kaffee.«

⁓⊚⌒

»Mein Mann hat nie bei mir gelegen.«
Bruno war dabei, in süßem Schlummer zu versinken. Er blinzelte. »Nie?«
»Nicht ein einziges Mal.«
Bruno drehte den Kopf. Luise lag neben ihm bäuchlings im Bett, ihr blondes Haar bedeckte ihre Schultern. Sie schaute

ihn mit halb geschlossenen Augen an. Bruno wandte sich ihr mit einer halben Drehung zu und berührte mit seiner nackten Haut die ihre. Er strich ihr Haar nach hinten.

»Weder vor, noch nach dem Geschlechtsakt hat er sich Zeit genommen. Der Gedanke, zumindest für eine kleine Weile bei seiner Ehefrau zu liegen, ist ihm schlicht und einfach nicht in den Sinn gekommen.«

»Derartig schlechtes Benehmen finde ich inakzeptabel.«

»In den ersten Monaten der Ehe habe ich versucht, ihm zu vermitteln, dass ich mich nach Nähe sehne. Ich wusste nicht, wie ich dies zur Sprache hätte bringen sollen, ich war jung, sprach- und hilflos. Später habe ich begriffen, dass jedes Gespräch über meine Wünsche und Sehnsüchte ohnedies vergeblich gewesen wäre.«

Bruno legte sein Bein auf ihr Gesäß und schmiegte sich noch enger an sie. Mit den Fingerkuppen strich er ihr über Nacken und Schultern.

»Er hat mich geküsst und berührt, er hat seine Haut an der meinen gerieben. Er hat sich mittels meines Körpers für den Geschlechtsakt in Bereitschaft gebracht.«

Bruno pfiff leise durch die Zähne. »Diese Formulierung! In Bereitschaft bringen? Es klingt so, als ob sich ein Feuerwehrmann in Bereitschaft bringt, in ein brennendes Haus zu stürmen, um ein Großmütterchen aus den Flammen zu retten.«

Luise lächelte. »Nun, die Flammen sind bald erloschen, damit war auch die Bereitschaft nicht mehr nötig. Kratz mich bitte an der Schulter. Weiter links, Ja, genau da. Danke.«

Bruno küsste die Stelle, die er eben gekratzt hatte. »Wäre es denkbar, nicht über deinen Mann zu sprechen?«

»Langweilt dich das?«

»Langeweile ist es nicht.«

»Ich habe es nur gesagt, um herauszustreichen, wie sehr es mich mit Glück erfüllt, dass du sowohl vor, als auch nach dem

Geschlechtsakt bei mir liegst, und mich mit deiner Wärme, Nähe und Zärtlichkeit verwöhnst.«

Bruno schmunzelte. »Nun, erstens finde ich das Wort *Geschlechtsakt* allzu technisch deskriptiv, und zweitens gehört zum Akt der Liebe alles wohl zusammen. Ohne Wärme, Nähe und Zärtlichkeit könnte ich mich niemals in *Bereitschaft* bringen.«

»Das ist gewiss auch der Grund, weswegen du nicht in Bordelle gehst, mein Mann hingegen in derartigen Etablissements die Hälfte seines Lebens verplempert.«

Bruno atmete tief durch. »Du bist heute grüblerisch.«

»Ist das so?«

»So wirkt es auf mich.«

»Mich beschäftigen viele Dinge.«

»Soll ich gehen?«

»Um Himmels willen, nein, bitte bleib! Je länger du an meiner Seite liegst, desto besser der Abend. Kannst du über Nacht bleiben?«

»Über Nacht? Hm, warum eigentlich nicht? Ich muss nicht vor acht im Bureau sein, also könnten wir gemeinsam frühstücken.«

»Was für ein wundervoller Gedanke.«

Es war fünf Tage her, seit Baron Callenhoff seine Villa in Sistiana mit gepackten Reisekoffern verlassen hatte. Er hatte frühmorgens die Dienstboten angetrieben, das Gepäck eilig auf den Wagen zu verladen, er hatte noch eine Inspektion rund um das Haus unternommen und sich kurz und sachlich von seiner Gemahlin verabschiedet, dann war er zum Hafen gefahren und hatte den Dampfer nach Santos genommen. Mindestens drei Monate würde er in Brasilien verweilen, er würde sowohl seinen Geschäften nachgehen, als auch einen Jagdausflug auf dem Hochplateau der Provinz São Paulo unternehmen. Luise hatte in der Villa noch einiges zu erledigen gehabt, die Gartenarbeiten waren abzuschließen gewesen und im Haus hatte sie die Spuren der Anwesenheit ihres Gemahls beseitigen müssen, dann hatte sie den Dienstboten für zwei Wochen freigegeben und war in ihre Wohnung im Borgo Teresiano gezogen.

Noch immer hatte Helmbrecht Engelbert Franz Freiherr von Callenhoff keine Ahnung, dass sein Eheweib eine Wohnung in Triest besaß und dort an ihren Gedichten, Erzählungen und Romanen arbeitete. Und sich während dieses Aufenthalts mit ihrem Geliebten traf. Seit seine zwar sehr schöne, aber aus seiner Sicht furchtbar überspannte Frau dem Hause Callenhoff einen standesgemäßen Erben geboren hatte, interessierte er sich nicht für sie. Das Einzige, was Baron Callenhoff von Zeit zu Zeit an seine Frau denken ließ, war der Gedanke, dass ein einzelner männlicher Nachfahre ein gewisses familiäres Risiko barg. Was, wenn der Sohn dereinst als junger Mann sich auf ein allzu gewagtes Duell einließe? Oder was, wenn er bei einem Jagdunfall sein Leben verlöre? Wenn in seiner Militärzeit ein Krieg ausbräche und er im Gefecht fiele? Bestimmt wäre es im Sinne der Familie umsichtig, einen Reserveerben zu zeugen. Dazu allerdings stand Baron Callenhoff derzeit nicht der Sinn. Tröstlich war, dass die Baronin erst siebenundzwanzig Jahre alt war, da hatte er wohl noch ein paar Jahre Zeit, sich der Prozedur einer weiteren Zeugung zu unterziehen. Und Gerwin, der junge Stammhalter des Hauses Callenhoff, war bei seiner Großmutter fern von den schädlichen Einflüssen seiner exzentrischen Mutter in guter Obhut. So wie der Baron es verfügt hatte.

Die Sonne war am Horizont bereits in den Golf von Triest getaucht, der Abend brachte lebhaften Wind und damit Abkühlung. Tagsüber war es wieder sommerlich warm gewesen, Bruno hatte bei offenem Fenster und mit aufgekrempelten Hemdsärmeln am Schreibtisch gearbeitet. An diesem Tag war er zu keinem aktuellen Fall gerufen worden, also hatte er die Zeit genutzt und bislang liegen gebliebene Berichte geschrieben, er hatte Telephonate geführt sowie mit seinem Kollegen Vinzenz Jaunig im Gasthaus Zum Kleeblatt in der Via Belvedere geschmorten Schweinebauch mit Kraut und Knödeln gegessen und dazu Pilsener Bier getrunken. Nirgendwo, so Vinzenz' unerschütterliche Meinung, konnte man in Triest derart gut und üppig die böhmische Küche genießen. Bruno war nach dem deftigen Mahl zurück im Büro beinahe am Schreibtisch eingeschlafen. Frau Ivana hatte ihm ungefragt starken Kaffee serviert, sie wisse ja, hatte sie gesagt, wie es dem Herrn Inspector gehe, wenn er mit Polizeiagent Jaunig an einem so warmen Tag beim Böhmen war. Der Kaffee hatte ihn durch den Nachmittag getragen. Nach Dienstschluss hatte Bruno einen ausgedehnten Spaziergang am Hafen unternommen und schließlich pünktlich um sieben Uhr an Luises Tür geklopft.

Sie hatten klare Gemüsesuppe zu Abend gegessen. Bruno mochte Luises Suppen, gerade weil sie immer irgendwie ungewöhnlich schmeckten. Natürlich kochte die Baronin in ihrem Haus nicht selbst, dafür hatte sie Personal, in ihrer Wohnung in Triest dagegen schon, und da vor allem Suppe. Mal mit Fisch, mal nur mit Gemüse, nie mit Fleisch. Da sie selbst wenig Fleisch aß, klammerte sie Fleischspeisen bei ihren Kochversuchen aus. Die jüngste der vier Töchter des Barons Kreutberg hatte als Mädchen wie ihre Schwestern natürlich nicht kochen gelernt, sondern Theologie, Philosophie, Klavier, Sprachen, Sticken und Reiten. Nachdem sie ihre Triester Wohnung von ihrem eigenen Geld gekauft hatte, hatte sie sich Kochbücher angeschafft und diese eingehend studiert. Und wenn sich eine passende Gelegenheit ergab, kochte sie. So wie an diesem Spätsommertag.

»Erzähl mir von ihr«, forderte Luise Bruno flüsternd auf.
Bruno zog die Augenbrauen hoch. »Von wem?«
»Von ihr.«
»Ihr?«
»Von der anderen Frau in deinem Leben.«
»Was willst du wissen?«
»Wie sie so ist.«
Bruno rollte sich zur Seite, schaute zur Decke und verschränkte die Hände hinter seinem Kopf. »Sie ist anders als du.«
Luise sagte nichts, sie lauschte in die Stille und wartete.
»Ich erzähle dir auch von meinem Mann.«
»Zum Glück nur selten.«
»Willst du es für dich behalten?«
»Eigentlich ja.«
»Dann ziehe ich meine Aufforderung zurück.«
Eine Weile lagen sie schweigend nebeneinander.
»Du bist ein Stück größer als sie«, sagte Bruno schließlich.
»Eine Handbreit. Sie ist rundlicher als du.«
»Ach, und welche Schuhgröße hat sie?«
Bruno lachte und schaute Luise an. »Dir gefallen meine Angaben nicht?«
»Was für ein Mensch ist sie? Das will ich wissen, nicht die Körpergröße oder -fülle.«
Bruno biss sich auf die Unterlippe und dachte an Fedora.
»Wenn du Wasser bist, dann ist sie Feuer.«
Luise ließ sich den Satz durch den Kopf gehen. »Findest du, dass ich Wasser bin?«
»Oh ja! Ohne Wasser gibt es kein Leben. Du bist das Leben.«
»Ein Regentropfen oder das Meer?«
»Alles Wasser dieser Welt. Du bist die flüsternde Quelle im Hochgebirge, der Bach im Wald, der Fluss in der Ebene und

der Strom, der den Kontinent durchquert, du bist ein Tümpel nach einem Regenschauer und ein kristallklarer Alpensee, du bist die Adria, das Mittelmeer und alle Ozeane der Welt.«

»Das klingt poetisch.«

»So meine ich das auch.«

»Sie ist also Feuer.«

»Ja. Feuer wärmt, Feuer schafft Helligkeit und Behaglichkeit im Winter, mit Feuer wird gekocht und geschmiedet. Feuer kann einen auch verbrennen, eine kleine Brandblase an den Fingern verursachen, aber auch als Feuersbrunst über eine Stadt fegen.«

»Ist sie also gefährlich?«

»Manchmal ja.«

»Fährt ihr Mann zur See?«

»Wie kommst du auf den Gedanken?«

»Wir leben in Triest. Die Hälfte aller Männer dieser Stadt fährt zur See. Und die verheirateten Seeleute lassen ihre Ehefrauen an Land. So fern liegt der Gedanke doch nicht.«

»Er ist Offizier der Handelsmarine.«

»Und ist er dieser Tage auf See?«

»Nein, sein Schiff wird noch für die Jungfernfahrt vorbereitet. Du hast bestimmt davon gehört, dass es bald einen großen Festakt im Hafen geben wird.«

»Das stand in allen Zeitungen. Der Lloyd nimmt gleichzeitig zwei neue Dampfer in Betrieb. Er ist also bei seiner Frau.«

»Schon den ganzen Sommer über.«

»Du Pechvogel! Da hast du zwei Geliebte, deren Männer in der Regel alle Länder der Welt bereisen, diesmal aber gleichzeitig argwöhnisch die Schritte ihrer Ehefrauen belauern.«

»Nun, es war ein Sommer der Enthaltsamkeit für mich.«

»Du bist so tugendhaft.«

»Necke mich nur weiter, meine Teure.«

»Das heißt, du gehörst für eine Weile mir allein?«

»Wenn meine Anwesenheit erwünscht ist, Euer Gnaden, dann ja.«

Luise schob die Decke zur Seite und setzte sich im Bett auf ihre Unterschenkel. Sie blickte Bruno ruhig an. Wie schön sie war, geisterte es durch Brunos Kopf, was für ein Glück er doch hatte, mit einer so klugen und seelenvollen Frau zusammen zu sein. Er setzte sich ebenfalls auf seine Unterschenkel und begegnete ihrem Blick.

»Vielleicht bitte ich dich eines Tages, ihr vorgestellt zu werden.«

Bruno überdachte die Möglichkeit. »Ich weiß nicht, ob das gut wäre.«

»Das weiß ich auch nicht.«

Jože rieb das Streichholz und schützte die Flamme mit der Hand, Jure entzündete seine Zigarette, danach auch Jože. Schweigend standen die Brüder nebeneinander, sogen an den Zigaretten und schauten in die Ferne.

»Wie spät ist es?«

»Vielleicht elf. Vielleicht zwölf.«

»Ich bin hundemüde.«

»Kein Wunder.«

»Morgen muss ich zum Zollamt.«

»Die Blutsauger.«

Die Argo verfügte über Kabinen für sechzig Passagiere, da sie aber in Zukunft nicht im üblichen Liniendienst der großen Schifffahrtsgesellschaften unterwegs sein würde, also sowohl Fracht als auch Passagiere befördern sollte, hatte Jure mehrere Kabinen leer geräumt, um sie als Frachträume nutzen zu können. Nicht für die Kohle, das war klar, die Kohle wurde als Schüttgut in den eigentlichen Frachträumen transportiert. Die ehemaligen Kabinen hatten sie mit Kaffee- und Teesäcken vollgepackt, und zwar mit den edelsten und teuersten Sorten. In den großen Frachträumen waren die handelsüblichen Kaffeesorten gestapelt gewesen. Die teure Ware hatten Jure und seine Brüder mit Schubkarren von Bord gebracht, die anderen waren mithilfe der Ladebäume entladen worden. Ein Dutzend Hafenarbeiter hatte angepackt, so hatten sie es geschafft, die Fracht in nur sechs Stunden ins Lagerhaus zu transportieren. Jure und Jože würden in den nächsten Tagen die Ware weder bei Tag noch bei Nacht aus den Augen lassen. Es schlich sich viel Diebesgesindel im Hafen umher, und frische Kaffeebohnen aus Arabien waren ein sehr gefragtes Gut auf dem Schwarzmarkt.

»Ich übernehme die erste Wache«, sagte Jože.

»Kann ich doch tun.«

»Nein, kannst du nicht.«

»Und wieso nicht?«

»Weil du schon an Bord Wache geschoben hast, den ganzen Tag Säcke geschleppt hast und weil du gar nicht mehr richtig stehen kannst vor Müdigkeit.«

»Ich fürchte, du hast recht.«

»Klar habe ich recht. Leg dich nieder.«

Jures Vater war nach Erledigung aller Formalitäten nach Hause gegangen, denn er musste im Morgengrauen die Argo aus dem Hafen fahren und auf der Reede vor Muggia vor Anker gehen. Die Plätze im Porto Nuovo waren gezählt, kein Schiff durfte länger als nötig an den Moli liegen. Anton hatte bei der Entladung mitgeholfen, war aber bei Einbruch der Dunkelheit zu seiner Frau und den beiden Kindern gegangen.

Jure und Jože traten ihre abgerauchten Zigaretten aus, verschwanden im Lagerhaus und versperrten die Tür von innen. Nur wenig später warf sich Jure auf das Feldbett und ohne sich noch einmal umzudrehen, schlief er ein.

Jože ging mit einer Laterne in der Hand durch das Magazin, stellte sich an einen Sack und schnupperte daran.

Großartiger Kaffee, erstklassige Ware, die Kassa würde klingeln. Jože hatte es immer schon gewusst, sein Bruder Jure würde es schaffen.

∽◉∽

Wie so oft, hatte Dario Mosetti auch heute mit seinen Freunden gelacht und getrunken, Karten und Billard gespielt. Er war Stammgast im Caffè Tommaseo, doch er besuchte auch andere Kaffeehäuser. Solange dort Italiener verkehrten. Die Lokale der Vorstädte reizten ihn nicht, auch nicht das Bierhaus Dreher. Da fanden zu viele Raufereien mit den Slawen oder Deutschen statt. Slowenen, Kroaten, Kärntner oder Steirer, diese Leute konnten ihm gestohlen bleiben. Die jungen Deutschösterreicher strömten in die Schänken oder Osmize in der Nähe der Kasernen, in denen sie stationiert waren, betranken sich mit Bier, Terrano oder Grappa, sangen lautstark ihre dummen Lieder und nutzten jede Gelegenheit, sich mit den Einheimischen zu prügeln. Die Slawen waren noch schlimmer, denn die besiedelten die terra irredenta, die unerlösten Gebiete des italienischen Volkes. Die deutschsprachigen Soldaten verschwanden nach Ende ihrer Dienstzeit wenigstens wieder in ihre Berge, zwar kamen immer wieder neue, aber sie breiteten sich nicht aus, die Slowenen und Kroaten hingegen bauten auf italienischem Boden Häuser, gründeten Familien und bestellten Felder.

Deshalb besuchte Dario am liebsten Kaffeehäuser, in denen die bessere Gesellschaft unter sich blieb. Und das waren selbstverständlich die Italiener. Zu den höchsten Kreisen hatte er keinen Zutritt, denn die vornehmlich deutschösterreichische Oberschicht verkehrte nur selten in den Kaffeehäusern. Der Adel, die hohen Militärs und die reichen Kaufleute trafen sich bei Empfängen in den Villen und Landhäusern oder dinierten in den Grand Hotels.

Im Caffè Tommaseo tauchten immer wieder Eiferer auf, die den anderen politische Haltungen aufschwatzen wollten, die versuchten, Stimmung für den großen italienischen Staat zu machen, wozu nun einmal Istria, der Quarnero und Dalmazia gehörten. Man müsse die terra irredenta den Habsburgern entreißen, man müsse mit einem scharfen Messer heiliges italienisches Land aus der fauligen Masse des Vielvölkerstaates schneiden. Ja, es würde ein blutiger Schnitt werden, aber auf dem blutgetränkten Feld des befreiten Volkes würde eine edle italienische Zukunft gedeihen.

So einleuchtend Dario diese Worte auch fand, hatte er doch mit Politik wenig am Hut. Er traf sich mit seinen Freunden, um Spaß zu haben, um beim Billard gefinkelte Stöße zu machen und beim Kartenspiel Geld zu gewinnen und die anderen auf eine Runde Schnaps einzuladen – oder um Geld zu verlieren und auf eine Runde eingeladen zu werden. Die Politik war ihm zuwider, weil Politik hieß doch auch Verantwortung. Und das war etwas, was Dario herzlich wenig interessierte. Wie oft hatte sein Vater sich schon über ihn beschwert, weil dieser in der Firma keine Verantwortung übernehmen wollte?

Noch öfter forderte sein Vater, dass Dario für seine Familie Verantwortungsbewusstsein zeigte, indem er heiratete. Sein Vater verzieh es Dario selbst nach drei Jahren nicht, dass er die Verlobung mit Magdalena hatte platzen lassen. Ja, Magdalena war die Tochter eines angesehenen Geschäftsmannes, sie war im richtigen Alter für eine Heirat und die Väter hatten die Verbindung der beiden längst ausgehandelt, die Verlobung war in der Zeitung annonciert worden, da hatte sich Dario von Magdalena losgesagt. Sie war eine Nervensäge, die ihm hatte verbieten wollen, ins Kaffeehaus zu seinen Freunden zu gehen. Und besonders hübsch war sie auch nicht. Die Vorstellung, ein Leben lang diese Frau an seiner Seite ertragen zu müssen, war ihm unerträglich geworden, und in einem Streit mit Magdalena hatte er, ohne lange zu überlegen, die Verlobung gelöst. Natürlich war das ein veritabler Skandal. Aber was scherte es Dario, wenn die Leute über ihn tratschten?

Sein Vater hatte zwar getobt, doch was hätte er tun können? Dario war sein einziger Sohn, sein Stammhalter und Erbe. So musste eben eine andere Braut gefunden werden.

Dario hingegen hatte keine Lust, irgendeine Braut zu ehelichen, die sein Vater für ihn aussuchte, er hatte nämlich längst eine Kandidatin gefunden.

Deswegen stand er hier in der Finsternis auf der Straße und starrte seit einer halben Stunde zu einem dunklen Fenster hinüber, von dem er wusste, dass dahinter seine Braut schlief. Und ja, sie war die Tochter eines erfolgreichen und wohlhabenden Geschäftsmannes, also auf den ersten Blick eine exzellente Partie. Allerdings war der Vater der Braut niemand geringerer als der Erzfeind seines Vaters. Die beiden hatten vor über elf Jahren einen erbitterten Streit vor Gericht ausgefochten. Wegen einer Firmenübernahme, die beide Männer für sich verbuchen wollten. Darios Vater hatte den Streit und dabei sein halbes Vermögen verloren, während das Geschäft des Vaters seiner auserwählten Braut schnell gewachsen war. Außerdem war ihr Vater ein bekennender Monarchist, ein Freund der Habsburger, ein Leccapiatti, ein Tellerschlecker, obwohl er Italiener war. Darios Vater würde einer Ehe niemals zustimmen.

Vielleicht sollte er mit Elena einfach durchbrennen. Nach Mailand, Florenz oder Rom gehen. Seine Braut! Wie sehr er sie anbetete!

Noch wusste Elena nichts von seiner Liebe, seiner Absicht, sie zu heiraten und mit ihr Triest zu verlassen.

Er musste sie wiedersehen. So bald wie möglich. Morgen schon. Er würde sie wie zufällig im Park treffen. Wie schon zuletzt.

Um hier im Dunklen zu stehen, hatte er heute seine Freunde im Kaffeehaus früher verlassen. »Schlaf gut«, geliebte Braut, »morgen sehen wir uns wieder«, flüsterte er, »ich werde dir Blumen schenken, Schweizer Schokolade, einen goldenen Ring mit einem blauen Diamanten.«

Mittwoch,
11. September 1907

BRUNO LAS IN der Zeitung und aß ein Butterbrot dabei. Wie so häufig hatte er gestern Abend am Kiosk die Edinost gekauft, Triests slowenische Tageszeitung. Das Blatt war heute nicht mehr tagesaktuell, aber so viel Weltbewegendes war wohl in der letzten Nacht nicht geschehen. Einerseits schätzte Bruno die Arbeit der Redakteure und andererseits übte er auf diese Weise sein eher mangelhaftes Slowenisch. Frau Ivana meinte zwar, Bruno würde die Sprache sehr gut beherrschen, Bruno selbst aber fühlte sich nach all den Jahren immer noch nicht wirklich sattelfest. Er war zweisprachig aufgewachsen, sein Vater hatte ihm das Triestiner Italienisch gelernt, seine Mutter das wienerische Deutsch, von den Handwerkern, die das Haus seiner Eltern renoviert hatten, und von einigen seiner Freunde auf der Gasse und in den Hinterhöfen hatte er Furlanisch gelernt, aber erst als Oberstufenschüler hatte er sich genauer mit dem Slowenischen beschäftigt. Dem hohen Beamten Salvatore Zabini hatten Furlanisch und Slowenisch als die Sprachen der Proletarier und Bauern gegolten, das Triester Bürgertum sprach selbstverständlich Italienisch und Deutsch, in weiterer Folge je nach den geschäftlichen oder gesellschaftlichen Erfordernissen Französisch, Englisch oder

Griechisch. Bruno hatte sich erst nach und nach über Jahre hinweg von der strengen Erziehung und dominanten Geisteshaltung seines Vaters emanzipieren können. Die regelmäßige Lektüre der Edinost gehörte in gewisser Weise zur Selbstbehauptung Brunos gegenüber dem langen Schatten des hoch aufragenden Denkmals seines verstorbenen Vaters.

»Hast du gewusst, dass Carolina im Herbst wieder nach Triest kommen wird?«, fragte Luise und stellte ihre Kaffeetasse ab.

Bruno schaute über den Rand der Zeitung. »Carolina gibt Triest wieder die Ehre? Nein, davon habe ich nichts gewusst.«

»Sie hat es mir im letzten Brief mitgeteilt.«

»Wann hast du diesen Brief erhalten?«

»Vorgestern.«

»Wie hätte ich es dann wissen können?«

»Ich weiß nicht. Vielleicht hat sie dir auch geschrieben?«

»Hat sie nicht.«

»Hat sie je?«

Bruno war ein bisschen verwundert. »Ich habe nie einen Brief von Carolina erhalten.«

Luise wiegte den Kopf. »Ach so. Nun, sie hat sich, als sie bei mir im Haus zu Gast war, deine Adresse geben lassen.«

Bruno schüttelte den Kopf. »Davon hast du mir nichts erzählt, und die Komtess Urbanau hat mir noch nie einen Brief geschrieben. Hat sie mittlerweile ihren einundzwanzigsten Geburtstag gefeiert?«

»Noch nicht. In zwei Wochen wird sie volljährig sein.«

»Dieses liebe Kind«, sagte Bruno seufzend. »Ihre Schicksalsschläge sind mir sehr nahe gegangen.«

»Mir auch.«

»Danke für den Hinweis mit dem Geburtstag. Ich werde eine Grußkarte schreiben.«

»Das wird sie bestimmt freuen.«

»Ich bin voll der Bewunderung für dich, dass du dich nach der vermaledeiten Fahrt der Thalia so rührend um Carolina gekümmert hast.«

»Nicht nur ich habe mich um sie gekümmert. Mir kommt es vor, als habe sich ganz Triest um Carolina gesorgt.«

»Der Fall war wochenlang Gesprächsstoff in der Stadt.«

»Sie hat sich wirklich gut gefangen. Dr. Samigli hat Wunder an Carolina vollbracht.«

Bruno verzog den Mund. »Ich hege leise Zweifel, dass medizinische Methoden Wunder bewirken können.«

»Dr. Samigli hat bei einem Besuch in Sistiana Carolina und mir von einer völlig neuen Therapie psychischer Erkrankungen berichtet. Bei einer Tagung in Wien hat er den Arzt Dr. Freud und dessen revolutionäre Psychoanalyse kennengelernt. Dr. Samigli ist überzeugt, dass dieser Methode die Zukunft gehören wird.«

»Meiner bescheidenen Meinung nach sind im Falle Carolinas nicht Dr. Samiglis Heilkunst, irgendeine Wiener Therapie oder sonst eine medizinische Kur für ihre Genesung verantwortlich.«

»Sondern?«

»Es waren die vielen Wanderungen an der Steilküste und im Karst, die du mit ihr unternommen hast. Und das Bad im Meer.«

»Mens sana in corpore sano. Ich hätte mir denken können, dass ein Frischluftfanatiker und passionierter Fußgänger wie du allein auf die heilsame Kraft des Gehens setzt.«

»Irre ich mich?«

Luise lachte. »Das Bemerkenswerte an deinen mitunter prosaischen Anschauungen ist, dass du in fast allen Fällen recht hast. Wahrscheinlich auch, was Carolina betrifft. Dennoch hat ihr die Kur bei Dr. Samigli sehr gut getan.«

»Keine Frage, der Doktor ist eine Koryphäe.«

»Carolina hat mir geschrieben, dass sie im November die Beletage in einem Haus auf der Piazza Goldoni gemietet hat.«

»Nun, da kommt sie genau zur rechten Zeit für die erste winterliche Bora.«

»Wer Triest kennenlernen will, muss mindestens einmal die Bora erleben.«

»Offenbar kriegt sie gar nicht genug von Triest, wenn sie ihrer Heimatstadt Graz nach wenigen Monaten bereits den Rücken kehrt«, mutmaßte Bruno.

»Ich hege die leise Vermutung, dass sie sich hier mit jemandem treffen will.«

»Mit einem Mann?«

»Möglicherweise.«

»Wäre das nicht großartig? Es würde bedeuten, dass sie wenige Monate nach den tragischen Verlusten ein neues Leben begonnen hat.«

»Nein, das ist es nicht. Carolina hat mir geschrieben, dass sie in Graz einen Spaziergang mit Arthur von Brendelberg unternommen hat.«

Bruno zuckte mit den Schultern »Ich kenne mich mit den Andeutungen, die du machst, immer weniger aus.«

»Du musst mir zuhören, Geliebter.«

Bruno legte die Zeitung weg. »Also gut, ich höre.«

»Du weißt ja, dass Graf Urbanau die Ehe seiner Tochter mit dem Enkelsohn des Grafen Brendelberg arrangiert hat, mit Arthur von Brendelberg. Und du weißt auch, dass Carolina diese Ehe nicht eingehen wollte, weil sie mit dem Poeten und Schauspieler Friedrich Grüner im Geheimen längst verlobt war.«

Bruno nickte zustimmend. »Ich sehe Friedrichs lachendes Gesicht noch vor meinen Augen. Einen derart pfiffigen, lebenslustigen und einfallsreichen jungen Mann muss man einfach verehren.«

»Graf Urbanau hat ihn nicht verehrt.«

»Dafür aber seine Tochter Carolina umso inniger.«

»Als Carolina nach ihrem schweren Nervenzusammenbruch bei mir zu Gast war, habe ich vorsichtig auf sie eingewirkt, sich eine Verbindung mit Arthur von Brendelberg noch einmal durch den Kopf gehen zu lassen. Und ich habe dem jungen Mann einen Brief geschrieben und ihn angeregt, sich behutsam und geduldig um Carolinas Aufmerksamkeit zu bemühen. Er hat ihr daraufhin drei Briefe geschrieben, die Carolina mir zu lesen gegeben hat. Eines muss ich dir sagen, lieber Bruno, Arthur von Brendelberg mag vielleicht kein schneidiger Soldat, schussfreudiger Waidmann oder verwegener Reiter sein, aber er ist intelligent und äußerst höflich. Seine Briefe haben mich ehrlich beeindruckt. Und tatsächlich hat Carolina knapp vor ihrer Abreise nach Graz dem jungen Mann in einem Brief ihr Kommen angekündigt und seiner Bitte nach einem gemeinsamen Spaziergang im Grazer Stadtpark zugestimmt.«

»Willst du die beiden verbandeln?«

»Ich will Carolina die Gelegenheit geben, wieder im Leben der Menschen Fuß zu fassen.«

»Ich bewundere, wie sehr du dich für Carolina aufopferst.«

»Den ironischen Tonfall in deiner Stimme überhöre ich geflissentlich. Und nein, ich habe nicht nur lautere und reine Beweggründe, für Carolina eine standesgemäße Verbindung einzufädeln.«

»Luise, ich finde deine Äußerungen dunkel, undurchschaubar und rätselhaft.«

»Ich glaube, Carolina kommt deinetwegen wieder nach Triest.«

Bruno starrte Luise perplex an. »Wie bitte?«

»Ich glaube, Carolina weiß es selbst noch nicht, gewiss ist ihr Geist von den Schicksalsschlägen noch in großer Verwirrung, und wahrscheinlich würde sie den Gedanken jetzt nicht verstehen und ihn noch viel weniger aussprechen können, wahrscheinlich ist alles viel zu weit von ihr entfernt und zweifelsfrei hat sie noch lange nicht festen Boden unter den Füßen, aber ich glaube, sie hat sich in dich verliebt.«

Bruno räusperte sich. »Geliebte Luise, jetzt geht deine literarische Phantasie mit dir durch. Ich habe Carolina im Sommer, als sie bei dir gewohnt hat, genau zweimal getroffen. Einmal zufällig in der Città Vecchia und einmal mit dir und ihrem Halbbruder Georg im Kaffeehaus. Wir haben jeweils nur ein paar höfliche Worte gewechselt. Nein, ich kann deinem Gedanken nicht folgen.«

»Kannst du mir nicht folgen oder willst du es nicht?«

»Ich bin mir sicher, dass du irrst«, stellte Bruno kategorisch fest. »Außerdem bin ich viel zu alt für Carolina.«

Luise goss noch etwas Kaffee in ihre Tasse. »Vielleicht hast du recht, vielleicht mache ich mir zu viele Sorgen, vielleicht wird Carolina dich mir nicht wegschnappen.«

Bruno lachte, erhob sich, ging um den Tisch herum auf Luise zu und nahm ihr Gesicht in seine Hände. Er küsste sie. »Keine Frau kann mich dir wegschnappen. Das ist schlicht unmöglich!«

»Ich muss dich mit einer Frau teilen. Warum nicht bald mit zwei?«

»Ich muss dich auch teilen.«

»Du weißt genau, dass das nicht stimmt. Seit meiner Niederkunft habe ich nicht mehr mit meinem Ehemann verkehrt.«

»Das mag so sein, aber ich kann nicht mit dir auf der Piazza Grande promenieren, wir können nicht gemeinsam das Theater besuchen, wenn wir in die Berge zum Wandern fahren, sitzt du im Waggon erster Klasse, ich in der zweiten Klasse. Unser gemeinsames Leben besteht in Heimlichkeit. Das meine ich mit *teilen*.«

»Das Leben ist ein Mummenschanz.«

Bruno trat einen Schritt zurück und schaute auf die Pendeluhr. »Ich muss jetzt ins Bureau.«

Luise stellte die Kaffeetasse ab und erhob sich. »Ich begleite dich zur Tür.«

Bruno schlüpfte in sein Sakko. Er schaute zu Luises Schreibtisch. »Wirst du heute wieder schreiben?«

»Selbstverständlich. Ich konnte mich in den letzten Monaten wegen der Anwesenheit meines Mannes in Sistiana nicht auf die Arbeit konzentrieren, aber jetzt, wo er wieder fort ist und ich mich in mein kleines Refugium der Literatur zurückziehen kann, muss ich einfach schreiben. Gestern habe ich eine Novelle begonnen. Heute werde ich mich ihr wieder widmen.«

»Lässt du mich die Novelle lesen?«

»Wenn sie fertig ist.«

»Ich liebe es, deine Geschichten als Erster zu lesen. Das bedeutet mir sehr viel. Du bedeutest mir sehr viel. Die Stunden hier in deinem Refugium bedeuten mir sehr viel. Ich will, dass du dir das immer vor Augen hältst.«

Luise lächelte versonnen. »Ich sehe direkt in dein Herz, mein Lieber, und das stimmt mich glücklich. Kommst du heute Abend?«

»Soll ich kommen?«

»Zwei Monate habe ich dich schmerzlich vermisst, und endlich ist der Baron Callenhoff wieder dort, wo der Pfeffer wächst. Selbstverständlich sollst du kommen. Ich erwarte dich.«

Bruno küsste Luise, dann marschierte er los.

Der Wind über dem Borgo Teresiano war kühl und lebhaft. Was würde der Tag bringen? Mord und Totschlag? Die Bösartigkeit der Menschen? Polizeiliche Routine? Bruno lachte in sich hinein. Erstaunlich. Die Komtess sollte in ihn verliebt sein? Über welch lebhafte Phantasie Luise doch verfügte. Eine wahre Literatin. Für die schönen Künste war Bruno zu untalentiert, er musste sich an die Erkenntnisse der Wissenschaften und die Regeln der Gesetze halten. Aber fasziniert war er von den Künsten allemal. Er las gerne die in deutscher Sprache geschriebenen Novellen und Erzählungen Luises, noch lieber mochte er die Musikalität ihrer Gedichte in italienischer Sprache.

Vom Hafen tönte ein Schiffshorn. Es war knapp vor acht, der Dampfer der dalmatinischen Linie würde bald ablegen und die Häfen Zara, Sebenico, Spalato, Ragusa und Cattaro anlaufen. Bruno war froh, nicht an Bord eines Schiffes zu müssen. So richtig wohl fühlte er sich nur, wenn er festen Boden unter den Füßen hatte.

Er näherte sich der Ponte Rosso. Auf dem Canal Grande legten eben mehrere Schiffe ab, weswegen die Brücke gedreht wurde. Drei Brücken überspannten den Canal Grande, auf dem kleinere oder mittelgroße Schiffe mitten in die Stadt bis zur Chiesa di Sant'Antonio Nuovo fahren und anlegen konnten. Die Hochseedampfer waren für den Canal Grande natürlich zu groß, diese lagen im Hafen. Wenn die Brücken gehoben oder gedreht wurden, herrschte immer viel Verkehr auf dem Kanal, zuerst bewegten sich die ablegenden Schiffe hinaus in das Hafenbecken, dann fuhren die anlegenden Schiffe ein. Bruno zählte einen mittelgroßen Schoner, drei Trabakel und zwei Brazzera, die ablegten. Da würde die Brücke längere Zeit unpassierbar sein, also wollte Bruno den Kanal umgehen.

Auf der Piazza del Ponto Rosso ging es lebhaft zu, Triest war beschäftigt und betriebsam wie eh und je, und genau das liebte Bruno an seiner Heimatstadt.

Luise spülte in Gedanken versunken das Frühstücksgeschirr. Sie hatte im Salon beide Fenster geöffnet. Es gehörte zu ihren Ritualen, morgens die Wohnräume zu lüften. Die frische Luft brachte sie auf neue Gedanken, und die Stunden am Vormittag waren die beste Zeit für die literarische Arbeit. Warum Bruno immer wieder fragte, ob seine Anwesenheit erwünscht sei oder ob er sie auch wirklich besuchen dürfe? Für Luise Dorothea Freifrau von Callenhoff gab es nur zwei Gründe, weswegen sie noch unter den Lebenden weilte. Zum einen wegen der Literatur, zum anderen wegen Bruno.

Ihr Mann hatte ihr den Sohn entrissen. Ohne mit der Wimper zu zucken, hatte er verfügt, dass Gerwin bis zu seiner Volljährigkeit nicht im Haus seiner Mutter, sondern im Haus der Großmutter aufwachsen müsse. Wie Luise die alte Hexe hasste, denn natürlich war das nicht Helmbrechts Idee gewesen, sondern die von Luises Schwiegermutter. Sie war ein Scheusal, eine Frau, deren Starrsinn nur von ihrer Kaltherzigkeit überboten wurde. Was dabei herauskam, wenn diese Frau einen Knaben erzog, konnte Luise an ihrem Ehemann aus nächster Nähe studieren. Wahrscheinlich war aus dem sechsjährigen Gerwin bereits ein kleiner Tyrann geworden. Und sie, Luise, war von Anfang an außerstande gewesen, gegen den Einfluss ihrer Schwiegermutter anzukämpfen, sie war zu schwach gewesen, zu wehrlos, zu hilflos und dumm.

Als der kleine Wurm an ihrer Brust gelegen hatte, hatte sie ihn geliebt, hatte ihn beschützen wollen, hatte sie ihm eine gute Mutter sein wollen. Und ja, sie hatte in der Zeit der Schwangerschaft hart an sich gearbeitet und es wirklich geschafft, zu vergessen, dass Gerwin die Frucht einer Gewalttat war. Sie hatte sich in jener Nacht ihrem Mann nicht freiwillig hingegeben, Helmbrecht war betrunken gewesen, hatte sie geschlagen und rüde genommen. Dr. Samigli hatte ihr geholfen, diese Gewalttat hinter sich zu lassen und sich auf das Kind zu freuen, doch als es geboren war und seine ersten selbstständigen Atemzüge tat, war die Angst vor weiteren Gewalttaten wie ein schweres Gewitter über sie hereingebrochen.

Sie hatte den Boden unter den Füßen verloren, sie hatte sich mit ihrem Sohn wochenlang in ihrem Zimmer eingesperrt, hatte kaum gegessen, jeden Kontakt mit anderen Menschen gescheut, die Vorhänge zugezogen und in der Dunkelheit ausgeharrt. Ja, sie hatte zusehends Gewicht verloren, und auch die Milch ihrer Brüste war weniger geworden, und ja, auch Gerwin hatte darunter zu leiden gehabt, einen Monat lang hatte er nicht zugenommen.

Daraufhin hatte der Arzt Alarm geschlagen, und der Hausherr war zur Tat geschritten. Baron Callenhoff hatte vier Männer formiert, die die Tür zu ihrem Zimmer aufgebrochen und die Luise gefasst und festgehalten hatten, der Baron selbst hatte den Sohn der Mutter entrissen und das Kind im Nebenzimmer der Großmutter und der bereitstehenden Amme übergeben. Luise hatte noch gesehen, wie die Amme, ein dralle Bauerntochter im besten Mutteralter, ihren Sohn an die Brust gelegt hatte und wie ihr Bub, der Spross ihres Schoßes, ihr Ein und Alles, gierig die Milch aufgesogen hatte. Und sie hatte den Blick ihrer Schwiegermutter gesehen, der ihr deutlich zu verstehen gegeben hatte, dass sie Gerwin auf Lebenszeit verloren hatte. Luise war dann auf direktem Wege in die Nervenheilanstalt gebracht worden. Mehrere Wochen hatte man sie dort verwahrt, später war sie nach Karlsbad in Böhmen in ein Sanatorium gebracht worden. Zweimal hatte sie versucht, ihrem Leben ein Ende zu setzen, zweimal hatten die Krankenschwestern dies verhindert.

Die Monate nach dem Aufenthalt im Sanatorium hatte sie in der Stille der Villa ihres Mannes in Sistiana mit Gartenarbeit verbracht. Ihr Ehemann war wie meist auf Reisen gewesen, war seinen Geschäften nachgegangen, hatte am gesellschaftlichen Leben in der Hauptstadt Wien teilgehabt, hatte die Trabrennbahn besucht, war zur Jagd gegangen, hatte mal mit dieser Kurtisane sein Bett geteilt, mal mit einer anderen. Er hatte sich nicht um seine Frau gekümmert, und seinen Sohn wusste er in der bedingungslosen Obhut seiner Mutter.

Luise hatte sich damals nur deswegen nicht von den Klippen ins Meer gestürzt, weil sie zu schwach dafür gewesen war. Und weil sie begonnen hatte, ihre verworrenen Gedanken zu sortieren und aufzuschreiben. Und erstaunlich, dieses Unterfangen hatte sehr schnell Erfolg gezeitigt. Ja, aus wirren Sätzen und konfusen Ideen waren Gedichte und Novellen geworden. Dr. Samigli hatte sie ermuntert, mehr zu schreiben, er hatte manche ihrer Texte gelesen und war begeistert gewesen, wie sie es schaffte, durch Sprache ihrem Leben eine Ordnung zu geben.

Eines Sommerabends hatte sie einen Spaziergang in der Bucht von Sistiana unternommen, sie hatte aus der Ferne zugesehen, wie ein Fischerboot angelegt hatte und die Männer gut gelaunt mehrere Kisten mit reichem Fang an Land gebracht hatten. Da war ein Sportboot herangekommen, ein Vierer, zwei Ruder links, zwei Ruder rechts. Die Männer in diesem Boot trugen Sportkleidung und ihre Bewegungen waren von einer so erstaunlichen Präzision und Harmonie gewesen, dass es Luise den Atem verschlagen hatte. Die Männer legten das Sportboot an und gingen an Land. Sie waren schweißüberströmt und atmeten schwer, sie standen lachend beieinander und tranken Wasser. In diesem Moment hatte Luise begriffen, wie ausgehungert sie nach Berührung und Zärtlichkeit war, wie sehr sie sich nach der Nähe eines Mannes verzehrte. Die aus der Ferne erblickten nackten Waden und die breiten Schultern dieser vier Sportsmänner hatten in ihr ein Gefühl ausgelöst, das sie sofort in ein einziges klares Wort fassen konnte: Verlangen.

Als einer der Männer sie entdeckt und zu ihr herübergeblickt hatte, hatten sich ihre Blicke gekreuzt. Sie hatte ihn gesehen, er hatte sie gesehen. Und auch in seinen Augen lag etwas, das an ihre Gefühle heranreichte. Luise würde diesen Moment nie vergessen. Niemals!

Später hatte sich herausgestellt, dass die vier Männer die ganze Strecke von Triest nach Sistiana gerudert waren, im Gasthof am Hafen übernachten wollten, um am nächsten Tag wieder zurückzurudern. Sie bereiteten sich auf einen Wettkampf vor. Luise nahm in jenem Gasthof Platz, der Wirt servierte – über den hohen Besuch sehr erfreut – der Baronessa auf dem Rost gegarte und mit Salbei gewürzte Goldbrasse und exzellenten Weißwein.

Irgendwie ergab sich, dass dieser eine Sportsmann sich nach dem Essen von seinen Kameraden löste und mit Luise ins Gespräch kam. Es stellte sich heraus, dass der Mann überaus belesen und höflich war, dass er genauso wie Luise zweisprachig war, also jederzeit vom Deutschen ins Italienische wechseln konnte, dass er unverheiratet war, dass er seit seiner Jugend Rudersport betrieb und sich brennend für die Erkenntnisse der Naturwissenschaften interessierte.

Eine Weile später, die Nacht war längst über den Golf von Triest gesunken, hatten sie einen Spaziergang unternommen. Auf einem Felsen am Ufer stehend hatte er sie umarmt und sie hatte sich an ihn geschmiegt. Sie hatten sich geküsst. Für eine schier unendliche Weile und doch nur für einen Augenblick war Luise glücklich gewesen.

Der Mann war dann zu seinen Kameraden zurückgekehrt und Luise hatte eine Kutsche genommen, die sie in ihre Villa gebracht hatte. Wie verzaubert war sie mit seinem Namen auf den Lippen ins Bett gefallen.

Bruno.
Luise war in das Leben der Menschen zurückgekehrt.

～⚬～

Jože sah den sich nähernden Wagen schon von Weitem. Er blickte hinter sich in das Magazin Nummer drei und pfiff laut. Jure, der gerade mit drei anderen Männern die abgeladenen Säcke in die Regale hob, blickte hoch.
»Sie kommen!«, rief Jože.
Jure eilte los. Da hielt der Kutscher den offenen Wagen an, vier Männer stiegen aus. Zum einen Signor Cohn, zum anderen Signor Pasqualini und zwei seiner Mitarbeiter. Das Bureau der Handelsagentur Pasqualinis befand sich im dritten Stock des Palazzo del Tergesteo, dem Tergesteum, einem der bedeutendsten Bureaugebäude der Stadt, in dem auch die Geschäftsräume der Literarsch-artistischen Abteilung des Österreichischen Lloyds, der Unionbank und weitere Betriebe lagen. Die Männer schüttelten einander die Hand.
»Signor Kuzmin, es ist mir eine außerordentliche Freude, Sie, Ihren Vater und Ihre Brüder sowie mein Schiff wohlbehalten zurück in Triest begrüßen zu dürfen«, hob Cohn an. »Ich hatte bereits gestern das Vergnügen, mit Ihrem Vater sprechen zu können, und habe vernommen, dass die gute alte Argo treue Dienste geleistet hat und es auf See zu keinen Schwierigkeiten gekommen ist.«
»Ja, Signor Cohn, das Schiff hat sich hervorragend bewährt. Wir haben die Maschine auf Volllast laufen lassen und im Durchschnitt elf Knoten erreicht. Aber kommen Sie doch herein und sehen Sie sich die Ware an.«
Jure führte die Männer in das Magazin. Pasqualini trat an ein Regal heran und tätschelte einen Sack.

»Sehr gut, lieber Jure, Sie haben das Magazin bis zur Decke gefüllt. Geben Sie uns einen Überblick.«

»Sehr gerne, Signor Pasqualini. Das Regal, vor dem Sie stehen, ist mit Robusta erster Klasse aus Madagaskar geladen. Achtzig Säcke. Daneben ist Robusta zweiter Klasse. Hier drüben ist Arabica zweiter Klasse aus Abessinien, der Hauptteil unserer Lieferung. Hier die kostbare Vorzugsware, zweihundertfünf Säcke Arabica erster Klasse. Und in der Ecke ist Tee, ein Drittel Darjeeling und zwei Drittel Ceylon.«

»Sie haben die Lagerhäuser in Aden wohl bis auf den letzten Krümel geplündert«, witzelte Pasqualini.

»Ich habe in der Tat so viel gekauft, wie ich kriegen und bezahlen konnte.«

»Hat das Zollamt Probleme gemacht?«

»Oh ja.«

»Bakschisch?«

»Mir ist nicht ein Heller geblieben.«

»Das alte Spiel in Aden.«

Pasqualini und seine Mitarbeiter schauten sich genau um. »Die Säcke zeigen keine Verunreinigung durch Kohlestaub.«

Jure nickte. »Wir haben in Aden eine ganze Nacht durchgearbeitet, um den Staub zu beseitigen. Bei der nächsten Fahrt müssen wir etwas ändern. Die Kohle einfach so in den Laderaum zu schütten, ist nicht sinnvoll.«

»Wenn Sie Kohlekisten verwenden, können Sie weniger laden«, wandte Pasqualini ein.

»Dafür geht die Entladung sehr viel schneller. Wir haben zwei Tage ohne Pause geschaufelt und eine Nacht geputzt. Das will ich meiner Mannschaft nicht noch einmal zumuten.«

»Ich finde, Signor Kuzmin hat recht«, meinte Cohn. »Mit dem Kohletransport ist kaum etwas zu verdienen, ob da eine Tonne mehr oder weniger auf dem Schiff ist, spielt keine Rolle. Die Ware, für die sich die Fahrt lohnt, liegt hier.«

Pasqualini nickte und fasste Jure ins Auge. »Ich kann jetzt verstehen, dass mich Signor Cohn vor Monaten schon bat, Sie zu treffen und mit Ihnen in Geschäftsverbindung zu treten. Ich bin sehr zufrieden. Ich habe meinen Partnern in Wien, Salzburg und Prag gestern Abend telegraphiert, dass die Argo voll beladen in Triest eingelaufen ist. Sie können die Lieferung kaum erwarten.«

»Sie bleiben also bei Ihrer Absicht, die Hälfte der Ware zu kaufen?«

»Es gibt keinen Grund, von unserer Vereinbarung abzurücken. Im Gegenteil, jetzt, wo die Ware frachtfertig im Porto Nuovo liegt, ärgere ich mich sogar ein bisschen, nicht mehr zu erhalten.«

»Signor Pasqualini, Sie sind mein wichtigster Handelspartner. Wir können gerne über weitere Absatzmengen sprechen.«

Pasqualini überlegte kurz, dann winkte er ab. »Wir wollen nichts überstürzen, bleiben wir bei unseren Vereinbarungen.«

»Wann wollen Sie Ihre Ware abholen?«

»Gar nicht. Wozu die Ware mehrmals in die Hand nehmen. Wir zählen die Säcke genau durch. Diejenigen, die ich übernehme, werden markiert, und wenn die Lieferungen rausgehen, beladen Sie mit Ihren Leuten die Fuhrwerke. Ich kümmere mich, dass die Säcke in die Waggons verladen werden. Ich glaube, das ist der einfachste Weg.«

Jure wiegte den Kopf. »Ich möchte, das Magazin so bald wie möglich leeren und eine zweite Fahrt unternehmen.«

»Eben deshalb hat es keinen Sinn, die Säcke aus Ihrem Magazin in meines zu packen. Die Lieferungen nach Wien, Salzburg und Prag gehen in dieser Woche noch auf Schiene.«

Jure war überrascht. »So schnell?«

Pasqualini und Cohn lachten. »Was glauben Sie, Jure, wie mein Geschäft läuft? Tempo ist das Zauberwort der Gegenwart. Von mir aus können Sie nächste Woche wieder in See stechen.«

Jetzt lachte Jure. »Nun, so bald wird das nicht möglich sein. Ich habe in Triest noch viel zu erledigen.«

Pasqualini strich sich über den Schnurrbart und musterte Jure wohlwollend. »Signor Kuzmin, wollen Sie nicht am Donnerstag mein allwöchentliches Kaffeekränzchen mit Ihrer Aufwartung beehren?«

Jure schnappte nach Luft. Eine Einladung zum Kaffee von Signor Pasqualini? Das kam einer Aufnahme in den Kreis Triester Geschäftsleute gleich. Und er würde Elena treffen!

»Mit dem allergrößten Vergnügen, Signor Pasqualini.«

»Gut. Um vier Uhr. Meine Mitarbeiter gehen mit Ihnen die Liste durch und bestimmen meinen Anteil. Ich empfehle mich mit den besten Grüßen.«

Jure begleitete Pasqualini zur Kutsche und verabschiedete sich mit Händedruck. Er sah dem Wagen hinterher. Cohn trat neben Jure.

»Ihr Stern steigt, Signor Kuzmin, es ist offenkundig. Ich habe von Anfang an gewusst, dass nur Schiffbruch in einem schweren Sturm ihren Weg in die Geschäftswelt verhindern kann.«

»Irgendwie fühlt sich mein Leben gerade wie ein Traum an, aus dem ich hoffentlich nicht aufwachen werde.«

»Die ersten Erfolge im Leben können einen berauschen. Ich weiß das noch aus meiner Zeit. Lassen Sie sich davon aber nicht überwältigen, sehen Sie weiterhin die Realität.«

»Danke für Ihre Ratschläge, Signor Cohn. Sie sind mir sehr wertvoll.«

»Einen habe ich noch.«

Jure schaute Cohn fragend an. »Ein weiterer Ratschlag?«

»Ja.«

»Und zwar?«

»Überlegen Sie sorgfältig, bevor Sie mein Angebot zurückweisen.«

»Welches Angebot?«

»Signor Kuzmin, ich biete Ihnen hiermit die Stelle als Prokurist der Società Marittima R. Cohn Trieste an.«

※

Bruno näherte sich der Kanzlei. Aus der Ferne sah er zwei uniformierte Polizisten die Straße entlangmarschierten. Eine Kutsche rumpelte an ihm vorbei. Zwei elegante Herren saßen auf dem Wagen, rauchten und waren in eine offenbar wichtige Unterredung vertieft. Bruno vernahm zwar nur Wortfetzen, aber die Mienen der Männer waren gespannt.

Das Gespräch mit Luise hallte in ihm nach. Sie hatte sich noch nie direkt nach Fedora erkundigt, nach der anderen Frau, wie sie gesagt hatte. Seit drei Jahren unterhielten Luise und er eine Beziehung, und fast so lange wusste sie, dass sie nicht die einzige verheiratete Frau war, mit der er sich traf. Luise wusste auch, dass die Beziehung zu Fedora schon bestanden hatte, als er sie getroffen hatte. Fedora hatte Brunos Leben lange vor Luise betreten.

Bruno und Fedora kannten sich seit fünfzehn Jahren. Wenige Monate nachdem sie als neunzehnjähriges Mädchen aus einem Dorf am Unterlauf des Isonzo in die Stadt gekommen war, um hier Arbeit zu finden, und Bruno als zweiundzwanzigjähriger Jungpolizist auf Streife gegangen war, waren sie einander bei einem Tanzvergnügen in der Vorstadt begegnet. Die jungen Männer waren beim Tanz hitzig geworden und es war zu einer Rauferei gekommen. Bruno war mit einem Trupp von Polizisten zum Ort des Geschehens gelaufen, um Ruhe und Ordnung wiederherzustellen. Aber als die Polizei eingetroffen war, waren die Raufbolde schnell verschwunden und die Musikanten spielten bald wieder. Bruno war bis zum Ende des Tanzes als Wache vor Ort abgestellt worden. Das überaus attraktive Mädchen mit den wunderschönen dunklen Zöpfen war ihm sofort aufgefallen, nun, sie war allen Burschen aufgefallen. Nur die Mutigsten von ihnen wagten, ein derart hübsches Mädchen zum Tanz aufzufordern, doch einer war dabei, der allzu eifrig war. Bruno hatte es aus der Distanz mitverfolgt, der Bursche hatte das Mädchen regelrecht bedrängt. Als sie drauf und dran war, die Flucht zu ergreifen, wurde der Bursche handgreiflich, daraufhin war Bruno eingeschritten und hatte ihm eine Tracht Prügel verpasst. Anschließend hatte er Fedora bis zu ihrem Quartier begleitet, in dem sie mit zwei anderen jungen Frauen aus der Provinz ein Zimmer bewohnt hatte.

Danach hatten sie sich mehrmals getroffen und zu Brunos unendlichem Glück waren sie auch intim miteinander geworden. Sieben Monate lang währte die Beziehung, doch dann bekam Bruno die Möglichkeit, für ein Jahr an der Universität in Graz Rechtswissenschaften zu studieren. Diese Chance konnte er sich nicht entgehen lassen, zu gern wäre er überhaupt Student geworden, ihm wäre es sogar egal gewesen, was er hätte studieren sollen. Am liebsten hätte er natürlich ein technisches oder naturwissenschaftliches Fach belegt, aber auch Rechtswissenschaften oder Alte Sprachen wären ihm genehm gewesen. Doch Brunos Vater hatte ein Studium für seinen Sohn ausgeschlossen und ihn bei der Polizei untergebracht. Und jede Widerrede gegen eine Entscheidung von Salvatore Zabini war undenkbar.

Aufgrund Brunos Gelehrigkeit waren seine Vorgesetzten auf ihn aufmerksam geworden. Der damalige Polizeidirektor hatte persönlich in die Wege geleitet, dass der junge Polizist ein für ihn kostenfreies Studierzimmer in Graz bekam, um als außerordentlicher Hörer Strafrecht zu studieren. Dem hatte auch Salvatore Zabini sofort zugestimmt, weil eine solche Möglichkeit natürlich für die Beamtenkarriere seines Sohnes mehr als förderlich war, also hatte er eine kleine monatliche Apanage für den Lebensunterhalt bereitgestellt. So konnte Bruno bescheiden, aber ohne finanzielle Sorgen ein Jahr an der Universität Graz studieren. Und ja, anfangs hatte er Fedora Briefe geschrieben, und sie hatte auch geschrieben. Aber eines Sonntags hatte er beim Spazieren am Hilmteich in Graz Anneliese kennengelernt, und alles war anders geworden. Als er nach Ablauf des Jahres und dem unglücklichen Ende der Beziehung zu Anneliese nach Triest zurückgekehrt war, war Fedora bereits mit einem Absolventen der nautischen Schule verlobt. Wenig später heiratete sie den Offizier zur See Carlo Cherini und gebar ihm in Jahresfrist eine Tochter. Leider war der kleinen Clara kein langes Leben beschieden gewesen, zweijährig war sie an einem bösen Fieber gestorben. Die beiden Söhne des Ehepaares waren nun zehn und acht Jahre alt.

Mehrere Jahre waren Bruno und Fedora einander nicht begegnet, bis Fedora vor vier Jahren erneut in seinen Gesichtskreis getreten war. Seine Mutter hatte über die Jahre einen Zirkel lesefreudiger Damen um sich versammelt, die sich regelmäßig in der gut ausgestatteten Bibliothek Heidemarie Zabinis trafen und bei Kaffee und Kuchen über Bücher debattierten. Brunos Mutter war als junges Fräulein von Wien nach Triest gekommen und lebte seit vierzig Jahre hier. Manche Schätze ihrer alten Heimat hatte sie in die Hafenstadt mitgenommen, so etwa Rezepte der Wiener Küche. Nicht zuletzt Heidemaries geradezu legendäre Apfel- und Topfenstrudel sorgten dafür, dass die Zirkel gut besucht wurden. Salvatore Zabini hatte, als er die Hierarchie im Zollamt nach oben gestiegen war, ein kleines Bauernhaus am Stadtrand gekauft und als Wohnhaus herrichten lassen, so war die Familie aus der Città Vecchia nach Cologna gezogen.

Vor vier Jahren hatte eine der durchwegs älteren Damen die junge Ehefrau eines Offiziers der Handelsmarine in den Zirkel eingeführt, dessen Haus ein gutes Stück weiter stadtauswärts in Gretta lag. Da Bruno im Haus seiner Mutter über eigene Räume mit eigener Eingangstür verfügte und er wegen seines Berufes ohnedies sehr viel unterwegs war, begegneten Mutter und Sohn einander nicht besonders oft, und an den Lesezirkeln seiner Mutter nahm er nicht teil. An einem Frühlingstag hatte Bruno Ausbesserungsarbeiten im Garten durchgeführt, als plötzlich Fedora vor ihm gestanden hatte. Bruno hatte sie sofort wiedererkannt und war sehr überrascht, dass sie nun zum Bücherzirkel seiner Mutter gehörte. In den nächsten Tagen hatten sich Bruno und Fedora wiederholt getroffen und bald schon das Bett miteinander geteilt.

Nicht viel später hatte Bruno erfahren, dass Fedora sich dem Bücherzirkel gezielt angeschlossen hatte, zum einen wollte sie ihre Bildung aufbessern und suchte daher Kontakt zu belesenen Damen, zum anderen hatte sie Bruno nie ganz vergessen. Auch er hatte Fedora nie ganz vergessen. Fedora litt darunter, in der Enge ihres kleinbürgerlichen Lebens wochenlang ohne Mann ausharren zu müssen. Carlo Cherini stieg die Karriereleiter im Österreichischen Lloyd Schritt für Schritt nach oben, und sein Beruf war es, Dampfer über die hohe See zu steuern. Immer wieder befuhr er auch die Fernlinien nach Indien, China oder Japan, war also wochenlang fern der Heimat. So lag es für Fedora nahe, sich an ihren ehemaligen Geliebten aus den Jugendjahren zu erinnern, der nach wie vor nicht verheiratet war, wechselnde Beziehungen pflegte und als ranghoher Polizist erstens gute Gründe und zweitens auch die Fähigkeit hatte, eine Liaison zu einer verheiraten Frau zu verheimlichen.

Ja, Bruno fand die Benennung für Fedora, die er gestern Abend Luise gegenüber ausgesprochen hatte, ganz und gar zutreffend: Fedora war Feuer. Ein Feuer, das ihn wärmte.

Und Luise war das Wasser, das er trank.

Warum sollte es unmoralisch sein, zwei Frauen zu lieben? Er hatte sich das nicht in berechnender oder niederträchtiger Absicht ausgesucht, er spielte weder Fedora noch Luise etwas vor. Das Versteckspiel galt allein der öffentlichen Meinung, die es nicht ertragen konnte, wenn Menschen so fühlten und lebten, wie es ihnen das Schicksal auftrug. Und in seinem Leben hatte es nur eine Frau gegeben, mit der er Hochzeit halten, einen Hausstand gründen und Kinder großziehen hätte wollen. Nämlich Anneliese aus Graz. Auch das hatte er weder Fedora noch Luise je verheimlicht.

Luise war so nachdenklich, fand Bruno, und ihre Stimmung nicht die Beste. Auch diese Idee, die Komtess Urbanau, Carolina, könnte sich in ihn verliebt haben, fand Bruno geradezu grotesk. Carolina und Friedrich Grüner hatten sich wahrhaft geliebt, Bruno fand es völlig aus der Luft gegriffen, zu meinen, dass Carolina sich so kurz nach den tragischen Ereignissen erneut verlieben würde. Ja, Bruno hatte in seinem Beruf manche tragische Schicksale kennengelernt und er hatte gesehen, dass Menschen nach solchen Verlusten Jahre, manche gar Jahrzehnte brauchten, um sich zu erholen. Und manche schafften es nie. Es musste einen anderen Grund für Luises getrübte Stimmung geben.

Bruno hatte einen sehr konkreten Verdacht.

Die Anwesenheit des Barons Callenhoff im gemeinsamen Haus bewirkte jedes Mal, dass Luise niedergeschlagen, in sich gekehrt, abweisend und bisweilen sogar wunderlich war. Als Luise nach der Fahrt mit der Thalia ihrem Mann geschrieben hatte, dass die Komtess Urbanau den Sommer in der Villa in Sistiana verbringen würde, war er auf dem schnellsten Weg in sein Haus im Litoral gereist. Der Baron hatte es persönlich auf sich genommen, als Schutzpatron der Komtess aufzutreten. Noch war Carolina minderjährig gewesen, und als Waise von hohem Stand und von noch höherem Vermögen benötigte sie einen Patron, der sie vor schädlichen Einflüssen bewahrte. Der Baron hatte auf dem Weg von Wien nach Sistiana auch in Graz haltgemacht und die Advokaturkanzlei, die die Geschäfte des verstorbenen Grafen Urbanau und dessen Nachlass verwalteten, zu Gesprächen konsultiert.

Bruno hatte für sich selbst längst entschieden, dass er Fedoras Mann nicht verachtete. Ja, Bruno war der Nebenmann im Leben Fedoras. Wenn Carlo Cherini in Triest war, hatte Fedora keine Augen für Bruno, dann sah sie nur ihren Ehemann. Aber Carlo Cherini war ein anständiger Kerl, er tyrannisierte seine Frau und Kinder nicht, er schlug sie nicht grundlos, weder verspielte er seine Heuer in dubiosen Spelunken, noch trieb er sich mit Dirnen herum, wie viele andere Seeleute. Bruno fühlte immer wieder so etwas wie Eifersucht, wenn Fedora nach einem Stelldichein mit samtiger Stimme davon sprach, dass ihr Mann bald wieder in Triest einlaufen würde, und Bruno somit vor die Tür setzte. Immerhin konnte er sich von dieser Eifersucht ablenken, indem er schnell an das nächste Treffen mit Luise dachte. Also hatte alles irgendwie seine Ordnung und Richtigkeit, deswegen empfand Bruno keine Verachtung für Carlo.

Helmbrecht von Callenhoff hingegen war ein Mann, der in Bruno weit mehr als Eifersucht hervorrief, es war vielmehr blanke Verachtung. Bruno hatte als Kriminalist immer wieder widerwärtige Menschen getroffen, die böse Dinge getan hatten, und jedem dieser Menschen hatte Bruno Verachtung entgegengebracht, die er aber mit Disziplin und seinem Sinn für Gerechtigkeit als Mensch und als Polizist wegzudrängen imstande war. Diese Leistung war ihm bei Helmbrecht von

Callenhoff nie gelungen. Und dafür gab es einen einzigen, alles bestimmenden Grund: Baron Callenhoff hatte Luise mehrmals verletzt. Und Bruno war sich sicher: Er würde es wieder tun.

So hatte sich Bruno in den zwei Sommermonaten, in denen der Baron in Sistiana bei seiner Ehefrau und ihrem Gast, der Komtess Urbanau, gewesen war, sehr diskret zurückgehalten. Nur einmal hatte er in der Zeit Luise getroffen, nämlich im Kaffeehaus gemeinsam mit Carolina und ihrem Halbbruder Georg.

Es hatte sich in Triest schnell herumgesprochen, dass der Baron Callenhoff alle windigen Geschäftemacher, von denen es in der Stadt jede Menge gab, mit wuchtigen Hieben aus dem Felde schlug. Niemand hatte sich der Alleinerbin des immensen Vermögens des Grafen Urbanau auch nur auf eintausend Meter nähern können, ohne von den Bluthunden des Barons gehetzt zu werden. Einer glücklichen Fügung hatte er es zu verdanken, dass seine Ehefrau ermöglicht hatte, die Komtess Urbanau in sein Haus, also in die Nähe seiner Fänge zu bringen. Und der Einzige, dessen Geschäfte sich mit den einträglichen Geschäften des verblichenen Grafen verknüpft hatten, war Baron Callenhoff selbst. Also waren lukrative Verträge für die Handelsagentur des Barons ausverhandelt, von Carolina gutgeheißen und vom Advokat in Graz gegengezeichnet worden. Kaum hatte Ende August Carolina das Haus in Sistiana verlassen und war in ihre Heimatstadt gefahren, hatte Baron Callenhoff seine Siebensachen für die nächste Reise nach Übersee gepackt.

Bruno gefiel der Gedanke, dass Baron Callenhoff in Südamerika von einem Alligator gefressen oder von einer Giftschlange gebissen werden könnte. Eine hartnäckige Tropenkrankheit würde ihm auch gefallen.

»Na, so in Gedanken heute, Signor Zabini?«

Bruno schreckte hoch. Er war ohne nach links und rechts zu schauen die Treppe zur Kanzlei hochgelaufen und hatte durch die offen stehende Tür Frau Ivanas Bureau betreten.
»Guten Morgen, Ivana.«
»Guten Morgen.«
»Entschuldigen Sie bitte, dass ich es an Höflichkeit mangeln ließ. Ja, ich war in Gedanken.«
»Ich hoffe, es waren gute Gedanken.«
Bruno lächelte Ivana breit an. »Sehr gute.«
»Kaffee?«
»Sie sind ein Goldschatz, Ivana!«

Er war frühmorgens aufgestanden, hatte ein frisch gebügeltes Hemd und seinen guten Anzug aus dem Schrank genommen, sich schnell angekleidet und den dunklen Hut aufgesetzt, dann war er losmarschiert und hatte nur einen kleinen Stopp eingelegt, um seine Schuhe von einem Schuhputzer aufpolieren zu lassen. Im Kaffeehaus hatte er im Vorbeigehen einen Caffelatte und ein Cornetto zu sich genommen und war dann zum botanischen Garten gelaufen. Ein Blick auf die Taschenuhr verriet ihm, dass er exakt im Zeitplan lag. In ungefähr fünf Minuten würde Elena auf dem Weg zur Sprachschule hier vorbeikommen. Dario postierte sich so, dass es für Elena einem Zufall gleichen musste, wenn sie ihn hier traf.
Er wartete.
Da war sie!
Der Witterung entsprechend trug sie keinen Mantel. Es war Mitte September, der Sommer hing noch über dem Golf von Triest. Auch er hatte seinen Mantel im Schrank gelassen. Dario marschierte los.

Elena entdeckte ihn.

Galant zog Dario seinen Hut, trat an sie heran und küsste ihre Hand. »Guten Morgen, Signorina Elena. Was für eine erfreuliche Begebenheit, Sie so früh am Tag zu treffen«.

»Guten Morgen, Signor Mosetti.«

»Aber bitte, nicht so formell. Sagen Sie doch Dario zu mir.«

»Wie Sie wollen. Guten Morgen, Signor Dario.«

Er schaute bewusst auf ihre Tasche. »Sind Sie auf dem Weg zur Sprachschule?«

»Ja, wie jeden Mittwoch.«

»Wie der Zufall will, bin ich auf dem Weg zum Canal Grande. Wenn Sie erlauben, Elena, dann würde ich Sie gerne begleiten.«

Elena lächelte bemüht. »Ihre Gesellschaft wäre mir sehr angenehm.«

Dario bot ihr seine Armbeuge ein. Er sah genau, wie sie zögerte, schließlich hakte sie sich bei ihm ein. Die beiden setzten sich in Bewegung. Es war eher ein gemütliches Flanieren, denn ein zielgerichtetes Marschieren zur Schule.

»Haben Sie auf mich gewartet, Signor Dario?«

»Wäre es ein schwerwiegendes Verbrechen, wenn ich es getan hätte?«

»Ein Verbrechen nicht, aber was ist der Grund dafür?«

»Sehen Sie nur wie prächtig sich die Sonne auch an diesem Tag hebt? Bei derart schönem Wetter kann es nur eines geben, was die Helligkeit der Sonne überstrahlt. Und das ist das Vergnügen mit Ihnen, geschätzte Signorina Elena, zu spazieren.«

»Nun, eigentlich bin ich nicht zum Spazieren hier, vielmehr bin ich auf dem Weg in die Schule.«

Dario zog seine Taschenuhr hervor. »Oh, der Unterricht beginnt doch erst in einer halben Stunde. Ich versichere Ihnen, Sie pünktlich vor dem Eingangstor abzuliefern. Wie kommen Ihre Studien voran?«

»Gut. Woche für Woche werde ich sicherer in Wort und Schrift.«

»Ich habe gehört, dass in der Berlitz School echte Engländer als Lehrer dienen.«

»Das ist richtig. Wobei mein Lehrer Ire ist.«

»Ach so? Aber immerhin gehört Irland zu den britischen Inseln und dort wird ja auch Englisch gesprochen.«

»Das ja.«

»Sind Sie mit der Schule zufrieden?«

»Sehr. Mister Joyce ist zwar noch recht jung, er ist nur um paar Jahre älter als ich, aber er ist ein sehr fähiger Lehrer.«

»Ein Freund hat mir erzählt, dass die Lehrer der Berlitz School häufig im Caffè Stella Polare anzutreffen sind.«

»Das stimmt, von der Via San Nicolò geht man ja nur ein Stückchen in die Via Sant'Antonio. Ich selbst habe dort schon mehrfach mit Kommilitonen Kaffee getrunken.«

»Was ich aber gehört habe, ist, dass die Sprachlehrer nicht nur Kaffee trinken, sondern dass sich bei Ihnen die Erzeugnisse der Destillerie Camis & Stock großer Beliebtheit erfreuen.«

»Wo haben Sie diese Gerüchte aufgeschnappt?«

»Ach, wenn man gelegentlich Kaffeehäuser besucht, hört man viele Dinge.«

»Wie an vielen Gerüchten, so ist auch an diesem manches wahr, vieles aber unwahr. Es stimmt schon, der ältere Bruder von Mister Stanislaus scheint dem Alkohol nicht abgeneigt zu sein, er selbst aber ist ein vorbildlicher Lehrer und weiß sich zu benehmen.«

»Brüder? Da unterrichten Brüder aus Irland?«

»Ist es nicht großartig, dass so viele Menschen aus so vielen Ländern in Triest leben und arbeiten?«

»Nun, wenn sie für eine Weile hier arbeiten und wieder in ihre Heimat zurückkehren, dann ist das völlig in Ordnung.

Italien ist ein einziger Hafen, die ganze Welt kommt und geht, aber leben sollten hier nur Italiener.«

Elena schaute Dario von der Seite an. »Aber Triest liegt nicht in Italien, sondern in Österreich-Ungarn. Hier leben Menschen vieler Völker, darin spiegelt sich unsere Heimat wider.«

Dario bemerkte den Tonfall in Elenas Stimme. Ihr Vater war ein stadtbekannter Cosmopolit, kein Wunder also, dass seine Tochter dessen Ideen vertrat. Wenn sie erst seine Frau war, würde er ihr schon den rechten Weg weisen. Jetzt aber war es angeraten, das Thema zu wechseln. »Englisch ist, wenn ich mich recht entsinne, die vierte Sprache, die Sie lernen, Signorina Elena?«

»Ja.«

»Wie bewundernswert gelehrig Sie doch sind. Italienisch, Deutsch, Französisch und jetzt noch Englisch. Ich bin begeistert.«

»Mein Vater scheut keine Kosten für meine Ausbildung. Dafür bin ich ihm sehr dankbar.«

»Ihr Vater spricht selbst mehrere Sprachen.«

»Er behauptet, er spricht nur Italienisch und Deutsch, alle anderen Sprachen beherrscht er nicht gut. Aber in Wahrheit kann er sich in sieben Sprachen unterhalten und Geschäftskorrespondenz erledigen.«

»Sieben Sprachen! Das ist bemerkenswert. Ich spreche Italienisch und etwas Deutsch. Nur das, was ich in der Schule gelernt habe.«

»Sind Sie auf eine deutsche Schule gegangen?«

»Zum Glück nicht. Mein Vater hat mich auf eine italienische Schule geschickt. Das war unsäglich genug.«

»Unsäglich? Sind Sie ungern zur Schule gegangen?«

»Ich habe sie gehasst.«

»Ich bin gern zur Schule gegangen.«

»Waren Sie auf einer deutschen Schule?«

»Mehr noch, ich war im Internat der Grazer Schulschwestern.«

Dario pfiff durch die Zähne. »Du meine Güte, ein katholisches Internat bei den Germanen im hohen Norden. Waren die Sitten und Regeln nicht furchtbar streng?«

»Streng schon, aber es fiel mir nicht schwer, mich an die Regeln zu halten. Und so weit im Norden liegt Graz auch wieder nicht. Meine Eltern haben mich regelmäßig besucht. Und in den Ferien allein mit dem Zug von Graz nach Triest zu reisen, war immer ein großes Abenteuer. Als ich vierzehn war, bin ich vor Weihnachten das erste Mal mit dem Zug nach Hause gefahren. Es hat am Tag zuvor geschneit. Als die Sonne durch die Wolkendecke brach, hat sie den Karst in ein weißes Paradies verwandelt. Als es Abend wurde, kam der Zug an die Küste und rollte auf die schneebedeckte Stadt zu. Das Meer, die vielen Lichter der Stadt und der Schnee, es war ein zauberhafter Anblick, ein Moment, an den ich mich gerne zurückerinnere.«

Darios Herz pochte. Wie liebreizend sie war. Ein Engel! Am liebsten hätte er sie hier und jetzt geküsst. Elena war kein Mädchen wie die anderen, sie war eine Prinzessin.

»Elena, das haben Sie so schön gesagt. Ich bin … wie soll ich sagen? Elena, ich …«

Elena löste sich von ihm und winkte zwei Fräuleins in einer Seitengasse. »Sehen Sie nur, Signor Dario, meine Kommilitoninnen. Vielen Dank, dass Sie mich ein Stück begleitet haben. Und vielen Dank für die interessante Konversation. Ich wünsche Ihnen noch einen schönen Tag.« Elena überquerte eilig die Straße.

Dario blickte ihr hinterher. Er wusste nicht, wie er sich fühlte. Noch weniger wusste er, was er denken sollte.

Im Gebäude der Polizeidirektion nahm das k.k. Polizeiagenteninstitut eine ganze Etage ein. In den beiden Stockwerken darunter lag das hiesige Kommissariat, im Stockwerk darüber die Kanzlei des Polizeidirektors. Neben Oberinspector Gellner, verrichteten zwei Inspectoren, sechs Polizeiagenten, fünf Polizeiamtsdiener und zwei weibliche Schreibkräfte ihren Dienst im Polizeiagenteninstitut. Bruno und sein Kollege Emilio waren als Inspectoren I. Klasse nach Oberinspector Gellner die ranghöchsten Kriminalisten in der Stadt und übernahmen die schwierigen und aufsehenerregenden Fälle. Wie in den anderen Ländern des österreichischen Teils der Doppelmonarchie bildeten die Beamten des k.k. Polizeiagenteninstitut den nicht uniformierten Wachkörper, die nach französischem Vorbild die uniformierte Polizei insbesondere in der Ausforschung von begangenen oder versuchten Gesetzesverletzungen unterstützte. Die Hauptaufgabe der k.k. Polizeiagenten war, wie Bruno jederzeit auswendig aufsagen konnte, »die Überwachung aller jener Personen und Sachen, welche im Interesse der öffentlichen Ruhe, Ordnung und Sicherheit eine Vorkehrung oder ein Einschreiten der Polizeibehörde erheischen«.

Bruno saß auf seinem Stuhl, drehte eine Füllfeder zwischen den Fingern und blickte zum Fenster hinaus. Er konnte sich nicht recht auf die Arbeit konzentrieren, zu sehr spukte das Gespräch mit Luise in seiner Erinnerung. Das Klappern einer Schreibmaschine riss ihn aus seiner Grübelei. Ivana arbeitete wieder fleißig. Vielleicht sollte er sich ein Beispiel an ihr nehmen. Bruno schob den Stuhl an den Schreibtisch und zog den obersten Aktenumschlag vom Stapel. Schnell überflog er den getippten Bericht. Gestern hatte er drei der zweiten Schreibkraft in der Kanzlei diktiert. Regina Kandler hatte wie stets fehlerfrei sein Diktat stenographiert und danach auf der Schreibmaschine abgetippt. Regina war Anfang fünfzig und die Ehefrau eines Ingenieurs, der in der Gießerei des Lloydarsenals arbeitete. Sie und Ivana ergänzten sich als Schreibkräfte; während Regina als deutschstämmige Triesterin Deutsch und Italienisch perfekt beherrschte, schrieb Ivana sowohl in ihrer Muttersprache Slowenisch wie auch in Italienisch fehlerfrei. Wobei Ivana nicht nur Triestinisch sprach, sondern auch Toskanisch. Sie hatte als gelehrige junge Dienstmagd bei einem Florentiner Professor gearbeitet und in dessen Haus das klassische Toskanisch erlernt, das sich als Hochsprache des Italienischen durchgesetzt hatte. Auch persönlich harmonierten die beiden Frauen. Ivana war zehn Jahre jünger als Regina, aber durch ihre Tatkraft und ihr Organisationstalent war sie, wie Bruno immer wieder betonte, die wichtigste Arbeitskraft des Polizeiagenteninstituts. Die dagegen stillere Regina ordnete sich gern den Anweisungen Ivanas unter.

Bruno setzte seine Unterschrift unter den Bericht und nahm den nächsten zur Hand. Die wichtigen wurden in der Regel auf Deutsch verfasst, abgetippt und zu den Akten genommen. Ivana tippte zwar auch welche in deutscher Sprache, aber in der Regel war dies Reginas Aufgabe. Auch der zweite Bericht war fehlerlos, sodass Bruno seine Unterschrift daruntersetzte.

Die Tür zu Brunos Bureau stand offen, daher hörte er die Schritte auf dem knarrenden Parkett.

»Guten Morgen«, sagte Emilio im Vorbeigehen.

Bruno erhob sich und eilte seinem Kollegen hinterher. »Guten Morgen. Emilio, einen Moment bitte.«

»Was gibt es?«

»Hast du ein paar Minuten Zeit? Wir müssen den Ablauf der Ereignisse beim Einbruch in das Theater noch einmal besprechen.«

Emilio warf seine Stirn in Falten. »Wozu? Ich habe alles aufgeschrieben.«

»Bei der Aussage des Portiers sehe ich Unklarheiten.«

»Und zwar welche?«

»Der zeitliche Ablauf in seiner Schilderung ist lückenhaft. Mindestens eine halbe Stunde fehlt darin.«

»Ist dir das also aufgefallen?«

»Ja. Die von ihm beschriebenen Tätigkeiten können nicht zwei Stunden gedauert haben, bestenfalls anderthalb Stunden. Was hat er in der verbliebenen halben Stunde getan?«

»Nichts. Er hat gefaulenzt. Der Mann ist Slawe. Die faulenzen immer.«

Bruno verzog seinen Mund. »Er könnte in der halben Stunde den Einbrechern das Kellerfenster geöffnet haben.«

»Kann er nicht.«

»Kann er nicht?«

»Genau. Weil er nämlich nicht im Keller war, sondern vor dem Gebäude gestanden und geraucht hat. Und mit zwei Dirnen getratscht.«

Bruno verzog seine Miene. »Davon steht aber nichts im Bericht.«

»Er kennt die Namen der beiden nicht und deshalb habe ich diese Nebensächlichkeit nicht in den Bericht geschrieben.«

Bruno atmete durch. Nicht nur, dass die beiden Inspectoren ein, gelinde gesagt, schwieriges persönliches Verhältnis zueinander hatten, auch was die Arbeitsmethoden betraf, waren sie nicht immer der derselben Meinung. »Und woher weißt du, dass der Portier nicht lügt?«

»Weil ich ihn verhört habe.«

Zwischen den beiden Männern lag gespanntes Schweigen, sie schauten einander in die Augen. »Das allein macht dich also sicher?«

»Absolut. Kein dummer kleiner Portier wagt es, mir ins Gesicht zu lügen.«

Die Tür zu Oberinspector Gellners Bureau wurde geöffnet. Gellner fasste seine beiden Inspectoren streng ins Auge. »Wenn die gnädigen Herren die Güte hätten, ihre dienstlichen Unterredungen nicht in voller Lautstärke auf dem Gang zu führen, sondern in gedämpfter Lautstärke in Ihren Bureaus, zu welchem Zweck diese ja im Gebäude vorhanden sind, dann könnten andere tätige Personen hierorts sogar deren Arbeit dienstbeflissen verrichten.«

Oberinspector Gellners Stimmung war in den letzten Tagen nicht die beste gewesen, Kleinigkeiten reichten aus, um zu einem Streit zu führen. »Natürlich, Herr Oberinspector, wir bitten um Verzeihung«, sagte Bruno.

»Ist der von Ihnen diskutierte Sachverhalt jetzt klar?«, fragte Gellner.

»Vollkommen klar. Sämtliche offenen Fragen sind beantwortet.«

»Dann fordere ich die beiden Herren Inspectoren höflichst auf, sich in mein Bureau zu begeben. Wir haben etwas zu besprechen.«

Bruno und Emilio schauten einander fragend an, aber keiner wusste offenbar, was es zu besprechen gab. Also folgten sie Gellner in dessen äußerst geräumiges Zimmer. Auf dem wuchtigen Schreibtisch des Oberinspectors befanden sich mehrere Tageszeitungen und ein Aktenumschlag. Natürlich gehörte das Lesen der Zeitungen zu den Pflichten eines Kriminalisten. Bruno wusste, dass der Oberinspector diese Aufgabe mit Akribie erledigte, insbesondere die Teile, in denen von der Pferderennbahn, den Bällen und Konzerten geschrieben wurde, erfreuten sich höchster Aufmerksamkeit Gellners.

»Meine Herren, bitte nehmen Sie Platz.«

Bruno und Emilio rückten zwei Stühle vor den Schreibtisch. Gellner wartete, bis sie Platz genommen hatten, dann schob er die Zeitungen zur Seite und öffnete den Aktenumschlag. Die beiden Inspectoren erblickten über den Schreibtisch hinweg ein einzelnes Blatt Papier, auf dem sich aus Zeitungen ausgeschnittene und aufgeklebte Buchstaben und Worte befanden.

»Dieser Brief wurde gestern an die Kanzlei seiner Exzellenz des Statthalters gerichtet. Ein Sekretär hat wie üblich die Post bearbeitet und dabei ein Couvert geöffnet, in welchem sich dieses Machwerk befunden hat. Bitte werfen Sie einen Blick darauf.« Gellner schob den Aktenumschlag über den Tisch, Emilio beugte sich vor und zog den Umschlag heran. Sie lasen den Inhalt des Schreibens.

Sobald die Adelspest im Hafen ist, plazt die Bombe. Tod den Habsburgern!

»Seine Exzellenz, Prinz Hohenlohe-Schillingsfürst, nimmt die Drohung nicht auf die leichte Schulter. Darf ich Sie ersuchen, mir Ihre Einschätzung darzulegen? Signor Pittoni, bitte Sie zuerst.«

Emilio wiegte den Kopf. »Der Hafen wird angesprochen. Ich denke, der Täter bezieht sich auf den geplanten Festakt anlässlich der Jungfernfahrt zweier Lloyddampfer. Hoher Besuch aus der ganzen Monarchie ist angekündigt.«

»Ja, diese Vermutung liegt nahe.«

»Herr Oberinspector, wir bekommen immer wieder Drohungen, wenn sich hohe Herrschaften ankündigen.«

»Und es obliegt der Pflicht des Polizeiagenteninstituts dafür zu sorgen, dass es zu keinen Anschlägen kommt. Signor Zabini, was ist Ihre Meinung?«

»Interessant finde ich, dass der Täter die Drohung in deutscher Sprache abgefasst hat. Der Rechtschreibfehler im Wort *plazt* fällt auf, da fehlt ein T.«

»Das Wort *Adelspest* ist auch auffällig«, sagte Emilio. »Der Täter scheint den Adel zu hassen. Ein Republikaner? Ein Anarchist? Ein slawischer Nationalist?«

Gellner kniff die Augen zusammen. »Vielleicht auch ein italienischer Nationalist? Ein gewaltbereiter Irredentist?«

Emilio zuckte mit den Schultern »Möglich ist es. Vielleicht ist es aber auch nur ein Verrückter oder Verbitterter, der sich Luft machen muss. Wie meist bei solchen Drohbriefen. Echte Attentäter senden keine Briefe mit der Post, sondern legen still und heimlich Bomben.«

Gellner nickte zustimmend. »Da haben Sie recht, Signor Pittoni, aber wir müssen diese Drohung ernst nehmen und alles Menschenmögliche leisten, um jeder Gefährdung des Festaktes vorzubeugen.«

»Es könnte sein«, sagte Bruno und beugte sich über den Drohbrief, »dass die Buchstaben aus Triester Zeitungen geschnitten wurden. Einige der Buchstaben erinnern mich stark an die Drucklettern des Indipendente. Das müsste ich mit der Lupe genauer untersuchen. Wo ist das Couvert?«

»Der Sekretär hat es weggeworfen. Ich habe die Suche schon angefordert. Der Mann ist sich sicher, dass der Brief in Triest abgestempelt wurde.«

»Also wahrscheinlich ein heimischer Täter«, meinte Emilio. »Das nährt meine Ansicht, dass da ein Aufschneider oder ein harmloser Verrückter am Werk war.«

Gellner lehnte sich zurück und faltete seine Hände über dem Bauch. »Meine Herren, hiermit erhalten Sie den Auftrag, jegliche Gefährdung des Festaktes zu vereiteln, jede Drohung zu verfolgen, alle einschlägig bekannten subversiven Elemente der Stadt peinlichst genau im Auge zu behalten und mir laufend Bericht über Ihre Maßnahmen und Fortschritte zu erstatten.«

»Gibt es schon eine vollständige Liste der eingeladenen Gäste?«, fragte Bruno.

»Noch nicht, aber Signor Zabini, ich bin mir sicher, dass Sie sich um eine solche bemühen werden. Noch Fragen?«

»Darf ich den Drohbrief an mich nehmen?«, fragte Bruno.

»Darum möchte ich gebeten haben.«

Die beiden Inspectoren erhoben sich.

~⊚~

Jure blickte auf die Uhr beim Eingang des Postamtes. Vor der Abfahrt nach Aden hatte er in verschiedenen Zeitungen Annoncen aufgegeben. Darin hatte er die Kaffeelieferung bis Mitte September angekündigt und interessierte Käufer aufgefordert, eine postlagernde Anfrage zu senden. Eben hatte er die drei eingetroffenen Briefe abgeholt. Das war enttäuschend. Er hatte mit mehr gerechnet. Noch im Saal des Postamtes stehend, öffnete Jure die Briefe und überflog die Anfragen. Er verzog den Mund. Zwei Briefe stammten von Kaufmännern, die für ihre kleinen Straßenläden ein paar Säcke anfragten. Der dritte Brief war von einem Kaffeehausbesitzer aus Görz, der auch nur ein paar Säcke benötigte. Die Annoncen hatten also wenig gebracht. Natürlich würde er auf die Briefe antworten und Offerte legen, aber die paar Säcke füllten weder seine Kasse, noch leerten sie das Magazin. Er packte die Briefe in seine Ledertasche und marschierte los.

Auf der Piazza della Borsa würde er sich mit einem Sensal der Warenbörse treffen. Signor Cohn hatte den Kontakt hergestellt. Herr Weithofer war einer der erfahrensten Sensale der Börse und verfügte über exzellente Kontakte weit über die Stadt hinaus. Natürlich wäre es für Jure einfach, wenn ein so etablierter Sensal für den Verkauf sorgte, aber die Gewinnmargen für Rohstofflieferanten der Warenbörse waren klein, die Sensale verdienten bei den Verkäufen kräftig mit. Deshalb war es Jures Plan, sich selbst ein Verkaufsnetz aufzubauen. Der Kaffeehandel in Triest lief nur zum Teil über die Warenbörse, denn die großen Handelsagenturen hatten feste Verträge mit eigenen Abnehmern. So etwa belieferte die Kompanie Callenhoff & Cie. nicht nur den Triester Großröster Hausbrandt, sondern auch weitere große Röstereien in Agram, Budapest und Wien. Die Kompanie Callenhoff & Cie. war der größte Kaffeeimporteur in Triest, jeden Monat trafen Schiffsladungen aus Brasilien ein, und nur ein Teil der Ware wurde über die Börse gehandelt. Jures Plan war, sich im Windschatten der großen Importeure ein Standbein aufzubauen, natürlich konnte das nur gelingen, wenn er seine Ware mit entsprechendem Gewinn verkaufte.

An Signor Pasqualini hatte Jure zu einem niedrigen Preis verkauft, er hatte nicht mehr erhalten, als er auch auf der Warenbörse bekommen hätte. Aber die Verbindung mit einem so bedeutenden Händler war natürlich aus strategischen Gründen nötig. Das Netz der Azienda Commerciale di Porto Nuovo erstreckte sich vor allem in den Norden der Monarchie. Die Firma handelte mit verschiedenen Importwaren, Kaffee machte für Signor Pasqualini bislang eher einen kleinen Teil der Handelsware aus, den er über die Börse angekauft hatte. Daher war es für ihn von Vorteil, mit einem Importeur verbindliche Verträge zu schließen. Er würde den Handel mit Kaffee stark ausweiten können. Und die Donaumonarchie war ein riesiger Absatzmarkt mit endlosem Durst nach dem schwarzen Gold. Jure zog den Vorteil aus der Verbindung, dass die Hälfte seiner Importe mit Sicherheit Absatz fand und die laufenden Kosten für das Schiff und die Mannschaft zum Großteil gedeckt waren.

Als er die Argo mit seinen Brüdern und Freunden überholt hatte, hatte er ein Gespräch mit dem Prokuristen der Kompanie Callenhoff & Cie. geführt und angeboten, Importe aus Arabien im Auftrag der Kompanie durchzuführen. Der

Prokurist hatte sich Jures Vorschlag geduldig angehört, ihn höflich gefragt, ob er noch bei Sinnen sei und ihn anschließend vor die Tür gesetzt. Jure hatte gelernt, dass die Kompanie Callenhoff & Cie. alles andere als entzückt war, wenn ein dahergelaufener Möchtegern-Geschäftsmann in ihrem Tätigkeitsfeld wirksam werden wollte. Signor Cohn hatte herzhaft gelacht, als Jure ihm von diesem Treffen berichtet hatte.

So war also die Geschäftsverbindung mit Signor Pasqualini auch eine Frage der Lebensfähigkeit Jures beginnender Tätigkeit als Importeur. Dennoch musste er die zweite Hälfte seiner Ware irgendwie zu Geld machen.

Jure setzte sich an einen der Tische und bestellte eine Tasse Kaffee. Er schaute auf seine Taschenuhr. Noch hatte er Zeit bis zum Treffen mit Herrn Weithofer, also griff er nach dem Piccolo, überblätterte den Chronikteil und las die Abschnitte »Marina e Navigazione« sowie »Borse e Mercati«. Aus den Augenwinkeln nahm er eine Bewegung wahr und hob den Blick.

»Guten Morgen, Herr Kuzmin«, sagte Herr Weithofer auf Deutsch, hob den Hut und reichte Jure die Hand.

»Guten Morgen, Herr Weithofer. Vielen Dank, dass Sie sich die Zeit nehmen, sich mit mir zu treffen.«

»Ach, sehr gern. Es ist mir seit Langem eine liebe Gewohnheit, auf dem Weg zur Börse hier noch eine Tasse Kaffee zu trinken. Deshalb habe ich diesen Ort als Treffpunkt vorgeschlagen.«

Jure blickte um sich. »Wie mir scheint, sind Sie nicht der einzige Sensal, der vor der Arbeit noch eine Tasse Kaffee trinkt.«

»Oh ja, viele der Herren sind mir bestens bekannt. Ist es für Sie genehm, die Unterredung auf Deutsch zu führen? Wir können auch Italienisch sprechen. Leider sind meine Kenntnisse der slowenischen Sprache sehr bescheiden.«

»In meiner Dienstzeit bei der Kriegsmarine habe ich die deutsche Sprache gut erlernt.«

»Aber auf den Schiffen der Kriegsmarine wird doch Italienisch gesprochen.«

»Ich habe die Hälfte meiner Dienstzeit in der Schreibstube in Pola verbracht. Da habe ich Deutsch erlernt.«

»Ich verstehe.« Weithofer winkte dem Kellner und gab seine Bestellung auf.

Jure musterte den eleganten Mann Anfang fünfzig. Alles an ihm war stilvoll. Der Anzug saß perfekt, die Schuhe waren poliert, der Hut von erlesener Qualität. Jure schämte sich seines abgetragenen Anzugs. Ja, Jure gestand sich ein, dass die Erscheinung und Ausstrahlung des Sensals ihn ein wenig einschüchterten. Aber sie erfüllten ihn gleichzeitig mit Ehrgeiz, es im Leben auch so weit zu bringen.

Während die beiden Männer auf den bestellten Kaffee warteten, plauderten sie über das Wetter. Als der Kellner den Kaffee serviert hatte, wusste Jure nicht so recht, was er sagen sollte.

Weithofer rührte etwas Zucker in seine Tasse. »Sie haben also ein Magazin im Porto Nuovo auf eigene Faust randvoll mit Kaffee gefüllt.«

»Ja, das habe ich.«

»Ihre Aktivitäten werden in der Stadt mit zunehmendem Interesse beobachtet.«

»Ich hoffe, mit wohlwollendem Interesse.«

»Interesse ist im Geschäftsleben immer ein zweischneidiges Schwert. Was der eine mit Wohlwollen betrachtet, mag beim anderen Groll hervorrufen.«

»Ich will niemandem schaden.«

Weithofer lachte. »Sie wollen wohl eher all das viele Geld, das Sie in Ihre Aktivität investiert haben, halbwegs wieder herausbekommen.«

»Ich will nicht nur, ich muss.«

»Sind Sie schon Mitglied in der Associazione degli interessi nel commercio del caffè?«

»Noch nicht. Mein letztjähriger Antrag um Aufnahme in den Verband wurde abgelehnt.«

»Stellen Sie erneut einen Antrag. Ich denke, man wird diesmal anders entscheiden.«

»Ich habe schon einen neuen Antrag gestellt. Bevor die Argo abgelegt hat.«

Weithofer nickte anerkennend. »Die Art, wie Sie Dinge anpacken, gefällt mir. Und wenn sich in Triest ein wenig belebende Konkurrenz zu einer ganz bestimmten Importfirma regt, dann kann das manchen Interessenten zu Wohlgefallen verhelfen.«

Jure versuchte für sich fieberhaft, den Satz ins Slowenische zu übersetzen. Was meinte Herr Weithofer mit dieser Andeutung? »Sie meinen die Kompanie Callenhoff & Cie.?«

»Der Import von Kaffee aus Südamerika ist zweifelsfrei ein Gewinn für die Stadt, ach was, für die gesamte Monarchie. Aber die Marktmacht der Kompanie wächst und wächst, der Kaffeeimport aus Arabien wird beinahe verdrängt. Das finden nicht alle Geschäftsleute in Triest gut. Die Geschäftsleute in Alexandria und Aden erst recht nicht. So gesehen, ist Ihre Aktivität etwas, was manche hier mit Wohlwollen betrachten, wenngleich Sie natürlich im Auge behalten müssen, dass die Vertreter der genannten Kompanie das gänzlich anders sehen könnten.«

»Herr Cohn und ich werden niemals der Kompanie Callenhoff & Cie. ernsthaft Konkurrenz machen können. Der Baron kann ganz beruhigt sein.«

Weithofer nahm einen Schluck und stellte die Tasse wieder ab. »Ich habe gehört, Sie wollen Ihren Kaffee nicht über die Börse handeln.«

»Das ist nicht ehrenrührig, wie ich meine.«

»Keinesfalls, aber bedenken Sie Folgendes: Mein Geschäft ist es, Waren über die Börse zu handeln. Wenn Sie also Ihre Ware nicht an der Börse handeln wollen, weshalb haben Sie dann um ein Gespräch bei mir angefragt?«

»Ich weiß nicht, ob ich meine Ware direkt verkaufen kann, also vielleicht muss ich sie doch an die Börse bringen.«

»Und ich soll Ihnen dabei helfen?«

»Wenn es Ihnen möglich ist.«

»Ja. Es ist mir möglich«, sagte Weithofer lapidar.

»Und was sind die Bedingungen?«

»Darüber möchte ich nicht sprechen, weil ich nämlich ihre Kaffeesäcke nicht verkaufen werde.«

Jure zog überrascht die Augenbrauen hoch. »Nicht?«

»Treffen Sie sich bitte am Freitag um neun Uhr im Grande Caffè Moncenisio mit einem Bekannten von mir. Der Mann heißt Robert Čelhar und stammt aus Marburg an der Drau. Das hier ist seine Visitenkarte. Herr Čelhar besitzt keine sehr große, aber eine prosperierende Kaffeerösterei. Zahlreiche Greißler und Kaffeehäuser in der Untersteiermark werden von ihm beliefert. Ich kenne Herrn Čelhar seit einigen Jahren, er ist ein junger und umsichtiger Unternehmer und ich glaube, Sie werden mit ihm schnell ins Gespräch kommen. Und er ist Slowene wie Sie.«

Jure glaubte seinen Ohren nicht zu trauen. »Sie vermitteln mir einen Absatzmarkt?«

»Ja.«

»Und … und …«

»Sie wollen wissen, was ich als Gegenleistung erwarte?«

»Ja.«

»Ich weiß, dass Sie mit dem britischen Generalkonsulat einen Vertrag eingegangen sind, der Sie verpflichtet mehrmals pro Jahr Kohle nach Aden zu verschiffen.«

»Das ist richtig.«

»Ich weiß, dass kaum eine Triester Reederei Schiffe mit Kohle für die Royal Navy auslaufen lässt. Damit kann man kaum etwas verdienen. Aber für Sie ist der Kohletransport immerhin die Absicherung, kostendeckend nach Aden dampfen zu können. Und da komme ich ins Spiel.«

»Erläutern Sie das bitte.«

»Gerne, Herr Kuzmin. Seit Kurzem besitze ich Anteile an der Triester Zuckerfabrik.«

»Das wusste ich nicht.«

»Es sind vorerst nur kleine Anteile, aber ich bin interessiert, den Zuckerhandel zu erweitern. Seit Langem pflege ich gute Kontakte zum Generalkonsul, ich besuche regelmäßig seine Soireen. Dass ich leidlich Englisch spreche, ist diesbezüglich ein elementarer Vorteil. Nun hat mich der Konsul gefragt, ob ich nicht einen verlässlichen Weg weiß, wie Zucker aus Triest nach Indien verschifft werden kann. Manche Briten trinken ihren Tee gerne gesüßt, und unsere Handelspartner in der Levante und in Ägypten schätzen seit Langem die Produkte der österreichischen Zuckerfabriken. Das weiß der Generalkonsul natürlich.«

»Ich habe eigentlich nicht vorgehabt, mit der Argo den Indischen Ozean in Richtung Bombay zu überqueren.«

»Das ist auch gar nicht nötig, denn die Briten haben eigene Schiffe in dieser Hemisphäre. Wenn also der Zucker von Triest nach Aden transportiert wird, wäre der Handel möglich.«

»Ich habe fast alle Passagierkabinen ausräumen lassen. Darin kann ich vor Schmutz und überkommendem Wasser geschützt Zuckersäcke transportieren.«

»Vortrefflich!«

»Von welcher Menge sprechen wir?«

»Die erste Lieferung umfasst zwölf Tonnen. Danach wird man sehen.«

»Zwölf Tonnen kann ich problemlos auf die Argo laden.«

»Herr Kuzmin, ich sage es rundheraus. Sie werden mit diesem Transport kaum etwas verdienen. Ich werde auch nicht viel verdienen, dafür ist die Menge einfach zu klein, aber ich werde besser verdienen als Sie. Ich betreibe viele kleine Geschäfte, und in Summe komme ich zurecht. Was halten Sie davon?«

»Das klingt nach einem guten Arrangement.«

»Wann legen Sie wieder ab?«

»In vier Wochen.«

»Das passt ausgezeichnet in den Zeitplan.«

In den verwinkelten Gassen der Città Vecchia lag ein von außen unscheinbarer Laden mit angeschlossener Werkstatt, den nur betrat, wer wusste, dass Leonard Fischer der beste Uhrmacher der Stadt war. Luise hatte Signor Fischer einmal in ihr Haus nach Sistiana geholt, um die defekte Standuhr zu reparieren. Es war ein faszinierendes Schauspiel gewesen, von Zeit zu Zeit durch den Salon zu gehen, in welchem der Uhrmacher seine temporäre Werkstatt eingerichtet hatte. Er hatte die große Uhr in, wie Luise vorgekommen war, Abertausende Einzelteile zerlegt, fein säuberlich geputzt, manche Teile ausgetauscht oder bearbeitet und wieder zusammengesetzt. Dass er bei der Montage nicht ein einziges Rädchen oder eine Feder vergessen hatte, schien Luise an ein Wunder zu grenzen. In jedem Fall hatte der Mann drei Tage gearbeitet und dabei kaum mehr als Grußworte und den Preis für seine Arbeit gesagt. Übernachtet hatte er im Gesindehaus, damit er nicht täglich den weiten Weg von Triest nach Sistiana zurücklegen musste. Luise schien es, dass Signor Fischer lieber mit den Zahnrädern und Pendeln der Uhren redete als mit Menschen. Er war ein schlanker Mann, der wegen seines grauen Bartes wohl älter aussah, als er war. Fischer war einer jener Triester Juden, die deutsche Nachnamen trugen, aber Italienisch sprachen. Sofern Signor Fischer überhaupt sprach. Die Standuhr im Salon war seit der Reparatur vor fünf Jahren nicht ein einziges Mal mehr stehen geblieben und zeigte nach wie vor die genaue Zeit.

Luise betrat den Laden, die Glöckchen über der Tür bimmelten. Unzählige Uhren hingen an den Wänden, standen oder lagen auf dem Regal. Es roch nach Schmieröl und altem Holz. Niemand war in dem dunklen, kleinen Verkaufsraum, aber die Tür zur dahinterliegenden Werkstatt stand offen. Auf dem Tresen neben der Kassa befand sich ein Grammophon mit einem glänzend polierten Schalltrichter. Offenbar erweiterte der Uhrmacher sein Betätigungsfeld.

»Guten Tag«, rief Luise in Richtung des Durchgangs zur Werkstatt. Sie trat an den Tresen und wartete. Nach einer Weile hörte sie Schritte auf den Holzdielen.

»Guten Tag, Baronessa.«

»Guten Tag, Signor Fischer.«

Der Uhrmacher wischte seine Hände an einem Lappen ab, trat bedächtig an den Tresen und hob den Blick in stoischer Ruhe.

»Signor Fischer, ich möchte mich erkundigen, ob Sie Armbanduhren für Herren in Ihrem Sortiment führen.«

Der Mann regte sich nicht. Nur die Lippen öffneten sich ein wenig. »Ja.«

»Könnten Sie mir die Armbanduhren zeigen?«

Er nickte und kam langsam um den Tresen herum, knipste eine Lampe an und trat an die neben der Eingangstür stehende massige Kommode heran. Er zog eine Schublade heraus. Fein säuberlich lagen auf einem Filzbelag mehr als zwanzig Armbanduhren. Die meisten waren mit grazilen Lederbändern für

Damen versehen, aber einige auch mit breiteren Bändern für Herren. Bis vor Kurzem waren Armbanduhren weitgehend ungebräuchlich, eher Frauen trugen welche. Luise legte ihre um ihr Handgelenk, wenn sie zu Wanderungen oder Ausritten aufbrach. Der praktische Nutzen einer Armbanduhr war so einleuchtend, dass ihr die Idee gekommen war, Bruno anlässlich seines Geburtstages eine zu schenken.

»Welche ist die beste?«, fragte sie.

Leonard Fischer hob eine der Uhren hoch, auf der sich oberhalb der Achse das Wort »Omega« und der entsprechende griechische Buchstabe befanden.

»Schweizer Produkt. Die britische Armee verwendet die Omega seit 1900 für die Offiziere. Im Burenkrieg. Sehr robust und verlässlich.«

Luise nahm die Uhr in die Hand. »Und auch sehr formschön.«

»Ja.«

Luise war schnell entschlossen, sie trat einen Schritt zurück, lächelte Signor Fischer an und nickte ihm zu. »Ich möchte diese Uhr käuflich erwerben.«

»Gut.«

»Was soll Sie kosten?«

Ohne ein weiteres Wort schloss der Uhrmacher wieder die Schublade, ging um den Tresen herum, kramte eine ganze Weile in seinem Aktenschrank, entnahm diesem schließlich einen dicken Ordner, setzte seinen Zwicker auf und blätterte die Papiere durch. Nach einer halben Ewigkeit hatte er das richtige Blatt gefunden, legte ein Lineal an und suchte von oben nach unten in den Text- und Zahlenkolonnen nach dem richtigen Eintrag.

Ein Gefühl von meditativer Entspannung machte sich in Luise breit. Eine Ahnung von Ewigkeit lag in diesem Laden und sickerte in ihren Geist. Sie genoss es, diesem Mann bei der Arbeit zuzusehen. Es wirkte, als spielte ausgerechnet hier die Zeit keine Rolle. Eine ganze Weile später verließ sie den Laden mit einem Päckchen in ihrem Einkaufskorb. Die Helligkeit der Mittagssonne blendete nach der Dunkelheit des Geschäftslokals. Luise spannte ihren Sonnenschirm auf.

─❦─

Seit zwei Stunden liefen sie schon durch die Stadt. Die beiden Brüder suchten nach einem Anzug für Jure. Zuerst hatten sie einen Schneider an der Piazza della Borsa aufgesucht, der mit einem Fingerschnippen Jure von einem feschen jungen Mann aus der Vorstadt in einen Prinzen der Salons und Grand Hotels verwandelt hatte, den am Rennplatz und im Theaterfoyer die eleganten Damen und Herren grüßten und dem die jungen Fräuleins der Oberschicht schwärmerische Blicke hinterhersandten. Der Anzug hätte allerdings ein klaffendes Loch in Jures knappe Kasse gerissen. Der Schneider schien bereits beim Betreten Jures geahnt zu haben, dass er in seinem Geschäft nichts erstehen konnte, war jedoch stets höflich geblieben und hatte Jure wohl nur deshalb den Anzug anprobieren lassen, weil er exakt die Maße dafür besaß. So konnte der Schneider einmal sein Meisterwerk an einem äußerlich geeigneten Mann betrachten. Jure war ihm als lebendige Schaufensterpuppe gerade recht gekommen. Zerknirscht waren Jure und Jože von dannen gezogen. Auch bei zwei weiteren Schneidern waren sie nicht fündig geworden. An eine Maßarbeit war nicht zu denken, dazu fehlten das nötige Geld und auch die Zeit. Das Kaffeekränzchen bei Signor Pasqualini fand schließlich morgen statt. Einen Anzug von der Stange, der passend, erschwinglich und elegant genug war, hatten sie nicht gefunden.

Sie kamen in die Nähe des Hospitals. Jože kannte dort eine Schneiderei, die kaum Maßarbeiten durchführte, sondern sich auf Ausbesserungen und Änderungen spezialisiert hatte, und die über zwei gut bestückte Verkaufsräume für gebrauchte Herren- und Damenmode verfügte. Dieser Laden wurde vor allem von den Kleinbürgern der Stadt frequentiert.

Die Brüder betraten das gut besuchte Geschäftslokal. Im vorderen Teil befand sich die Damenabteilung, also drängten sie sich vorbei an den vielen Kundinnen und Verkäuferinnen in den etwas stilleren Bereich der Herrenabteilung. Sie fanden zahlreiche Anzüge, die auf den Kleiderbügeln an einer langen Stange hingen.

»Suchen die Herren etwas Bestimmtes?«, fragte ein Verkäufer in einem karierten Hemd und einer roten Weste. Der etwas dickliche Mann mittleren Alters trug kein Sakko.

»Allerdings. Mein Bruder braucht einen Gesellschaftsanzug, mit dem er nicht gleich als der ungebildete Holzkopf auffällt, der er natürlich ist.«

Jure rempelte empört seinen Bruder an.

Der Verkäufer verzog ob der launigen Äußerung nicht die Miene, sondern legte seinen rechten Zeigefinger an die Lippen, fasste Jure genau ins Auge, trat einen Schritt zurück und maß ihn von Kopf bis Fuß. »Hm, junger Mann, Ihre Größe ist ein bisschen herausfordernd. Im Übrigen sitzt der Anzug, den Sie tragen, sehr gut. Drehen Sie sich bitte einmal. Oh ja, ein guter Sitz. Kein Wunder bei dieser Figur. Natürlich sieht man Ihrem Anzug an, dass Sie nicht der erste, ja nicht einmal der zweite Träger sind. Erlauben Sie, dass ich Ihre Maße nehme?«

»Selbstverständlich.«

Der Verkäufer schob Jure in Richtung Fenster zum Licht und nahm das Maßband in die Hand, das er um den Hals stets bei sich trug. Er notierte sich die Armlänge, die Schulterbreite und den Hüftumfang, dann die Beinlänge.

»Junger Mann, mit ihren Körpermaßen finden Sie hier nur eingeschränktes Angebot. Aber für einen Mann Ihrer höchst vorteilhaften Erscheinung, ist es für jeden Schneider ein Vergnügen, Sie auszustatten. Nun, dann wollen wir mal.«

In der nächsten halben Stunde widmete sich der Verkäufer voll und ganz der Aufgabe, aus dem umfangreichen Sortiment einen passenden Anzug herauszusuchen. Manche Vorschläge, die der Verkäufer machte, fand Jure zu auffällig, andere Anzüge, die Jure gefielen, fand der Verkäufer zu wenig interessant, und die Anzüge, die Jože hervorkramte, lehnten sowohl Jure als auch der Verkäufer kategorisch ab.

Schließlich kratzte der Verkäufer sich am Kopf. »Sie sind nicht leicht zufriedenzustellen, mein Herr.«

»Es tut mir leid, wenn ich Umstände mache.«

Der Verkäufer zeigte plötzlich ein verkniffenes Gesicht, dann griff er noch einmal schnell nach dem Maßband und vermaß Jure erneut. »Madonna, was bin ich dumm! Warten Sie, mein Herr. Ich bin gleich zurück.«

Jure und Jože schauten dem Mann verwundert hinterher.

»Wo rennt er hin?«, fragte Jure.

»Weiß der Teufel. Aber eines ist gut.«

»Was ist gut?«

»Na, dass ich aufpasse.«

»Was soll das heißen?«

»Wenn ich nicht als Aufpasser anwesend wäre, hätte er dich längst hinter irgendeinem Wäscheständer mit Putz und Stiel vernascht.«

Wieder rempelte Jure seinen Bruder mit dem Ellbogen. »Red nicht so, du Hornochse.«

Wenig später kam der Verkäufer mit einem Anzug. »Dass ich nicht gleich daran gedacht habe! Nein, so ein Fehler. Mein

Herr, dieser Anzug hing in der Auslage. Feinstes englisches Tweed, makelloser Schnitt und von der Größe, wie ich glaube, wie für Sie geschaffen. Der Vorbesitzer, ein Sekretär des britischen Konsuls, hat den Anzug kaum getragen. Man kann sagen, der Mann ist dem Anzug wegen der köstlichen Triester Küche entwachsen und so hat er ihn veräußert. Probieren Sie ihn unbedingt.«

Jure strich über den Stoff. Er fühlte sich gut an. »Schöne Farbgebung.«

»Es ist ein Anzug erstklassiger Qualität. Deswegen hing er ja in der Auslage.«

Jure verschwand in der Umkleidekabine. Wenig später zog er den Vorhang zur Seite und trat ans Fenster. Jožes Augen weiteten sich.

Der Verkäufer faltete die Hände vor dem Gesicht. »Perfetto! Wie angegossen. Haben Sie einen passenden Stehkragen? Einen solchen brauchen Sie unbedingt.«

Jure trat vor den mannshohen Spiegel. War der Mann im Glas tatsächlich er?

※

Bruno stand mitten im Zimmer und schaute zum geöffneten Fenster. Er ließ die kühle Abendluft über seine nackte Haut streichen. Längst war die Sonne untergegangen und langsam legte sich der Lärm in den Straßen im Borgo Teresiano. Luises Wohnung lag im obersten Stock des Hauses. Das gegenüberliegende Haus war nicht so hoch wie dieses, sodass er von den Nachbarn gegenüber nicht gesehen werden konnte. Außerdem lag die Wohnung in völliger Dunkelheit. Die Haushälterin hatte zu Mittag gekocht, Luise hatte die Speisen abends bloß erwärmt. Bruno und Luise hatten, nachdem er aus dem Bureau gekommen war und sie das Dîner zu sich genommen hatten, lange über Brunos Tag und über Luises Fortschritte beim Verfassen der Novelle gesprochen. Später hatte Bruno eine Flasche Wein geöffnet, sie hatten ein Glas getrunken, sich entkleidet und sich langsam und voller Hingabe geliebt.

Bruno war glücklich.

Vor Zeiten hatte Luise ihn aufgefordert, mit ihr nach St. Petersburg oder Buenos Aires zu flüchten. Er hatte sie beschwichtigt, hatte abgewiegelt, hatte gesagt, er könne seine Heimatstadt nicht verlassen, seine Wurzeln in Triest reichten so tief, dass er sie niemals kappen könne, um sich anderswo neu einzupflanzen. Mittlerweile war er sich nicht mehr sicher. Das Zusammensein mit Luise erfüllte ihn so mit Staunen und Neugier auf den nächsten Tag, wie er es nicht für möglich gehalten hatte. Vielleicht sollten sie tatsächlich still und heimlich die Koffer packen und gemeinsam fortgehen.

»Ein Bild der Schönheit.«

Bruno drehte sich um und sah Luise, die im Türrahmen stand und ihn musterte. Sie hatte sich mit einem seidenen Negligé bekleidet und sah hinreißend darin aus.

»Meinst du etwa mich?«

»Sieh bitte noch einmal zum Fenster.«

Bruno lächelte und tat, worum sie ihn bat.

»Wenn ich als Zeichnerin auch nur den Hauch von Talent hätte, würde ich dich so skizzieren. Der Rücken und die Hüften eines nackten Mannes im sanften Abendlicht, vor dem Fenster stehend, umweht von den Vorhängen und der Aura von Lebendigkeit.«

Bruno verharrte noch ein Weilchen. »Hast du dich sattgesehen?«

Luise trat an ihn heran, umarmte ihn von hinten und legte ihre Wange an seinen Rücken. »Niemals, Geliebter.«

Bruno löste sich von Luise, schloss das Fenster und zog den Vorhang zu. Er griff nach seiner Kleidung.

»Musst du wirklich gehen?«, fragte Luise, als er begann, sich anzukleiden.

»Diesmal ja. Ich muss nach Hause, damit ich frühmorgens in der Kanzlei erscheinen kann. Die Vorbereitungen für die Jungfernfahrten machen sich bemerkbar. Wir haben eine Anschlagsdrohung erhalten.«

»Gibt es solche nicht bei jedem großen Festakt?«

»Ja, und auch diesmal sind es wohl eher Hirngespinste, aber der Polizeidirektor hat zu erhöhter Aufmerksamkeit aufgerufen. Ich kann nicht tagelang mit demselben Hemd meine Arbeit verrichten. Und ich brauche eine Rasur.«

»Warum holst du nicht Hemden und Rasierzeug hierher und bleibst?«

»Glaubst du nicht, dass es den Nachbarn auffallen würde, wenn die Baronin Callenhoff einen männlichen Gast beherbergt?«

»Meine Nachbarn sind sehr verständnisvoll und diskret. Außerdem wissen sie längst Bescheid, dass ich mich kaum dem Treuediktat der christlichen Ehe unterwerfe.«

»Irgendwann wird es einen Skandal geben.«

»Was scheren mich Skandale? Was gebe ich für die Meinung der Öffentlichkeit?«

»Und wenn man dich wegen Unzucht ins Gefängnis wirft?«

Luise hob graziös die Arme und begann, ohne Musik eine Gavotte zu tanzen. »Findest du, dass es Unzucht ist, was uns zusammenführt?«

Bruno verfolgte lächelnd ihre Tanzschritte. »Nun, mein Vater, Gott hab ihn selig, würde es so nennen.«

Auch Luise lachte. »Meiner wohl auch.«

»Ich habe nachgedacht.«

Sie hielt inne und schaute ihn an. »Lass mich an deinen Gedanken teilhaben.«

»Ich habe deinen Vorschlag neu erwogen.«

»Welchen Vorschlag?«

»Gemeinsam von Triest fortzugehen.«

Luise zog sichtlich überrascht die Augenbrauen hoch. »Darüber hast du nachgedacht?«

»Ja. Ich bin so glücklich mit dir. Wir sollten uns zueinander bekennen.«

Luise eilte auf ihn zu und schmiegte sich an ihn. »Oh ja, glücklich bin ich auch.«

Er legte seine Arme um sie und hielt sie fest. »Was denkst du? Lass uns gemeinsam fortgehen.«

»Ich kann mich entsinnen, dass du diesen Vorschlag mit forstkundlichen Argumenten abgelehnt hast. Du wärest ein Baum, den man nicht mehr verpflanzen könne.«

»Du pflanzt mich?«

»Das meinst du wohl wienerisch? Pflanzen im Sinne von jemanden hänseln.«

»Wienerisch, wie es mich meine Mutter gelehrt hat.«

Luise lachte. »Ja, ich pflanze dich, du Baum meiner Erkenntnis.«

»Du mein Apfel der Versuchung«, konterte Bruno.

Luise löste sich von ihm, trat zwei Schritte zurück und schaute ihn an. »Jetzt, wo der Baron Callenhoff wieder monatelang auf Reisen ist und ich mich ganz dir widmen kann, finde ich es genehm, noch eine Weile hier in Triest zu verweilen.«

Bruno nickte und stieg in seine Hosen. »Gut, du willst also nicht auf der Stelle mit mir durchbrennen. Das habe ich verstanden.«

»Die Novelle ist in absehbarer Zeit fertig, und es kündigt sich in meiner Phantasie ein neuer, ein großer Stoff an.«

Bruno war überrascht. »Du denkst an einen Roman?«

»Ich denke an einen Roman über einen Mann und eine Frau, über die Zeit, in der sie leben und über die Welt, die vor ihnen liegt.«

»Ein weites Feld der Betätigung.«

»Diese Arbeit, so viel kann ich heute schon absehen, wird mich bis zur Erschöpfung fordern. Und dafür brauche ich meine Wohnung, meinen Schreibtisch, meine Bibliothek und täglich eine Schale Kaffee im Kaffeehaus. Und natürlich brauche ich dich.«

»Sieh an, früher hatten die Dichter schöne Geliebte, die ihnen als Musen dienten. Die neue Zeit kehrt die Verhältnisse wohl um.«

»Und du fühlst dich, wie mir scheint, in dieser neuen Zeit durchaus wohl.«

Bruno schlüpfte in sein Sakko. »Oberinspector Gellner nennt mich mindestens einmal pro Woche einen verfluchten Modernisten.«

»Darf ich morgen Abend wieder einen Besuch von dir erhoffen?«

Bruno umfasste ihre Taille und zog sie an sich. »Diese Hoffnung will ich gerne nähren.«

Donnerstag,
12. September 1907

»Du galoppierst wie ein Pferd auf der Rennbahn.«

Jure schaute von der Seite seinen Bruder an. »Was?«

»Wenn du so weiterrennst, kommst du völlig außer Atem an. Und außerdem um eine Viertelstunde zu früh. Schau auf die Uhr, du hast noch Zeit.«

Jure zog seine Taschenuhr. Jože hatte recht, es gab keinen Grund für übertriebene Eile, sie waren frühzeitig losmarschiert, hatten ein Stück mit der Elektrischen zurückgelegt und befanden sich bereits im Villenviertel nicht unweit des botanischen Gartens. In wenigen Minuten würden sie ihr Ziel erreichen.

Jože packte seinen Bruder am Arm und zog ihn in eine Seitengasse. Im Schatten eines Baumes nahm Jože sein Zigarettenetui aus dem Sakko, klappte es auf und hielt es Jure hin. »Beruhige dich. Du zappelst herum wie ein junger Hund. Rauch erst mal eine.«

Jure griff zu. Jože steckte sich auch eine Zigarette an und entflammte ein Streichholz. Die Brüder rauchten schweigend.

Jože trat einen Schritt zurück und musterte seinen Bruder. »Du siehst fast wie ein feiner Pinkel aus. Aber nur fast.«

Jure lächelte. »Halt die Goschen.«

Jože warf die abgerauchte Zigarette zu Boden und trat sie aus. »Und jetzt geh da rein und erobere sie im Sturm.«

Jure wiegte den Kopf, nahm noch einen Zug und trat ebenfalls die Zigarette aus. »Und was machst du?«

»Ich geh wieder dorthin, wo ich hingehöre.«

»Ins Bierhaus?«

»Trottel! Ins Magazin. Was sonst? Irgendjemand muss auf unseren Kaffee aufpassen.«

»Was würde ich ohne dich tun?«

»Ziemlich blöd aus der Wäsche schauen«, sagte Jože, boxte Jure und marschierte los.

Eine Weile schaute Jure seinem Bruder hinterher. Dann setzte er sich in Bewegung. Erobere sie im Sturm? Wen? Die Gesellschaft? Die Kaufleute Triests? Signorina Elena? Nun denn. Frisch gewagt.

Der Weg war ihm einfach zuwider. Überall qualmende Schlote und Lokomotiven, Lärm aus den Schmieden und Gießereien, Menschen in Lumpen vor den hässlichen Häusern der Arbeitersiedlungen. Ja, seine Stadt lebte vom Hafen, den Fabriken und Werften, aber schön musste er die weitläufige Anlage des Lloydarsenals, die Gleisanlagen und Fabrikgebäude deswegen noch lange nicht finden. Der Weg von der Innenstadt hinaus in den Vorort war einer der Gründe, weswegen Dario kaum Ambitionen zeigte, sich in der Fabrik seines Vaters zu engagieren. Wie schaffte es sein Vater Jahr für Jahr, den Weg zu nehmen? Wahrscheinlich stumpfte man mit der Zeit ab und nahm Hässlichkeit, wenn man ihr täglich begegnete, als gottgegeben hin. Dario hatte vor, diesen Zustand niemals zu erreichen.

Doch heute ließ es sich nicht vermeiden, nach Servola zu fahren. Sein Vater hatte gestern darauf bestanden, Dario im Bureau zu sprechen. Es war von vornherein klar, was er von ihm verlangen würde. Nämlich, dass er seinen Arbeitsplatz einnehmen sollte, um im Schweiße seines Angesichts mit ehrlicher Arbeit zum Gedeihen der Fabrik beizutragen. Die alte Leier. Und Dario würde tun, was er schon wiederholt getan hatte, er würde zwei bis drei Wochen pünktlich im Bureau erscheinen, dann aufgrund einer Erkältung eine Woche das Bett hüten und ein halbes Jahr nicht mehr in der Fabrik auftauchen.

Wobei die Bezeichnung Fabrik eher die übliche Angeberei seines Vaters war. »Ich bin Fabrikant«, sagte Luciano Mosetti immer, wenn er im Kaffeehaus, auf der Rennbahn oder im Theater den Leuten imponieren wollte. »Fabrikant!« Die Bretterbude, in der sechzig Arbeiter malochten, war es nicht wert, Fabrik genannt zu werden. Nur das Verwaltungsgebäude und das Maschinenhaus waren Ziegelbauten, die Werkhalle war aus Holz gezimmert. Im Winter war es dort zugig und kalt, im Sommer wegen des Blechdaches oft drückend heiß. Für Dario war es ein Wunder, dass in diesem finsteren Loch so schöne Produkte erzeugt wurden. Mit Kaffeemühlen hatte sein Vater vor über dreißig Jahren begonnen. Er produzierte auch weitere Gegenstände für private Haushalte oder Kaffeehäuser. Ein Verkaufsschlager war der Spirituskocher für Kaffee. Sein Vater hatte vor Jahren in Ferrara einen Spirituskocher der Firma Santini gekauft und in seiner Fabrik nachbauen lassen. Der Fabrikant aus Ferrara hatte zwar einen Rechtsstreit angestrengt, aber sowohl die italienischen als auch die österreichisch-ungarischen Gerichte waren nicht dafür bekannt, schnelle Urteile im Streit zweier Fabrikanten um ein alltägliches Haushaltsprodukt zu fällen. In dieser Zeit hatte Darios Vater die Erfindung Silvio Santinis mit einer technischen Neuerung verändert und sich mit seiner Meinung, wonach Mosettis Spirituskocher nicht eine Kopie Santinis' Spirituskocher war, vor dem Gericht in Triest durchgesetzt.

Dario näherte sich nun dem in die Höhe ragenden Gebäude der Reisfabrik. Die Risiera di San Sabba überragte sämtliche Gebäude in weitem Umkreis. Eben schob eine kleine Dampflokomotive drei Güterwaggons auf das Areal der Fabrik. Der Qualm der Lok zog zu ihm hinüber. Dario verzog das Gesicht wegen des Kohlegestanks, legte Tempo zu und erreichte nach ein paar Minuten das Areal der Fabrik. Er betrat das Verwaltungsgebäude, begrüßte die beiden Schreibkräfte, setzte sich scherzend zu ihnen und ließ sich eine Tasse Kaffee servieren. Sein Vater war nicht im Bureau, sondern wegen irgendeiner uninteressanten Kleinigkeit draußen in der Werkhalle. Dario berichtete den neuesten Tratsch aus dem Caffè Tommaseo. Die beiden hübschen Frauen hörten ihm mit großen Augen zu, lachten über seine Schnurren. Endlich kam etwas Stimmung in die ansonsten langweilige Arbeit.

Sein Vater achtete, dass die Fabrik reibungslos lief, er schaute erfolgreich auf sein Geld, war allerdings nicht für einen ausgeprägten Sinn für Unterhaltung und Amüsement bekannt. Im Gegensatz zu seinem Sohn, weswegen Dario im Bureau so beliebt war.

Von der Werkhalle hörte man das pausenlose Rumoren der Maschinen und Werkzeuge. Das Heizhaus mit der Dampfmaschine stand auf der anderen Seite der Werkhalle. Das hatte seinen Grund, denn so roch man im Bureau nur selten den Qualm des Schlotes. Die Dampfmaschine setzte eine Transmissionswelle in Drehung, die die vielen kleinen und größeren Maschinen in der Werkhalle antrieb, etwa die Drechselmaschinen, die große und die kleine Holzsäge, zwei Stanzmaschinen und eine neue Exzenterpresse, die die Metallbearbeitung erheblich beschleunigt hatte.

Die Tür zur Werkhalle wurde aufgeworfen und Darios Vater stürmte herein, gefolgt vom Vorarbeiter. Luciano Mosetti entdeckte seinen Sohn, der daraufhin seine Kaffeetasse abstellte und sich erhob.

»Hältst du die Weiber schon wieder von der Arbeit ab?«, fragte Luciano Mosetti seinen Sohn schroff. »Folge mir!«

Wie so oft war die Stimmung seines Vaters schlecht. In seiner Kindheit war er von dessen Strenge und Härte eingeschüchtert gewesen, doch mit ungefähr vierzehn Jahren hatte er herausgefunden, dass er sehr viel gewitzter und verschlagener als er war und ihn mit einfachen Tricks um den Finger wickeln konnte. Seither lief sein Leben eigentlich gar nicht schlecht. Dario zwinkerte den beiden Frauen zu und folgte seinem Vater und dem Vorarbeiter in das Bureau. Sein Vater warf sich auf seinen Stuhl, der Vorarbeiter nahm die Mütze ab und stellte sich vor den Schreibtisch, Dario lehnte sich neben der Tür an die Wand, verschränkte die Arme und wartete. Worum ging es diesmal?

»Herr Direktor, wir müssen etwas tun«, sagte der Vorarbeiter.

Dario schmunzelte in sich hinein. *Herr Direktor*, so ließ sich sein Vater von seinen Untergebenen rufen. Auf Deutsch. Ein Teil der Arbeiter waren Reichsitaliener, die in ihrer Heimat keine Arbeit gefunden hatten und deswegen nach Triest gekommen waren, der andere Teil waren Slowenen aus der Vorstadt oder dem Hinterland. So weit Dario wusste, gab es niemand in der Fabrik, der deutscher Muttersprachler war, aber sein Vater ließ sich *Herr Direktor* rufen.

»Allerdings, da müssen wir etwas tun.«

»Und was gedenken Sie zu tun?«

»Ich werde diesem Deppen kündigen.«

»Kündigen?«

»Natürlich.«

»Die linke Hand des Mannes ist zerquetscht! Er wird nie wieder vollwertig einsetzbar sein.«

»Dann hätte er besser aufpassen sollen, verdammt noch mal. Ich habe ihm nicht gesagt, dass er tollpatschig sein soll.«

Dario sah, dass der Vorarbeiter innerlich kochte. Sein Vater ebenso. Regelmäßig einmal pro Woche gerieten die Männer aneinander. Dario verstand nicht, warum sein Vater diesen Aufrührer nicht schon längst vor die Tür gesetzt hatte.

»In den letzten Monaten sind zwei identische Unfälle passiert. Der Antriebsriemen ist viel zu nah am Arbeitsplatz. Eine falsche Bewegung und der Riemen zieht die Hand des Arbeiters über das Laufrad. Das ist jetzt der dritte Unfall.«

»Ich muss mein Personal besser auswählen und darf keine Drückeberger und Tollpatsche mehr einstellen.«

»Ich habe das genau abgemessen. Wenn man zwischen dem Arbeiter und dem Riemen ein Gitter montiert, dann kann das nicht mehr passieren. Ein einfaches Sicherheitsgitter.«

»Schon wieder diese dumme Idee! Das Gitter schränkt die Bewegungsmöglichkeit des Arbeiters ein und senkt somit die Leistung.«

»Nur geringfügig. Aber das Gitter schützt vor schweren Verletzungen.«

»Na gut, dann kaufen Sie so ein Gitter und montieren es. Aber das bezahlen Sie aus Ihrer eigenen Tasche.«

»Vielleicht sollte ich das tun.«

»Dann los! Gehen Sie!«

»Gut, ich bestelle ein Schutzgitter und Sie können mir den Preis vom Lohn abziehen.«

»Dann sind wir uns einig.«

Die beiden Männer starrten einander grimmig an. Der Vorarbeiter wandte sich ab und verließ das Bureau. Darios

Vater sprang hoch und rief dem Mann hinterher: »Die Kosten für den Doktor ziehe ich diesem Dummkopf vom Lohn ab! Und er ist hiermit fristlos entlassen!«

Luciano Mosetti nahm wieder Platz, atmete einmal tief durch und fasste seinen Sohn streng ins Auge. »Schließe die Tür und setze dich.«

»Sehr wohl, Papa.«

Es kam wie erwartet. Sein Vater verlangte, dass Dario wieder regelmäßig in der Fabrik erscheinen und seine Arbeit verrichten sollte, darüber hinaus kündigte er an, dass er Dario das Gehalt für die nächsten drei Monate streichen würde, denn schließlich hatte er in den letzten drei Monaten Gehalt bezogen, aber nicht eine Sekunde in der Fabrik gearbeitet. Wie immer stimmte Dario mit scheinbar geknickter Stimmung zu und versprach Besserung in seinem Betragen und verkündete, endlich den Ernst des Lebens erkannt zu haben und in der Arbeit seine Zukunft zu sehen. Damit konnte er seinen Vater wieder besänftigen.

Was die Streichung seines Gehalts betraf, konnte er gelassen bleiben. Natürlich kostete es eine Menge Geld, die Tage im Kaffeehaus und die Abende im Tanzlokal oder im Separee zu verbringen, aber sein Freund Pietro würde ihm auch dieses Mal wieder Geld borgen – wie schon mehrfach zuvor. Domenico Panfili besaß eine Gießerei sowie Anteile an mehreren Fabriken im Litoral, Pietros Vater war außerordentlich reich, in der Politik gut vernetzt und trat als Vizepräsident sowie bedeutender Förderer des italienischen Schulvereins Lega nazionale immer wieder öffentlich für die Pflege der italienischen Sprache und Kultur in Erscheinung. Signor Panfili förderte aber auch deutsche und slawische Vereine. Domenico Panfili war als großzügiger Wohltäter im gesamten österreichischen Küstenland und auf der Halbinsel Istrien bekannt und beliebt. Wenn die Beträge, die Dario Pietro schuldete, zu hoch wurden, ging Pietro zu seinem Vater und ließ sich die Schulden abgleichen, woraufhin Domenico Panfili Darios Vater kontaktierte und um Begleichung der Schuld ersuchte. In solchen Fällen bezahlte Luciano Mosetti sofort, denn vor einer der bekanntesten Persönlichkeiten der Stadt durfte er nicht das Gesicht verlieren. Natürlich musste sich Dario danach einiges anhören, aber das war er gewohnt. Tadel gab es ohnedies immer.

Dario bedankte sich zum Abschluss der Unterredung bei seinem Vater für die lehrreichen Ausführungen und die ermunternden Aufforderungen, schwor unbedingte Besserung und verließ schmunzelnd die Fabrik.

Am Montag würde er die Arbeit im Büro antreten. Bis dahin würden noch ein paar aufregende Tage vor ihm liegen. Dario war aufgekratzt. Für Freitag und Samstag waren mehrere große Rennen angekündigt worden. Dario konnte nicht genau sagen warum, aber er liebte Trabrennen mehr als Galopp. Beim reinen Vergnügen sollte es nicht bleiben. Er wollte Geld gewinnen. Ein Bekannter hatte ihm einen brandheißen Tipp gegeben. Eine hohe Summe wollte er setzen. Und er wusste, dass Elenas Vater ebenso eine Schwäche für Trabrennen hatte, und meist seine schöne Tochter mit auf die Rennbahn brachte. Mit etwas Glück würde Dario eine Menge Geld und Elenas Herz gewinnen.

Am Sonntag fand im Teatrino Excelsior di Barcola wieder die Aufführung einer Komödie statt. An den großen Dramen und Tragödien im Theater hatte Dario noch nie Gefallen gefunden, zumeist waren solche Stücke mit Schwulst und Bombast überladen, aber leichtfüßige und – mehr noch – anzügliche Komödien fanden seinen Zuspruch für einen kurzweiligen Sonntagnachmittag. Er würde mit Signorina Elena zur Aufführung gehen. Dario malte sich aus, wie die anderen Männer einer nach dem anderen vor Neid platzen würden, wenn er mit dem schönsten Fräulein Triests am Arm erscheinen würde. Ein vergnüglicher Gedanke.

Am Freitag nächster Woche fand eine große Feier im Hafen anlässlich der Jungfernfahrt zweier neuer Dampfer des Österreichischen Lloyds statt. Halb Triest würde sich im Hafen versammeln. Musik, Reden, elegante Damen, vornehme Herren, der Adel würde sich ein Stelldichein geben. Dario wollte das Spektakel auf keinen Fall verpassen. Und heute Abend würde er im Kaffeehaus seinen Freunden ein paar Runden Cognac spendieren, von seinem Besuch in der Fabrik erzählen und dabei für schallendes Gelächter sorgen. Man musste nur zu leben wissen.

∽⚘∾

»Kommen Sie, Signor Kuzmin, ich zeige Ihnen den Park.«
»Vielen Dank, Signor Pasqualini.«

Pasqualini und seine Frau standen vor dem Pavillon und begrüßten die eintreffenden Gäste. Da sich das Wetter auch an diesem Tag von seiner prächtigsten Seite zeigte, fand das Kaffeekränzchen im Freien statt. Jure war beeindruckt, die Villa und der Park kündeten vom Reichtum und hohen Stand des Hausherren. Giovanni Pasqualini führte in fünfter Generation das Haus der Kaufmannsfamilie. Sein Großvater hatte die Villa vor vierzig Jahren auf dem Fundament eines sehr viel kleineren Hauses erbauen lassen.

Pasqualini wies mit der Hand um sich. »Der Park ist nicht sehr groß, aber im Sommer herrlich schattig. Sobald der Herbst kommt, macht das fallende Laub der Bäume natürlich viel Arbeit, aber dennoch liebe ich die Farben des Herbsts. Dieser Baum dort ist Kanadischer Ahorn. Mein Großvater hat ihn gepflanzt. Die Färbung der Blätter ist prächtig. In zwei, drei Wochen müssen Sie das Blätterdach sehen. Ein

Naturschauspiel. Kommen Sie nur weiter. Wir sind hier eine bunt gemischte Schar von Menschen, Signor Kuzmin. Meine Gäste sind verschiedenster Nationalität und haben allerlei Muttersprachen, aber hier, auf meinem Anwesen, sind wir alle Triestiner. Sind Sie in Triest aufgewachsen?«

»In Roiano, am Stadtrand. Meine Eltern sind kurz nach ihrer Hochzeit aus der Krain nach Triest gezogen.«

»Signor Cohn hat erzählt, dass Ihr Vater lange Zeit Bootsmann war und vor einigen Jahren das Kapitänspatent erworben hat.«

»Das ist richtig. Anfangs hat er großen Respekt vor den Prüfungen gehabt, letztlich hat er sie mit Erfolg abgelegt.«

»Meine Bewunderung gehört immer den Menschen, die mit Fleiß und Tatkraft ihr eigenes und das Leben ihrer Familie verbessern. Was halten Sie vom slawischen Nationalismus?«

»Nun, jeder Mensch muss sein Volk lieben, seine Muttersprache sprechen und die Traditionen pflegen. Wenn Nationalismus das will, dann bin ich dafür. Mir gefällt aber die Form des Nationalismus nicht, die das Trennende der Völker vor das Verbindende stellt. Gerade hier in Triest und dem Litoral, wo sich die Völker treffen und verbinden, erscheint mir der sture Nationalismus recht entbehrlich.«

Pasqualini nickte Jure lächelnd zu. »Jetzt mache ich Sie mit den Gästen bekannt. Ich bin mir sicher, dass die Gesellschaft schon sehr begierig darauf ist, den jungen und feschen neuen Gast meines Kaffeekränzchens kennenzulernen.«

Inklusive der Gastgeber und sich selbst zählte Jure dreiundzwanzig Gäste. Es gab Kaffee, Tee und Limonade, weißen Gumpoldskirchner, roten Terrano und Cognac, dazu wurden verschiedene Süßspeisen gereicht, Gubana, Strucchi und Gugelhupf. Jure ließ es sich nicht nehmen, jede Süßspeise zu kosten. Den alkoholischen Getränken entsagte er, dafür verwöhnte er sich mit erstklassigem Kaffee. Er lernte Signora Pasqualini kennen, eine kultivierte und polyglotte Dame, die ohne jede Mühe mal Italienisch, Deutsch, Ungarisch und Serbokroatisch sprach. Das Ehepaar hatte drei Kinder, Jure kannte ihre Tochter Elena von mehreren kurzen Begegnungen, bei denen sie sogar ein paar Worte gewechselt hatten. Die beiden halbwüchsigen Söhne lernte er heute kennen. Die Mehrzahl der Gäste waren Freunde der Eltern, nicht nur Kaufleute, auch Gelehrte und Künstler fanden sich darunter. Und einige Gäste waren Bekannte von Signorina Elena, die in einer Gruppe beisammenstanden.

Unter einem Vordach neben der Gartentür des Hauses sorgte ein Streichtrio für dezente musikalische Unterhaltung. Jure betrat den Pavillon und stellte den Teller ab, auf dem sich noch kurz zuvor ein Stück Gugelhupf befunden hatte. Er ließ sich vom Dienstmädchen erneut die Tasse mit Kaffee füllen.

»Es freut mich sehr, dass Sie zum Kränzchen meiner Eltern gekommen sind.«

Jure drehte sich Elena schwungvoll zu, sodass ein bisschen Kaffee überschwappte, zum Glück aber für keine Flecken auf der Kleidung sorgte. Jure räusperte sich. »Ich fühle mich außerordentlich geschmeichelt, dass Ihr Herr Papa mich eingeladen hat.«

Elena trat an den Tisch heran und ließ sich eine Tasse Tee reichen. Jures Puls hämmerte. Er wartete höflich, bis Elena die Tasse an sich nahm und neben ihm stehend den Blick kreisen ließ.

»Der Park ist sehr schön«, sagte er.

»Obwohl ich ihn ein Leben lang kenne, fällt mir das auch immer wieder auf. Nicht sehr groß, aber im Sommer angenehm schattig.«

»Diesen Vorzug hat auch Ihr Vater genannt.«

»Ist es wahr, dass Sie all Ihr Geld gesammelt haben, nach Arabien gefahren sind und dort eine Schiffsladung Kaffee eingekauft haben?«

»Das ist wahr. Dienstag früh ist die Argo voll beladen in Triest eingelaufen.«

Elena schaute Jure kurz von der Seite an. Jure war sich unsicher. War sie beeindruckt? Oder hielt sie ihn für ein bisschen verrückt?

»Wie ist Arabien denn so?«

»Ich kenne nur Aden, Arabien kenne ich nicht. Aber Aden ist ganz anders als Triest. Aden ist anders als alles, was ich sonst kenne. Eine andere Welt.«

»Wie oft waren Sie schon dort?«

»Viermal. Dreimal im Dienst des Österreichischen Lloyd, zuletzt mit dem Schiff von Signor Cohn.«

»Meine Kommilitonen waren sehr überrascht, dass Sie, obwohl Sie noch so jung sind, Prokurist einer Reederei sind.«

Jure lachte. »Es hat sich offenbar sehr schnell herumgesprochen, dass Signor Cohn mir gestern diese Stellung angeboten hat. Ich war fast überrumpelt, als Ihr Herr Papa mich mit diesem für mich völlig neuen und sehr ungewohnten Titel den Herrschaften vorgestellt hat.«

Auch Elena lachte. »Seit gestern? Das ist wirklich noch nicht lange.«

»Nach den Tagen auf See rasen die Ereignisse derzeit in einem Höllentempo auf mich zu. Ich fühle wie mich in einer Erzählung aus ›Tausendundeiner Nacht‹.«

»Wollen Sie sich nicht zu uns gesellen und uns von Ihren außerordentlichen Erlebnissen erzählen?«

»Sehr gerne.«

Die beiden verließen den Pavillon und traten auf die Gruppe im Schatten eines Baumes zu. Drei jungen Damen und zwei junge Herren standen beieinander. Nach einigen höflichen Worten forderten ihn Elenas Kommilitonen vom Englischkurs auf, über die Fahrt der Argo zu berichten. In knappen Worten fasste er die Reise zusammen. Man lauschte ihm interessiert. Zweimal stellte der schlanke Mann mit dem seltsamen Akzent Fragen, die Jure ausführlich beantwortete. Jure endete seine Erzählung mit der Rückkehr nach Triest und ersten Nacht, die Jože und er im Magazin verbracht hatten. Die jungen Leute lachten ausgiebig über seine Schilderung.

»Sprechen Sie auch Deutsch?«, fragte der zweite Mann auf Deutsch, dessen Namen sich Jure wie die meisten anderen nicht gemerkt hatte. Er konnte sich nur erinnern, dass er einen deutschen Namen trug – Konrad oder Konstantin. Oder hieß so der ältere, deutsche Geschichtsprofessor, der ihm vorgestellt worden war? Hubert? Jure wusste es nicht mehr. Er wusste nur, dass er der Sohn eines hohen Beamten der Statthalterei war.

»Ja, ich habe am Gymnasium Deutsch als Fremdsprache gelernt, und während meines Militärdienstes in Pola habe ich ein Jahr lang deutsche Berichte lesen und schreiben müssen«, antwortete Jure auf Deutsch.

»Dann sprechen Sie drei Sprachen?«, fragte der Mann jetzt wieder auf Italienisch.

»Nun, mein Deutsch ist bestimmt verbesserungswürdig, aber es geht. Ich kann mich auch auf Serbokroatisch unterhalten, aber wenn ich Serbokroatisch schreibe, wird immer Slowenisch daraus.«

Der junge Mann nickte anerkennend. »Na dann, Signor Kuzmin, passen Sie sehr gut in diese Gesellschaft. Hier sprechen alle mindestens drei oder vier Sprachen. Manche sogar ein paar exotische wie Altgriechisch, Altägyptisch oder Babylonisch.«

Die Runde lachte.

»Habe ich das richtig verstanden? Sie waren in Pola stationiert?«, fragte der Mann mit dem Akzent.

»Ja. Im Marinearsenal.«

»Mein älterer Bruder hat eine Zeit lang in Pola gewohnt und gearbeitet. Für die Offiziere und Offiziersanwärter der k.u.k. Kriegsmarine. Einmal habe ich ihn besucht.«

»Sie kennen also Pola.«

»Ein bisschen. Außer natürlich das Marinearsenal. Als Zivilist habe ich dort keinen Zutritt.«

Jure konnte den Akzent nicht zuordnen. Entweder stammte er aus einem ihm bislang völlig unbekannten Winkel der Donaumonarchie oder er war Ausländer. Etwa ein Brite? »Ihr Bruder ist auch hier an der Adria?«

»Ja. Ohne ihn wäre ich nicht hier. Er hat mich von Dublin nach Triest geholt.«

»Sie sind Ire?«

»Ja.«

Jure runzelte die Stirn. »Entschuldigung, aber das verstehe ich nicht.«

»Was verstehen Sie nicht?«

»Wieso kommt ein Ire nach Triest, um hier Englisch zu lernen?«

Die Gruppe brach in schallendes Gelächter aus. Jure war verwundert und nicht wenig beschämt über seine offenbar zu großer Heiterkeit Anlass gebende Unwissenheit.

»Aber, Signor Kuzmin«, beeilte sich Elena zu erläutern, »Mister Joyce ist unser Lehrer. Wir alle sind seine Studenten.«

Jure nickte verstehend. »Ach so! Entschuldigen Sie die Verwechslung. Aber Sie sind noch so jung, ich nahm an, Sie wären alle Kommilitonen.«

Stanislaus Joyce winkte ab. »Das ist kein Grund sich zu entschuldigen. Und ja, vom Alter her könnten wir Kommilitonen sein. Jugend ist kein Hindernis, in der Welt umher zu kommen, wie Sie selbst mit Ihrer lebhaften Erzählung bewiesen haben.«

Über die Wiese kam ein Herr mittleren Alters auf die Gruppe zu und trat in die Runde. Er trug Hut und Stock, über den Unterarm hatte er seinen Mantel gehängt.

»Signor Schmitz«, sagte Elena, »wollen Sie uns schon wieder verlassen?«

»Signorina Elena, wie ich Ihrem Herrn Papa schon sagte, habe ich mich sehr gefreut, seit Längerem wieder hier Gast gewesen zu sein, aber Verpflichtungen binden meine Zeit und, so leid es mir tut, ich muss wieder meinen Tätigkeiten nachgehen.«

»Dann freut es mich, dass Sie uns besucht haben. Bestimmt hat Papa Sie für das nächste und jedes weitere Kaffeekränzchen eingeladen.«

»In der Tat, Ihr Herr Papa war so frei, und ihre Frau Mama hat die Einladung bekräftigt. Und ich verspreche, nach Maßgabe aller Möglichkeiten frühestmöglich wieder in diesem so gastfreundlichen Haus zu erscheinen.«

»Werden Sie morgen zum Pferderennen gehen?«

»Ich muss leider den Rennen fernbleiben, denn ich habe andersartige Verpflichtungen.«

»Meine Eltern lassen sich das Derby nicht entgehen. Und ich schaue mir gern die schönen Pferde an.«

»Dann wünsche ich das größtmögliche Vergnügen, Signorina Elena. Ihnen allen einen guten Tag«, sagte Schmitz und fasste Joyce ins Auge. »Stanislaus, bitte auf ein Wort. Ich habe eine Nachricht für Ihren Bruder James.«

»Selbstverständlich, Signor Schmitz«, antwortete Stanislaus und richtete seinen Blick auf Elena. »Signorina, Sie entschuldigen mich bitte.« Die beiden Männer verließen die Runde.

Elena wandte sich an Jure. »Signor Schmitz lernt ebenfalls

Englisch, aber nicht in der Klasse von Stanislaus, sondern im Privatunterricht bei seinem älteren Bruder James.«

»James ist Schriftsteller«, sagte eine der jungen Damen. »Ein irischer Freigeist, der in wilder Ehe lebt. Das Paar hat einen unehelichen Sohn. Meine Eltern meinen, das wäre skandalös.«

»Signor Schmitz ist ebenfalls Schriftsteller. Er veröffentlicht unter einem Pseudonym.«

»Sind Sie vielleicht auch Schriftsteller, Signor Kuzmin?«

Jure lachte. »Ich habe in der Schule mäßig gute Aufsätze geschrieben und in der Dienstzeit bei der Marine furchtbar langweilige nautische Berichte. Zu höherer schriftstellerischer Tätigkeit bin ich, so fürchte ich, nicht talentiert genug. Aber ich spiele leidlich Klarinette.«

Wieder Gelächter. Jures und Elenas Blicke kreuzten sich wieder. Zum wievielten Mal schon? Diese Häufigkeit konnte kein Zufall sein. Unmöglich.

»Signor Kuzmin, ich lade Sie ein«, sagte der deutschsprachige Sohn des hohen Beamten, »den Musiksalon meines Vater zu besuchen. Einmal im Monat versammelt er Freunde und Bekannte zur Hausmusik. Wenn Sie und Ihre Klarinette die neuesten Walzer aus Wien spielen wollen, sind Sie herzlich eingeladen.«

»Lieber Hubert, was für eine hübsche Idee«, sagte Elena. »Signor Kuzmin und ich könnten ein Duett für Klarinette und Querflöte einstudieren.«

»Oh ja! Ein solches Duett hat es im Musiksalon noch nie gegeben.«

───※───

Die Gerichtsverhandlung lag ihm im Magen, schwer verdauliche Kost wieder einmal, die ihm da serviert wurde, ein scheußliches Verbrechen, das Bruno vor Monaten aufgeklärt hatte und das nun vor Gericht verhandelt worden war. Er hatte am frühen Nachmittag seine Zeugenaussage gemacht. Es war eine entsetzliche Bluttat, ein Mann mittleren Alters hatte seine Familie ausgelöscht, die Frau und die drei Kinder in einer Wahnsinnstat mit einer Axt erschlagen. Dem Verbrechen war eine jahrelange Tortur der Frau und der Kinder vorausgegangen. Bruno war voller Bitterkeit, dass Menschen einander derartigen Schrecken zufügen konnten. Er hegte Verachtung für diesen Mann, weil er sich selbst nicht gerichtet hatte. Bruno wusste, dass sein Empfinden ein Beigeschmack des Irrsinns hatte, aber er gestand sich diese Befindlichkeit ein: Wenn ein Mann seine Familie auslöschte, dann hatte er die verdammte Pflicht, sich selbst das Leben zu nehmen. Ein Strick, ein starker Dachträger und der Tod wäre gekommen. Bruno konnte sich nicht erklären, warum er so dachte, manches konnte oder wollte er nicht erklären. Aber nein, dieser Mann war zu feige für den letzten Schritt seiner Wahnsinnstat gewesen, er hatte sturzbetrunken und blutbesudelt auf die Festnahme gewartet. Nun, so wie Bruno den Fall einschätzte, würde der Henker das Versäumnis des Mannes nachholen.

Bruno erhob sich und ging in seinem Bureau auf und ab. Er musste die Grübelei beenden, er musste einen Schlussstrich unter diesen Fall ziehen, sich die dunklen Gedanken aus dem Kopf schlagen. Auch zum Erdulden solcher Taten hatte ihn sein Vater bestimmt, als er die Laufbahn des Polizisten für seinen Sohn verfügt hatte. Warum hatte er nicht ein einziges Mal gefragt, was Bruno aus seinem Leben hätte machen wollen? War das Leben als Ingenieur oder technischer Wissenschaftler nicht bürgerlich genügt? Warum Polizeibeamter? Warum Blut, Leid und Tod?

Bruno schloss das Fenster, schlüpfte in den Mantel und nahm den Hut. Raus hier! Er brauchte Bewegung. Wie sollte er angesichts seiner gegenwärtigen Stimmung Luise gegenübertreten? Er musste seinen Kopf freibekommen. Dazu war ein Fußmarsch unerlässlich. Er schloss die Tür zu seinem Bureau.

Ivana und Regina saßen noch an ihren Arbeitsplätzen und tippten Berichte. Die beiden Frauen hoben den Blick, erschrocken über Brunos schnelle Bewegungen und seinem harten Gesichtsausdruck.

»Meine Damen, ich empfehle mich mit den besten Grüßen. Wir sehen uns morgen«, sagte Bruno knapp und eilte an den beiden Schreibkräften vorbei.

»Angenehmen Abend, Herr Inspector«, rief ihm Ivana noch hinterher.

Bruno eilte die Treppe hinab und fand es wieder einmal erstaunlich, dass sich mit jedem Schritt seine Stimmung besserte. Für heute hatte er genug vom Verbrechen. Bruno fasste einen naheliegenden Plan, er würde am Hafen spazieren gehen, nach Schiffen, Möwen und Krähen Ausschau halten, frische Luft atmen und in einem der Kaffeehäuser auf der Rive eine Tasse zu sich nehmen. Ein guter Plan. Bruno trat aus dem Gebäude, schaute zur Nachmittagssonne hoch und ließ sich für einen Moment das Gesicht wärmen.

Was hatte er zuvor noch gedacht? Keine Ahnung. Er wusste es nicht mehr, hatte alles vergessen. Gut so. Das Leben war zu schön und viel zu kurz für schlechte Laune. Er setzte seinen Hut auf, holte tief Luft und marschierte zügig los.

Da, ein bekanntes Gesicht.

Bruno reduzierte sein Tempo und schaute über die Straße. Auf dem Trottoir gegenüber stand ein Mann, der ihn direkt ansah. Bruno hielt inne und erwiderte den Blick des Mannes. Hatte Carlo auf ihn gewartet? Ihn auf der Straße abgepasst?

Offenbar.

Bruno wartete, bis ein Pferdegespann an ihm vorgefahren war, dann überquerte er die Straße. In gebührlichem Abstand blieb er vor dem Mann stehen. Keiner von ihnen machte Anstalten, zur Begrüßung den Hut zu lüften oder die Hand zu reichen.

»Signor Cherini, haben Sie auf mich gewartet?«

»Sie kennen meinen Namen?«

»Nun, wenn Sie auf mich gewartet haben, was ganz den Anschein erweckt, dann kennen Sie auch meinen.«

»Ja, ich kenne Ihren Namen, Signor Zabini.«

»Dann lernen wir einander also heute kennen.«

»So ist es«, sagte Carlo.

Für eine Weile lag betretenes Schweigen zwischen den beiden Männern.

»Signor Cherini, nach einem anstrengenden Arbeitstag wollte ich mir am Hafen ein wenig die Beine vertreten. Wenn es Ihnen genehm ist, könnten wir den Spaziergang gemeinsam unternehmen.«

»Ein guter Vorschlag.«

Sie setzten sich in Bewegung und gingen eine Weile still nebeneinander. Ganz unwillkürlich versuchte Bruno mit den Methoden und der Erfahrung des Kriminalbeamten den Mann einzuschätzen. Ging eine Gefahr von Carlo Cherini aus? War er bewaffnet? Suchte er eine Unterredung oder einen Kampf? War er aufgebracht oder kühlen Mutes? Was hatte er im Sinn? Was Bruno sah, war, dass Carlo nach den richtigen Worten suchte. Er befand sich in einer sehr ungewöhnlichen Situation, und doch eine, mit der er hatte rechnen müssen. Es galt, die richtige Strategie zu wählen. Und wie Bruno fand, musste erst einmal das Gespräch beginnen, ehe die wahren Hintergründe der unverhofften Begegnung ans Tageslicht kommen würden.

»Sind die Vorbereitungen der Jungfernfahrt der Baron Beck gut gediehen?«, fragte Bruno.

Carlo zog die Augenbrauen hoch. »Sie wissen sehr gut über mich Bescheid.«

»Ich bin Polizist, Signor Cherini, in den wichtigen Fällen des Lebens Bescheid zu wissen, gehört zu meinem Beruf.«

»Ja, sowohl die Baron Beck, als auch die Palacky sind bereit für die ersten Fahrten. Die Erprobung der Baron Beck ist abgeschlossen, wir haben den Dampfer auf Leib und Nieren geprüft. Ich darf behaupten, dass das Schiff ein Musterbeispiel heimischer Schiffsbaukunst ist. Es ist mir eine Ehre, auf diesem erstklassigen Schiff als Erster Offizier zu dienen.«

»Ich gratuliere zu Ihrer Beförderung.«

»Vielen Dank.«

»Ein langjähriger Freund von mir, Signor Ventura, ist Konstrukteur im Lloydarsenal. Er hat die Rohrleitungen der Baron Beck entworfen und mit seinen Mitarbeitern die Pläne gezeichnet.«

»Lionello Ventura? Ist das Ihr Bekannter?«

»Ja.«

»Ich habe Ingenieur Ventura bei der Erprobung kennengelernt. Die Schiffsbauer im Arsenal leisten hervorragende Arbeit.«

»Die Expansion des Lloyds ist äußerst beachtlich. Lionello hat mir gesagt, dass die Baron Beck das Typschiff einer Klasse von sieben Dampfern sein wird.«

»Ja, die Werft ist voll ausgelastet. Eine neue Generation von Dampfern wird auf den Linien des Lloyds unterwegs sein, größer, schneller und leistungsfähiger denn je.«

»Wohin wird die Jungfernfahrt führen?«

»Die Baron Beck fährt nach Bombay, die Palacky über Konstantinopel nach Varna.«

»Sie werden also wieder das Rote Meer und den Indischen Ozean überqueren.«

Carlo schaute Bruno von der Seite an. Härte lag in seinem Gesicht. »Ich werde die Meere nicht überqueren, wenn Sie wieder im Bett meiner Frau liegen.«

Bruno blickte sich um, ob jemand den Satz wahrgenommen hatte, und ging weiter. Die beiden Männer liefen eine Weile schweigend nebeneinander und erreichten den Hafen. Am Molo San Carlo herrschte gerade wenig Betrieb, offenbar hatten die kleineren Dampfer der adriatischen Linien vor Kurzem abgelegt. Bruno und Carlo betraten den Molo und gingen an dessen Ende. Möwen zogen Kreise über dem Hafenbecken, kühler Wind wehte im Golf. Carlo und Bruno standen einander gegenüber. Bruno musterte ihn. Er zeigte keine offensichtliche Aggression, er schien gefasst und klar bei Sinnen zu sein.

»Signor Cherini, erzählen Sie mir, wie Sie von der Beziehung erfahren haben.«

Carlo nickte. »Ich habe schon lange vermutet, dass sie Geheimnisse vor mir hat, dass sie mir manche Dinge nicht sagen will. Seit einem Jahr hole ich Erkundigungen darüber ein, was meine Frau in meiner Abwesenheit so treibt. Aber ich bin auf nichts gestoßen, was meinen Verdacht erhärtet hätte. Bis ich vor drei Wochen einen Hinweis erhalten habe.«

»Einen Hinweis? In welcher Form?«

»Ein an mich adressierter Brief ohne Absender klemmte in der Tür meines Spinds im Lloydarsenal. Darin stand die knappe Aufforderung, das Bücherkränzchen Ihrer Mutter genau anzusehen. Das habe ich getan. Fedora liest gern und viel, sie ist wie ich auf einem Bauernhof aufgewachsen, sie hat nur einfache Schulbildung. Mein älterer Bruder hat den Hof meiner Eltern übernommen und ich konnte die nautische Schule besuchen, so kam ich zu Bildung und zu einem angesehenen Beruf. Fedora hat, wie Sie bestimmt wissen, kein Gymnasium besucht, aber sie ist wissbegierig, also holt sie sich Bildung durch das Lesen vieler Bücher. Es ist mehr als verständlich, dass sie als Gattin eines Offiziers Kontakt zu den bürgerlichen Kreisen in der Stadt sucht. Ihre Frau Mutter ist bei uns im Vorort bekannt für ihre Belesenheit, für das Bücherkränzchen und für ihre gut sortierte Bibliothek. Ich habe keinen Verdacht geschöpft, Fedora könnte aus einem anderen Zweck diesen Zirkel von belesenen Damen besuchen, aber dann habe ich herausgefunden, dass Signora Zabini einen unverheirateten Sohn hat. Ich habe erfahren, dass Sie in jungen Jahren mit Ihrer Mannschaft Pokale bei Regatten gewonnen haben, dass Sie ein Sportsmann sind, elegant, gut aussehend, ein hoch angesehener Polizist. Es war nicht schwer zu erraten, dass Fedora das eine mit dem anderen verbindet. Also habe ich sie zur Rede gestellt. Sie hat es nicht geleugnet.«

»Eine mehr als erstaunliche Frau.«

»Auf See habe ich es mir oft vorgestellt, dass ich von einer Fahrt nach Hause komme und das Haus leer vorfinde, dass Fedora in den Armen eines anderen liegt und meine Söhne auf der Straße vegetieren. Der Gedanke hat mich geradezu verfolgt. Und dann kehre ich heim und finde meine Söhne, die mir von der Schule erzählen, finde gekehrte Böden, saubere Wäsche, eine gefüllte Vorratskammer und ein gemachtes Bett vor. Und eine Ehefrau, die einem die einsamen Stunden auf See im Nu vergessen macht. Sie hat mich nie enttäuscht, schlimmer, sie hat mich belogen.«

»Fedora liebt Sie, Signor Cherini.«

»Ein Seemann sollte nicht heiraten. Schon gar nicht eine schöne Frau.«

»Wissen Sie, dass ich Fedora schon lange kenne?«

»Lange? Wie lange?«

»Das hat sie Ihnen also nicht erzählt.«

»Was hat sie mir nicht erzählt?«

»Ich kannte Fedora noch vor Ihnen. Vor rund fünfzehn Jahren haben wir einander kennengelernt, und wir haben damals schon eine kurze jugendliche Beziehung zueinander gehabt.«

Carlo kratzte sich am Kinn. »Als wir uns kennengelernt und uns ineinander verliebt haben, war Fedora keine Jungfrau mehr. So viel weiß ich.«

»Damals ging ich für ein Jahr zum Studium nach Graz, Fedora und ich haben uns aus den Augen verloren. In diesem Jahr haben Sie sich mit ihr verlobt.«

»Und was soll das jetzt heißen? Wollen Sie länger währende Besitzansprüche an mein Eheweib stellen?«, fragte Carlo scharf.

»Ein kategorisches Nein. Ich stelle keine Besitzansprüche. Fedora ist und bleibt Ihre Frau und die Mutter Ihrer Söhne. Das werde ich immer respektieren.«

»Warum haben Sie mir Hörner aufgesetzt?«

»Es ging weder Fedora noch mir darum, Ihnen Hörner aufzusetzen. Fedora wohnen schier unendliche und in Wahrheit für mich unbegreifliche Energien inne. Ich will und ich kann nichts beschönigen. Ich war wiederholt mit Fedora zusammen und ich war jedes Mal erneut von ihrem Hunger und Durst hingerissen.«

»Das muss aufhören! Sofort!«

»Gut, Signor Cherini. Ab sofort ist es zu Ende.«

»Ich vertraue Ihnen nicht.«

»Dazu haben Sie jedes Recht der Welt, aber ich gebe Ihnen mein Wort.«

»Ich weiß nicht, ob Sie ein charakterloses Schwein sind oder ein Idiot.«

»Ich hoffe, ich bin weder das eine noch das andere.«

»Ich verlange Satisfaktion!«

Bruno kniff die Augen zusammen. »Überlegen Sie sich das gut, Signor Cherini. Noch sind wir beide ruhigen Gemüts.«

»Haben Sie eine Waffe?«

»Bewahren Sie bitte die Contenance.«

Cherini machte eine wegwerfende Geste und schaute zum Meer hinaus. »Verdammt, ich komme mir vor wie ein Idiot, mit Ihnen überhaupt zu diskutieren.«

Bruno ließ ihm Zeit und wartete. »Haben Sie Fedora geschlagen?«

»Was? Nein! Reden Sie keinen Unsinn, Zabini. Ich schlage meine Frau doch nicht. Das ist nicht meine Art. Wissen Sie, welche Gegenfrage Sie mir gestellt hat, als ich Sie gefragt habe, ob sie mit Ihnen ein Verhältnis hat?«

»Sagen Sie es mir.«

»Sie hat mich gefragt, ob ich in jedem Hafen eine Geliebte habe?«

»Und, haben Sie?«

»Unsinn, ich bin treu sorgender Ehemann und Vater. Ich habe keine Geliebte.«

Bruno zog die Augenbrauen hoch. In all den Jahren als Polizist hatte er ein feines Gespür für Tarnungen und Täuschungen entwickelt. Außerdem wusste er, dass Carlo nicht die Wahrheit sagte.

»Wissen Sie, was mir Kopfzerbrechen bereitet?«, setzte Carlo fort. »Was, wenn sie schwanger ist? Ist es Ihr Kind oder meines? Der Gedanke macht mich verrückt.«

»Ich sorge sehr gründlich vor, weil mich genau derselbe Gedanke plagt.«

»Das ist alles ein Witz! Wahrscheinlich träume ich nur. Ein lächerlicher, dummer, widerlicher Traum. Das ist es.«

»Ich weiß nicht, ob es Sie beruhigt, aber sobald sich Ihr Schiff Triest nähert, setzt sie mich kommentarlos vor die Tür.«

»Nein, das beruhigt mich kein bisschen, überhaupt nicht. Bald schon bin ich wieder wochenlang auf See. Na gut, ich will Ihnen für einen Moment Glauben schenken, Sie werden tatsächlich meine Frau unberührt lassen. Was wird sie tun? Wird sie sich einen anderen Liebhaber suchen?«

Bruno zuckte mit den Schultern. »Diese Frage kann ich nicht beantworten.«

»Soll ich sie verstoßen, weil sie ein untreues und wollüstiges Luder ist?«

»Sie könnten dem Leben einfach seinen Lauf lassen.«

»Zum Wohle von Schmarotzern wie Ihnen? Warum sind Sie nicht verheiratet?«

»Weil ich in einem sehr verletzlichen Augenblick meines Leben eine schwere Wunde davontrug.«

»Verdammt, so fühlt es sich also an, wenn man ein betrogener Ehemann ist. Ein widerwärtiges Gefühl. Ich komme mir vor wie ein Trottel.«

»Wenn Sie erlauben, Signor Cherini, lade ich Sie auf einen Kaffee ein.«

»Mir ist nach etwas Stärkerem zumute.«

Bruno hob die Hände. »Ich bin außer Dienst. Niemand kann zwei erwachsenen Männern verbieten, am frühen Abend einen Cognac zu nehmen.«

»Halten Sie sich daran? Werden Sie Fedora in Zukunft unberührt lassen? Habe ich wirklich Ihr Wort?«

»Ich gebe Ihnen mein Wort.«

»Wissen Sie, was Sie mir offen ins Gesicht gesagt hat?«

»Ich bitte um Auskunft.«

»Die Kanaille! Verdammt, sie ist eine Hexe. Ich dreh ihr den Hals um. Nein, ich mache ihr noch vier Kinder, dann ist sie beschäftigt. Sie hat gesagt, ich soll meinen Dienst auf See quittieren und im Büro arbeiten, täglich abends nach Hause kommen, und sie verspricht mir, dass mein Bett niemals kalt wird.«

»Was haben Sie dazu gesagt?«

»Ich bin eben erst zum Ersten Offizier ernannt worden! In ein paar Jahren werde ich Kapitän eines eigenen Schiffes sein. Ich bin Seemann, ich liebe die See. Das habe ich ihr gesagt. Und sie Folgendes erwidert.«

Carlo blickte zum Horizont, Bruno wartete eine Weile auf Carlos Äußerung. »Ich glaube zu wissen, was Fedora gesagt hat.«

»Ach, glauben Sie das?«

»Ich habe eine Vermutung.«

»Dann raus damit! Was hat mein Eheweib ihrem Gatten daraufhin gesagt?«

»Wenn du weiter zur See fährst, dann musst du mich mit einem Mann teilen, wenn du mich nicht mit einem teilen willst, dann musst du mich mit vielen teilen. Diesen Satz hat sie mir einmal anvertraut.«

Carlo Cherini boxte in die Luft und fletschte die Zähne. »Diese Bestie! Sie hat diesen Satz also für den richtigen Moment vorbereitet. Fast hätte ich ihren Kopf gegen die Mauer geschleudert, sie hätte mir beinahe die Augen ausgekratzt. Das ist keine Ehefrau, das ist der Teufel in Person. Aber sie ist meiner Prügel nicht wert. Und Sie auch nicht, Signor Ehebrecher.«

»Ich denke, Carlo, jetzt ist ein Schnaps fällig.«

»Porca miseria, ja, Bruno, jetzt der Schnaps!«

⁂

Luise drückte den Korken in den Flaschenhals und stellte die Weinflasche in den Schrank zurück. Sie schnupperte am Glas. Duftender Rotwein aus der Toskana, wie geschaffen, um einen arbeitsreichen Tag abzuschließen. Sie hatte sich den ganzen Tag über die Wohnung nicht verlassen. Mit ihrer Haushälterin hatte sie heute nur ein paar Worte gewechselt. Maria hatte gleich gesehen, dass die Baronessa mit ihren Gedanken bei der Arbeit war, sie hatte mittags gekocht, das Geschirr gespült und war dann bald wieder gegangen. Luise hatte zwischen zwei Absätzen die Arbeit unterbrochen und in aller Stille gegessen, danach hatte sie sich wieder an den Schreibtisch gesetzt. Zeile für Zeile hatte sie die Novelle dem Ende zugeführt und bei Sonnenuntergang war sie fertig gewesen, hatte das Schreibheft zugeklappt und bemerkt, dass sie die Zeit völlig übersehen hatte. Es war bereits nach acht Uhr abends gewesen. Bruno war nicht erschienen. Er hatte sich wie üblich für sieben Uhr angekündigt. Luise wusste, dass er manchmal aus beruflichen Gründen vereinbarte Treffen verpasste. Wenn irgendwo in der Stadt eine Situation eskalierte, konnte er nicht einfach sagen, heute klappt es leider nicht, ich gehe nach Hause, morgen sehen wir uns wieder. Luise rechnete, dass ein Unglück geschehen war. Es lag im Kern des Berufes eines Polizisten, dass er immer dann gerufen wurde, wenn etwas Schlechtes passiert war oder passieren konnte. Selbst wenn es möglich wäre, dass Frauen den Beruf der Polizistin ausüben könnten, sie selbst würde das niemals bewältigen. Der erste Fall von häuslicher Gewalt, bei dem sie einzuschreiten hätte, würde sie in die Irrenanstalt bringen, der zweite Fall endgültig auf den Grund des Meeres. Luise fand es unglaublich, dass ein so feinfühliger und umsichtiger Mann wie Bruno, in seinem Beruf so ledrige Haut besaß und die schrecklichen Schicksale der Menschen nicht an sich heranließ. Auch wenn sie glaubte, Bruno wirklich zu kennen, so blieb doch ein Rest von Geheimnis in ihm verborgen. Er trug einen Schleier, den er niemandem öffnete. Dieser schützte ihn wohl auch in seiner Arbeit.

Sie fand rätselhafte Menschen interessant.

Luise nahm einen Schluck Wein und stellte sich an das offene Fenster. Der Abend versprach kühl zu werden. Sie schloss das Fenster und trat vor das Bücherregal. Sollte sie ein neues Buch beginnen? Müde war sie noch nicht, aber die stundenlange literarische Arbeit hatte sie erschöpft. Heute keine Sprache mehr, keine Literatur. Ein belangloses

Gespräch mit Bruno über alltägliche Dinge wäre jetzt genau das Richtige. Sollte sie noch einen Spaziergang unternehmen?

Es klopfte.

Luise stellte das Weinglas ab und eilte erfreut zur Wohnungstür. Bruno musste über einen sechsten Sinn verfügen, dass er just zu jenem Zeitpunkt erschien, an dem sie seine Gesellschaft herbeiwünschte. Sie öffnete die Tür und erschrak.

»Madonna, was ist mit dir los?«

»Darf ich bitte eintreten?«, lallte Bruno.

»Meine Güte, du riechst nach der übelsten Kaschemme der Stadt.«

»Kann ich mir lebhaft vorstellen.«

»Komm herein.«

Luise trat zur Seite und ließ ihn ein. Er stolperte voran in das Wohnzimmer und setzte sich. Luise folgte ihm und blieb mit verschränkten Armen in gemessener Entfernung stehen. Sie musterte ihn. Mit ungelenken Bewegungen entledigte er sich des Mantels und Huts. Er ließ die Kleidungsstücke einfach zu Boden fallen.

»Willst du deinen Zustand erklären?«, fragte Luise.

»Herz… herzlich gern, mein Engel. Du bist ein Schatz, dass du mich eingelassen hast. Ein Engel. Was rede ich? Ein Erzengel. Lass dich küssen. Nein, lieber nicht. Ich habe wahrscheinlich eine kapitale Fahne.«

»Oh, die hast du tatsächlich.«

»Entschuldige bitte.«

»Was war so aufwühlend, dass du dich derart betrinken musstest?«

»War mit Carlo beim Branntweiner.«

»Mit Carlo also.«

»Ja, Carlo. Prima Kerl. War längere Zeit nicht klar, ob er mir den Schädel spalten oder mich nur unter den Tisch trinken will. Vielleicht wollte er beides. Weiß nicht.«

»Glaubst du, dass du heute noch in der Lage bist, einen klaren Satz zu sagen, oder soll ich besser bis morgen warten?«

»Entschuldige noch mal. Ich schaffe das. Danke, dass du so geduldig bist. Also, ich war mit Carlo zusammen. Wir haben uns angefreundet. Glaube ich zumindest. Hoffentlich werden wir einander nie wieder begegnen. Und wenn doch, dann mit Säbeln und Pistolen. Oder mit einem Fass Branntwein.«

»Und wer ist Carlo?«

»Ach, entschuldige, du kennst ihn ja gar nicht. Er ist der Ehemann von Fedora.«

Luise kniff die Augen zusammen. »Ich glaube, langsam verstehe ich, was du sagen willst. Ist Fedora der Name der anderen Frau?«

»Ja, genau.«

»Und du hast dich mit ihrem Gemahl getroffen, dem Seemann?«

»Er hat mich vor der Kanzlei abgepasst. Wir haben geredet, dann habe ich eine Runde Branntwein spendiert. Dann hat er eine spendiert. Dann wieder ich. Und so weiter, du weißt schon, wie das geht. Ich habe aufgehört zu zählen.«

»Hat er dich treffen wollen, weil er über dich Bescheid weiß?«

»Ja.«

»Und er hat sich nicht mit dir duelliert, so viel kann ich selbst erraten.«

»Du … du bist so klug, mein Engel. Furchtbar klug.«

Luise setzte sich zu Bruno an den Tisch. »Ich versuche mir gerade vorzustellen, was du heute erlebt hast.«

»Versuche ich auch. Geht nicht. Zu besoffen.«

»Nun, es war wohl ein sehr intensives Gespräch, das zum Glück nur in ein Besäufnis ausgeartet ist.«

»Richtig, Riesenglück, nur trinken, nicht schießen. Er ist ein prima Kerl, muss ich sagen.«

»Hast du ihn sturzbetrunken in der Schänke zurückgelassen. Oder im Rinnsal?«

»Nix da, hab ihn in eine Kutsche gesetzt und bezahlt. Bis er in Gretta ist, schläft er tief und fest. Garantiert.«

»Sieh an, ich sammle Informationen. Fedora und Carlo wohnen also in Gretta.«

»Hab ich ja gesagt. Oder nicht? Hübsches Haus. Sehr schön. Am Hang. Mir ist schlecht. Mir ist sehr schlecht.«

»Musst du dich übergeben?«

»Nein, geht schon. Schluck Wasser?«

Luise erhob sich und holte die Karaffe samt Glas. Sie füllte es halb und stellte es vor Bruno ab.

»Danke, mein Engel. Du bist so gut zu mir. Hab Carlo geschworen, Fedora nicht mehr zu treffen. Heiliger Eid. Mit Schnaps und dicken Zigarren besiegelt. Jetzt gehöre ich nur mehr dir, mein Engel. Ganz allein.«

»Nun, dann scheint das Verhängnis auch etwas Gutes zu haben.«

»Ja, sehr gut. Er hat Fedora nicht verprügelt. Keine Gewalt. Streit ja, Prügel nein.«

Luise nickte. »Nun, das klingt nach einem Hoffnungsschimmer.«

»Ja. Prima Kerl, der Carlo. Fedora auch. Alle beide. Und auch die Kinder. Alle prima. Wirfst du mich raus oder darf ich heute hier übernachten?«

Luise wiegte den Kopf. »Ich werfe dich nicht hinaus, aber du musst im Gästezimmer übernachten. Und du musst dich gründlich waschen. Du riechst nach Tabak und Schnaps.«

»Gästezimmer ist gut. Reicht völlig. Gute Nacht.«

Bruno erhob sich mühsam, torkelte in das Zimmer und warf sich bäuchlings auf das Bett. Innerhalb weniger Augenblicke schlief er. Luise beobachtete ihn eine Weile, dann hauchte sie ihm einen Kuss auf die Wangen, zog ihm die Schuhe sowie den Anzug aus und breitete eine Decke über ihn. Anzug und Mantel hängte sie zum Lüften auf die Wäscheleine vor dem Küchenfenster. Bruno hatte ihr einmal erzählt, dass er wie alle seine Kollegen immer Unterwäsche, ein sauberes Hemd und einen Ersatzanzug im Bureau aufbewahrte. Also konnte er mit durchlüftetem Anzug zur Arbeit gehen und sich dort umziehen.

Später füllte Luise das Weinglas erneut.

Freitag, 13. September 1907

DIE VIER BRÜDER standen Schulter an Schulter und schauten dem Fuhrwerk hinterher. Sie waren um fünf Uhr früh von Roiano losmarschiert. Jure, Jože und Miško lebten in der Wohnung der Eltern, nur Anton hatte nach der Hochzeit einen eigenen Haushalt gegründet. Seine Wohnung lag ebenfalls im Slowenenviertel in Roiano nur eine Straße weiter. Alojzija Kuzmin hatte ihren Söhnen Brot und Würste eingepackt. Kaum im Porto Nuovo angekommen, hatten sie begonnen, die Lieferung vorzubereiten. Knapp nach sechs Uhr war das erste Fuhrwerk vorgefahren. Zu zweit konnte man die Säcke schnell verladen. Würde ein Mann allein die Säcke schleppen, hätte er schnell keine Kraft mehr. Deshalb waren sie zu viert gekommen. Insgesamt beluden die Brüder zehn Fuhrwerke, die dann in Richtung Staatsbahnhof fuhren, wo die Säcke in den Waggon gepackt wurden. Der Zug würde mittags nach Prag abfahren. Die Kaffeelieferung erhielt einer der Kunden der Azienda Commerciale di Porto Nuovo. Signor Pasqualinis Geschäftspartner in der böhmischen Hauptstadt würden keinen Grund zur Klage vorfinden, sofern natürlich die k.k. Staatsbahn den Waggon nicht irrtümlicherweise nach Lemberg oder Innsbruck schickte. Jure schmunzelte bei dem Gedanken.

»Das war es. Ich muss los«, sagte Anton und wischte sich mit seinem Taschentuch den Schweiß von der Stirn. Er würde in Richtung Muggia aufbrechen, wo die Argo auf der Reede lag. Auf dem Schiff war viel tun, um es für die nächste Fahrt klarzumachen.

Die Brüder betraten das Magazin. Jure schaute sich um. Die Lieferungen für Signor Pasqualini lichteten das Lager beträchtlich.

Miško griff in sein Sakko nach der Taschenuhr. »Meine Vorlesung beginnt in einer Dreiviertelstunde. Ich muss auch los.«

»Danke fürs Anpacken. Zu zweit hätten wir das niemals in der Zeit geschafft«, sagte Jure.

Anton nickte seinem jüngeren Bruder zu, griff in die Vorratstasche und reichte Miško Wurst und ein Stück Brot, sich selbst nahm er ebenfalls etwas heraus. Die beiden schlüpften in ihre Sakkos und marschierten kauend los. Jure schloss das Magazintor und knöpfte sein Hemd auf. Er hatte zuvor schon einen Eimer Wasser geholt, um sich nach der Arbeit frisch zu machen. In einem Pappkoffer hatte er seinen guten Anzug mitgenommen. Für die Arbeit im Magazin hatte er sich frühmorgens entsprechend bekleidet.

Jože stemmte seine Fäuste in die Hüften und verfolgte, wie Jure sich von einem Hafenarbeiter zu einem eleganten Geschäftsmann verwandelte. »Kleider machen Leute.«

Jure schaute Jože kurz an. »Nimmst du meine Sachen wieder mit nach Hause?«

»Wozu? Lass sie einfach da. Bis die Regale leer sind, wirst du sie noch brauchen.«

»Da hast du recht. Das Hemd ist verschwitzt, das muss ich zum Trocknen aufhängen.«

»Wann kommt der Kaufmann mit seinem Wagen?«

»Um elf. Ich habe seine Bestellung hier notiert«, sagte Jure und reichte Jože ein Stück Papier.

»Vier Säcke. Das ist nicht viel.«

»Besser als nichts.«

»Bezahlt er bei Abholung?«

»Ja.«

»Großartig, dann habe ich Geld für ein Mittagessen und ein paar Gläser Bier.«

Jure hielt inne und schaute seinen Bruder mit saurer Miene an. »Findest du das witzig?«

Jože lachte herzhaft. »Ja, finde ich. Sei nicht gleich eingeschnappt, ich werde das Geld schon nicht verpulvern. Wenn hier jemand Geld verpulvert, dann bestimmt du.«

»Ich muss in das Kaffeehaus. Es ist fast neun Uhr. Ich habe dir doch gesagt, dass ich einen Röster aus Marburg treffe.«

»Ist das jenes Treffen, welches Herr Weithofer arrangiert hat?«

»Ja. Drücke mir die Daumen. Vielleicht komme ich mit dem Mann ins Geschäft.«

»Gut, mache ich. Aber eigentlich habe ich mit ›Geld verpulvern‹ nicht das Kaffeehaus gemeint, sondern die Rennbahn.«

»Jože, geh mir nicht auf die Nerven! Ich gehe zum Pferderennen, nicht um Wetten abzuschließen, sondern um Geschäftskontakte zu knüpfen.«

Jože sprang vor und deutete einen Tritt in den Hintern an, zog aber nicht durch, denn Jure trug ja schon die gute Hose. »Du kannst mir nichts vormachen, du Depp! Geschäftskontakte knüpfen, hm? Was können das für Geschäfte sein mit der schönen Signorina Elena?«

Jure schlüpfte in das Sakko und schaute träumerisch in die Luft. »Gestern haben wir uns beim Kaffeekränzchen sehr lebhaft unterhalten. Ich habe so ein gutes Gefühl, was Elena betrifft.«

»Und ich habe das Gefühl, dass du diesen Röster aus Marburg warten lassen wirst, wenn du noch weiter wie ein verliebter Narr Löcher in die Luft starrst.«

Jure nickte seinem Bruder zu. »Ich muss mich beeilen. Du hältst hier die Stellung?«

»Aber nicht allein.«

»Wer kommt noch?«

»Marija kommt. Wenn ich sie nicht besuchen kann, weil ich ja schon in diesem Magazin wohne und rund um die Uhr hier arbeite, dann besucht sie mich.«

»Du benutzt das Magazin als geheimes Liebesnest?«

Jože grinste breit. »Selbstverständlich. Ich kann es gar nicht erwarten, mich mit Marija auf einem Bett aus Kaffeesäcken zu wälzen. Gleichzeitig romantisch und aromatisch.«

Jure lachte. Er hatte Marija vom ersten Augenblick an gemocht, weil er sofort gespürt hatte, dass sie seinem Bruder guttat, dass sie seinen Hitzkopf zu kühlen in der Lage war. Sie hatte ihn dazu gebracht, sich im slowenischen Sportverein einzuschreiben. Seither konnte Jože im Boxring sein Mütchen unter den Augen eines Ringrichters kühlen und hatte keine Probleme mehr mit der Polizei. Im nächsten Frühjahr würden Jože und Marija heiraten. Jure freute sich schon jetzt auf das Hochzeitsfest.

»Ciao, Bruderherz.«

～❦～

Carlo und Fedora saßen schweigend bei Tisch. Eben hatte er sein Frühstück beendet. Die Söhne waren längst in der Schule. Er nahm noch einen Schluck Wasser, dann schaute er seine Frau über den Tisch hinweg an. »Wie bin ich nach Hause gekommen?«

»Mit einem Wagen. Der Kutscher hat mir geholfen, dich hereinzuschleppen.«

»Habt ihr mich getragen?«

»Im Wagen hast du geschlafen, beim Hereinkommen wurdest du wach und bist hereingetorkelt. Aber sobald du im Bett lagst, hast du wieder geschlafen.«

»Mir fehlt die Erinnerung.«

»Kein Wunder.«

»Ich habe Kopfschmerzen.«

Fedora griff nach ihrem Strickzeug. Sie saßen wieder schweigend beieinander. Carlo kratzte sein unrasiertes Kinn.

»Wie soll es weitergehen?«, fragte Fedora.

»Sag du es mir.« Carlo schaute eine Weile zum Fenster hinaus. »Hast du den Fahrer aus der Haushaltskasse bezahlt?«

»Nein. Die Fahrt war schon bezahlt.«

Carlo verzog seinen Mund zu einem kurzen Lächeln. »Sieh an. Wie spendabel.«

»Mit wem hast du dich so betrunken?«

»Das fragst du noch?«

»Mit Bruno?«

Carlo antwortete nicht.

»Ich habe Todesängste ausgestanden.«

»Hast du geglaubt, ich werde mich auf ein Duell einlassen?«

»Wer weiß das schon?«

»Er hat im Laufe des Abends zwanzigmal geschworen, dich nie wieder anzufassen.«

»Das habe ich dir auch geschworen.«

»Ihr beide seid mir egal. Ich sorge mich wegen der Buben.«

Fedora schaute überrascht auf. »Egal?«

»Ja, egal. Völlig egal.«

»Ist das dein Ernst?«

»In England und Deutschland können Ehen geschieden werden. Da sollte man leben. Verdammtes Österreich-Ungarn.«

»Würdest du dich von mir scheiden lassen?«

»Ich habe die Nase voll von dir. Schon eine ganze Weile. Deine schnippischen Bemerkungen und bizarren Witze stoßen mich ab.«

»Und in den letzten beiden Monaten? Seit du nicht mehr auf der Bohemia Dienst tust und die Jungfernfahrt der Baron Beck noch bevorsteht, bist du zu Hause. Im Schlafzimmer schien es nicht so, als ob du meiner überdrüssig seist.«

»Ich habe einen Hinweis gekriegt, der mich auf das Bücherkränzchen aufmerksam gemacht hat. Irgendjemand weiß von deinem Ehebruch.«

Fedora kniff die Augen zusammen. »Von wem kam der Hinweis?«

»Keine Ahnung, auf dem Brief war kein Absender.«

»Das ist schlecht.«

»Nach dem Hinweis war alles leicht zu enträtseln. Ich habe dich beobachtet. Und weil du das Schlafzimmer erwähnt hast: Du bist eine schöne Frau und hast einen göttlichen Hintern. Im Bett ist es toll mit dir. So wie mit jeder schönen Dirne in einem Hafenbordell. Es macht Spaß. Das hat übrigens auch dein Herr Inspector gesagt. Nach ein paar Runden Schnaps war er gesprächig. In der Waschküche habt ihr es also getrieben. Zwei- bis dreimal pro Woche gerammelt wie die Karnickel. In allen Stellungen und Varianten. Als Ehefrau bist du untragbar. Ich werde dich aus dem Haus jagen.«

Fedora legte ihr Strickzeug wieder zur Seite und blickte Carlo an. »Dann suche ich mir einen reichen Mann, der mich zu Bällen ausführt und mit mir Reisen unternimmt, der mir elegante Kleider kauft. Einen reichen Kaufmann oder Fabrikanten. Einen Baron oder Grafen. Einen Mann, der mich nicht wochenlang in diesem kleinen Haus zurücklässt, wo ich tagein, tagaus nur schrubben und kochen muss. Einen Mann mit Geist und Humor.«

»Du würdest bestenfalls als Mätresse durchgehen. Und auch nur solange du noch halbwegs jung und schön bist. Reiche Männer heiraten reiche Frauen, und Grafen heiraten Komtessen, keine Weiber vom Bauernhof.«

»Wollen wir wirklich hässlich und verletzend zueinander sein?«

Carlo antwortete auf die Frage nicht, er starrte wieder zum Fenster hinaus. »Wir sind katholisch und vor Gott verbunden, du bist mein Eheweib, bis dass der Tod uns scheidet. Ich könnte dich erschlagen. Dann könnte ich eine anständige Frau heiraten.«

Fedora schluckte. »Du wärst nicht frei. Bruno würde dich fassen, erst dem Richter und dann dem Henker übergeben.«

Carlo lachte bitter. »Das würde er wahrscheinlich sogar liebend gerne tun.«

»Willst du mir drohen?«

Carlo erhob sich und schob den Stuhl an den Tisch. »Nein. Du hast von mir keine Gewalt zu befürchten. Aber ich werde dich fortjagen. Eine kirchliche Annullierung der Ehe ist unmöglich, du hast mir zwei gesunde Söhne geboren. Aber ich werde wegen Unzucht seitens des Eheweibes mit unverheirateten Männern sowohl vor Gericht als auch der Kirche die Trennung von Tisch und Bett einklagen. Ich habe mich von einem Advokaten beraten lassen, ich weiß, was ich zu tun habe. Die Leute werden zwar über den gehörnten Ehemann lachen, aber das ist mir egal. Die Buben kommen vorerst auf den Hof nach Monrupino zu meinem Bruder. Meine Mutter wird für sie sorgen, wenn ich auf See bin. Später werde ich sie in einem Internat unterbringen. Für das Haus habe ich keine Verwendung mehr, also werde ich es verkaufen. Du kannst tun und lassen, was du willst. Ich habe für deinen Unterhalt nicht zu sorgen, wie es das Recht auf Trennung von Tisch und Bett vorsieht. Wie hast du gestern das mit dem Teilen so schlagfertig gesagt? Es kommt anders. Ich teile dich weder mit einem noch mit vielen, ich werfe dich ihnen vor. Du kannst gerne in einem Bordell die Beine breit machen. Oder such dir einen lüsternen Grafen, der dich aushält. Das willst du doch. Frag den feinen Herrn Inspector, ob er dich durchfüttern will. Der ist vielleicht ein Mann mit Geist und Humor. Es ist mir gleichgültig. Du bist nur mehr Dreck für mich. Pack deine Sachen und verschwinde von hier.«

Fedora erhob sich. »Du kannst mir die Buben nicht wegnehmen.«

»Natürlich kann ich. Ich bin der Hausherr.«

»Und all die Jahre unserer Ehe?«

»In all den Jahren unserer Ehe hast du mit anderen Männern Unzucht getrieben. Und mal sehen, wie sich die blendende Karriere des Herrn Inspector entwickelt, wenn vor Gericht sein Name fällt.«

»Du willst ihn anschwärzen?«

»Ich will Gerechtigkeit. Er hat jahrelang mein zügelloses Eheweib, ohne zu bezahlen, als Dirne benutzt. Heute ist Zahltag. Und mit dir bin ich viel zu nachsichtig. Mein Vater hätte dich windelweich geprügelt.«

»Du willst also die Schuld auf mich schieben und Bruno Schaden zufügen?«

»Du bist schuldig, daran gibt es nichts zu rütteln.«

»Und was ist mit Victoria?«

Carlo hielt den Atem. »Victoria?«

»Gestern habe ich dich gefragt, ob du in fernen Häfen Geliebte hast. Du hast es bestritten. Du hast gelogen.«

»Wie kommst du auf diesen Namen?«

»Vor einem Jahr habe ich deinen Uniformrock ausgebürstet. In der Innentasche steckten drei Briefe von Victoria. Ihr Italienisch ist sehr gut, obwohl sie Engländerin ist. Ihr Mann ist Leutnant der Infanterie gewesen und bei einem Aufstand in Indien im Kampf gefallen. Wie alt ist ihre Tochter? Ich weiß nicht, ob der Inhaber der Handelsagentur in Bombay ihr Vater oder Onkel ist. Das konnte ich aus den Briefen nicht herauslesen. In jedem Fall lebt sie in seinem Haus und arbeitet als Schreibkraft im britischen Konsulat. Du kennst sie seit mindestens zwei Jahren. Oder länger?«

»Wo sind die Briefe?«

»Versteckt.«

»Gib Sie mir zurück.«

»Nein.«

»Ich war der festen Meinung, ich hätte die Briefe an Bord verloren.«

»Ich habe sie an mich genommen.«

»Du hast dir nie etwas anmerken lassen.«

»Ich habe dir die Freiheit gegönnt. Warum hätte ich sie mir selbst verwehren sollen?«

»Ihre Tochter ist fünf. Ein blonder Engel.«

»Liebst du Victoria?«

»Mehr als alles andere. Ihr Geist und Gemüt ist klar und rein.«

»Dann ist eine Trennung unvermeidlich.«

»Ja, unvermeidlich.«

»Bruno hat mir die rechtlichen Grundlagen erklärt. Ehebruch ist seit Joseph II. ein Antragsdelikt. Ein Strafverfahren wird nur dann eröffnet, wenn ein Kläger vor Gericht zieht. Die Höchststrafe ist Arrest bis zu sechs Monaten. Wenn du mich und Bruno anklagst, klage ich dich auch an. Dann sitzen wir alle drei in Haft. Bruno wird seine Stelle bei der Polizei verlieren. Du die deine beim Lloyd. Du wirst wie er auf der Straße stehen. Willst du das?«

Carlo kniff die Augen zusammen. »Willst du mir einen Kuhhandel vorschlagen?«

»Ja. Weder du noch ich erheben Anklage wegen Ehebruch. Und die Trennung von Tisch und Bett machen wir einvernehmlich. Das ist rechtens. Ein klarer Schnitt und du bist frei.«

»Das Haus verkaufe ich dennoch, dabei bleibt es. Und die Buben kommen in ein Internat.«

»Ich will sie bei mir haben.«

»Fedora, du bist ein wollüstiges, halb verrücktes Weib und wirst in der Gosse landen. Du kannst nicht für die Buben sorgen. Daher das Internat. Nur wenn sie nicht bei dir sind, werde ich für ihren Unterhalt aufkommen. Ich bestimme, was mit ihnen geschehen wird. Auch das ist rechtens.«

Fedoras Miene war hart. »Du klagst mich nicht an!«

Carlo konterte ebenso hart. »Ich will die Briefe zurück.«

»Du kriegst sie, wenn die Trennung vor Gericht ausgesprochen ist.«

»Ich sehe, dass du gut vorbereitet bist. Das widert mich an. Also, schließen wir den Pakt. Keine Anklage wegen Ehebruchs und einvernehmliche Trennung. Und jetzt verschwinde aus meinem Haus. Ich ertrage deine Anwesenheit nicht länger.«

⁓☙⁓

Bruno wusste das Datum noch genau, es war der 4. September 1892, als das Ippodromo di Montebello eröffnet worden war. Nach seiner Gymnasialzeit hatte er den Dienst bei der Kriegsmarine geleistet und war dann direkt in den Polizeidienst eingetreten. Sein erster Einsatz in Uniform war bei der feierlichen Eröffnung der Pferderennbahn gewesen. Den ganzen Tag über hatte er mit einem sehr schweigsamen älteren Kollegen in der Nähe des Eingangs Wache gestanden. Rund fünfzehntausend Menschen waren zusammengekommen, Scharen von Kutschen waren vorgefahren, viele Männer waren zu Pferd geritten, aber die große Masse der Menschen war zu Fuß marschiert, um dem Spektakel beizuwohnen. Abgesehen von ein paar kleinen Raufereien, einem ertappten Taschendieb und dem Sturz eines erheblich betrunkenen Mannes in die Dunggrube bei den Stallungen hatte der Tag den Polizisten wenig Arbeit gemacht.

Bruno und Vinzenz Jaunig standen etwas abseits der sich zügig füllenden Tribüne direkt an der Rennbahn. Rund zweitausend Menschen fanden auf der Tribüne Platz und entlang der Strecke gab es rund zehntausend Stehplätze. Bruno glaubte, dass sich heute die Rennbahn füllen würde, denn bereits jetzt, anderthalb Stunden vor Beginn des ersten Rennens, herrschte viel Betrieb. Eine Kapelle spielte, und auf der Bahn rollten in gemächlichem Tempo die ersten Sulkys. Vor allem Gespannen, die zum ersten Mal bei einem Rennen in Triest an den Start gingen, wurde so die Gelegenheit gegeben, die Bahn kennenzulernen, und die Tiere konnten sich im Aufgalopp für die Rennen aufwärmen. Das Publikum wählte seine Favoriten, auf die es Wetten abschloss.

Während Bruno noch völlig verkatert ein Bad genommen und sich angekleidet hatte, hatte Luise Eier und Speck gebraten, zwei Brote dick mit Schmalz geschmiert und eine große Kanne Kaffee aufgebrüht. Bruno hatte das üppige Frühstück mit Heißhunger verschlungen und mit jedem Bissen gespürt, wie seine Kräfte wiederkehrten. Viel hatten sie beim Frühstück nicht gesprochen. Bruno hatte sich lediglich für Luises Fürsorge bedankt und war dann zur Kanzlei marschiert. Im Bureau war er zwar verspätet, aber fast wiederhergestellt angekommen und aufgrund eines Telephonanrufs zur Rennbahn gerufen worden – gemeinsam mit Vinzenz.

Eben trabte ein prächtiger Fuchs an den beiden Polizisten vorbei. Die beiden schauten dem Gespann hinterher.

»Auf den würde ich tausend Kronen setzen«, sagte Vinzenz. »Der gewinnt bestimmt.«

»Gleich so viel? Was würde deine Frau dazu sagen?«, fragte Bruno schmunzelnd.

»Da ich bei Pferdewetten nie verliere, würde sie nichts sagen und die Prämie ohne Murren einstecken.«

»Hast du etwa den sechsten Sinn, was Rennpferde betrifft?«

»Das nicht, aber ich habe noch nie gewettet. Also noch nie verloren.«

Bruno lachte. »Wirklich noch nie?«

»Mir reicht es, wenn ich schöne Pferde und spannende Rennen sehe. Um das Geld ist es mir zu schade. Beim Glücksspiel und bei Wetten kann man, meiner bescheidenen Meinung nach, nur verlieren.«

»Das ist eine Überzeugung, die deiner Frau wohl sehr zupasskommt. Wie oft haben wir schon erlebt, dass sich Leute durch Glücksspiel ruiniert haben und dann auf die schiefe Bahn geraten sind. Ich habe beim Pferderennen schon einmal gewonnen. Sage und schreibe zehn Kronen! Ein andermal hab ich zwanzig Kronen verloren.«

»Na bitte, insgesamt war es ein Verlustgeschäft.«

Bruno schaute sich auf dem weiten Areal der Rennbahn um. »Aber wegen der Rennen und Wetten sind wir nicht hier. Hast du Luigi schon irgendwo gesehen?«

»Der wird schon kommen.«

Seit Tagen sammelten sich die Gespanne aus verschiedenen Teilen der Monarchie zum großen Traber-Derby in Triest, auch aus Italien waren Gespanne angereist. In den letzten beiden Tagen sind kleinere Rennen gefahren worden, etwa Maidenrennen und Qualifikationen, heute und morgen würden die Hauptbewerbe veranstaltet. Wie schon in den letzten Jahren waren hohe Preisgelder ausgelobt, und je höher die Preise, desto mehr und stärkere Pferde würden an den Start gehen.

»Da ist er ja«, sagte Bruno, lehnte sich demonstrativ an den Zaun und schaute den Pferden hinterher.

Auch Vinzenz stützte seine Arme auf den weiß lackierten, massiven Balken des Zaunes und blickte auf die Bahn. Die Balken waren auf ebenso weiß lackierten Stehern rund um die Bahn aufgestellt und grenzten die Rennbahn vom Publikumsbereich ab. Gelegentlich kam es vor, dass ein Zuschauer sich unter den Balken hindurchduckte und während eines Rennens auf die Bahn lief. In solchen Fällen hatten die Bahnwärter und die Polizei alle Hände voll zu tun, die Störenfriede, so sie nicht den donnernden Hufen zum Opfer fielen, vor der aufgebrachten Menge zu schützen. Nichts hassten die Besucher einer Rennbahn mehr, als wenn ihr Pferd auf der Zielgeraden gestört wurde. Luigi Bosovich stellte sich zwischen seine beiden dienstälteren und ranghöheren Kollegen.

»Haben Sie sich schon einen Favoriten ausgesucht, Ispettore?«

»Ja. Schau da, der Fuchs.«

»Welcher? Der mit dem Fahrer im blauen Hemd?«

»Nein, der im roten Hemd.«

»Oh ja, ein starkes Pferd. Das wird bestimmt eine gute Figur machen.«

»Und du, Luigi, kannst du uns etwas berichten?«

»Kann ich, Ispettore.«

Nachdem es der Polizei gelungen war, von der Kanzlei des Statthalters auch das Couvert des Drohbriefes zu erhalten, konnten sie anhand des Poststempels feststellen, auf welchem Postamt der Brief aufgegeben worden war. Die Absenderadresse hatte sich als falsch herausgestellt, denn ein Haus mit der Anschrift »Piazza Grande 1000« existierte nicht. Bruno hatte in präziser Detailarbeit herausgefunden, dass der Drohbrief mit Lettern der Zeitungen L'Indipendente und Il Piccolo erstellt worden war. Außerdem konnte er anhand einer winzigen Prägung auf dem Papier erkennen, dass das Couvert von einer ungarischen Papierfabrik stammte, deren Produkte in nur drei Läden in Triest verkauft wurden. Mit diesen Informationen ausgestattet, hatte Bruno seinen Kollegen Luigi Bosovich beauftragt, Erkundigungen anzustellen. Im Triester Polizeiagenteninstitut arbeiteten vier jüngere Kriminalisten, von denen Luigi der jüngste und, wie Bruno fand, der talentierteste war. Und das, obwohl Luigi praktisch keinen Ehrgeiz zeigte, immer wieder mit seiner Routinetätigkeit erheblich in Verzug geriet, oft zu spät zur Arbeit erschien und überhaupt lieber ein sorgenfreies Leben führte. Aber wenn er klar umrissene Aufträge erhielt, waren die Ergebnisse seiner Arbeit in der Regel exzellent.

»Schieß los, warum hast du uns zur Rennbahn gerufen?«

»Ich habe, so wie Sie verlangt haben, den Kreis der Verdächtigen immer enger gezogen. Zuletzt waren zwei Männer auf meiner Liste, die in der letzten Zeit in dem Buch- und Papierladen in der Via Stadion Couverts gekauft haben. Ich finde es immer wieder erstaunlich, woran sich Verkäufer erinnern können, wenn man ihnen die richtigen Fragen stellt und ihnen genug Zeit lässt, sich zu erinnern. Einer der beiden ist Hausmeister im Haus gegenüber dem Laden. Ich habe mit ihm gesprochen und ich denke, es ist sehr unwahrscheinlich, dass er diesen Drohbrief geschrieben hat.«

»Und warum?«

»Weil er kaum Deutsch spricht, den Kaiser in Wien verehrt, seiner Frau und seinen drei Kindern ein zwar nicht sehr wohlhabender und auch nicht sehr fleißiger, allemal aber ein treu sorgender Haushaltsvorstand ist. Ja, er kauft regelmäßig den Piccolo und manchmal auch den Indipendente und hat drei Tage vor dem Poststempel auch Couverts des betref-

fenden Fabrikats gekauft, aber er hat mehrere Briefe an seine Verwandten in Pola und Fiume geschrieben. Sein ältester Sohn hat sich verlobt.«
»Klingt nicht nach einem Bombenleger«, meinte Vinzenz.
»Wer ist der zweite Verdächtige?«, fragte Bruno.
»Der Mann heißt Gino Fonda, lebt allein in einer kleinen Kammer unweit der Rennbahn, er ist als Magazineur in den Stallungen, gilt als eigenbrötlerisch, verschlossen und seine Kollegen meinen, er gebe immer wieder politisch radikale Äußerungen von sich.
»Welcher Art radikal?«, fragte Bruno.
»Antiklerikale und antifeudale Äußerungen.«
»Hast du mit dem Mann gesprochen?«
»Nein. Da ich ihn von Anfang an verdächtig gehalten habe, habe ich sein Umfeld erkundet. Vor ein paar Monaten ist er gelegentlich mit seinen Arbeitskollegen noch ins Bierhaus gegangen, aber das hat zuletzt völlig aufgehört. Der Mann scheint sich immer mehr zurückzuziehen. Ich glaube, er vereinsamt mit zunehmendem Alter.«
»Alte Tiger können gefährlich sein«, meinte Vinzenz.
»Und Luigi, glaubst du, dass der Mann an einer Bombe baut?«, fragte Bruno.
Luigi zuckte mit den Achseln. »Wer kann schon in den Kopf eines anderen hineinschauen? Ich glaube, er ist verbittert und traurig, wahrscheinlich auch etwas wunderlich, aber harmlos. Dennoch könnte er ein Bombenattentat vorbereiten. Es wäre möglich. Übrigens, dort drüben ist Gino Fonda. Auf der anderen Seite der Rennbahn. Der Mann mit dem Strohhut, der den Handwagen mit dem Heu zieht. Ein Arbeitskollege hat gesagt, dass Fonda Pferde liebt und sehr gut für sie sorgt, aber Menschen aus dem Weg geht.«
Bruno schaute seinen jungen Kollegen von der Seite an. »Gute Arbeit, Luigi, danke.«

»Stets zu Diensten, Ispettore.«

»Sollen wir uns den Mann vornehmen?«, fragte Vinzenz brummig.

Bruno überlegte. Polizeiagent I. Klasse Vinzenz Jaunig war ein herzensguter Mensch und ein liebevoller Vater, aber wenn er zornig wurde, seine Stimme hob oder seine Fäuste in die Hüften stemmte, dann schüchterte allein seine wuchtige Erscheinung die allermeisten Menschen ein. Wirtshausraufereien beendete Vinzenz in der Regel, indem er einmal kurz und kräftig brüllte, und falls sich besondere Hitzköpfe nicht zur Räson bringen ließen, setzte es Ohrfeigen, die Ochsen umwerfen würden. Vinzenz hatte in seiner Zeit als Polizist noch nie einen Schlagring gebraucht, die Fäuste hatten stets genügt.

»Ich spreche allein mit ihm. Bleibt in der Nähe und greift nur im Notfall ein.«

〜⦿〜

Es gab Menschen, mit denen man von der ersten Sekunde an keinerlei Mühe hatte, interessante Gesprächsthemen zu finden. Als er seinerzeit zum ersten Mal mit Rolando Cohn in dessen Bureau gesessen hatte, war es Jure nicht aufgefallen, dass sie zwei Stunden miteinander gesprochen hatten. Trotz des großen Altersunterschieds war es ein außerordentlich lebhaftes Gespräch gewesen, in dem sich die Sympathie der beiden Männer zueinander mit praktisch jedem Satz verfestigt hatte. Ganz ähnlich war es Jure heute im Kaffeehaus ergangen, als er sich mit Robert Čelhar getroffen hatte. Schnell hatten die beiden Männer entdeckt, dass sie viel gemeinsam hatten und sofort auf Augenhöhe miteinander sprechen konnten, obwohl Robert mit vierunddreißig Jahren um neun Jahre älter war als Jure.

Er hatte mit Faszination Roberts Ausführungen gelauscht. Sein Gegenüber sprach über das Handwerk des Kaffeeröstens, über die Methoden, wie man verschiedene Kaffeesorten am besten zubereitete und welche Kaffeespezialitäten Robert in seinem kleinen Kaffeehaus in der Nähe des Hauptplatzes von Marburg anbot. Er hatte vor sieben Jahren das Kaffeehaus eröffnet und seit drei Jahren betrieb er eine Rösterei am Stadtrand. Robert liebte seinen Beruf, er liebte guten Kaffee und sein kleines Kaffeehaus war zu einem lebendigen Treffpunkt des untersteirischen Kulturlebens geworden. Ähnlich wie in Triest, waren die Slowenen im Stadtgebiet Marburg in der Minderzahl, aber im Umland in der Mehrzahl, nur dass nicht wie in Triest die Italiener die Bevölkerungsmehrheit der Stadt stellten, sondern die Deutschen. In seinem Kaffeehaus gingen Beamte, Intellektuelle und Künstler beider Volksgruppen ein und aus, die Nationalisten beider Volksgruppen hingegen mieden sein Lokal. Da durch die kontinuierliche Steigerung des Wohlstandes auch in den ländlichen Gemeinden der Untersteiermark der Bedarf an Kaffee stark stieg, plante Robert eine Expansion seiner Rösterei. Und wo gab es in Europa Rohkaffee zu kaufen? Natürlich im Hafen von Triest, nur ein paar Stunden per Bahn von Marburg entfernt.

Als Jure von seinen Fahrten auf See gesprochen hatte, war es der Binnenländer Robert, der mit großem Interesse gelauscht hatte. Jure hatte von seiner ersten Fahrt als Maschinist auf der Graf Wurmbrand erzählt, einem kleinen, schnellen Dampfer, der vor allem im Passagierdienst auf den adriatischen Linien eingesetzt wurde. Anschließend berichtete Jure von seiner ersten Fahrt nach Aden auf dem wesentlich größeren Dampfer Maria Valerie. Ins Schwärmen geriet er jedoch, als er über die Fahrt mit der Argo und dem Beginn seiner Tätigkeit als Kaffeimporteur sprach. Im Nu war es Mittag geworden, und Klementina, Roberts Frau, war nach ihrem Einkaufsbummel zu den beiden Männern gestoßen. Sie hatten zu dritt gespeist und waren danach zur Pferderennbahn aufgebrochen. Das Ehepaar aus Marburg wollte sich dieses Spektakel nicht entgehen lassen, zumal beide noch nie ein Pferderennen gesehen hatten. Da Jure ebenfalls zur Rennbahn unterwegs war, waren sie gemeinsam durch die Stadt gegangen, während Jure ihnen allerlei über Triest berichtet hatte. Dass Jure und Robert einen Liefervertrag von Kaffee in beträchtlicher Menge ausverhandelt hatten, war im Laufe des Tages nur eine Nebensache.

Auf der Bahn rollten die Sulkys. Robert und Klementina standen am Zaun und beobachteten begeistert die Pferde. Das erste Rennen des Tages würde in knapp einer halben Stunde beginnen, die Tribünen waren gut besucht und entlang der Bahn standen Tausende Menschen. Jure entdeckte in der Menge Senior Cohn und eilte los, um ihn zu begrüßen. Wenig später führte er seinen Gönner und väterlichen Freund heran und stellte ihm das Paar aus Marburg vor. Robert und Klementina sprachen kein Italienisch, aber fließend Deutsch. Signor Cohn lud die beiden und Jure für morgen zum Dîner ein, wenn man in Zukunft Geschäfte miteinander machte, dann müsste man auch gemeinsam speisen, so Cohns Devise. Die beiden waren über die Einladung sehr erfreut, und da ihre Fahrt nach Triest sich derart positiv entwickelt hatte, versuchten sie ihr Glück bei einer Pferdewette und hofften einen Platz auf der Tribüne zu ergattern.

Jure und Cohn schauten dem Ehepaar hinterher.

»Sehen Sie nur, Jure. Da ist Herr Schönerer.«

»Ich habe ihn zuvor schon gesehen.«

»Wir sollten ihn begrüßen.«

Jure schaute Cohn erstaunt an. »Wirklich? Wollen Sie zu ihm hinübergehen?«

»Warum denn nicht? Herr Schönerer und ich kennen einander seit Jahren.«

Jure kratzte sich am Kopf. »Als ich zuletzt mit Herrn Schönerer gesprochen habe, war das für mich alles andere als angenehm.«

»Ach was, nur weil man einmal ein Gespräch unter ungünstigen Voraussetzungen geführt hat, darf man nicht verzagen. Kommen Sie, Jure, wir gehen jetzt hinüber. Herr Schönerer hat übrigens bereits bemerkt, dass ich zu ihm hinüberschaue. Wenn wir jetzt nicht gehen, wäre es unhöflich.«

Schönerer stand im Kreise einer Runde höchst eleganter Herren der besseren Gesellschaft Triests. Jure und Cohn traten hinzu.

»Guten Tag, Herr Schönerer«, sagte Cohn auf Deutsch und reichte seine Hand zum Gruß.

»Ich begrüße Sie, Herr Cohn. Guten Tag, Herr Kuzmin.«

Jure schüttelte die dargebotene Hand. Immerhin hatte der Prokurist der Kompanie Callenhoff & Cie. seinen Namen nicht vergessen. Jure war froh, den neuen Anzug zu tragen. Mit seinem alten hätte er in dieser Runde abschätzige Blicke geerntet. Nun nickten sie ihm grüßend zu.

»Es fügt sich trefflich, bei einem so bedeutenden Anlass dauerhaft sich auf gutes Wetter verlassen zu können«, sagte Cohn zu Schönerer.

»Fürwahr, das Derby steht, so scheint es, unter einem günstigen Stern.«

»Haben Sie Ihre Wetten schon platziert?«

»Selbstverständlich. Ich rechne mit hohen Gewinnen.«

Cohn und Schönerer lachten. »Wie mir zugetragen wurde, hat der Herr Baron Triest wieder verlassen. Wohin führt ihn diesmal die Reise?«

»Wieder nach Südamerika. Der Herr Baron hat den Dampfer nach Santos genommen.«

»Ein Weltenbummler, wie er im Buche steht. Bewundernswert, wenn man ein Leben auf steter Reise führen kann. Dazu ist unsereins leider nicht hochwohlgeboren genug.«

»Wie Sie wissen, Herr Cohn, geht der Herr Baron nicht nur zur Großwildjagd auf Reisen, sondern immer auch im Sinne seines Handelshauses.«

»Natürlich. Die Plantagen Brasiliens versorgen die halbe Monarchie mit Kaffee. Es muss ein gesegnetes Land auf Gottes Erden sein. Leider war es mir noch nicht vergönnt, jemals die weite Reise über den Atlantik anzutreten.«

Schönerer musterte Jure demonstrativ. »Nun, Herr Cohn, ich habe gehört, dass Sie jetzt auch unter die Kaffeeimporteure gegangen sind.«

»Meine Schiffe transportieren alles Mögliche. Ja, Herr Kuzmin und ich haben eine Fuhre Kaffee aus Arabien importiert. Wenn Sie wollen, Herr Schönerer, dann transportiere ich mit der guten alten Argo auch gerne eine Ladung für Sie.«

Schönerer lächelte souverän. »Es gibt für mich nicht einen einzigen Grund, mit den Leistungen der Fratelli Cosulich unzufrieden zu sein. Und umgekehrt verhält es sich wohl auch so. Ja, der Lloyd und die Austro-Americana sind die größten hiesigen Schifffahrtsgesellschaften, aber direkt danach kommen die Fratelli Cosulich mit ihren leistungsstarken und modernen Dampfern. Ich fürchte, Ihre gute alte Argo kann da auf dem Weg über den Atlantik nicht mithalten.«

»Ich hege für die Argo nostalgische Gefühle. Ich mag diesen Dampfer ganz einfach. Und Kaffee kann man auch aus Arabien importieren.«

Wieder musterte Schönerer Jure. »Da bin ich anderer Ansicht.«

»Aber, Herr Schönerer, vor wenigen Tagen erst ist mein Schiff mit Kaffee aus Arabien angekommen.«

Schönerer zuckte mit den Achseln. »Die Araber verkaufen viel zu teuer. Anders als die Brasilianer. Ja, die Strecke über den Atlantik ist länger als die nach Aden, aber die Gewinnmargen sind beim Import aus Südamerika einfach interessanter. Ich gebe Ihnen einen Rat, frei Haus und kostenfrei, Herr Cohn. Kaufen Sie nicht bei den Arabern, die ja ausgefuchste Handelsleute sind, kaufen Sie direkt bei den Erzeugern in Ostafrika. Damit schalten Sie den Zwischenhandel aus und können die Margen beträchtlich heben.«

»Ein sehr guter Rat. Vielen Dank, Herr Schönerer.«

»Das einzige Risiko ist allerdings jenes, dass Ihr Dampfer im Roten Meer vielleicht auf Grund läuft oder leckschlägt. Die Araber wissen Ihre Handelshäuser sehr gut zu schützen. Und Missgeschicke können in der Seefahrt leider passieren. Das Rote Meer ist ein gefährliches Gewässer.«

»Das Schicksal ist eine Himmelsmacht, möge es uns gewogen sein.«

»Ganz genau, Herr Cohn. Und jetzt entschuldigen Sie mich bitte, das Rennen beginnt in Kürze.«

»Selbstredend, Herr Schönerer. Ich wünsche viel Glück für Ihre Wetten. Guten Tag.«

Die Runde um Schönerer begab sich in Richtung der Tribüne, denn auf der Rennbahn wurden alle Sulkys, die nicht beim ersten Rennen an den Start gehen würden, in Richtung der Stallungen gelotst. Cohn und Jure stellten sich an den Zaun.

»Nun, Jure, was halten Sie von der Unterredung?«

»Ich kann den Mann nicht ausstehen.«

»Er ist Ihnen gegenüber sehr herablassend. Aber ich bin immerhin froh, dass er keine abfälligen Judenwitze gemacht hat. Das habe ich schon anders erlebt.«

Jure war erstaunt. »Wirklich? Das hat Schönerer getan? Und da gehen Sie auf ihn zu und schütteln ihm die Hand?«

»Seien Sie froh, geschätzter Jure, dass Sie ein katholischer Slawe sind. Die werden von den hohen Herren der Monarchie toleriert, aber wir Juden treffen immer wieder Menschen, die uns für Lebewesen halten, deren Wertigkeit kaum über jener von Hunden liegt.«

»Sie sagen das mit einem amüsierten Lächeln auf den Lippen, Herr Cohn. Das ist für mich erstaunlich.«

Cohn zuckte mit den Schultern. »Wozu soll ich mich aufregen, mein Freund? Das Wetter ist schön, die Pferde sind prächtig, es wimmelt von eleganten Damen, die anzusehen eine wahre Augenweide ist, Sie haben mit Herrn Čelhar einen guten Handel abgeschlossen, und mein Rheumatismus ist heute sehr zurückhaltend. Das sind plausible Gründe für gute Laune. Und sehen Sie nur, Jure, dort ist Signor Pasqualini mit seiner reizenden Familie. Begrüßen wir ihn.«

Jures Herz hüpfte. Da war sie! Da war Elena!

~⚜~

»Das darf doch nicht wahr sein! So ein alter Klepper! Verdammt!« Dario zerknüllte den Wettschein und warf ihn von sich. Manch einer auf der Tribüne johlte, viele ärgerten sich und warfen ebenfalls ihre Wettscheine fort.

»Habt ihr das gesehen? Der Rappe ist abgegangen wie eine Feuerwerksrakete. Großartig! Sieg auf ganzer Länge«, jubelte Ludovico. »Mein Tipp war goldrichtig, deiner war eine Pleite.«

Dario gestikulierte verärgert. »Ja, ja, das habe ich nötig, dass du mich jetzt verhöhnst. Sehr lustig, ich lache mich tot. Ich habe einhundert Kronen verspielt, und du lachst.«

»Ich lache nicht, weil du verloren hast, sondern weil ich gewonnen habe. Bei sechzig Kronen Einsatz mache ich hundertzwanzig Kronen Gewinn. Das Derby fängt großartig an.«

Dario und seine beiden Freunde Ludovico und Pietro hatten drei verschiedene Pferde auf Sieg gesetzt. Auch Pietro hatte verloren, da er aber nur zwanzig Kronen gesetzt hatte, hielt sich sein Ärger in Grenzen.

»Wenn ich den Dreckskerl Renzullo erwische, verpasse ich ihm ein Veilchen. Verdammt! Gleich im ersten Rennen so ein Reinfall. Der Gaul ist Vorletzter geworden und ich habe auf Sieg gesetzt.«

»Du hättest nicht gleich so hoch setzen sollen«, meinte Pietro.

»Ich verstehe nicht, dass du dir von Renzullo Tipps geben lässt. Das ist kein Buchmacher, sondern ein Gauner«, sagte Ludovico.

»Im Frühjahr habe ich mit Renzullos Tipps dreimal hintereinander gewonnen. Also komm mir nicht mit dieser Geschichte.«

Der Trubel in der Menge legte sich nur langsam. Das erste Rennen hatte für einen Außenseitersieg gesorgt. Nur wenige hatten auf den Rappen aus einem Stall in der Nähe von Udine gesetzt, aber das Pferd war vom Start weg pfeilschnell über die Bahn gegangen und hatte in der Schlussrunde die drei engsten Verfolger klar distanziert. Ein eindeutiger Sieg, mit dem nicht viele gerechnet hatten, und der natürlich für lebhafte Stimmung sorgte. Schon strömten unzählige Besucher zu den Annahmestellen. Drei Rennen wurden an diesem Tag noch gefahren, das nächste in etwa einer Dreiviertelstunde.

»Ich brauche jetzt einen Schnaps«, sagte Dario. »Wer kommt mit mir?«

»Willst du nicht für das nächste Rennen setzen?«

»Nein. Einhundert Kronen weg, das verdirbt mir die Laune.«

»Jetzt hab dich nicht so. Beim nächsten Mal gewinnst du bestimmt.«

»Ich fühle es genau, heute ist ein Unglückstag. Ich trinke jetzt mal etwas.«
»Kommst du dann wieder?«
»Natürlich, ich will die Rennen sehen. Ist doch klar.«
»Gut, also dann bis später hier bei der Säule.«
»Bis dann.«
Dario steckte seine Hände verdrossen in die Hosentaschen und drängte sich durch die Menschenmasse in Richtung Kantine. Er schien nicht der Einzige zu sein, der diesen Gedanken hatte. Eine große Zahl an Menschen sammelte sich hier, also musste er eine Weile warten, bis er einen doppelten Cognac bestellen konnte. Er trank schnell aus und ließ sich gleich einen zweiten eingießen. Während er sich durch die Menge schob, passte er auf, ja nichts zu verschütten. Etwas abseits stehend holte er tief Luft und kippte mit einem schnellen Schluck den Brand. Eine heiße Welle schoss durch seinen Körper. Die schlechte Stimmung löste sich. Einhundert Kronen waren eine Menge Geld, aber auf das Pferd zu setzen, war ein verflucht reizvoller Nervenkitzel gewesen. Mal gewann man, mal verlor man. Sollte er gleich wieder setzen? Nicht auf den Tipp seines Buchmachers, sondern auf das Pferd mit dem klangvollsten Namen? Wenn er noch setzen wollte, dann musste er sich sputen. Er warf das Schnapsglas in das Gebüsch und wollte sich eilig zur Annahmestelle begeben. Da entdeckte er in der Ferne Elena. In der Aufregung um das erste Rennen hatte er völlig vergessen, dass er nach ihr suchen wollte. Der Gedanke an eine Wette war mit einem Schlag verschwunden, jetzt galt es, dem schönen Fräulein den Hof zu machen.

Ein Mann in einem Tweedanzug trat an Elena heran und reichte ihr ein Glas Limonade. Trotz der Entfernung konnte Dario erkennen, wie sehr sich Elena freute, das Glas entgegenzunehmen. Sie lachte über das ganze Gesicht. Wie schön sie war!

Dario sah nur den Rücken des Mannes. Seine Miene gefror. Die beiden standen verdächtig nah beieinander. Die Sache stank gewaltig, das war ihm mit einem Schlag klar.

Ein Nebenbuhler?

Eifersucht packte Dario. Wer war der Dreckskerl, der seinem Fräulein Limonade spendierte? Dario überlegte, ob er gleich hinübergehen sollte, um den Nebenbuhler verbal auszustechen. Oder sollte er den Mann ohrfeigen und zum Duell fordern?

Dazu wusste er über ihn zu wenig. Vielleicht war es nur ein Cousin. Er brauchte Gewissheit. Dario entschloss sich, die beiden aus der Distanz zu beobachten. Als die beiden losgingen, schaute Dario sich um. Massenhaft strömten die Leute wieder zur Rennbahn. In sicherem Abstand folgte er Elena und ihrem Begleiter. Er würde sie nicht aus den Augen verlieren. Dafür stand zu viel auf dem Spiel.

⁘

Die Localbahn war einfach ein Segen. Seit fünf Jahren fuhren die Garnituren der Bahn von Triest hoch nach Opicina und überwanden auf einer Strecke von etwas mehr als fünf Kilometern dreihundertvierzig Höhenmeter. An der steilsten Teilstrecke beförderte eine Standseilbahn die Züge. Bei der Bergfahrt wurde hinter der Zuggarnitur ein Wagen der Standseilbahn positioniert, der den Zug hochschob, bei der Talfahrt fungierte der Wagen als Bremse. So bewegten sich immer zwei Garnituren auf diesem zweigleisigen Streckenabschnitt bergauf und bergab. Heidemarie Zabini, die seit vielen Jahren im ehemals entlegenen Stadtteil Cologna ein gutes Stück über der Stadt wohnte, hatte mitverfolgt, wie der Betrieb der Localbahn das Leben in den Berghängen hinter Triest und in der Umlandgemeinde Opicina regelrecht hatte erblühen lassen. Viele Häuser wurden entlang der Strecke gebaut. Und für sie selbst war es sehr komfortabel von der Piazza della Caserma bis nach Cologna in der Tram zu sitzen, anstatt wie früher den Fußmarsch unternehmen zu müssen. Ihr Sohn Bruno nutzte die Tram vergleichsweise selten, weil er selbst bei Regen und Schneefall zu Fuß ging. Nur wenn die Bora scharf den Hang hinabfegte oder er völlig erschöpft war, nahm er die Bahn.

Heidemarie Zabini stieg aus und durchquerte gemächlich die Gassen von der Haltestelle zu ihrem Haus. In einem ihrer beiden Körbe transportierte sie Socken, Wolle, Garn und zwei neue Leintücher, im anderen Käse, Fleisch und Fisch. Wenn sie freitags zum Einkauf in die Stadt fuhr, besuchte sie regelmäßig den Fischmarkt. Da sie mit Leidenschaft und jahrelanger Erfahrung in ihrem Garten Beete bewirtschaftete und ihre Bäume pflegte, musste sie normalerweise kein Obst oder Gemüse kaufen. Aber für Tiere war der Garten einfach zu klein, also kaufte sie am Markt Eier, Milch, Fleisch und Fisch. Und Wein. Zu den schönen Seiten ihres Lebens gehörte es, am Wochenende eine Flasche Tocai Friulano aus dem kühlen Keller zu holen und zu entkorken.

Sie stellte die Körbe ab, öffnete das Gartentor und ging auf ihr Haus zu. Neben der Haustür befanden sich zwei Koffer und ein Seesack. Auf der Westseite des Hauses stand eine Bank an der Mauer. Dort hatte Heidemaries unerwarteter Gast gewartet.

»Fedora, meine Liebe, was für eine erfreuliche Überraschung.«

»Als ich die Tür verschlossen vorfand und auf mein Klopfen niemand geöffnet hat, dachte ich schon, dass du zum Einkauf bist. Ich habe gewartet. Ist das in Ordnung?«

»Selbstverständlich.« Heidemarie blickte beunruhigt auf den Sack und die Koffer. »Du hast Gepäck bei dir. Ist irgendetwas vorgefallen?«

»Ja.«

»Bist du in Not?«

»Ja. Ich wusste nicht, an wen ich mich wenden sollte. Ich will fragen, ob ich für eine Zeit mein Gepäck hier lagern kann.«

»So, mein Kind, jetzt kommst du erst mal herein. Ich brühe Kaffee auf und du erzählst mir in aller Ruhe, was passiert ist.«

»Ich will wirklich keine Umstände machen, sondern nur mein Gepäck abstellen.«

»Hast du schon gegessen?«

»Nur Frühstück.«

»Dann lade ich dich zum Essen ein. Ich habe zwei Makrelen gekauft. Es macht sehr viel mehr Spaß, zu zweit zu kochen.«

»Ich kann doch Bruno nicht den Fisch wegessen.«

Heidemarie winkte ab. »Ach was, in letzter Zeit sehe ich ihn kaum. Immer ist er unterwegs. Ich weiß nie, ob er kommt oder nicht. Dann hat er halt Pech gehabt und kriegt keinen Fisch. Soll er Brot essen.«

Die beiden Frauen traten in das Haus. »Stell doch bitte deine Koffer gleich in die Stube. Ich muss das Fleisch noch in die Speisekammer bringen, dann koche ich uns einen Kaffee.«

»Soll ich wirklich bleiben?«

Heidemarie fasste Fedora an den Händen und nickte ihr zu. »Ich mache mir ein bisschen Sorgen um dich, Fedora. Du wirkst verstört. Ich kann dich jetzt unmöglich wieder ziehen lassen. Erst musst du mir sagen, was geschehen ist.«

»Mein Mann verlangt die Trennung von Tisch und Bett. In dieser Stunde ist er bei Gericht.«

Heidemarie verzog das Gesicht. »Ist es also passiert.«

»Carlo hat mich verdächtigt und beobachtet. Als er mich direkt gefragt hat, habe ich nicht gelogen, weil er ohnedies Bescheid wusste. Er wird mir die Kinder wegnehmen.«

»Alles der Reihe nach. Setz dich bitte. Der Kaffee kommt in Kürze.«

Wenig später saßen die beiden in der Stube beim Kaffee und Fedora berichtete von den Ereignissen. Heidemarie lauschte geduldig der Erzählung.

»Na, das ist ja eine schöne Bescherung«, resümierte Heidemarie.

»Ich bin zu dir gekommen, Heidemarie, weil ich mich an unser Gespräch vor einigen Monaten erinnert habe.«

»Ja, dieses Gespräch habe ich jetzt auch in lebhafter Erinnerung.«

»Du hast mich vor dieser Situation gewarnt. Davor, dass es einer Frau schlecht ergeht, wenn sie von ihrem Mann geschieden wird.«

»Noch ist nicht aller Tage Abend, warte zu, meine Liebe. Vielleicht wird sich alles wieder einrenken, vielleicht geht er nicht zu Gericht. Dein Mann ist beleidigt, er ist erschüttert, er ist verletzt, aber vielleicht kommt er schon in ein paar Tagen dahinter, was er alles an dir schätzt. Ich kenne ihn nicht persönlich, aber ich habe den Eindruck, dein Carlo ist ein im Grunde besonnener Mensch. Er ist kein Heißsporn, der zu Gewaltausbrüchen neigt, sondern ein vernünftiger Mann, der Argumenten zugänglich ist. Manches an deiner Geschichte stimmt mich zuversichtlich.«

»Du täuschst dich in ihm. Ich bin mir sicher, er will zu dieser Engländerin. Ich glaube, er hat Nachforschungen über mich angestellt, um mir einen Fehltritt nachzuweisen. Er wollte mich von Anfang an verstoßen, um für die andere Frau frei zu sein. Und obwohl er sie nicht heiraten kann, so kann er doch mit ihr zusammenleben.«

»Es war einfach unklug von dir und Bruno zu denken, dass ihr auf alle Zeiten einem Mann wie Carlo eure nächtliche Beschäftigung verheimlichen könnt. Um ehrlich zu sein,

Fedora, ich bin kein bisschen überrascht, dass es dazu gekommen ist.«

»Du hast mich gewarnt. Ich erinnere mich.«

»Wenn Carlo zu Gericht geht, wird er dich und Brunos wegen Ehebruch verklagen.«

»Ich habe einen Handel geschlossen. Wir klagen einander nicht wegen Ehebruch an und trennen uns einvernehmlich.«

»Tja, es wird sich zeigen, ob dieser Handel hält.«

»Ich hoffe es.«

»Was wird mit deinen Söhnen geschehen?«

»Sobald ich Arbeit und eine Wohnung habe, werde ich sie zu mir holen. Carlo kann nicht von mir verlangen, dass ich meine Söhne aufgebe.«

»Er hat das Recht, über seine Söhne zu bestimmen. So ist das Gesetz.«

»Ich werde um sie kämpfen.«

Heidemarie trank ihre Tasse leer und stellte sie ab. Sie schaute Fedora in die Augen. »Du bist einerseits sehr tapfer, andererseits auch unbesonnen. Das ist eine gefährliche Mischung. Ich rate dir zu Geduld.«

»Immer müssen wir Frauen uns in Geduld üben. Uns ducken. Duldsam sein. Ja, ich stehe dazu, ich will leben, ich will atmen, ich will eigene Entscheidungen treffen und nicht immer nur darauf warten, bis ein Mann für mich eine Entscheidung fällt. Deswegen bin ich auch aus meinem Dorf fortgegangen. Ich wollte nicht, dass mein Vater und mein Onkel über mein Leben entscheiden. Und jetzt will ich nicht mehr, dass mein Mann, der mich ohnedies nicht mehr liebt, über mein Schicksal befindet.«

Heidemarie wiegte den Kopf. »Die Besonnenheit ist eine Tugend.«

Fedora atmete tief durch und grübelte. »Bestimmt hast du recht. Ich suche noch nach einem Weg für mein Leben.

Ich stehe an einer Weggabelung und weiß nicht, wohin die Pfade mich führen werden. Aber ich will den Weg, den ich einschlage, mit aufrechtem Haupt beschreiten.«

Heidemarie griff erneut nach Fedoras Händen und drückte sie. »Das wirst du, mein Kind. Ich bewundere deinen Mut.«

»Ich werde in der Città Vecchia nach einem billigen Zimmer suchen.«

»Hast du Geld?«

»Ein paar Kronen.«

Heidemarie erhob sich und verschwand für einen Augenblick in ihrer Kammer. Sie kehrte mit Geldscheinen in der Hand zurück. »Das Geld leihe ich dir. Wenn du kannst, zahl es zurück.«

Fedora starrte auf die Banknoten, die ihr Heidemarie in die Hand drückte. »Zweihundert Kronen? So viel kann ich nicht annehmen.«

»Weißt du, dass ich mit Wertpapieren spekuliere?«

»Nein, wusste ich nicht.«

»Nur im kleinen Stil, und weil ich einen guten alten Freund habe, der Sensal an der Börse ist. Das kleine Guthaben, das mir mein Salvatore hinterlassen hat, konnte ich in den letzten Jahren vermehren. Warum glaubst du, kann ich mir all die schönen Bücher leisten? Also bereite dir kein Kopfzerbrechen bezüglich der Höhe der Summe und Rückzahlung. Wenn du so weit bist, gibst du es mir zurück. Nicht einen Tag früher.«

»Wie soll ich dir nur danken?«

»Indem du deine Belange ordnest.«

Fedora erhob sich und fiel Heidemarie in die Arme. Und während Heidemarie Fedora an sich drückte, fasste sie den Beschluss, ihrem Sohn tüchtig das Fell zu gerben.

Der Fuchs ging mit nur minimalem Vorsprung als Sieger durch das Ziel. Die Masse johlte. Es war ein sehr spannendes Rennen. Zuerst lag der Rappen voran, dann zog der Fuchs vor, der Rappen holte mächtig auf und in der Zielgerade lagen sie Kopf an Kopf. Die letzten Meter brachten die Entscheidung in diesem zum Zweikampf mutierten Rennen. Die anderen Pferde hatten von Anfang an keine Chance gegen die beiden.

Jure und Elena klatschten. Sie hatte das Duell genossen.

»Ich habe leider verloren«, sagte Jure und zuckte mit den Achseln.

»Fünf Kronen sind aber nicht viel.«

»Das spannende Rennen waren sie mir wert.«

Das dritte Rennen des heutigen Tages war über die Bahn gegangen. In rund einer halben Stunde würde das letzte gestartet werden. Die Sonne neigte sich dem Horizont zu und der kühle Wind vom Meer hatte aufgefrischt. Für Jure waren die letzten Stunden wie im Flug vergangen. Das erste Rennen hatte er gemeinsam mit der Familie und den Freunden von Signor Pasqualini auf der Tribüne gesessen. In der ersten Pause hatte er Elena auf ein Glas Limonade eingeladen, und die beiden weiteren Rennen hatten sie sich zu zweit direkt an die Rennbahn gestellt und beobachtet, wie die donnernden Hufe aus nächster Nähe an ihnen vorbeigerast waren. In der zweiten Pause hatten sie so lebendig miteinander gesprochen, dass sie vom Start des dritten Rennens regelrecht überrascht worden waren. Es war so leicht, mit Elena ein interessantes Gespräch zu führen, Jure bewunderte ihre Belesenheit und Bildung, er war begeistert von ihrer Klugheit und ihrem überaus fortschrittlichen Blick in die Zukunft, aber das Faszinierendste an ihr waren ihre großen Augen, ihre hübsche Nase und ihr hinreißender Mund. Diese Lippen zu küssen, müsste das höchste Glück der Erde bedeuten.

»Darf ich Sie wieder auf ein Glas Limonade einladen?«
»Nein danke, ich habe keinen Durst.«
»Dann könnten wir noch einen Spaziergang unternehmen.«
»Immer wenn ich auf die Rennbahn komme, sehe ich mich gern bei den Stallungen um. Ich liebe Pferde über alles.«
Jure bot Elena seinen rechten Arm an. »Dann erlauben Sie mir, Sie auf dieser Excursion zu begleiten.«
»Sehr gerne.« Sie hakte sich bei ihm ein und langsam setzten sich die beiden in Bewegung.
»Werden Ihre Eltern Sie nicht vermissen, wenn Sie den ganzen Nachmittag mit mir an der Bahn stehen?«
»Wir könnten vor dem Rennen ja wieder zu meinen Eltern auf der Tribüne erscheinen.«
»Das ist ein sehr guter Vorschlag. Ich freue mich außerordentlich, dass Sie mir die Gunst erweisen, die Rennen gemeinsam zu verfolgen.«
»Die Freude ist ganz auf meiner Seite.«
»Nachdem ich gestern mit Ihren Kommilitonen von der Berlitz School zusammengetroffen bin, ist mir unwillkürlich der Gedanke gekommen, auch einen Kurs in Englisch zu besuchen.«
»Ich kann die Schule nur empfehlen. Auch sprachlich mäßig talentierte Schüler zeigen schnell gute Erfolge.«
»Zu den mäßig talentierten Schülern gehören Sie gewiss nicht, Signorina Elena. Ich bewundere Ihre Sprachkenntnisse.«
»Nun, so wie Sie zwischen Slowenisch, Italienisch und Deutsch wechseln, kommen Sie für diese Gruppe auch nicht infrage.«
»Für meine Gespräche mit dem englischen Konsulat in Triest und den Seebehörden in Aden ist es zweifelsfrei sinnvoll, über solide Grundlagen der englischen Sprache zu verfügen.«

»So etwas sagt mein Vater auch immer. Wenn man mit Menschen fremder Länder Geschäfte betreiben will, sollte man zumindest in Grundlagen deren Sprache beherrschen. Mein Vater ist vor fünf Jahren drei Monate in Prag gewesen, um die tschechische Sprache zu erlernen. Als er zurückgekommen ist, hat er einfache Gespräche auf Tschechisch führen können und ein gut gefülltes Auftragsbuch mitgebracht. Seither pflegt er beste Geschäftskontakte mit Böhmen.«

Jure lachte. »In meinem Fall müsste ich also neben Englisch auch noch Arabisch erlernen. Das wird mich vor große Herausforderungen stellen. Englisch ist wie das Deutsche eine germanische Sprache. Gerade für mich als Slawen ist es augenfällig, wie ähnlich beide Sprachen sind. Aber Arabisch ist für mich wie Chinesisch.«

Auch Elena lachte. Sie erreichten die Stallungen und verfolgten eine Zeit lang, wie die Pferde des letzten Rennens in den Stall und die Pferde des nächsten Rennens auf die Bahn geführt wurden. Es herrschte rege Geschäftigkeit, die Betreiber der Rennbahn, die Besitzer der Pferde, die Fahrer und die Stallburschen eilten von hier nach da. Elena und Jure hielten sich im Hintergrund und bewunderten die Pferde. Sie waren nicht die einzigen Zuschauer, die sich rund um die Stallungen sammelten.

Jure drohte der Kopf zu zerplatzen. Sollte er es wagen? Wann, wenn nicht jetzt? War er nicht heute frühmorgens aus dem Bett gestiegen, um genau jetzt, in diesem Moment, den rechten Mut zu beweisen? Er zog seine Taschenuhr hervor. Noch sieben Minuten bis zum offiziellen Rennbeginn. In weniger als vier Minuten würden sie zurück zur Tribüne gehen müssen, um zeitgerecht bei Elenas Eltern zu erscheinen. Er holte tief Luft.

»Wollen wir uns, bevor das Rennen beginnt, noch ein wenig die Beine vertreten?«

Elena schaute ihn an. »Nun, ein bisschen Zeit bleibt wohl noch.«

»Wir könnten dort zu dem kleinen Wäldchen gehen.«

»Das wäre es sehr hübscher Spaziergang«, sagte Elena und hakte sich bei Jure ein.

Sie ließen das Areal der Stallungen hinter sich und kamen nach rund einhundert Schritten zu einer Baumgruppe. Jure und Elena schauten sich um. Niemand beobachtete sie, aber sie waren nicht weit von der Menschenansammlung entfernt und konnten jederzeit entdeckt werden. Jure fasste Elena an den Händen und zog sie zwischen die Bäume. Sie standen einander gegenüber, hielten sich an den Händen und himmelten einander an.

»Elena, ich will Ihnen sagen …«

Sie wartete geduldig. »Was wollen Sie mir sagen, Jure?«

»Ich weiß den Tag noch genau, als ich Sie das erste Mal getroffen habe. Dieser Tag wird nie wieder aus meinem Gedächtnis verschwinden, der Tag, an dem ich Elena Pasqualini kennengelernt habe. Es war der 8. September letzten Jahres.«

»Ich kann mich auch erinnern. Wir haben einander Guten Tag gesagt. Mehr nicht.«

»Dieser Moment hat mein Leben verändert. Er hat mir gezeigt, wofür ich leben kann und möchte. Für ein Leben gemeinsam mit Ihnen, Elena.«

»Jure, ist das die Wahrheit?«

»Oh ja, es ist die reine Wahrheit. Ich liebe Sie, Elena. Vom ersten Moment an liebe ich Sie.«

Elena hielt für einen Moment den Atem an. »Ich liebe Sie auch, Jure.«

»Ich bin so glücklich.«

»Ich auch.«

Wie auf ein geheimes Zeichen schmiegten sie sich aneinander. Ringsum stand die Zeit still. Ihre Lippen fanden sich zum Kuss.

⁂

Bruno und Luigi betraten die Kanzlei des Polizeiagenteninstituts. Im Gemeinschaftszimmer der Polizeiamtsdiener saß eine Gruppe beisammen und ließ den Arbeitstag ausklingen. Oberinspector Gellner, Emilio Pittoni, Polizeiagent Materazzi, zwei der Amtsdiener und Frau Ivana plauderten bei einer Kanne Kaffee. Als sie die Türen und die Schritte auf dem Parkett hörten, schauten sie zur geöffneten Tür.

»Ah, Signori, Sie kommen gerade zur rechten Zeit. Treten Sie ein und berichten Sie vom Rennplatz«, rief Gellner leutselig.

Bruno und Luigi traten in den Raum. Ivana fragte gestikulierend, ob die beiden Kaffee wünschten. Bruno lehnte ab, aber Luigi ließ sich eine Tasse einschenken.

»Das erste Rennen hat Apollo gewonnen. Ein sehr schnelles Pferd aus einem Gestüt nahe Udine. Ein Außenseiter, auf den wenige gesetzt haben. Die Buchmacher haben einen Batzen verdient«, erzählte Bruno.

»Ein schneller Außenseiter also«, sagte Gellner amüsiert. »Morgen gehe ich auch auf die Rennbahn. Wenn ich den ersten Renntag schon verpasse, dann will ich wenigstens den zweiten sehen. Ist Herr Jaunig noch auf der Bahn?«

Bruno zog einen Stuhl heran und ließ sich darauf sinken. »Ja, er, Buttazzoni und Marin sind geblieben.« Während eines Derbys waren immer mehrere Kriminalisten vor Ort, um die Männer des Kommissariats zu unterstützen.

»Gab es besondere Vorkommnisse?«

»Das Übliche. Zwei Taschendiebe wurden gefasst. Ein Verrückter wollte eine Annahmestelle überfallen und seinen

Wettschein tauschen, er ist dabei handgreiflich geworden und musste in Verwahrung genommen werden. Ein paar Betrunkene und mehrere verlorene Kinder.«

Gellner nickte zufrieden. »Das klingt nach einem vergnüglichen Nachmittag.«

»Und seid ihr«, fragte Emilio wie so häufig mit einem spöttischen Grinsen auf den Lippen, »in der Sache mit der Bombendrohung weitergekommen?«

»Ja, sind wir tatsächlich.«

»Hört, hört!«, rief Gellner und verschränkte die Arme. »Erstatten Sie Bericht.«

Bruno nickte Luigi zu. Dieser räusperte sich. Vor der versammelten Gruppe zu sprechen, war nicht Luigis Stärke, genau aus diesem Grund ließ Bruno ihn zu Wort kommen.

»Also, ich konnte anhand der Beweise und Indizien einen Mann namens Gino Fonda ausfindig machen, der als Absender des Drohbriefes infrage kam. Der Mann ist dreiundfünfzig Jahre alt, lebt allein, arbeitete als Magazineur in den Stallungen und gilt als eigenbrötlerisch. Deshalb habe ich Herrn Inspector Zabini und Polizeiagent Jaunig telephonisch benachrichtigt.«

Da Luigi stockte, setzte Bruno fort: »Luigi hat wieder eine sehr gute Untersuchung geführt und trotz schwacher Indizien tatsächlich den Richtigen in der Menge gefunden. Nachdem der Mann lokalisiert war, Vinzenz und Luigi in Stellung gegangen sind, habe ich das Gespräch gesucht. Anfangs war der Mann sehr störrisch und wollte nicht mit mir sprechen, dann aber sind die beiden Kollegen näher gekommen. Dass er von drei Kriminalisten umstellt war, hat ihm die Schneid abgekauft. Ja, Gino Fonda hat zugegeben, den Drohbrief verfasst zu haben. Er hat angegeben, keine Komplizen zu haben.«

»Signor Bosovich sagt, der Mann wäre ein Eigenbrötler. Haben Sie Anlass zum Verdacht, er könnte tatsächlich ein Bombenattentat planen?«

»Durch die sehr konkrete Befragung und selbstverständlich auch durch Vinzenz' brummige Stimme, war der Mann schließlich so eingeschüchtert, dass er uns zu seiner Kammer geführt und aufgefordert hat, sie zu durchsuchen. Er wohnt unweit der Rennbahn, daher haben wir uns tatsächlich schnell ein Bild machen können. Wir haben keinerlei Anhaltspunkte gefunden, dass der Mann tatsächlich an einer Bombe baut oder Vorkehrungen für ein Attentat trifft.«

»Ein einsamer Mann also, der in seiner Verbitterung einen Drohbrief geschrieben hat. So wie ich es von Anfang an gedacht habe«, sagte Emilio mit dem unverkennbaren Klang in der Stimme, dass er die ganze Untersuchung von vorneherein als Zeitverschwendung betrachtet hatte.

Bruno konterte Emilios Blick wie zumeist stoisch. »Ja, das hast du gesagt, und wie so oft lagst du mit deinem Spürsinn richtig. Du arbeitest mit Spürsinn, ich mit Methode. Ich denke, die Polizei braucht beides.«

»Da haben Sie, Signor Zabini, ein großes Wort ausgesprochen. Ja, es braucht beides, Spürsinn und Methode. Darüber hinaus noch Gefolgschaft, Führerschaft und Rechtstreue. Was haben Sie für weitere Schritte in dieser Causa geplant?«

»Wir haben es Fonda gegenüber bei einer scharfen Verwarnung belassen und angekündigt, ihn in der nächsten Zeit überraschend zu kontrollieren. Er hat Stein und Bein geschworen, zukünftig keinen Drohbrief mehr zu verfassen.«

Oberinspector Gellner nickte zufrieden und erhob sich. »Sehr gut, dann kann ich der Kanzlei des Statthalters mitteilen, dass die Sache polizeilich geklärt ist. Meine Herren, werte Ivana, ich empfehle mich mit Wohlgefallen. Morgen will ich, wenn es höflicherweise möglich ist, nicht von polizeilichen Angelegenheiten gestört werden, denn morgen begebe ich mich auf die Rennbahn. Ich wünsche einen angenehmen Abend.«

Damit löste sich die Zusammenkunft auf.

Ivana trat an Bruno heran. »Signor Zabini, ich habe eine Nachricht für Sie.«

»Ich lausche.«

»Ihre Mutter hat angerufen und bittet um Rücksprache.«

Bruno zog die Augenbrauen hoch. Seine Mutter war also auf das Postamt gegangen und hatte das Telephon benutzt. Dafür musste es einen triftigen Grund geben. »Vielen Dank, Ivana. Ich werde mich gleich darum kümmern.« Damit ging er in sein Bureau, erledigte noch ein paar Handgriffe und verließ schließlich die Kanzlei. Den Bericht würde er anderntags schreiben. Kurz überlegte er, ob er auf dem direkten Weg nach Hause gehen oder ob er noch Luise Bescheid geben sollte. Die Wahl fiel ihm nicht schwer. Falls Luise nicht zu Hause war, würde er ihr eine kleine Nachricht durch den Briefschlitz werfen.

※

Er hatte das Zeug zum Detektiv. So viel war Dario nach diesem Nachmittag und Abend klar. Es fühlte sich zwar erstaunlich gut an, anderen überlegen zu sein, gewitzter und verwegener, aber dieses Gefühl kam gegen die Wut nicht einmal ansatzweise an. Rasende Wut trieb ihn um. Die Gäule auf der Rennbahn hatten ihn nicht mehr interessiert, die Wetten waren ihm unsinnig und das Geschrei der Leute nervtötend vorgekommen. Zwei Rennen lang hatte er unerkannt in der Menge gestanden und seine Braut Elena samt Nebenbuhler beobachtet. Seine Braut? Dario biss die Zähne zusammen. Er war den beiden in der Pause vor dem letzten Rennen zu den Stallungen gefolgt. Ja, voller Zorn hatte er gesehen, dass sich Elena von diesem Dreckskerl hatte verschleppen lassen. Er hatte es aus der Ferne nicht genau erkennen können, denn die beiden waren hinter den Bäumen verschwunden, aber es war leicht zu erraten, dass der Nebenbuhler die schöne Signorina Elena betatscht, ihr wahrscheinlich sogar Küsse aufgezwungen hatte.

Dario fluchte in sich hinein. Als die beiden Hand in Hand vom Wäldchen zur Rennbahn zurückgelaufen waren, hatte seine Elena, seine Braut, seine große Liebe geradezu gestrahlt vor Glück. Und dieser Trottel ebenso.

Liebte sie ihn? Die Frage stach wie ein Dolch in sein Herz.

In jedem Fall war Dario geduldig geblieben. Elena und der Nebenbuhler hatten das letzte Rennen im Kreise der Familie verfolgt und als sich die Leute zerstreuten, war die Familie Pasqualini in eine Kutsche gestiegen. Bis zuletzt hatte der Nebenbuhler an Elenas Seite gestanden, ja, es schien sogar, dass sich Elenas Eltern mit besonderer Höflichkeit von diesem Dreckskerl verabschiedet hatten.

Wer war der Bursche? Das galt es herauszufinden. Dario hatte ihn nicht aus den Augen gelassen. In sicherer Entfernung war er ihm gefolgt. Wie sich zeigte, waren gar keine besonderen Vorsichtsmaßnahmen bei der Beschattung nötig, der Dummkopf schien nicht den Anflug eines Verdachtes zu hegen, dass irgendjemand hinter ihm her sein könnte. Wie ein verliebter Fant war er durch die Straßen gehopst.

Dario war bei der Verfolgung außer Atem gekommen, denn der Bursche marschierte schnell und ausdauernd. Er war die ganze Strecke von Montebello bis nach Roiano gegangen, ohne Pause und ohne das Tempo zu reduzieren.

Dario sah gerade noch, in welchem Haus der Bursche verschwand. »Hier also wohnst du, Freundchen«, ging es Dario durch den Kopf. Mitten im Slowenenviertel. Dario schaute sich um. Auf den Straßen trieben sich die Leute der Vorstadt herum. Handwerker, Hafen- und Fabrikarbeiter, Marktweiber und Wäscherinnen. Der Nebenbuhler war also ein dreckiger Slawe. Ein Betrüger aus der Vorstadt, der bei einem guten Schneider einen erstklassigen Anzug gestohlen hatte und sich unter die vornehmen Bürger der Stadt gemischt hatte, um ein ehrsames Mädchen aus der Oberschicht zu verführen und zu beschmutzen, um Signorina Elena in die Schande zu ziehen.

Es war Dario völlig klar, dass es nicht so weit kommen durfte. Er musste etwas tun. Angelehnt an eine Häuserecke überlegte er, wie er den Namen des Nebenbuhlers herausfinden konnte. Er lugte um die Ecke. Da trat eine ältere Frau just aus dem Wohnhaus, in welchem sein Rivale verschwunden war, und ging in Darios Richtung. Eine Idee schoss durch seinen Kopf. Ein souveränes Lächeln flog über seine Miene. Dario rückte seinen Hut zurecht und ging direkt auf die Frau zu.

»Entschuldigen Sie bitte, Signora, ich habe eine Frage.«

Die ältere Frau schaute ihn an. Dario setzte sein gewinnbringendstes Lächeln auf.

»Ja, bitte.«

»Ich bin auf der Suche nach einem Bekannten eines Freundes von mir. Leider habe ich den Namen vergessen, aber der Mann muss hier irgendwo wohnen. Er war heute auf der Pferderennbahn und trägt einen sehr schönen Tweedanzug. Ich schulde dem Mann zwanzig Kronen wegen einer Pferdewette, die ich ihm sehr gerne erstatten möchte.«

»Ach, Sie meinen bestimmt Jure. Er trägt seit Kurzem einen schönen Anzug.«

»Jure? Wohnt er hier in der Gegend?«

»Natürlich. Da drüben. Im zweiten Stock wohnt die Familie Kuzmin. In der Wohnung direkt über meiner. Ich habe Jure eben noch gesehen, als er nach Hause gekommen ist. Gehen Sie einfach rein und klopfen Sie an die Tür Nummer sieben. Dort wohnt er.«

»Jure Kuzmin, genau, jetzt fällt mir der Name wieder ein. Herzlichen Dank für Ihre wertvolle Auskunft, Signora. Auf Wiedersehen«, sagte Dario charmant, lüftete seinen Hut und ging hinüber zum Haus. Er schaute sich um, die ältere Frau verschwand hinter der Hausecke, also änderte er seine Richtung und marschierte mit ausgreifenden Schritten wieder in Richtung Hafen.

Jure Kuzmin. Tür Nummer sieben. Dario überlegte scharf. Ein verlauster Slowene. Warte nur, Freundchen, diese Suppe werde ich dir gründlich versalzen.

⁓⊙⁓

Bruno klopfte an die Tür, öffnete sie und trat ein. »Guten Abend! Ich bin jetzt hier«, sagte er und legte Mantel und Hut ab.

Das ehemalige Wohnhaus einer Bauernfamilie war vor zwanzig Jahren auf Veranlassung Salvatore Zabinis vollständig renoviert und für seine Bedürfnisse umgebaut worden. So war etwa die alte Scheune abgetragen worden, denn Brunos Vater plante nicht, Landwirtschaft zu betreiben. Das Haus sollte einen Garten besitzen, in dem Obstbäume standen und in dem man Blumen- und Gemüsebeete anlegen konnte, das Haus sollte nicht zu weit vom Stadtrand entfernt liegen, sodass er mit einem Fußmarsch sein Bureau im Zollamt erreichen konnte, und das Haus sollte seinen Kindern Platz schaffen, damit sie außerhalb der Enge der Città Vecchia aufwachsen konnten. Die landwirtschaftlichen Flächen der ehemaligen Bauern wurden nach und nach in Bauland verwandelt. Triest expandierte seit Jahrzehnten, der Stadtrand schob sich auf allen Seiten auch die Hänge hinauf. Salvatore Zabini war noch vor der Eröffnung der Localbahn nach Opicina gestorben, daher konnte er nicht mehr miterleben, wie schnell der Schienenstrang den kleinen Vorort Cologna zu einem Stadtteil werden ließ.

Heidemarie und Bruno bewohnten also eines der ältesten Häuser des Viertels, doch durch die umsichtige und vorausschauende Renovierung bot es guten Wohnkomfort und ausreichend Platz für die beiden. Der vordere und größere Teil gehörte Heidemarie, dort lag die große Stube mit dem Küchenherd, Heidemaries Schlafzimmer, ihre Bibliothek, ihr Nähzimmer sowie eine Kammer mit einem Gästebett. Der hintere Teil des Hauses war einst der Hühner- und Ziegenstall, durch den Umbau war ein abgetrennter Wohnbereich mit eigener Eingangstür daraus geworden. Zu Lebzeiten Salvatores wohnte hier das Dienstmädchen. Die Dienstbotenwohnung bot eine kleine Stube mit Feuerstelle und eine Schlafkammer. Die Waschküche befand sich in einem Zubau an der Ostseite des Hauses. Die Stube im Hinterhaus und die Waschküche lagen Wand an Wand und teilten sich einen Kamin.

Bruno trat vom Vorraum in die Stube, in der leichter Geruch nach gebratenem Fisch lag. Schlagartig fühlte sich Brunos Magen leer an. Es war Freitag, der Tag, an dem seine Mutter auf den Markt ging. Bruno schaute sich um, ob sie vielleicht eine Schüssel oder einen Topf vorgekochtes Essen bereithielt. Er hörte Schritte auf den Dielen des angrenzenden Nähzimmers.

»Es ist noch etwas Suppe da«, sagte Heidemarie. »Soll ich sie dir warm machen?«

»Ich rieche Fisch. Du warst heute bestimmt in der Fischhalle.«

»Ja, aber der Fisch ist aufgegessen. Ich habe nicht gewusst, ob und wann du kommst«, erklärte sie und schob zwei Holzscheite in die Glut des Küchenherds.

Bruno entledigte sich seines Sakkos und setzte sich an den Tisch. »Gut, dann esse ich gerne noch einen Teller Suppe. Du hast im Bureau angerufen. Ist etwas passiert?«

Heidemarie schob den Suppentopf auf die Herdplatte und setzte sich dann zu Bruno an den Tisch. »Herr Jellersitz kommt nächste Woche mit einer Holzlieferung.«

Bruno nickte. »Eine Wagenladung?«

»Wie üblich. Vielleicht am Donnerstag, vielleicht am Freitag. Er konnte es noch nicht sagen.«

»Gut, sobald du weißt, wann er kommt, nehme ich mir frei. Die Vorräte an Brennholz schwinden. Hoffentlich regnet es nicht.«

»Frau Sualdin hat wieder ein Enkelkind. Gestern ist ihre jüngste Tochter niedergekommen.«

»Wie viele Enkel hat sie jetzt?«

»Acht.«

»Schön.«

»Ich habe in der Fischhalle Maria getroffen.«

»Wie geht es meiner geliebten Schwester?«

»Gut. Sie hat viel zu tun. Teodoro ist befördert worden.«

»Er ist ein tüchtiger Mann. Wie geht es den Kindern?«

»Gut. Am Sonntag wird Maria zum Essen kommen. Ich habe heute Kalbfleisch gekauft und werde Wiener Schnitzel backen. Wirst du zu deinem Geburtstagsessen hier sein?«

»Natürlich.«

»Ich backe auch eine Sachertorte. Darauf freuen sich die Kinder besonders.«

»Du verwöhnst uns.«

»Es ist zwar dein Geburtstag, aber in Wahrheit backe ich die Torte für die Kinder.«

»Ich habe Maria und die Kinder den ganzen Sommer über nicht gesehen.«

Die beiden saßen eine Weile schweigend beisammen, bis sich Heidemarie erhob, Teller, Löffel und ein Stück Brot brachte. Der Herd hatte Temperatur erreicht und den Topf erwärmt. Brunos Mutter stellte den Topf in die Mitte des

Tisches und setzte sich. Bruno füllte den Suppenteller und begann zu essen.

»Also, was ist vorgefallen?«, fragte er.

Heidemarie schaute ihrem Sohn ruhig in die Augen. »Carlo Cherini hat seine Frau verstoßen. Er hat bei Gericht die Trennung von Tisch und Bett eingeklagt.«

»Das war zu befürchten.«

»Du musst damit rechnen, dass er dich als Ehebrecher anklagt.«

»Das Risiko ist mir bewusst.«

»Obwohl Fedora versucht hat, mit einem Handel die Anklage zu verhindern. Angeblich ist sie im Besitz von Briefen, die ein Verhältnis zwischen Signor Cherini und einer Engländerin bezeugen.«

»Ich habe ihr vor Langem geraten, diese Briefe in Sicherheit zu bringen.«

»Überlege dir deine nächsten Schritte sorgsam. Der Seesack und der Koffer dort in der Ecke gehören übrigens Fedora.«

»Ich habe mich schon gefragt, wem das Gepäck gehört.«

»Sie ist zu mir gekommen und hat Teile ihres Gepäcks abgestellt. Signor Cherini hat Fedora aus dem Haus gejagt und seine Söhne nach Monrupino auf den Hof seines Bruders geschickt. Wie ich gehört habe, hast du dich gestern mit Carlo betrunken.«

»Ja. Er hat mich abgepasst, wir haben miteinander gesprochen und danach sind wir im Branntwein versunken.«

Heidemarie legte ihre Hände auf dem Tisch übereinander und beobachtete ihren Sohn beim Essen der Suppe.

»Mama, schau mich nicht so an.«

»Wie schaue ich dich an?«

»Na so. Anklagend. Als ob ich ein dummer kleiner Junge wäre.«

»Oh, das bist du.«

Bruno verzog seinen Mund. »Ja, bin ich.«

»Ich habe es dir schon vor Langem gesagt, dass es passieren wird. Du wolltest ja nicht hören. Fedoras Leben ist zerstört. Aber bitte, sie hat sich das selbst zuzuschreiben. Wer leiden muss, sind ihre Söhne. Deren Unglück hast du auf dem Gewissen.«

»Mama, sag so etwas nicht.«

»Doch, ich sage das. Du bist alt genug, um der Wahrheit ins Gesicht zu blicken.«

Bruno zupfte ein paar Stücke Brot und warf sie in den Rest der Suppe. Eine Weile lag Schweigen in der Stube.

»Warst du in den letzten Tagen bei der Baronin?«

»Ja.«

»Ihr Mann ist also wieder auf Reisen.«

»Diesmal Südamerika.«

»Manchmal wünsche ich mir, dass du auch nach Südamerika verschwindest. Oder Afrika. Von mir aus gerne China. Weit fort von hier.«

»Du bist sehr verärgert.«

»Allerdings, mein Lieber«, sagte Heidemarie, erhob sich und schob den Stuhl an den Tisch. »Du bringst das in Ordnung. Habe ich mich klar ausgedrückt?«

»In Ordnung bringen? Wie soll ich Carlo Cherini dazu überreden, die Klage zurückzuziehen, seiner Frau zu vergeben und sie wieder in seinem Haus aufzunehmen?«

»Der Krug ist gebrochen. Von dir erwarte ich, dass du Fedora hilfst, nicht im Armenhaus oder im Bordell zu landen. Sie braucht eine Wohnung und eine Arbeitsstelle.«

Bruno legte den Löffel ab und lehnte sich zurück. »Wo ist sie jetzt?«

»Sie hat sich ein Zimmer in der Città Vecchia genommen. Wo genau, weiß ich nicht. Ich habe ihr zweihundert Kronen geliehen.«

»Du erhältst das Geld am Montag von mir zurück.«
Heidemarie räumte den Tisch ab. »Dann wünsche ich dir gute Nacht. Ich will dich heute nicht mehr sehen.«
Bruno erhob sich. »Gute Nacht, Mama.«

◦※◦

Es lief auf Mitternacht zu, herbstlich kühler Wind frischte auf und leichter Regen setzte ein. Niemand, der das nicht musste, war jetzt auf der Straße, und schon gar nicht begab man sich freiwillig auf die Landspitze vor dem Porto Vecchio, auf welcher die Lanterna di Trieste stand. Dario zog seinen Hut tiefer in die Stirn, Ludovico klappte den Kragen seines Mantels hoch. Natürlich standen sie im Windschatten des Leuchtturms, dennoch wurde es zunehmend ungemütlich.
»Wo bleiben die beiden bloß?«, fragte Ludovico murrend.
Dario ließ seinen Blick schweifen und sah in der Ferne zwei Gestalten durch den Lichtkegel einer Straßenlaterne marschieren. »Da kommen sie.«
»Wird auch Zeit.«
Dario hatte erst vor Kurzem gelesen, dass die Hafenverwaltung plante, die Lanterna im nächsten Jahr zu erneuern. Statt einer Flamme sollte in Zukunft elektrisches Licht den Schiffen die Hafeneinfahrt anzeigen. Das war der Zug der Zeit, überall baute man elektrische Anlagen und Beleuchtungen. Ob das Licht dann genauso hell leuchtete?
Dario und Ludovico begrüßten die beiden Männer.
»Danke, Kameraden, dass ihr meinem Ruf gefolgt seid. Das bedeutet mir viel«, eröffnete Dario das Gespräch.
Ludovico war einer von Darios engen Freunden aus dem Caffè Tommaseo. Andrea und Arrigo waren Ludovicos treue Kameraden, die auch im Kaffeehaus verkehrten, meist jedoch in den Bierhäusern zu Gast waren. Dario wusste, dass er

sich in schwierigen Situationen auf seine Freunde verlassen konnte, deswegen hatte er sie hier bei der Lanterna zusammengerufen.

»Also, was gibt es?«, fragte Andrea.

Dario zog aus der Innentasche seines Mantels ein Etui und offerierte seinen Freunden Zigaretten. Die drei griffen zu. Sie brauchten wegen des Windes ein paar Streichhölzer mehr, ehe die Zigaretten glimmten, dann aber standen sie im Kreis eng beieinander und rauchten.

»Heute auf der Rennbahn habe ich etwas beobachtet.«

»Ja, du bist nach dem ersten Rennen verschwunden. Wir dachten, dass du nach Hause gegangen bist, weil du Geld verloren hast.«

»Vergiss das Geld, das ist uninteressant. Kennt ihr Elena Pasqualini?«

Arrigo schüttelte den Kopf. »Nein, nie gehört.«

»Ich kenne sie«, sagte Andrea. »Du übrigens auch, Arrigo.«

»Der Name sagt mir nichts.«

»Im Sommer haben wir sie einmal gesehen. In Barcola am Strand. Du weißt schon, das schöne Mädchen im hellroten Badeanzug, dem Dario den ganzen Tag hinterhergelaufen ist.«

»Ach ja, jetzt erinnere ich mich. Die Hübsche würde ich gerne mal ohne Badeanzug sehen.« Andrea und Arrigo lachten anzüglich.

»Was ist mit ihr?«, fragte Ludovico. »Will sie dich endlich heiraten? Oder will sie nicht.«

»Verdammt, nein, redet keinen Unsinn. Und hört mir zu. Die Sache ist ernst.«

»Also gut. Was ist los?«

»Passt mal auf. Ich habe heute Elena auf der Rennbahn gesehen, und als ich sie begrüßen wollte, habe ich beobachtet, wie ein Bursche in einem erstklassigen Tweedanzug sich an sie heranmachte. Wie ein Gockel ist er um sie herum, hat sich aufgeplustert und wichtiggemacht. Ich habe mir das eine Zeit lang aus der Ferne angesehen. Aber vor dem letzten Rennen wollte Elena den Burschen loswerden, da hat er sie bei den Stallungen in die Büsche ziehen wollen. Das Schwein wollte über Signorina Elena herfallen.«

Gespanntes Schweigen herrschte in der Gruppe.

»Was hast du gemacht?«, fragte Andrea.

»Ich bin eingeschritten. Ganz klar. Ich habe den Burschen fortgejagt und Elena zu ihren Eltern zurückgebracht.«

»Gut gemacht.«

»Dann wollte ich den Burschen abfangen und ihm eine Abreibung verpassen. Aber ich habe ihn in der Menschenmenge nicht gleich gefunden. Nach den Rennen habe ich gesehen, dass er sich an ein weiteres Mädchen herangemacht hat. Das Mädchen stand bei der Kantine und wartete. Er geht auf sie zu, redet auf sie ein, und als sie fortgehen will, packt er sie und will sie ins Gebüsch ziehen. Wieder bin ich eingeschritten, das war aber nicht nötig, denn die Eltern des Mädchens kamen eben von der Kantine mit Getränken. Da hat sich der Bursche zurückgezogen. Ich weiß ihren Namen nicht, aber das Mädchen ist eine ehemalige Schulkameradin meiner Cousine vom italienischen Gymnasium.«

»Soll das heißen, dass er laufend Mädchen belästigt hat?«, fragte Andrea.

»Italienische Mädchen, wohlgemerkt. Denn auch das dritte Mädchen, das er knapp danach noch angepöbelt hat, war eine Italienerin. Da bin ich aber gleich dazwischengefahren und habe ihn fortgejagt.«

»Sehr gut«, sagte Arrigo.

»Passt auf, jetzt kommt es. Ich habe den Burschen verfolgt. Und dieser Trottel ist auf dem geraden Weg nach Hause gegangen. Wahrscheinlich um sich sinnlos zu besaufen, weil er kein Mädchen ins Gebüsch verschleppt hat.«

»Du weißt also, wo er wohnt.«

Dario nickte bedeutungsvoll. »Mehr noch, ich weiß auch seinen Namen.«

»Wie heißt er?«

Dario nahm einen tiefen Zug von seiner Zigarette. »Er heißt Jure Kuzmin und wohnt in Roiano.«

»Das ist nicht dein Ernst«, brummte Ludovico.

»Doch. Ein dreckiger Slowene aus der stinkenden Vorstadt hat sich einen guten Anzug beschafft und auf der Rennbahn Fräuleins der besseren Gesellschaft nachgestellt.«

»Ein Slawe, der italienische Fräuleins verfolgt. Der Mann muss lebensmüde sein«, sagte Ludovico.

»Wenn ich den erwische, kann er was erleben«, knurrte Arrigo düster.

Dario nickte verschwörerisch. »Ich bin definitiv eurer Meinung. Und ich habe auch schon einen Plan.«

Samstag,
14. September 1907

Als Bruno den Giardino Pubblico durchquerte, schaute er auf seine Taschenuhr. Drei Minuten vor elf, den Weg von zu Hause bis in das Caffè Milano konnte er mittlerweile bis auf die Minute genau abschätzen. Nur kniehoher Schnee oder Glatteis würden die Dauer des Fußmarsches verlängern. Er überquerte die Via Giulia, trat in das gut besuchte Kaffeehaus ein und nahm den Hut ab. Der Geruch von frisch aufgebrühtem Kaffee und Tabak schlug ihm entgegen. Oberkellner Vito stand hinter dem Tresen und nickte ihm zu.

»Guten Morgen, Signor Zabini. Wie immer pünktlich auf die Minute. Darf ich das Übliche kredenzen?«, fragte der Mann mit dem prächtig gezwirbelten Schnurrbart.

»Guten Morgen, Vito. Ja. Und die Zeitung bitte. Signor Ventura wird sich etwas verspäten.«

»Der Tisch ist wie immer reserviert«, sagte der Oberkellner und stellte ein Tablett für Caffè und Cornetto bereit.

»Vielen Dank.«

Das Kaffeehaus verfügte über zwei Billardtische, einer davon stand im Hinterzimmer, das in der Regel nur von Stammkunden benutzt wurde. Für zwei Stunden würde der

Tisch Bruno und seinem Billardpartner Lionello gehören. Vier Kaffeehaustische befanden sich im Hinterzimmer, einer davon für die Spieler direkt neben dem Billardtisch. Bruno begrüßte die anwesenden Herren. Er hängte Mantel und Hut an den Garderobenhaken, legte seinen Koffer auf die Bande des Billardtisches und klappte ihn auf. Mit geübten Griffen schraubte er die beiden Teile des Queues zusammen, legte ihn auf dem Tisch ab und platzierte den Koffer auf dem Beistelltischchen an der Wand. Bruno setzte sich. Der Piccolo brachte Kaffee, Kipferl und die Zeitung. Bruno nahm einen Schluck Wasser und rührte eine Prise Zucker in den Kaffee. Er biss herzhaft in das frische Kipferl und blätterte die Zeitung auf.

Nach etwa einer Viertelstunde hatte er den Kaffee geleert und die Zeitung durchgeblättert, da betrat Lionello den Raum. Er begrüßte die anderen Stammgäste und legte Mantel, Hut und seinen Queuekoffer ab.

»Ich habe es doch früher geschafft, als vermutet«, sagte Lionello und setzte sich zu Bruno. »Wenn es dich nicht stört, möchte ich erst einen Kaffee trinken.«

»Natürlich, spielen wir danach. Ich nehme auch noch eine Schale.«

Der Piccolo servierte Lionello den Kaffee und nahm gleichzeitig Brunos Bestellung entgegen.

»Der Besuch bei deinen Eltern hat also nicht so lange gedauert wie gestern noch angenommen.«

»Ich bin früh bei ihnen erschienen und es hat dann so lange gedauert wie üblich.«

»Und wie geht es ihnen?«

»Die Gicht plagt meinen Vater, aber meine Mutter ist sehr rüstig für ihre zweiundsechzig Jahre.«

»Richte ihnen bitte meine besten Empfehlungen aus.«

»Sehr gerne.«

»Es tut mir leid, dass ich die letzten beiden Spiele absagen musste. Der Beruf …«

Lionello winkte ab. »Wir werden noch viele Gelegenheiten für eine Partie Carambol finden. Und dass der Beruf so seine Herausforderungen hat, kann ich aus eigener Erfahrung bestätigen.«

Der Piccolo servierte Brunos zweiten Kaffee. »Vielen Dank. Wie laufen die Vorbereitungen für den großen Tag?«

»Höchst betriebsam. Es ist eine Premiere für den Lloyd, dass gleich zwei Dampfer an einem Tag in Betrieb genommen werden. Die neue Klasse ist das bislang größte Bauprogramm des Lloyd und eine echte Bewährungsprobe für die Werft im Arsenal.«

»Man liest in den Zeitungen nur von Superlativen. Und es stimmt schon, das Lloydarsenal arbeitet seit Jahren auf Hochdruck.«

»Zwischen 1900 und 1902 die sechs Schiffe der Styria-Klasse. Dann 1903 und 1904 die vier Schiffe der Salzburg-Klasse und jetzt die noch größeren sieben Schiffe der Baron-Beck-Klasse. Und dazwischen ein paar Einzelgänger. Über mangelnde Arbeit können wir im Arsenal wirklich nicht klagen.«

»Ich finde es richtig, dass man immer mehr zum Bau von Klassen übergeht. Die Einzelgänger können niemals so rationell erbaut werden. Effizienz ist das Motto der Zukunft.«

Lionello lachte. »Jetzt klingst du wie mein Vorgesetzter.«

»Ich finde die Expansion des Lloyd imposant. Das Liniennetz wird immer dichter und die Schiffe immer größer und stärker.«

»Nun, im Vergleich zu den Standards, die die Briten setzen, ist unsere Werft eine hübsche kleine Werkstatt. Hast du von der Lusitania gelesen?«

»Natürlich.«

»Das ist die Zukunft der Schifffahrt, Bruno. Die Baron Beck hat dreitausendneunhundert Bruttoregistertonnen, die Lusitania unglaubliche einunddreißigtausend, die Baron Beck hat eine Länge von einhundertacht Metern, die Lusitania fast zweihundertvierzig. Wir bauen noch Expansionsmaschinen in unsere Dampfer, die Briten Turbinen. Dieser Hochseekoloss läuft sechsundzwanzig Knoten und die Baron Beck ist mit gemächlichen dreizehn Knoten nur halb so schnell. Und in den nächsten Wochen wird das Schwesterschiff der Lusitania, die Mauretania, in Dienst gestellt. Ja, die Briten zeigen der Welt, was im Schiffsbau möglich ist.«

Bruno schmunzelte. »Ich hoffe, dich frisst nicht der Neid. Du darfst nicht vergessen, die Briten schicken ihre Dampfer über den Atlantik, in dessen Mitte im Umkreis von eintausendfünfhundert Meilen nur der endlose Ozean liegt, während unsere Schiffe im Mittelmeer sich höchstens einhundert Meilen vom Festland entfernen. Und im Vergleich zum Atlantik ist die Adria ja auch eher eine Badewanne.«

Lionello schüttelte drohend mit dem Zeigefinger. »Mach mir ja nicht unsere gute Adria schlecht. Sie ist unsere Nährmutter.«

Die beiden lachten.

»In jedem Fall sind wegen des großen Festaktes im Präsidium des Statthalters und somit auch im Polizeiagenteninstitut alle aufs Höchste gespannt. Oberinspector Gellner läuft von einer Konferenz zur nächsten, überschüttet uns mit Dienstanweisungen und scheint sich dieser Tage allein von starkem Kaffee zu ernähren. Er macht alle verrückt, die Kanzlei gleicht einem Tollhaus. Gott sei Dank ist er heute beim Pferderennen. Wer weiß, vielleicht hätte er meinen freien Tag gestrichen und mich wieder auf die Jagd nach imaginären Bombenlegern geschickt.«

»Ist es so schlimm?«

»Ja«, sagte Bruno und machte eine Gedankenpause. »Und dann fliegt mir dieser Tage auch noch so manche andere Komplikation um die Ohren.«

Lionello runzelte die Stirn. »Was willst du andeuten?«

»Komplikationen.«

»Im amourösen Bereich?«

Bruno verdrehte die Augen und beugte sich über den Kaffeehaustisch. Im Flüsterton erläuterte er in knappen Worten die Ereignisse mit Fedora und ihrem Ehemann. Lionello hörte gespannt zu. Dann lehnten sich die beiden Männer wieder zurück und schauten mit verkniffenen Mienen in die Luft.

»Das klingt nach einem sehr üblen Schlamassel«, murmelte Lionello.

»Dabei erfüllt mich die Beziehung zu Luise dieser Tage mit einem immer wärmeren Licht. Und jetzt das.«

»Mit Verlaub gesagt, geschätzter Bruno, aber ich hege seit geraumer Zeit die Befürchtung, dass die Konstruktion deines Liebeslebens in ihren Tragewerken fragil ist. Die derzeitige Erschütterung ist so gesehen nicht verwunderlich.«

»Ja, so etwas Ähnliches hat meine Mutter auch gesagt. Natürlich nicht mit solch technisch fragwürdigen Worten.«

Lionello schmunzelte. »Ich denke bisweilen, meine Freunde und ich haben in dieser unserer schönen Welt diffizile Liebesverhältnisse zu bewältigen, aber es scheint, dass auch ihr *normalen* Leute schwer mit dem Gleichgewicht der Emotionen zu ringen habt. Wobei ich einwenden muss, dass gleichzeitig und jahrelang sorgsam gepflegte Amouren mit zwei verheirateten Frauen wohl nicht im landläufigen Sinne als *normal* bezeichnet werden können.«

Bruno lächelte. Niemand in seinem Bekanntenkreis verstand sich so auf hintergründige Ironie wie Lionello. »Normal ist langweilig. Und es stimmt, ich verzehre mich nach Fedora. Ich kann kaum erwarten, sie wiederzutreffen.«

»Und Luise?«

»Sie liebe ich aus ganzem Herzen.«

»Lieber Bruno, ich konstatiere eines klipp und klar: Du bist verrückt!«

Wieder lachten beide.

»Wenn ich wegen Ehebruch verurteilt werde und ins Gefängnis muss, verliere ich meine Stellung.«

»Ich finde erstaunlich, wie gelassen du bist. Du kommst trotz der Umstände zu unserer Billardpartie, du lachst, wirkst unbekümmert.«

Bruno kniff die Augen zu. »Lionello, ich sage dir jetzt mal etwas. Wenn mir die Kanzleifliegen in der Polizeidirektion auf die Nerven gehen, quittiere ich den Dienst, erlerne den Beruf des Technischen Zeichners und komme zu dir ins Konstruktionsbureau. Ich wollte sowieso niemals Polizist werden.«

»Seit du mir deine Skizzen gezeigt hast, weiß ich, dass der Beruf des Technischen Zeichners für dich genau passend wäre. Ich würde dich sofort in meiner Abteilung anstellen.«

Bruno schmunzelte. Lionello war der einzige Mensch, den er in die Ergebnisse seines Zeitvertreibs Einblick gewähren ließ. An langen Winterabenden oder verregneten Nachmittagen verbrachte Bruno seine Zeit nicht nur mit der Lektüre von naturwissenschaftlichen Büchern, sondern auch mit dem Zeichnen von Fahrzeugen. Seine Schwester hatte ein Talent für künstlerisches Zeichnen und Malen, Brunos Talent reichte gerade für die Arbeit mit Lineal und Zirkel. Schon als Halbwüchsiger hatte er in den vielen Stunden, die er auf Geheiß seines Vaters in seinem Zimmer statt auf der Straße bei seinen Freunden zubringen musste, aus dem Gedächtnis Lokomotiven und Schiffe gezeichnet. Sein Vater hatte für diese Beschäftigung wenig Verständnis gezeigt. War er einer solchen Skizze habhaft geworden, hatte er sie einfach zerrissen.

»Lass uns das Thema wechseln. Wie geht es Edgar?«, fragte Bruno.

»Ach, sehr gut, nehme ich an. Er ist seit zwei Wochen in der Bocche di Cattaro und führt mit seinen Mitarbeitern Vermessungen des Meeresbodens durch.«

Bruno nickte. Cattaro war die südlichste Stadt des österreichischen Kronlandes Dalmatien und als Endpunkt der dalmatinischen Schifffahrtslinie von überregionaler Bedeutung für den Seeverkehr der Adria. Die von steilen Bergen umschlossene Bucht bot für die k.u.k. Kriegsmarine außerordentliche strategische Vorteile. Sie konnte von See unmöglich eingenommen und wegen der unwegsamen Berge rings der Bucht von einem Landheer kaum eingekesselt werden. In der großen Bucht hielt die k.u.k. Kriegsmarine einen starken Flottenverband bereit, der mit schnellen Ausfallbewegungen den gesamten Süden der Adria zu beherrschen in der Lage war. Nach Pola war Cattaro der zweitwichtigste Stützpunkt der Kriegsmarine.

»Muss er wieder tauchen?«

»Unter anderem.«

»Nun, da beneide ich ihn nicht. Ich persönlich gehe lieber im Giardino Pubblico spazieren, als im Taucheranzug mit Bleistiefeln über den Meeresgrund.«

Lionello lachte. »Ich vermisse an dir einen gewissen Sinn für riskante maritime Erfahrungen.«

Natürlich durften Männer wie Lionello und Edgar in ihrem streng katholischen Heimatland ihre wahre Natur nicht öffentlich kundtun, aber die beiden waren seit Jahren ein unzertrennliches Paar. Auf das Praktizieren gleichgeschlechtlicher Liebe standen bis zu fünf Jahre Kerker. Edgar Brandtner war ein hochgebildeter Naturwissenschaftler mit dem Spezialgebiet Hydrographie. Er leitete ein Büro innerhalb des Hydrographisches Amts der k.u.k. Kriegsmarine in

Pola, das seit Jahren außerordentlich präzise Seekarten der gesamten Adria erstellte. Und er war leidenschaftlicher Segler. Regelmäßig besuchten die Männer einander wechselseitig in Triest oder Pola.

»Wir müssen irgendwann wieder eine Segelpartie unternehmen. Unsere Reise durch die Isole Incoronate habe ich noch in lebhafter Erinnerung. Hat er noch sein Boot?«

Lionello gestikulierte. »Selbstredend! Ohne sein Boot wäre er todunglücklich. Er liebt es mehr als alles andere auf der Welt.«

»Spielen wir?«

Lionello erhob sich und griff nach seinem Queuekoffer. »Was wirst du jetzt tun?«

Bruno stand ebenfalls auf, nahm sein Queue in die Hand und positionierte die beiden weißen und den roten Ball in der Ausgangsstellung. Sie spielten in der Regel Einband. Um Dreiband zu spielen, müssten beide mehr trainieren. Dazu fehlte Ihnen einfach die Zeit.

»Ich werde tun, was meine Mutter von mir verlangt hat. Ich werde die Situation in Ordnung bringen. Nach der Partie gehe ich ins Bureau. Ich muss ein paar Dinge erledigen.«

֎

Von den Fenstern des Bureaus der Società Marittima R. Cohn an der Riva Carciotti konnte man dem jederzeit lebhaften Treiben auf dem Molo San Carlo und den im Porto Vecchio ein- und auslaufenden Schiffen zusehen. Die zwei Zimmer des Bureaus lagen im dritten Stock des Gebäudes. Von hier oben hatte man einen herrlichen Ausblick auf das Treiben. Doch Jure hatte dafür keine Zeit und Muße, er hatte zu tun. Und nicht zu knapp. Eben tippte er eine Erklärung für das Handelsministerium. Die Formulare und Berichte für das Zollamt hatte er bereits bearbeitet. Seit sieben Uhr früh arbeitete er allein im Bureau. Signor Cohns Bureau war alles andere als groß und protzig, es umfasste zwei hintereinanderliegende Räume, die mit vier Schreibtischen, massigen Aktenschränken und einem Tisch mit mehreren Stühlen für Verhandlungen und Gespräche eingerichtet waren. Cohn beschäftigte einen jungen Bureaugehilfen und eine weibliche Schreibkraft. In früheren Jahren, als Cohns Unternehmen auf dem Höhepunkt der Tätigkeit war, waren zwei weitere Sekretäre beschäftigt gewesen. In den letzten drei Jahren war die Geschäftstätigkeit kontinuierlich zurückgegangen, daher war auch das Personal weniger geworden. Mit Jure kam neuer Schwung in die Kanzlei, in der sich schon etwas Staub gelegt hatte. Die Schreibmaschine klapperte seit Stunden.

Es klopfte an der Tür. Jure blickte überrascht hoch. Die Angestellten hatten heute frei und Signor Cohn hatte sich nicht angekündigt. Außerdem würde Cohn nicht klopfen, sondern in sein Bureau einfach eintreten.

»Herein bitte!«

Die Tür wurde geöffnet und Franc Kuzmin trat ein. Jures Vater blickte sich um. »Ah, da bist du.«

Jure erhob sich. Er hatte mit einem Besuch seines Vaters nicht gerechnet. »Gibt es irgendetwas?«

Franc stellte zwei Gläser Bier auf den Tisch und legte ein Paket ab. Er zerriss das Packpapier. »Mittagessen. Ich habe vom Markt Wurst und Käse mitgebracht. Und von der Schenke etwas zu trinken. Oder hast du schon gegessen?«

Jure schaute auf die Pendeluhr in der Ecke. Es war bereits nach ein Uhr. »Nur Frühstück. Langsam kriege ich Hunger.«

»Habe ich mir gedacht.«

»Abends bin ich bei Signor Cohn zum Dîner eingeladen. Mit Robert Čelhar und seiner Frau.«

»Bis zum Abend ist es noch lange«, sagte Franc und schaute sich um. »Ist sonst noch jemand hier?«

»Nein. Ich bin alleine.«

Franc nahm Platz, schob Jure ein Glas hin und nahm das zweite. »Setz dich und iss erst mal.«

»Danke, Papa.« Jure ließ sich in seinen Stuhl fallen und schnitt eine dicke Scheibe von der Wurst ab.

»Es gibt Neuigkeiten«, sagte Franc und trank einen Schluck Bier.

»Welche?«

»Keine guten.«

»Sag schon.«

»Canziani wird nicht mehr Bootsmann der Argo sein. Und mit ihm vier Männer. Sie kriegen doppelt so hohe Heuer bei den Fratelli Cosulich.«

»Was? Das Doppelte?«

»Du weißt, Canziani ist ein alter Kamerad von mir. Wir kennen uns seit fünfzehn Jahren. Er war ganz zerknirscht, als er mir das heute früh gesagt hat. Ich bin Canziani nicht böse, er ist nicht mehr der Jüngste, wer weiß, wie oft er noch in See sticht, er muss für seine alten Tage etwas zur Seite legen. Und so ein Angebot hätte ich als Bootsmann auch nicht ausgeschlagen. Schon Ende nächster Woche legt er mit seinen Leuten in Richtung Südamerika ab.«

Jure kniff die Augen zusammen und griff nach dem Bierglas. »Hm, das klingt verdächtig.«

»Das stinkt zum Himmel, Jure! Das ist ein Angriff gegen uns. Die Fratelli Cosulich werben unsere halbe Mannschaft ab mit einer Heuer, die wir niemals bezahlen können und die auch nicht den üblichen Tarifen entspricht. Das ist eine Sauerei. Hätte ich nicht gedacht. Ich bin selbst drei Jahre für die Fratelli auf See gewesen. Das sind falsche Hunde.«

»Ich vermute, dass jemand anderer dahintersteckt.«

»Callenhoff?«

Jure zuckte mit den Schultern. »Wer sonst? Cohns Reederei ist so winzig, ein alter Dampfer und ein paar kleine Segler. Cohn ist doch keine Konkurrenz für die Fratelli. Wenn Cohn zehn Dampfer hat, dann werden sie auf ihn aufmerksam. Aber ich habe Herrn Schönerer getroffen. Dem traue ich zu, dass er bei der Reederei, mit der er seit Jahren zusammenarbeitet, Druck gemacht hat. Vielleicht bezahlt er sogar den Zuschuss für Canziani aus eigener Tasche. Ich habe schon mehrfach gehört, dass die Kompanie Callenhoff, und da allen voran Herr Schönerer, gezielt gegen Konkurrenten im Kaffeehandel vorgeht. Schönerer will ein Monopol aufbauen, sämtliche Kaffeeimporte in Triest sollen über seine Warenhäuser laufen.«

»Die Kompanie ist sehr mächtig, Schönerer hat viele Freunde in hohen Ämtern, gegen den kannst du nicht bestehen.«

»Klar kann ich«, entgegnete Jure kämpferisch. »Wenn ich gut wirtschafte, scharf rechne und mich an alle Gesetze und Regeln halte, dann kann er nicht verhindern, dass ich Handel betreibe. Ja, er ist politisch gut vernetzt, aber es gibt auch viele Geschäftsleute in Triest, die auf Schönerer nicht gut zu sprechen sind. Er hat noch lange nicht gewonnen, nur weil er uns den Bootsmann und vier gute Matrosen abgeworben hat.«

»Gut so, Bub. Lass dich nicht einschüchtern.«

»Und unser neuer Bootsmann wird Anton.«

Franc nickte seinem Sohn zu. »Daran habe ich auch schon gedacht. Wir müssen nur die Formalitäten erledigen.«

»Das nehme ich mir als Nächstes vor.«

Jetzt griff auch Franc zu Wurst und Käse. Vater und Sohn aßen eine Weile schweigend.

»Ich habe dich noch gar nicht gefragt, wie es gestern auf der Rennbahn war.«

»Es war großartig.«
»Spannende Rennen?«
»Das auch.«
Franc schmunzelte hintergründig. »Das auch? Was war auf der Pferderennbahn wichtiger als die Pferde?«
Jure lächelte über beide Ohren. »Papa, ich bin so glücklich.«

⟜☙⟝

Jože verließ knapp vor elf das Bierhaus. Er hatte mit seinen Freunden eine ereignisreiche Woche bei einem gepflegten Glas Bier ausklingen lassen. Die erfolgreiche Rückkehr von Aden und dass sich die Geschäfte und Herzensangelegenheiten von Jure so prächtig entwickelten, hatte ihn in so gute Laune versetzt, dass er heute spendabel gewesen war. Er hatte seinen Freunden zwei Runden Bier spendiert.

Jože dachte an seine Braut Marija. Es war so schön gewesen, sie nach den Wochen auf See wiedergetroffen zu haben. Ihre Küsse haben so gut geschmeckt, wie sonst nichts auf der Welt. Langsam musste er daran denken, für die Hochzeit im nächsten Jahr Geld zur Seite zu legen. Morgen würden sie sich vor der Kirche wieder treffen. Er freute sich darauf. Jože steckte sich eine Zigarette an und ging gemächlich durch die dunklen Gassen. Obwohl es wie gestern Nacht schnell auffrischte, war ihm nicht kalt. Er kam aus der geheizten Gaststube und trug eine wärmende Weste und ein Sakko. So schnell fröstelte er nicht. Im Gegenteil, er mochte kühles Wetter und einen lebhaften Wind.

Er bog in eine dunkle Seitengasse ein und durchschritt den Schatten eines Baumes. Vor sich bemerkte er in einiger Entfernung zwei Gestalten, die an einer Mauer lehnten.

Jože tauchte aus seinen Gedanken hoch. Die Kerle irritierten ihn. Warum standen sie da herum? Rechts lag die

Außenmauer einer Fabrik und links der mannshohe Bretterzaun eines Firmenareals. Seine Instinkte sprangen sofort an. Er schaute hinter sich und entdeckte im Schatten einen weiteren Mann.

Hier war der ideale Ort für einen Hinterhalt.

Keine Straßenlaternen waren in unmittelbarer Nähe, in der Nacht vor Sonntag befand sich niemand mehr in den umliegenden Gewerbebauten, und man kam aus der Gasse nur in zwei Richtungen oder über den Zaun kletternd wieder heraus. Sollte er versuchen, über den Zaun zu klettern und Fersengeld zu geben? Jože entschied sich dagegen. Von ein paar Strolchen nahm er doch nicht Reißaus. Und vielleicht hatten sie es gar nicht auf ihn abgesehen.

Er näherte sich den zwei Männern, ohne sie aus den Augen zu lassen. Drei Schritte, bevor er sie passierte, stellten sie sich ihm in den Weg und sprachen ihn auf Italienisch an.

»Na Kumpel, hast du eine Zigarette für mich?«, fragte der Mann links vor ihm.

Jože nahm noch einen Zug von seiner fast abgerauchten Zigarette und hielt sie dem Mann hin. »Du kannst die hier weiterrauchen. Zweimal ziehen geht noch.«

»Ernsthaft? Du bietest mir eine ausgelutschte Zigarette an?«

Jože zuckte mit den Achseln. »War meine letzte.«

Der Mann hinter ihm schloss auf. Die Situation war unverkennbar, sie hatten ihm aufgelauert. Jože warf die Zigarette zu Boden und trat sie aus. Er drehte sich leicht, sodass er mit dem Rücken an der Mauer stand. Die drei schlossen einen Halbkreis um ihn. Jože war jetzt heilfroh, dass er nur zwei Gläser Bier getrunken hatte. Er spürte den Alkohol nicht mehr, er fühlte nur noch seinen kräftig pochenden Puls.

»Nun, Freunde, wollt ihr meinen Geldsäckel? Da ist nicht viel drinnen. Hab meine Heuer schon vertrunken.«

»Dein verdammtes Geld kannst du behalten, du Dreckschwein.«

Jože sondierte die Lage. Also der Mann in der Mitte war der Rädelsführer und riss das Maul auf. Jože nannte ihn für sich »die Ratte«. Der Mann rechts von ihm nahm seine Mütze ab und präsentierte im Halbschatten ein giftiges Lächeln. Wenn Jože im Boxring zu einem Wettkampf antrat, dachte er sich immer ein Tier aus, das die Stärken seines Gegners symbolisierte. Der Mann war eine Schlange. Jože war groß und kräftig – genauso wie seine Brüder. Er überragte um eine Handbreite seine drei Kontrahenten. Und in seiner Militärzeit hatte er keine einzige Rauferei verloren, danach auf der Straße ein paar wilde Kämpfe bestritten und seit einem Jahr trainierte er in einem Boxverein. Die drei wussten nicht, worauf sie sich einließen. Aber sie schienen auch nicht spaßen zu wollen. Jože schätzte, dass er sich gegen die Ratte und die Schlange erfolgreich zur Wehr setzen konnte. Wahrscheinlich würde er ihnen sogar eine ordentliche Tracht Prügel verabreichen, zumindest einem von beiden, während der andere weinend nach Hause lief. Aber der Mann links von ihm, derjenige, der sich von hinten genähert hatte, war ein anderes Kaliber. Er war zwar auch nicht größer als seine Kameraden, aber er hatte breite Schultern, einen massigen Brustkorb und Oberschenkel dick wie Baumstämme. So wie er dastand, breitbeinig und mit zu Fäusten geballten Händen, war ihm anzusehen, dass er tagein, tagaus im Hafen Säcke oder auf einer Baustelle Ziegel schleppte. Keine Frage, der Mann war stark wie ein Bär.

»Was wollt ihr?«

»Hast du es noch nicht kapiert? Du kriegst gleich eine Abreibung.«

»Na, ihr italienischen Helden, wollt ihr zum Spaß einen Slowenen verdreschen? Oder gibt es irgendeinen Grund für den Aufmarsch?«

Die Ratte zeigte auf ihn. »Du wirst nie wieder italienische Mädchen betatschen! Ist das klar? Finger weg.«
»Italienische Mädchen? Was soll der Blödsinn?«
»Halt die Schnauze. Was hast du gestern auf der Rennbahn gemacht? Glaubst du, wir lassen uns das gefallen?«
Jože dachte fieberhaft nach. Rennbahn? Jure war auf der Rennbahn. Aber er würde niemals irgendwelche Mädchen belästigen, wenn er doch mit Elena …
Jože verstand. Er musste seinen Bruder warnen. In der Regel konnte man einer Gruppe, die sich überlegen fühlte, schnell die Schneid abkaufen, wenn man direkt und mit voller Härte den Rädelsführer anging. Jože handelte blitzschnell. Er sprang ansatzlos vor und verpasste der Ratte einen schweren Schwinger in die Magengrube. Die Ratte wurde von der Wucht des Schlages umgeworfen. Jetzt der Angriff gegen den schwächeren Gegner rechts, gegen die Schlange, und dann Hals über Kopf auf und davon. Das war der Plan.
Zwei Faustschläge des Bären trafen Jože am Kopf. Die weiteren konnte er mit den Schultern und Armen abwehren, aber sein Gegner hörte nicht auf zu schlagen. Er wurde von den wuchtigen Hieben an die Wand geworfen. In dichter Folge prasselten die Schläge auf ihn ein, ohne Pause. Acht, zehn, zwölf Schläge wehrte er mit letzter Mühe ab. Jože dachte nicht nach, er war im Rausch, er war im Kampf mit einem ebenbürtigen Gegner. Der Bär reduzierte das Tempo seiner Schläge, wohl um deren Wirkung auf den Gegner einzuschätzen.
Darauf hatte Jože gelauert. Die Konterattacke. Er schnellte blitzschnell mit einer linken Geraden vor und traf auf den Punkt die Nase seines Gegners. Der Bär zuckte zurück. Da flog schon der rechte Schwinger heran. Die Faust traf den Kopf des Bären, die Wucht des Schlages ließ ihn taumeln, er stolperte und fiel hin. Jetzt war Jože über ihm, bereit, ihn

mit einigen Treffern einzudecken, er war außer sich vor Wut und hob die linke Hand für den nächsten Schlag.

Da traf ihn etwas rechts an der Schläfe. Etwas Hartes. Sofort kippte er leicht zu Seite.

Lichter flackerten vor seinen Augen. Er taumelte. Jože war benommen, er rätselte, was ihm gerade widerfahren war. Mit seiner Rechten fasste er sich an die Schläfe. Blut. Viel Blut. Ein klaffende Platzwunde.

Jože schaute um sich. Die Schlange hatte in den Kampf eingegriffen. Mit einem Schlagring. Der heftige Angriff des Bären hatte ihn die Schlange vergessen lassen. Ein fataler Fehler. Die Schlange hatte auf die Gelegenheit gelauert und blitzschnell zugebissen. Musste er zu Boden? Jože taumelte zurück zur Mauer und stützte sich ab. Der Bär und die Ratte formierten sich, um Jože jetzt den Rest zu geben. Die beiden Männer zogen auch Schlagringe über ihre Hände.

Jože fluchte in sich hinein. Würde er das überleben?

Er griff an seinen Rücken, wo in einer Scheide sein Messer steckte. Er zog es. Der Bär stürmte auf ihn los. Jože duckte sich und schnellte vor. Das Messer fand seinen Weg. Bis zum Schaft. Der Bär taumelte. Fassungslos griff er sich an seinen Bauch und sah das Blut. Die beiden anderen waren vor Schreck wie gelähmt. Jože rannte wie vom Teufel gehetzt. Er rannte und rannte.

Sonntag,
15. September 1907

SEIT IHRER KINDHEIT schliefen die vier Brüder in Stockbetten im großen Kabinett der Wohnung, während Amalija lange Zeit bei den Eltern im Zimmer übernachtet hatte. Als Amalija schulreif geworden war, hatte der Vater die kleine Vorratskammer leer geräumt und sie für seine Tochter als Zimmer eingerichtet. Viel Platz war darin nicht, aber sie konnte die Tür ihres Zimmers schließen, wenn die Brüder in der Wohnung Radau machten. Die vier hatten immer wieder die Betten getauscht. Regelmäßig hatte es Gerangel gegeben um die beiden oberen Betten. Mit der Zeit hatte sich der Streit darum gelegt. Und seit Anton seinen eigenen Hausstand gegründet hatte, war im Kabinett Platz für Miškos Schreibtisch. Jure war in den letzten Jahren als Maschinist des Österreichischen Lloyds häufig auf See gewesen, und Jože hatte nach Abschluss seiner Lehre als Schmied drei Jahre lang in Laibach gearbeitet, sodass Miško in seiner Gymnasialzeit das Zimmer meist für sich allein hatte. Dieser Tage allerdings schliefen wieder drei der vier Brüder im Kabinett. Jure und Jože teilten sich das Stockbett, und wie seit Jahren schlief Jure unten und Jože oben. Das hatte sich so ergeben.

Jure schlug die Augen auf. Der Morgen graute, durch den Vorhang brach das erste Tageslicht. Er schob die Decke zur Seite und erhob sich leise, denn die beiden Brüder schliefen noch. Jure streckte sich. Er lauschte in die Wohnung. Es war still, wahrscheinlich schliefen seine Eltern und Amalija noch. Wie meist am Sonntag genossen sie es, länger im Bett bleiben zu können.

Jure blickte zu Boden und verzog seinen Mund. Tausendmal hatte er Jože gesagt, er solle seine Kleidung nicht einfach auf den Boden werfen. Jože würde es wohl nie lernen. Jure war gestern nach dem Abendessen bei Signor Cohn auf direktem Weg nach Hause marschiert. Er und Miško waren knapp nach zehn Uhr abends zu Bett gegangen. Jure hatte Jožes Kommen gar nicht mehr gehört. Jure bückte sich und hob die Kleidung seines Bruders auf. Er stutzte.

Das Hemd und die Weste waren blutbesudelt.

Jure legte die Kleidung auf den Stuhl, stieg auf die Bettkante und schaute nach seinem Bruder. Dieser lag mit dem Rücken zu ihm und schlief. Jure rüttelte an Jožes Schulter. Jože erwachte und schaute sich schlaftrunken um.

»Himmelherrgott, wie siehst du denn aus?«, flüsterte Jure erschrocken.

»Was ist los?«

»Wer hat dich so zugerichtet? Verdammt noch mal, warum prügelst du dich andauernd? Die Wunde muss versorgt werden. Steh auf.«

Jože rappelte sich hoch und kletterte vom Stockbett. Jure weckte auch Miško und zog die Vorhänge auf. Er bugsierte Jože auf einen Stuhl vor dem Fenster, um dessen Gesicht bei Licht zu sehen.

»Das blaue Auge ist nicht schlimm. Die Schwellung wird bald zurückgehen, aber die Färbung wird man mindestens zwei Wochen sehen. Die Platzwunde ist verkrustet. Sie muss gesäubert und verbunden werden. Warum hast du mich gestern Nacht nicht gleich geweckt?«

»Mir war schwindelig und ich musste schlafen.«

Miško trat neben Jure und schaute in Jožes Gesicht.

»Bring eine Schüssel Wasser, das Fläschchen Carbolsäure, ein sauberes Tuch und Verbandsmaterial. Aber leise. Wecke die Eltern nicht«, sagte Jure zu seinem jüngsten Bruder, der sofort loseilte.

»Ist dir noch immer schwindelig?«

»Ein bisschen.«

»Das werden wir nicht geheim halten können, auch der Polsterüberzug ist blutig. Warum lässt du dich immer wieder auf Raufereien ein?«

Jože winkte ab. »Ich habe nicht angefangen.«

»Ich werde jetzt die Wunde säubern«, sagte Jure und eilte in die Küche, um sich im Lavoir die Hände gründlich einzuseifen. Zurück im Kabinett begann er, Jože zu versorgen.

»Da, der kleine Hautfetzen muss weg«, sagte Miško, der neben Jure stand und genau zusah. Er reichte Jure eine Schere.

»Schließe die Augen, die Wunde ist jetzt gereinigt und ich werde sie mit Carbolsäure desinfizieren. Dann kommt der Verband darauf.«

Jure legte eine Kompresse auf und fixierte sie mit einer Mullbinde.

»Du hättest Arzt werden sollen«, sagte Miško anerkennend.

Jure warf seinem jüngsten Bruder einen genervten Blick zu. »So, und jetzt erklärst du uns, mit wem du dich herumgeprügelt hast. Und sag mir nicht, dass du bei der Fuchsjagd mit Prinz Hohenlohe-Schillingsfürst vom Pferd gefallen bist. Das glauben wir dir sowieso nicht.«

»Jure, die haben es nicht auf mich abgesehen.«

»Wer? Erklär genauer.«

»Die haben mich gezielt abgepasst. Drei Italiener. Einer davon war ein echter Bär. Der hat mir das blaue Auge verpasst. Die Platzwunde stammt von einem Schlagring. Das war keine Rauferei nach ein paar Gläsern Bier, die wollten mich mit ihren Schlagringen kaputt schlagen. Aber sie haben nicht nach mir gesucht. Die wollten mir eine Abreibung verpassen, weil ich am Freitag auf der Rennbahn italienische Mädchen betatscht haben soll. Aber ich war gar nicht auf der Rennbahn, du warst dort. Und du hast Signorina Elena getroffen. Was ist zwischen dir und Elena vorgefallen?«

Jure schnappte perplex nach Luft. »Was redest du da? Ich verstehe gar nichts?«

»Die Idioten haben uns beide verwechselt. Sie wollten dich zusammenschlagen, nicht mich. Was ist zwischen dir und Elena passiert, dass drei Schläger dir nachts auflauern?«

Jetzt begriff Jure endlich. »Wir waren die ganze Zeit beisammen, haben geredet, gelacht, wir sind spazieren gegangen und wir haben uns geküsst.«

»Du hast sie also nicht betatscht?«

»Wer so etwas sagt, ist entweder verrückt oder lügt. Ich liebe Elena, und sie liebt mich. Ich würde sie niemals kompromittieren.«

»Dann hast du einen eifersüchtigen Konkurrenten, der dir drei Schläger auf den Hals gehetzt hat.«

»Verdammt.«

»Es kommt noch schlimmer.«

»Was noch?«

»Um ein Haar hätten die mich mit ihren Schlagringen zu Brei geschlagen. Ich habe mich gewehrt und einen von ihnen das Messer in den Bauch gerammt.«

»Um Gottes willen! Ist er tot?«

»Ich weiß es nicht. Sie sind zu dritt auf mich los, das Blut hat mein Gesicht verschmiert, ich war im Rausch, habe das Messer gezogen, zugestochen und bin davongerannt.«

Jure ging im Zimmer auf und ab.

»Du musst zur Polizei gehen«, sagte Miško. »Du musst den Vorfall melden.«

»Ich habe zugestochen. Die werfen mich in den Kerker«, entgegnete Jože.

»Das war Notwehr. Du hast dich verteidigt.«

»Ich gehe nicht zur Polizei. Auf keinen Fall. Ich war schon mal wegen einer Rauferei in Arrest. Da flüchte ich lieber aus der Stadt.«

Jure trat zwischen seine Brüder. »Als Erstes müssen wir dich hier fortbringen, damit unsere Eltern das nicht mitbekommen. Miško, du lässt den Polsterüberzug und die blutige Kleidung verschwinden, und ich bringe Jože in ein Versteck. Und dann versuche ich herauszufinden, wer die Schläger auf uns gehetzt hat. Und wenn wir Namen haben, dann schmieden wir einen Plan.«

~❦~

Vor der Kirche Santa Maria Maggiore sammelten sich die Menschen zur Sonntagsmesse. Meist mussten die Eltern Dario antreiben, damit er rechtzeitig aus dem Bett kam, um sich für die Messe anzukleiden, an diesem Sonntag war er aber als Erster außer Haus gegangen. Er stand mit einigem Abstand zur Kirche bei einem Haustor und spähte nach seinen Freunden. Wie war es ihnen ergangen? Was hatten sie zu berichten? Er winkte einigen Bekannten aus der Ferne. Die Kirche füllte sich langsam. Dario sah seine Eltern, die in ein Gespräch vertieft auf die geöffnete Pforte der Kirche zugingen und ihn nicht bemerkten.

Wo blieben die drei? Sollte er noch eine rauchen? Er hatte gut Lust dazu, aber so knapp vor Beginn der Messe fand er es unschicklich.

Er entdeckte Ludovico, der sich in der Menge umsah. Dario gab ihm ein Handzeichen, und Ludovico marschierte direkt auf ihn zu. Da kam auch schon Andrea. Fehlte noch Arrigo.

Dario grinste breit und reichte Ludovico die Hand zum Gruß. »Na, Kumpel, wie wehen die Winde?« Er begrüßte auch Andrea mit Handschlag. Es fiel Dario auf, dass beide angespannt wirkten. »Wo ist Arrigo?«

»Wir müssen reden«, presste Ludovico hervor. »Aber nicht hier.«

»Was ist los?«

»Nicht hier. Gehen wir.«

»Die Messe fängt gleich an.«

»Vergiss die Messe. Wir haben Schwierigkeiten.«

Dario schaute beunruhigt in die Gesichter seiner Freunde. »Was für Schwierigkeiten?«

»Komm mit.«

Die drei setzten sich in Bewegung und eilten in Richtung Hafen.

»Wo ist Arrigo?«

»Im Versteck.«

»Warum versteckt er sich? Hat er diesen slowenischen Dreckskerl getötet?«

»Warum hast du nicht gesagt, dass der Mann ein Boxer ist?«

»Boxer? Was redest du? Er ist ein Wichtigtuer. Ja, er ist groß, aber da steckt nicht viel dahinter.«

»Arrigo hat einen Bauchstich«, fauchte Ludovico.

Dario hielt inne und schnappte nach Luft. »Einen was?«

Ludovico trat nahe an Dario heran und zeigte wütend mit dem Finger auf ihn. »Der Bursche hat sich nicht einschüchtern lassen, er hat uns einen Kampf geliefert. Das ist kein Wichtigtuer, Dario, er hat sich wie ein Boxer bewegt und auch so gekämpft. Als er mich und Arrigo attackiert hat, hat Andrea ihm eine verpasst. Sag es ihm, Andrea.«

»Arrigo hat ihn gegen eine Wand gedrängt und ihm mit Schlägen eingedeckt, die andere ins Hospital gebracht hätten. Der Dreckskerl hat die Schläge weggesteckt, einen Gegenangriff gemacht und Arrigo umgehauen. Da habe ich mit dem Schlagring zugeschlagen. Mit Saft.«

Dario traute seinen Ohren nicht. »Noch einmal, der Slowene hat Arrigo umgehauen? Wie soll das gehen? Niemand kann Arrigo umhauen.«

»Er konnte«, setzt Ludovico fort. »Nach Andreas Schlag auf die Schläfe hat er geblutet wie ein Schwein und war angezählt. Wir wollten ihm den Rest geben, aber als Arrigo erneut angegriffen hat, hat der Dreckskerl zugestochen. Andrea, hast du gesehen, dass er ein Messer hatte?«

»Nein. Ich habe ihn beobachtet, seit er aus dem Haus in Roiano herausgekommen ist, aber ein Messer habe ich nicht entdeckt.«

»Er muss es am Rücken in einer Scheide getragen haben.«

»Das glaube ich auch.«

Dario schluckte schwer. »Habt ihr Arrigo ins Hospital gebracht?«

»Spinnst du? Wenn wir ihn ins Hospital bringen, haben wir die Polizei am Hals.«

»Was habt ihr getan?«

»Wir haben die Wunde verbunden und ihn in unser Versteck in Servola gebracht.«

»Seid ihr nicht zu einem Arzt gegangen?«

»Arrgio hat gesagt«, erklärte Andrea, »dass die Wunde nicht schlimm ist. Er wird nur ein paar Tage Ruhe brauchen. Arrigo ist hart im Nehmen.«

»Genau. Die Wunde hat nicht mehr geblutet«, sagte Ludovico. »Warst du die Nacht über bei ihm?«

Andrea gestikulierte. »Gegen zwei Uhr früh bin ich nach Hause gegangen. Arrigo hat tief und fest geschlafen.«

»Wir haben ausgemacht, dass du die Nacht bei ihm bleibst.«

»Wo hätte ich in dieser Bruchbude schlafen sollen? Etwa auf dem Boden? Ich habe Frühstück für ihn eingepackt«, sagte Andrea und hob einen Beutel.

»Wir müssen zu Arrigo«, sagte Dario.

»Genau das haben wir vor.«

Dario steckte sich eine Zigarette an und bot seinen Kameraden welche an. Als die Zigaretten glommen, marschierten sie schnellen Schrittes weiter. Dario kannte die beiden Verstecke, die von der Gruppe militanter Irredentisten, zu der Ludovico, Andrea und Arrigo gehörten, für den Fall einer polizeilichen Verfolgung benutzt wurden. Der Unterschlupf in Servola war eine kleine Bretterbude am Rande von Hallen und Lagerräumen rund um ein Abstellgleis. Die Fabrik von Darios Vater befand sich zwar in diesem Viertel, aber ein gutes Stück weiter landeinwärts. Das Versteck war nur wenige Schritte von der Küste entfernt. Die Gruppe lagerte dort auch ein Boot für den Fall, dass eine Flucht über die Baia di Muggia nötig war.

Die drei nahmen schweigend die Tram in Richtung Servola. Das letzte Stück mussten sie zu Fuß gehen. Sie blickten sich dabei sorgsam um. In der Ferne fuhr ein Personenzug in Richtung Staatsbahnhof. Am Sonntag wurde in den Lagerhallen rund um das Abstellgleis nicht gearbeitet, daher konnten die drei unbeobachtet zum Unterschlupf hinter einer dichten Hecke laufen.

Ludovico klopfte dreimal an die Brettertür und lauschte. Kein Geräusch, kein Wort, Stille. Gut so, Arrigo war also vorsichtig. Dario und Ludovico standen mit dem Rücken zu

Tür und spähten links und rechts. Auf dem Meer dampfte ein Hafenschlepper zwischen mehreren vor Muggia auf der Reede liegenden Dampfern und Seglern. Der Schlepper war zu weit entfernt, um eine Gefahr zu darzustellen.

Andrea trat in die Hütte. Dario hörte seine Worte.

»Na, Kumpel, wach auf. Ich habe etwas zu essen für dich. Arrigo, wach auf. Was ist mit dir? Arrigo!«

Der Tonfall war alarmierend. Ludovico und Dario drängten in die kleine Bretterbude. Arrigo lag regungslos auf der Bettstatt. Andrea zog die Decke zur Seite. Das Hemd, die Hose und die Matratze waren blutgetränkt.

Dario entfuhr ein erstickter Schrei. Panik griff nach ihm. Arrigo war tot.

»Hast du alles?«

Jože warf den Seesack in das Ruderboot. »Ja. Außerdem sind die Vorratsschränke auf der Argo gut gefüllt.«

»Dienstag früh bin ich wieder hier. Da musst du von Bord, denn Vater kommt mit der Mannschaft.«

»Ist die Mannschaft nach dem Abgang von Canziani und seinen Männern schon komplett?«

»Noch nicht. Aber Vater wird sich nach der Messe im Viertel umhören, ob jemand Arbeit sucht. Außerdem kennt Signor Cohn viele Seeleute, also wird er ein paar Gespräche führen. Ich bin sicher, dass die Argo planmäßig nach Smyrna auslaufen wird. Erstmals mit Anton als Bootsmann. In knapp zwei Wochen wird die Argo wieder in Triest sein und wir können unsere zweite Fahrt nach Aden vorbereiten.«

»Zwei Wochen haben wir noch Zeit, um den Kaffee zu verkaufen. Ich fürchte, diese verdammte Geschichte versaut uns den Handel. Was wirst du jetzt tun?«

»Dank der großen Bestellung von Robert Čelhar sind jetzt rund Dreiviertel der Ware verkauft. Den Rest kriege ich schon noch los, da mache ich mir keine Sorgen mehr. Was mir wirklich Kopfzerbrechen bereitet, ist diese Rauferei. Ich tappe völlig im Dunkeln, wer etwas dagegen haben könnte, dass Elena und ich zusammen sind. Und dann formiert diese Person gleich einen Schlägertrupp! Wieso bist du dir sicher, dass die drei Schläger von jemand anderem beauftragt wurden? Vielleicht ist einer der drei der Auftraggeber?«

»Sicher bin ich mir nicht, es ist nur so ein Gefühl. Ja, vielleicht ist dein Nebenbuhler einer der drei Schläger gewesen. Ich weiß es nicht.«

»Die Sache macht mich nervös.«

»Du könntest Elena fragen, wer Interesse an ihr zeigt.«

Jure gestikulierte. »Das wäre mir schrecklich unangenehm. Stell dir vor, ich geh zu ihr und stelle solche Fragen. Sie muss glauben, ich wäre verrückt.«

»Ich finde es viel verrückter, einen Nebenbuhler verprügeln zu lassen, und dann den falschen zu erwischen.«

»Wir sehen uns ähnlich.«

»Rede mit unseren Freunden vom Sportverein. Die sollen dir bei der Nachforschung helfen. Frag auch Milan. Der ist zwar Polizist, aber wir können ihm vertrauen.«

»Ja, das ist eine Möglichkeit. Ich werde mit ihnen reden.«

»Verdammt, wenn der Mann an dem Bauchstich stirbt, bin ich ein Mörder.«

»Unsinn, du bist kein Mörder. Miško hat recht, das war Notwehr. Außerdem wird der Mann längst im Hospital zusammengeflickt worden sein. Vielleicht wäre es wirklich besser, wenn du zur Polizei gehst.«

»Jetzt rudere ich mal zur Argo rüber und denke über die Sache nach.«

»Hast du noch Kopfschmerzen oder ist dir schwindelig?«

»Nein, gar nicht mehr.«
»Genug Zigaretten?«
»Ja, genug.«
»Also dann. Lass dich nicht volllaufen.«
Jože grinste breit. »Höchstens ein bisschen. Danke für den Verband.« Er stieg in das Boot und setzte sich an die Riemen.

Jure stieß das Boot vom Steg ab und schaute Jože zu, wie dieser den Dampfer erreichte, das Boot festmachte und über das Fallreep nach oben kletterte. Als er an der Reling stand, winkte Jože. Jure winkte ebenfalls und wandte sich zum Gehen. Er befand sich hier in Sichtweite der Salinen am Ende der Baia di Muggia und würde mit der Bahn von der Haltestelle Zaule wieder zurück zum Staatsbahnhof fahren. Auf dem Weg zu Station dachte er fieberhaft nach. Was mussten die nächsten Schritte sein?

~⚬~

Nach dem üppigen Mittagessen tat ihm der Fußmarsch gut. Brunos Mutter hatte in der Küche wieder gezaubert, als Vorspeise hatte sie Grießnockerlsuppe serviert, als Hauptspeise Wiener Schnitzel mit Erdäpfelsalat, und zum Nachmittagskaffee aßen sie Sachertorte. Marias Kinder hatten mit leuchtenden Augen bei Tisch gesessen, als ihre Oma die Speisen aufgetragen hatte. Wiener Küche an der Adria, das war ein Festtag. Teodoro hatte gegessen wie ein Scheunendrescher, vom Wiener Schnitzel konnte er einfach nicht genug haben, vor allem wenn seine Schwiegermutter sie backte. In keinem Restaurant in Triest bekäme man bessere Wiener Schnitzel, so lautete seine feste Überzeugung.

Bruno hatte sich außerordentlich gefreut, seine geliebte Schwester wiederzutreffen. Maria hatte ihrem großen Bruder ein Bild mitgebracht. Er war begeistert davon. Sie war bereits als Kind durch ihr Talent aufgefallen und in ihrer Gymnasialzeit hatte ein Professor sie bedeutend gefördert. Längere Zeit hatte sie den Wunsch gehabt, in Wien an der k.k. Kunstgewerbeschule Malerei zu studieren, wozu ihr Professor auch geraten hatte. Salvatore Zabini hatte dem nicht zugestimmt. Seine Tochter allein in der großen Stadt? Und dann noch als Malerin? Die losen Sitten der Wiener Kunstwelt? Dagegen hatte er sich vehement ausgesprochen. Seine Tochter habe einen anständigen Mann zu ehelichen und ihm Enkel zu schenken. So hatte es Salvatore verfügt. Maria war ein Jahr lang todunglücklich gewesen. Erst als sie Teodoro kennengelernt hatte, war ihre Stimmung wieder umgeschlagen. Und als Teodoro die strenge Prüfung Salvatores überstanden hatte und als zukünftiger Schwiegersohn akzeptiert worden war, hatte Maria den Wunsch nach einer Ausbildung zur Kunstmalerin überwunden. Wie Bruno wusste, hatte es seiner Schwester außerordentlich geholfen, dass Teodoro große Leidenschaft für die Künste hegte. Er selbst war zwar hinsichtlich künstlerischer Arbeit völlig untalentiert, dafür faszinierte ihn umso mehr das Geschick seiner Frau. Teodoro hatte von Beginn an ein Zimmer in ihrer Wohnung als Atelier eingerichtet. Mittlerweile waren Marias Landschaftsbilder und Stillleben zu einem zweiten Einkommen der Familie geworden. Und Marias Kinder, im Haus einer Malerin mit Farben, Papier und Leinwand aufgewachsen, zeigten selbst großes Geschick. Maria hatte Bruno lange Zeit nach dem Tod ihres Vaters zugeflüstert, sie trage die stille Hoffnung, dass eines ihrer Kinder dereinst in Wien die Kunstgewerbeschule besuchen könne. Bruno hatte sie in dieser Hoffnung bestärkt.

Das Bild, das Maria Bruno zum Geburtstag schenkte, zeigte ein farbenfrohes, aber abstrakt überformtes Bild des Porto Vecchio. Sie hatte im Laufe der letzten Jahre einen ganz eigenen expressiven Stil der Abstraktion entwickelt. Allerdings verkauften sich ihre abstrakten Bilder kaum, ihre Käufer suchten nach den realistischen und dekorativen Gemälden. Bruno hingegen dachte dem Bild sofort einen Ehrenplatz in seiner Stube zu.

Nach Kaffee und Torte waren Teodoro, Maria und die drei Kinder wieder aufgebrochen. Über Brunos schwierige Lage hatten weder seine Mutter noch Bruno etwas gesagt. Solche Themen besprach man nicht, wenn Kinder im Haus waren.

Nachdem er seiner Mutter beim Aufräumen geholfen, in seiner Wohnung noch einige Handgriffe verrichtet hatte, war Bruno in Richtung Città Vecchia losmarschiert. Er ging durch die engen Gassen der Altstadt, bis er vor einer kleinen Pension stand. Nach der gestrigen Billardpartie hatte er zwei Stunden gebraucht, um diese Adresse herauszufinden. Das war ein Vorteil, Inspector zu sein. Wenn er jemanden in Triest finden wollte, dann schaffte er das auch – früher oder später. Die kleine Rezeption neben der engen Wendeltreppe war unbesetzt. Bruno klingelte. Wenig später erschien ein kantiger Mann mit schlohweißem Haar. Bruno erkundigte sich nach der Zimmernummer und stieg dann die Treppe hoch in den zweiten Stock. Er schaute sich um. Die Zimmer in dieser Pension waren sehr günstig, es war eine Herberge für Menschen aus dem einfachen Volk, die entweder mit dem Schiff weiterreisen wollten oder eben angekommen waren und einen Tag auf die Weiterreise mit dem Zug warten mussten. Die Luft war schwer, feucht, es roch muffig, und die Dielen knarrten bei jedem Schritt.

Bruno klopfte an die Tür. Er hörte Geräusche dahinter.

»Wer ist da?«, fragte Fedora.

»Bruno.«

Fedora drehte den Schlüssel im Schloss und öffnete die Tür. »Wie hast du mich gefunden?«

»Ich habe meine Methoden.«

Sie schaute zur Treppe. »Bist du allein gekommen?«
»Ja.«
»Komm herein.«
Bruno versperrte die Tür. Die Kammer war mit einem Bett, einem Kleiderkasten, einem Tisch und zwei Holzstühlen karg möbliert. Das Fenster stand einen Spalt offen, was für frische Luft sorgte. Auf dem Tisch lagen Bücher und Zeitungen, auf dem Bett Kleidungsstücke. Er legte Hut und Mantel ab.

»Herzlich willkommen in meiner neuen Welt«, sagte Fedora und rückte einen der beiden Stühle. »Setz dich bitte. Leider kann ich dir keine Erfrischungen anbieten. Selbst Wasser müsste ich erst holen.«

»Erfrischungen sind nicht nötig, ich habe keinen Durst.«
Die beiden setzten sich an den Tisch.

»Deine Mutter hat dir bestimmt von meinem Besuch bei ihr erzählt.«

»Das hat sie.«

»Ich bin ihr sehr dankbar, dass sie mir Geld geliehen hat.«

»Du brauchst meiner Mutter die zweihundert Kronen nicht zurückgeben. Morgen gehe ich zur Bank und hebe das Geld von meinem Konto ab.«

»Dann gebe ich es später dir zurück.«

»Darüber reden wir ein andermal.«

»Und worüber reden wir jetzt?«

»Darüber, wie es dir geht.«

»Danke der Nachfrage. Es geht mir schlecht.«

Bruno griff nach Fedoras Hand und drückte sie. »Es tut mir leid, dass es so gekommen ist. Und du musst wissen, dass ich mich um dich kümmern werde.«

Fedora zog ihre Hand nicht zurück, sie schaute traurig zum Fenster. »Vielen Dank für das Angebot. Wirst du mich auch zum Nervenarzt begleiten?«

»Nervenarzt? Geht es dir so schlecht?«

Fedora warf die auf dem Tisch liegende Zeitung auf das Bett, griff nach einem Buch und reichte es Bruno. »Sieh mal, was ich seit dem Morgengrauen lese. Ich bilde mich fort.«

Brunos Augen weiteten sich. »Du liest die ›Psychopathia sexualis‹ von Krafft-Ebing?«

»Das ist die neunte verbesserte Auflage aus dem Jahr 1894. Es ist furchtbar mühsam für mich, die deutsche Sprache zu lesen, aber es sind immer wieder Passagen in Latein, die ich recht gut verstehe. Das sind auch die spannendsten Passagen. Für eine verheiratete Frau und Mutter ist es sehr unschicklich, dieses Buch zu lesen.«

»Du hast das Buch aus der Bibliothek entlehnt, wie ich sehe.«

»Nicht entlehnt, ich habe es vor zwei Jahren gestohlen. Verhaftest du mich deswegen, Herr Inspector?«

»Wieso hast du es gestohlen?«

»Weil mich der Titel magisch angezogen hat. Ich habe das Buch im Wäscheschrank versteckt und all die Monate nicht eine Zeile darin gelesen. Ich weiß nicht, warum ich es genommen habe. Als mich Carlo aus dem Haus jagte, hat mich ein Geistesblitz an dieses Buch denken lassen. Ich weiß es jetzt mit Sicherheit.«

»Was weißt du mit Sicherheit?«

»Dass ich krank bin. Da steht es geschrieben. Na los, lies selbst nach. Du hast auch mit der deutschen Sprache keine Schwierigkeit. Schlage die Seite achtundvierzig auf. Da steht es schwarz auf weiß. Ich bin pathologisch.«

Bruno war angesichts Fedoras Miene und ihrer Worte beunruhigt. Er blätterte die genannte Seite auf und las die Kapitelüberschrift. »›Hyperästhesie, krankhaft gesteigerter Geschlechtstrieb‹.«

»Lies bitte den letzten Absatz. Ich habe eine halbe Stunde gebraucht, um das ohne Wörterbuch zu verstehen.«

Bruno las laut vor. »›Da das Weib weniger geschlechtsbedürftig ist als der Mann, muss ein Vorherrschen geschlechtlichen Bedürfnisses bei jenem die Vermuthung pathologischer Bedeutung erwecken, umso mehr, wenn dieses Bedürfniss in Putzsucht, Coquetterie oder gar Männersucht zu Tage tritt und so über die von Zucht und Sitte gezogenen Schranken hinaus sich bemerklich macht.‹«

»Den ganzen Tag über habe ich die Wäsche gewaschen, die Böden gekehrt, den Buben die Rotznasen geputzt und dabei immerzu daran gedacht, am Abend mich entweder meinem Mann oder meinem Liebhaber kokett zu präsentieren, damit dieser mit mir schläft. Ich bin süchtig nach Männern, folglich bin ich verrückt. Professor Krafft-Ebing hat es bestätigt.«

»Fedora, ich weiß nicht, ob ich jetzt lachen oder mir Sorgen machen soll.«

»Worin liegt der Unterschied?«

»Ich neige zu Besorgnis.«

»Gut so. Der Professor schreibt ein paar Seiten weiter von einer Frau mit fünf Kindern, deren sexueller Drang sie so unglücklich machte, dass sie Suizidversuche unternahm und sich schließlich in eine Irrenanstalt begeben hat. Vielleicht sollte ich das auch tun. Ich habe eine Neurose.«

»Du bist verunsichert, du erlebst eine schwere Krise, aber du bist nicht verrückt. Und was ist überhaupt eine Neurose? Wer ist nicht ein bisschen neurotisch? Und wieso behauptet der Herr Professor, dass das Weib weniger *geschlechtsbedürftig* sei als der Mann? Unsinn. Der Geschlechtstrieb ist vorhanden, seine Ausprägungen sind von Mensch zu Mensch verschieden, egal ob Mann oder Frau.«

»Im Buch steht auch, dass Menschen mit Hyperästhesie in psychischen Exaltationszuständen geschlechtlich erregt sind. Das meinst du doch mit Verunsicherung, oder? Seit ich das Haus verlassen habe, bin ich sexuell erregt. Als du plötzlich vor der Tür gestanden hast, war ich sofort erregt. Ich bin jetzt erregt. Ich muss verrückt sein. Wie sonst soll ich mir das erklären? Meine Gedanken und Gefühle sind unmoralisch und unzüchtig!«

Bruno klappte das Buch zu und warf es zu Boden. »Jetzt halt den Mund! Und sei nicht so wehleidig! Das geht mir auf die Nerven.«

Fedora war von Brunos Ärger und Lautstärke sichtlich überrascht. »Wehleidig?«

»Ja, wehleidig kommst du mir vor.«

»Ich mir nicht.«

»Was Moral, Zucht und Ordnung anbelangt, brauchst du nicht in einem schlauen Buch eines Herrn Professors nachzulesen. Benutze selbst deinen Kopf und komme mit der Lage klar! Du glaubst, du bist verrückt? Ich glaube das nicht. Ich bin viel eher der Meinung, dass unsere Gesellschaft verrückt ist, wenn sie die vielen Formen der menschlichen Emotionen in ein starres Korsett von Zucht und Ordnung zwängen will. Gestern habe ich mit meinem langjährigen Freund Lionello Billard gespielt, Kaffee getrunken und ein anregendes Gespräch über alle möglichen Themen geführt. Er ist ein großartiger Ingenieur und wird bald zum Chefkonstrukteur ernannt. Wenn es nach unserer ach so anständigen Moral geht, müsste ich ihn ins Gefängnis werfen, weil er Unzucht mit Männern treibt. Und das seit seiner Jugend. Ich bin Polizist und ich weiß von seinen vor dem Gesetz krankhaften und kriminellen sexuellen Neigungen. Habe ich ihn verhaftet? Nein. Werde ich es jemals tun? Niemals. Wer behauptet denn, dass Menschen in ihrem Leben nur einen einzigen gegengeschlechtlichen Partner haben dürfen? Ich kann dir diese Frage beantworten. Es sind die scheinheiligen Heuchler der katholischen Kirche. Man sollte nicht glauben, wie viele katholische Geistliche homosexuell sind und sich an kleinen Buben vergreifen. Unsere Moralvorstellungen sind falsch und verlogen. Der heilige Bund der Ehe ist eine Erfindung von Kirche und Staat, um die Menschen zu unterjochen. Ich habe nicht vor, mich unterjochen zu lassen. Weder von gelehrten Professoren noch von Pfarrern oder Richtern.«

»Das aus dem Munde eines Polizisten.«

»Diesen Beruf habe ich mir nicht ausgesucht, ich lebe damit, weil ich es muss und kann. So wie du in Zukunft damit leben musst, von deinem Ehemann verstoßen worden zu sein. Er hat dich einmal geliebt, jetzt liebt er dich nicht mehr. Ist das krank oder unsittlich? Am Molo San Carlo stehend habe ich ihm geraten, dem Leben seinen Lauf zu lassen. Er wollte aber dem Leben seinen Stempel aufdrücken und hat seine seelenvolle, kluge, umsichtige und darüber hinaus außerordentlich sinnliche Frau verjagt. Carlo ist ein Dummkopf. Wir werden von Dummköpfen regiert. Unsere Anstandsregeln sind von Dummköpfen geschrieben worden. Befreie dich davon, Fedora! Die Natur hat dir also einen starken Trieb gegeben? Gut so! Das ist keine Krankheit, das ist die Möglichkeit, das Leben intensiv zu gestalten. Ich verzehre mich nach dir. Wenn ich allein in meiner Kammer liege, denke ich vor dem Einschlafen an das nächste Treffen mit dir. An deinen Körper, dein Lachen, deine Küsse. Ich liebe dich. Ich liebe aber auch Luise. Ihren Körper, ihr Lachen und ihre Küsse. Bin ich neurotisch? Oder krank? Ein krimineller Bigamist? Ja. Und nein. Es ist mir herzlich egal.«

»Deine Worte wärmen meine Seele.«

»Das sollen sie auch. Denn ich will, dass du lebst, und nicht in einer Irrenanstalt verrottest.«

»Ich will auch leben.«

»Habe ich dir je von meiner Zeit in Graz erzählt?«

»Wenig. Ich weiß, dass du unendlich verliebt warst, sie aber einen anderen geheiratet hat. An ihren Namen erinnere ich mich nicht mehr, obwohl du ihn einmal genannt hast.«

»Ihr Name war Anneliese. Und das, was du weißt, ist die Geschichte, die ich nur jenen Menschen erzähle, denen ich wirklich vertraue. Alle anderen erfahren nichts. Aber diese Geschichte ist eine Tarnung, eine Maske. Die Wahrheit über Anneliese kennt niemand. Nicht meine Mutter, meine Schwester, nicht Lionello, dem ich sonst alles anvertrauen kann, nicht Luise und auch du nicht. Willst du die Wahrheit über die große Liebe meiner Jugend hören?«

Fedora streckte ihren Rücken und strich sich über das Haar. »Bitte erzähl mir davon.«

»Anneliese und ich haben uns über alle Maßen geliebt. Ich habe sie gefragt, ob sie mich heiraten und mit mir eine Familie gründen will. Sie hat Ja gesagt, sie wollte mit mir nach Triest, mich heiraten und die Mutter meiner Kinder werden. Ihr Vater hatte andere Pläne, er wollte eine gute Partie für seine wohlgeratene Tochter, er wollte sie mit dem Sohn eines reichen Fabrikanten verheiraten. Annelieses Vater hat ihr verboten, den verdammten Italiener aus Triest zu treffen. Er war ein verbohrter Nationalist und hasste Italiener, Slawen und Juden. Als wir uns trotzdem getroffen haben, hat der Vater seine Tochter mit dem Stock geschlagen und sie bei Wasser und Brot in den Keller gesperrt.«

»Mit dem Stock?«

»Grün und blau.«

»Porca miseria.«

Bruno starrte in die Leere. »Nach zwei Wochen Dunkelheit hat Anneliese ihr Kleid in Stücke gerissen und sich im Keller erhängt.«

Fedora sog erschrocken Luft ein und faltete die Hände vor dem Gesicht. »Madonna.«

Bruno ließ den Kopf in den Nacken fallen. »Anneliese hatte einen um zwei Jahre älteren Bruder, Andreas war sein Name. Er war ebenso geistreich, feinfühlig und sensibel wie seine Schwester, Andreas und ich haben uns gut verstanden. Eine Woche nach Annelieses Freitod hat auch er sich erhängt. Und ihre Mutter, ihrer beiden Kinder beraubt, hat so lange gehungert, bis die nächstbeste Grippe sie dahingerafft hat. Der Vater hat mit Hass und Starrsinn seine Familie ins Grab getrieben. Und um Haaresbreite auch mich. Die Schlinge lag schon um meinen Hals, ich hätte nur noch den Stuhl fortstoßen müssen. Ich war einen Wimpernschlag von der Ewigkeit entfernt.«

»Du hast es nicht getan.«

»Das war wenige Wochen vor dem Ende meines Studienjahres. In diesen Wochen habe ich die anstehenden Prüfungen mit Bravour abgelegt, aber ich habe kaum geschlafen, kaum gegessen, ich habe mich kaum aus meinem Studierzimmer hinausgewagt. Das war die schwerste Krise meines Lebens. Ich habe damals begriffen, dass ich nicht in diese Welt passe, nicht weil ich so schlecht bin, sondern weil die Welt schlecht ist. Seither trage ich Tarnkleider und Masken, mit denen ich mich unauffällig in der Menge bewegen kann. Nur wenn ich mit dir oder Luise zusammen bin, wenn ich mit Lionello wissenschaftliche Themen diskutiere und wenn ich beim Gehen die Gedanken kreisen lasse, lege ich die Tarnung ab. Ja, ich trage auch Narben mit mir, Fedora, so wie jeder Mensch Narben trägt. Die schlimmste Narbe meines Lebens habe ich für dich offen gelegt. Vielleicht hilft es dir, dass auch deine Wunden vernarben können.«

Für eine Weile lag Stille im Raum. Bruno erhob sich und nahm Fedora an den Händen. Sie erhob sich ebenfalls. Nun standen sie einander gegenüber.

»Willst du mir ein Geburtstagsgeschenk machen, meine Liebe?«

»Himmel, du hast ja heute Geburtstag! Das habe ich in dem Durcheinander völlig vergessen.«

»Egal.«

»Was soll ich dir schenken?«

»Gib dich nicht auf. Schenk mir deinen Glauben an dich.«

Fedora fiel in seine Arme. »Das will ich tun.«

»Danke.«

Eine Weile standen sie in inniger Umarmung beisammen, dann trat Fedora einen Schritt zurück. »Vielleicht wird Carlo uns wegen Ehebruch vor Gericht anklagen.«

»Damit ist natürlich zu rechnen.«

»Ich habe ihm einen Pakt vorgeschlagen. So wie wir beide das schon vor einem Jahr besprochen haben, als ich die Briefe fand. Er hat zwar zugestimmt, aber ich weiß nicht, ob er sich daran hält.«

»Wir werden es erfahren.«

»Gut, dass du mir geraten hast, diese Briefe in der Hinterhand zu behalten.«

»Fedora, ich danke dir, dass du mich beschützen willst. Aber egal was passiert, höre dir bitte meine Überlegungen an.«

»Ich lausche.«

»Selbst wenn es zu keiner Anklage wegen Ehebruchs kommt, so wird die Sache für Wirbel sorgen. Ich denke, Carlo wird den vorgeschlagenen Handel eingehen, er ist ein kluger Mann und er hat einen guten Grund für Kooperation. Sollte er wegen Ehebruch auch in den Kerker geworfen werden, hängt sein Posten als Erster Offizier am seidenen Faden. Ich weiß von Offizieren, die wegen sittlicher Vergehen aus dem Dienst entlassen wurden. Das wird er nicht riskieren. Aber irgendjemand hat Carlo eine Nachricht zugespielt, die zur

Enthüllung unseres Verhältnisses geführt hat. Irgendjemand hat uns ausspioniert und will dir oder mir oder uns beiden schaden. Ich muss also damit rechnen, dass der Polizeidirektor von der Sache Kenntnis erlangt.«

»Weißt du, wer diese Nachricht an Carlo geschickt hat?«

»Noch nicht. Aber ich habe einen Verdacht.«

»Wer ist es?«

»Aus Sicherheitsgründen nenne ich keinen Namen. Denn wenn ich richtig liege, haben wir es hier mit einem außerordentlich gefährlichen Gegner zu tun.«

»Das klingt beunruhigend.«

»Das ist es auch. Deshalb schlage ich einen klaren Weg ein und bitte dich, an meiner Seite zu gehen.«

»Was willst du tun? Was soll ich tun?«

»Ich werde unsere Beziehung nicht leugnen. Sobald das Gericht die Trennung von Tisch und Bett ausgesprochen hat, ziehst du bei mir ein. Wir gehen zusammen auf den Markt, ins Theater und im Herbst trinken wir Wein und essen hausgemachte Wurst in einer Osmiza. Wenn die Menschen sehen, dass wir uns nicht verstecken, sondern uns zueinander bekennen, werden sie die Affäre bald vergessen. Das nimmt unserem Gegner den Wind aus den Segeln. Für die Leute ist nichts langweiliger als ein Skandal, der den Betroffenen nicht peinlich ist. Und so wird auch der Polizeidirektor kaum eine schwere Strafe gegen mich aussprechen. Wenn etwas Gras über die Sache gewachsen ist, kannst du dich entscheiden, ob du bei mir bleiben willst oder andere Wege einschlägst. Und ich treffe dieselbe Entscheidung. Wir sind freie Menschen.«

Fedora blickte Bruno direkt in die Augen. »Wärst du doch damals nicht aus Triest fortgegangen, hätten wir doch damals geheiratet.«

Bruno zuckte mit den Schultern. »Der Konjunktiv ist das

Schmieröl der Literatur, im wahren Leben bedeutet er immer verpasste Gelegenheiten.«

»Würdest du das wirklich für uns tun?«

»Schon als ich dich das erste Mal nach einem Bücherkränzchen bei meiner Mutter in mein Bett gelockt habe, habe ich mich dafür entschieden.«

»Wer hat da wen ins Bett gelockt?«

»Du warst unersättlich.«

»Du hast aus vollen Händen gegeben.«

»Denk nur, in Zukunft brauchen wir uns nicht mehr zu verstecken«, sagte Bruno und nahm Mantel und Hut.

»Du gehst?«

»Ja.«

»Du willst nicht bei mir bleiben?«

»Heute nicht.«

»Morgen?«

»Ich erwarte dich abends.«

»Gehst du jetzt zu ihr?«

»Ich habe Luise vor Tagen meinen Besuch versprochen.«

»Du hast heute zum ersten Mal ihren Namen genannt.«

»Seit dem Besäufnis mit Carlo kennt sie auch deinen. Ich habe den Rausch bei ihr ausgeschlafen, zuvor aber geplappert.«

»Was wird sie sagen, wenn du dich öffentlich für mich erklärst?«

»Ich werde sie heute danach fragen.«

»Richte ihr meine besten Grüße aus.«

»Werde ich.«

»Vielleicht bitte ich dich eines Tages, dass du uns bekannt machst.«

»Diese Bitte hat Luise auch geäußert.«

»Heute nicht. Heute will ich allein sein. Ich muss über alles nachdenken.«

»Fedora, ich bewundere deine Energie, ich habe sie immer bewundert. Du kannst so stark sein wie niemand sonst.«

Fedora warf sich Bruno um den Hals und küsste ihn impulsiv. »Danke für deinen Besuch, Bruno. Das bedeutet mir sehr viel.«

»Mir auch.«

Wenig später marschierte er zum Hafen. Er musste seine Gedanken und Gefühle sortieren, bevor er Luise aufsuchte, dazu war ein Spaziergang unumgänglich. Sie würden heute viel zu bereden haben.

Zu dritt drehten sie das Boot um. Mit dem Kiel nach oben hatte es im Gebüsch versteckt gelegen. Sie zogen und schoben das Boot zum Ufer, achteten darauf, dass sie in der Dunkelheit nicht gegen einen scharfkantigen Stein stießen, und ließen das Boot ins Wasser gleiten. In der Baia di Muggia war es nie völlig dunkel, man sah die Lichter der Stadt Triest, der gegenüberliegenden Ortschaft Muggia und der Schiffe, die in der Baia auf der Reede lagen, dennoch genügte ihnen die Dunkelheit für ihr Vorhaben.

»Binde das Boot fest«, sagte Ludovico im Befehlston.

Dario hatte langsam die Nase voll von den Kommandos. Den ganzen Tag über tat Ludovico so, als ob er hier der Feldwebel wäre und die anderen die Soldaten. Dennoch tat Dario, was ihm aufgetragen worden war.

»So, also jetzt zu unserem Kameraden«, brummte Andrea.

»Sollen wir das wirklich tun?«, hakte Dario nach.

»Hast du eine bessere Idee?«, fragte Ludovico scharf.

Dario antwortete nicht, also gingen die drei zur Hütte. Drinnen war es völlig dunkel.

»Ein Streichholz«, sagte Ludovico.

Dario zog die Schachtel hervor und entflammte ein Streichholz. Er wagte nicht, zum Bett zu blicken, sondern hielt die kleine Flamme im Blick. Sie hatten tagsüber lange debattiert, was zu tun sei und wie sie vorgehen sollten. Mühsam hatte sich aus all dem Für und Wider ein Plan geformt. Nachmittags im Kaffeehaus hatte sich der Plan für Dario sinnvoll und notwendig angehört, aber je näher sie der Ausführung kamen, desto skeptischer wurde er. Aber für Einwände war es zu spät.

Ludovico und Andrea entkleideten ihren ehemaligen Kameraden Arrigo. Sie zogen ihm Schuhe und Socken aus, entledigten ihn des Sakkos und des Hemdes. Der Leichnam war nur mit Hose und Unterhemd bekleidet. Ludovico inspizierte die Hosentaschen. Als diese geleert waren, wickelten die beiden den Körper in die blutverkrustete Decke. Die Kleidung stopften sie in einen Sack, in den sie auch einen Stein taten. Dario versorgte seine Freunde mit Licht, indem er immer neue Streichhölzer entzündete.

»Frachtfertig«, sagte Ludovico knapp. »Packen wir ihn. Dario, du nimmst den Sack mit den Kleidern.«

Dario steckte die Streichholzschachtel ein, nahm den Sack und verließ aufatmend die Hütte. Ludovico und Andrea trugen den Leichnam zum Boot. Dario hielt das Boot fest, als die beiden das Paket ablegten. Ludovico und Andrea setzten sich ins Boot, während Dario es anschob und im letzten Moment noch aufsprang. Die beiden schmissen sich in die Riemen, Dario nahm das Fernglas zur Hand und schaute sich um. Außer den Lichtern und den dunklen Schatten der entfernten Dampfer sah er nichts. Sie ruderten ein gutes Stück in Richtung offene See. Von ihrer Position aus konnten sie direkt zu den beiden breiten Moli des neuen Franz-Joseph-Hafens und zum Gelände des Lloydarsenals sehen, waren aber weit genug entfernt, um selbst nicht gesehen zu werden. Dario blickte mit dem Fernglas zum Hafen.

»Gib mal her«, forderte Ludovico und spähte ebenfalls zu den Hafenanlagen. »Wir rudern noch ein Stück weiter.«

Die beiden legten sich wieder in die Riemen. Der Wind frischte auf, das Boot begann, auf den Wellen zu schaukeln.

»Wer spricht ein Gebet?«, fragte Andrea.

»Sprich du eines«, sagte Ludovico zu Andrea.

»In Ordnung.«

»Wir sind unserem Kameraden Arrigo schuldig, seinen Tod zu rächen«, verkündete Ludovico düster.

Dario glaubte, nicht recht zu hören. »Wie willst du Arrigos Tod rächen? Er ist gestorben, weil seine verdammte Wunde nicht verarztet wurde«, sagte Dario anklagend.

»Spinnst du?«, konterte Ludovico hart. »Die Wunde war verarztet! Aber sie war zu schwer. Daran ist er gestorben.«

»Zu schwer? Zuerst habt ihr gesagt, dass die Wunde nicht schlimm ist und dass sich Arrigo bald erholen wird.«

»Geh mir nicht auf die Nerven! Du siehst ja, was passiert ist. Der slowenische Dreckskerl hat Arrigo abgestochen wie ein Schwein. Das schreit nach Rache.«

»Das meine ich auch«, sagte Andrea.

»Ich habe schon ein paar Kameraden beauftragt, weitere Erkundigungen über diesen Jure Kuzmin einzuholen.«

»Was hast du vor?«, fragte Dario verunsichert.

»Die Sache klären. Was denn sonst? Auge um Auge, Zahn um Zahn. Wir werden diesen slawischen Untermenschen schon noch zeigen, dass Triest unsere Stadt ist.«

Dario schluckte. Sollte das Fiasko etwa weitergehen?

»Ich glaube, wir sind weit genug draußen«, sagte Andrea.

Ludovico und Andrea zogen die Riemen ein und nahmen ihre Hüte ab. Wie in einem tranceähnlichen Zustand tat es Dario ihnen gleich. Geschah das hier wirklich? Ludovico stimmte ein patriotisches Lied an. Andrea stimmte ein. Direkt danach sprach Andrea ein Gebet, bevor sie die sterblichen

Überreste ihres Freundes Arrigo über die Bordwand hievten. Mit einem Glucksen verschwand die Leiche im schwarzen Wasser.

Dario nahm den Sack mit Arriogs Kleidern und warf ihn über Bord. Er starrte dem versinkenden Beutel hinterher. Angst griff nach ihm. Unter ihm war nichts als kalte tiefe Dunkelheit.

※

Bruno schloss die Tür hinter sich und legte Hut und Mantel ab. Er las von seiner neuen Armbanduhr die Zeit ab. Sechs Minuten nach elf. Über das Geschenk von Luise hatte er sich von Herzen gefreut. Die Armbanduhr sah sehr schön aus. Er nahm sie vom Handgelenk und legte sie auf den Tisch, dann löste er die Kette seiner Taschenuhr und platzierte diese daneben. Welche sollte er für den morgigen Arbeitstag aufziehen? Bruno konnte sich nicht entscheiden, also zog er beide auf.

Luise und er hatten den Abend über Tee getrunken und geredet. Bruno war nach den Erlebnissen des Tages froh darüber, dass sie an diesem Abend nur beieinander gesessen und geredet hatten. Luises Monatsblutung hatte im Laufe des Tages eingesetzt, und wie Bruno seit Langem wusste, war Luise an solchen Tagen immer sehr in sich gekehrt, häufig zog sie sich für ein paar Tage gänzlich zurück und vermied es auch, auf die Straße zu gehen. So hatten sie still und gemächlich seinen Geburtstag gefeiert, Luise hatte ihm das Geschenk überreicht, er hatte sich ausgiebig bedankt und nach einer weiteren Kanne Tee war er aufgebrochen und vom Borgo Teresiano nach Cologna gegangen. Der Fußmarsch hatte ihm gutgetan, Bruno war müde und freute sich auf die Nachtruhe.

Er hatte ausführlich von der Unterredung mit Fedora berichtet. Sein Vorhaben, sich nach dem Gerichtsurteil für Fedora zu erklären, hatte Luise mit ruhiger Miene zur Kenntnis genommen. Sie hatte sich ein paar Tage Bedenkzeit ausgebeten, aber in Wahrheit, so Luise, könne sie diesem Vorhaben nur zustimmen. Sie selbst führte ja auf dem Papier eine intakte Ehe und könne somit keinerlei Besitzansprüche an Bruno richten, was ihr ohnedies völlig fremd sei. Bruno hatte auf Luises Bitte die Adresse der Pension, in der Fedora untergekommen war, notiert.

Bruno entkleidete seinen Oberkörper, füllte aus dem Krug Wasser in das Lavoir und seifte seine Hände ein. Er wusch sich gründlich und putzte die Zähne. Danach trug er das Lavoir vor die Tür und goss das Waschwasser in den Abfluss.

Wenig später löschte er das Licht und verschwand unter der Decke. Die Ereignisse des Tages zogen wie Schlaglichter an ihm vorbei, doch bald wischte der Schlaf alle irrlichternden Bilder fort.

Montag, 16. September 1907

ZWEI POLIZEIBEAMTE SASSEN auf dem Kutschbock, einer hielt die Zügel, der zweite bediente bei Bedarf die Bremse. Die Polizeibehörden verfügten über verschiedene Fahrzeuge, leichte Einspänner, mittelschwere Zweispänner und sogar einen großen Vierspänner, auf dem bis zu zwanzig Männer Platz finden konnten. Als Ivana den Anruf erhalten und sie Bruno Bescheid gegeben hatte, hatte er sofort einen Amtsdiener losgeschickt, um die Männer bei den Stallungen zu instruieren. Bruno hatte Luigi Bosovich hinzugezogen, und gemeinsam hatten sie die Kommissionstasche und den Photoapparat in den Innenhof getragen, wo der Einspänner bereitstand. Bruno und Luigi saßen im Inneren des gedeckten Wagens und hielten während der schnellen Fahrt ihre Ausrüstung fest. Das Pferd würde bei dem Tempo erschöpft am Franz-Joseph-Hafen ankommen, würde dann aber genug Zeit haben, sich auszuruhen.

Der Kutscher fuhr den Wagen bis zum Ende des breiten Molos. Bruno und Luigi stiegen aus und wurden von wartenden Polizisten, zwei Vertretern der Hafenverwaltung, mehreren Seeleuten und Hafenarbeitern begrüßt. Bruno versuchte, sich einen Überblick zu verschaffen, und erteilte Anweisungen. Ohne die Beladung eines spanischen Dampfers, der in unmittelbarer Nähe am Molo lag, zu behindern, brachte Bruno Ordnung in den Einsatz. Der Einspänner fuhr wieder ab und würde bei den Lagerhäusern warten. Die zugezogenen Seeleute halfen Bruno und Luigi beim Einsteigen.

Den Bootsmann und vier Matrosen des Lloyddampfers Amphitrite hatte man mit einem Boot für den Einsatz abkommandiert. Der Dampfer lag ebenfalls im Franz-Joseph-Hafen, daher hatte die Hafenverwaltung schnell auf diese Männer zugreifen können. Da starker Wind wehte, war die See selbst im Hafen aufgewühlt. Bruno und Luigi hielten sich an der Bordwand fest, die Seeleute stießen das Boot vom Molo ab und legten sich gegen den Wind und den Seegang in die Riemen. Mit einer Plane schützte Bruno den kostbaren Photoapparat gegen die überkommende Gischt. Sein Mantel wurde nass, und mit einer Hand hielt er seinen Hut fest, während das Ruderboot sich dem äußeren Wellenbrecher näherte. Dort warteten vier Männer auf sie. Die laufende Erweiterung des Hafens in den letzten Jahrzehnten hatte nach der Errichtung des Neuen Hafens in der Nähe des Südbahnhofes schließlich zum Bau des Franz-Joseph-Hafens unweit des Lloydarsenals geführt. Der zweite große Bahnhof der Stadt, der neu eröffnete Staatsbahnhof, vervollständigte den Ausbau des Stadtteils Sant'Andrea. Der Franz-Joseph-Hafen lag auf der Nordspitze der Baia di Muggia. Um den Hafen und die Hellingen sowohl im Lloydarsenal wie auch in Muggia vor Flutwellen zu schützen, waren in mühsamer Arbeit drei Wellenbrecher aufgeschüttet worden. Unzählige Felsbrocken waren bewegt worden, um das Bauwerk zu errichten. Ohne die Kraft von Dampfmaschinen wäre dieser Bau niemals in so kurzer Zeit möglich gewesen. Der äußere Wellenbrecher war mit einer Länge von rund anderthalb Kilometern der größte und natürlich den Kräften der See am stärksten ausgesetzt.

Der Bootsmann warf den Männern auf dem Wellenbrecher eine Leine zu. Mit einiger Mühe gelang es, das Boot so nahe an die Felsen zu ziehen, dass Bruno und Luigi mit ihrer Ausrüstung aussteigen konnten. Eine Aufgabe der Hafenverwaltung war auch die Kontrolle der Wellenbrecher. Entdeckte man, dass die Gezeiten und der Seegang dem Bauwerk zusetzten, wurden umgehend Ausbesserungsarbeiten durchgeführt.

Gleich nach Sonnenaufgang hatte eine Dampfbarkasse abgelegt, um die wöchentliche Sichtinspektion vorzunehmen. Die Männer an Bord hatten an der Wasserlinie des Wellenbrechers einen leblos auf den Steinen liegenden Körper entdeckt und sofort einen Funkspruch abgesetzt. Die Dampfbarkasse konnte wegen der Gefahr, den Schiffsrumpf an den Steinen zu beschädigen, nicht nahe genug an den Wellenbrecher heran, also war das Beiboot zu Wasser gelassen worden. Vier Männer waren hinübergerudert und hatten gesehen, dass die Wasserleiche eine Stichwunde am Bauch aufwies. Also hatten sie den Körper nicht geborgen, sondern waren zurück zur Barkasse gerudert, die in einem zweiten Funkspruch der Hafenverwaltung davon Bericht erstattet hatte. Die Hafenverwaltung hatte daraufhin sofort die Polizeibehörde in Kenntnis gesetzt und diese hatte Bruno und Luigi zum Tatort gerufen.

Bruno war es auf den nassen und rutschigen Steinen mulmig zumute. Rundum nur Wellen, kräftiger Wind und sprühende Gischt. Die beiden Polizisten mussten von Stein zu Stein steigen, um zur Stelle zu gelangen, an der der Körper lag. Bruno begrüßte die wartenden Männer.

»Wer war bei der Leiche und hat die Stichwunde gesehen?«, fragte er gegen den Wind.

»Ich, Herr Inspector.«

»Haben Sie die Leiche bewegt?«, fragte er.

»Nein. Sie liegt noch genau so da, wie wir sie entdeckt haben, auf dem Rücken. Sie sehen ja, das Unterhemd ist völlig zerrissen, daher habe ich die Wunde sofort gesehen.«
»Gut gemacht.«
»Wenn die nächste Flut einsetzt, wird der Körper garantiert fortgespült.«
»Danke für den Hinweis. Wir gehen also gleich an die Arbeit. Mein Kollege und ich werden jetzt die Leiche in Augenschein nehmen, dann machen wir eine Photographie. Wir haben hier eine Plane. Bitte breiten Sie diese gegen den Wind aus, damit der Photoapparat vor der Gischt geschützt ist.«
»Zu Befehl, Ispettore.«
Bruno und Luigi kletterten über die Steine. Die Beine des auf dem Rücken liegenden Mannes hingen im Wasser, seine starren Augen waren in den Himmel gerichtet. Bruno hielt seinen Hut fest und beugte sich über die Leiche.
»Luigi, nimm den Notizblock.«
»Jawohl.«
»Die Wunde am Bauch ist klar erkennbar. Das zerrissene Unterhemd und die Hose sind zwar vom Meer durchspült, dennoch sind Blutspuren auf dem Stoff zu sehen. Die Leichenschau muss feststellen, ob der Mann an den Folgen der Stichverletzung gestorben ist. Geprüft werden muss, ob sich Salzwasser in der Lunge befindet. Da keine sichtbaren Zeichen der Verwesung vorhanden sind, ist der Mann nicht länger als zwei Tage tot. Im Wasser kann der Mann nicht mehr als ein paar Stunden gelegen haben. Der Fund ist ein Zufall. Der Körper hätte leicht am Wellenbrecher vorbei ins offene Meer getrieben werden können. Der Mann ist etwa fünfundzwanzig Jahre alt, circa einen Meter siebzig groß und von kräftiger Statur. Wahrscheinlich sind Schuhe und andere Kleidungsstücke absichtlich entfernt worden. Die Hosentaschen sind leer. Hast du das notiert, Luigi?«

»Habe ich«, sagte Luigi, stieg auf den Stein, auf der die Leiche lag, und beugte sich über den Kopf des Mannes. »Ispettore, das Gesicht kommt mir bekannt vor.«

»Tatsächlich? Woher kennst du ihn?«

»Ich muss nachdenken. Ja, das Gesicht ist mir bekannt. Ich habe diesen Mann vor ein paar Monaten wegen einer Rauferei verhört. Es konnte ihm damals keine Verwicklung in die Tätlichkeiten nachgewiesen werden, aber ich war sicher, dass er involviert war. Deswegen habe ich mir sein Gesicht gemerkt. Es fällt mir bestimmt wieder ein, wann das war und was geschehen ist.«

»Wie ist sein Name?«

»Das weiß ich nicht mehr, aber ich weiß, in welchem Akt ich nachsehen muss.«

»Sehr gut, Luigi. Dann machen wir die Photographien und verschwinden wieder. Reichlich ungemütlich hier.«

»Jawohl, Ispettore.«

Bruno wies die vier Männer der Hafenverwaltung an, die Plane auszurollen. Der Wind blähte die Plane zum Segel. Die vier mussten kräftig anpacken, damit sie nicht ins Meer geworfen wurden, aber als Schutz gegen die Gischt erwies sich die Plane als wertvoll.

Bruno und Luigi brachten den Photoapparat in Stellung und schossen zwei Bilder. Dann packten sie die Ausrüstung zusammen. »Meine Herren, Sie können die Plane verwenden, um die Leiche zu unserem Boot zu bringen. Dort übernehmen wir sie. Wir sind hier fertig, also nichts wie zurück an Land.«

Die Männer trugen den Körper über die Steine und legten ihn in das wartende Boot. Die Matrosen des Dampfers Amphitrite ruderten zurück zum Molo und hievten die Fracht an Land. Die Männer der Hafenverwaltung folgten ihnen, denn die Barkasse, mit der sie gekommen waren, war schon längst weggefahren und lag festgezurrt am Kai.

Bruno stieg die Stufen zum Molo hoch. Als er wieder festen Boden unter den Füßen hatte, atmete er erleichtert durch. Er schaute auf seine Armbanduhr. Es war knapp nach neun Uhr vormittags. Das war ein Wochenbeginn mit gehörigem Seegang. Sein Mantel und Hut waren durchnässt.

»Ich sehe zum ersten Mal einen Mann mit einer Armbanduhr. Meine Schwester hat eine«, sagte Luigi, dem die wackelige Bootspartie offenbar nichts ausgemacht hatte.

»Das ist die Zukunft, Luigi. Warum sollten wir Männer praktische Dinge allein den Frauen überlassen? Auch die britischen Offiziere verwenden jetzt Armbanduhren. Und die Briten sind wie immer der restlichen Welt um eine Nasenlänge voraus.«

»Mir ist der Name des Mannes eingefallen. Und weitere Einzelheiten.«

Bruno schaute seinen jungen Kollegen anerkennend an. »Auf dein Gedächtnis ist Verlass. Wie heißt er?«

»Arrigo Franceschini. Er ist wegen wiederholter Gewaltdelikte polizeibekannt.«

»Ein Raufbold also.«

»Die letzte Rauferei hat für ihn kein gutes Ende genommen.«

»Also los, wir haben eine Menge Arbeit.«

»Danke, dass Sie mich zum Einsatz mitgenommen haben, Ispettore.«

»Luigi, mit jeder Woche wird klarer, dass du hinter dem Schreibtisch versauerst, aber auf der Straße eine Stütze bist. Respektive auf dem verdammten Wellenbrecher.«

◈

Bruno saß an seinem Schreibtisch und las. Regina Kandler hatte seine handschriftlichen Notizen zusammengefasst und den Bericht mit der Schreibmaschine getippt. Nur an wenigen Stellen machte er mit der Füllfeder ergänzende Anmerkungen oder Korrekturen, ansonsten war der Abschlussbericht eines Einbruches, den Bruno vor zwei Wochen aufgeklärt hatte, einwandfrei. Bruno setzte seine Unterschrift auf das Papier.

Es klopfte an der offen stehenden Tür seines Bureaus. Bruno hob den Blick. »Luigi, bist du so weit?«, fragte er auf Deutsch.

»Ja, Herr Inspector.«

»Ich komme«, sagte Bruno, legte das Papier ab und folgte Luigi in dessen Zimmer. Der Raum war voller Qualm, Bruno sah den gefüllten Aschenbecher auf Luigis Schreibtisch. Vinzenz Jaunig war nicht im Zimmer, der ansonsten lüftete, wenn Luigi wieder einmal zu viel rauchte. »Meine Güte, Luigi, wie kannst du bei diesem Nebel arbeiten? Siehst du überhaupt die Hand vor Augen?«

»Entschuldigen Sie bitte, Ispettore, aber wenn ich in Gedanken bin, dann vergesse ich auf das Lüften.«

Luigi öffnete beide Fensterflügel. Der kühle Wind strich ins Zimmer und lichtete die Rauchschwaden. Bruno zog einen Stuhl heran und setzte sich zu seinem Kollegen. »Also, was hast du gefunden?«

»Wie ich schon am Hafen sagte, der Name des Mannes ist Arrigo Franceschini, er war sechsundzwanzig Jahre alt und Reichsitaliener, geboren und aufgewachsen in der Stadt Latisana. Vor fünf Jahren ist er nach Triest gekommen und hat ein Jahr als Maurer gearbeitet, danach folgte eine Tätigkeit im Hafen. Franceschini hat wiederholt Kontakt zu irredentistischen Kreisen gehabt und ist mehrfach von der Polizeibehörde wegen Raufhandel festgenommen oder befragt worden. Er war auch zwei Monate in Haft. Zuletzt wurde er im Mai dieses Jahres wegen einer Wirtshausrauferei festgenommen und von mir befragt. Vielleicht können Sie sich noch erinnern, Ispettore, das war der Raufhandel, bei der ein griechischer Matrose zu Tode gekommen ist, knapp bevor Sie sich auf der Thalia eingeschifft haben.«

»Ja, daran kann ich mich erinnern.«

»Eine Gruppe griechischer Matrosen ist mit einer Gruppe italienischer Hafenarbeiter in Streit geraten. Die Griechen waren ziemlich betrunken und gewaltbereit, aber sie wurden auch von den hiesigen Hafenarbeitern gezielt provoziert. Franceschini war an diesem Abend im Gasthaus, aber eine Verwicklung in die Tätlichkeiten konnte ihm nicht nachgewiesen werden. Überhaupt haben sich die Ermittlungen zu diesem Wirbel als äußerst schwierig erwiesen, weil die beteiligten Hafenarbeiter eisern geschwiegen haben. Für mich war auffällig, dass viele der Männer Kontakte zu den irredentistischen Kreisen im Caffè Tommaseo hielten.«

»Also aus dieser Richtung weht der Wind. Die Irredentisten im Caffè Tommaseo sind ja feine und kultivierte Leute, die an ihre Sache glauben, Zeitungsartikel schreiben und politische Reden halten. Aber es gibt auch die etwas raueren Männer, die dann eher in den Bierhäusern und Hafenspelunken verkehren, wo dann schon mal die Fäuste fliegen.«

»Zu diesen gehört Franceschini zweifelsfrei. Ich habe ihn ja befragt und dabei genau gemustert. Sie haben im Hafen selbst festgestellt, dass der Mann äußerst kräftig war. Also mit so einem Kerl möchte ich mich nicht anlegen, der würde mir ordentlich den Hintern versohlen.«

Bruno winkte ab. »Für solche Spitzbuben haben wir unseren lieben Vinzenz, nicht wahr?«

Luigi lachte. »Na ja, Vinzenz braucht sich nicht zu fürchten, aber Franceschini hätte er nie fangen können. So schnell kann Vinzenz schon lange nicht mehr laufen.«

»Hast du noch etwas?«

Luigi schob seinen Notizblock Bruno zu. »Das ist die Wohnadresse des Mannes.«

Bruno überlegte. »Bis die Leichenschau abgeschlossen ist, wird es noch ein Weilchen dauern. Luigi, du gehst zu dieser Adresse und hörst dich um. Schau dir auch die Gasthäuser in der Gegend an. Dann geh in den Hafen und erkundige dich an seinem Arbeitsplatz, ob er zuletzt mit irgendjemandem Streit gehabt hat.«

»Jawohl, Ispettore.«

Bruno erhob sich und legte Luigi schmunzelnd die Hand auf die Schulter. Er sprach Wienerisch. »Und ich werd jetzt ganz gepflegt ins Kaffeehaus gehen, ein schönes Kaffeetscherl trinken, eine Mehlspeis goutieren und ein bisserl in der Zeitung blatteln.«

Vasilij war nicht nur der ältere Bruder von Jožes Verlobter Marija, Vasilij und Jože waren seit der gemeinsamen Schulzeit dicke Freunde und boxten im selben Verein. Jure kannte Vasilij natürlich seit Kindheitstagen. Es hatte eine ganze Weile gedauert, bis er Vasilij auf dem weitläufigen Bahnhofsareal entdeckt hatte. Der Mann arbeitete als Verschieber und war daher mit der Verschublokomotive mal hier, mal dort. Aber jetzt standen Jure und Vasilij hinter dem Lokschuppen beieinander und Jure erzählte eben von den Ereignissen der zurückliegenden Tage, von Jožes Kampf, davon, dass sich die Angreifer wohl den falschen Bruder vorgenommen und sich an Jože die Zähne ausgebissen hatten, dass Jože sich versteckt hielt und dass er, Jure, gestern erfolglos versucht hatte herauszubekommen, wer hinter dem Angriff steckte. Vasilij lauschte mit ernster Miene.

»Das klingt nicht gut«, sagte Vasilij lapidar. »Natürlich helfe ich Jože. Der gesamte Sportverein wird helfen. Wir lassen Jože nicht hängen.«

»Milan ist bei der Polizei. Vielleicht kann er sich umhören.«

»Du hast gesagt, dass Jože einem Angreifer in den Bauch gestochen hat.«

»Ja.«

»Im Waschraum habe ich gehört, wie ein paar Kollegen von einem Polizeieinsatz heute früh gesprochen haben. Ich habe aufgeschnappt, dass drüben im Franz-Joseph-Hafen eine Wasserleiche gefunden worden ist.«

»Eine Wasserleiche?«

»Angeblich hat die Leiche eine Stichwunde am Bauch gehabt. Genaueres weiß ich auch nicht, aber ich kann mich umhören.«

Jure wurde es mulmig zumute. »Verdammt, das muss ich mir genauer ansehen. Ich werde rüber zum Hafen gehen.«

»Ich besuche nach der Arbeit den Sportverein und sage den Leuten Bescheid. Außerdem werde ich Milan fragen, ob er etwas weiß. Aber natürlich darf er nicht so einfach über die Nachforschungen der Polizei erzählen, sonst könnte er Schwierigkeiten bekommen.«

»Das ist klar.«

»Wie lange wird Jože in Deckung bleiben?«

»Wissen wir noch nicht. Uns muss schnell etwas einfallen. In jedem Fall muss er morgen, am Dienstag, nach Sonnenaufgang von der Argo runter, denn die Mannschaft kommt an Bord, um das Schiff für die Beladung vorzubereiten. Mittwoch früh läuft der Dampfer wieder aus.«

»Am Mittwoch? Ich dachte, ihr fahrt erst wieder in ein paar Wochen nach Aden.«

»Der Dampfer transportiert Maschinen nach Smyrna. Jože und ich sind bei dieser Fahrt nicht an Bord. Wir kümmern uns um den Kaffee, während Vater und Anton mit der neuen Mannschaft in See stechen. Sobald die Argo zurück ist, wird sie für die Fahrt nach Aden ausgerüstet.«

»Verstehe. Wenn Jože das Versteck wechseln muss, gib mir Bescheid. Ich finde etwas für ihn.«

»Vielen Dank, Vasilij. Und erzähl Marija vorerst nichts von der Sache. Ich will nicht, dass sie sich Sorgen macht.«

»Gut, ich halte dicht.«

Jure reichte Vasilij die Hand. »Danke, mein Freund, für deine Hilfe.«

»Ist doch selbstverständlich.«

Wenig später näherte sich Jure dem Hafengelände. Warum hatte die Leiche mit der Stichverletzung im Wasser gelegen? Jure hatte ein ungutes Gefühl. Die ganze Sache roch verdammt nach Ärger.

∽⊚∾

So manche Wiener waren der festen Überzeugung, dass die mitteleuropäische Kaffeehauskultur in der österreichischen Hauptstadt ihren Höhepunkt erreicht hatte, während es so manchen Triestinern völlig klar war, dass die Kaffeehäuser Triests den höchsten kulturellen Rang innehatten. Für die Wiener sprach, dass Wien als eine der größten Metropolen der Welt, als glänzende Kaiserstadt und Hauptstadt einer europäischen Großmacht allein zahlenmäßig der Thron der Kaffeehauskultur gebührte. Für die Triestiner sprach, dass ohne den Warenumschlag am Hafen die gesamte Donaumonarchie anstatt des Schwarzen Goldes weiterhin lauwarme Ziegenmilch schlürfen müsste. In jedem Fall konnte sich Bruno seine Heimatstadt nicht ohne die zahlreichen Kaffeehäuser vorstellen. Und seine Zeitgenossen empfanden offenbar ganz gleich. Es war früher Nachmittag an einem normalen Werktag und doch war das Caffè Tommaseo sehr gut besucht. Bruno schaute sich nach einem Platz um.

Gleich neben dem Eingang saß eine deutsch sprechende Familie, die Großeltern, zwei junge Ehepaare und fünf Kinder unter zehn. Die Erwachsenen tranken Kaffee, die Kinder Limonade, einige leere Teller standen auf dem Tisch, also hatte man sich auch Kuchen und Torte bringen lassen. Die Kinder drückten aufgeregt ihre Nasen an den Fenstern platt, um die Schiffe im Hafen zu betrachten. Zweifelsfrei wartete die Familie darauf, sich einzuschiffen, und verbrachte die Wartezeit im Kaffeehaus. Das Caffè Tommaseo an der Riva Carciotti zwischen Canal Grande und Molo San Carlo lag überaus günstig. Ein erheblicher Teil der Umsätze des Kaffeehauses wurde mit Passagieren gemacht, die auf ihre Schiffsverbindungen warteten. Der Großvater winkte dem Kellner und zog seine Brieftasche.

Bruno ging weiter und fand Platz an einem Zweiertisch hinten in einer Ecke. Der optimale Platz für seine Zwecke. In seinem Rücken die Mauer, vor ihm das gesamte Kaffeehaus. Nicht unweit saß eine größere Gruppe von Männern an mehreren Tischen, die sich alle zu kennen schienen. Bruno legte Mantel und Hut ab und setzte sich. Er musste eine Weile warten, bis ein Kellner seine Bestellung aufnahm, Caffelatte und ein Stück Gubana. Ehe der Kellner abging, bestellte er noch ein Glas Cognac der Marke Camis & Stock. Einerseits war Bruno kein Freund des ausufernden Alkoholgenusses – das furchtbare Besäufnis mit Carlo Cherini hatte er noch in lebhafter Erinnerung –, andererseits war er gerade durch das Besäufnis auf den Geschmack hochprozentigen Brandes gekommen. Und ein Glas Cognac konnte man einem Inspector des k.k. Polizeiagenteninstituts, der inkognito im Kaffeehaus Nachforschungen anstellte, allemal als geschicktes Mittel der Tarnung anrechnen. Bruno schmunzelte bei dem Gedanken und holte sich vom Zeitungstisch den heutigen Indipendente. Der Kellner servierte Kaffee, Kuchen und Cognac.

Der Bericht über die Festnahme eines Mannes mit südländischem Akzent in einem Hotel, der ein Buch über die königlichen Streitkräfte Italiens bei sich trug und sich als italienischer Beamter herausgestellt hatte, fand Brunos Aufmerksamkeit. Die Festnahme hatte zu allerlei Komplikationen zwischen Italien und Österreich-Ungarn geführt.

Einen Bericht über Kaiser Wilhelm, der sich dieser Tage in Westfalen aufhielt, überflog er nur.

Wie üblich las er auch den Teil Teatri e Concerti. Im Teatro Minerva würde am späten Nachmittag eine Komödie eines ihm unbekannten Autors namens A. Luppi aufgeführt werden. Das Amphitheater mit seiner überdachten Bühne und den hölzernen Sitzbänken unter freiem Himmel war eine alteingesessene Spielstätte lustiger und zum Teil derber Unterhaltung für das einfache Volk. Bruno las mit einem Schmunzeln, dass für Morgen ein Schaukampf weiblicher Ringerinnen angekündigt wurde. Die Meisterin des Frauenkampfes Paolina Pons würde morgen zum letzten Mal in dieser Saison vor dem johlenden Publikum für blaue Flecken sorgen. Da waren die Ankündigungen der nächsten Opernaufführungen im Teatro Fenice von einem gänzlich anderen Niveau.

Zwei Männer betraten das Kaffeehaus und marschierten geradewegs auf die große Männergruppe zu. Ihre schnellen und zielgerichteten Bewegungen erweckten Brunos Aufmerksamkeit. Ohne den Blick von der Zeitung zu wenden, verfolgte er die Geschehnisse aus den Augenwinkeln und hörte genau hin. Die beiden Männer zeigten gespannte Mienen und setzten sich in die Mitte der Gruppe. Die anderen, Bruno zählte neun Personen, also elf mit den beiden Neuzugängen, steckten die Köpfe zusammen und unterhielten sich flüsternd. Das sah nach einer konspirativen Zusammenkunft aus. Dass frivole Dinge besprochen wurden, hielt Bruno für ausgeschlossen, denn niemand lächelte, alle wirkten gespannt.

Bruno versuchte, sich die Gesichter und Kleidung der beiden Männer zu merken. Was besprochen wurde, konnte er vorerst nicht verstehen, aber offenbar waren die Nachrichten, die die beiden gebracht hatten, brisant, denn Aufregung erfasste alle und ihre Stimmen wurden lauter. Bruno glaubte das Wort »Vergeltung« gehört zu haben, und danach das Wort »Zusammenhalt«.

Einer der Männer, offenbar der Rädelsführer, ermahnte die anderen zu Mäßigung und schaute sich im Kaffeehaus um. Bruno bemühte sich, in den Artikel vertieft zu wirken.

Fünf Männer erhoben sich und schlüpften in ihren Mantel. Bruno hörte aus den vielen Stimmen einen Namen heraus: »Arrigo.« Die fünf bezahlten am Tresen und verschwanden eilig.

Bruno legte die Zeitung ab, leerte seine Kaffeetasse und griff zum Schnapsglas. Der Brand erhitzte seine Kehle. Er leckte sich die Lippen, erhob sich und legte Münzen auf das Silbertablett. Gemächlich nahm er Mantel und Hut von der Garderobe und grüßte die Kellner beim Gehen höflich.

Keine Frage, hier war etwas im Gang.

⁓☙⁓

Jure schaute auf seine Taschenuhr. Noch drei Minuten blieben ihm, um rechtzeitig das Bureau zu erreichen. Den ganzen Tag war er schon auf den Beinen, hetzte quer durch die Stadt. Zum Glück hatte er vormittags im Bureau vorbeigeschaut und von Schlomo Mayer, dem jungen Bureaugehilfen der Società Marittima R. Cohn, erfahren, dass sich für drei Uhr Nachmittag ein Besucher angekündigt hatte. Ein gewisser Arnold Pfister aus Zürich hatte um ein Gespräch angefragt. Jure eilte die Treppe hoch, klopfte an die Tür und betrat außer Atem das Bureau. Schlomo sprang hinter seinem Schreibtisch hoch und schaute über den Tresen zur Tür.

»Guten Tag, Schlomo.«

»Guten Tag, Jure. Du bist reichlich spät.«

Jure und Schlomo hatten sich in kurzer Zeit angefreundet.

»Drei Minuten habe ich noch.«

Schlomo flüsterte mit leichter Anklage im Ton: »Dein Gast ist schon hier und wartet nebenan.«

Jure verzog den Mund. »Hast du ihm Kaffee angeboten?«

»Natürlich. Die Kanne steht auf dem Tisch.«

»Vielen Dank.«

Jure legte Mantel und Hut ab und strich das Sakko glatt. Mit einem fragenden Blick erkundigte er sich bei Schlomo, ob er in herzeigbarem Zustand ist. Schlomo zuckte mit den Schultern, nach dem Motto: »Was nicht zu ändern ist, ist nicht zu ändern.« Jure richtete seine Krawatte und betrat den zweiten Raum des Bureaus. Sein Gast, der natürlich das Gespräch von nebenan gehört hatte, erhob sich.

Jure sprach Deutsch und reichte seine Hand zum Gruß. »Sehr geehrter Herr Pfister, ich freue mich, dass wir einander kennenlernen. Mein Name ist Jure Kuzmin, ich bin Prokurist der Società Marittima R. Cohn.«

»Ich bin ebenso hocherfreut, Sie kennenzulernen, Herr Kuzmin.«

Bereits bei den ersten Worten fiel Jure der Akzent auf. Er hatte Tausende Male mit deutsch sprechenden Menschen zu tun gehabt, daher hörte er gleich die ganz eigene Färbung. »Bitte setzen Sie sich. Haben Sie alles, was Sie benötigen. Kaffee? Wasser?«

»Vielen Dank, Ihr Mitarbeiter war so freundlich, mich zu versorgen. Der Kaffee ist außerordentlich wohlschmeckend.«

Jure nahm Platz und goss sich auch Kaffee ein. »Entschuldigen Sie, dass ich Sie habe warten lassen, ich hatte noch in der Stadt zu tun.«

»Vielmehr muss ich mich entschuldigen, dass ich etwas zu früh gekommen bin.«

»Sind Sie schon länger in Triest?«

»Ich bin vor fünf Tagen angekommen. Für mich als Bewohner eines Binnenlandes ist eine Stadt am Meer immer wieder sehr aufregend. Ich kenne Triest ein wenig von einem Aufenthalt im vorigen Jahr, sodass sich bei diesem Besuch noch kaum Gelegenheit zu ausgedehnter Promenade ergeben hat.«

Jure lächelte den Mann Mitte dreißig an. »Es sind wohl eher die Geschäfte, die Ihre Zeit binden.«

»So ist es, Herr Kuzmin.«

»Sie haben um ein Gespräch angefragt. Darf ich mich erkundigen, in welcher Abgelegenheit?«

Pfister nickte Jure zu und zog aus der Brusttasche seines Sakkos eine Visitenkarte. »Ich bin im Auftrag des neugegründeten Verbandes der Eidgenössischen Kaffeeverarbeiter in Triest und sehe mich nach Möglichkeiten geschäftlicher Aktivität in Ihrer Stadt um.«

Jure sprang hoch, holte sein Geschäftsbuch samt Füllfeder und klappte es auf. »Nun, da sind Sie zumindest nicht an der falschen Adresse gelandet.«

»So hat man mir berichtet. Ich gehe systematisch alle Möglichkeiten durch. Zuerst habe ich natürlich die Börse besucht und mit mehreren Sensalen gesprochen, heute Vormittag habe ich ein Gespräch mit einem Vertreter der Kompanie Callenhoff & Cie. geführt und nun sitze ich bei Ihnen. Der Name der Società Marittima R. Cohn im Allgemeinen und Ihr

Name im Speziellen sind mir wiederholt begegnet. Man hat mir erklärt, dass Sie die Geschäftstätigkeit der Schifffahrtsgesellschaft auf den Import von Kaffee ausdehnen möchten.«

»So ist es. Signor Cohn, mein Patron und Inhaber der Gesellschaft, hat sein Unternehmen mit klassischem Schiffstransport aufgebaut. Seit ich hier angestellt bin, arbeiten wir an der Etablierung des Unternehmens als Kaffeeimporteur. Wir liefern einen Großteil unserer Ware an das bedeutende Triester Handelshaus Azienda Commerciale di Porto Nuovo, ein Teil wird an einen Großröster in Marburg verkauft, und selbst kleinere Händler der näheren Umgebung kaufen bei uns Rohkaffee.«

»Führen Sie auch die Verzollung durch oder lagern Sie die Ware nur im Freihafen?«

»Zuerst lagern wir im Freihafen, aber wir führen für unsere Kunden auch die Zollformalitäten durch. Und wir haben noch Kapazitäten für weitere Geschäftskontakte.«

Pfister zog die Augenbrauen hoch. »Haben Sie das? Ich habe während meines Aufenthaltes erfahren müssen, dass zwar höchst beachtliche Mengen an Kaffee in Triest umgeschlagen werden, dass aber wegen des rasant steigenden Bedarfes in Österreich-Ungarn derzeit wenig Spielraum für Lieferungen in Nachbarländer offensteht. Erst heute Vormittag hat mir ein Vertreter der Kompanie Callenhoff ausführlich erklärt, dass er liebend gerne in die Schweiz liefern würde, aber wohl erst Anfang nächsten Jahres Liefermengen bereitstellen kann.«

»Die Kompanie Callenhoff ist der größte Kaffeeimporteur in der Stadt und die Handelsbeziehungen sind seit Jahren gut etabliert. Und ja, die Nachfrage hierzulande steigt von Jahr zu Jahr, die Kompanie Callenhoff hat langfristige Lieferverträge. Die Società Marittima R. Cohn ist neu in diesem Geschäftsbereich, daher müssen sich unsere Beziehungen erst verfestigen.« Jure merkte förmlich, wie Pfister die Ohren spitzte.

»Hätten Sie die Freundlichkeit, mir Ihre Importmethoden zu umreißen.«

»Sehr gerne, Herr Pfister. Die Società Marittima R. Cohn ist eine kleine Schifffahrtsgesellschaft, wir betreiben neben kleinen Küstenseglern und einer Dampfbarkasse nur einen Hochseedampfer. Die Argo befährt seit einigen Jahren die Meere, sie wurde letztes Jahr gründlich überholt und ist seetüchtig wie eh und je. Mein Vater ist Kapitän der Argo, mein älterer Bruder Bootsmann. Für den Kaffeeimport fahren wir auf der Linie Triest–Aden. In Aden kaufe ich bei arabischen Händlern vor allem Kaffee aus Ostafrika und Madagaskar, aber auch Tee aus Indien. In vier Wochen stechen wir erneut in Richtung Aden in See. Die Argo selbst fährt am Mittwoch mit einer Ladung nach Smyrna. Sobald die Argo zurück in Triest ist, wird sie für die Fahrt nach Aden vorbereitet. Der Plan ist, dass wir pro Jahr sechs bis sieben Fahrten nach Aden unternehmen.«

»Das klingt sehr interessant. Herr Kuzmin, lassen Sie mich ausführen, wie die Situation in der Schweiz ist.«

»Das würde mich brennend interessieren, denn, um ehrlich zu sein, ich habe keine Kenntnisse über Geschäftsmöglichkeiten in der Schweiz.«

»Der auf die Initiative mehrerer Kaffeeröster und Handelshäuser gegründete Verband will den Kaffeeimport in mein Heimatland verbessern und wirtschaftlich rentabel gestalten. Bislang haben die Unternehmen in Zürich, St. Gallen, Basel, Bern und Genf Kaffee aus verschiedensten Quellen importiert. Dabei kam es zu großen Preis- und Qualitätsunterschieden, mal hatte der Röster in Genf zu viel Ware, der Röster in St. Gallen aber viel zu wenig. Die Lage war unübersichtlich. Es wurde häufig Kaffee aus Genua importiert, was wegen der Nähe des Hafens zur Schweiz auf den ersten Blick sinnvoll erscheint. Aber für die Genueser Handelsleute ist Kaffee nur eine Ware von vielen, und nicht einmal jene, auf der besonderes Augenmerk liegt. Das führte immer wieder zu Verspätungen und Lieferengpässen. So kommt Triest als der bedeutendste Hafen für den Kaffeeumschlag in Europa ins Spiel. Natürlich ist die Bahnstrecke von Triest nach Zürich länger als jene von Genua, aber für die Gesamtstrecke, die die Bohnen aus Afrika bis an den Zürichsee zurücklegen, ist es unerheblich, ob der Güterzug zehn oder zwanzig Stunden auf der Schiene ist. Viel wichtiger ist, dass die Lieferungen regelmäßig und pünktlich eintreffen. Wir planen ein Zentrallager für Kaffee in Zürich, von welchem wir gezielt die Verteilung im Lande unternehmen.«

»Von welcher Liefermenge pro Jahr sprechen wir?«

»Also, um unser Lagerhaus in Zürich sinnvoll füllen zu können, benötigen wir zwölf- bis fünfzehntausend Säcke pro Jahr.«

Jure bemühte sich um eine sachliche Miene und notierte in sein Buch auf Slowenisch: »Gott im Himmel, lass das bitte keinen Traum sein!«

»Haben Sie Kapazitäten in diesem Umfang?«, fragte Pfister.

»Ich beobachte seit einigen Jahren die Erntemengen der Plantagen in Madagaskar. Sie sind weitgehend stabil. In Ostafrika hingegen steigen die Mengen, weil neue Plantagen angelegt wurden. Die arabischen Handelshäuser besorgen die Anlieferung der Bohnen von den Plantagen in die Speicher von Aden, die mit gewissen Schwankungen immer vergleichsweise gut gefüllt sind. Den Transport von Aden nach Triest führen wir durch. Also ja, zwölf- bis fünfzehntausend Säcke pro Jahr sind im Bereich des Möglichen. Ich kann Ihnen bei der nächsten Fahrt der Argo eine beträchtliche Lieferung zusichern.«

»Das ist großartig!«

»Herr Pfister, haben Sie etwas Zeit?«

»Theoretisch ja.«

»Wenn Sie wollen, rufe ich einen Wagen und ich zeige Ihnen im Porto Nuovo die zuletzt importierte Ware. Also zumindest das, was jetzt noch im Magazin liegt. Ein großer Teil ist bereits nach Wien, Salzburg und Prag abtransportiert worden. Die nächste Lieferung, die wir im Laufe dieser Woche zusammenstellen werden, geht nach Marburg. Ein paar Dutzend Säcke könnten wir für Zürich bereitstellen. Sozusagen als Kostprobe.«

Pfisters Gesicht hellte sich auf. »Das ist ein sehr guter Vorschlag! Meine Partner in der Schweiz wären über eine erste Lieferung hocherfreut.«

Wenig später winkte Jure einer Kutsche. Das Geschäft lief hervorragend. Doch in seinem Hinterkopf trübte ein Schatten seine Stimmung. Wie würde sich die Situation für seinen Bruder weiterentwickeln? Würden die Angreifer einen erneuten Angriff wagen? Und dieses Mal ihn in die Mangel nehmen? Und was hatte es mit der Wasserleiche im Franz-Joseph-Hafen auf sich?

Dario hatte auf die Zusicherung, die er seinem Vater gegeben hatte, Montag früh pünktlich in der Fabrik zur Arbeit anzutreten, schlicht und einfach vergessen. Nachdem er gestern Abend mit Ludovico und Andrea die Leiche im Meer versenkt hatte, war er so aufgebracht gewesen, dass er sich in seine kleine Wohnung eingeschlossen und mit ein paar Gläsern Rum seine Nerven beruhigt hatte. Gegen zehn Uhr vormittags war er mit brummendem Kopf aufgewacht. Erst mittags war er so weit, außer Haus zu gehen. Als er im Caffè

Tommaseo Kaffee und Kipferl zu sich nahm, fiel ihm ein, dass er um sieben Uhr früh im Bureau hätte erscheinen sollen. Er war schnell zum nächsten Postamt gelaufen, hatte in der Fabrik angerufen und sich bei der Schreibkraft krankgemeldet. Dieses Telephonat hatte er bewusst nicht im Kaffeehaus geführt, erstens, um sich vor seinen Freunden keine Blöße zu geben, und zweitens, um auszuschließen, dass beim Anruf verdächtige Hintergrundgeräusche zu hören waren.

Dario schaute auf seine Taschenuhr. Es war bald halb vier. Knapp, nachdem Ludovico und Andrea im Kaffeehaus erschienen waren und ein paar entschlossene Komplizen für die Suche nach Arrigos Mörder rekrutiert hatten, hatte Dario einen Teller Gulasch, ein Glas Bier und einen Schnaps bestellt. Die Mahlzeit hatte ihn gestärkt, denn nach Ludovicos Auftritt hatte Dario schlechte Laune. Diese Sache begann, sich unerfreulich auszuwachsen. Ludovicos hetzerische Reden waren Dario auf die Nerven gegangen. Ludovico plante, Wachposten in Roiano aufzustellen. Im Wohnviertel Jure Kuzmins sollten rund um die Uhr Männer auf Streife gehen, um den Mörder zu finden. Dario verstand nicht, was das bringen sollte. Wollte Ludovico tatsächlich dem Mann erneut auflauern? Wollte er ihn der Polizei übergeben? Die Freunde fanden es großartig, endlich in Erscheinung zu treten, etwas zu unternehmen, Akzente zu setzen. Arrigo war zwar selten Teil der Runde im Caffè Tommaseo gewesen, aber er war einer von ihnen, wie Ludovico mehrmals wiederholt hatte.

Vor anderthalb Stunden waren Ludovico und die anderen aufgebrochen. In der Zwischenzeit hatte Dario nicht nur gegessen, sondern auch noch ein paar weitere Runden Schnaps zu sich genommen. Nicht zu viel, um wirklich betrunken zu sein, genug jedoch, um seine Stimmung etwas zu bessern. Selbst wenn sich das heute schwieriger gestaltete als sonst.

Dario rappelte sich hoch, verabschiedete sich von seinen Freunden im Kaffeehaus, beglich seine Zeche und suchte die Toilette auf. Danach trat er ins Freie und schnappte auf der Riva Carciotti nach frischer Luft. Der kühle Wind tat ihm gut. Er dachte an die letzte Begegnung mit Elena beim botanischen Garten, an den gemeinsamen Spaziergang und die angeregte Unterhaltung. Er konnte sich lebhaft erinnern, wie erfreut Elena gewesen war und sie ihm diese nette kleine Geschichte von der winterlichen Zugfahrt erzählt hatte. Er musste sie wiedersehen! Und ihr endlich seine Liebe gestehen. Das Leben mit Elena würde wunderbar sein.

Dario beschloss, noch einen kleinen Spaziergang am Porto Vecchio zu unternehmen und dabei von Elena zu träumen.

Zwei Häuser weiter traten zwei Männer aus dem Haustor. Dario erschrak.

Jure Kuzmin.

Er erkannte ihn sofort, auch wenn er jetzt einen schlichten Mantel trug. Die Bewegungen, die Größe, alles war unverkennbar, er hatte diesen Mann verfolgt und dabei Zeit gehabt, ihn genau zu studieren. Kuzmin war in das Gespräch mit dem anderen Mann vertieft. Dario sah aus der Ferne, dass dieser erstklassig gekleidet war. Tadelloser Mantel, eine vorzügliche Ledertasche und ein eleganter Hut. Er sah wie ein Geschäftsmann aus, wie ein erfolgreicher Sensal oder ein höherer Angestellter einer Versicherung. Dario versteckte sich im Eingang des Kaffeehauses und beobachtete die beiden.

Kuzmin hielt eine der zahlreichen Kutschen an, die beiden stiegen ein und fuhren in Richtung Südbahnhof. Wohin waren sie unterwegs? Dario überquerte die Fahrbahn und ging langsam in dieselbe Richtung. Er fühlte, wie Wut in ihm gärte. Warum trieb sich dieser Dreckskerl aus der Vorstadt mit echten Geschäftsleuten herum? Mit einem Schlag erinnerte sich Dario wieder daran, wie Kuzmin Elena in dieses kleine Wäldchen bei der Pferderennbahn verschleppt hatte. Das Schwein hatte Elena betatscht. Seine Elena. Dafür musste er büßen. Und er hatte Arrigo erstochen. Er war ein Mörder! Aber Dario verstand eines nicht: Warum hatte Kuzmin keinen Verband oder zumindest ein Pflaster auf der Stirn? Andrea hatte ihm doch mit dem Schlagring eine blutende Wunde verpasst. Davon war nichts zu sehen gewesen. Was hatte das zu bedeuten?

Dario beschleunigte seine Schritte. Er musste zu Ludovico und den anderen.

⁓❦⁓

Jure hatte Herrn Pfister noch bis zu dessen Hotel in der Nähe des Südbahnhofes begleitet. Rund eine Stunde hatten sie im Magazin miteinander gesprochen, Jure hatte von der Fahrt nach Aden erzählt, von seinen anderen Kunden und auch davon, dass er für seine Geschäftstätigkeit das ganze Geld seiner Familie und ein Darlehen der Bank verwendet hatte. Vor allem dieser Teil der Erzählung hatte Arnold Pfister beeindruckt. Die Tatkraft und der Mut Jures waren offensichtlich. Mündlich hatten die beiden vereinbart, dass abzüglich der reservierten Menge für die Lieferung nach Marburg, Pfister den kompletten Lagerbestand aufkaufte. Ein Waggon voll Kaffee würde nach Zürich rollen. Sie hatten vereinbart, sich morgen im Bureau der Società gemeinsam mit Signor Cohn zu treffen und den Vertrag aufzusetzen.

Jure hatte es geschafft, innerhalb nur einer Woche eine Schiffsladung Kaffee zu verkaufen. Das war mehr, als er sich je zu erträumen gewagt hatte. Sobald die Argo aus Smyrna zurückkam, würde er losfahren und die zweite Lieferung besorgen.

Die Lagerhäuser am Porto Nuovo verfügten über elektrisches Licht. Deckenlampen erhellten das Magazin, das Tor stand offen und Jure war seit zwei Stunden dabei, das Lagerbuch zu aktualisieren, die Bestände zu sortieren und im Magazin sauber zu machen. Er würde heute hier übernachten, das Feldbett hinter dem Regal würde wieder seine Ruhestätte sein. Er hatte schon einen Kübel Wasser geholt, um sich nach Abschluss der Arbeit waschen zu können.

»Na, Herr Hausmeister, hast du auch gründlich gekehrt?«

Jure drehte sich um und schaute zum Tor. Vasilij und Milan waren gekommen. Jure hob lachend den Besen. »Immer gründlich, Herr Chef!« Er stellte den Besen ab und begrüßte die zwei Männer mit Handschlag.

»Da treibst du dich also derzeit herum«, sagte Milan, der ein paar Jahre älter war als Jure und Vasilij. »Man sieht dich gar nicht mehr im Sportverein.«

»Ich arbeite viel, da bleibt derzeit wenig Zeit für Sport am Wochenende.«

»Ich hoffe auch, dass du viel arbeitest, immerhin hast du deinen Eltern alle Ersparnisse abgeluchst.«

Die drei Männer lachten. Milan war ein Jugendfreund Antons, der nach seiner Dienstzeit bei der Armee zur Polizei gegangen war. Milan gehörte zum Vorstand des slowenischen Sportvereins und führte die Leichtathletikgruppe. Die beiden schauten sich im Magazin um.

»Das ist also der Kaffee, den du importiert hast«, sagte Milan. »Und, wie laufen die Geschäfte?«

»Besser als erwartet. Ich bin ausverkauft.«

Jures Gäste schauten ihn überrascht an. »Hier liegen aber noch viele Säcke.«

»Alle reserviert. Die Hälfte fährt in dieser Woche nach Marburg, die andere Hälfte in der nächsten, spätestens in der übernächsten Woche nach Zürich.«

Milan nickte beeindruckt. »Das heißt, du läufst bald wieder aus.«

»Ja. In knapp vier Wochen bin ich wieder auf See.«

»Die Freunde im Sportverein bewundern dich. Sie finden es großartig, dass einer von uns es zu etwas bringt.«

»Noch bin ich lange nicht dort, wo ich hinwill. Ich muss meinen Eltern, meinem Onkel und Anton das geliehene Geld zurückgeben, und dann muss ich das Darlehen abstottern.«

»Aber in anderthalb bis zwei Jahren wird der Kaffeehandel doch hoffentlich Profit abwerfen.«

»Das hoffe ich auch.«

Milan klopfte Jure auf die Schultern. »Weiter so, mein Freund. Du machst das gesamte Viertel stolz. Und du schaffst Arbeit. Ich habe gehört, dass dein Vater nach der Messe zwei junge Burschen als Heizer angeheuert hat.«

»Ja, wir haben kurzfristig neue Leute gebraucht.«

»Du, Jure«, warf Vasilij ein und wechselte das Thema, »ich habe mit Milan über Jožes Problem gesprochen.«

Schlagartig wurden die Mienen der Männer ernst. Jure hatte nicht mit Besuch gerechnet. Es war klar, dass sie mit ihm über Jože reden wollten. »Dachte ich mir schon, dass ihr nicht zufällig vorbeigekommen seid.«

Milan schaute sich um. »Vasilij, schließe bitte das Tor. Es muss nicht jeder, der hier vorbeikommt, uns hier hören und sehen.«

Vasilij schloss das Tor.

»Hat Jože den Mann, den er mit dem Messer verletzt hat, beschrieben?«, fragte Milan.

»Ja. Der Mann hat schlichte Kleidung und eine Mütze getragen. Er war etwa einen Meter siebzig groß, kräftig gebaut, mit breiten Schultern und sehr stark. Ein Italiener. Alle drei Angreifer waren Italiener. Jože hat gemeint, dass er ein ebenbürtiger Gegner war, der ihm ein paar saftige Faustschläge verpasst hat. Und wenn Jože ebenbürtig sagt, dann heißt das etwas. Du kennst ihn ja. Der Mann hat sehr schnell und gezielt zugeschlagen, Jože ist sich sicher, dass er ein erfahrener Kämpfer ist. Die drei hätten ihn mit ihren Schlagringen fertiggemacht, darin ist er sich sicher. Das waren keine Burschen, die bei einer Balgerei ein bisschen Dampf ablassen wollten, das war ein echter Schlägertrupp.«

»Wie hat Jože zugestochen?«

»Ich glaube so.« Jure zeigte die Bewegung. »Unter der Deckung des Angreifers in den Bauch.«

»Verdammt«, brummte Milan düster.

»Was hat es mit der Leiche am Wellenbrecher auf sich?«, fragte Jure.

»Pass auf, Jure, die Lage ist ernst. Der Mann ist nicht ertrunken, sondern schon tot ins Wasser geworfen worden. Und die Leiche weist eine Stichwunde am Bauch auf, die dem Mann genau so, wie du es gezeigt hast, zugefügt worden ist. Leicht von unten nach oben. Der Tote hieß Arrigo Franceschini und er passt auf die Beschreibung, Italiener, kräftig und kampferfahren. Franceschini ist mehrfach wegen Tätlichkeiten angeklagt worden und war auch mal in Haft. Er gehörte zu einer Gruppe Irredentisten, die für ihre Gewaltbereitschaft bekannt ist. Jože hat verdammtes Glück gehabt, dass er denen noch entwischt ist.«

»Das klingt übel.«

»Die Männer des Polizeiagenteninstituts sind an diesem Fall dran. Jože muss sich stellen, und zwar so schnell wie möglich. Die Polizeiagenten kriegen ihn auf jeden Fall, und dann ergeht es ihm schlecht.«

»Wird Jože wegen Totschlag angeklagt? Er hat sich doch nur gewehrt.«

»Das wird der Richter entscheiden. Er muss sich stellen, weil nur so kann er mildernde Umstände geltend machen.

Wenn ihm die Polizeiagenten zuvorkommen, wird das nicht mehr so leicht möglich sein. Er muss gestehen und reuig sein, dann entkommt er mit höchster Wahrscheinlichkeit dem Strick.«

»Aber wie kam die Leiche auf den Wellenbrecher vor dem Franz-Joseph-Hafen? Der Kampf hat am anderen Ende der Stadt stattgefunden. Ist sie im Wasser abgetrieben?«

»Das weiß ich nicht, Jure. Die Ermittlungen sind in vollem Gange. Ich weiß nur deswegen so viel davon, weil ich heute früh mit der Kutsche die beiden Polizeiagenten zum Hafen gefahren, beim Abtransport der Leiche geholfen und am späten Nachmittag noch Informationen der Leichenbeschau überbracht habe. Inspector Zabini hat den Fall übernommen.«

»Wer ist das?«

»Der beste Mann im Polizeiagenteninstitut. Er findet Jože früher oder später. Sag ihm das. Stimmt es, dass er sich auf einem Dampfer versteckt hält?«

»Auf der Argo, die in der Baia di Muggia auf der Reede liegt.«

»Fahr dort hin und überzeuge deinen Bruder, sich der Polizei zu stellen. Ich halte mich da raus, weil ich dir von all dem nicht ein Sterbenswörtchen hätte sagen dürfen. Unser Gespräch könnte mich die Stellung kosten, verstehst du? Du musst dichthalten. Ich sage dir das nur, weil du und Jože meine Freunde seid.«

Jure nickte. »Gut, ich fahre gleich morgen früh hinaus und gebe ihm Bescheid.«

Milan reichte Jure die Hand. »Je früher, desto besser. Haltet die Ohren steif und tut, was ich gesagt habe.«

»Geht klar. Vielen Dank, Milan.«

In der Waschküche befanden sich neben dem Herd auch der Wäsche- und der Badezuber. Bruno hatte vor drei Jahren das Fenster und die Tür der Waschküche erneuern lassen, damit im Winter nicht die Kälte durch die Spalten und Ritzen hereindrang. In der dunklen Jahreszeit war es stets eine Herausforderung, nach dem Bad die warme und dunstige Waschküche zu verlassen, um ins Haus zu gelangen. Dazu musste er den kurzen Weg am Haus entlang zu seiner Wohnung nehmen, denn die Waschküche besaß keine Tür in die Wohnräume. Jetzt, im Spätsommer, war der Weg keine Herausforderung. Es war noch angenehm warm draußen.

Kaum war Bruno nach Hause gekommen, hatte er den Herd angeheizt und Badewasser aufgesetzt. Seine Mutter kannte das. Es war eine Art Ritual. Wenn Bruno von besonders anstrengenden oder schmutzigen Einsätzen nach Hause kam, nahm er egal zu welcher Tageszeit ein Bad.

Bruno stand vor dem Spiegel und musterte sein Gesicht. Er war zufrieden, er hatte sich gründlich rasiert und die Haut mit Rasierwasser eingerieben. Auch hatte er sich den guten Anzug angezogen, obwohl er nicht die Absicht hegte, das Haus zu verlassen. Er schaute auf die Uhr. Es war wenige Minuten vor neun. Bruno setzte sich auf seinen Lesestuhl und zog die Petroleumlampe näher. Im Gegensatz zu seinem Arbeitsplatz, an dem seit Langem er die Vorteile elektrischer Beleuchtung zu schätzen gelernt hatte, war das gesamte Viertel noch nicht an das städtische Stromnetz angeschlossen. Er blätterte ein Buch auf und las eine Seite. Als ihm bewusst wurde, dass er sich nicht ein einziges gelesenes Wort gemerkt hatte, klappte er es wieder zu und nahm die Zeitung zur Hand. Doch auch die Zeitung blätterte er nur durch, um die Zeit totzuschlagen.

Er hörte ein leises Klopfen an der Fensterscheibe.

Bruno sprang hoch und ging zum Fenster. Sie war da. Er öffnete die Tür, ließ Fedora eintreten, nahm sie in die Arme und begrüßte sie mit einem Kuss. »Endlich bist du wieder bei mir. Du warst lange nicht bei mir zu Besuch.«

»Ich schätze, vor einem Jahr zuletzt.«

»Hast du Hunger oder Durst? Ich habe gebratenes Gemüse und Käse, dazu Brot. Darf ich dir einen Happen anbieten? Ein Glas Wein.«

»Ich nehme alles davon.«

Bruno strich sanft über ihr Gesicht und berührte mit seiner Nasenspitze die ihre. »Ich kann den Zeitpunkt gar nicht mehr erwarten, an dem wir uns nicht heimlich treffen müssen. Wenn ich nicht bei dir oder du bei mir einschleichen musst, sondern wenn wir Hand in Hand durch diese Tür gehen können.«

»Den ganzen Tag habe ich über die Zukunft nachgedacht. Es geht mir wie dir. Ich kann es nicht erwarten.«

Sie küssten sich erneut, dann lösten sie sich voneinander. Fedora nahm bei Tisch Platz und Bruno servierte die zwei vorbereiteten Teller mit Tomaten, Paprika, Zucchini und Käse. Dann entkorkte er eine Flasche Terrano.

»Was hast du heute erlebt?«, fragte Bruno.

»Den ganzen Vormittag über habe ich Zeitungen durchgeblättert und die Stellenanzeigen durchgesehen. Am frühen Nachmittag habe ich mich dann bei einem Kaufmann im Borgo Teresiano vorgestellt. Er sucht eine Verkäuferin für seine Kurzwaren.«

»Und, wird er dich anstellen?«

»Ich werde dort nicht arbeiten. Nachdem wir uns im Gespräch gut verstanden haben, hat er mir gleich den gesamten Laden und das Lager gezeigt. Hinter dem Regal hat er mir an den Hintern gefasst und gesagt, dass ich bei ihm jederzeit etwas dazuverdienen könne. Ich blieb höflich, bin aber rasch gegangen. Zurück in meinem Zimmer habe ich zwei Bewerbungsschreiben verfasst und gleich zur Post gebracht. Danach habe ich eine Kleinigkeit gegessen und bin ins Badehaus gegangen.«

»Mir ist gleich aufgefallen, dass du nach Rosen duftest.«

»Dein Rasierwasser habe ich auch sofort gerochen.«

Während des Essens plauderten sie weiter über die Geschehnisse des Tages, wobei Bruno bestimmte polizeiliche Belange aussparte. Er wollte die gelöste Stimmung nicht stören.

Fedora legte das Besteck zur Seite und nahm einen Schluck Wein. Sie schaute Bruno über den Tisch hinweg an. »Wir sitzen hier beisammen wie ein Ehepaar. Reden über den Tag, essen gemeinsam und lassen den Tag ausklingen.«

»Ich genieße jeden Augenblick mit dir.«

»Hast du Luise, so wie du es gestern angekündigt hast, von meiner, von unserer Situation erzählt?«

»Ja.«

»Wie hat sie es aufgenommen?«

»Interessiert und zurückhaltend. Luise ist kein Mensch, der impulsiv Gefühle zeigt, sie ist besonnen und kontrolliert, vor allem ist sie reflexiv. Sie hat sich sehr genau nach dir erkundigt, danach, wie du mit der Trennung von deinem Ehemann und den Kindern umgehst, wie du dich verhältst. Ich habe ihr auch deinen vollen Namen genannt und ihr die Adresse der Pension gegeben.«

»Sagst du mir auch ihren?«

»Luise Dorothea Freifrau von Callenhoff.«

Fedora schnappte überrascht nach Luft. »Die Baronessa Callenhoff?«

»Dir ist hoffentlich bewusst, dass du Luise niemals bloßstellen darfst. Wenn der Baron Callenhoff erfährt, dass seine Frau ein Verhältnis unterhält, könnte er zu den Waffen greifen. Anders als Carlo ist der Baron ein gefährlicher Verrückter. Luise würde er unter Garantie erschießen, mich wahrscheinlich auch, sofern er mich erwischt. Vor diesem Mann würde ich Reißaus nehmen oder ich müsste den ersten Schuss abgeben und Sorge tragen, dass dieser sitzt.«

»Ich kann nicht glauben, dass du mit der Baronessa liiert bist.«

»Warum nicht?«

»Sie ist … ich weiß nicht. Lebt die Baronessa nicht in einer völlig anderen Welt als wir? Sie ist reich, sie ist schön, sie ist adelig, sie lebt in einer großen Villa mit Garten, ihr Mann beherrscht in Triest das Geschäft mit Kaffee und ist ein berühmter Großwildjäger. Ich bin auf einem Bauernhof aufgewachsen. Du bist bürgerlicher Herkunft.«

»Luise trinkt Wasser wie du und ich, sie ist aus Fleisch und Blut. Ihre Herkunft und ihr Reichtum sind mir egal. Für mich ist sie etwas Besonderes, weil sie klug, einfühlsam und überaus ideenreich ist. Ihre Novellen und Gedichte sind großartig, und ihr Roman hat ein großes Publikum und begeisterte Kritik gefunden.«

»Ich wusste nicht, dass die Baronin Callenhoff Bücher schreibt.«

»Sie publiziert nicht unter ihrem wahren Namen.«

Fedora schaute Bruno sinnierend an. »Seit drei Jahren denke ich, die andere Frau in deinem Leben ist wie ich. Die Frau eines Seemannes oder die Witwe eines Soldaten. Eine Frau aus dem Volk. Vielleicht findest du das verrückt, Bruno, aber es gefällt mir, dich mit der Baronessa zu teilen. Ich habe sie einmal am Hafen gesehen und war sprachlos allein aufgrund ihrer Erscheinung. Es war beeindruckend, mit welcher Eleganz und Würde sie sich bewegte, als sie sich am Molo von ihrem Mann verabschiedete. Mir war, als ob ein Lichtschein sie erhellte. Der Baron bestieg damals die Bohemia auf dem Weg nach Alexandria. Ich war am Molo, weil die Buben sehen wollten, wie ihr Vater mit dem Schiff ausläuft.«

Bruno wiegte den Kopf. »Luise ist eine ganz besondere Person, und doch nur ein Mensch.«

»Ich möchte sie kennenlernen.«

»Ich glaube, sie möchte dich auch kennenlernen.«

»Wann?«

»Wahrscheinlich wird sie dir einen Brief schreiben, wenn sie so weit ist«, sagte Bruno und räumte die Teller ab.

Fedora verfolgte seine Bewegungen. »Du hast deinen guten Anzug angezogen.«

»Und du dein schönes Kleid.«

»Das ist dir also aufgefallen.«

»Natürlich.«

Fedora erhob sich, stellte sich in die Mitte des Raumes und legte die Hände hinter ihrem Rücken übereinander. »Bruno, was sagst du, wenn ich nicht wie früher nach einer hitzigen Stunde mit dir im Anschluss an das Bücherkränzchen wieder fortlaufe, sondern bis zum Morgengrauen bei dir bleibe.«

Er trat auf sie zu und begann, die Bänder ihres Kleides zu lösen. »Ich sage: endlich!«

»Worin du mir immer überlegen warst, ist Raffinesse. Ich war zu furchtsam dafür. Diese Furcht möchte ich abstreifen.«

»Befreie dich von allem Ballast.«

»Trag mich bitte in dein Bett.«

Er nahm sie auf die Arme, trug sie in die Kammer und legte sie auf sein Bett.

»Ist es Sünde, was wir treiben?«

»Ja, Fedora, wir sind sündhaft. Wir sind schlechte Menschen, wollüstig und verdorben, wir achten weder Zucht, noch Ordnung, wir sind nur auf unser Vergnügen aus, wir verleugnen die heilige Reinheit und verabscheuen die christliche Tugend, wir beten animalische Triebe an und wälzen uns in fleischlichen Gelüsten. Und wir verwenden Pariser, das ist böses Teufelswerk.«

Bruno entkleidete Fedora langsam, sie rekelte sich auf dem Bett.

»In solchen Momenten gewinnt das Leben an Leichtigkeit«, flüsterte Fedora.

»Hier finden wir den Grund, weswegen wir auf Erden sind.«

»Verbinde mir die Augen und liebkose mich mit allem, was du hast.«

»Bis zum Morgengrauen, mein Lieb.«

Dienstag,
17. September 1907

ANTON UND JURE standen auf dem Steg und schauten im matten Licht der aufsteigenden Morgensonne zur Argo hinüber. Wind schlug ihnen entgegen. Jure stemmte seine Fäuste in die Hüften. Was ging hier vor?

Die Brüder hatten sich zufällig auf dem Bahnsteig getroffen, beide waren frühmorgens auf dem Weg zum Dampfer. Jure hatte den Wecker im Magazin auf fünf Uhr gestellt und sich noch vor Sonnenaufgang auf den Weg gemacht, um Jože über das Gespräch mit Milan zu berichten. Anton war eher als sonst aufgewacht, weil er zum ersten Mal in seinem Leben als Bootsmann an Bord eines Schiffes gehen würde und schon vor Eintreffen des Kapitäns und der Mannschaft Vorbereitungen treffen wollte. So hatten sie gemeinsam den Zug genommen. Als Jure von Jožes Lage erzählt hatte, war Anton klar geworden, warum Jure bereits um diese Zeit auf den Beinen war. Mit zunehmend dunklerer Miene hatte Anton der Schilderung gelauscht. Er pflichtete Milans Forderung bei, wonach Jože sich der Polizei stellen sollte. Sie waren vom Bahnhof zum Steg marschiert und standen jetzt an dessen Ende. Die Wellen schlugen lebhaft gegen die Holzpfähle. Das Beiboot der Argo war nicht am Schiff befestigt, sondern am Steg.

»Er ist nicht an Bord«, sagte Anton.
»Scheint so.«
»Aber du hast mit ihm vereinbart, dass er an Bord auf dich wartet.«
»Ja, so war das besprochen.«
»Vielleicht sind ihm die Zigaretten ausgegangen und er ist nach Muggia gegangen.«
»Wäre möglich.«
»Los, rudern wir rüber und sehen nach.«
Wenig später erreichten die Brüder trotz starkem Wind und größeren Wellen die Argo. Sie kletterten das Fallreep hoch und betraten am Unterdeck den Bereich der Mannschaftskabinen. Anton öffnete jene, die sich Jure und Jože auf der letzten Fahrt der Argo geteilt hatten. Jure stand hinter ihm und schaute über Antons Schulter.
»Die Kabine ist leer, die Betten sind gemacht. Kein Gepäck.«
»Dann ist er von Bord gegangen.«
»Sieht so aus.«
»Wo könnte er sein?«
»Weiß der Teufel. Komm in die Kombüse. Ich mach uns Kaffee.«
Jure folgte Anton. In der Kombüse deutete nichts auf Jožes Anwesenheit an Bord hin, kein benutztes Geschirr stand herum und die Arbeitsflächen waren sauber gewischt. Anton machte im Küchenherd Feuer.
»Es schaut so aus, als ob er das Schiff wirklich verlassen hätte«, meinte Jure.
»Allerdings. Verdammt, der Depp macht immer Schwierigkeiten.«
»Diesmal ist es wirklich nicht seine Schuld.«
»Mag sein, aber er zieht Schwierigkeiten magnetisch an. Wenn das Vater erfährt, gibt es wieder ein Donnerwetter.«

»Mir bereitet die Polizei mehr Sorgen als das Donnerwetter von Vater.«

Anton schaufelte Kohle in den Herd und schloss die Tür. »Ein Toter auf dem Wellenbrecher. Und Jože ist wahrscheinlich der Täter. Das kann nicht gut gehen. Hat er nicht gesagt, wo er sein könnte?«

»Nein, ich weiß es nicht.«

»Jure, du musst«, sagte Anton düster, »das jetzt ohne mich schaffen. Du musst unseren kleinen Bruder da rausholen. In zwei Stunden ist die Mannschaft hier, und Vater und ich sind morgen auf See. Das ist unausweichlich. Und wegen Jožes Eskapaden kann ich nicht meine Arbeit riskieren, ich muss meine Familie ernähren, ich bin erstmals Bootsmann, ich muss die Mannschaft führen. Ich kann mich nicht um Raufereien kümmern, ich trage jetzt Verantwortung.«

»Das ist doch völlig klar, Anton. Niemand verlangt von dir, dass du deine Arbeit wegwirfst.«

Anton schaute Jure eine Weile direkt in die Augen. »Wenn Jože so dumm ist und sich vor der Polizei versteckt, dann musst du gehen.«

Jure schnappte nach Luft. Diesen Gedanken hatte er noch nicht erwogen. »Meinst du?«

»Jure, du willst ein Unternehmen aufbauen, du willst eine Frau aus gutem Haus heiraten und irgendwann wirst du Kinder haben wollen. Das heißt, du musst jetzt auch Verantwortung übernehmen und wie ein erwachsener Mann handeln. Ich weiß schon, Jože würde jetzt lästern und sagen, ich klinge schon wie Vater. Stimmt auch. Ich habe selbst Familie und trage Verantwortung. Also denke und rede ich entsprechend.«

»Wirst du Vater von der Angelegenheit erzählen?«

Anton dachte kurz nach. »Ja, das werde ich. Und du gehst

verdammt noch mal auf direktem Weg zur Polizei. Ist das klar?«

⚜

Bruno hatte ihr eindringlich nahegelegt, bis zum Abschluss des Verfahrens an der Geheimniskrämerei festzuhalten, also war Fedora nach dem Aufwachen heimlich aus dem Haus geschlichen. Sie hatte noch überlegt, ob sie die Localbahn nehmen sollte, entschied sich aber für einen Fußmarsch. Schließlich lief Bruno auch fast immer zu Fuß den Weg bis in die Stadt hinunter. Sie fühlte sich einerseits lebendig und wohlgestimmt wie lange nicht, was auch der erfüllenden Liebesnacht zuzuschreiben war, andererseits rasten in dichter Folge Gedanken über ihre verzweifelte Lage als ausgestoßene Frau durch ihren Kopf. Fedora fiel Brunos wiederholt geäußerte Feststellung ein, dass das Gehen Ordnung in wirre Gedanken brachte. Fedora hatte sich mehrfach über diese »Gehmechanik des Geistes«, wie sie es nannte, lustig gemacht. Bruno hatte ihre Scherze und Sticheleien immer mit einem souveränen Lächeln und gar nicht selten mit einem geistreichen Bonmot quittiert, andere Menschen, denen sie im Laufe ihres Leben begegnet war, hatten weniger Sinn für Ironie bewiesen. Ja, Carlo hatte viele Vorzüge und Stärken, derentwegen sie ihn früher aufrichtig geliebt hatte, und es trotz der unerfreulichen Ereignisse der letzten Tage ein bisschen zumindest noch tat, aber Ironie war nie sein Metier gewesen. Ihr Vater, ihre Schwiegermutter, Carlos Bruder und viele andere in ihrer und seiner Familie hatten auf ihre hintergründigen Bemerkungen entweder verständnislos oder gereizt reagiert. »Fedora, halt endlich den Mund, sonst schmier ich dir eine!« Wie oft hatte sie diesen Satz von ihrem Vater gehört?

Wie sollte sich ihre verzwickte Lage verbessern? Würde sie eine Arbeit finden, die nicht jeden Rest von Selbstachtung in ihr ausmerzte? Was würde sie vor Gericht zu ihrer Rechtfertigung aussagen?

Sie fabulierte im Geiste:

»Hohes Gericht, ich bin hier, um mein Recht auf selbstbewusste Gedanken und eigene Gefühle zu behaupten!«

»Signora Cherini, halten Sie den Mund, sonst schmiert der Gerichtsdiener Ihnen eine.«

»Herr Richter, ich weiß, dass Sie schlechter Laune sind, weil Sie heute früh Salz statt Zucker in ihren Kaffee gerührt haben, aber deswegen können Sie mir doch elementare Rechte des Menschseins nicht absprechen.«

»Die Ihnen zustehenden Rechte des Menschseins werden Ihnen in vollem Maße zugesprochen, und diese Rechte besagen, dass die Frau Untertan zu sein hat und dem Willen des Mannes gehorchen muss.«

»Das Papier, auf dem das Gesetz verbrieft ist, welches behauptet, das männliche Geschlecht sei die zu weitgehenden rechtlichen Privilegien berechtigende natürliche Eigenschaft des Menschen, kann doch wohl nur den Wert von Abortpapier haben, mit dem Menschen, deren natürliche Eigenschaft das Vorhandensein des weiblichen Geschlechts inkludiert, sich nach Verrichtung der täglichen Geschäfte Reinigung verschaffen.«

»Signora Cherini, wegen Ihrer aufrührerischen und ketzerischen Reden verurteile ich Sie hiermit zu vierzig Jahren Strafkolonie unter der sengenden Sonne der Wüste Gobi.«

»Ach, Herr Richter, Sie impotenter Hornochse, ich werde in der Wüste Gobi einen blühenden Garten mit Obstbäumen und Gemüsebeeten anlegen. Aber davon verstehen Sie nichts.«

Fedora schüttelte den Kopf. Ganz klar, sie war kurz davor, verrückt zu werden. Und dennoch schmunzelte sie in sich hinein. Es fühlte sich gut an, solchen absurden Gedanken nachzuhängen, es fühlte sich nach geistiger Befreiung an, nach Erweiterung des Horizonts. Vielleicht sollte sie diese Gedanken aufschreiben.

Fedora hielt erschrocken an und starrte in den wolkenverhangenen Himmel. Was für eine großartige Idee! Aufschreiben. Aber warum sollte sie das tun? Sollte sie jetzt damit beginnen, wie eine neurasthenische Komtess ein Tagebuch zu führen? Wozu so etwas Nutzloses wie ein Tagebuch? Nein, das passte nicht zu ihr.

Sie erinnerte sich an eine leichtfüßige Komödie, die sie einmal im Teatrino Excelsior di Barcola gesehen hatte. Dabei hatte sie sich anderthalb Stunden köstlich amüsiert. Im Teatro Minerva in der Via Coroneo hatte sie auf Holzbänken eine derbe Posse gesehen und immer wieder herzhaft lachen müssen. Konnte sie das auch? Sollte sie eine Komödie schreiben? Der Gedanke gefiel ihr ausnehmend gut. Auch wenn sie keinerlei Ahnung hatte, welche Kenntnisse sie hierfür benötigte.

Fedora marschierte mit energischen Schritten weiter und überdachte die Möglichkeiten, sich über das Handwerkszeug der Komödiendichtung Kenntnis zu verschaffen. Sie wusste genau, dass Carlo ihr solche Flausen schnell ausgetrieben hätte. Aber Carlo war weit weg und hatte sie fortgejagt. Bruno hatte gesagt, dass die Baronessa Schriftstellerin war. Warum also sollte Fedora Cherini, so dachte sie, nicht auch Schriftstellerin werden? Nichts sprach dagegen. Nun, sie würde nicht ihre Zeit mit sprachspielerischer Lyrik oder feinsinniger Prosa vergeuden, sie würde eine genauso amüsante wie frivole Komödie schreiben. Etwas Handfestes.

Fedora erreichte in der Città Vecchia die Pension, in der sie derzeit logierte.

Bruno war schuld an ihren verrückten Ideen. Das war ihr klar. Irgendjemand musste schuldig sein. Er hatte ihr diesen

Unsinn mit dem Denken und Gehen eingeimpft. Sie schmunzelte. Doch als sie in das muffige Haus eintrat und die knarrende Stiege hochstapfte, vergingen ihr die galoppierenden Gedanken. Die Realität kehrte wieder ein in ihr Bewusstsein. Und eine Realität war, dass sie ohne Brunos Leihgabe das schäbige Zimmer in dieser billigen Absteige nicht hätte bezahlen können.

In Wahrheit war das Leben die schmierigste aller Komödien.

⁓⚬⁓

Außergewöhnliche Situationen erforderten außergewöhnliche Methoden. Diese einfache Erkenntnis erfüllte Dario mit erstaunlicher Entschlossenheit. Gestern Abend hatte er sich mehrere Stunden in Roiano herumgetrieben, mit den ebenfalls patrouillierenden Kameraden immer wieder Informationen ausgetauscht. Anfangs war es ihm übertrieben vorgekommen, dass Ludovico aus der leidigen Sache eine derartige Affäre machte, aber nach und nach war ihm eingegangen, dass er seine Kameraden, die ihn sofort und selbstlos unterstützt und seinen Plan in die Tat umgesetzt hatten, nicht im Stich lassen konnte. Ludovico, Andrea und Arrigo hatten nicht eine Sekunde gezögert, um seinem Nebenbuhler einen Denkzettel zu verpassen. Doch dieser verdammte Mistkerl hatte Arrigo kaltblütig getötet. Das schrie nach Vergeltung.

Immer wieder war Dario diese kurze Begegnung mit seinem Konkurrenten auf der Riva Carciotti durch den Kopf gegangen. Und er hatte einen Plan geschmiedet. Von diesem Plan hatte er Ludovico nichts gesagt, denn Dario fand, dass sich Ludovico in dieser Sache wichtigmachte und den großen Anführer spielte. Dario musste das Ruder wieder an sich reißen und die Kameraden hinter sich scharen.

Um wieder als Anführer wahrgenommen zu werden, musste er sich einen Vorsprung verschaffen. Da er nicht der Stärkste war, verließ er sich auf sein schlaues Köpfchen. Denn Männer wie Arrigo, Männer mit Muskeln und Schlagkraft, gab es zuhauf in Triest, man musste sie nur zu überzeugen wissen. Dario hingegen konnte sich seit jeher auf seinen Intellekt verlassen. Er war überzeugt, diesen Mörder Jure Kuzmin lange vor Ludovico aufzuspüren. Die Überwachung eines ganzen Vorortes hatte gestern nichts gebracht, aber die Kameraden viel Zeit gekostet. Dario würde ihnen zuvorkommen, er würde damit ihr Anführer werden, allein das Sagen haben und er würde bald das hübscheste Mädchen Triests heiraten.

Der Weg war klar. Er musste nur beschritten werden.

Dario hielt seinen Hut fest, denn der herbstlich kühle Wind pfiff über den Porto Vecchio. Der junge Mann schaute an der Hausfront hinauf. Neben dem Eingangstor prangten zwei gravierte Firmenschilder. Die Kanzlei eines Rechtsanwaltes befand sich im ersten Stock, im zweiten Stock lag das Bureau einer Schifffahrtsgesellschaft. Kuzmin war für einen Rechtsanwalt zu jung, und dass er ein *candidatus iuris* war, glaubte Dario nicht. Wie sollte ein verlauster Slowene aus der Vorstadt zum Student der Jurisprudenz werden? Dario tippte auf die Schifffahrtsgesellschaft. Der Name Cohn klang nach einem Juden, und die mischten sich bekanntermaßen überall ein. Selbst als Reeder. Ein teuflisches Grinsen legte sich auf Darios Gesicht. Frisch gewagt.

Er betrat das Haus und stieg die Treppe hoch. Im zweiten Stock wurde er schnell fündig, auf einer der Türen war ein Firmenschild montiert. Dario strich seinen Mantel glatt und klopfte. Nach einigen Augenblicken wurde die Tür von einem jungen Mann geöffnet.

»Guten Tag. Sie wünschen?«

»Guten Tag. Mein Name ist Guido Veneziani. Ich möchte in einer geschäftlichen Angelegenheit mit Signor Cohn sprechen.«

»Tut mir leid, Signor Cohn ist derzeit außer Haus.«

»Schade, aber das kann natürlich passieren, denn ich habe um keinen Termin angesucht. Ist vielleicht jemand anderes zugegen, der mir in geschäftlicher Hinsicht Auskunft erteilen kann?«

»Leider nein, auch Signor Kuzmin ist nicht da, derzeit bin ich allein im Bureau. Aber vielleicht kann ich Ihnen behilflich sein. Mein Name ist Schlomo Mayer.«

»Angenehm. Ist Signor Kuzmin ein Mitarbeiter von Signor Cohn?«

»Ja. Er ist seit Kurzem Prokurist unserer Firma.«

Dario musterte den jungen Mann. Er war ein schmächtiger Brillenträger, wie sie in jeder Kanzlei zu finden waren, zu schwach für harte Männerarbeit, nicht selbstbewusst genug für eine leitende Stellung und ausreichend temperamentlos für langweilige Schreibarbeit. »Ach, das ist schade, Prokurist Kuzmin hätte bestimmt alle Fragen beantworten können, aber ich bin mir sicher, dass Sie ein weit mehr als qualifizierter Vertreter sind.« Dario fand, er war gut, außerordentlich gut.

Schlomo lächelte. Er schien geschmeichelt. »Signor Veneziani, treten Sie nur ein. Ich werde mich gewissenhaft um Ihre Fragen kümmern.«

Dario folgte Schlomo in die Kanzlei und schaute sich um. Das sollte das Bureau einer Schifffahrtsgesellschaft sein? Sah weit mehr wie die Rumpelkammer einer Gemischtwarenhandlung aus.

»Darf ich Ihnen eine Tasse Kaffee anbieten, Signor Veneziani?«

»Herzlichen Dank, das wäre sehr freundlich.«

»Entschuldigen Sie bitte die Frage, aber gehören Sie zur Familie Veneziani, der in Servola die große Lackfabrik gehört?«

Dario winkte ab. »Die Lackfabrik gehört meinem Großonkel, ich bin im Bereich Kaffeeutensilien tätig und will mich hinsichtlich der Möglichkeit von Rohstoffimporten erkundigen.«

»Da sind Sie genau an der richtigen Adresse. Mit dem Eintritt Signor Kuzmins ist die Società Marittima R. Cohn in den Kaffeeimport eingestiegen.«

Dario tat beeindruckt. »Das ist ja hochinteressant.«

»Bitte nehmen Sie doch Platz«, forderte Schlomo Dario auf und nahm Mantel und Hut in Empfang. »Bitte um einen Augenblick Geduld. Ich bringe gleich den Kaffee.«

Dario setzte sich mit gravitätischen Bewegungen und schaute sich noch mal um. Der junge Hilfssekretär war Butter in seinen Händen. Die Kameraden würden Augen machen.

—⁂—

»Hochgeschätzte Ivana, darf ich so forsch sein, Sie um die Gunst zu bitten, für Signor Gellner, Luigi und mich Kaffee zu bringen?«

Ivana Zupan schaute von ihrer Schreibarbeit hoch und lächelte Bruno an. »Signor Zabini, wenn Sie so höflich fragen, kann ich Ihnen die Bitte nicht abschlagen. Drei Schalen Gold in das Bureau des Oberinspectors?«

»Ivana, Sie sind kostbarer als jeder Diamant auf der Krone des Königs von Frankreich.«

»Und Sie sind heute besonders guter Stimmung, wie mir scheinen will.«

»Ich lasse mir doch den Tag weder von auffrischendem Wind noch von Mord und Totschlag verderben.«

Ivana schaute sich um, ob jemand in Hörweite war, dann flüsterte sie verschwörerisch: »Wenn Menschen diese gewisse Heiterkeit an sich tragen, die ich bei Ihnen heute wahrnehme, dann rührt diese meist von erfahrenem Liebesglück.«

Bruno zwinkerte Ivana kokett zu. »Ihre immensen Sprachkenntnisse, liebe Ivana, werden noch von Ihrer Menschenkenntnis übertroffen.«

»Also liege ich richtig.«

»Bitte verraten Sie mich nicht.«

»Den Antrag will ich gewähren. Dennoch bin ich ein bisschen böse auf Sie, Signor Zabini.«

Bruno tat bestürzt. »Was habe ich mir zuschulden kommen lassen?«

»Ihre Geheimniskrämerei ist mir ein Dorn im Auge. Werden Sie mir jemals sagen, wer die Glückliche ist, die sich Ihrer Zuneigung erfreuen darf?«

Bruno biss sich auf die Lippen. »Vielleicht wird das Geheimnis bald gelüftet, ich bitte um etwas Geduld.«

Ivana erhob sich. »Noch mehr dunkle Andeutungen? Ich bringe den Kaffee in fünf Minuten.«

»Vielen Dank.« Damit verließ Bruno das Bureau der beiden Schreibkräfte und ging ein paar Türen weiter. »Luigi, bist du so weit?«

»Jawohl, Ispettore«, sagte Luigi und legte verschiedene Papiere in einen Aktenumschlag.

Die beiden Polizisten traten an die offen stehende Bureautür des Oberinspectors. Bruno klopfte. Oberinspector Gellner blickte von seiner Arbeit hoch und richtete sich auf.

»Signori, bitte treten Sie ein, schließen Sie die Tür und nehmen Sie Platz.« Gellner schob die Papiere zur Seite und wartete, bis sich Bruno und Luigi vor seinem ausladenden Schreibtisch gesetzt hatten. »Haben Sie Frau Ivana um Kaffee gebeten?«

»Ja. Sie brüht eben eine Kanne auf.«

»Gut. Also fassen Sie bitte den Stand Ihrer Investigationen zusammen.«

»Sehr wohl, Herr Oberinspector. Signor Bosovich hat in dieser Mappe die wichtigsten Erkenntnisse gesammelt.« Luigi reichte den Aktenumschlag Gellner über den Tisch. »Die Identität des Toten konnte durch Luigi sehr schnell geklärt werden. Im letzten Mai hat Luigi Befragungen in einem Fall von Rauferei im Hafen durchgeführt und unter andern auch diesen Mann, Arrigo Franceschini, verhört. Als wir auf dem Wellenbrecher die Leiche fanden, hat sich Luigi sofort an dessen Gesicht erinnert.«

Gellner nickte Luigi zu. »Bravo, Signor Bosovich, sehr geistesgegenwärtig.«

»Danke, Herr Oberinspector«, sagte Luigi bescheiden.

»Wir haben die Akten zu diesem Mann durchgesehen. Er war ein übler Raufbold, das muss man so formulieren. Sie sehen auf der Liste, die Luigi erstellt hat, die Daten, wann der Name in den Akten vermerkt wurde und in welchen Angelegenheiten.«

Gellner überflog die Liste. »Kein Raub, kein Diebstahl, keine Sittlichkeitsdelikte, aber eine beachtliche Liste an Gewalttaten. Sogar eine kurze Haftstrafe. Nun, Signor Zabini, dass Sie einen solchen Mann als Raufbold bezeichnen, scheint nicht verfehlt.«

»Folgendes ist auffällig, Herr Oberinspector. Es ist aktenkundig, dass der Mann mehrmals Kontakte zu irredentistischen Gruppen gehabt hat, möglicherweise kann man ihn auch einen Irredentisten nennen, daher fällt auf, dass, soweit es in den Akten vermerkt ist, Franceschini sich nie mit Italienern geprügelt hat. In vier Fällen sind uns Streitgegner bekannt. Zweimal hat er sich mit steirischen Soldaten geprügelt. Bei einem Kampf vor einer Osmiza hat er seinen Gegner erheblich verletzt, weswegen er dann in Haft war. Einmal war sein Gegner ein Kroate aus Istrien und einmal ein Grieche. Beide Männer sind Hafenarbeiter. Ich vermute, dass Franceschini seine Gegner auch aus nationalistischen Gründen ausgesucht hat, beziehungsweise jemand hat für ihn die Opfer ausgesucht. Der Mann hat nur über einfache Schulbildung verfügt, seine Vorgesetzten im Hafen sagen, dass er ein sehr tüchtiger und besonders kräftiger Arbeiter war, dass er aber nicht gut lesen und nur fehlerhaft schreiben konnte. Ich nehme an, dass Franceschini in den Kreisen, in denen er sich bewegte, beliebt war, denn er war wohl seinen irredentistischen Freunden ein treuer Kamerad und so etwas wie ein Mann für das Grobe.«

Es klopfte an der Tür.

»Herein!«, rief Gellner.

Ivana trat ein. »Ich bringe den Kaffee, Herr Oberinspector.«

»Sehr schön und herzlichen Dank. Stellen Sie das Tablett ab.« Wenig später rührten Gellner und Luigi Zucker in ihre Tassen, Bruno trank seinen Kaffee diesmal ungesüßt, »Also bitte, Signor Zabini, fahren Sie fort.«

»Wir haben Nachforschungen angestellt, ob Franceschini dieser Tage Streit mit Freunden oder Arbeitskollegen hatte, aber diesbezüglich konnten keine Anhaltspunkte gefunden werden.«

»Haben Sie Namen seiner Freunde?«

Bruno schaute Luigi an, Gellner folgte seinem Blick.

»Eine konkrete Namensliste haben wir noch nicht«, beeilte sich Luigi zu sagen, »aber in den Akten zu Franceschini taucht an drei Stellen der Name Andrea Sgrazutti auf. Die Männer wohnen in derselben Straße. In zwei Fällen hat dieser Sgrazutti Zeugenaussagen geleistet, die Franceschini entlasteten, und einmal war es genau umgekehrt. Ich denke, die beiden sind enge Freunde.«

»Was wissen wir über Sgrazutti?«

»Er hat eine Vorstrafe wegen Raufhandel, die fünf Jahre zurückliegt. Er ist achtundzwanzig Jahre alt und gelernter Steinmetz. Offenbar verkehrt er auch in den Kreisen der Irredentisten.«

»Ist der Mann Staatsbürger Österreich-Ungarns oder ein Reichsitaliener?«, erkundigte sich Gellner.

»Er ist ein Hiesiger, aufgewachsen in Triest.«

»Nun, dann rate ich Ihnen, diesen Mann schnellstmöglich zu befragen«, empfahl Gellner.

»Sobald wir hier fertig sind, machen wir uns auf den Weg«, sagte Bruno.

»Sehr gut«, sagte Gellner und tippte auf das Papier vor sich. »Hier steht ein Eintrag, dass Sie sich im Caffè Tommaseo umgesehen haben, Signor Zabini.«

»Ja. Franceschini hatte mehrfach bestätigten Kontakt zu jener Gruppe von Irredentisten, die sich in diesem Kaffeehaus treffen. Gestern war ich inkognito dort und hatte den Eindruck, als ob die Gruppe in Aufruhr wäre. Wir sollten das Kaffeehaus unter Beobachtung stellen. Vielleicht können wir einen der jungen Polizeiagenten beauftragen, etwa Tribel oder Marin.«

Während Gellner überlegte, trippelte er mit den Fingern auf der Tischplatte. »Nein, kein Polizeiagent, dazu ist die Spur zu vage. Aber schicken Sie einen der Amtsdiener. Geben Sie Vlah den Auftrag, der ist meines Wissen heute verfügbar.«

»Sehr wohl, Herr Oberinspector.«

»Wissen Sie schon etwas über den Täter, der Franceschini den Bauchstich versetzt hat? Und was sagt die Leichenbeschau?«

»Über den Täter wissen wir nichts. Da die Leiche mehrere Stunden im Meer getrieben hat, konnten wir keine Spuren an ihr feststellen. Wir wissen mit Sicherheit, dass Franceschini nicht ertrunken ist, er war schon tot, bevor er ins Wasser geworfen wurde. Mit hoher Wahrscheinlichkeit wurde der Körper in einem Boot in die Nähe des Wellenbrechers gebracht, anderenfalls wäre er kaum dort gestrandet. Ich nehme an, dass die Person, die den Körper loswerden wollte, unüberlegt oder sogar in Panik gehandelt hat. Wenn man eine Leiche im Meer verschwinden lassen will, muss man ihr nur einen schweren Stein um das Bein binden.«

»Wir haben es also mit keinem Berufsmörder zu tun.«

»Eine wichtige Information haben wir von der ersten Leichenbeschau.«

»Und zwar?«

»Die Stichverletzung war erheblich, aber bei umgehender medizinischer Behandlung wäre sie mit hoher Wahrscheinlichkeit nicht tödlich gewesen.«

»Vermaledeit!«, rief Gellner aus. »Der Mann hätte gerettet werden können?«

»Das sagt der Arzt.«

»Noch weitere Informationen?«

»Vorerst keine.«

»Gut, Signor Zabini, Signor Bosovich, ich teile Ihnen Polizeiamtsdiener Vlah zur Unterstützung der weiteren Investigationen zu. Sie selbst arbeiten mit allen Ihnen zur Verfügung stehenden Mitteln an der Aufklärung. So knapp vor der Anreise der hohen Gäste zum Festakt will ich keine Leichen im Hafen vorfinden.«

»Das ist verständlich.«

Gellner zog aus seinen Papieren einen Bogen heraus und fasste seine Untergebenen scharf ins Auge. »Das führt mich gleich zum nächsten Punkt. Meine Herren, ich habe zuvor ein Schreiben der Statthalterei erhalten. Nun ist offiziell, was in Amtskreisen hinter vorgehaltener Hand gemunkelt wurde. Morgen wird es auf allen Titelblättern stehen.« Gellner machte eine künstliche Pause und blickte Bruno und Luigi ernst an. »Triest erhält allerhöchsten Besuch! Der Thronfolger höchstpersönlich reist an. Seine Kaiserliche und Königliche Hoheit Erzherzog Franz Ferdinand und Ihre Hoheit Herzogin Sophie von Hohenberg werden zum Festakt erscheinen. Können Sie sich das vorstellen? Was für eine Gnade für unsere Stadt!« Gellners Stimme zitterte beinahe, so ergriffen war er. »Meine Herren, Ihnen ist hoffentlich die Tragweite dieser Nachricht bewusst.«

»Selbstverständlich, Herr Oberinspector.«

»Wenn der Thronfolger höchstpersönlich die Einweihung der neuen Schiffe vornimmt, muss Triest blitzblank sein. Sie können im Haus allen Kollegen mitteilen, dass in den nächsten Tagen sämtliche Urlaube gestrichen sind und Krankheitsfälle nicht toleriert werden. Klären Sie also diese leidige Geschichte mit dem Raufbold vom Wellenbrecher schnellstmöglich. Ist meine Anweisung klar verständlich?«

»Jawohl, Herr Oberinspector.«

»Sehr gut. Meine Herren, Sie können wegtreten. Und rufen Sie nach Ivana, sie kann das Geschirr abservieren.«

Luise saß an ihrem Schreibtisch und hatte trotz der Vormittagsstunde die Tischlampe eingeschaltet. Bei der Schreibarbeit waren gute Lichtverhältnisse unerlässlich, und da sich der Himmel heute wolkenverhangen zeigte, brach nicht ausreichend Helligkeit durch das Fenster. Sie arbeitete an einem neuen Gedanken, den sie in die Novelle einarbeiten wollte. Da das Fenster heute geschlossen war, störte sie auch der Straßenlärm nicht. Die Wohnung bot nachgerade ideale Bedingungen für ihre Arbeit. Die städtische Bibliothek war mit einem kleinen Spaziergang bequem zu erreichen, eine Buchhandlung und ein Antiquariat lagen praktisch um die Ecke, die Wohnung verfügte über Elektrizität, sie lag im obersten Stockwerk eines an sich ruhigen Hauses und ihre unmittelbaren Nachbarn waren ein altes, sehr stilles Ehepaar. Früher war die Etage direkt unterm Dach des Hauses meist von einfachen Leuten bewohnt gewesen, daher hatte Luise beträchtlich in die Ausstattung der Wohnung investiert. Aber gerade dass die Wohnung nicht die Beletage war, hatte ihr gefallen. Die Wohnung umfasste den Salon, in welchem ihr Stutzflügel stand, die Bibliothek mit ihrem Schreibtisch, ein Gästezimmer mit Fenstern zur Straßenseite und ein kleines Boudoir vor ihrem Schlafzimmer sowie eine Küche mit Fenstern zum Innenhof. Natürlich konnte sich der Stutzflügel klanglich nicht mit dem Bösendorfer-Flügel messen, aber für ihre Zwecke reichte das Instrument völlig aus. Der Bösendorfer erforderte einfach einen großen Raum, damit sich sein Klang voll entfalten konnte, deshalb stand er im Salon ihrer Villa in Sistiana. Das Gästezimmer war zwar mit Bett, Schrank und kleinem Tischchen vollständig eingerichtet, wurde aber selten benutzt. Luises Wohnung war ihr persönliches Refugium, in dem in der Regel nur Bruno und der Haushälterin Maria Einlass gewährt wurde. Wenn Luise Gäste empfing, was ohnedies äußerst selten geschah, dann fand dies in der Villa statt, in der sich entsprechende Repräsentationsräume befanden.

Luise hörte Schritte auf dem Parkett des Salons nebenan, Maria klopfte an die offen stehende Tür der Bibliothek. Luise legte die Füllfeder ab, erhob sich und wandte sich der Haushälterin zu.

»Entschuldigt bitte die Störung, Baronessa.«
»Sind Sie so weit?«
»Ja, ich habe jetzt die Einkaufsliste vervollständigt und der Briefbote war auch schon da.«

»Sieh an, ich habe sein Kommen gar nicht gehört.«
»Er hat leise geklopft.«
Wenn Luise in Triest verweilte, brachte ein Bote zweimal pro Woche die an ihre offizielle Adresse in Sistiana geschickte Korrespondenz. Die Adresse ihrer Wohnung im Borgo Teresiano war nur einem sehr kleinen Kreis von Menschen bekannt. Luise hatte zuvor einen kurzen Brief geschrieben, in ein Couvert gesteckt und adressiert. Diesen nahm sie nun und ging auf Maria zu, die bei der Tür stehen geblieben war. Maria betrat die Bibliothek nie, wenn die Baronin an ihrem Schreibtisch saß und arbeitete. Sie reichte Luise die gesammelte Korrespondenz.

»Vielen Dank, liebe Maria. Geben Sie bitte diesen Brief auf dem Weg zum Markt auf.«

Maria nahm das dargereichte Couvert. Luise überflog die Absender der eingetroffenen Post und legte sie auf dem Tisch ab. Sie griff nach der Geldbörse. »Brauchen Sie Geld für den Einkauf?«

»Ja, Euer Gnaden. Die Haushaltskasse ist fast leer.«

Luise entnahm ihrer Börse einen größeren Betrag. Maria hatte sich in den Jahren ihres Dienstes in Geldfragen als absolut zuverlässig erwiesen. »Hier sind einhundert Kronen. Bitte verwahren Sie den Betrag gut.«

»Jawohl, Baronessa, wie immer«, sagte die Haushälterin mit einem Knicks und ging ab.

Nach dem Einkauf würde Maria noch das Mittagessen zubereiten und sich danach wieder um ihre Familie kümmern. Marias Arbeitszeiten hingen von Luises Aufenthalten in Triest ab, wenn sie nicht in der Stadt weilte, kam die Haushälterin nur einmal pro Woche hierher, um nach dem Rechten zu sehen und die Topfpflanzen zu gießen. Das unregelmäßig verdiente Geld reichte Maria, denn ihr Mann hatte einen guten Posten als Obergießer im Lloydarsenal inne und verdiente genug, um seine kinderreiche Familie durchzufüttern, sodass Marias Einkommen nur eine Aufbesserung des Haushaltsgeldes war.

Luise ging zum Tisch und nahm die Briefe erneut zur Hand. Sie griff nach dem Brieföffner und las den Brief von Dr. Andreas Salmhofer aus Görz. Sie kannte den Arzt nur dem Namen nach, wusste aber, dass er der Hausarzt ihrer Schwiegermutter war. Das Stammhaus des Freiherrn Guntram von Callenhoff lag unweit der Stadt Görz, wo seit dem späten achtzehnten Jahrhundert alle Barone des Hauses aufgewachsen waren. Auch ihr Sohn Gerwin lebte dort. Luise entfaltete den Brief und las.

Der Arzt berichtete von zwei Briefen, die er an den Baron Callenhoff geschrieben hatte, die aber bislang unbeantwortet geblieben waren, weswegen er sich nun an die Baronin wandte. Die Gesundheit der Mutter des Barons gebe Anlass zu Sorge, so der Arzt weiter, noch sei mit Kuren und laufender medizinischer Betreuung der Alltag sehr gut bewältigbar, die Mutter des Barons sei unter den gegebenen Umständen bei guter Verfassung, aber die Zeichen der Krankheit seien unverkennbar, und man möge bei Gelegenheit den Kontakt suchen.

Luise hielt den Brief in der Hand und schaute ins Leere. Wie alt war Helmbrechts Mutter? Luise rechnete nach. Sieglinde von Callenhoff war achtundsechzig Jahre. Es war höchste Zeit für den Drachen, endlich zu erkranken. Der Arzt hatte über die Art der Krankheit kein Wort verloren, nur dass Anlass zu Sorge und weiteren Handlungen gegeben war.

Luise überlegte. Sollte sie dem Arzt oder ihrer Schwiegermutter schreiben? Sollte sie ihrem Mann ein Telegramm nach Brasilien schicken?

Sie setzte sich an den Schreibtisch und nahm einen Bogen Briefpapier zur Hand. Kurz überlegte sie den Wortlaut, dann bedankte sie sich herzlich bei Dr. Salmhofer für den Brief, erklärte, dass der Baron sich auf Reisen in Südamerika befand, somit nicht in kurzer Zeit im Land sein könne, sie aber, Luise, könne jederzeit von Sistiana nach Görz fahren. Sie bat jedoch weiter um genauere Auskunft hinsichtlich der Erkrankung der Mutter des Barons und fragte nach dem Befinden ihres Sohnes.

An ihre Schwiegermutter schrieb sie nicht. Immerhin würde diese niemals einen Brief an die Mutter ihres Enkels schreiben.

Luise faltete den Papierbogen und steckte ihn in ein Couvert. Bevor sie Adresse und Absender notierte, hielt Luise inne und schaute sinnierend zum Fenster hinaus. Die böse Hexe war also krank. Möglichkeiten formten sich vor ihrem geistigen Auge. Was würde die Zukunft bringen?

～⊛～

Bruno klappte den Aktenumschlag zu und ließ ihn in einer Schublade verschwinden, er erhob sich von seinem Schreibtisch und ging zur Garderobe. Ivana tauchte vor seiner Tür auf und wollte klopfen, unterließ es, da er direkt vor ihr stand.

»Signor Zabini, wollten Sie eben aufbrechen?«
»Ja.«
»Dienstlich?«
»Allerdings. Luigi und ich haben einen Weg vor uns. Warum fragen Sie?«
»Weil ein junger Mann gekommen ist, der mit Ihnen persönlich zu sprechen wünscht.«
»In welcher Angelegenheit?«
»Er sagt, es suche ein vertrauliches Gespräch mit Ihnen.«
»Wie ist sein Name?«

»Jure Kuzmin.«

Bruno überlegte, aber der Name sagte ihm nichts, dennoch hängte er Hut und Mantel wieder auf den Haken. »Na gut, zwei Minuten Zeit kann ich mir nehmen.«

Ivana und Bruno gingen in das Büro der beiden Schreibkräfte, das zugleich auch als Empfang im Polizeiagenteninstitut fungierte. Bruno sah den Rücken des Mannes, der zum Fenster hinausblickte.

»Signor Kuzmin«, sagte Ivana, »hier ist Inspector Zabini.«

Ivana setzte sich an ihren Schreibtisch und beobachtete, wie Bruno in die Mitte des Raumes trat. Jure hielt seinen Hut in beiden Händen und trat respektvoll vor Bruno.

»Sie wünschen mich zu sprechen?«

»Jawohl, Herr Inspector.«

»In welcher Sache?« Bruno sah dem jungen Mann an, dass ihm die Situation höchst unangenehm war und er nach den richtigen Worten suchte.

»Mir wurde zugetragen …«

»Was wurde Ihnen zugetragen, Signor Kuzmin?«

»Dass Sie gestern beim Franz-Joseph-Hafen eine Leiche geborgen haben.«

Bruno kniff die Augen zusammen und musterte den jungen Mann noch einmal. Er war ungefähr Mitte zwanzig, trug einen schlichten Anzug, einen unauffälligen Mantel und ebensolche Schuhe. »Wissen Sie etwas darüber?«

»Wie soll ich sagen? Es könnte sein, dass ich etwas weiß.«

Bruno stemmte seine Fäuste in die Hüften. »Wollen Sie eine Aussage leisten?«

»Ja.«

»Ivana, bitte keine weiteren Störungen. Folgen Sie mir, Signor Kuzmin.« Bruno führte den Besucher in sein Zimmer. »Bitte nehmen Sie hier Platz und warten Sie einen Moment.« Bruno wies Jure den Stuhl vor dem Schreibtisch zu, dann ging er in Luigis Bureau, der schon fertig bekleidet auf ihn wartete. »Luigi, leg den Mantel ab und komm in mein Bureau. Da ist ein Mann, der möglicherweise etwas über Franceschini weiß. Nimm Notizbuch und Füllfeder mit.«

Zurück in seinem Bureau stellte sich Bruno hinter seinen Schreibtisch, wartete, bis Luigi hier war, machte die Männer einander bekannt und nahm Platz.

»Also, Signor Kuzmin, bevor Sie mir sagen, was Sie auf dem Herzen haben, erklären Sie doch bitte, woher Sie meinen Namen kennen und warum Sie mich persönlich sprechen wollen.«

»Ihr Name wurde gestern im Franz-Joseph-Hafen genannt. Ein Mitarbeiter der Hafenverwaltung hat ihn mir mitgeteilt. Sie haben die Bergung einer Leiche kommandiert, die auf dem Wellenbrecher gefunden worden ist. Man hat mir auch gesagt, dass Sie leitender Inspector des k.k. Polizeiagenteninstituts sind, deswegen habe ich gedacht, es wäre gut, wenn ich mich persönlich an Sie wende.«

»Für das Protokoll muss ich Sie bitten, Ihren vollen Namen, das Geburtsdatum und Ihre Wohnadresse zu nennen.«

Jure tat, wie ihm geheißen.

»Luigi, hast du alles notiert?«

»Jawohl.«

Jure drehte seinen Hut in der Hand. Ihm war anscheinend warm. Bruno bemerkte Schweiß auf seiner Stirn. »Wollen Sie Ihren Mantel ablegen?«, fragte er. »Dort ist die Garderobe.«

»Vielen Dank, Herr Inspector.« Jure legte Mantel und Hut ab und setzte sich wieder.

»Nun denn, Signor Kuzmin, bitte leisten Sie Ihre Aussage.«

»Ja, also, ich beginne mit Sonntag früh.« Jure erzählte, wie er aufgewacht war und Blutspuren auf Jožes Hemd und Weste gefunden hatte, er gab Jožes Erzählung vom Kampf mit den drei Schlägern wieder, wie er dessen Verletzung an der Stirn behandelt hatte und dass er mit seinem Bruder zur Argo in die Baia di Muggia gefahren war, er erzählte auch, dass er ihn heute auf dem Schiff nicht wie vereinbart angetroffen hatte und nicht wusste, wo er gegenwärtig stecken konnte. Jure schluckte und schaute Bruno an. »Deswegen habe ich mir gedacht, es wäre notwendig, mich an die Polizei zu wenden. Sie werden vielleicht verstehen, dass es für mich sehr schwer ist, hier auszusagen, immerhin kann diese Aussage gegen meinen Bruder verwendet werden.«

»Wissen Sie mit Sicherheit, dass die gefundene Leiche der Mann ist, den ihr Bruder verletzt hat?«

»Nein, das weiß ich nicht. Ich habe persönlich weder den Mann am Samstagabend gesehen, weil Jože ja allein von den drei Männern gestellt wurde, noch war ich gestern bei der Bergung der Leiche zugegen. Ich habe das alles nachträglich erfahren, mir aber gedacht, dass ein Zusammenhang bestehen könnte. Jože ist kein Mörder! Er ist angegriffen worden, mit einen Schlagring hart am Kopf getroffen worden und hat sich in Panik verteidigt. Wie soll ich sagen, Herr Inspector? Jože ist wehrhaft. Er ist Mitglied im Boxverein und hat schon Wettkämpfe gewonnen. Wenn er in die Enge getrieben wird, verteidigt er sich.«

»Beschreiben Sie bitte das Aussehen Ihres Bruders.«

»Er sieht mir ähnlich. Wir haben die gleiche Größe und Statur, er hat helles Haar. Auf der linken Wange hat er eine kurze Narbe von einer Verletzung in der Kindheit. Die Platzwunde, die ihm am Sonntagabend zugefügt wurde, ist auf der rechten Schläfe. Ich habe ihm einen Kopfverband angelegt. Sein linkes Auge ist blau geschlagen.«

Bruno musterte den Mann. Ihm war schon zuvor aufgefallen, dass Jure Kuzmin groß gewachsen und athletisch gebaut war. Wenn sein Bruder dieselbe Statur besaß und auch noch geübter Boxer war, dann glaubte Bruno zu erahnen, dass ein solcher Mann durchaus in der Lage war, sich seiner Haut zu erwehren. Selbst gegen einen Raufbold wie Arrigo Franceschini.

»Wissen Sie irgendetwas über die Identitäten der drei Männer, die Ihrem Bruder aufgelauert haben?«

»Jože hat gesagt, es wären drei Italiener gewesen. Mehr weiß ich nicht.«

»Was können die drei für Motive gehabt haben?«, fragte Bruno.

Jure schaute Bruno unverwandt an. »Jože glaubt, dass die drei gar nicht nach ihm gesucht haben. Die haben den falschen Mann erwischt. Jože nimmt an, dass die drei mich wollten. Die Männer haben uns verwechselt.«

Stille lag im Raum. Auch Luigi beendete seine Niederschrift und schaute Jure fragend an.

»Erklären Sie das genauer, Signor Kuzmin«, forderte Bruno.

»Bevor der Kampf losging, hat einer von den drei Jože beschuldigt, beim großen Derby am letzten Wochenende italienische Mädchen belästigt zu haben. Deswegen wollten sie ihm eine Abreibung verpassen. Aber Jože war an keinem der beiden Tage auf der Pferderennbahn. Jože würde niemals Mädchen belästigen, er ist Mädchen gegenüber eher schüchtern, und er hat eine Braut, die er wirklich liebt. Im nächsten Jahr wird Hochzeit gefeiert. Marija ist auch keine Italienerin, sondern Slowenin aus unserem Wohnviertel in Roiano. Es ist völliger Unsinn, Jože aus genanntem Grund verprügeln zu wollen.«

»Und warum wäre es kein Unsinn, Sie aus genanntem Grund verprügeln zu wollen?«

»Erstens war ich am Freitag auf der Rennbahn. Und zweitens habe ich mich dort mit einem italienischen Mädchen getroffen und mit ihr die Rennen angesehen. Ich habe mit

Signorina Pasqualini zwischen den Rennen einen Spaziergang unternommen, und … Es ist mir peinlich, das zu sagen. Es ist kompromittierend.«

Bruno wartete eine Weile, dann setzte er nach. »Signor Kuzmin, sprechen Sie es aus. Ich muss die Wahrheit kennen.«

»Ich habe Elena meine Liebe gestanden und sie mir die ihre. Wir haben uns zum ersten Mal geküsst. Ich will Elena nicht in Verruf bringen, im Gegenteil, ich will sie heiraten. Ich liebe sie, und ich bin mir felsenfest sicher, dass sie mich auch heiraten will.«

»Sie nannten den Namen. Ist die Signorina mit dem bekannten Geschäftsmann Giovanni Pasqualini verwandt?«

»Elena ist seine Tochter.«

Bruno überdachte die Aussage. Eine unklare Situation. Was könnte das bedeuten?

»Haben Sie einen Nebenbuhler?«, fragte Luigi und mischte sich erstmals in das Gespräch.

Bruno war von der Geistesgegenwart seines jungen Mitarbeiters überrascht. Luigi hatte das Rätsel um einen Moment schneller gelöst als er. So etwas konnte Bruno respektieren.

»Ich weiß es nicht. Jože vermutet es, anderenfalls ergäbe das Durcheinander einfach keinen Sinn.«

»Wer könnte es sein?«, fragte Bruno.

»Ich tappe völlig im Dunklen. Und um ehrlich zu sein, es wäre mir schrecklich peinlich, mich bei Elena danach zu erkundigen.«

Bruno nickte. »Das kann ich verstehen.«

»Herr Inspector, darf ich eine Frage stellen?«

»Natürlich.«

»Ist der Tote vom Wellenbrecher einer der drei Angreifer?«

Bruno zuckte mit den Schultern. »Herr Kuzmin, das kann ich derzeit nicht mit Sicherheit verneinen oder bejahen. Vieles spricht dafür, aber noch liegen manche Sachverhalte im

Dunklen. Was ich Ihnen auf jeden Fall sagen kann, ist Folgendes: Sie haben richtig gehandelt, dass Sie hierhergekommen sind. Das hilft Ihnen, sollten die drei Männer es wirklich auf Sie abgesehen haben, und das hilft vor allem Ihrem Bruder. Sie wissen ja jetzt, wo Sie mich finden können. Sollten Sie Ihrem Bruder begegnen, teilen Sie ihm mit, dass er sich unbedingt stellen muss. Ja, die Sache wird vor Gericht verhandelt werden, aber so wie Sie das geschildert haben, scheint ihr Bruder sich in schwerer Bedrängnis zur Wehr gesetzt zu haben.«

»Sie meinen Notwehr?«

»Allerdings. Aber unausweichlich ist, dass er sich schnellstmöglich bei der Polizei meldet.«

»Das werde ich ihm sagen, sobald ich ihn sehe.«

»Gut so.«

Jure kaute auf seiner Unterlippe. »Entschuldigen Sie bitte, aber ich habe noch eine Frage.«

»Ja?«

Jure schluckte schwer. »Werden Sie Signorina Pasqualini befragen?«

»Signor Kuzmin, bedenken Sie bitte, dass ich zur Vorgangsweise der Polizei in einem offenen Ermittlungsverfahren keine Auskunft geben kann. Haben Sie uns noch etwas zu sagen?«

Jure dachte nach. »Nein, ich habe alles berichtet.«

Bruno versuchte, in der Miene des Mannes zu lesen. »Wie fühlen Sie sich jetzt, Signor Kuzmin?«

Jure war von der Frage überrascht. Er schien nicht glauben zu können, dass ein Polizist sich nach seinem Befinden erkundigte. »Ich fühle mich erleichtert«, sagte er.

Bruno nickte dem Mann zu.

Rund um den Canal Grande und der Chiesa di Sant'Antonio Nuovo herrschte tagsüber immer viel Betriebsamkeit, sodass auch das Caffè Stella Polare von einem steten Kommen und Gehen geprägt war. Doch der Cafetier wusste genau, wann die Studenten der Berlitz School den Vormittagsunterricht beendeten und zu ihm ins Kaffeehaus kamen, um sich für den Nachmittag zu stärken, weswegen immer ein Tisch reserviert war. Es war geradezu ein Markenzeichen des Kaffeehauses geworden, dass hier junge Frauen und Männer in der Mittagsstunde beisammensaßen und in allerlei Sprachen parlierten. Italienisch, Englisch, Deutsch, Französisch wechselten einander in lebendiger Folge ab. Nicht wenige Studenten der Berlitz School meinten, dass der Sprachunterricht von den Klassenzimmern fugenlos im Kaffeehaus fortgesetzt wurde.

Für Elena waren die Kaffeehausbesuche elementarer Bestandteil ihrer Schulzeit. Sie liebte es, mit ihren Kommilitonen bei Kaffee und Kuchen zusammenzusitzen. In manchen Kaffeehäusern der Stadt wurde man abschätzig angeschaut, wenn eine Gruppe junger Männer und Frauen bei Tische saß, im Caffè Stella Polare war das nicht der Fall.

Elena lachte über eine Anekdote, die ihr Kommilitone Hubert wie üblich geistreich und eloquent zum Besten gab. Die gesamte Runde, vier Männer und drei Frauen, lachte. Wenn die Studenten der Berlitz School beisammensaßen, war es ganz und gar unüblich, Alkohol zu trinken, denn am Nachmittag folgten ja noch weitere Lektionen. Die Meisten tranken Kaffee, die Briten und Iren unter ihnen dagegen Tee. Elena etwa trank im Caffè Stella Pollare mindestens ebenso häufig Tee wie Caffelatte. Heute hatte sie sich für ein Kännchen Assam entschieden. In der Mitte des Tisches stand ein Teller mit Strucchi, an dem sich alle bedienten. Elena griff zu und schob sich eine der mit Zucker bestreuten frittierten Teigtaschen in den Mund. Sie schmeckte köstlich.

Auf einmal entdeckte Elena zwei funkelnde Augen. Für einen Moment schien ihr Herz zu rasen. Jure! Er hatte sie gesehen und kam auf den Tisch zu. Ihre Kommilitonen bemerkten, dass Elena den Mann, der an den Tisch herantrat, mit großen Augen anschaute.

»Sieh an, Jure. Was für eine Freude Sie hier zu treffen«, sagte Hubert, der so etwas wie der informelle Kopf ihrer Runde war. Hubert erhob sich und reichte Jure die Hand. »Guten Tag.«

»Guten Tag, Hubert. Auch ich freue mich, Sie zu treffen. Guten Tag allseits.«

»Sind Sie zufällig hier vorbeigekommen oder haben Sie nach uns gesucht?«

»Tatsächlich habe ich nach Ihnen gesucht. Im Bureau der Berlitz School hat man mir gesagt, dass ich hier im Kaffeehaus nachsehen solle. Meine Suche war von Glück begleitet.«

»Nun denn, lieber Jure, setzen Sie sich zu uns. Trinken Sie Kaffee oder Tee? Greifen Sie bei den Strucchi zu. Seien Sie in dieser illustren Runde herzlich willkommen«, sagte Hubert, nahm aber seine Taschenuhr und blickte darauf. »Obwohl wir nur mehr rund zehn Minuten verweilen können und dann zurück in die Schule müssen.«

»Vielen Dank für die überaus freundliche Einladung, geschätzter Hubert. Wenn es meine Belange erlauben würden, würde ich diese Einladung selbst für nur eine Minute liebend gern annehmen, aber ich bin in Eile.«

Hubert zeigte ein fragendes Gesicht. »Nun, was führt Sie dann zu uns?«

Jure wandte sich Elena zu. »Signorina Elena, ich will nur höchst ungern die Geselligkeit der Runde stören, aber darf ich Sie in einer dringenden Angelegenheit sprechen?«

Elena erhob sich und packte ihre Schultasche. »Natürlich.

Wenn es dringend ist, stehe ich zur Verfügung. Ich muss noch meine Rechnung begleichen.«

»Ach, das übernehme ich«, sagte Hubert. »Geh du nur. Ich hoffe, Jure, Sie werden unsere Elena rechtzeitig zu Beginn der nächsten Stunde im Klassenzimmer abliefern.«

»Worauf Sie sich selbstverständlich verlassen können. Meine Damen, meine Herren, ich bitte mein dreistes Erscheinen vielmals zu entschuldigen.«

Hubert setzte sich. Jure half Elena in den Mantel und sie verließen das Kaffeehaus mit den Blicken der verbliebenen Studenten im Rücken. Die beiden gingen ein Stück nebeneinander. Elena schaute Jure von der Seite an.

»Was ist mit dir? Du siehst bedrückt aus.«

»Liebe Elena, das bin ich auch.«

»Willst du mir von der Ursache deines Ungemachs erzählen?«

»Ja. Deswegen habe ich nach dir gesucht. Ich hoffe, das gerade eben war nicht kompromittierend für dich.«

»Nein. Meine Kommilitonen sind mir in den letzten Monaten wirklich zu Freunden geworden. Du hast ja einige von ihnen beim Kaffeekränzchen meines Vaters kennengelernt.«

»Das habe ich.«

»Wir sind stolz darauf, selbstbewusste und eigenverantwortliche Menschen zu sein. Ja, wir sind eine Schar von Freigeistern. Und das Wort kompromittierend spielt in meinem Wortschatz nur eine untergeordnete Rolle.«

»Ich bewundere diese, ich möchte sagen, moderne Geisteshaltung.«

Elena schaute sich um. Es waren zwar viele Menschen auf der Straße, aber niemand beachtete das junge Paar besonders, also hakte sie sich bei Jure ein. Sie lächelte ihn an. Er war von ihrer Vertraulichkeit im öffentlichen Raum fast überwältigt.

»Meine Güte, Elena, ich muss mich mit äußerster Disziplin in Zaum halten, um dich nicht hier und jetzt in den Arm zu nehmen und zu küssen.«
»Nun, ein Kuss wäre wunderschön.«
»Verleite mich nicht zu Tollkühnheit.«
Elena wischte das Lächeln aus ihrem Gesicht. »Es ist bestimmt eine ernste Angelegenheit, derentwegen du nach mir gesucht hast.«
Jures Lächeln verflog ebenfalls. »So ist es.«
»Bitte, teile dich mir mit.«
»Elena, mein Bruder Jože und ich stecken in großen Schwierigkeiten. Vor rund zwei Stunden war ich in der Polizeidirektion und habe mit einem Inspector über die letzten Vorfälle gesprochen.«
Elena zuckte zusammen. »Polizei? Was ist denn geschehen?«
Jure erzählte ihr von den Begebenheiten, von Jožes Kampf, von seinem Versteck, von der möglichen Verwechslung der beiden Brüder, von dem Leichenfund auf dem Wellenbrecher, vom Verschwinden seines Bruders und vom Gespräch mit Inspector Zabini und seinem Adjutanten. Als Jure seine Schilderung beendete, gingen die beiden eine Weile schweigend nebeneinanderher. Elena versuchte, die Tragweite der Geschichte zu erfassen, was ihr im Moment jedoch nicht gelang. »Das ist ja furchtbar, Jure. Ich verstehe überhaupt nicht, wer dich wegen Belästigung italienischer Mädchen verprügeln lassen könnte. Und weshalb? Du hast dir doch nichts zuschulden kommen lassen. Oder hast du?«
»Um Gottes willen, Elena, nein! Ich würde niemals einem Mädchen zu nahetreten. Das ist völlig ausgeschlossen.«
»Dann kann das doch nur eine noch größere Verwechslung sein.«

»Ich kenne mich auch nicht aus. Aber ich habe die Vorfälle der Polizei gemeldet. Ich wollte dir zuerst gar nichts von der Sache erzählen, weil sie völlig verrückt ist. Ich wollte dich wirklich nicht damit behelligen, aber ich glaube, dass der Inspector dich früher oder später aufsuchen wird. Deswegen laufe ich seit zwei Stunden wie närrisch durch die Stadt und denke krampfhaft nach, wie ich dir das alles beibringen kann, ohne dass du mich verachtest oder Angst vor mir oder meinem Bruder hast. Jože ist ein lieber Mensch, er ist treu und witzig, er ist immer gut gelaunt, er ist nicht nur mein Bruder, er ist mein bester Freund. Aber wenn man Jože in die Enge treibt, dann kann ihn keiner halten. Er ist immens stark und schnell, ja, wenn Jože wirklich wütend ist, dann ist er gefährlich. Nicht für seine Freunde und Verwandten, niemals, er wird immer zu seinen Freunden halten, aber seine Feinde sollten sich vor ihm hüten.«

»Was hat es mit diesem Abend auf der Rennbahn auf sich? Das habe ich noch nicht begriffen.«

»Das ist es ja, was mir Kopfschmerzen bereitet, Elena. Der Verdacht liegt nahe, dass uns jemand gesehen hat. Du weißt schon, als wir zwischen den Rennen spazieren gegangen sind und bei den Stallungen waren, und als wir dann diese Excursion zum kleinen Wäldchen gemacht haben.«

»Ich werde diesen Moment mein Leben lang nicht vergessen.«

»Ich auch nicht. Es war ein Wunder.«

Elena schaute Jure mit Bestürzung an. »Langsam beginne ich zu begreifen. Meinst du, jemand hat uns beobachtet?«

»Das könnte der Fall gewesen sein.«

»Jemand, dem es nicht passt, dass wir einander küssen und der dir deswegen drei Schläger schickt?«

»Ja, Elena, das könnte die Ursache für alle die Verwicklungen sein.«

Elena hielt für einen Moment den Atem an. »Wer könnte eine solch verabscheuungswürdige Tat begehen? Das ist widerwärtig!«

»Ich weiß es nicht, Elena. Ich tappe völlig im Dunkeln.«

»Aber du denkst«, fuhr Elena mit zusammengekniffenen Augen fort, »dass ich es wissen könnte.«

»Vielleicht.«

»Wer also hat sich um meine Aufmerksamkeit bemüht, den ich übersehen habe, der aber rasend vor Eifersucht auf dich sein könnte?«, fragte Elena sich selbst.

Sie gingen schweigend ein paar Schritte.

»Genau das ist die Frage, die sich nahelegt«, sagte Jure. »Und die wahrscheinlich der Inspector auch stellen wird.«

Elena hielt an und wandte sich Jure zu. Sie schaute ihn direkt an. »Ich weiß es nicht. Mir fällt niemand ein.«

»Gar niemand?«

»Ich tappe im Dunkeln.«

»Hast du einen Verehrer, der dir Briefe geschrieben hat? Oder der dir auf dem Weg zum Markt aufgelauert hat, um dich zu begleiten? Oder zu verfolgen? Es gibt so viele Möglichkeiten.«

Elena war wie vor den Kopf geschlagen. »Was sagst du da? Aufgelauert?«

»Ist dir etwas eingefallen?«

»Ja.«

»Erzähl mir davon.«

»Vor ungefähr einer Woche hat tatsächlich jemand auf mich beim botanischen Garten gewartet und sich mir auf dem Weg zur Berlitz School angeschlossen. Ich habe dann bald zwei Freundinnen auf der Straße entdeckt und mich schnell entfernt. Ich mag ihn nicht, seine Anwesenheit ist mir immer irgendwie unangenehm. Zum Glück treffe ich Signor Dario nur sehr selten.«

»Er hat dir aufgelauert?«
»So könnte man es sagen.«
»Sein Name ist also Dario.«
»Dario Mosetti. Im Sommer ist er einen ganzen Nachmittag am Strand von Barcola nicht von meiner Seite gewichen und hat auf mich eingeredet. Das war sehr unschön.«
»Könnte er der Drahtzieher sein?«
Elena dachte fieberhaft nach. »Das weiß ich nicht. Vielleicht. Hör zu, Jure. Ich werde dir erzählen, was ich weiß.«

Bruno und Luigi näherten sich dem Areal des Steinmetzbetriebes. Sie waren mit der Localbahn nach Opicina gefahren und dann mit forschem Schritt zum Bahnhof der Südbahn marschiert, in dessen Nähe am Ende eines Nebengleises der Betrieb lag. Wobei die Bezeichnung »Betrieb« durch die Expansion des Unternehmens euphemistisch war, denn das hier war eher eine Fabrik. Luigi Bosovich schaute zum schwarzen Qualm speienden Schlot empor. Bruno folgte seinem Blick.
»Na, Luigi, warum machst du so ein saures Gesicht?«
»Ich habe aufgehört, die vielen Schlote und Kamine zu zählen.«
»Das ist der Fortschritt, Luigi. Die Industrie braucht Energie und die Dampfmaschine bringt sie uns.«
»Ich weiß schon, Ispettore, dass Sie ein Freund des Fortschrittes sind, ich finde ja den Fortschritt auch gut, aber muss der Fortschritt unbedingt durch ekelhaft qualmende Schlote erreicht werden?«
»Wenn du eine bessere Idee hast, wie man Energie erzeugen kann, dann immer heraus. Erfinde einen Apparat, der aus, ich weiß nicht, dem Sonnenlicht Energie macht, dann

werden die Fabrikanten die Dampfmaschinen demontieren und deinen Apparat verwenden. Du könntest ein reicher Mann werden.«

»Herzlichen Dank für den Spott, Ispettore. Ich meine ja nur, dass der schwarze Rauch nicht schön ist. Und stinkt. Zum Glück leben wir in Triest, da weht immer Wind.«

»Sei nicht gleich eingeschnappt, Luigi. Natürlich hast du recht. Dampfmaschinen erreichen einen Wirkungsgrad von zwölf bis fünfzehn Prozent. Das meiste der thermischen Energie geht durch den Kamin, nur ein kleiner Teil wird zu mechanischer Energie. Das ist wirklich nicht viel, das muss besser werden. Die Dampfmaschine hat uns den Weg in die Technik eröffnet, aber sie ist bestimmt nicht deren letzte Entwicklung. Ich setze auf die Elektrizität. Sieh nur die elektrische Tram in Triest oder die Localbahn. Elektromotoren haben im diametralen Gegensatz zur Dampfmaschine einen Wirkungsgrad von über neunzig Prozent. Der Elektrizität gehört die Zukunft.«

»Außer der Strom wird mit Dampfmaschinen erzeugt. Weil da gewinnt man durch die Elektrizität genau gar nichts.«

Bruno schmunzelte. »Luigi, wie kann ein junger Mann wie du nur so pessimistisch sein?«

Als sie beim Portier ihr Anliegen vortrugen, wurde den beiden Polizisten der Zutritt zum Betriebsareal gestattet. Der Portier schickte einen Gehilfen nach Andrea Sgrazutti. Bruno und Luigi standen am Rande einer großen Halle, wo sich mehrere Arbeitsplätze der Steinmetze befanden, die gerade ihre Arbeit verrichteten. An der Decke lief auf massigen Schienen ein Brückenkran. Das Kernstück des Betriebes, eine Steinsäge, bildete das Zentrum der Halle. Bruno und Luigi starrten fasziniert auf die große Maschine. Das rund zwei Meter durchmessende Sägeblatt schnitt sich scheinbar spielerisch leicht durch einen Steinblock, das Kühlwasser lief über den

Stein und schwemmte auch den Staub fort. Bruno hatte davon gelesen, dass für Steinsägen hochwertige Stahlblätter benutzt wurden, an deren Zacken Diamanten aufgelötet wurden. Der immens harte Diamant war in der Lage, selbst durch Granit oder Marmor zu schneiden. Der Steinblock lag auf einem schienengebundenen Schlitten, das Sägeblatt lief auf einer in der Höhe beweglichen Achse, die auf einem Stahlkasten montiert war. Am Ende der Achse befanden sich ein Schwungrad und der Riemenantrieb. Die Säge zerschnitt tagein, tagaus Steinbrocken zu Steinplatten. Diese Steinplatten konnten dann weiter zerschnitten und bearbeitet werden. So wurden hochwertige Konstruktionssteine erzeugt, mit denen der zügige Ausbau der Stadt möglich war. Der Lärm der Säge drang durch Mark und Bein, es schmerzte von den Haarspitzen bis zu den Zehen, sich in der Nähe der Maschine aufzuhalten. Bruno sah, dass viele Arbeiter ihre Ohren mit Ohrstöpseln der Marke Antiphon schützten, aber nicht alle. Der Ohrschutz bestand aus einer Kugel Hartgummi, die an einen Metallbügel appliziert war. Wie diese Männer ohne Gehörschutz arbeiten konnten, fand Bruno unverständlich.

Der Gehilfe und in dessen Schlepptau ein weiterer Mann kamen heran. »Hier ist Signor Sgrazutti«, brüllte der Gehilfe und trollte sich.

Bruno musterte den Mann Ende zwanzig. Die kräftigen Hände, die Mütze und die Arbeitskleidung Sgrazuttis waren staubig, seine Haltung war angespannt, seine Miene linkisch und lauernd. Bruno deutete ihm, dass er die Ohrstöpsel herausnehmen solle. Er erkannte Sgrazutti eindeutig wieder. Das war einer der Männer, die er gestern im Caffè Tommaseo beobachtet hatte.

Sgrazutti zog an den Metallbügeln die Gummikugeln aus den Ohren. »Sie wünschen?«

»Wo können wir uns unterhalten?«

»Wer sind Sie?«

Bruno und Luigi zogen, ohne gegen den Lärm anzubrüllen, ihre Kokarden. Aus den Augenwinkeln sah Bruno, dass viele der Arbeiter misstrauisch zu ihnen herüberschauten. Sgrazutti inspizierte die Kokarden und deutete in eine Richtung. Bruno und Luigi folgten dem Mann zu den Mannschafts- und Waschräumen. Nachdem sie mehrere Türen hinter sich geschlossen hatten, standen sie nun in einem düsteren Raum mit aufgereihten Metallspinden. Man konnte die Säge zwar auch hier noch hören, aber sie waren in der Lage, mit normaler Lautstärke zu sprechen.

Sgrazutti steckte seine Hände in die Hosentaschen und musterte die beiden Polizisten. »Also, was wollen Sie?«

»Wir wollen Auskunft über mehrere Sachverhalte.«

»Mehrere? Der Vorarbeiter hat mich verärgert angeschaut, weil ich vom Arbeitsplatz fortgeholt wurde.«

»Wir werden es kurz machen. Kennen Sie einen Mann namens Arrigo Franceschini?«

»Ja.«

»Woher kennen Sie ihn?«

»Woher? Weiß ich gar nicht mehr. Wir kennen uns schon ein paar Jahre.«

»Haben Sie Franceschini regelmäßig getroffen?«

»Ja. Fast jedes Wochenende treffen wir uns in der Osteria bei uns in der Straße. Arrigo wohnt nur drei Häuser weiter. Wir besuchen immer wieder auch das Bierhaus am Porto Vecchio. Arrigo hat dort viele Freunde und Arbeitskollegen. Sie müssen wissen, Arrigo arbeitet am Hafen.«

»Besuchen Sie Kaffeehäuser?«

»Auch. Wenn wir Billard oder Karten spielen wollen.«

»Welche Kaffeehäuser?«

»Verschiedene.«

»Das Caffè Tommaseo?«

»Ja. Dort gibt es den besten Kaffee in der Stadt.«
»Waren sie gestern an Ihrem Arbeitsplatz?«
»Gestern? Nein. Warum fragen Sie?«
»Wieso waren Sie nicht an Ihrem Arbeitsplatz?«
»Weil ich beim Arzt war. Zu einer Untersuchung. Deswegen habe ich mir freigenommen.«
»Sind Sie krank?«
»Zum Glück nicht.«
»Hat Arrigo Franceschini eine Braut? Ist er verlobt?«
»Er ist nicht verlobt. Zumindest weiß ich von keiner Verlobten oder Braut.«
»Sind Sie verlobt, Herr Sgrazutti?«
»Nein.«
»Warum nicht?«
»Das ist ja wohl meine Privatsache.«
»Besuchen Sie und Arrigo Franceschini Freudenhäuser?«
»Was ist denn das für eine Frage?«
»Wann haben Sie Franceschini zuletzt gesehen?«
»Hm, da muss ich nachdenken. Am letzten Samstag waren wir in der Osteria zum Essen.«
»Haben Sie Franceschini danach noch einmal gesehen?«
»Warum fragen Sie mich das alles? Ist mit Arrigo etwas geschehen?«
Bruno fixierte den Mann genau. »Die Leiche von Arrigo Franceschini wurde Montag früh gefunden.«
Sgrazutti schnappte nach Luft. »Die Leiche? Arrigo ist tot?«
»Leider ja.«
»Wie ist das geschehen? Woran ist er gestorben?«
»Zum gegenwärtigen Zeitpunkt der polizeilichen Investigationen kann ich darüber keinerlei Auskunft geben. Also, haben Sie mit Franceschini nach dem Essen noch etwas unternommen?«

»Wir sind noch in das Bierhaus gegangen.«
»Wann und wo war das?«
»Das war um ungefähr drei Uhr nachmittags. Nein, es war schon halb vier. Wir haben ein Glas Bier getrunken.«
»Wie lange waren Sie in diesem Gasthaus?«
»Eine halbe oder dreiviertel Stunde. Dann sind wir gegangen.«
»Wohin?«
»Nach Hause. Also ich bin nach Hause gegangen. Was Arrigo gemacht hat, weiß ich nicht.«
»Wo waren Sie am Samstagabend?«
»Zu Hause.«
»Gibt es dafür Zeugen?«
»Nein. Ich habe glücklicherweise eine kleine Wohnung für mich allein.«
»Was haben Sie am Sonntag getan?«
»Ich war in der Kirche. Und danach zu Hause.«
»Den ganzen Tag?«
»Ja. Am Sonntag ruhe ich mich aus und gehe früh zu Bett, damit ich am Montag pünktlich zur Arbeit erscheinen kann.«
»Gestern sind Sie aber nicht pünktlich zur Arbeit erschienen. Warum?«
»Habe ich ja gesagt, weil ich beim Arzt war.«
»Gibt es Zeugen, dass Sie am Sonntag zu Hause waren?«
»Ich habe ja schon gesagt, dass ich allein wohne.«
»Beschreiben Sie Ihren Arbeitsweg.«
»Warum?«
»Weil ich Sie dazu auffordere.«
»Ganz einfach. Ich gehe zur Piazza della Caserma, steige in die Localbahn nach Opicina, dann gehe ich hierher und beginne mit der Arbeit. Was sollen all die Fragen?«
»Kennen Sie weitere Freunde von Franceschini?«

»Viele. Gehen Sie in das Bierhaus am Porto Vecchio. Alle dort kennen Arrigo.«

»Wann haben Sie Franceschini zuletzt gesehen?«

»Das habe ich doch schon gesagt. Am Samstag nach dem Glas Bier.«

»Nennen Sie die Zeit.«

»Ungefähr fünf Uhr nachmittags. Als ich nach Hause kam.«

»Haben Sie Franceschini am Sonntag getroffen?«

»Nein.«

»Haben Sie bei Ihrem Kirchgang am Sonntag andere Bekannte getroffen?«

»Ja.«

»Nennen Sie deren Namen.«

»Wozu?«

»Soll ich Sie zum Verhör vorführen lassen? Nennen Sie die Namen!«

Sgrazutti schluckte angesichts Brunos düsterer Miene. »Ludovico Antozzi und Dario Mosetti.«

»Kennen Sie diese Männer aus dem Bierhaus?«

»Nein. Die verkehren dort nicht. Oder sehr selten.«

»Kennen Sie die Männer aus dem Caffè Tommaseo?«

»Ja. Vom Kartenspielen.«

Bruno überdachte das Gespräch. Er suchte Blickkontakt zu Luigi, dem man ansah, wie konzentriert er dem Wechselspiel von Frage und Antwort lauschte. Bruno nickte Andrea zu. »Nun denn, Signor Sgrazutti, ich will Ihre Zeit nicht länger in Anspruch nehmen. Ich danke für die Auskunft.«

»Eine Frage, Herr Wachtmeister.«

»Inspector.«

»Herr Inspector. Was ist mit Arrigo passiert?«

»Für Auskünfte wenden Sie sich an die Kanzlei des k.k. Polizeiagenteninstituts. Guten Tag.«

Bruno und Luigi ließen den Mann stehen und gingen wieder zur Haltestelle der Localbahn. Während sie auf den Zug warteten, griff Luigi zu seiner Zigarettenschatulle und bot Bruno eine an. Dieser winkte dankend ab. Luigi entflammte eine Zigarette.

»Was meinst du zu diesem Gespräch, Luigi?«

Luigi blies den Rauch aus und wiegte den Kopf. »Viel hat er nicht gesagt. Er hat kein Alibi, weder für Samstagabend noch für Sonntagnachmittag und -abend. Er war sehr ausweichend. Das roch verdächtig nach schlechtem Gewissen.«

»Vorsicht mit dem Verdacht, der Befragte habe ein schlechtes Gewissen. Viele Menschen zeigen großen Respekt oder gar Angst vor den Fragen der Polizei. Ich habe wiederholt erlebt, dass Menschen bei Befragungen so verstockt waren, dass man das schlechte Gewissen förmlich greifen konnte, später hat sich aber herausgestellt, dass ein schlechtes Gewissen nicht der Grund war, sondern allein Nervosität vor der Staatsgewalt ihr Verhalten erklärte.«

»Mag sein, Ispettore, aber ich glaube, der Mann hat nicht immer die Wahrheit gesagt.«

»Das glaube ich auch.«

»Beeindruckend fand ich, wie Sie die Namen herausgekitzelt haben.«

Die Zuggarnitur rollte heran. Bruno zuckte mit den Schultern. »Zumindest hast du jetzt zwei Namen für die weitere Untersuchung.«

»Die ich mit Vergnügen fortführen werde, Ispettore.«

◈

Dario und sein Gegenspieler schüttelten einander die Hand. Er steckte die zwanzig Kronen ein, die er mit einigen sehr guten Stößen mehr als verdient hatte. Sein Gegner, ein Mann, den er beiläufig kannte und gegen den er von Zeit zu Zeit eine Billardpartie spielte, hatte mit ansehen müssen, wie sich Dario von Stoß zu Stoß gesteigert hatte. Nicht immer hatte Dario gegen den Mann gewonnen, heute aber war er nicht zu schlagen gewesen. Es gab Tage, an denen einfach alles gelang. Nach der erfolgreichen Informationsbeschaffung war ihm nach angenehmer Gesellschaft gewesen, also hatte er eine Schachtel Schweizer Konfekt gekauft und war auf gut Glück zu Olga gegangen. Sie war von seinem unangekündigten Besuch zwar überrascht gewesen, hatte ihn jedoch eingelassen, ihm Kaffee serviert, vom Konfekt genascht und seine Wünsche erfüllt. Dario mied Besuche bei den Hafendirnen, er hatte genug Stil und Kleingeld, um bei einer vornehmen Dame wie Olga ein und aus zu gehen. Sie war eine ausgesprochen elegante und diskrete Ruthenin, die vor irgendeinem finsteren Geheimnis aus ihrer Heimat der Bukowina hatte flüchten müssen und sich in Triest niedergelassen hatte. So hatte Dario einen höchst erquicklichen Vormittag erlebt, war danach ins Kaffeehaus gegangen und war zu einer Partie Billard aufgefordert worden. Die mit einem Triumph und einer Banknote geendet hatte.

Dario setzte sich an seinen Stammplatz und winkte dem Kellner. Da sich sein Magen leer anfühlte, orderte er Omelette au jambon, einen Krug Wasser, einen Nero und ein Glas Cognac. Genüsslich tippte er mit der Zigarettenspitze auf seinen Handrücken, ehe er sie zwischen die Lippen nahm und sie ansteckte. Tief inhalierte er den Rauch und blies ihn wieder aus. Die Zigarette schmeckte ausnehmend gut. Kurz darauf wurden Wasser, Kaffee und Cognac serviert. Er leerte das Glas mit einem Schluck und spürte sofort, wie eine belebend heiße Woge seine Kehle durchströmte. Als er die Zigarette zu Ende geraucht hatte, servierte der Kellner das Omelette.

Drei Männer betraten das Kaffeehaus und marschierten

zielgerichtet in den hinteren Gastraum. Es waren Ludovico und zwei seiner Spießgesellen. Die drei entdeckten Dario, der ihnen kauend zunickte. Die Männer trugen finstere Mienen, wie Dario amüsiert feststellte. Ludovico trat auf seinen Tisch zu und setzte sich, seine zwei Freunde zogen Stühle heran und umlagerten den kleinen Kaffeehaustisch. Dario wischte eben mit einem Stück Brot das Fett vom Teller und legte das Besteck ab. Köstlich und bekömmlich.

»Guten Tag, meine Freunde. Was für ein große Ehre und bedeutende Freude, dass ihr euch zu mir gesellt. Darf ich eine Einladung zu einem Glas Cognac aussprechen?«

»Mir ist nicht nach Cognac zumute. Wo bist du gewesen, verdammt noch mal?«, konterte Ludovico.

Dario zog übertrieben echauffiert die Augenbrauen hoch. »Werter Freund, warum der schroffe Tonfall? Welch unverzeihliche Untat habe ich mir unbewusst zuschulden kommen lassen?«

»Red nicht so geschwollen, Dario. Wir haben dich erwartet.«

»Wobei erwartet?«

»Weißt du heute schon nicht mehr, was du gestern zugesagt hast?«

Dario wischte sein süffisantes Lächeln aus seiner Miene und konterte Ludovico hart. »Du meinst also, dass es einen Sinn hat, wenn sieben bis acht von uns in Roiano Maulaffen feilhalten und sich die Beine in den Bauch stehen. Ist das ein guter Plan? Da bin ich anderer Ansicht.«

»Was soll das heißen?«

»Ich setze auf Intelligenz, nicht auf Zeitverschwendung.«

»Willst du mich provozieren?«

»Im Gegenteil. Ich will dich und unsere Leute mit qualifizierter Information versorgen. Ich habe den Vormittag für Investigation genutzt.«

In Ludovicos selbstgefälliger Miene spiegelte sich ein erster Anflug von Unsicherheit. »Was hast du herausgefunden?«

Dario sah, dass sich der Kellner näherte, also lehnte er sich zurück, wartete, bis der Mann den Teller abservierte und bestellte eine Runde Cognac für alle. Er wartete mit der Herausgabe seiner Kenntnisse, bis die vier Gläser auf dem Tisch standen. Mit den zwanzig Kronen, die er beim Billard gewonnen hatte, konnte er sich diese Großzügigkeit leisten. Er rührte das Glas nicht an, sondern schaute sich sorgsam um und beugte sich konspirativ über den Tisch. Die Köpfe der anderen rückten ebenfalls näher.

»Ihr habt am Samstag nicht Jure Kuzmin erwischt.«

»Nicht? Du hast ihn genau beschrieben und uns die Adresse gegeben.«

»Jure Kuzmin hat drei Brüder und eine Schwester. Die Namen und das genaue Alter aller weiß ich nicht, aber einen Namen habe ich herausgefunden. Jures um ein Jahr jüngerer Bruder heißt Jože, die beiden sehen einander sehr ähnlich. Und jetzt kommt es, meine Herren. Jože Kuzmin ist Boxer.«

Ludovico sog geräuschvoll Luft ein. »Dann haben wir den Bruder verfolgt?«

»Mit an Sicherheit grenzender Wahrscheinlichkeit. Eines weiß ich gewiss: Jure Kuzmin hat keine Wunde an der Schläfe, ich habe ihn gesehen. Und Jože Kuzmin hat bei mehreren Boxturnieren teilgenommen. Kein Wunder also, dass er euch einen harten Kampf geliefert hat.«

»Wie hast du das herausgefunden?«

»Indem ich meinen Verstand benutzt und die richtigen Leute befragt habe. Ich weiß noch viel mehr.«

»Raus damit.«

»Jure Kuzmin ist Prokurist einer kleinen Reederei, die nur zwei Häuser weiter ihren Stammsitz hat. Die Società Marittima R. Cohn.«

»Die Tafel dieser Firma kenne ich vom Vorbeigehen«, sagte Ludovico. »Kuzmin paktiert also mit den Juden.«

»Diesem Mann ist alles zuzutrauen. Italienische Mädchen belästigen, mit Juden paktieren, seinen dummen, aber starken Bruder in den Kampf hetzen. Der Mann ist wie die Pest«, ereiferte sich Dario.

»Da hast du recht, dem muss das Handwerk gelegt werden. Aber zuerst muss dieser Boxerbruder für den Mord an Arrigo büßen. Die Rechnung ist fällig.«

»Ich glaube nicht, dass wir ihn in Roiano entdecken werden. Immerhin ist vom Fund der Leiche in der Zeitung berichtet worden. Ich bin mir sicher, dass sich Jože Kuzmin versteckt hält.«

»Das ist zu befürchten. Es kann Wochen dauern, bis wir ihn gefunden haben.«

Dario zeigte ein Siegerlächeln. »Wochen oder Monate sogar. Oder man hört sich an den richtigen Stellen ein bisschen um, wodurch man schneller ans Ziel kommen kann.«

»Was hast du herausbekommen?«, fragte Ludovico atemlos.

»Ich habe herausbekommen, dass Jure Kuzmin Kaffee importiert.«

»Und weiter?«

»Ich weiß auch, wo er den importierten Kaffee lagert.«

»Wo?«

»In diesem Magazin im Porto Nuovo«, sagte Dario und zog aus der Brusttasche seines Sakkos einen kleinen Zettel, den er Ludovico zuschob. »Mein Informant hat mir mitgeteilt, dass Jože Kuzmin dort mehrere Nächte auf einem Feldbett übernachtet hat. Vielleicht sollten wir also neben dem Wohnhaus seiner Eltern in Roiano auch dieses Magazin im Auge behalten.«

Dario genoss den Augenblick des Triumphs, seine drei Freunde waren sichtlich beeindruckt. Ludovico griff nach dem Zettel und ließ ihn in seiner Sakkotasche verschwinden, er nickte Dario zu. »Gut gemacht, Kamerad.«

»Und ihr werdet hoffentlich diesem Boxer diesmal eine tüchtige Abreibung verpassen?«

»Worauf du dich verlassen kannst.«

»Und danach nehmen wir uns diesen Angeber und Schwerenöter Jure vor.«

Ludovico ballte kämpferisch seine Faust. »Endlich ziehen wir in den Kampf.«

Dario hob sein Glas. »Auf den Erfolg unseres Unternehmens!«

Seine drei Freunde taten es ihm gleich. »Auf die Gerechtigkeit!«

Der Cognac schmeckte Dario köstlich wie nie. Was für ein großartiger Tag.

Brunos Gedanken drehten sich langsam um die Gestaltung des Abends. Ein wohliges Gefühl breitete sich in ihm aus. Ja, der vergangene Sommer war von stillen Sonnenuntergängen in seinem Garten gekennzeichnet gewesen. Mutter hatte Suppe oder Salat vorbereitet, er hatte leicht und bekömmlich gegessen, dazu eine Flasche Tocai Friulano aus dem Keller geholt und zwei oder drei Gläser kühlen Weißwein getrunken, er hatte gelesen und Abend für Abend erfolgreich vergessen, dass er tagsüber als Polizist mit dem Bösen, Schlechten und Ungerechten im Leben der Menschen zu tun gehabt hatte. Und er hatte abwechselnd von Luise und Fedora geträumt, die beide in den Monaten des Sommers keine Zeit für ihn hatten erübrigen können.

Der Herbst war diesbezüglich gänzlich anders. Zuerst die leuchtend schönen Abende bei Luise, gestern dieser Rausch der nackten Körper in den Armen Fedoras, heute wieder Luise. War er dem Paradies nahe? Oder flogen ihm die Tragewerke der fragilen Konstruktion seines Liebeslebens um die Ohren, wie Lionello es so unnachahmlich formuliert hatte? Es war ihm in Wahrheit völlig egal, was die Zukunft bringen würde. Er konnte nur daran denken, sich heute wieder in diesen auratisch von Geist und Sinnlichkeit erfüllten Raum zu begeben, in dessen Mitte Luises kluge und seelenvolle Gegenwart auf ihn wartete. Selbst wenn sie heute Abend nur Suppe essen und miteinander plaudern würden.

Er betete zu allen Göttern der Lüfte, der Erde und der See, dass Luise niemals seiner überdrüssig werden würde. Ihr brillanter Geist erhellte auch den seinen, ihre Eigenwilligkeit stärkte mit jedem Atemzug seine eigene Individualität und ihre feinsinnige Zärtlichkeit lehrte ihm jedes Mal ein bisschen besser zu verstehen, wie Frauen fühlten, dachten und liebten.

Fedora und er hatten heute nach diesem himmlischen gemeinsamen Erwachen in seinem Bett vereinbart, sich heute Abend nicht zu treffen.

Es klopfte an der offen stehenden Tür. Bruno wurde jäh aus seinen süßen Träumen gerissen.

»Entschuldigen Sie die Störung, Signor Zabini«, sagte Ivana.

»Es gibt keinen Grund für eine Entschuldigung, ich war nur gerade in Gedanken.«

»Da ist wieder jemand, der nach Ihnen fragt. Sie scheinen heute sehr begehrt zu sein.«

Bruno runzelte die Stirn. »Wer ist es?«

»Der Name der Signorina ist Elena Pasqualini.«

Bruno sprang wie von der Natter gebissen hoch. »Ist Luigi schon fort?«

»Ja, vor zehn Minuten hat er die Kanzlei verlassen.«

»Ich komme.«

Ivana und Bruno betraten das Wartezimmer. Die junge Frau saß sittsam auf einem der Stühle. Bruno ging auf sie zu.

»Guten Tag, Signorina Pasqualini. Ich bin Inspector Zabini.«

Sie erhob sich. »Elena Pasqualini.«

»Signorina, kommen Sie gleich in mein Bureau. Darf ich Ihnen eine Erfrischung aufwarten? Kaffee? Ein Glas Wasser?«

»Ein Glas Wasser wäre genehm.«

»Ivana, bitte bringen Sie Wasser für die Signorina.«

»Sehr wohl, Herr Inspector.«

Bruno geleitete Elena in sein Bureau, nahm ihr Mantel und Hut ab und bat sie, Platz zu nehmen. Ivana brachte das Wasser und stellte es auf dem Schreibtisch ab, Bruno deutete ihr gestisch, die Tür zu schließen, was Ivana umgehend tat. Bruno musterte die Signorina und stellte fast ein bisschen zu sachlich fest, dass sie ein überaus liebreizendes Geschöpf war. Er setzte sich. Für eine Weile lag Stille im Raum.

»Signorina Pasqualini, allein der Umstand, dass Sie zu mir ins Bureau gekommen sind, klärt für mich eine Unzahl von Fragen. Sie haben also heute im Laufe des Tages mit Signor Kuzmin ein Gespräch geführt.«

»Ja. Jure hat mir berichtet, was mit seinem Bruder vorgefallen ist und dass er heute Vormittag mit Ihnen gesprochen hat. Er hat mir Ihren Namen genannt.«

»Haben Sie mit Signor Kuzmin vereinbart, dass Sie zu mir kommen?«

»Nein. Diesen Entschluss habe ich allein gefällt. Wir haben einander gesprochen, ich war regelrecht entsetzt über die Vorkommnisse, dann musste ich wieder zum Unterricht. Und er musste seiner Arbeit nachgehen.«

»Unterricht? Gehen Sie noch zur Schule?«

»Ich habe längst die Matura abgelegt. Ich bin Studentin an der Berlitz School und absolviere einen Kurs in Englisch.«

»Ich verstehe.«
»Nach dem Unterricht bin ich eine Zeit lang durch die Stadt gelaufen. Ich konnte nicht einfach nach Hause gehen, als ob nichts gewesen wäre, also habe ich mich entschlossen, mich bei Ihnen zu melden.«
»Das ist sowohl sehr beherzt von Ihnen, darüber hinaus hilft mir Ihr Erscheinen in meiner Arbeit ganz erheblich.«
»Jure hat von einem toten Mann gesprochen, der im Hafen gefunden worden ist, und der möglicherweise im Kampf mit Jures Bruder getötet worden ist.«
»Das sind Vermutungen, Signorina Pasqualini, der Fall ist noch lange nicht geklärt.«
»Ich bin sehr verstört, Herr Inspector. Jure hat den Verdacht geäußert, dass der Überfall gegen seinen Bruder eigentlich ihm gegolten habe.«
»Auch das ist noch nicht erwiesen.«
»Wegen Verfehlungen, die er sich gegenüber Mädchen auf dem Rennplatz geleistet habe. Diese Anschuldigung muss ich in aller Entschiedenheit zurückweisen. Ich habe Jure, also Signor Kuzmin, auf dem Rennplatz getroffen, wir haben uns die Rennen angesehen, haben in der Pause Limonade getrunken und sind gemeinsam spazieren gegangen. Er hat sich mir gegenüber nicht ein bisschen ungebührlich verhalten, im Gegenteil, der Nachmittag und Abend auf dem Rennplatz sind mir in bester Erinnerung. Ich war mit meinen Eltern bei den Rennen, Jure ist ein Geschäftspartner meines Vaters. Jure ist drauf und dran, ein Geschäft als Kaffeeimporteur zu etablieren, und die Handelsagentur meines Vaters bezieht Rohkaffee, den Jure und Signor Cohn aus Arabien importieren. Jure war letzten Donnerstag Gast im Haus meiner Eltern, meine Eltern haben erlaubt, dass Jure und ich uns zu zweit die Rennen ansehen. Das alles ist die reine Wahrheit, also von ungebührlichem Verhalten kann nicht die Rede sein.«

»Vielen Dank für diese eindringliche und klare Darlegung, Signorina Pasqualini. Ich habe keinerlei Veranlassung, an Signor Kuzmins guten Umgangsformen zu zweifeln, dennoch muss ich eine direkte Frage stellen.«

Elena schürzte die Lippen. »Eine direkte Frage?«

»Signor Kuzmin hat auf meine Fragen sehr offen geantwortet. Als ich ihn gefragt habe, hat er mir mitgeteilt, dass sie einander geküsst haben.«

Die Beunruhigung in Elenas Miene war mit einem Mal verflogen. »Herr Inspector, das entspricht der Wahrheit. Wir haben einander geküsst. Ich habe meinen Eltern noch nichts davon gesagt, werde es aber heute Abend tun, wenn ich ihnen von den Geschehnissen berichte.«

»Es erscheint mir ganz und gar sinnvoll, dass Sie mit Ihren Eltern ebenso offen sprechen wie mit mir.«

»Was mich äußerst beunruhigt, ist, dass Jures Bruder in diesen absurden Kampf verwickelt wurde, obwohl er nicht das Geringste verbrochen hat. Und dass er einen Mann getötet hat.«

»Machen Sie sich darüber keine Sorgen, Signorina Pasqualini. Wie sich der Fall derzeit darstellt, hat Jože Kuzmin in Notwehr gehandelt. Das wird vor Gericht zur Sprache kommen.«

»Herr Inspector, Jure hat gesagt, dass Sie mich aufsuchen werden, um mir eine bestimmte Frage zu stellen.«

»Das ist richtig. Ich hatte geplant, Sie morgen zu besuchen, um Ihnen diese eine Frage zu stellen. Was hat Signor Kuzmin zu dieser Frage gesagt?«

»Er hat die Frage gestellt, obwohl es ihm eindeutig erkennbar höchst unangenehm war.«

»Hat er gefragt, ob ein anderer Mann um Sie geworben hat?«

»Ja, das war die Frage. Ich habe zuerst gar nicht gewusst, was ich darauf antworten sollte. Aber dann ist mir ein Name eingefallen. Ja, ein junger Mann hat in den letzten Wochen und Monaten sich um meine Aufmerksamkeit bemüht. Vergeblich bemüht, wie ich feststellen muss, denn der Mann ist mir bislang kaum aufgefallen, aber jetzt, wo ich befürchten muss, dass er aus Eifersucht Jure verletzen lassen wollte, ist er mir regelrecht zuwider.«

»Haben Sie einen Namen?«

»Sie dürfen das nicht als Beschuldigung auffassen, ich will wirklich niemandem mit übler Nachrede schaden. Aber mir fällt kein anderer ein, der in dieser unschönen Situation infrage kommt.«

»Signorina Pasqualini, nennen Sie bitte jetzt den Namen«, forderte Bruno.

»Dario Mosetti.«

Bruno lehnte sich zurück. Das waren die Momente in seinem Beruf, in denen Bruno so etwas wie mathematische Schönheit erkannte. Auch wenn die Mathematik wie ein Nachbarplanet Abermillionen Meilen von diesem Zimmer entfernt war, und die einzige Schönheit in diesem Teil des Sonnensystems im fragilen Blick einer verunsicherten jungen Frau zu erkennen war. Die mathematische Formel harrte noch ihrer Lösung. Bruno streckte seinen Rücken. Er war also ins Leben berufen worden, um Lösungen wie diese zu suchen und zu finden. Vielleicht war die Existenz doch nicht nur alberner Schabernack. Er hoffte es zumindest.

⁓⊙⌒

Eben lief der Schnelldampfer Graf Wurmbrand im Porto Vecchio ein und steuerte seinen Liegeplatz am Molo San Carlo an. Jože sah in der Dunkelheit nur die Umrisse eines sich nähernden Schiffes, aber auf der Anschlagtafel hatte er den Namen gelesen. Jure hatte seine Arbeit als Maschinist auf der

Graf Wurmbrand begonnen. Der Dampfer war so etwas wie eine Berühmtheit unter den Schiffen im adriatischen Dienst, denn mit siebzehn Knoten Reisegeschwindigkeit legte er so schnell wie kein anderer der kleinen Dampfer die Strecken zwischen Triest, Fiume, Zara und Spalato zurück. Mit der hohen Zahl an Passagierkabinen und den nur kleinen Laderäumen war die Graf Wurmbrand hauptsächlich im Fahrgastdienst auf den Hauptstrecken der Adria im Einsatz. Jože stand am Ende des Molo und entdeckte jetzt, dass zahlreiche Passagiere an der Reling lehnten und das nächtliche Einlaufen in den Hafen verfolgten. Auf dem Molo warteten zwei schwer mit Kohle beladene Fuhrwerke. Kaum gingen die Passagiere an Land, wurde der Kohlebunker des Dampfers aufgefüllt, denn morgen um sieben Uhr früh, so hatte Jože am Aushang gelesen, würde der Dampfer wieder in Richtung Süden ablegen. Auf dem Molo warteten die ersten Passagiere für diese Überfahrt, die sich schon am Vorabend einschifften und die Nacht in den Kabinen verbringen würden. Ja, die Graf Wurmbrand war eine Stütze des adriatischen Schiffsverkehrs.

Jože schaute sich um und verließ den Molo. Er ging in Richtung Porto Nuovo. Den Tag hatte er herumstreunend in Muggia verbracht, vor Sonnenuntergang war er mit der Fähre zurück nach Triest gefahren und hatte sich mit Marija getroffen. Sie hatte über die vertrackte Lage, in der er gegenwärtig steckte, Bescheid gewusst. In Jožes Freundeskreis hatte sich die Kunde wie ein Lauffeuer verbreitet. Marija hatte ihm geraten, sich mit Jure zu treffen und gemeinsam zur Polizei zu gehen. Auf einen Besuch bei der Polizei stand Jože eigentlich nicht der Sinn, aber er hatte seiner Braut versprochen, auf sie und Jure zu hören. Er würde sich stellen, gemeinsam mit Jure. Jetzt war es kurz vor Mitternacht, Jože war den ganzen Tag auf den

Beinen, er war müde und hatte keine Lust, noch länger umherzulaufen.

Entsprechend der Tageszeit war es im Porto Nuevo recht still, auch wenn der Hafen nie schlief. Wie jede Nacht wurden auch heute an den Moli Schiffe be- und entladen, nur eben nicht mit dem Tempo wie tagsüber. Auch die Argo lag im Porto Nuovo, und zwar am Molo IV. Morgen früh würde der Dampfer wie geplant auslaufen. Jože hatte keine Lust, seinem Vater, ältesten Bruder oder einem anderen Mann der Crew über den Weg zu laufen, also mied er den Kai und marschierte in Richtung der Lagerhäuser.

Jože ging im Schatten der Gebäude auf und ab und schaute sich vorsichtig um. Er konnte nichts Verdächtiges entdecken, also steuerte er das Magazin an. Dort wollte er sich heute aufs Ohr legen.

Der längliche Bau des Lagerhauses umfasste insgesamt neun Magazine. Signor Cohn war Dauermieter der Magazine drei und vier, in der Nummer drei lagerte der Kaffee. Jože schlich an der Mauer entlang und blickte um sich. Er kam zum Tor und stockte.

Das Schloss war aufgebrochen worden, das Tor stand einen schmalen Spalt offen.

Er drehte sich um und spähte in die Nacht. Niemand war zu sehen. Jože betrachtete das Schloss genauer. Es war wahrscheinlich mit einem Brecheisen aufgebrochen worden. Natürlich wurden die Lagerhäuser im Hafen von Männern der Hafenverwaltung bewacht, und auch die Polizei schickte Patrouillen, dennoch kam es immer wieder zu Einbrüchen. Und je wertvoller die gelagerten Waren waren, desto dreister gingen die Einbrecher vor.

Jože überlegte, ob er Alarm schlagen oder ob er sich zuerst ein Bild machen sollte. Vorsichtig öffnete er das Tor gerade so weit, dass er durchschlüpfen konnte. Er stand im Dunklen und lauschte. Nichts, im Magazin war kein Geräusch zu vernehmen. Er tastete nach dem Lichtschalter und legte ihn klackend um.

Kein Licht. Einen Stromausfall schloss er aus, denn die elektrischen Straßenlaternen am Hafenareal spendeten Helligkeit, die durch die rußigen Dachfenster ins Magazin brach und den Raum mäßig beleuchtete. Seine Augen waren an die Dunkelheit gewöhnt, dennoch konnte er kaum etwas ausmachen. So war es völlig unmöglich zu erkennen, ob die in den Regalen gelagerten Kaffeesäcke noch da waren oder bereits entwendet worden waren.

Jože trat in die Mitte des Raumes und entflammte ein Streichholz. Plötzlich rumpelte es beim Tor. Jože warf sich herum.

Drei Männer standen dort. Breitbeinig. In ihren Händen trugen sie Schlagstöcke.

»Du Idiot bist uns in die Falle gegangen«, sagte ein Mann und trat aus dem Schatten eines Regals. Zwei weitere kamen hinter den Regalen hervor. Sechs gegen einen. Das Tor war abgeriegelt, er war in der Falle. Jože warf das Streichholz fort und zog sein Messer. Er musste sich den Weg zum Tor freikämpfen.

Der Mann, der zuvor gesprochen hatte, hob seinen rechten Arm. Jože erinnerte sich an die Stimme. Er hatte sie erst vor Kurzem gehört. Die Ratte. Erst als die Treibladung der Patrone mit einem Lichtblitz und Knall explodierte, sah Jože, dass die Ratte einen Revolver in der Hand hielt.

Ein gewaltiger Schlag traf ihn gegen die Brust. Er taumelte. Das Messer fiel aus seiner Hand. Jože griff nach der Stelle, an der das Projektil in seinen Körper eingeschlagen hatte. Da war kein Blut! Nichts. Jože war verwundert. War das möglich? Er berührte noch einmal die Stelle. Das Blut kam erst jetzt. Viel Blut. Viel zu viel. Kalte Angst packte ihn.

Jože bemerkte nicht mehr, dass die Männer ihn mit den Schlagstöcken traktierten. Kindereien, das bisschen Holz. Nebensache.

Das Letzte, was Jože Kuzmin begriff, war, dass die Einbrecher nicht einen einzigen Kaffeesack fortgetragen hatten. Solche Stümper! Sein Tod schien ihnen wertvoller.

Mittwoch,
18. September 1907

HALB SECHS UHR. Noch bevor die Sonne aufging, öffnete Luise die Augen. Sie lauschte in die Stille. Bruno lag auf seiner Seite des Bettes, er atmete ruhig und gleichmäßig. Wie spät mochte es sein? Sie gähnte und wischte sich den Schlaf aus den Augen. Vorsichtig erhob sie sich vom Bett, verließ fast geräuschlos das Schlafzimmer und schloss hinter sich die Tür zwischen Schlafzimmer und Boudoir. Nach der wohligen Wärme des Bettes war ihr kühl, also streifte sie den Morgenmantel über und schlüpfte in die Hausschuhe. Sie betrat die Küche, schaltete das Licht ein und blickte auf die Küchenuhr. Es war erst knapp nach fünf Uhr. Unter dem Küchenschrank stand der Nachttopf, den sie benutzte und dabei auch gleich die Moosbinde wechselte. Luise konnte sich an die Erzählung ihrer Haushälterin gut erinnern, als diese von den Schwierigkeiten der Frauen früherer Zeiten berichtet hatte, bei den damaligen Kleidungsvorschriften mit der Monatsblutung umzugehen. Luise kaufte direkt von der Fabrik für Chirurgische Moospräparate in Hannover diese praktischen Monatsbinden aus Torfmoos in größeren Mengen und versorgte auch ihre Haushälterinnen in Sistiana und Triest. Den Nachttopf würde sie leeren, nachdem sie sich bekleidet hatte und vor die Tür treten konnte.

Wenig später brühte sie Kaffee auf und schmierte ein Butterbrot. Während sie am Küchentisch ihr Frühstück zu sich nahm, blätterte sie in den gestrigen Zeitungen. Nach einer Weile hörte sie die Schlafzimmertür und Schritte auf dem Parkett. Verschlafen betrat Bruno die Küche.

»Guten Morgen, mein Lieber. Willst du eine Schale Kaffee?«

Bruno setzte sich an den Tisch Luise gegenüber. Er schaute auf die Uhr. Es war mittlerweile halb sechs Uhr. »Sehr gerne.«

Luise erhob sich und füllte eine Tasse. »Auch ein Butterbrot?«

»Du verwöhnst mich.«

»Hast du gut geschlafen?«

Er streckte sich und gähnte. »Eigentlich gut, aber ich habe seltsam geträumt.«

»Erzähl mir den Traum.«

Bruno versuchte, sich der Bilder zu erinnern, aber sie stoben auseinander wie Laub im Herbstwind. Es blieb nur ein Gefühl zurück, das er schnell zur Seite zu drängen versuchte. »In dieser Sekunde habe ich alles vergessen. Deshalb erkläre ich mich ab sofort für richtig wach und werde das Tagwerk mit gespannter Tatkraft und beherzter Zuversicht beginnen.«

Luise lächelte, stellte die Tasse vor ihm ab und zauste Brunos Haar. »Du bist so tugendhaft, mein Lieber, ein leuchtendes Vorbild für die Jugend und der ganze Stolz der Alten.«

Bruno umfasste Luises Hüfte, zog sie an sich heran und drückte sein Gesicht an ihren Bauch. »Muss ich da wirklich hinaus?«, fragte er in jammerndem Tonfall. »Was ist, wenn ich mich in deinem Schlafzimmer verbarrikadiere und erst in drei oder vier Monaten wieder hinausgehe?«

»Oh, meiner moralischen Unterstützung für diesen eklatanten Fall von Weltflucht kannst du dir gewiss sein, und ich werde auch all jenen, die dich mit polizeilicher Gewalt aus meiner Wohnung entfernen wollen, schlicht und einfach die Tür vor der Nase zuwerfen. Was hältst du davon?«

»Du bist meine einzige und letzte Rettung, Luise.«

»Wenn du mich allerdings weiterhin festhältst, kann ich dir das Butterbrot nicht schmieren.«

»Jede weitere Bewegung ist nicht nötig, das Butterbrot schmiert sich von allein oder eben nicht. Das ist mir wurscht.«

Luise schmunzelte. »Sag gleich, dass du heute nicht arbeiten willst.«

»Ich will nicht arbeiten.«

»So kenne ich dich gar nicht.«

»Ich habe böse geträumt. Immer wenn ich einen bösen Traum habe, passiert auch etwas Böses.«

»Nun, diese Aussage kann man in zweifacher Hinsicht rational erklären. Entweder verfügst du über hellseherische Kräfte, die jedwede wissenschaftliche Analyse derselben ad absurdum führen, oder du übst einen Beruf aus, der mit sozusagen mathematischer Wahrscheinlichkeit einem bösen Traum eine böse Tat folgen lässt.«

Bruno ächzte. »Wie kannst du nur in aller Herrgottsfrühe so vernunftbegabt sein, wo doch zahllose Wissenschaftler auf der ganzen Welt dem verführerischen Weibe jede Fähigkeit zur Vernunft absprechen?«

»Wahrscheinlich, weil ich Vernunft besitze, diese Wissenschaftler aber nicht.«

Bruno lachte, ließ Luise endlich los und schaute sie aus großen Augen an. »Baronin, Euer Gnaden, mit Verlaub, wie war das mit dem Butterbrot?«

Halb sieben. Jure stand am Molo IV und verfolgte, wie die Argo langsam aus dem Hafen gezogen wurde. Aus dem hohen und schlanken Schornstein eines Hafenschleppers schoss schwarzer Qualm, das kleine, aber stark motorisierte Schiff richtete die Argo in Richtung offenes Meer aus, und als der Bug des Dampfers westwärts wies, wurde das Tau gelöst und die Schraube der Argo unter Last gesetzt. Auch aus dem Schornstein der Argo stieg schwarzer Rauch, die Heizer hatten den Kessel rechtzeitig vorgewärmt und in der letzten halben Stunde kräftig Kohle aufgelegt. Die Argo verließ den Hafen und fuhr in das offene Gewässer des Golfs. In vier Tagen würden Jures Vater und sein ältester Bruder in Smyrna anlegen und die schwere Fracht löschen. Die Rollen mit den massigen Stahlseilen und die verschiedenen elektrischen Maschinen wogen schwer und drückten den Rumpf der Argo tief ins Wasser. Der Kohlevorrat an Bord war für die gesamte Strecke berechnet, sodass der Dampfer keinen Zwischenhalt einlegen musste.

Das Schiff entfernte sich. Ein weiterer Dampfer legte im Porto Nuovo ab, der Hafenschlepper kam wieder zum Einsatz. Doch bevor das italienische Schiff Fahrt aufnahm, dampften aus dem Porto Vecchio ein großer und ein kleiner Liniendampfer auf das offene Meer hinaus. Wie immer herrschte morgens viel Betrieb im Hafen.

Jure war früh aufgestanden, mit der Elektrischen gefahren, hatte seinen Vater und Bruder getroffen und mit ihnen über die Fahrt gesprochen. Die Mannschaft war bereits seit gestern an Bord. Knapp vor dem Ablegen hatte Jure die Argo verlassen. Nun wandte er sich um und marschierte los.

Gestern Abend hatte er sich mit Marija getroffen, die ihm von Jože erzählt hatte, und auch, dass sie ihm zugeredet hatte, sich der Polizei zu stellen. Nach einiger Zeit und weil sie nicht locker gelassen hatte, hatte er ihr das Versprechen gegeben, es zu tun. Franc Kuzmin wusste noch nichts von dem Vorfall, aber Anton hatte versprochen, dass er, sobald die Argo mit Volldampf Richtung Süden lief, davon berichten werde. Jure hoffte, dass die leidige Sache bis zur Rückkehr der Argo aus der Welt geschaffen sein würde. Genau aus diesem Grund wollte er sich jetzt mit Jože treffen, mit ihm sprechen und dann gemeinsam mit ihm zu Inspector Zabini gehen. So wie Marija es von ihrem Verlobten und dessen Bruder verlangt hatte. Jure war wirklich angetan von Marijas Tatkraft und Vernunft, er konnte sich gar keine bessere Braut für seinen hitzköpfigen Bruder vorstellen. Und er freute sich jetzt schon, auf die Kinder der beiden, auf Neffen und Nichten. Vielleicht würden Elena und er auch heiraten und Kinder bekommen, dann könnten Jožes und seine Kinder gemeinsam aufwachsen. Was für ein schöner Gedanke.

Jure kam zum Tor des Magazins, hielt an und starrte auf das beschädigte Schloss. Das Tor war aufgebrochen worden. Er schaute um sich. Eine Gruppe Hafenarbeiter trottete heran, ein motorisierter Wagen rumpelte über das Kopfsteinpflaster, das Leben im Lagerareal erwachte. Jure öffnete das Tor, trat aber nicht ein.

»Jože! Bist du hier? Jože!«

Keine Antwort. Jure betrat das Magazin. Sein Blick fiel sofort auf den großen Blutfleck in der Mitte des Lagerraumes. Kalte Angst griff nach ihm. So viel Blut. Ihm war sofort klar, was das bedeutete.

In der letzten Nacht war hier jemand gestorben.

Sein geliebter Bruder Jože? Ein Einbrecher?

Jure rannte los.

⁜

Halb acht. Es war derselbe Einspänner, mit dem er schon am Montag gefahren war, dieselben Männer am Kutschbock und dasselbe Pferd. Es fühlte sich an wie ein Déjà-vu. Nur ein anderer Mann saß ihm gegenüber, und auch rollte der Wagen nicht nach Süden zum Franz-Joseph-Hafen, sondern nach Norden zum Molo II. Oberinspector Gellner hatte nach dem Telephonanruf seine beiden Inspectoren mit der Klärung des Sachverhaltes beauftragt. Nach nur zwei Tagen war wieder eine Leiche mit einer offensichtlichen Verletzung durch eine Waffe im Hafen gefunden worden. Zwei Tage vor dem Festakt war dies mehr als beunruhigend und es erforderte die Bündelung aller polizeilichen Kräfte. So hatte Emilio Pittoni seine aktuellen Arbeiten zurückstellen müssen und sich gemeinsam mit Bruno auf den Weg begeben.

Der Einspänner verließ den Innenhof der Polizeidirektion, der Fahrer trieb das Pferd gehörig an, die Hufen klackerten auf dem Pflaster. Wie zumeist, wenn er zum Fundort einer Leiche gerufen wurde, hatte Bruno seine Kommissionstasche und den Photoapparat dabei, doch im Gegensatz zu Montag musste er die Ausrüstung allein tragen. Emilios Ausrüstung bestand nur aus einem Bleistift und Notizblock, er hatte keinerlei Anstalten gemacht, Bruno tragen zu helfen.

Bruno musterte seinen Kollegen, der schräg gegenübersaß, und gemächlich den Rauch seiner Zigarette in den Fahrtwind blies. Wie so oft wirkte Emilios Miene spöttisch, distanziert und ein bisschen gelangweilt. Emilio schnippte die Zigarette fort und zog die Augenbrauen hoch. »Darf ich fragen, warum du mich so analytisch betrachtest?«

Bruno sagte nichts und schaute ihn unverwandt an. Emilio konterte den Blick.

»Ich muss dir meine ehrlich gemeinte Bewunderung aussprechen«, sagte Bruno schließlich.

»Tausend Dank. Und weshalb verwandelst du völlig überraschend deine übliche Verachtung mir gegenüber in ehrlich gemeinte Bewunderung?«

»Emilio, du irrst dich, ich verachte dich nicht. Das habe ich dir schon unzählige Mal gesagt.«

»Und wie jedes Mal klingt es fadenscheinig und gespreizt.«

»Ich habe dich nicht bemerkt. Das kann ich respektieren, vielmehr ich muss. Ja, du hast mich hervorragend beschattet. Als Inspector bist du überaus fähig, geschickt und erfahren. Ein schlauer Fuchs auf dem Höhepunkt seiner Kräfte.«

»Das klingt langsam nach aufrichtiger Bewunderung.«

»Sie ist echt. Ich weiß, dass du ein Mann bist, den sich niemand zum Gegner wünschen kann. Und es tut mir leid, dass ich dein Gegner bin. Dabei will ich das gar nicht.«

Emilio warf seine Stirn in Falten. »Du sprichst wirr. Geht es dir gut?«

»Natürlich weiß ich, dass du von manchen deiner wohlhabenden Freunde die eine oder andere Zuwendung kriegst, natürlich weiß ich, dass du die schönen und verruchten Damen im Varieté vor allzu aufdringlichen Bewunderern schützt und zu ihnen daher beste Kontakte pflegst. Und klar ist auch, dass einige deiner investigativen Erfolge auf zweifelhaften Methoden beruhen. Aber wenn es darauf ankommt, leistest du exzellente Arbeit als Polizist. Daher habe ich deine Eigenarten immer zur Kenntnis genommen und mich damit abgefunden. Solange das nicht irgendwie außer Kontrolle gerät. Du hast ein, wie ich bislang dachte, sehr wirkungsvolles Konzept der Selbstkontrolle und ein ausgesprochen gut ausgewogenes Gefühl für das Tolerierbare entwickelt.«

»Wie ich höre, denkst du viel über mich nach.«

»Ja, zuletzt habe ich viel nachgedacht. Du hast mich dazu gezwungen.«

»Bruno, ich fürchte, ich verstehe nicht, wovon du redest.«

»Warum hast du diesen Brief in Umlauf gebracht?«

»Einen Brief? Deine Erzählung wird abenteuerlich.«

Bruno zuckte mit den Schultern. »Wie gesagt, du hast mich perfekt beschattet. Ich habe nichts davon bemerkt, obwohl ich wachsam war. Eine Meisterleistung, denn ich bilde mir ein, als Polizeiagent auch nicht ganz tollpatschig und dummdreist zu sein. Aber vielleicht täusche ich mich, was mein Selbstbild betrifft. Eine Frage muss ich dir stellen?«

Emilio wartete schmunzelnd. »Ich bin ganz Ohr.«

»Du machst beim Florettkampf bestimmt keinen Ausfallschritt, wenn du dir nicht sicher bist, einen wirkungsvollen Treffer zu landen.«

»Das klingt nicht wie eine Frage, sondern wie eine Mutmaßung.«

Bruno zuckte mit den Achseln. »Warum überhaupt der Kampf? Hat die bisherige wechselseitige Geringschätzung bei gleichzeitigem Verzicht auf jede Herausforderung nicht gut geklappt?«

Emilio hob tadelnd den Finger. »Das waren jetzt zwei Fragen auf einmal.«

»In jedem Fall wird mir die Sache erheblich schaden. Dein Angriff war gut durchdacht und hat Dinge in Bewegung gebracht, die ich beim besten Willen nicht aufhalten kann.«

»Vielen Dank, Bruno, schon so früh am Morgen gibst du eine wunderliche und sehr unterhaltsame Räuberpistole zum Besten. Bei einer derart blühenden Phantasie solltest du Schriftsteller werden.«

»Ja, bestimmt war ich in der letzten Zeit zu nachlässig, mir meiner Sache zu sicher. Selbstgerechtigkeit rächt sich immer. Das gilt für mich, das gilt aber auch für dich.«

»Das klang jetzt verdächtig nach einer Drohung.«

»Aber nein, Emilio, ich drohe nicht. Ich weiß gar nicht, weshalb ich das sollte. Du willst mir schaden? Es wird dir gelingen. Willst du mich aus dem Amt drängen? Auch das kann dir gelingen. Du bist schlau, du bist mächtig und du bist gefährlich. Bloß warum du es getan hast, entzieht sich meiner Vorstellungskraft. Vielleicht aber schätze ich dich zu hoch ein. Vielleicht bist du nur ein kleiner, von Neid und Missgunst zerfressener Wicht.«

Emilio lachte. »Bruno, du verlierst die Contenance!«

»Du hast sie verloren, als du diesen dummen Brief geschrieben hast.«

Emilio zog sein Zigarettenetui aus der Tasche und bot Bruno eine an. Dieser winkte ab. Emilio entflammte eine Zigarette und inhalierte den Rauch tief. »Langsam höre ich in deinen Worten um sich greifenden Verfolgungswahn.«

Bruno sah an Emilios glatter Oberfläche keinerlei Risse. »Und ganz gewiss hast du in den letzten Wochen und Monaten dafür gesorgt, dass deine schwache Flanke gut befestigt ist. Keine Geschenkannahmen, keine Damenbesuche ohne zu bezahlen, keine zweifelhaften politischen Kontakte, alles einwandfrei und korrekt. Ist es das wert? Ist das nicht alles viel zu kleingeistig und hanebüchen?«

Emilio legte ein Bein über das andere, seine Miene war noch herablassender als sonst. »Sieh an, der Herr Inspector zeigt seine Arroganz.«

»Findest du mich arrogant?«

»Aber ja.«

»Sei so gut und erkläre mir das.«

Emilio zog für einen Augenblick seine Augenbrauen hoch, was seiner kantigen Miene ein geradezu adlerhaftes Aussehen verlieh. »Der große Inspector Zabini, der Meisterdetektiv, der gefeierte Vertreter der angewandten Kriminalistik, ein wahrer Kenner der wissenschaftlichen Kriminologie und Protegé der mächtigen Männer, halb Italiener, halb Deutscher, immer elegant und geistreich, ein Ass im

Ruderboot noch dazu. Wie oft schon hat Polizeidirektor Rathkolb mit deinen Pokalen und deiner Sprachgewandtheit angegeben? Die jungen Mädchen schwärmen von dir, die Damen der guten Gesellschaft liegen dir zu Füßen, in der Zeitung wirst immer nur du genannt, alles dreht sich um dich. Um den tüchtigen Sohn eines hohen Beamten, dem der Aufstieg in der Amtshierarchie in die Wiege gelegt worden war. Ja, Bruno, du bestehst zur Gänze aus dem Substrat der Arroganz.«

Bruno schüttelte den Kopf. »Gut, ich habe in der letzten Zeit keine weiteren Versuche mehr unternommen, aber früher habe ich mehrfach Freundschaftsanträge gestellt. Du hast sie allesamt ausgeschlagen. Warum nur?«

»Weil ich auf deine Freundschaft nicht angewiesen bin, Ispettore.«

Bruno schaute eine Weile aus dem fahrenden Wagen, dann wandte er sich wieder seinem Kollegen zu. »Emilio, ich erkläre mich hiermit. Ich lege mich fest.«

»Sag, was du auf dem Herzen hast.«

»Ich werde diesmal nicht gegen dich kämpfen, ich werde deinen Angriff erdulden, ich werde den Schaden auf mich nehmen, ich werde dich auch nicht bloßstellen, ich halte dicht. Aber ...«

»Aber was?«

»Was du gegen mich aushecken, lasse ich ab nun gewappnet auf mich zukommen. Aber wenn du anderen schaden willst, wird der Kampf für einen von uns tragisch und final enden. Das ist ein Eid.«

Emilio verzog anerkennend den Mund. »Bravo, das klingt aufrecht und mannhaft!«

Bruno blickte wieder dem Fenster. Der Einspänner hatte den Kai zwischen Molo I und Molo II im Porto Nuovo erreicht.

»Ich bin felsenfest davon überzeugt, dass wir ungeachtet jedweder zwischenmenschlicher Differenzen jetzt einwandfreie Polizeiarbeit leisten werden«, sagte Bruno.

Emilio zuckte mit den Achseln. »Gab es je den Funken eines Zweifels?«

⁓☙⁓

Viertel nach acht. Ein Stapel Holzkisten lagerte auf dem Kai. Jure saß auf dem Boden und lehnte dagegen. Er hatte jedes Gefühl für Raum und Zeit verloren, er wusste nicht, ob er hier seit zehn Minuten oder seit einer Stunde saß. Er wusste nur, dass er eben seine letzte Zigarette ausdrückte. Wie viele hatte er schon geraucht? Vier Stummel lagen neben ihm auf dem Boden. Also mindestens die Dauer von vier Zigaretten saß er nun schon hier, ein gutes Stück abseits des Fundortes.

Fundort! Allein das Wort stach wie ein Dolch.

Er nahm von allem, was rund um ihn geschah, kaum etwas wahr. Nichts von den vielen neugierigen Hafenarbeitern, die von einer wachsenden Zahl an Polizisten verscheucht wurde, nichts von den Reportern, die herbeigehetzt waren, um die neuesten Nachrichten aufzuschnappen, nichts von den zwei trabenden Pferden des Sanitätswagen, nichts von der herbstlich milden Luft, dem klaren Himmel und den wärmenden Sonnenstrahlen.

Jure sah zwei Männer auf sich zukommen. Er kannte einen der beiden. Jure erhob sich, als die beiden mit einigem Abstand vor ihm haltmachten. Inspector Zabini war fast so groß wie Jure, der andere Mann mit den kantigen Gesichtszügen und dem stechend scharfen Blick war ein Stück kleiner und schlanker.

»Signor Kuzmin, ich darf Ihnen meinen Kollegen Inspector Emilio Pittoni vorstellen.«

»Guten Morgen, Herr Inspector.«

Emilio entdeckte die Zigarettenstummel und zog, ohne die Begrüßung zu erwidern, sein Etui, bot Jure eine an und gab ihm Feuer. Jure inhalierte den Rauch. »Danke.«

»Signor Kuzmin, benötigen Sie ärztlichen Beistand?«, fragte Bruno.

»Was? Nein, ich bin nicht verletzt.«

»Sie wirken verstört.«

»Ich weiß nicht, was Sie meinen.«

Bruno gestikulierte. »Schildern Sie uns bitte, den Ablauf des heutigen Morgens.«

»Haben Sie nicht schon mit den Hafenpolizisten gesprochen?«

»Wir möchten Ihre Schilderung gern persönlich hören.«

Jure nahm noch einen Zug. »Also, ich bin früh von zu Hause los, war am Molo IV, als mein Vater mit der Argo ausgelaufen ist, dann bin ich zum Magazin gegangen und wollte mich mit Jože treffen. Mein Bruder hat seiner Braut, mit der ich gestern Abend noch gesprochen habe, zugesichert, heute früh mit mir gemeinsam zu Ihnen in die Kanzlei zu kommen. Er hat Marija versprochen, sich zu stellen.«

Bruno griff nach seinem Notizblock. »Nennen Sie mir bitte den Namen, das Alter und die Wohnadresse der jungen Dame.«

Jure machte die gewünschten Angaben.

»Was ist im Magazin passiert?«

»Ich habe gesehen, dass das Tor aufgebrochen wurde, ich habe nach Jože gerufen, aber niemand hat sich gemeldet. Also habe ich das Magazin betreten und einen Blutfleck entdeckt. Ich bin sofort zur Wachstube am Hafen gelaufen und habe der Polizei den Fund gemeldet. Dann musste ich auf der Wachstube warten.«

»Wie lange mussten Sie warten?«

»Ungefähr eine halbe Stunde.«

»Was geschah danach?«

»Zwei Polizisten haben mich aufgefordert, ihnen zu folgen. Wir sind hierher zum Molo II gegangen, wo sich schon viele Leute rund um eine auf dem Boden liegende und mit einer Decke abgedeckte Person gesammelt haben. Die Polizisten haben die Leute fortgeschickt. Dann hat einer der Polizisten die Decke von Jožes Gesicht gezogen.«

»Der Polizist hat Sie aufgefordert, die Identität der Leiche zu bestätigen?«

»Ja.«

»Haben Sie Ihren Bruder Jože erkannt?«

»Ja.«

»Eindeutig erkannt?«

»Eindeutig. Er trieb im Hafenbecken, hat mir der Polizist gesagt. Drei Hafenarbeiter haben ihn bei Sonnenaufgang entdeckt und an Land gezogen. Das ist alles, was ich weiß. Jože ist tot.«

»Was wissen Sie über Verletzungen Ihres Bruders?«, fragte Emilio.

»Verletzungen? Ich weiß nur, dass die Platzwunde am Kopf recht gut verheilt war und dass sein blaues Auge nicht mehr geschwollen war. Das hat mir Marija gesagt. Sie hat gestern auch den Kopfverband entfernt, den ich ihm am Sonntag angelegt habe.«

»Was wissen Sie über weitere Verletzungen?«

»Nichts. Ich habe ja nur kurz sein Gesicht gesehen. Diesen Anblick werde ich mein Lebtag nicht vergessen.«

»Haben Sie Ihren Bruder gestern noch getroffen?«, fragte Bruno.

»Nein.«

»Was haben Sie seit der Identifizierung getan?«

»Nichts. Ich bin hier gesessen und habe geraucht. Mir wurde gesagt, ich solle warten.«

»Signor Kuzmin, ich spreche Ihnen im Namen der Polizeidirektion Triest mein Beileid aus und muss Sie dennoch bitten, die Kanzlei aufzusuchen. Wir müssen Ihre Aussage zu Protokoll nehmen. Dieser Kollege wird Sie begleiten«, sagte Bruno und winkte dem bereitstehenden uniformierten Polizisten.
»Jetzt gleich?«, fragte Jure.
»Müssen Sie heute zur Arbeit, steht ein wichtiger Termin an oder haben Sie vor, die Stadt zu verlassen?«
»Äh, nein, ich weiß überhaupt nicht, was ich heute tun soll. Ich bin völlig konfus.«
»Dann bitte ich Sie, in der Kanzlei auf mich zu warten. Dort wird man sich um Sie kümmern. Ist das möglich?«
»Ja.«
»Sehr gut, Signor Kuzmin. Folgen Sie bitte jetzt dem Wachtmeister.«
Der uniformierte Polizist nickte Jure zu und wies ihm den Weg. Jure ging hinter dem Mann her. Er wusste wirklich nicht, was er sonst hätte tun sollen. Jože war tot. Jure war verzweifelt.

Neun Uhr. Bruno und Emilio inspizierten die Leiche. Sie prüften vor Ort am Kai, ob der Tote am Rücken eine Austrittswunde aufwies. Was nicht der Fall war, also steckte die Kugel noch im Körper. Die Leichenbeschau würde das Projektil zutage fördern. Weiters stellten sie zahlreiche Hämatome an den Armen und am Rücken des Körpers fest. Auf das Opfer war also nicht nur geschossen, sondern auch von möglicherweise mehreren Tätern eingeprügelt worden. Darin zeigte sich ein für Bruno beunruhigendes Maß an Gewalt. Hier hatte ganz klar eine Eskalation gegenüber dem ersten

Todesopfer stattgefunden. Zuerst Schlagringe und ein Messer, jetzt Knüppel und ein Revolver.

Bruno fertigte zwei Photographien an, dann ließen sie die Leiche abtransportieren. Er schickte einen Boten zu Oberinspector Gellner, der die aktuellen und äußerst beunruhigenden Nachrichten überbringen sollte.

Bruno und Emilio trennten sich. Emilio kümmerte sich um die Befragung der Hafenarbeiter, während Bruno das Magazin betrat und nach verwertbaren Spuren suchte.

Eine halbe Stunde ging, kroch und kletterte Bruno im Magazin umher, die Lupe immerzu in seinen Händen. Die Patronenhülse war nirgendwo zu finden, was den Verdacht nahelegte, dass der Schuss nicht mit einer Selbstladepistole, sondern mit einem Revolver abgefeuert wurde. Kaum vorstellbar, dass eine Mörderbande, die einen Mann schwer verprügelte und dann noch in die Brust schoss, in der Dunkelheit nach der von der Pistole ausgeworfenen Hülse suchte. Und dunkel musste es zum Zeitpunkt der Tat wohl gewesen sein, denn das Kabel der elektrischen Beleuchtung war mit einer Zange durchtrennt worden.

Bruno entdeckte Fingerabdrücke, die auf dem Stahlgerüst der Regale klar und deutlich sichtbar waren und die er mit den Materialien seiner Kommissionstasche auf Papier übertrug. Die Abnahme von Fingerabdrücken war zwar außerordentlich zeitraubend, dafür waren die Ergebnisse überragend. Er hatte schon mehrere Fälle mit den Mitteln der Daktyloskopie aufklären können.

Jemand klopfte an das Tor.

»Herr Inspector, darf ich stören?«

Bruno schaute von seiner Arbeit hoch. Einer der uniformierten Männer stand beim Tor. »Was gibt es?«

»Ich wollte Sie von bestimmten Dingen in Kenntnis setzen.«

Bruno hatte den Eindruck, dass der Mann ein Gespräch unter vier Augen suchte. »Geben Sie mir noch drei Minuten, dann bin ich hier fertig.«

»Ich warte draußen.«

»Wie Sie wollen. Sie können auch hier warten.«

Der Polizist überlegte kurz und ging schließlich vor das Tor. Bruno schloss die Abnahme eines Abdruckes ab und kontrollierte das Papier mit der Lupe, auf dem feine Papillarlinien sichtbar waren. Er beschriftete den Bogen, legte ihn zu seinen Materialien und ging auf das Tor zu.

»Ich stehe zur Verfügung.«

Der Mann schaute sich vor dem Lagerhaus um und betrat dann das Magazin. Offenbar wollte er das Gespräch nicht in der strahlenden Sonne, die das kühle und wolkenverhangene Wetter der letzten Tage verjagt hatte, führen.

»Ja, vielen Dank, Herr Inspector. Ich habe zuvor schon mit Inspector Pittoni gesprochen und er hat mir gesagt, dass ich Ihnen ebenso Bericht abstatten soll.«

»Also, schießen Sie los.«

»Ich muss Ihnen berichten, dass mir das Opfer persönlich bekannt ist.«

Bruno schaute den Mann genauer an. »Sie sind doch der Kutscher des Einspänners.«

»Ja, Herr Inspector. Wobei, mein Kollege und ich wechseln einander ab. Mal führe ich die Pferde und er sitzt an der Bremse, dann wieder umgekehrt.«

Bruno dachte scharf nach. »Ihr Name ist Leskovar. Habe ich recht?«

»Jawohl, Herr Inspector. Milan Leskovar ist mein Name.«

»Sie kennen also Jože Kuzmin persönlich?«

»Ja. Ich kenne die Familie aus dem Slowenenviertel in Roiano. Ich bin dort aufgewachsen, lebe aber seit sechs Jahren mit meiner Frau und den Kindern in der Nähe der Piazza Goldoni.«

»Verstehe. Was können Sie mir über Jože Kuzmin sagen?«

»Er war Mitglied im slowenischen Sportverein, in der Boxergruppe. Jože war unser bester Kämpfer, er hat drei Wettbewerbe gewonnen, die jüngeren Burschen haben zu ihm aufgeschaut. Ich bin im Vorstand des Vereins und habe guten Überblick über das Geschehen. Jože war im Verein äußerst beliebt, er hatte viele Freunde. Herr Inspector, ich weiß jetzt schon mit Sicherheit, dass Jožes Tod für große Unruhe sorgen wird. Es hat sich herumgesprochen, dass Jože von italienischen Nationalisten angegriffen wurde und sich gewehrt hat. Ich habe Sie und Signor Bosovich, dessen Eltern ich auch kenne, ja am Montag zum Franz-Joseph-Hafen gefahren, als Sie die Leiche von Arrigo Franceschini geborgen haben. Was ich so gehört habe, könnte das einer der Männer gewesen sein, die Jože angegriffen haben und den Jože im Kampf erstochen hat. Wenn das Gerücht entsteht, dass italienische Nationalisten jetzt Jože heimtückisch erschossen und seine Leiche in den Hafen geworfen haben, dann befürchte ich das Schlimmste.«

»Was wäre Ihrer Meinung nach das Schlimmste?«, fragte Bruno mit gespannten Lippen.

»Ein Bandenkrieg zwischen Italienern und Slowenen. Deswegen hat mich Inspector Pittoni zu Ihnen geschickt.«

»Es war sehr umsichtig von Ihnen, sich gleich an Inspector Pittoni und mich zu wenden. Sind die Leute im Sportverein politisch radikal?«

»Der Vorstand versucht, die Politik draußen zu halten, wir sind Sportsmänner, aber es gibt schon ein paar Radikale. Ich glaube insgesamt, dass die Politik nicht das bestimmende Thema ist, aber Jože hatte viele Freunde, und die Burschen halten zusammen wie Pech und Schwefel. Bei den Italienern ist das genauso, auch die sind eine verschworene Gemeinschaft. Ich habe ein mulmiges Gefühl bei der Sache.«

Bruno überlegte. »Die Gemengelage verheißt nichts Gutes. Auf beiden Seiten je ein Toter, der zum Helden und Märtyrer stilisiert werden kann. Das heizt die ohnedies gespannte Lage in der Stadt unter Garantie an.«

»Jožes Tod wird sich schnell herumsprechen.«

Bruno machte ein paar Schritte auf und ab, dann fasste er den Polizisten scharf ins Auge. »Herr Leskovar, ich habe einen Auftrag für Sie.«

Milan streckte seinen Rücken. »Ich stehe zur Verfügung, Herr Inspector?«

»Sie werden sich im Auftrag des k.k. Polizeiagenteninstitut in Roiano umhören, Sie werden die Leute im slowenischen Sportverein und die Stimmung der slowenischen Volksgruppe der Stadt im Auge behalten. Versuchen Sie beruhigend auf eventuelle Eiferer einzuwirken, aber wenn Sie sehen, dass sich Banden zusammenrotten, erstatten Sie umgehend Bericht. Können Sie diesen Auftrag übernehmen?«

»Selbstverständlich, Herr Inspector.«

»Ist Inspector Pittoni noch beim Molo?«

»Ich habe gesehen, wie er fortgegangen ist. Wohin, weiß ich allerdings nicht.«

Bruno schaute sinnierend ins Leere. Tausend Dinge gingen ihm durch den Kopf, die allesamt erledigt gehörten, aber vorerst konnte er hier nicht fort. Niemand in der Polizeidirektion verstand es so wie er, die Methoden der Daktyloskopie anzuwenden. Und seine wiederholten Anfragen bei Oberinspector Gellner, weitere Männer in dieser Arbeit zu schulen, waren bislang immer auf die lange Bank geschoben worden. Also musste er hier selbst die Fingerabdrücke aufnehmen, was noch einige Zeit in Anspruch nehmen würde. Er wandte sich an den Polizisten. »Leskovar, bevor Sie nach

Roiano gehen, eilen Sie ins Polizeiagenteninstitut und berichten Signor Bosovich von der Lage hier im Hafen. Und Polizeiamtsdiener Vlah soll umgehend das Caffè Tommaseo im Auge behalten. Bosovich und Vlah sollen sich abstimmen. Ich komme so schnell wie möglich in die Kanzlei zurück.«

»Sehr wohl, Herr Inspector.«

Zehn Uhr. Emilio Pittoni trat durch die angesichts der milden Temperatur offen stehende Tür in das Kaffeehaus. Er konnte nicht sagen, dass das Caffè Tommaseo sein Stammlokal war, aber er kam immer wieder hierher, um Zeitung zu lesen und Bekannte zu treffen. Natürlich musste er vorsichtig sein, allzu eng durften seine Kontakte zu den Irredentisten nicht sein, immerhin war er ein hochrangiger Polizist im Dienst seiner Majestät. Der verdammte Kaiser in Wien, die österreichisch-ungarischen Adelshäuser, das Militär und die hohe Politik würden es niemals zulassen, dass sich Triest und Fiume dem Königreich Italien anschlossen. Die beiden Hafenstädte knüpften das kontinentale Großreich an den weltweiten Seehandel. Sollte ein italienischer Politiker den Gedanken auch nur als Spekulation äußern, dass die mehrheitlich italienisch besiedelten Städte samt Umland ein Teil Italiens sein sollten, würde das zu einem diplomatischen Eklat bis hin zu Kriegsdrohungen führen.

Das junge Königreich Italien kämpfte hartnäckig darum, wirtschaftlich, militärisch und politisch den anderen europäischen Großmächten Paroli zu bieten. Der Dreibund verlangte von Italien Gefolgstreue zu den Vertragspartnern Deutschland und Österreich-Ungarn. Italien war den Pakt eingegangen, um seine Kolonialbestrebungen gegenüber den in Afrika offensiv vorgehenden Franzosen zu untermauern, aber seit dem Ausgleich mit Frankreich war diese Gegnerschaft gebannt und die Einflussgebiete abgesteckt. Daher fühlte sich Italien durch den Dreibund in seiner Geltung als Großmacht eher behindert als gestärkt. Es war auch kein Geheimnis, dass Deutschland als Lokomotive des Dreibundes wenig Interesse an den Geschehnissen im Mittelmeer zeigte. Deutschland hegte viel größere Ambitionen als die Herrschaft im Binnenmeer, seine Sehnsucht galt den Ozeanen der Welt. Es war längst kein militärisches Geheimnis, dass Kaiser Wilhelm II. die Werften an der Nord- und Ostsee für ein militärisches Wettrüsten mit England in Stellung gebracht hatte. Was die prestigeträchtige und wirtschaftlich einträgliche Atlantikschifffahrt betraf, hatte Deutschland längst erfolgreich zu England aufgeschlossen. Die Schnelldampfer des Norddeutschen Lloyd trugen seit Jahren das Blaue Band für die schnellste Atlantiküberfahrt sowohl auf dem West- wie auf dem Ostkurs und hatten dank ihres eleganten Baus mit vier Schornsteinen den Stil der großen Passagierschiffe geprägt. Natürlich konterten die Briten mit dem Bau noch größerer und schnellerer Schiffe. Erst im Sommer war die eindrucksvolle Lusitania in Dienst gestellt worden und befand sich seither auf Jagd nach dem Blauen Band.

Bei diesem maritimen Wettkampf konnte kein anderes Land der Welt Schritt halten, das klärten die beiden Großmächte im Norden untereinander.

Für Italien war es unmöglich, aus dem Dreibund auszuscheren und sich offen gegen die Donaumonarchie zu stellen. Es mochte sein, dass Österreich-Ungarn militärisch nicht die stärkste europäische Großmacht war, aber die schiere Zahl an Soldaten und Kanonen der k.u.k. Armee musste jedem vernünftig denkenden italienischen Politiker und General Respekt einflößen. An eine kriegerische Lösung des Konflikts um die adriatischen Gebiete der Donaumonarchie war nicht zu denken. Noch nicht. Doch wer wusste schon, was die Zukunft bringen würde.

Emilio schaute sich um und nahm im hinteren Teil des Kaffeehauses Platz, denn im vorderen Bereich weilten wie so oft Reisende mit ihren Koffern. An den Tischen beim Fenster saßen mehrere Männer, die zu ihm herüberschauten und ihn mit einem Kopfnicken begrüßten. Er erwiderte den Gruß. Der Kellner eilte herbei und nahm die Bestellung entgegen. Wenig später trank Emilio einen Schluck Kaffee. Köstlich und belebend.

Natürlich kannte er die meisten der beisammensitzenden jungen Männer. Das waren prima Kerle, echte Freunde Italiens und eine eingeschworene Schar. Emilio ließ sich Zeit, nichts veranlasste ihn zu betriebsamer Eile, immerhin genoss er den wahrscheinlich besten Kaffee der Stadt. Die jungen Männer wandten sich wieder ihrer Beschäftigung zu – an einem Tisch waren zwei Männer in eine Partie Schach vertieft, an einem anderen wurde Karten gespielt. Emilio bestellte nach einer Weile erneut einen Kaffee, und als dieser serviert wurde, erhob er sich, nahm seine Tasse und trat an den Tisch, an dem zwei Männer sich unterhielten. Neben den Kaffeetassen standen zwei Schnapsgläser auf dem Tisch, aber die beiden Männer schienen nicht betrunken zu sein.

»Signor Panfili, Signor Mosetti, erlauben Sie bitte, dass ich mich für einen Augenblick zu Ihnen setze?«

Die angesprochenen jungen Männer erhoben sich ehrerbietig, Pietro Panfili rückte einen Stuhl zurecht. »Selbstverständlich, Ispettore, es ist uns eine Ehre, dass Sie uns Gesellschaft leisten.«

Die Männer setzten sich. Emilio stellte seine Tasse ab und wandte sich Pietro Panfili zu. »Wie ist denn das Befinden Ihres werten Herrn Papa?«

»Danke der Nachfrage«, antwortete Pietro. »Wie immer hat mein Vater viel zu tun, Sie wissen, die Geschäfte ruhen nie, aber genau das macht ihn ja glücklich. Er liebt seine Arbeit und lebt dafür. Mein Papa sagt selbst immer wieder, solange er genug zu arbeiten hat, bleibt er jung und gesund.«

Die drei Männer lachten höflich. »Mir ist zu Ohren gekommen, dass Ihr Herr Papa wieder einmal dem Schulverein eine ganz beträchtliche Spende hat zukommen lassen.«

»Ja, das ist richtig. Der Verein ist mit der Bitte an meinen Vater herangetreten, für eine neue Ausgabe eines Liederbuches mit schönen alten italienischen Gesängen einen kleinen Unkostenbeitrag zu leisten. Er hat gleich tief in seine Schatztruhe gegriffen.«

Wieder lachten die drei.

»Ein Wohltäter, wie er im Buche steht«, stellte Emilio fest. »Bitte richten Sie Ihrem werten Herrn Papa bei Gelegenheit meine besten Empfehlungen aus.«

»Das werde ich selbstverständlich gewissenhaft ausführen.«

Emilio nahm einen Schluck und beobachtete. Natürlich waren die versammelten jungen Männer neugierig. Der Inspector hatte sich bewusst und in aller Öffentlichkeit zu ihnen gesetzt. Das fiel auf. Selbst die beiden Schachspieler lugten immer wieder zu ihm herüber.

»Sind Sie im Dienst, Ispettore?«, fragte Dario Mosetti.

Auch diesen jungen Mann kannte Emilio von gelegentlichen Begegnungen hier im Kaffeehaus. Er war ein enger Freund von Pietro Panfili, die beiden traf man immer wieder zusammen an. Emilio kannte Luciano Mosetti und seine kleine Fabrik in Servola. So war das in der Stadt. Einerseits war Triest ein quirliger Hafen, in dem Menschen aus aller

Herren Länder verkehrten, andererseits kannten die Einwohner der Stadt in bestimmten Kreisen einander so gut wie in einem Dorf.

»Tja, mein Dienst hört in Wahrheit nie auf. Entweder ist man Polizeiagent oder nicht.«

»Darf ich mich erkundigen«, fragte Dario und beugte sich vor, »was es mit dem großen Auflauf im Porto Nuovo auf sich hat? Was ist dort vorgefallen?«

Emilio leerte seine Kaffeetasse und entnahm seinem Sakko das Zigarettenetui. Er bot den beiden jungen Männern eine an, beide bedankten sich und griffen zu. »Signori, wegen der Begebenheiten im Porto Nuovo bin ich in der Stadt unterwegs. Die Angelegenheit ist ernst.«

Pietro Panfili und Dario Mosetti schauten Emilio mit gespannten Mienen an.

Emilio nahm einen tiefen Zug von seiner Zigarette. »Am Montag wurde eine Leiche im Hafen gefunden, und heute früh wieder.«

Pietro zog erschrocken Luft ein. »Wieder eine Leiche?«

»Sagt Ihnen der Name Arrigo Franceschini etwas?«

»Ja, natürlich«, sagte Pietro. »Arrigo ist einer unserer Freunde. Mehrmals war er hier im Caffè Tommaseo zu Gast. Wir haben mit großer Bestürzung in der Zeitung vom Fund seiner Leiche gelesen.«

»Und jetzt schon wieder eine Leiche. Diesmal eine mit einer Schusswunde.«

Pietro zuckte zurück. »Eine Schusswunde?«

»Das ist sehr beunruhigend. Die Polizeidirektion wird selbstverständlich alles was Rang und Namen hat aufbieten, um den Fall zu klären. Die Aufrechterhaltung der öffentlichen Ruhe ist uns ein großes Anliegen.«

»Wie lautet der Name des Toten, der heute gefunden wurde?«, fragte Dario.

»Die Identität der Person ist derzeit polizeiliche Verschlusssache.«

Die beiden jungen Männer starrten Emilio eingeschüchtert an. Auch die anderen Männer an den Nebentischen schauten zu ihm herüber. Emilio fingerte ein paar Münzen aus seinem Portemonnaie und legte sie auf den Tisch. »Was immer sich ereignet hat, Signori, wird die Polizei aufklären. Seien Sie sich dessen sicher. Die Täter müssen sich ernsthaft Sorge machen, denn ein Bandenkampf auf Leben und Tod zwei Tage vor dem Besuch des Thronfolgers in Triest ist inakzeptabel. Für die Polizei wäre es natürlich sehr nachteilig, wenn die Täter auf dem schnellsten Weg die Stadt verlassen würden. Ganz unschön wäre es, wenn die Täter einen Zug nicht in den Osten oder Norden nehmen würden, sondern einen Zug nach Westen, nach Italien. Das wäre höchst unpraktisch für die polizeiliche Untersuchung, denn die Zusammenarbeit der österreichisch-ungarischen und italienischen Behörden erfolgt wirklich nur sehr schleppend. Das kann ich aus eigener leidvoller Erfahrung berichten. Also ich kann nur hoffen, dass die Täter in der Stadt bleiben.« Emilio schaute in die Augen der versammelten jungen Irredentisten und erhob sich. »Aber keine Sorgen, Signori, die Polizei wird schnell, sogar sehr schnell den Fall aufklären. Sie können ganz beruhigt sein. Ich wünsche Ihnen einen guten Tag.«

Emilio nickte dem Kellner zu und verließ das Kaffeehaus. Das Wetter zeigte sich heute wirklich prächtig. Er schaute sich um. Drüben auf der Piazza Giuseppina wurde die Tribüne für den Festakt aufgestellt. Emilio entschied sich, aus gemessener Distanz den Eingang des Kaffeehauses im Auge zu behalten.

Viertel nach zehn. Kaum hatte der Inspector das Kaffeehaus verlassen, rückten die jungen Männer zusammen. Vergessen waren die Karten und das Schachspiel. Dario schaute nervös um sich.

»Habt ihr verstanden, was der Ispettore zum Ausdruck bringen wollte?«, fragte einer der Männer in die Runde.

»Keine Ahnung.«

»Sehr rätselhaft.«

»Das ist doch klar«, sagte Pietro Panfili.

»Dir ist es klar?«

»Natürlich. Das war eine Warnung.«

»Eine Warnung?«

»Sei nicht so begriffsstutzig! Signor Pittoni hat glasklar gesagt, dass die Polizei jetzt mit voller Mannschaftsstärke an diesem Fall arbeitet.«

»Ja, und?«

Dario wunderte sich über solche Dummheit. »Was Pietro sagen will, ist, dass Ispettore Pittoni durch die Blume den oder die Täter aufgefordert hat, schnellstmöglich die Stadt zu verlassen. Pittoni ist einer von uns. Das war eine eindringliche Warnung.«

Pietro nickte und ergänzte. »Also glaubt er, dass irgendjemand aus unserem Kreis in die Mordfälle verwickelt ist.«

»Das kann nicht sein«, sagte einer der Männer. »Von uns würde doch keiner so etwas tun. Zwei Tote, das ist nicht unser Stil.«

Pietro Panfili zuckte mit den Schultern. »Natürlich nicht, aber die Polizei scheint das zu glauben. Daher die Warnung.«

»Also ich habe mit diesen Vorfällen nichts zu tun«, sagte einer der beiden Schachspieler. »Ihr etwa? Wisst ihr etwas?«

Dario winkte ab »Keiner von uns hat damit etwas zu tun, daher wissen wir auch nichts. Die ganze Angelegenheit ist sehr undurchschaubar.«

»Und was ist mit Ludovico und seinen Leuten?«, fragte einer der Männer im Flüsterton. »Einer von denen könnte dahinterstecken, oder?«

Dario schüttelte entschieden den Kopf und zog seine Uhr aus der Tasche. »Nein, das kann ich mir beim besten Willen nicht vorstellen. Ludovico ist ein Ehrenmann. Verflixt, schon so spät. Ich habe meiner Mutter versprochen, sie heute noch zu besuchen. Macht euch keine Sorgen, Männer, ich glaube, dass Ispettore Pittoni sich irrt. Ich verabschiede mich. Äh, Pietro, kannst du vielleicht …?«

Pietro Panfili nickte zustimmend. »Ja, ich übernehme die Zeche. Ihr seid alle eingeladen. Ich spendiere eine Runde. Dario, willst du nicht noch auf ein Glas bleiben?«

»Liebend gerne, aber ich muss jetzt los.«

Dario verabschiedete sich von seinen Freunden, besuchte noch den Abort und dachte fieberhaft nach. Eine Leiche im Hafen? Eine Schusswunde? Was war letzte Nacht geschehen? Hatte Ludovico oder einer seiner Männer Rache für den Tod ihres Freundes Arrigo genommen? Ein mehr als beängstigender Gedanke. Lief alles aus dem Ruder?

Dario entschloss sich, zu handeln. Eilig verließ er das Kaffeehaus und ging in Richtung der Lagerhäuser des Porto Nuovo. Aus der Ferne erkannte er, dass das Magazin, in dem Kuzmins Kaffee lagerte, von der Polizei abgeriegelt war. Man brauchte wahrlich kein Genie zu sein, um einen Zusammenhang zwischen all den Vorfällen und Ereignissen zu erkennen. Er musste Ludovico unbedingt zur Rede stellen. Wenn Ludovico bei dieser Sache seine Finger im Spiel hatte, würde er bestimmt nicht zu Hause, sondern abgetaucht sein. Dario hatte eine Vermutung, wo er sein könnte. Also marschierte er los.

Halb elf Uhr. Mit schnellen Schritten eilte Bruno die Treppe hoch. In der Linken trug er seine Kommissionstasche, in der Rechten die Mappe mit den auf Papier gesammelten Fingerabdrücken aus dem Magazin. Flüchtig begrüßte er Ivana und Regina und wollte in sein Bureau.

»Herr Inspector, einen Moment bitte«, rief ihm Ivana hinterher.

Bruno hielt inne. »Ja?«

»Ein Herr wartet schon seit einiger Zeit auf Sie. Ein gewisser Jure Kuzmin. Im Wartezimmer.«

»Ach ja, Signor Kuzmin. Ich werde mich ehest möglich um ihn kümmern. Danke für die Erinnerung, Ivana.«

»Sehr gerne, Herr Inspector.«

Bruno betrat sein Bureau. Er stellte den Koffer ab und begann, unverzüglich die beschrifteten und bedruckten Papierbögen zu sortieren.

In der offen stehenden Tür erschien Vinzenz Jaunig. »Grüß Gott, Herr Kollege.«

Bruno schaute kurz zu Vinzenz. »Entschuldige, dass ich dich nicht begrüßt habe. Im Vorbeigehen habe ich nicht bemerkt, dass du in deinem Bureau bist.«

»So in Eile?«

»Du hast ja gehört, was im Hafen los ist.« Wie zumeist sprachen die beiden Deutsch.

Vinzenz trat neben Bruno, griff nach einer Lupe und beugte sich über die ausgebreiteten Bögen. »Ein paar Abdrücke sind wirklich sehr gut. Eindeutig erkennbare Muster. Dieser hier ist undeutlich. Wie viele hast du?«

»Fünfzehn Stück.«

»Bewundernswert, wie schnell du mittlerweile bist.«

»Willst du nicht auch die Technik der Daktyloskopie erlernen? Damit wäre mir sehr geholfen.«

»Ich bin ein bisschen zu alt für dieses neue Verfahren, und

meine Finger sind nicht so geschickt. Das ist eher etwas für unsere jungen Herren.«

»Du weißt doch, dass Herr Gellner die Schulung auf die lange Bank geschoben hat.«

Vinzenz legte die Lupe ab und richtete sich auf. »Als ob du jemals etwas auf Gellners Anweisungen gegeben hättest.«

Bruno blickte unwillkürlich zur Tür. »Ist er in der Kanzlei?«

»Er absolviert im Kaffeehaus eine wichtige Unterredung mit seinen hochgestellten Freunden von der Statthalterei.«

»Ist Luigi hier?«

»Nein. Du hast ihm doch eine Nachricht überbringen lassen. Luigi und Amtsdiener Vlah sind unterwegs, so wie du es angeordnet hast.«

»Sehr gut.«

Vinzenz ging zur Tür, schaute sich am Gang um, schloss die Tür und baute sich vor Bruno auf. »Da ist etwas, was wir besprechen müssen.«

Bruno runzelte die Stirn. »Ist etwas vorgefallen?«

Vinzenz machte ein finsteres Gesicht. »Es kursieren Gerüchte.«

»Welche Gerüchte?«

»Gerüchte über dich.«

Bruno ahnte, woher der Wind wehte. »Was hast du gehört?«

»Gestern war ich im Kommissariat und habe mit ein paar Kollegen geplaudert. Mir ist zu Ohren gekommen, dass du in eine delikate Affäre involviert sein sollst.«

Bruno wiegte den Kopf. »Es geht also los.«

Vinzenz' Miene zeigte Verwunderung. »Es geht das Gerücht, dass du ein Gspusi mit der Frau eines Offiziers der Handelsmarine unterhältst. Und dass die Sache jetzt aufgeflogen ist.«

»Es ist richtig, die Sache ist aufgeflogen.«

Vinzenz trat einen Schritt zurück. Bruno und Vinzenz hatten immer ein sehr gutes und kollegiales Verhältnis gepflegt, was auch ein wenig damit zusammenhing, dass ihrer beider Muttersprache Deutsch war. Vor vielen Jahren war Vinzenz aus Kärnten nach Triest gekommen, hatte seinen Dienst als Polizist angetreten, eine italienische Triestinerin kennengelernt und eine Familie gegründet. Vinzenz war ein Familienmensch, er liebte nach vielen Jahren Ehe seine Frau ungebrochen und sah mit Stolz, dass aus seinen Kindern aufrechte und anständige Menschen wurden. Bruno verstand sehr wohl, dass Ehebruch in Vinzenz' Welt ein schweres Vergehen war. Nun, ihre Freundschaft wurde hier und jetzt einer Belastungsprobe unterzogen.

»Dir ist klar, dass Ehebruch bei einer Anzeige zu einem Gerichtsverfahren führen wird?«

»Und im Falle einer Verurteilung droht eine Haftstrafe.«

»Du leugnest nicht?«

»Ja, es war Ehebruch, aber es war von Anfang an kein Gspusi, Vinzenz.

»Was soll das heißen?«

»Es war Schicksal. Da ihr Mann sie rausgeworfen hat, werde ich mit Fedora Cherini zusammenleben, ich werde für sie und ihre Söhne sorgen.«

Bruno sah, wie sich Vinzenz' Haltung ein wenig lockerte, dennoch blieb eine klar erkennbare Distanz in seinem Blick.

»Das wird hochkochen, Bruno. Das weißt du.«

»Ja, das wird so sein.«

»Bei dieser Sache kann ich dir nicht unter die Arme greifen, das musst du allein durchstehen.«

»Vinzenz, du hast mir schon so oft unter die Arme gegriffen, dass es für zwei Leben reicht. Wie du sagst, das ist allein meine Angelegenheit.«

Ein Weilchen standen die Männer schweigend beieinander, dann nickte Vinzenz und verließ das Bureau. Bruno schaute sinnierend durch das Fenster. Er fluchte in sich hinein und schob alle abschweifenden Gedanken beiseite. Jure Kuzmins Aussage war zu Protokoll zu bringen, das war jetzt wichtiger als alles andere. Bruno ging zum Wartezimmer des k.k. Polizeiagenteninstituts.

⁓⊙⁓

Elf Uhr. Es war so leicht, unwissende Menschen zu beschatten, ein wahres Kinderspiel. Durchschnitt war wichtig. Man durfte nicht der Kleinste sein und auch nicht der Größte, unauffällige Kleidung war wichtig, also ein Anzug, an dem die Leute auf der Straße vorbeischauten, und ein Hut, der aussah wie jeder Hut. Und man musste wissen, wie man sich zu bewegen hatte, wann man die Fahrbahn überqueren konnte, wann man besser im Schatten blieb und wie man sich vor Auslagefenstern zu verhalten hatte. Emilio hatte all das schon in jungen Jahren gewusst und sein Talent dafür immer weiter bis zur Perfektion vorangetrieben. Nicht einmal sein herzallerliebster Kollege Bruno hatte bemerkt, dass er ihn über Monate hinweg beschattet hatte. Natürlich nicht durchgehend und natürlich unter peinlich genau erwogenen Sicherheitsvorkehrungen, Bruno war zwar ein eingebildeter Schnösel, ein in seinen schönen Anzügen und mit seinem scharf rasierten Kinn einherstolzierender Pfau, aber er war alles andere als ein Dummkopf und er verstand sein Handwerk. Bruno zu beschatten, glich einem Schachspiel, Züge und Gegenzüge folgten aufeinander, man baute eine solide Defensive auf und wagte im entscheidenden Moment den Ausfallschritt. Er hatte Bruno nicht beschattet, um Geheimnisse zu lüften, sondern einfach um über ihn Bescheid zu wissen, falls es jemals zu einer Konfrontation kommen sollte. Und auch wegen des Nervenkitzels. Aber als er entdeckt hatte, was für ein Doppelleben Bruno führte und vor allem, mit wem er verkehrte, hatte sich Emilios Abneigung in Groll, ja sogar in Eifersucht gewandelt. Dieser Schönling ging bei zwei Frauen der Sonderklasse ein und aus. Nur für viel Geld konnte man sich solche Gespielinnen kaufen, für Summen, die Emilio nicht zur Verfügung standen. Ja, die Edeldirnen, mit denen er sich abgab, waren nicht zu verschmähen, aber die Baronin Callenhoff und diese Offiziersgattin aus Gretta waren Weiber, für die Emilio hätte morden müssen. Und dieser Hohlkopf Bruno hielt sich solche Weiber als Kokotten. Emilio stand zu seinen Regungen, natürlich, weshalb sollte er sich des Neides schämen? Neid konnte eine nützliche Tugend sein, Neid konnte das Leben abwechslungsreich und unterhaltsam gestalten. Und das sollte es doch sein, das Leben. Für ein langweiliges und eintöniges Leben war er nicht geschaffen. Also hatte Emilio die Initiative übernommen und Bruno Feuer unter dem Hintern gemacht. Die ersten Rauchschwaden sowie die ersten Schmerzensschreie waren bereits zu vernehmen. Das amüsierte ihn.

Wer wusste schon, was die Zukunft bringen würde. Vielleicht würde der Bienenschwarm, den er aufgescheucht hatte, den Weg frei zu den Honigwaben machen? Emilio blieb realistisch, die Baronin Callenhoff war eine Frau, die er niemals erreichen konnte, jede Mühe wäre von vornherein vergeblich. Aber diese höchst attraktive Offiziersgattin zeigte eine gewisse Sittenlosigkeit, die eine Eroberung einerseits interessant und andererseits machbar erscheinen ließ. Emilio fühlte den Kitzel, Bruno die Gespielin auszuspannen. Also hatte er diesem Offizier zur See den Hinweis zum Bücherkränzchen gegeben. So war die Sache ins Rollen gekommen. Wäre doch gelacht, wenn er dieses Prachtweib nicht herumkriegen würde. Wie gesagt, das Leben musste unterhaltsam sein.

Emilio wischte seine anzüglichen Gedanken beiseite und fokussierte sich wieder. Er stand in großer Entfernung zum Haus, in das Dario Mosetti gegangen war, dennoch konnte niemand durch das Haustor schreiten, ohne von ihm gesehen zu werden. Neben einem guten Gehör verfügte Emilio auch über scharfe Augen. Nur wenige Minuten, nachdem er das Caffè Tommaseo verlassen hatte, war Mosetti eilig herausgekommen, hatte sich zwar umgesehen, Emilio selbstverständlich aber nicht entdeckt, war zuerst zu den Lagerhäusern beim Porto Nuovo und dann auf direktem Weg hierher marschiert. Wenn Emilio richtiglag, hatte ihn dieser verwöhnte Bubi direkt zu einem Unterschlupf der militanten Irredentisten aus dem Dunstkreis des Caffè Tommaseo geführt. Eben verließ Mosetti wieder das Haus und eilte in Richtung Città Vecchia davon. Emilio ließ fünf Minuten vergehen, um sich zu versichern, dass Mosetti fort war und nicht zurückkehrte, dann erst betrat er das Gebäude.

Im Flur des einstöckigen Hauses roch es muffig. Die Gemäuer waren alt, der Putz bröckelte von den Wänden. Emilio war sich sicher, niemand von Rang und Namen würde ein solches Haus betreten. In solchen Häusern wohnten nur Leute vom Rande der Gesellschaft. Alternde Hafenarbeiter, die kräftemäßig mit den jungen Männern nicht mehr mithalten konnten und sich nichts auf die Seite gelegt hatten, Handwerker, die ihren Beruf wegen Krankheiten nicht mehr ausüben konnten, alternde Wäscherinnen und gekündigte Dienstmägde. In solchen Häusern konnten sich die jungen Irredentisten aus den besseren Kreisen leicht verstecken. Für ein paar Kronen, ein Fass Bier oder eine Flasche Schnaps hielten die Bewohner dicht, zumal viele von ihnen auf die Polizei ohnedies nicht gut zu sprechen waren.

Emilio kannte das Leben in diesem Milieu und er war klug genug gewesen, dieser verdammten Welt zu entkommen. Der Gestank intensivierte sich, war nun kaum auszuhalten. Emilio versuchte irgendwie, den aufkommenden Ekel zu unterdrücken. In seinem Geburtshaus hatte es ähnlich gerochen. Doch zum Glück war das verwahrloste Gebäude vor langer Zeit geschliffen worden. Sämtliche alten Häuser des Viertels, aus dem er stammte, waren abgerissen worden und hatten wegen der Nähe zum Hafen neuen Häusern Platz machen müssen. Schon lange war das Viertel kein Elendsquartier mehr, sondern eine mondäne Wohngegend des Triester Bürgertums mit repräsentativen Häusern. Die Stadt wuchs und wuchs und die Elendsquartiere wurden immer weiter in die Peripherie gedrängt. Früher oder später würde auch dieses einstöckige Haus dem wirtschaftlichen Aufschwung weichen müssen.

Welche der vier Wohnungstüren war die richtige? Emilio schaute sich genau um. Da wurde eine Tür geöffnet und eine alte Frau mit unzähligen Falten trat auf den Flur. Sie trug einen leeren Einkaufkorb bei sich, schaute Emilio mit scheelem Blick an und versperrte schnell ihre Wohnungstür.

Emilio lächelte die Frau freundlich an und hob grüßend seinen Hut. »Entschuldigen Sie, Signora, wohnt hier ein junger Mann namens Mosetti?«

»Wie soll der heißen?«

»Dario Mosetti.«

»Den Namen kenne ich nicht, aber dort drüben gehen seit letzter Zeit junge Männer ein und aus. Weiß der Teufel, was die verflixten Kerle da treiben.«

Emilio verneigte sich höflich und ließ die Frau an sich vorbeigehen. »Vielen Dank, Signora. Ich wünsche Ihnen einen angenehmen Tag.«

Er wartete, bis die Frau das Haus verlassen hatte, dann klopfte er an die besagte Tür am Ende des Flurs. Er hörte Schritte auf den Dielen, die Tür wurde schwungvoll geöffnet.

»Was ist, Dario, hast du etwas vergessen oder …?«

Der Mann vor ihm erschrak. Emilio kramte in seinem Gedächtnis, das Gesicht des jungen Mannes kam ihm bekannt vor, er suchte nach dem dazugehörigen Namen. Ludovico Antozzi, einer der Bonvivants aus dem Caffè Tommaseo. Emilio nahm seinen Hut ab. »Guten Tag, Signor Antozzi.« Für einen Augenblick spiegelte sich Panik in der Miene des jungen Mannes. Emilio lachte in sich hinein. Kriminalfälle löste man nicht mit Wissenschaft und Technik, sondern mit Scharfsinn und Nase, manchmal war eine List nützlich. »Erlauben Sie mir freundlicherweise, dass ich eintrete?«

Ludovico fasste sich schnell. »Äh, ja, Ispettore, kommen Sie nur herein.«

Emilio trat in die kleine Wohnung, in der Rauchschwaden hingen. Wahrscheinlich hatten Mosetti und Antozzi bei ihrer Besprechung geraucht. Emilio schaute sich um. Ein Rattenloch, die halb geschlossenen Fensterläden verdunkelten das Wohnzimmer, auf dem Tisch standen zwei leere und eine halb volle Weinflasche, ein überquellender Aschenbecher sowie benutzte Gläser und Teller. Hinter dem Wohnzimmer lag eine fensterlose kleine Schlafkammer. Ein Koffer und ein Seesack standen neben dem Bett, auf einem halbhohen Schrank befanden sich ein Lavoir mit Waschwasser und ein Tonkrug mit Trinkwasser. Emilio setzte seinen Hut wieder auf und fasste Ludovico, der linkisch seine Hände in den Hosentaschen versteckte, scharf ins Auge. »Sehr bequem haben Sie es hier. Ist das Ihre Wohnung?«

»Nein, die gehört einem Bekannten.«

»Sie sind also nur vorübergehend hier. Wenn ich mich recht entsinne, wohnen Sie im Viertel San Giacomo.«

»Das ist korrekt.«

»Warum sind Sie nicht bei sich selbst zu Hause?«

»Warum fragen Sie das? Und wieso kommen Sie hierher?«

Emilio griff nach einem Zigarettenetui. »Erlauben Sie, dass ich rauche?«

»Ja, selbstverständlich.«

Emilio bot das geöffnete Etui seinem Gegenüber an. »Greifen Sie zu.«

Ludovico winkte ab. »Vielen Dank, ich habe zuvor schon geraucht.«

Emilio steckte sich mit langsamen Bewegungen die Zigarette an und entflammte sie. Währenddessen musterte er Ludovico.

»Sind Sie Dario gefolgt?«

»Hat Signor Mosetti Ihnen von der Begegnung im Kaffeehaus erzählt?«, stellte Emilio eine Gegenfrage.

»Ja.«

»Das ist erfreulich.«

»Erfreulich? Wieso ist das erfreulich?«

»Weil ich mich ungern wiederhole.«

»Ich verstehe nicht, warum Sie Dario gefolgt sind. Hat die Polizei nichts Besseres zu tun, als einfache Leute zu beschatten?«

Emilio schmunzelte. »Einfache Leute? Ich glaube, Signor Mosetti würde sich selbst nur ungern als einen *einfachen* Mann bezeichnen. Eher als einen Mann von Welt. Zumindest würde ich ihn so nennen. Seine Schuhe, Anzüge und Hüte sind makellos.«

»Was wollen Sie von mir, Ispettore?«

Emilio spürte die Unruhe des Mannes deutlich. Er ließ ihn noch ein Weilchen zappeln und sog an seiner Zigarette. »Sie wissen bestimmt, dass Seine Kaiserliche und Königliche Hoheit Erzherzog Franz Ferdinand unsere bescheidene Stadt mit Seiner allergnädigsten Aufwartung beehren wird.«

»Natürlich. Das stand heute in der Zeitung.«

Emilio kniff die Augen zusammen und verlieh seiner Miene damit einen drohenden Ausdruck. Er hatte unzählige Male erlebt, dass dieser Blick Menschen einschüchtern konnte. »Ein Bandenkrieg in Triest kann nicht toleriert werden. Das ist ausgeschlossen! Ich persönlich werde alle, ich wiederhole und streiche somit hervor: *alle* Hitzköpfe, die sich nicht an die Gesetze halten, höchstpersönlich in den finstersten Kerker der Monarchie werfen oder mit einem Lächeln auf den Lippen dem Scharfrichter vorführen.« Emilio ließ die Drohung ein wenig sacken. Wie die Miene Ludovicos erkennen ließ, zeigte sie Wirkung. »Signor Antozzi, ich weiß, welche politischen Ziele Sie und Ihre Freunde verfolgen. Und ich weiß auch, dass Sie wissen, wie ich zu diesen Zielen stehe. Das ist das eine. Etwas anderes ist eine dumme Messerstecherei hinter einem Wirtshaus. Und ein drittes ist eine Leiche mit einer Schusswunde. Ich kann im Sinne von Recht und Gesetz nur hoffen, dass diese Sachverhalte sich nicht vermischen, und weiter muss ich auf das Schärfste darauf verweisen, dass jedweder Konflikt sofort beendet werden muss.« Emilio nahm einen Zug von der Zigarette. »Der Zeitpunkt für einen offenen Kampf und eine klare Abrechnung in den Straßen Triests könnte irgendwann kommen, damit muss man rechnen, und gewiss wird diese Auseinandersetzung radikal und umfassend geführt werden. Alles andere ist Kleinkram und behindert nur. Wenn das Königreich Italien stark genug sein wird, Triest heimzuholen, dann wird das Volk mutige Männer brauchen, die dann hoffentlich nicht schon dem Henker ein paar Stiefel eingebracht haben. Noch ist die Donaumonarchie ein mächtiger Koloss, dessen starker Arm in den Straßen unserer Stadt für Zucht und Ordnung sorgt. Zumal der zweithöchste Vertreter der Monarchie mit seiner gesamten Entourage im Anrollen ist.«

»Ich verstehe, Ispettore.«

»Das will ich hoffen. Wer auch immer diesen slowenischen Einfaltspinsel erschossen und seinen Kadaver in das Hafenbecken geworfen hat, wird wahrscheinlich innerhalb eines Augenaufschlages aus der Stadt verschwinden. Das muss ich aus Sicht der Polizei befürchten. Er wird nicht nur aus der Stadt, sondern aus Österreich-Ungarn fliehen. Die italienische Grenze ist nicht fern. Sobald ich diese Tür hinter mir schließe, werde ich nach dem Halunken suchen und ihn sehr bald finden. Das ist unausweichlich. Haben Sie verstanden, Signor Antozzi?«

Die beiden Männer schauten einander eine Weile schweigend an, dann zerdrückte Emilio seine Zigarette im Aschenbecher.

»Vielen Dank, Ispettore. Sie sind ein wahrer Patriot.«

Emilio verließ ohne Gruß die Wohnung. Als er aus dem Haus trat, holte er tief Luft und marschierte zügig los. Nur fort aus dieser muffigen Absteige. Sein Ziel war die Kanzlei des k.k. Polizeiagenteninstituts, er hatte im Bureau noch einiges zu erledigen.

⁕

Viertel vor zwölf. Bruno hatte die Aussage Jure Kuzmins in Stichworten und kurzen Satzfetzen eilig zu Protokoll genommen und die Notizen dann an Ivana übergeben, damit diese die Reinschrift anlegen konnte. Wie in den meisten Fällen hatte sie die Aussage nicht mit der Schreibmaschine getippt, sondern handschriftlich abgefasst. Mit der Schreibmaschine wurden in der Regel nur offizielle Korrespondenz oder besonders wichtige Schriftstücke abgefasst. Oberinspector Gellner setzte wie bei vielen Dingen auf althergebrachte Arbeitsmethoden, daher sollten die wertvollen Schreibmaschinen nur für hochrangige Arbeiten verwendet werden.

Der junge Mann war außerordentlich niedergeschlagen gewesen, Bruno hatte nicht gewusst, was er hätte sagen oder tun können, um Kuzmins Stimmung aufzubessern. Aber natürlich war es nicht die Aufgabe eines Polizisten, Menschen aufzuheitern, Polizisten hatten Kriminalfälle zu lösen, also hatte Bruno Jure Kuzmin fortgeschickt. Es gab keinen Grund, die Zeit des Mannes noch länger zu beanspruchen. Besser war, wenn er den Tod seines Bruders mit seiner Familie betrauerte. Und kaum hatte Kuzmin die Kanzlei verlassen, hatte Bruno seinen Hut genommen und war aufgebrochen.

Er näherte sich dem Porto Vecchio. Die Sonne wanderte auf den Zenit zu und füllte den Golf von Triest mit Helligkeit und Wärme. Wenn das Wetter hielt, würde der Festakt mit dem Thronfolger zu einem großen Volksfest werden. Die Vorbereitungen dafür liefen auf Hochtouren. Langsam schlenderte Bruno in der Menschenmenge zwischen Piazza Grande und dem Molo San Carlo. Ihm begegneten viele Menschen, ein Dampfer musste vor Kurzem angelegt haben. Bruno ließ den Blick kreisen und entdeckte die gedrungene Gestalt von Polizeiamtsdiener Vlah. Die Amtsdiener leisteten in der Polizeidirektion verschiedene Tätigkeiten, sie waren unter anderem für den internen und externen Postverkehr zuständig, manche arbeiteten im Aktenarchiv, einer der Männer hatte sich als außerordentlich geschickter Handwerker erwiesen und führte im Hause Reparaturen aller Art durch, manchmal wurden die Amtsdiener auch für einfache polizeiliche Zwecke eingesetzt. Vlah war Anfang fünfzig und gehörte seit rund dreißig Jahren dazu. Der Mann war von schlichtem Gemüt, aber er leistete verlässliche Arbeit, befolgte Anordnungen gewissenhaft und hatte sich wegen seiner unauffälligen Erscheinung bei Beschattungen oder Überwachungen als sehr geschickt erwiesen. Der Grund, warum er nicht längst als Polizeibeamter tätig war, lag in seiner orthografischen Schwäche. Bruno war sich sicher, dass Vlah mit ein bisschen Mühe fehlerfrei schreiben würde erlernen können, doch Vlah traute sich das selbst nicht zu und war mit seinem Stand als Amtsdiener zufrieden.

Vlah faltete die Zeitung zusammen und klemmte sie unter die Achsel. Bruno schaute sich um, nickte Vlah zu und ging an ihm vorbei. Vlah und er liefen ein Stückchen zusammen.

»Und, irgendetwas Auffälliges?«

»Alles ruhig, Herr Inspector. Nur im Kaffeehaus ist wie immer viel Betrieb.«

»Waren Sie auch drinnen, Vlah?«

»Ja, ich habe einen Kaffee getrunken und mich umgeschaut. Es sind nur wenige Stammgäste da, und die spielen Schach oder Karten oder lesen Zeitung. Wie gesagt, alles ruhig.«

»Immerhin. Noch mehr Aufregung kann ich eigentlich nicht gebrauchen. Was wissen Sie über Luigi?«

»Signor Bosovich und ich haben gemeinsam die Kanzlei verlassen. Er ist auf direktem Weg zur Wohnung des ersten Todesopfers gegangen. Er hat gesagt, dass er in dem Viertel zwei oder drei Adressen überprüfen will.«

»Sehr gut.«

»Haben Sie schon eine Spur, Herr Inspector?«

»Mehr als eine, daher müssen wir weiterhin die Augen offen halten.«

»Zwei Tote in so kurzer Zeit. Ich verstehe, dass Sie und Signor Pittoni in ruhelosem Einsatz sind. Leider habe ich ihn nicht mehr gesprochen.«

Bruno zog die Augenbrauen hoch. »Nicht mehr gesprochen? Haben Sie Signor Pittoni gesehen?«

»Ja. Als ich hierhergekommen bin, habe ich ihn aus der Ferne gesehen. Ich glaube, er hat auch das Kaffeehaus beobachtet, ist aber dann in Richtung Porto Nuovo marschiert.«

»Hat er jemanden verfolgt?«

»Das weiß ich nicht. Ich habe ihn nur aus der Ferne gesehen.«

»Gut, Vlah. Wenn hier alles ruhig ist, können Sie jederzeit essen gehen, aber bleiben Sie in der Gegend, und nach der Mittagspause kommen Sie wieder hierher und besetzen Ihren Posten. Wenn bis fünf Uhr nachmittags nichts geschieht, können Sie Schluss machen.«

Vlah nickte zustimmend. »Wird gemacht.«

»Und ich schau, ob ich Luigi erwische. Bis später.«

»Bis später, Herr Inspector.«

~⚬~

Ein Uhr. Die Elektrische bog um die Kurve und stoppte an einer Haltestelle. Fast hätte Dario verpasst, an der Station auszusteigen, so versunken war er in Gedanken. Er drängte sich an den einsteigenden Fahrgästen vorbei. Kurz lüftete er seinen Hut, schloss die Augen und ließ sich die Sonne auf das Gesicht scheinen. Zum Glück hatte er sich heute früh dazu entschieden, den Mantel zu Hause zu lassen, der wäre bei diesen Temperaturen nur Ballast gewesen.

Hatte Ludovico die Wahrheit gesagt? Je länger das Gespräch hinter ihm lag, desto mehr glaubte er, dass Ludovico gelogen hatte. Als sie in dieser Absteige gesessen und geraucht hatten, war Dario alles einleuchtend erschienen. Die kleine Wohnung am Stadtrand war eines der Verstecke der militanten Irredentisten. Dario war auf gut Glück hingefahren, er hatte nicht gewusst, ob er dort jemanden antreffen würde, und war dann überrascht gewesen, dass der Rädelsführer der Gruppe selbst dort zugegen war. Dario hatte Ludovico gefragt, ob er etwas mit dem Mord zu tun hatte und sich deswegen hier versteckt hielt. Ludovico war wie aus allen Wolken gefallen und fragte, welcher Mord und was geschehen sei. Ludovico hatte erklärt, dass er sich hier versteckt hielt, weil er einem verheirateten Mann die Hörner aufgesetzt habe. Und dieser habe ihm gedroht, den Säbel zu ziehen. Dann hatte er noch ein paar delikate Details dieser Affäre zum Besten gegeben und damit Darios Verdacht zerstreut. Zum Abschluss hatte Dario von Inspector Pittonis Auftritt im Caffè Tommaseo erzählt, was Ludovico interessiert, aber völlig ungerührt angehört hatte.

Dario war eine Weile grüblerisch durch die Straßen gegangen und hatte in einer Osteria gegessen. Dabei war er immer skeptischer geworden. Was, wenn Ludovico ihn angelogen hatte? Was, wenn diese Bande von politischen Eiferern tatsächlich einen Bandenkrieg anzetteln wollte? Eine ärgerliche Sache, in die Dario nicht hineingezogen werden wollte.

Die alles entscheidende Frage in der verfahrenen Situation war natürlich folgende: Was würde geschehen, wenn Elena von dieser Sache erfuhr?

Das musste Dario verhindern. Wie stünde er da, wenn die angebetete Signorina hörte, dass er, Dario, mit Mördern und Totschlägern verkehrte? Dario fühlte Verachtung für diese primitiven und brutalen Raufbolde. Das entsprach nicht im Entferntesten Darios Habitus. Deswegen musste er zur Offensive übergehen. Angriff war immer noch die beste Verteidigung, das besagte doch alle Vernunft.

Dario blieb im Villenviertel vor dem Gartentor eines prächtigen, im Schatten von hohen Bäumen liegenden Gebäudes stehen. Kurz atmete er durch und schritt voran, er klingelte und wartete. Nach einer Weile öffnete ein Dienstmädchen das Haustor, grüßte höflich und ließ ihn eintreten. Er nahm den Hut ab und schaute am Dienstmädchen vorbei. »Darf ich mich erkundigen, ob Signorina Elena zugegen ist?«

»Ja, Signor, die Signorina ist im Haus.«

»Sehr gut. Dann melden Sie bitte meinen Besuch. Ich bitte höflichst um eine kurze Unterredung mit Signorina Elena. Hier ist meine Karte.« Dario überreichte dem Fräulein seine Visitenkarte.

Das Dienstmädchen machte einen Knicks und eilte los. Dario sah sich inzwischen in der Vorhalle der Villa um. Es war ein großartiges Haus. Das Haus seines Vaters war auch nicht zu verachten, aber wohl nur halb so groß und repräsentativ wie diese Villa. Dario hatte oft beklagt, dass sein Vater kein wirklich reicher Mann war. Das Leben war so ungerecht. Heute eine Gala in Triest, morgen ein Dîner in Abbazia, übermorgen eine Theatervorführung in Venedig. Das wäre ein Leben ganz nach seinem Geschmack. Nun, die heiteren Abende in den Triester Kaffeehäusern waren auch nicht zu verachten. Wenn man sich auf die schönen Seiten des Lebens verstand, konnte man auch mit bescheidenen Mitteln ganz gut leben. Und war er erst einmal Elena verheiratet, dann würde er auch in einem solchen Haus leben.

»Guten Tag, Signor Dario.«

Dario drehte sich schnell um und sah Elena und das Dienstmädchen die steinerne Treppe herabkommen. Er ging auf sie zu, nahm Haltung an und küsste zur Begrüßung Elenas Hand. »Guten Tag, Signorina Elena. Ich freue mich außerordentlich über die Ehre und das Vergnügen, dass Sie sich ein wenig Zeit für eine Unterredung nehmen.«

»Worüber wollen Sie denn mit mir sprechen?«

Dario schaute sich um. »Könnten wir das Gespräch unter vier Augen führen?«

Elena schien nicht so recht zu wissen, was sie sagen sollte. »Unter vier Augen?«

»Ich will Sie in keiner Weise kompromittieren, und wenn Sie verlangen, dass aus Gründen der Schicklichkeit ein Zeuge zugegen ist, können wir gerne Ihre Frau Mama oder Ihren Herrn Papa bitten.«

»Papa ist im Bureau, Mama unternimmt Besorgungen und meine beiden Brüder sind in der Schule.«

»Das Dienstmädchen?«

»Was haben Sie mir denn zu sagen, Signor Dario?«

»Die reine Wahrheit!«

Elena zog erstaunt ihre Augenbrauen hoch. »Die Wahrheit also?«

»Oh ja. Aus ganzem Herzen.«

Sie wies Dario den Weg. »Gut, also dann begeben wir uns nach nebenan in den Salon. Weder mein Vater noch meine Mutter werden es als kompromittierend ansehen, wenn ich Ihrem Vortrag lausche. Darf ich Ihnen eine Erfrischung aufwarten? Ein Schale Kaffee oder Tee? Ein Glas Limonade?«

»Ein Schale Kaffee wäre sehr liebenswürdig.«

Elena wandte sich dem Dienstmädchen zu, das sofort loseilte, um Kaffee aufzubrühen. Dann führte sie Dario in den angrenzenden Salon und schloss die Türen des Raumes. »Nehmen Sie bitte Platz, Signor Dario.«

Sie setzten sich an den Tisch beim Fenster. Kurz bewunderte Dario das kunstvoll gehäkelte Tischdeckchen, die stilvolle Porzellanvase und die prächtigen Blumen. Stil musste man haben, und davon war in diesem Haus reichlich vorhanden. »Vielen Dank, Signorina. Ich hoffe, ich habe Sie nicht bei einer wichtigen Aufgabe unterbrochen oder dass mein unangekündigter Besuch Sie auf sonst eine Weise indigniert.«

»Aber nein. Ich habe eben meine täglichen Übungen mit der Querflöte absolviert. Da in den nächsten Tagen keine öffentlichen Auftritte anstehen, kann ich diese Übungen später oder auch erst morgen wieder fortsetzen.«

»Ich kann mich noch lebhaft daran erinnern, als Sie im Winter bei einer musikalischen Soiree in der Villa von Domenico Panfili mit Ihrer kunstvollen Darbietung geradezu brilliert haben. Ihr Spiel war meisterhaft.«

»Vielen Dank für das Kompliment.«

»Wie kam es, dass Sie zu dieser Soiree eingeladen wurden?«

»Signor Panfili ist zwar nicht häufig, aber doch regelmäßig Gast bei den Kaffeekränzchen meines Vaters. Und umgekehrt besuchen meine Eltern mehrmals im Jahr die Gesellschaften bei Signor Panfili.«

»Ich verstehe. Die beiden altehrwürdigen Triester Häuser Panfili und Pasqualini pflegen den gesellschaftlichen Umgang.«

Dario und Elena konversierten noch ein Weilchen über Musik und Abendgesellschaften, bis schließlich das Dienstmädchen klopfte und das Tablett mit Kaffee servierte. Elena ließ es sich nicht nehmen, ihm den Kaffee einzugießen, dann setzte sie sich wieder und rührte Zucker in ihre Tasse. »Was ist der eigentliche Grund Ihres Besuches, Signor Dario?«

Dario nippte an der Tasse. »Was für ein köstlicher Kaffee. Man merkt sofort, nur die besten Bohnen wurden schonend geröstet und aufgebrüht. Nun, Signorina Elena, mein Kommen hat für mich allergrößte Relevanz und erfolgt in drängender Not.«

»Erklären Sie mir bitte, was Sie bedrängt.«

Dario schwitzte, er zupfte an seiner Kleidung, dann ging er auf die Knie und breitete die Arme aus. »Elena, ich muss es offen deklarieren. Mein Herz verzehrt sich nach Ihnen! Ich verehre, bewundere und bete Sie an. Ich möchte, dass wir einander besser kennenlernen und dass wir Zeit zusammen verbringen. Elena, ich liebe Sie. Ich möchte, dass Sie meine Frau werden!«

Elena rutschte auf ihrem Stuhl hin und her. Sie war wohl zu überrascht. War er zu offensiv mit seinem Antrag? Hatte er sie überrumpelt?

»Aber, Signor Dario, bitte erheben Sie sich. Sie müssen nicht vor mir knien. Das ist nun doch eine indignierende Situation. Bitte setzen Sie sich wieder.«

Dario schlug die Hände vor seinem Herzen zusammen. »Werden Sie mein Anliegen erwägen, geliebte Elena?«

»Bitte setzen Sie sich. Gewiss werde ich Ihr Anliegen erwägen, aber Sie werden verstehen, dass ich einen Heiratsantrag zuerst mit meinen Eltern besprechen muss.«

»Das ist doch selbstverständlich. Ich werde natürlich auch bei Ihrem Herrn Papa vorstellig werden«, sagte Dario und setzte sich wieder. »Sie wissen vielleicht, dass unsere Väter dereinst eine geschäftliche Auseinandersetzung hatten, bei der auch Porzellan zerbrochen wurde. Diese leidige Geschichte möchte ich aus der Welt schaffen, damit unserem zukünftigem Glück nichts im Wege steht.«

»Signor Dario, ich muss Ihnen gestehen, Ihr Anliegen überrumpelt mich doch sehr. Eigentlich habe ich Aufklärung in einer anderen Angelegenheit erwartet.«

»Es gibt nur diese eine Angelegenheit! Geliebte Elena, jeder Ihrer Atemzüge rührt mein Herz. Und ich habe große Pläne für unsere gemeinsame Zukunft! Wir werden eine Reise nach Ägypten unternehmen, die Pyramiden, die Große Sphinx von Gizeh und die antiken Tempel besichtigen. Wir besuchen Rom und Florenz, reisen nach Sardinien und Sizilien. Die Welt wird uns gehören. In meinen Träumen sehe ich es genau, wir werden glücklich sein wie Adam und Eva am ersten Tag der Schöpfung.«

Elena blickte stumm an ihm vorbei.

Es klopfte an der Tür. Wer störte nur in diesem Augenblick?

»Ja, bitte!«, rief Elena.

Das Dienstmädchen öffnete die Tür und machte einen Knicks. »Signorina, es ist ein junger Herr für Sie gekommen, der Sie in dringender Angelegenheit sprechen möchte.«

»Noch ein Besucher? Hat der junge Herr seinen Namen genannt?«

»Der junge Herr heißt Jure Kuzmin.«

Für einen Augenblick lag völlige Stille im Raum. Dann sprang Dario wie von der Tarantel gestochen auf. Er war wütend, in ihm kochte es. Was fiel diesem dahergelaufenen Kerl ein, genau in diesem Moment zu stören? Er wollte gerade noch einmal auf Elena einwirken, da ergriff sie das Wort: »Signor Dario, ich habe mich über Ihren Besuch sehr gefreut. Und ich werde mir Ihr Anliegen gründlich durch den Kopf gehen lassen, aber ich muss zuerst mit meinen Eltern sprechen. Darf ich Sie jetzt zur Tür begleiten? Weitere Verpflichtungen binden meine Aufmerksamkeit.«

Dario starrte Elena entsetzt an. Sie schmiss ihn raus. Sie schmiss ihn raus für den Slowenen. Sicher hatten sie sich für heute verabredet, für genau den Moment, in dem niemand aus ihrer Familie im Haus war. »Verweisen Sie mich des Hauses?«

»Es ist kein Verweis. Wie Sie bestimmt wissen, veranstaltet mein Vater jeden Donnerstag ein Kaffeekränzchen. Ich bin mir sicher, dass er Sie zu einem der nächsten Treffen einlädt und dann können Sie gerne wieder hier erscheinen.«

»Und wie stehen Sie zu meinem Antrag?«

»Signor Dario, ich bitte Sie zu verstehen, dass ich in dieser Sache keinerlei Zusicherungen geben kann. Wie gesagt, ich muss zuerst meine Eltern konsultieren.« Sie wandte sich von ihm ab und begleitete das Dienstmädchen in die Vorhalle.

Wie hypnotisiert folgte Dario den beiden.

Da stand er.

Der Todfeind.

Glotzte ihn mit blöden Augen an. Er war groß. Und sah aus der Nähe kräftig aus. Dieser Affe.

»Lieber Jure, darf ich Sie mit Signor Dario Mosetti bekannt machen. Signor Dario, das ist ein Geschäftspartner meines Herrn Papa und ein Freund des Hauses, Signor Jure Kuzmin.«

Dario blickte beide verächtlich an. Mit schnellen Schritten eilte er zur Haustür, riss sie auf und warf sie ohne ein Wort zu sagen hinter sich zu. Ludovico hatte also doch recht gehabt. Ein Krieg war unvermeidlich.

⁂

Ein Uhr. Er schaute sich um. Langsam fühlte Bruno Leere in seinem Magen. Seit dem Frühstück war er auf den Beinen und hatte nicht eine Minute Zeit gehabt, sich zu setzen und einen Happen zu sich zu nehmen. Sollte er in die Osteria am Ende der Straße einkehren und einen Teller Suppe oder Eintopf bestellen? Wo war Luigi? Bruno ging das Trottoir entlang, eine Kutsche und ein Automobil rumpelten über das Kopfsteinpflaster. Er suchte diskret nach seinem jungen Untergebenen. Wo hatte sich der Bursche versteckt? Bruno nahm eine Bewegung in einem dunklen Hauseingang wahr.

»Ispettore, ich bin hier.«

»Komm, Luigi, gehen wir ein Stück.«

Luigi Bosovich trat aus dem Schatten und ging einige Schritte neben Bruno.

»Meldung.«

»Die Wohnung von Franceschini ist nach wie vor verschlossen, das Siegel ungebrochen. Sgrazutti ist nicht zu

Hause. Laut Auskunft der Hausmeisterin ist er zur normalen Zeit aus dem Haus gegangen. Wahrscheinlich zur Arbeit, ich konnte das nicht überprüfen.«

»Gut. Ich habe zuvor Vlah getroffen, der weiterhin die Gegend rund um das Kaffeehaus unter Beobachtung hält. Dort ist alles ruhig. Ich werde jetzt die weiteren Adressen aufsuchen.«

»Da war ich schon.«

»Tatsächlich?«

»Beide Wohnungen liegen ja nicht weit von hier.«

»Und?«

»Weder Dario Mosetti noch Ludovico Antozzi waren zu Hause.«

»Du warst also fleißig.«

»Es erschien mir vertretbar, den Posten in dieser Straße für eine Stunde aufzugeben und die beiden Adressen zu überprüfen.«

»Gut gemacht, das erspart mir einen Weg. Luigi, wir müssen den weiteren Bekanntenkreis von Sgrazutti erkunden. Die zwei Namen können völlig bedeutungslos sein, aber ich habe das dumpfe Gefühl, dass dieser Steinmetz in der Sache verwickelt ist. Zumindest weiß er mehr, als er uns gestern gesagt hat. Ich könnte mich ohrfeigen, wenn herauskommt, dass Sgrazutti der Mörder von Kuzmin ist und wir ihn haben laufen lassen.«

»Gestern lag kein schwerwiegender Verdacht vor. Wir hätten ihn höchstens zu einer Befragung in die Kanzlei führen können, aber wenn er dichtgehalten hätte, hätten wir ihn ohnedies wieder gehen lassen müssen.«

»Das war gestern, aber heute haben wir die zweite Leiche aus dem Hafen gezogen«, sagte Bruno, blieb stehen, nahm sinnierend den Hut vom Kopf und drehte ihn in den Händen.

»Ispettore, vielleicht sollten wir nicht hier auf Andrea Sgrazutti warten, sondern handeln.«

»Du hast völlig recht, Luigi. Ich marschiere in die Kanzlei und werde mit der Wachstube in Opicina telephonieren. Die Kollegen sollen Sgrazutti vom Arbeitsplatz holen und direkt in der Kanzlei vorführen. Sobald ich Nachricht aus Opicina habe, dass der Mann in Gewahrsam ist, werde ich nach dir schicken. Wir nehmen uns den Halunken gemeinsam vor. So lange bleibst du vor Ort.«

»Jawohl, Ispettore.«

Bruno hielt kurz inne und schaute Luigi an. »Bist du hungrig? Hast du schon etwas gegessen?«

»Da vorne ist ein Krämerladen, da habe ich zwei Würste, einen Apfel und ein Panino gekauft. Und in der Osteria am anderen Ende der Straße habe ich ein Glas Bier getrunken.«

»Zu mehr wird es auch bei mir nicht reichen. Gib mir eine Zigarette.«

Luigi zog erstaunt die Augenbrauen hoch. Es gab nur wenige Situationen, in denen der Inspector rauchte. Luigi griff nach seiner Schatulle und der Streichholzschachtel. Bruno inhalierte den Rauch. Schlagartig wurde ihm schwindelig, ein bisschen flau und das Leeregefühl im Magen löste sich in Nichts auf.

»Danke. Wir sehen uns. Ciao, Luigi.«

»Ciao, Ispettore.«

Viertel nach eins. Elena wusste nicht im Geringsten, was sie denken oder sagen sollte. Sie war wie vor den Kopf geschlagen. Jure und sie standen einander im Salon gegenüber.

»Hast du es deiner Mutter und Schwester schon gesagt?«
»Nein.«

»Das ist furchtbar. Ich bin fassungslos.«

»Als ich in der Polizeidirektion stundenlang auf den Inspector warten musste, bin ich fast wahnsinnig geworden. Das war die Hölle. Dann wurde meine Aussage zu Protokoll genommen und ich konnte gehen. Ich weiß überhaupt nicht, warum ich auf direktem Weg in das Magazin gegangen bin. Bei den Lagerhäusern bin ich auf und ab gelaufen und habe versucht, einen klaren Gedanken zu fassen. Endlich gelang mir das. Ich habe an dich gedacht, Elena. Deswegen bin ich hierhergekommen und wollte dir vom Tod meines Bruders berichten. Und jetzt muss ich weiter zu meiner Mutter nach Roiano.«

»Die Nachricht vom Tod ihres Sohnes wird sie gewiss hart treffen.«

»Vielleicht weiß sie es schon, vielleicht war die Polizei schon bei ihr.«

Elena legte für einen Augenblick beide Hände auf ihren Mund und hielt den Atem an. »Jure, die Sache gerät außer Kontrolle. Was ist, wenn Signor Dario wirklich den Kampf angezettelt hat? Du hast ihn ja jetzt gesehen.«

»Das stimmt, jetzt kenne ich sein Gesicht.«

»Führe dir vor Augen, in welch unaussprechliche Situation er uns alle gebracht hat. Er hat mich hier besucht und um meine Hand angehalten.«

Jure riss erschrocken die Augen auf. »Wie bitte? Er hat was getan?«

»Ja, vor wenigen Minuten noch hat er hier in diesem Raum vor mir gekniet und mir einen Heiratsantrag gemacht. Ich bin sprachlos. Im Hafen liegen zwei tote Männer und er wirbt um eine Braut. Wenn Dario wirklich hinter allem steckt, ist der Mann verrückt. Das ist doch alles verrückt, oder täusche ich mich?«

»In Wahrheit kann ich mir das gar nicht richtig vorstellen.

Das geht in meinen Kopf nicht hinein. Aber du hast wohl recht, was Signor Dario angeht.«

Elena ging auf und ab. »Wenn dem wirklich so ist, dann sind wir alle nicht sicher, dann kann jederzeit jede Ordnung zu Chaos werden.«

Jure schlug mit der rechten Faust in seine linke Handfläche. »Dann bist du hier auch nicht sicher. Wer weiß, was dieser Wahnsinnige noch im Schilde führt. Vielleicht belauert er dich.«

»Das wäre möglich.«

»Ich werde dich beschützen, ich werde nicht von deiner Seite weichen.«

Elena hielt inne und kniff die Augen zusammen. »Du musst zu deiner Familie. Das ist viel wichtiger als alles andere.«

»Wann kommt deine Mutter nach Hause?«

»Mutter holt meine Brüder von der Schule ab, sie sind dann zu Besuch bei meiner Tante. Die drei werden erst abends hier sein.«

»Beim Gedanken, dich allein zurückzulassen, wird mir angst und bange.«

»Ich werde das Dienstmädchen für heute entlassen, das Haus versperren und in das Bureau meines Vaters gehen. Ich werde ihm von den Begebenheiten erzählen.«

»Das ist eine gute Idee!«, rief Jure. »Ich begleite dich und weiche nicht von deiner Seite, bis wir das Tergesteum erreicht haben.«

Halb vier. Bruno schaute auf seine Armbanduhr und ächzte. Warum dauerte das so lange? Er legte die Füllfeder zur Seite. Um halb zwei Uhr hatte er per Telephon dem Kollegen der Wachstube in Opicina genaue Instruktionen gegeben und gefordert, dass nach Abschluss der Festnahme sofort ein Anruf an das Polizeiagenteninstitut zu erfolgen hatte. Um die Männer zu sammeln und zum Steinmetzbetrieb zu marschieren, brauchte man höchstens eine halbe Stunde, dann konnte es eine weitere halbe Stunde dauern, bis der Mann in Gewahrsam genommen wurde, und dann musste man noch eine Viertelstunde hinzurechnen, die ein Botenläufer benötigte, um zurück zur Wachstube zu eilen und den Anruf zu tätigen. Das heißt, selbst wenn die Männer in Opicina so langsam waren, wie Bruno im äußersten Fall rechnete, hätte er vor einer Dreiviertelstunde den Anruf erhalten sollen. Was trieben diese Schlafmützen vom Berg? Bruno erhob sich verärgert und stapfte in das Bureau der Schreibkräfte, wo die Telephone an der Wand hingen. Die Kanzlei verfügte über drei Apparate, zwei Wandtelephone in offenen Kojen in der Schreibstube und ein Tischtelephon im Bureau des Oberinspectors. Bruno hatte bereits vor Langem angeregt, alle Dienstzimmer mit eigenen Telephonen auszurüsten, aber wie üblich mahlten die Mühlen der Polizeibehörde langsam. Bruno durfte froh sein, dass das Polizeiagenteninstitut überhaupt an das Telephonnetz angeschlossen worden war.

Als er die Schreibstube betrat, sah er Regina Kandler an einem der Apparate stehen. Mit der linken Hand presste sie den Hörer an ihr Ohr, mit der rechten Hand notierte sie in das am Schreibpult liegende Notizheft. Bruno hielt inne und stemmte die Fäuste in die Hüften. Ivana nickte ihm zu.

»Jawohl, ich habe alles notiert. Ich werde den Inspector sofort darüber in Kenntnis setzen. Vielen Dank für den Anruf, Herr Oberwachtmeister«, sagte Regina in die Sprechmuschel und trennte die Verbindung. Sie drehte sich um. »Ah, Herr Inspector, das war eben der erwartete Anruf aus Opicina.«

Bruno trat neben Regina an die Telephonkoje. »Na endlich. Was sagen die Kollegen?«

Regina zeigte auf ihre Notizen. »Die betreffende Person namens Andrea Sgrazutti konnte nicht in Gewahrsam genommen werden, weil sie an ihrer Arbeitsstelle nicht zugegen war. Der Oberwachtmeister berichtet, dass alle zur Verfügung stehenden Männer für die Festnahme abgestellt waren. Die Person hatte wie üblich den Dienst im Steinmetzbetrieb angetreten, hatte den Vormittag über gearbeitet, machte die übliche Mittagspause, aber am frühen Nachmittag hat jemand für Sgrazutti angerufen und war so lange in der Leitung verblieben, bis Sgrazutti in das Bureau zum Telephon geholt worden war. Nach dem Anruf ging Sgrazutti zurück an seinen Arbeitsplatz und nahm seine Arbeit wieder auf. Der Anruf erfolgte gegen halb zwei Uhr. Die Polizisten kamen zehn Minuten vor drei Uhr zum Betrieb, doch da war der Mann nicht mehr da. Die Befragung der Steinmetze ergab, dass keinem der Männer aufgefallen war, dass Sgrazutti das Betriebsareal verlassen hatte. Der Mann hatte sich unerkannt fortgeschlichen. Der Oberwachtmeister vermutet, dass der Anruf eine Warnung gewesen war, die es Sgrazutti ermöglicht hatte, rechtzeitig zu verschwinden. Die Männer aus Opicina haben die gesamte Gegend leider erfolglos erkundet, deswegen hat sich der Anruf so verzögert.«

Brunos Miene verfinsterte sich. »Die Vermutung des Oberwachtmeisters kann ich nur zu gut verstehen. Das ist sehr verdächtig. Eine Viertelstunde vor dem Zugriff macht sich der Halunke vom Acker. Sehr verdächtig.«

Regina schaute Bruno mit großen Augen an. »Herr Inspector, Sie denken doch nicht ...«

Bruno boxte mit der rechten Faust in die linke Handfläche. »Verdammt, das wirft uns zurück. Luigi und ich hätten den Mann beim Verhör schon weich gekocht, keine Sorge, meine Damen, aber jetzt ist er uns entwischt. Und ja, liebe Regina, ich denke, dass die Polizei in diesem Fall eine undichte Stelle hat. Zumindest muss ich das ins Kalkül ziehen und inständig hoffen, dass der Verdacht unbegründet ist.« Bruno schaute eine Weile zum Fenster hinaus und dachte nach.

»Was werden Sie jetzt tun, Herr Inspector?«, fragte Ivana.

Bruno wischte den Ärger aus seiner Miene und zwinkerte Ivana lächelnd zu. »Ich werde tun, hochgeschätzte Ivana, was alle österreichisch-ungarischen Polizisten in so einem Fall tun. Ich begebe mich zu Tisch.«

෴

Halb fünf. Von allen Eisenbahnen Triests waren die Züge der Parenzana die langsamsten. Als im Jahr 1902 die Schmalspurbahn von Triest nach Parenzo an der Küste Istriens eröffnet worden war, gab es noch einen eigenen Bahnhof in Sant'Andrea, aber 1906 mit dem Bau der Stazione dello Stato war die Endhaltestelle der Parenzana verlegt worden. Jetzt hielten die Schmalspurzüge neben den normalspurigen Garnituren. Zugegeben, eine Fahrt mit der Parenzana war eine reizvolle Reise durch die landschaftliche Schönheit Istriens, aber das ewige Auf und Ab über lange Kehren und Kurven durch die bergige Gegend erforderte Geduld. Und gerade an dieser mangelte es Dario. Die Bauern und Fischer, die mit der Parenzana aus der Stadt zurück in ihre Dörfer fuhren, brachten die notwendige Gelassenheit mit. Im Hinterland Istriens tickten die Uhren bestenfalls halb so schnell wie in Triest. Aber wenn man wie Dario das quirlige Leben am Porto Vecchio und in der Città Vecchia gewohnt war, musste man sich in Zurückhaltung üben. Sieben Stunden dauerte die Fahrt von Triest nach Parenzo, rund einhundertzwanzig Kilometer im Schneckentempo. Da war man mit dem Dampfer schneller am Ziel.

Darios einziges Glück war, dass er nur knapp eine Stunde im Zug sitzen musste, denn in Isola würde er aussteigen, lange bevor sich der Zug fauchend und stampfend über die Hänge im Hinterland quälte. Doch selbst diese eine Stunde hielt es ihn kaum auf dem Sitz. Als sich der Zug dem schmucken Küstenstädtchen näherte, erhob er sich, packte seinen Koffer und trat auf die rückwärtige offene Plattform des zweiachsigen Wagens. Er schaute hinab auf den Schienenstrang, den der Zug hinter sich ließ, griff nach seinen Zigaretten und rauchte.

Wenig später verließ er den Bahnhof und marschierte unter Pinien einen Schotterweg entlang. Er kannte die kleine Villa Domenico Panfilis gut. Der alte Herr verbrachte nicht sehr oft seine Zeit in seinem Drittwohnsitz etwas außerhalb Isolas, meist nur im Winter, wenn die Bora über Triest pfiff, denn das Haus lag hinter einer Felswand recht gut abgeschirmt gegen die übliche Windrichtung des wiederkehrend in Orkanstärke vom Land zum Meer abfallenden Windes. Weil also die Villa seines Vaters meist leer stand, hatte Darios Kumpel Pietro wiederholt bunte Abende mit seinen Freunden veranstaltet. Sieben oder acht solcher Ausschweifungen hatte Dario miterlebt, ehe Domenico Panfili das Treiben untersagt hatte. Es war einfach zu viel Geschirr und Inventar beschädigt worden und manche Nachbarn in Isola hatten sich beim Bürgermeister über die ausgelassenen Gesellschaften der jungen Herren und so mancher Damen zweifelhaften Rufes beschwert.

Dario erreichte nach etwa zwanzig Minuten das Anwesen. Wieder einmal hatte sein Freund Pietro ausgeholfen. Diesmal nicht mit einer kleinen pekuniären Zuwendung, sondern mit den Schlüsseln zum Landhaus. Dario hatte schwören müssen, sich absolut unauffällig zu verhalten. Diesen Eid hatte er gerne geleistet, ihm war heute überhaupt nicht nach Lärm und Amüsement zumute. Er würde sich ein paar Tage zurückziehen und ein wenig Gras über die Geschehnisse der letzten Zeit wachsen lassen. Deswegen hatte er schnell einen Koffer mit dem Notwendigsten gepackt und war zum Bahnhof geeilt. Zum Glück hatte er den Nachmittagszug noch erwischt, sonst hätte er eine Kutsche nehmen müssen. Die Schmalspurbahn war zwar nicht viel schneller als eine Kutsche, aber die Fahrkarte war mehr als wohlfeil.

Bevor er das Gartentor aufschloss, schaute er sich noch sorgsam um, als er sich unbeobachtet wähnte, huschte er auf das Haus zu und verschwand darin. Dario versperrte hinter sich die Tür und atmete tief durch. Dann stellte er den Koffer im Gästezimmer ab und begab sich auf einen Rundgang. Wie üblich waren die Polstermöbel mit hellen Leinentüchern verdeckt. Es roch ein wenig muffig im Salon, also öffnete er die Fenster. Nicht die zur Straße hinaus, sondern jene nach hinten zum Garten vor der Felswand. Wo sich die Hausbar befand, wusste er genau. Er öffnete den Schrank und nickte zufrieden, an labenden Getränken würde es ihm in den nächsten Tagen nicht fehlen. Er goss sich großzügig ein Glas seiner Lieblingsmarke Camis & Stock ein und nahm einen tüchtigen Schluck. Der Cognac wärmte seine Kehle und den Magen. Dario lächelte, dann ging er weiter in die Küche und inspizierte die Vorräte. Fleischkonserven, eingelegtes Gemüse, Hartwürste sowie Zwieback fanden sich in der Vorratskammer. Genug für mindestens eine Woche. Dazu Wein und Cognac, das war mehr als ausreichend für ein schmackhaftes Mahl. Morgen würde er weitersehen und überlegen, ob er sich bei den Kaufleuten in Isola eindecken oder ob er sich mit den Vorräten begnügen würde.

Mit schnellen Handgriffen belegte er einen Teller, schnappte eine Flasche Rotwein und öffnete die Tür zur

Gartenterrasse. Er suchte sich ein sonniges Plätzchen und aß. Nichts drängte zur Eile. Die Stille war irgendwie irritierend. Er war ein Stadtmensch, er brauchte das Gefühl, den Geruch und den Klangteppich einer Stadt. Dario war sich sicher, dass er hier nicht länger als ein paar Tage verweilen konnte, ohne verrückt zu werden. Aber lange würde er nicht brauchen, um eine Strategie auszuhecken.

Besaß Signor Panfili nicht auch einen Schrank mit Jagdwaffen? Dario konnte sich dunkel erinnern, dass Pietro einmal davon gesprochen hatte. Nun, die Suche danach konnte warten bis nach dem Essen. Mit einem Plopp zog er den Korken aus der Weinflasche. Ein gehaltvoller Terrano passend zu Fleisch und Wurst. Ein grimmiges Schmunzeln legte sich auf seine Lippen. Ein paar gute Ideen, wie er mit Jure Kuzmin verfahren würde, stellten sich wie von allein ein.

Fünf Uhr. Er hatte bewusst zum Essen kein Bier getrunken, sondern nur Wasser. Bier machte ihn träge und müde, der Teller Gulasch und die zwei Scheiben Brot dagegen brachten die nötige Energie. Bruno wusste, dass ihn heute kein ruhiger und gemütlicher Feierabend erwartete, daher hatte er in der Osteria Nachrichten an Luise und Fedora geschrieben. Aus dem Bureau hatte er zwei Couverts mitgenommen, die Nachrichten hineingesteckt, adressiert, die Briefe dem Piccolo des Gasthauses mit einem Zehn-Kronen-Schein in die Hand gedrückt und ihm genau gesagt, wo er sie abzugeben hatte. Bruno näherte sich der Riva Carciotti und dem Caffè Tommaseo. Er schaute noch einmal auf seine Armbanduhr. Aus der Ferne entdeckte er den flanierenden Polizeiamtsdiener Vlah. Bruno ging auf ihn zu.

»Guten Tag, Herr Inspector.«

»Guten Tag, Vlah. Und wie läuft es?«

»Alles ruhig hier, keine besonderen Vorkommnisse im und vor dem Kaffeehaus. Die Arbeiter haben drüben auf der Piazza Giuseppina die Tribüne für den Festakt fertiggestellt, und die Blasmusikkapelle hat eine Generalprobe gemacht. Die sind vor einer halben Stunde wieder abmarschiert. Ach ja, die Kriegsmarine ist vor Anker gegangen.« Vlah zeigte hinaus zum Meer. Bruno kniff die Augen zusammen und sah ein großes Kriegsschiff auf der Reede ein gutes Stück vor dem Hafen.

»Schau an, der Auftritt der hohen Herrschaften wird gebührend gefeiert. Ist das ein Linienschiff?«

»Ja, es ist die SMS Árpád.«

»Schweres Gerät zu Ehren des Thronfolgers.«

»Ich habe mit einem Mann der Hafenverwaltung gesprochen. Morgen früh geht noch der Panzerkreuzer SMS Kaiser Karl VI. vor Anker. Der Thronfolger wird drei Tage in Triest verweilen und danach wird Seine Hoheit mit der Admiralitätsyacht SMS Lacroma nach Brioni zur Kur übersetzen. Die beiden Kriegsschiffe bilden den Geleitschutz.«

»Geleitschutz mit großen Schiffen? Es besteht doch keine Kriegsgefahr in der Adria.«

»Die Kriegsmarine erweist dem Thronfolger die Ehre, weil er sich sehr für den Ausbau der Flotte einsetzt.«

Bruno zuckte mit den Schultern. »Und die Matrosen brauchen echte Aufgaben. Immer nur Kartenspielen, Trinken und Raufen ist auf die Dauer langweilig.«

Vlah grinste breit. »Wie ich höre, waren Sie auch bei der Kriegsmarine, Herr Inspector.«

»Zum Glück wurde ich nach der Grundausbildung nur noch im Vierer eingesetzt. Mit meinen Kameraden habe ich in der Dienstzeit zwei Regatten gewonnen. Das war ein Spaß.«

»Ich war Kanonier auf der SMS Erzherzog Ferdinand Max.«

Bruno riss die Augen auf. »Ist das wahr?«

Vlah strich sich stolz über den Schnurrbart. »Allerdings.«

»Sie haben Dienst auf dem Flaggschiff Admiral Tegetthoffs geleistet, dem Helden von Lissa? Ich bin begeistert. Waren Sie bei der Seeschlacht dabei?«

»Herr Inspector, so alt bin ich auch wieder nicht. Zum Zeitpunkt der Seeschlacht war ich zehn.«

»Na, immerhin haben Sie Dienst auf der berühmtesten Panzerfregatte der Monarchie geleistet. Respekt, Respekt.«

»Danke, Herr Inspector.«

Bruno schaute sich um. »Vlah, Sie haben sich lange genug die Beine in den Bauch gestanden. Machen Sie für heute Schluss.«

»Jawohl, Herr Inspector. Soll ich morgen wieder hier Stellung beziehen?«

»Das ist vorerst nicht nötig. Guten Abend, Vlah.«

»Guten Abend, Herr Inspector.«

※

Halb sechs. Mit der heutigen Post war der Katalog eines Handelshauses für Bureauartikel geliefert worden. Neben vielerlei Gerätschaften und Materialien für den Bureaubedarf bot das Handelshaus auch verschiedene Modelle von Schreibmaschinen an. Luise hatte die Daten einiger Artikel exzerpiert, um einen Vergleich der Modelle anzustellen. Auffällig war, dass es vor allem amerikanische Firmen waren, die die modernsten und leistungsfähigsten Schreibmaschinen herstellten. Luise hatte bislang ein Modell der Firma Remington erwerben wollen, weil sie mehrere dieser Maschinen auf dem Postamt gesehen hatte, aber nach dem Vergleich der Daten bevorzugte sie jetzt die Underwood No. 5, die offensichtlich in den USA in großen Stückzahlen erzeugt wurde. Der Preis war zwar beträchtlich, aber angeblich war dieses Modell das technisch fortschrittlichste der Gegenwart. Die große Errungenschaft, der mit den Maschinen von Underwood Einzug gehalten hatte, war das vom deutschen Auswanderer Franz Xaver Wagner entwickelte und nach ihm benannte Wagnergetriebe für Typenhebelschreibmaschinen. Underwood produzierte als erste Fabrik Maschinen mit diesem Getriebe. Damit war möglich geworden, während des Schreibens das Schriftbild zu sehen. Ein immenser Vorteil, wie Luise fand, der die Arbeit von Schreibkräften wesentlich erleichterte und effizienter machte. Tippfehler konnten so sehr viel schneller entdeckt werden. Allein der Gedanke, dass sie ihre mit Hand geschriebenen Texte durch einen zweiten Arbeitsgang von der Hand- zur Maschinenschrift übertragen konnte, begeisterte Luise. So war es ihr möglich, sich bei der primären Niederschrift ganz den fließenden Gedanken hinzugeben, während bei der Reinschrift mit der Maschine eine gründliche sprachliche Überarbeitung möglich war. Und das Endergebnis dieser Arbeit wäre ein gestochen scharfes Schriftbild auf einheitlichen Papierbögen. Jeder Verlag würde ein Typoskript einem noch so makellos geschriebenem Manuskript vorziehen.

Luise erhob sich und ging ein wenig im Salon ihrer Wohnung auf und ab. Sie war nun fest entschlossen, sich eine Schreibmaschine anzuschaffen und damit ihre Bibliothek auszustatten. Im Katalog stand, dass Maschinen von Underwood nicht in Triest lagerten, sondern in den USA bestellt werden mussten, weswegen mehrere Wochen Lieferzeit einzuplanen waren. Luise überlegte, ob sie bereits morgen direkt bei diesem Handelshaus vorsprechen würde oder ob sie per Post eine Bestellung aufgeben sollte.

Sollte sie gleich nach Görz fahren? Luise erwog die Möglichkeiten. Sie hatte mit der Arbeit an dem Roman noch nicht ernsthaft begonnen, bislang nur ein paar Notizen angelegt. Vielleicht würde sie die Arbeit daran langsam angehen. Ihr Verleger hatte zwar einen freundlichen Brief geschrieben und sich erkundigt, ob sie ihrem ersten, so erfolgreichen Roman einen weiteren folgen lassen möchte. Sie hatte ihm geantwortet, dass sie sehr konkrete Pläne wälzte, aber vielleicht würde die Schreibarbeit in den nächsten Monaten nicht ihre primäre Tätigkeit sein. Immer häufiger dachte sie an Gerwin. Sechs Jahre war der Bub alt. Die Kindheit ihres Sohnes hatte sie nicht erlebt. Als sie schwach und verletzlich war, hatte man ihr den Sohn weggenommen. Jetzt fühlte sie sich gefestigt und gestärkt. Ihre Schwiegermutter war krank und ihr Ehemann in der Neuen Welt auf Jagd nach Erfolg und exotischen Tieren. Sie fühlte in sich eine sukzessiv wachsende emotionale Notwendigkeit, dem kleinen Kind, das sie zur Welt gebracht hatte, eine sorgende Mutter zu sein. Aber sie durfte nicht kopflos voranstolpern, denn die Großmutter ihres Sohnes hatte gewiss systematisch Fallstricke gespannt, sie hatte bestimmt Fangeisen ausgelegt und Hinterhalte vorbereitet. Luise mahnte sich zu Gelassenheit, zuerst wollte sie den Brief von Dr. Salmhofer abwarten. Sie war sich sicher, dass der Görzer Arzt bald schreiben würde. Dann galt es, die nächsten Schritte zu setzen.

Es schellte an der Tür. Luise schaute auf die Pendeluhr. Hatte Bruno heute früher als sonst seine Arbeit beendet? Sie öffnete die Eingangstür.

»Guten Abend, Baronessa«, sagte der Hausmeister und reichte Luise ein Couvert. »Diesen Brief hat ein Botenjunge bei mir abgeliefert. Er ist an Euch adressiert.«

»Vielen Dank, Signor Rossi. Einen Moment bitte, ich möchte Ihnen einen kleinen Dank erstatten.«

»Das ist doch nicht nötig, Baronessa.«
»Na, immerhin sind es viele Stufen, die Sie jetzt extra hochsteigen mussten.«
Der Hausmeister wiegte bescheiden den Kopf und nahm mit ehrerbietigem Kopfnicken die zwei Münzen. »Tausend Dank, Baronessa. Ich wünsche einen angenehmen Abend.«
»Guten Abend, Signor Rossi.«
Luise schloss die Tür und besah das Couvert ohne Absender. Sie erkannt Brunos Handschrift, also öffnete sie den Brief sofort. Bruno ließ sich entschuldigen, berufliche Verpflichtungen banden seine Zeit. Luise verzog den Mund. Was hatte Bruno heute bei Sonnenaufgang gesagt? Einem bösen Traum folgte eine böse Tat.

⁓☙⁓

Elf Uhr. Luigi Bosovich war vor sieben Stunden nach Hause gegangen. Bruno fand, dass sich der junge Mann als Adjutant immer besser schlug. Als Luigi den Dienst des Polizeiagenten angetreten hatte, hatte Bruno sofort bemerkt, dass der Bursche einen wachen Verstand und eine schnelle Auffassungsgabe besaß, aber Bruno hatte sich auch darüber geärgert, dass Luigi am Schreibtisch sitzend oft zwei Stunden für einen Bericht gebraucht hatte, den man in einer halben Stunde hätte schreiben können, dass er endlose Kaffeepausen machte und dabei mit scheinbar unbeirrbarem Gleichmut zum Fenster hinausschaute. Vinzenz Jaunig war mit der Ausbildung des jungen Kollegen betraut worden. Von Vinzenz konnte man unendlich viel lernen, aber in einem Punkt glichen sich die ansonsten völlig unterschiedlichen Männer. Wenn die Arbeit heute nicht fertig wurde, war das kein Problem, morgen war auch ein Tag. Luigis Tagträumerei war durch Vinzenz' Gelassenheit eher noch verstärkt worden.

Aber jetzt, wo Luigi so weit war, an echten Fällen auf den Straßen und Plätzen der Stadt zu arbeiten, zeigte sich erst, was in ihm steckte. Bis zu seiner Ablösung hatte Luigi die Geschehnisse im Viertel genau verfolgt und Bruno exakt darüber Bericht erstattet.

Bruno war bis zum Einbruch der Dunkelheit durch die Gassen flaniert. Und immer, wenn er die Straße, in der Andrea Sgrazuttis Wohnung lag, entlangging, hatte er auch die Fassade eines Nachbarhauses im Auge behalten. Im dritten und letzten Stock des Hauses befand sich oberhalb des Haustors ein etwa einen halben Meter vorspringender Erker mit einer niedrigen Giebelfront. Die Idee, diesen Erker zu nutzen, war ihm sofort gekommen, aber er hatte dennoch bis zum Sonnenuntergang gewartet. Als es in der Straße stiller wurde und die Gaslampen der Straßenbeleuchtung entflammt waren, war er in das betreffende Haus geschlichen, die Treppe zur Dachbodentür hochgegangen und hatte mit dem kleinen Dietrich, den er immer am Schlüsselbund bei sich trug, nach einiger Mühe das Schloss geöffnet. Das Dach verfügte zum Glück über zwei Luken, eine Leiter hatte auch zwischen dem angesammelten Gerümpel gelegen. Also war er zu einer Dachluke hochgestiegen, vorsichtig auf das Dach geklettert und hatte sich sitzend und mit weit von sich gestreckten Armen und Beinen zum Erker vorgearbeitet. Zum Glück lag ein sonniger und trockener Tag hinter ihm, so waren die roten Dachziegel warm und rutschfest. Mit pochendem Herz war er schließlich über die Traufe und die darunterliegende Regenrinne geklettert und auf das kleine Dach des Erkers gestiegen. Die Giebelfront des Erkers war knapp zwanzig Zentimeter hoch und maß die Breite eines Mauerziegels, dieses dekorative Bauelement ermöglichte es ihm, sich dahinter zusammengekauert zu verstecken. Wenn er lag und sich ruhig verhielt, war er vom Trottoir und selbst vom gegenüberliegenden Fenster aus nicht zu entdecken, konnte jedoch selbst von seiner luftigen Position aus den gesamten Straßenverlauf einsehen.

Nun, seinen Anzug würde er nach diesem Kletterkunststück gründlich reinigen müssen.

Bruno wartete und beobachtete. Seit Stunden.

Sein Rücken schmerzte mittlerweile, aber er verdrängte die Beschwerden. Was würde Oberinspector Gellner sagen, wenn er ihn hier sehen würde? Je nach Stimmung würde er über die Verrücktheiten seines Inspectors herzlich lachen oder ihn tadeln. Aber der Gedanke an seinen Vorgesetzten streifte Bruno nur kurz, denn er befand sich in einer seltsamen Entrückung. Er kannte das an sich, es geschah zwar selten, aber wiederkehrend fiel er in diesen Zustand. Nämlich immer dann, wenn er bei einem Einsatz lange Zeit völlig still und bewegungslos warten musste. Ja, es glich der Starre einer Katze, die vor einem Mauseloch auf der Lauer lag. Er dachte an nichts Konkretes, es war ein dämmriger Zustand, der Geist arbeitete nur mit halber Leistung, aber Augen und Ohren waren offen. Wenn es nötig war, würde er problemlos zwei weitere Stunden hier regungslos verharren. Oder zwei Tage. Die Zeit war egal.

Die Osteria am Ende der Straße hatte um zehn Uhr geschlossen, die letzten Besucher waren vom Wirt vor die Tür begleitet worden, wo man noch gemeinsam geraucht und sich dann verabschiedet hatte. Seither war es still geworden. Viele Lichter in den Fenstern waren mittlerweile gelöscht worden. Der Abend sickerte nach und nach in die Nacht.

Bruno schaute in den Himmel. Die Luft war rein, die Sterne und der Mond waren klar zu sehen. Nur ein mildes Lüftchen strich über den Golf von Triest.

Ein sichtlich betrunkener Matrose torkelte die Straße entlang und brabbelte vor sich hin.

Bruno wartete.

Ein Dienstmann schob rumpelnd seinen Karren über das Kopfsteinpflaster. Drei schwere Koffer befanden sich auf der Ladefläche. Zweifelsfrei kam der Mann vom Hafen, wo ein Dampfer angelegt und ein Passagier dem Dienstmann das Gepäck übergeben hatte.

Stille kehrte wieder ein. Bruno wartete.

Ein sich bewegender Schatten.

Bruno war schlagartig hellwach.

Der Schatten huschte von Haustor zu Haustor.

Bruno griff an die Brusttasche seines Sakkos. Die Trillerpfeife war wie immer an Ort und Stelle. Seit in den Achtzigerjahren des vorigen Jahrhunderts die Londoner Polizei erstmals ihre Wachmänner mit Trillerpfeifen ausgestattet hatte, waren in ganz Europa Polizisten mit diesem nützlichen kleinen Gegenstand ausgerüstet worden.

Der Schatten näherte sich und verschwand schließlich im Haus, in welchem Sgrazuttis Wohnung lag. Brunos Puls rumorte. Er zwang sich zu Ruhe und Bewegungslosigkeit. Kam der Schatten wieder aus dem Haus? Oder blieb er länger darin? Bruno wartete eine Minute. Die Person war offenbar im Haus verschwunden. Er setzte sich in Bewegung. Auf allen vieren kletterte er hoch zur Dachluke, schlüpfte hindurch, stieg die Leiter hinab, rannte zur Dachbodentür, eilte die Treppe hinunter und stellte sich schräg gegenüber des betreffenden Haustores in den Schatten.

Bruno wartete. War der Mann in der Zeit weitergezogen, als er über das Dach geklettert und das Treppenhaus hinabgelaufen war? Hatte Bruno ihn verpasst? Ihm blieb nichts anderes übrig, als regungslos im Schatten des Haustors zu stehen und zu beobachten.

Zehn Minuten vergingen, ohne dass etwas passierte. Dann nahm Bruno wieder eine Bewegung wahr. Ein Mann steckte seinen Kopf aus der Dunkelheit heraus auf die Straße und schaute auf und ab. Da die Straße in völliger Stille dalag, marschierte der Mann los. Mit zwei Koffern. Bruno hielt den Atem an und legte den Hut ab. Was für ein Glück. Der Mann überquerte die Fahrbahn und kam direkt auf Bruno zu.

Bruno spannte alle Muskeln.

Jetzt.

Er sprang den Mann an, warf ihn mit voller Wucht zu Boden und umfasste dessen Hals mit beiden Armen. Der Mann konnte dem überraschenden und wuchtigen Angriff nichts entgegensetzen. Bruno hielt den Hals des Mannes eisern umklammert und drückte ihn gleichzeitig mit seinem Gewicht zu Boden. Der Mann wollte Bruno abschütteln, weswegen er den Würgegriff verstärkte. Sofort gab der Mann jeden Widerstand auf. Bruno schaute den Mann jetzt genauer an. Er erkannte ihn sofort. Volltreffer.

»Sgrazutti, wagen Sie ja keine Gegenwehr, sonst drücke ich Ihnen die Luft ab. Sie sind hiermit festgenommen.«

Mit der linken Hand griff Bruno in seine Brusttasche zur Trillerpfeife. Dadurch lockerte sich der Würgegriff, was Sgrazutti sofort zu erneutem Widerstand veranlasste. Bruno steckte die Pfeife zwischen seine Zähne und verstärkte wieder mit beiden Armen den Griff. Sgrazutti musste kapitulieren. Bruno blies in die Pfeife. Der durchdringende Ton schrillte in seinen Ohren. Bruno blies und blies. Minutenlang.

Die ersten Fenster wurden geöffnet, neugierige und verängstigte Anrainer schauten auf die Straße herab. Ein Mann brüllte Beschimpfungen, ein anderer fragte, ob er helfen könne. Bruno blies weiter, bis er aus der Ferne einen Antwortpfiff hörte. Bruno pfiff weiter, um seine genaue Position anzuzeigen.

Wenig später hetzten zwei Wachmänner um die Ecke und rannten auf ihn zu. Er spuckte die Trillerpfeife von sich.

»Inspector Zabini! Den Verdächtigen in Handschellen legen! Mann und Gepäck sofort in die Polizeidirektion«, rief Bruno.

»Jawohl, Herr Inspector.«

Die Handschellen klickten, also ließ Bruno von Andrea Sgrazutti ab und erhob sich. Schwer atmend trat er drei Schritte zurück. Die beiden Wachmänner fassten den Gefangenen unter den Achseln und hoben ihn auf die Beine. Sgrazutti wankte, sein Gesicht war kreidebleich. Zwei weitere Wachmänner rannten heran. Bruno klopfte sich den Staub aus den Kleidern und suchte nach seiner Trillerpfeife sowie dem Hut. Dutzende Schaulustige gafften aus den Fenstern. Die vier uniformierten Polizisten führten den Verdächtigen ab. Bruno folgte den Männern mit etwas Abstand. Er war erschöpft. Was für ein Tag!

Donnerstag,
19. September 1907

ALS ER NACH Hause gekommen war, hatten alle schon Bescheid gewusst. Die Polizei hatte Jures Mutter die traurige Nachricht überbracht, und in Windeseile hatte sich Jožes Tod im ganzen Viertel herumgesprochen. Der gestrige Nachmittag und Abend war in einer eigentümlichen Stille an Jure vorbeigegangen. Er hatte vor dem Fenster gesessen und war nicht in der Lage, etwas zu denken und gar etwas zu tun. Jože war immer da gewesen, sie waren gemeinsam zur Schule gegangen, hatten als Kinder immer gemeinsam gebadet, zusammen gegessen, vor Kälte gezittert, waren gemeinsam auf Bäume geklettert, hatten gemeinsam die erste Zigarette geraucht, hatten alles gerecht miteinander geteilt. Ja, Jure war ein Jahr älter als Jože, aber selbst Zwillinge konnten kaum ein engeres Band knüpfen.

Jetzt war Jože fort. Tot. Sie würden einander nie wieder sehen. Es war ein unwirkliches Gefühl, nichts daran stimmte, alles war falsch.

Jure war wütend und verzweifelt. An seine Kaffeesäcke und an die nächste Fahrt der Argo konnte er nicht denken. Das war belanglos. Wie alles andere auch. Was würden Vater und Anton sagen, wenn sie nach Triest zurückkehren würden?

Jure horchte in die stille Wohnung. Es war knapp vor Sonnenaufgang. Seine Mutter, seine Schwester und sein jüngster Bruder schliefen noch. Jure war seit einer halben Stunde wach, er hatte sich bekleidet und band eben die Schnürsenkel seiner Schuhe. Er musste hinaus, er musste etwas tun. Die Tatenlosigkeit von gestern konnte er heute nicht fortsetzen. Er musste herausbekommen, wer seinen Bruder getötet hatte.

Und er musste in Erfahrung bringen, wer Dario Mosetti war, wo er wohnte, was er tat, mit wem er Umgang pflegte und warum er Elena in einer völlig verrückten Situation einen Heiratsantrag gemacht hatte. Außerdem musste Jure herausbekommen, ob Signor Mosetti etwas mit den Angriffen auf Jože zu tun hatte.

Er hatte viel zu tun.

※

Bruno schreckte nach traumlosem Schlaf hoch und schaute sich verwirrt um. Durch das Fenster brach bereits die Helligkeit des Morgens. Wie spät war es? Er griff nach der Armbanduhr. Es war knapp nach sieben Uhr, also sprang er hoch und kleidete sich schnell an. Bruno war bis lange nach Mitternacht in der Kanzlei geblieben, hatte den Bericht der Festnahme verfasst und ihn Ivana auf den Schreibtisch gelegt, sodass sie sofort die Neuigkeiten in der Kanzlei verbreiten konnte. Andrea Sgrazutti war in eine der Zellen im Untergeschoss der Polizeidirektion gesperrt worden, wo er bis zu seiner Vernehmung ausharren musste.

Der nächtliche Fußmarsch von der Kanzlei bis nach Cologna hatte wie so oft eine heilsame Wirkung ausgeübt, sodass Bruno hundemüde in sein Bett gefallen und sofort eingeschlafen war. Die paar Stunden Schlaf hatten ihm gutgetan, er fühlte sich halbwegs ausgeruht. Bruno nahm den Kleiderbügel, auf dem sein Anzug hing, den er gestern getragen hatte, und verließ seine Wohnräume, ging um das Haus herum und betrat die Wohnräume seiner Mutter. Heidemarie Zabini saß am Tisch der Stube und flickte Socken, auf dem Tisch lag ein aufgeschlagenes Buch.

»Guten Morgen, Mama.«

»Guten Morgen.«

»Ich habe eine Bitte.«

Heidemarie legte ihre Lesebrille ab und schaute Bruno an. »Was ist mit dem Anzug?«

»Er gehört ausgebürstet. Darf ich ihn dir übergeben?«

»Hast du Schwierigkeiten gehabt?«

»Ich musste zupacken.«

Heidemarie verzog ihren Mund. »Bist du verletzt?«

»Nein, alles ist gut ausgegangen, allerdings ist der Anzug verschmutzt.«

»Blutflecken?«

»Nur Staub.«

»Gott sei es gedankt, kein Blut also.«

»Bitte nur ausbürsten.«

»Leg ihn hier ab. Willst du noch Kaffee?«

»Keine Zeit, ich trinke in der Kanzlei eine Schale. Vielen Dank, Mama.«

Bruno marschierte mit ausgreifenden Schritten los. Er hatte Glück, eine Tram näherte sich, also lief er zur Haltestelle und stieg ein.

»Ich bitte die Herren zu einer Unterredung in mein Bureau«, sagte Oberinspector Gellner mit lauter Stimme und stapfte voran.

Bruno, Emilio, Luigi und Vinzenz folgten ihm. Die vier nahmen ihre Plätze vor Gellners wuchtigem Schreibtisch ein.

Gellner schaute in die Gesichter seiner Untergebenen und zeigte dann auf den von Bruno handschriftlich angefertigten Bericht. »Inspector Zabini, vielen Dank, dass Sie mitternachts Ihren Pflichten nachgekommen sind und den Bericht niedergelegt haben. Sehr gut, wir alle haben Ihre Zeilen gelesen. Ich gratuliere zu diesem Fang. Wie ich auch von den Kollegen vom Streifendienst gehört habe, mussten sie robust zur Sache schreiten.«

Bruno nickte. »Das ja, Herr Oberinspector. Luigi und ich sind dem Mann ja schon einmal begegnet und von daher wusste ich, dass er jung, kräftig und wehrhaft ist. Ich musste den Überraschungsmoment nutzen.«

»Vorbildlich! Herr Inspector, nicht nur die Festnahme findet meine volle Anerkennung, sondern auch dass Sie ausdauernd auf die Gelegenheit gewartet haben.«

Die anderen nickten Bruno zu, Vinzenz rempelte Bruno anerkennend.

»Aber jetzt erklären Sie mir in kurzen Worten, warum Sie den Mann festgenommen haben. Wie heißt er?« Gellner suchte den Namen im Bericht.

»Andrea Sgrazutti. Er ist Steinmetz in Opicina, lebt aber in Triest. Das ist der Mann, der regelmäßig mit dem Toten vom Wellenbrecher Kontakt gehabt hat und der möglicherweise Arrigo Franceschini als Letzter lebendig gesehen hat. Dass sich dieser Mann dem Zugriff der Polizei durch Flucht entzogen hat, machte ihn schlagartig zu einem Hauptverdächtigen.«

Gellner nickte. »Von den Vorfällen beim gescheiterten Zugriff in diesem Steinmetzbetrieb hat mich Signor Bosovich zuvor schon in Kenntnis gesetzt. Der Verdacht, dass dieser Signor Sgrazutti gewarnt worden sein könnte, ist äußerst bedenklich. Diesem Aspekt müssen wir weiter höchste Aufmerksamkeit schenken.«

Emilio gestikulierte und zog damit die Blicke der anderen an sich. »Herr Oberinspector, ich stimme Ihnen voll zu, mit dieser Festnahme ist Bruno ein Bravourstück gelungen. Respekt, Herr Kollege. Und ich glaube, dass der Mann ganz tief in dieser Sache steckt. Ich habe gestern herausgefunden, dass sowohl Franceschini, wie auch Sgrazutti Teil einer Gruppe von ziemlich rauen Burschen sind, die sich in einem Bierhaus am Hafen treffen und immer wieder für Raufereien und öffentliche Unruhe sorgen.«

Bruno schaute Emilio an. »Bist du dem Verdacht nachgegangen, dass Irredentisten aus dem Caffè Tommaseo in die beiden Tötungsdelikte involviert sind?«

»Ja, ich habe mich umgesehen und umgehört. Ich konnte keinerlei Verbindungen zum Caffè Tommaseo finden. So wie sich das darstellt, ist eine Rauferei unter den Hafenarbeitern eskaliert.«

Bruno verzog seinen Mund. »Eine Leiche mit Schusswunde schaut nach viel mehr aus als nach einer eskalierten Rauferei.«

»Irgendein Halunke«, sagte Emilio, »hat durchgedreht und geschossen. Diesen Mann müssen wir finden. Mich würde es nicht wundern, wenn es der von dir festgenommene Mann wäre.«

»Meine Herren«, zog Gellner das Wort wieder an sich, »ich sehe mit Genugtuung und Zuversicht für den reibungslosen Ablauf des Festakts, dass das k.k. Polizeiagenteninstitut in der Ermittlungsarbeit vorankommt. Inspector Zabini und Inspector Pittoni, Sie beide bitte ich, dass Sie unverzüglich das Verhör mit dem Festgenommen durchführen. Polizeiagent Jaunig, Ihnen vertraue ich die Aufsicht über das Hafenareal an. Polizeiagent Bosovich, Sie sekundieren

Herrn Jaunig. Die Triester Polizei erhält Verstärkung, Männer aus Görz, Monfalcone und Capodistria treffen heute ein. Polizeiagent Jaunig, Ihnen gebe ich das Kommando über die Verstärkung. Sprechen Sie sich mit dem Polizeikommissär ab, wer welche Aufgaben übernimmt. Ab jetzt stehen die Bahnhöfe, der Hafen und alle angrenzenden Stadtteile unter erhöhter Bewachung. Wenn nachmittags Seine Kaiserliche und Königliche Hoheit Erzherzog Franz Ferdinand in Triest ankommt, müssen alle auf ihren Posten sein. Noch Fragen? Gut. Dann los.«

Die Sonne erwärmte das Pflaster der Via del Torrente. Wie üblich an einem frühen Nachmittag war viel Leben auf der Straße, die Stadt zeigte sich quicklebendig. Luise saß im Gastgarten des Caffè Gelsomini und genoss für eine Weile mit geschlossenen Augen die Strahlen der Sonne. Der Herbst hatte sich durch erste kühle Nächte angekündigt, aber noch einmal rechtzeitig vor dem großen Festakt im Hafen war der Sommer in den Golf von Triest zurückgekehrt.

»Baronessa, darf ich wie üblich Caffè Lungo bringen?«

Luise öffnete die Augen und drehte den Kopf. Sie lächelte dem Kellner zu. »Ja, bitte.«

Dieses Kaffeehaus war zu ihrem Stammlokal geworden. Und zwar aus den einfachen Gründen, weil es nicht weit von ihrer Wohnung entfernt lag und der Barista sowie seine Kellner sie von Anfang an nicht skeptisch angeschaut hatten, als sie sich allein einen Platz gesucht hatte. Es war in der Stadt nicht verboten, dass Frauen in Begleitung von Männern Kaffeehäuser betraten, aber es war unüblich. Geradezu revolutionär war, wenn sich Frauen ohne männliche Begleitung ins Kaffeehaus wagten. Luise hatte ohnedies nie die

Innenräume der Kaffeehäuser betreten, sondern sich stets in die Gastgärten gesetzt. Aber selbst da hatte man sie kritisch beäugt und allenfalls mürrisch bedient. Außer in diesem Kaffeehaus. Zuletzt hatte Luise im Vorbeigehen entdeckt, dass zwei Frauen im Gastgarten des Caffè Gelsomini gesessen hatten. Vielleicht hatte es den beiden Frauen Mut gemacht, Luise regelmäßig hier zu sehen. Vielleicht aber waren die Damen Wienerinnen, von denen man sagte, sie würden ganz selbstverständlich in den Kaffeehäusern der Hauptstadt ein und aus gehen.

Wenig später servierte der Kellner das Tablett mit der kleinen Tasse.

Vormittags hatte Luise noch Korrekturarbeiten an der Novelle vorgenommen. Sehr umfangreich war der Text nicht geworden, aber sie war zufrieden. Luise fand, die Arbeit war ihr inhaltlich und sprachlich gelungen. Während der Mittagsstunde hatte sie die Pläne für den neuen Roman erwogen. Jetzt war es knapp vor zwei Uhr. Sie war rechtzeitig von zu Hause losgegangen, um ein paar Minuten vor zwei Uhr im Kaffeehaus zu sein.

Luise war neugierig. Sie schaute sich um. Würde Signora Cherini kommen? Luise hatte einen Brief mit einer Einladung an die Pension in der Città Vecchia geschrieben, die Bruno ihr als die gegenwärtige Adresse Fedoras genannt hatte. Ein schweres Pferdefuhrwerk mit Fässern der Brauerei Dreher rumpelte die Straße entlang.

Auf der anderen Straßenseite entdeckte Luise eine Frau, die zu ihr herüberblickte. Luise schaute genauer hin. Die Frau trug ein unauffälliges Kleid und einen ebensolchen Hut. Sie sah nach links und dann nach rechts, überquerte die Straße und kam langsam auf den Gastgarten zu. Ihre Bewegungen wirkten unsicher, sie schaute sich unruhig um und trat an Luise heran.

»Guten Tag, Baronessa.«

Luise erhob sich und reichte Fedora die Hand. »Sie sind also Fedora Cherini. Es ist mir eine Freude, Sie kennenzulernen. Bitte setzen Sie sich zu mir an den Tisch.«

Fedora schaute sich um. »Geht das? Zwei Frauen in einem Kaffeehaus?«

»Ja, das geht. Das ist mein Stammlokal. Wenn ich in der schönen Jahreszeit in Triest weile, kehre ich hier zwei- bis dreimal pro Woche ein und trinke Kaffee. Seien Sie versichert, Signora Cherini, man wird uns hier respektvoll bedienen und keinerlei Anstoß an unserer Anwesenheit nehmen.«

Die beiden setzten sich. Der Kellner kam heran und nahm die Bestellung auf.

»Vielen Dank, Signora Cherini, dass Sie meiner formlos versendeten Einladung gefolgt sind. Es freut mich, Sie hier und jetzt zu treffen.«

»Es ist mir eine Ehre, Eure Bekanntschaft machen zu dürfen, Baronessa.«

Luise wartete, bis der Kellner den Caffelatte serviert hatte. Sie lächelte dem Mann freundlich zu und sprach erst, als er außer Hörweite war. »Signora Cherini, ich bin im privaten Umgang keine Freundin besonderer Förmlichkeiten. Zwar besteht unsere Bekanntschaft erst sehr kurz, aber in Wahrheit haben wir viel gemeinsam, daher möchte ich Sie bitten, mich bei meinem Vornamen zu nennen. Euer Gnaden, Baronessa, und diese förmlichen Anreden sind nicht nötig. Darf ich Sie ebenso bei Ihrem Vornamen nennen?«

»Wie Sie wünschen.«

»Liebe Fedora, dann bitte ich Sie, mich Luise zu nennen.«

»Gerne, Luise.«

Die beiden Frauen musterten einander ein Weilchen. Dass Fedora ein ebenmäßiges Gesicht, volle Lippen, eine gerade Nase und markante Augenbrauen hatte, nahm Luise zur

Kenntnis, Bruno hatte ja gesagt, dass sie sehr schön sei, doch von der Tiefe und Klarheit der Augen war Luise fasziniert. Und der Klang ihrer Stimme, auch wenn sie bislang noch nicht viel gesagt hatte, war voll und klar. War Fedora eine gute Sängerin? Oder war sie vermöge des dunklen Timbres der Stimme eine gute Schauspielerin? Vielleicht würden sich diese Fragen noch klären. Auffällig waren Fedoras schöne Hände. Sie wirkten kräftig und zeigten, dass diese Frau in ihrem Leben Haus- und Gartenarbeit verrichtet hatte. Die Augen und Hände gaben der unscheinbar gekleideten Frau eine ganz unverwechselbare individuelle Note.

»Darf ich mich erkundigen, wie es Ihnen in Ihrer zweifellos schwierigen Lebenssituation geht?«

Fedora verzog kurz den Mund. »Mittlerweile weniger schlecht, als man annehmen müsste. Bruno unterstützt mich nach Kräften. Dafür bin ich ihm unendlich dankbar. Aber dass mir meine Söhne genommen wurden, ist schwer zu ertragen.«

Luise nickte verstehend. »Mir hat man auch den Sohn genommen.«

»Sie haben ein Kind? Das wusste ich nicht.«

Ein bitteres Lächeln huschte über Luises Miene. »Sie sind nicht die Erste, die erstaunt ist, dass ich einen Sohn habe. Mein Mann hat mir meinen Sohn im wortwörtlichen Sinn von der Mutterbrust gerissen. Mein Sohn war vier Monate alt, als wir getrennt wurden. Das ist fast sechs Jahre her. Wenn er hier und jetzt auf der Straße an mir vorbeiginge, würde ich ihn wahrscheinlich nicht wiedererkennen. Ich kann auf meine Art nachvollziehen, gegen welche Gewalt der Verzweiflung Sie gegenwärtig anzukämpfen haben.«

»Was mich erstaunlicherweise unberührt lässt, ist das, was die Nachbarn, die Leute im Viertel, in der ganzen Stadt über mich denken. Allen ist klar, dass ich eine Ehebrecherin bin.

Mein Ruf ist ruiniert, aber gefühlsmäßig macht mir das nichts. Allerdings ist es schwer für mich, eine Anstellung zu finden. Mir ist schon zweimal passiert, dass mögliche Dienstherren mir gegenüber anzüglich wurden. Als Ehebrecherin bin ich wohl so etwas wie Freiwild.«

»Das ist wahrlich sehr unerfreulich.«

»Ich könnte in einer Fabrik arbeiten und tagein, tagaus Ruß schlucken, in einer Bretterbude am Stadtrand hausen, von einem Hungergehalt das Dasein fristen und mich der ständigen Übergriffe der Dienstherren aussetzen. Es wäre das Leben einer Arbeiterin, rechtlos, arm und ausgebeutet. Das will ich nicht. Die Rückkehr in das Dorf, aus dem ich kam, ist unmöglich. Mein Vater und mein Onkel würden mich fortjagen. Ich bin eine Ehebrecherin. Das ist in den Augen der Leute im Dorf nur um einen Hauch weniger schlimm, als eine ordinäre Dirne zu sein. Und eine Anstellung als Schreibkraft zu finden, ist schwer. Es gibt viele Mädchen, die direkt von der Schule kommen und eine Anstellung suchen. Ich habe im Dorf keine besondere Schulbildung genossen, alles, was ich an Bildung habe, musste ich mir selbst erarbeiten. Dafür kann ich keine Zeugnisse vorweisen.«

»Haben Sie Geld?«

»Bruno hat mir Geld geliehen. Ich habe keine Ahnung, wann und wie ich es ihm zurückgeben kann. Wissen Sie, Luise, ich kenne Brunos Mutter seit etwa fünf Jahren und ich bewundere sie wegen ihrer Klugheit und Umsicht. Sie hat mir schon vor längerer Zeit auseinandergesetzt, dass verstoßene Frauen in unserer Gesellschaft in der Regel zwei Schicksale erleiden. Entweder landen sie im Armenhaus oder im Bordell. Aber ich will gegen dieses Schicksal ankämpfen. Ja, ich habe keine Zeugnisse und Referenzen vorzuweisen, aber ich bin nicht dumm, ich kann arbeiten und ich will das auch. Ich werde eine Anstellung und eine

Wohnung finden, ich werde früher oder später meine Söhne zurückholen, ich werde mein Leben eigenverantwortlich führen, so gut ich nur kann. Und ich werde mir von der Gesellschaft nicht vorschreiben lassen, was ich zu tun und zu lassen habe.«

»Ich fühle loderndes Feuer in Ihren Worten.«

»Wenn ich kein Feuer mehr in mir hätte, könnte ich mich genauso gut vor einen Güterzug werfen.«

Luise hob die Augenbrauen. »Ich habe eine Zeit lang den Sprung von den Klippen erwogen.«

»Sie wollten sich aufgeben? Das kann ich nicht glauben.«

»Warum nicht?«

»Sie sind adelig, wohlhabend, gebildet, Sie sind schön und werden von allen bewundert.«

»Das ist nur ein trügerischer äußerer Schein«, entgegnete Luise und leerte ihre Tasse. Sie schaute Fedora ruhig in die Augen. »Da wir einander begegnet sind, möchte ich Ihnen etwas darlegen.«

»Darlegen? Nur zu. Ich lausche.«

»Ihr Leben geht mich jetzt etwas an. Der Erfolg Ihrer Bemühungen, einem als beengend empfundenen Leben zu entkommen, ist für mich bedeutungsvoll. Ich selbst kämpfe fortwährend gegen Beengung und habe manche Erfolge erzielt, vor allem aber verheerende Niederlagen erlitten. Meine gesellschaftliche Stellung eröffnet mir Möglichkeiten, die anderen verwehrt sind. Diese Ungerechtigkeit allein auf ein Geburtsrecht zu begründen, erscheint mir furchtbar antiquiert, meiner Meinung nach werden prosperierende Gesellschaften der Zukunft nicht auf das unflexible und völlig veraltete Feudalsystem aufbauen können, aber heute und hier, in der Gegenwart, in der wir leben, gibt es die faktischen Privilegien des Adels. Ich werde mich für Sie verwenden, Fedora, ich werde in den Kreisen, zu denen ich Zutritt habe, mich nach einer würdigen Arbeitsstätte für eine bemerkenswerte und selbstbewusste Frau umhören.«

Fedora wagte kaum zu atmen. »Würden Sie das wirklich tun, Luise?«

»Anderenfalls hätte ich es nicht angekündigt.«

»Wie soll ich mich jemals für eine solche Hilfeleistung revanchieren?«

»Indem Sie sich darüber keine Gedanken machen, sondern indem Sie in einer zukünftigen Lebenssituation, in der andere Ihrer Hilfe bedürfen, diese auch ohne zu zaudern leisten. Wollen wir einen kleinen Spaziergang unternehmen?«

»Sehr gerne.«

»Ich bitte, Sie einladen zu dürfen. Schließlich stammt der Kaffee, den wir eben getrunken haben, wahrscheinlich von einer südamerikanischen Plantage meines Mannes.«

»Tatsächlich?«

»Aber ja. Mein Mann ist wieder auf Reisen in Brasilien, um seine Besitzungen dort zu erweitern. Dieses Kaffeehaus bezieht Kaffee von der Rösterei Hausbrandt, die im großen Stil brasilianische Kaffeebohnen verarbeitet. Kennen Sie dieses einprägsame Plakat mit dem lächelnden Muselmann, der einen übergroßen roten Turban trägt, in einer Hand eine Schale Kaffee hält und drei Finger der anderen Hand hebt. ›Tre parole – specialità caffè Hausbrandt‹? Ein beträchtlicher Teil des Kaffees der Firma Hausbrandt stammt von den Plantagen meines Mannes.«

Luise winkte dem Kellner und bezahlte. Die beiden erhoben sich und gingen ein paar Schritte.

»Ich werde heute mit dem Abendzug nach Sistiana fahren, weil ich mich manchen Dingen widmen muss und weil ich vor dem zu erwartenden Trubel rund um den Besuch des Thronfolgers und der Jungfernfahrt der beiden Dampfer flüchten will. Die Villa steht derzeit leer, nur der alte, etwas schrullige Gärtner harrt in seinem Häuschen aus und verrichtet seine Arbeit. Liebe Fedora, möchten Sie mich gemeinsam mit Bruno besuchen? Ein paar Tage fernab der Stadt werden Ihnen bestimmt guttun. Es gibt herrliche Wanderwege in Sistiana. Bestimmt sind Sie eine gute Köchin, Fedora. Wir könnten gemeinsam kochen. Ich glaube, ich bin nicht untalentiert, was das Kochen betrifft, aber ich bin furchtbar unerfahren.«

Fedora schien nicht so recht zu wissen, was sie sagen sollte. Luise hatte sie mit ihrem Angebot überrascht.

»Geschätzte Luise, diese Einladung will ich gerne annehmen.«

»Schön. So werden wir Gelegenheit finden, einander besser kennenzulernen.«

Bruno stand vor dem geöffneten Fenster und schaute sinnierend dem Zug der Wolken zu. Bis auf die beiden Schreibkräfte Ivana und Regina sowie einem Amtsdiener waren alle Bediensteten des Polizeiagenteninstituts außer Haus. Oberinspector Gellner hatte allen Beine gemacht und sie auf die Straße gejagt. Die beiden Bahnhöfe, sämtliche Hafenanlagen, die Märkte, die Straßen und Plätze mussten sicher sein, sowohl der uniformierte wie auch der nicht uniformierte Wachkörper der Polizeidirektion und die Rathauswache bewachten die Stadt. Wie Bruno gehört hatte, sollte der Zug des Thronfolgers um fünf Uhr, also in einer halben Stunde, am Staatsbahnhof ankommen. Wie üblich bei den Reisen Seiner Kaiserlichen Hoheit bewegte sich ein großer Tross mit ihm. Der Thronfolger fuhr natürlich nicht mit einem regulären Zug, sondern mit dem Hofzug. Da der greise Kaiser aufgrund seines Alters meist nur noch in Wien residierte, oblag es dem Thronfolger mit ausgedehnten Fahrten, die er gerne auch mit Jagdausflügen verband, die Ländereien der Monarchie zu beehren.

Bruno war enttäuscht. Am Vormittag hatten Emilio und er Andrea Sgrazutti verhört, aber dieser schwieg eisern. Außer ein paar Namen von Freunden hatte er nichts verraten. Emilio hatte unverblümt mit dem Galgen gedroht, in der Hoffnung ein Geständnis hervorzuholen. Er hatte Sgrazutti in Aussicht gestellt, dass nur Kooperation ihn vor dem sicheren Todesurteil bewahren würde. Und die beinhaltete, dass Sgrazutti zugab, Jože Kuzmin im Affekt getötet zu haben. Doch Sgrazutti wiederholte immer nur, niemanden getötet zu haben und dass er nicht wisse, weshalb er hier vernommen wurde.

Bruno hatte einen schalen Geschmack auf der Zunge. Einmal mehr war er über die Methoden seines Kollegen nicht erfreut. Viel lieber hätte er die Befragung allein geführt, denn Emilios Vorgehen hatte den Mann in die Enge getrieben und bewirkt, dass er gar nichts mehr von sich gab. Bruno beschlich das Gefühl, dass Emilio mit Absicht so vorgegangen war, als wollte er Sgrazutti beide Tötungen in die Schuhe schieben, damit der Fall schnell zu den Akten gelegt werden konnte. Hintertrieb sein Kollege die Suche nach dem wahren Täter und versuchte schnell, einen Sündenbock zu finden? Bruno war sich nicht sicher. Konnte es sein, dass Emilio die Gesellschaft aus dem Caffè Tommaseo aus dem vorliegenden Fall heraushalten wollte? Brunos Stimmung verschlechterte sich beim Gedanken, dass es Emilio gewesen sein könnte, der vor der bevorstehenden Verhaftung im Steinmetzbetrieb gewarnt hatte. Das wäre glatter Verrat. Käme ein derartiges Vergehen ans Tageslicht, wäre das nicht nur ein Grund für eine fristlose Entlassung aus dem Polizeidienst, das wäre dann auch ein Fall für das Gericht.

In jedem Fall war es sehr verdächtig, dass mehrere Männer, die Sgrazutti als seine Freunde bezeichnet hatte, wie vom Erdboden verschluckt waren. Bruno selbst hatte im Laufe des Nachmittags mehrere Adressen überprüft und nur verschlossene Türen vorgefunden. Und aufgrund der Vorkehrungen wegen des Besuchs des Thronfolgers war er der Einzige, der in diesem Fall noch ermittelte, alle anderen waren von Oberinspector Gellner mit Aufträgen eingedeckt worden. Weswegen die Suche nach mehreren gewarnten und abgetauchten Männern allein an ihm hängen blieb. Ein aussichtsloses Unterfangen.

Es klopfte an der offen stehenden Tür. Bruno drehte sich um seine Achse.

»Guten Tag, Herr Inspector.«

»Guten Tag, Herr Leskovar. Bringen Sie gute oder schlechte Kunde?«

»Von beiden etwas.«

»Zuerst die schlechte.«

»Wie ich befürchtet habe, haben die Leute in Roiano die Nachricht vom Tod Jože Kuzmins schlecht aufgenommen. Die Stimmung ist gespannt, im slowenischen Sportverein sind viele sehr aufgebracht.«

»Und was ist die gute Kunde?«

»Noch haben keine Zusammenrottungen stattgefunden.«

»Na immerhin. Leskovar, verbreiten Sie im Viertel die Nachricht, dass die Polizei einen Verdächtigen inhaftiert hat.«

Die Miene des uniformierten Polizisten hellte sich auf. »Ist das wahr, Herr Inspector?«

Bruno nickte. »Ein Verdächtiger, wohlgemerkt, denn der Mann hat noch nichts gestanden. Außerdem wird nach mehreren namentlich bekannten Männern gesucht. Diese Nachricht könnte die aufgeheizte Stimmung ein wenig abkühlen.«

»Das glaube ich auch, Herr Inspector.«

»Fahren Sie heute noch nach Roiano?«

»Nein, ich habe Bereitschaftsdienst bis zehn Uhr abends und muss mit dem Wagen sofort ausfahren können. Das Pferd ist angespannt.«

»Ich verstehe. Dann vielen Dank, dass Sie mir gleich berichtet haben.«

Der Polizist salutierte und trat ab.

Bruno ging in die Schreibstube. »Hochverehrte Frau Ivana, haben Sie doch bitte die Liebenswürdigkeit und begeben Sie sich mit einer Nachricht ins Untergeschoss. Man möge den Gefangenen Sgrazutti in das Verhörzimmer führen.«

Ivana nickte und erhob sich. »Wird prompt erledigt, Herr Inspector.«

»Regina, meine Teure, brühen Sie bitte eine Kanne guten Kaffee auf. Ich könnte mir denken, dass der junge Herr heute noch keinen getrunken hat.«

―⁂―

Eines war offensichtlich. In der Stadt wimmelte es von Polizei auf Streife und patrouillierenden Soldaten. Jure war seit den frühen Morgenstunden auf den Beinen, hatte mit vielen Leuten gesprochen und war mit der Elektrischen dreimal quer durch Triest gefahren, hatte Elena einen kurzen Besuch abgestattet, hatte mehrere Adressen überprüft und war am späten Nachmittag in der Nähe des Staatsbahnhofes gewesen und hatte den Auflauf in der Bahnhofshalle entdeckt. Also hatte sich Jure unter die Menschenmenge gemischt und gesehen, wie der Hofzug des Thronfolgers in den Bahnhof eingefahren war. Eine Musikkapelle hatte gespielt, der Statthalter, der Bürgermeister, hohe Militärs von Armee und Marine, hohe Beamte und bedeutende Geschäftsmänner der Stadt hatten ein feierliches Spalier gebildet. Elena hatte Jure gesagt, dass auch ihr Vater zum Empfangskomitee der Triester Bevölkerung gehörte, aber aus seiner Position mitten unter der Menge des einfachen Volkes hatte Jure Signor Pasqualini nicht entdecken können. Den Thronfolger und seine Gemahlin hatte er nicht zu Gesicht bekommen, der Trubel war zu groß gewesen, daher hatte sich Jure bald wieder entfernt. Er wollte nicht mit der Menge den feierlichen Empfang Seiner Kaiserlichen und Königlichen Hoheit im Palast des Statthalters verfolgen, denn er hatte noch zu tun gehabt.

Mittlerweile war es acht Uhr abends, Jure stand in der Nähe der alten Mauern des Castello di San Giusto und blickte hinab über das abendliche Panorama der Città Vecchia und des Hafens. Er musste sich sputen, um noch eine Tram zu erwischen. Morgen würde er wieder zeitig aus dem Bett müssen.

Vasilij und die Leute vom Sportverein hatten Jure unterstützt. Einige hatten im Magazin die Kaffeelieferung, die Anfang nächster Woche nach Marburg transportiert werden sollte, frachtfertig vorbereitet, andere hatten Jure bei seiner Suche geholfen. Vasilij etwa hatte die Adresse von Dario Mosetti herausbekommen. Jure hatte über zwei Stunden die Wohnung im Auge behalten, aber Mosetti war in dieser Zeit nicht aufgetaucht. Auch die kleine Fabrik in Servola hatte er aufgesucht, den Mann aber dort nicht vorgefunden.

Nach einem Tag auf den Beinen, fühlte Jure sich müde und abgekämpft. Für heute hatte er sein Pulver verschossen, zu Hause würde er noch ein Glas Bier trinken und zu Bett gehen.

Morgen früh würde er den guten Anzug anziehen und um acht Uhr Elena im Haus ihrer Eltern abholen. Signora Pasqualini hatte Elena erlaubt, mit Jure zu Fuß zum Festakt in den Hafen zu gehen. Die Familie würde eine Stunde später eine Kutsche nehmen und Elena am Hafen treffen. Signor Pasqualini hatte als Vorstand einer traditionsreichen Triester

Kaufmannsfamilie einen Platz neben der Ehrentribüne erhalten, diesen würde er mit seiner Gemahlin und den Kindern einnehmen. Das war eine große Ehre und hatte Signor Pasqualini mehrere Wochen Arbeit gekostet. Eine Begrüßung durch Erzherzog Franz Ferdinand und Herzogin Sophie war nicht vorgesehen, aber die Familie würde den Festakt in unmittelbarer Nähe des hoheitlichen Paares miterleben.

Jure selbst würde dem Festakt wie Tausende andere aus der Ferne beiwohnen. Er ging los und sprang wenig später auf das Trittbrett einer anfahrenden Tram.

〰️

Bruno schaute auf seine Armbanduhr. Es war knapp nach zehn. Wieder lag ein langer Arbeitstag hinter ihm und wieder war er zu Fuß nach Hause gegangen. Nachdem er die Kanzlei verlassen hatte, hatte er Luise einen Besuch abstatten wollen, doch er fand ihre Wohnung verlassen. Also war er nach Hause marschiert.

Vor dem Gartentor hielt er inne und schaute hinab zum Meer. Das Licht des Mondes spiegelte sich auf der Oberfläche, es war beinahe windstill und sehr mild. Morgen würde im Golf von Triest Kaiserwetter herrschen. Kaiser Franz Joseph I. feierte am 18. August seinen Geburtstag und da herrschte in der Regel in der gesamten Monarchie von Triest bis Lemberg strahlend schönes Sommerwetter, eben echtes Kaiserwetter. Der morgige Tag würde wohl diese Bezeichnung verdienen. Bruno griff nach seinen Schlüsseln.

Aus den Augenwinkeln sah er eine Person auf sich zukommen. Er schaute hoch und ein Lächeln legte sich auf sein Gesicht.

»Da bist du ja endlich«, sagte Fedora. »Ich warte seit über einer Stunde auf dich.«

»Guten Abend, mein Lieb.«

Bruno schaute unwillkürlich um sich und öffnete ihr zuerst die hüfthohe Gartentür, dann die Haustür. Bevor er die Tür schloss, schaute er sich noch einmal um, dann sperrte er ab. Bruno nahm Fedora in die Arme, sie küssten sich zur Begrüßung.

»Es tut so gut, dich wiederzusehen«, sagte Bruno breit lächelnd. »Zwanzig Jahre irrte ich auf hoher See umher und habe mich nach dir verzehrt, geliebte Penelope. Endlich treffe ich dich wieder.«

»Oh ja, zwanzig schreckliche Jahre der Einsamkeit, wackerer Odysseus.«

»Hast du gestern meine Nachricht erhalten?«

»Habe ich. Der Portier hat sie mir überreicht. Aber da ich heute keine Nachricht erhalten habe, dachte ich, ich komme einfach bei dir vorbei.«

»Eine großartige Idee.«

»Du siehst müde aus.«

»Ich habe einen sehr langen Arbeitstag hinter mir. Überhaupt ist diese Woche fordernd. Hast du Hunger? Willst du etwas essen?«

»Nein danke, ich habe gegessen. Ich wollte einfach nicht allein den Abend verbringen.«

»Setz dich. Ich mach mich noch frisch.«

Fedora nahm am Tisch Platz, während Bruno die Lampe entzündete. Dann legte er Hut, Sakko, Hemd und Unterhemd ab und wusch sich am Lavoir mit Seife.

»Sind es die beiden Leichen im Hafen, die dir zu schaffen machen oder der Besuch des Thronfolgers?«, fragte Fedora.

»Beides. Und morgen folgt der Festakt. In der Kanzlei geht es zu wie in einem Tollhaus.«

»Kann ich mir lebhaft vorstellen.«

»Und was hast du heute so erlebt?«

»Einiges.«

Bruno wartete, aber Fedora erzählte nicht weiter, also trocknete er sich ab, zog sein Hemd über und setzte sich zu ihr an den Tisch. »Willst du davon erzählen?«

Fedora schaute Bruno unvermittelt in die Augen. »Ich habe vormittags Carlo getroffen.«

Bruno neigte den Kopf zur Seite. »Schau an. Was sagt er?«

»Er sticht ja morgen mit der Baron Beck in See. Wir haben uns verabschiedet.«

»Und in welcher Stimmung erfolgte der Abschied?«

»Das weiß ich nicht so genau. Es war für uns beide irgendwie unwirklich. Eine seltsame Situation. Wir haben uns oft voneinander verabschiedet, wenn er in See gestochen ist. Diesmal war es anders. Endgültig. Ja, es war ein endgültiger Abschied. Er hat gesagt, dass er über alles nachgedacht hat und seinen Posten beim Österreichischen Lloyd kündigen wird.«

Bruno sog überrascht Luft ein. »Wahrhaftig? Das will er ernsthaft tun?«

»Er hat es gesagt.«

»Das ist doch Unsinn! Er ist Erster Offizier. Das ist ein sehr guter Posten. Außerdem ist er ein wahrer Seemann.«

»Er will bei einer britischen Schifffahrtsgesellschaft anheuern, die ihren Sitz in Bombay hat.«

»Ah, ich verstehe.«

»Er hat einen Unterhändler beauftragt, das Haus zu verkaufen. Carlo wird Triest verlassen und sich in Bombay ansiedeln. Es ist ihm ernst.«

»Und eure Söhne?«

»Ich soll mich um sie kümmern. Er wird mir die Hälfte des Verkaufserlöses geben, damit ich für ihre Ausbildung sorgen kann. Carlo hat sich das alles gut überlegt. Er hat mir zum

Abschied die Hand gereicht und mir viel Glück gewünscht. Ich habe ihm auch viel Glück gewünscht. Es war ein bewegender, aber dennoch verstörender Abschied.«

»Also doch ein prima Kerl. Ich habe es immer gewusst.«
»Traurig hat es mich dennoch gemacht.«
»Was ich sehr gut verstehen kann.«
»Und am frühen Nachmittag habe ich Luise getroffen.«
Wieder sog er überrascht Luft ein. »Ich wusste nicht, dass ihr euch treffen werdet.«

»Sie hat mir einen Brief geschrieben und mich zum Kaffee eingeladen. Stell dir vor, ich bin heute mit Luise im Kaffeehaus gesessen. Zwei Frauen alleine in aller Öffentlichkeit beim Gespräch im Kaffeehaus. Das war aufwühlend.«

»Und wie ist das Gespräch gelaufen?«
»Es ist gut gelaufen. Luise ist beeindruckend. Wir haben Kaffee getrunken und sind dann noch eine ganze Weile spazieren gegangen, danach waren wir in ihrer Wohnung und ich habe ihr beim Packen geholfen.«

»Beim Packen? Ist sie verreist?«
»Nicht verreist, sie ist in ihr Landhaus nach Sistiana gefahren.«

»Ich dachte, sie würde noch eine Weile in Triest bleiben.«
»Sie hat kurzfristig umdisponiert. Ihre Schwiegermutter ist krank. Es sind wohl familiäre Belange zu klären.«

Bruno verzog den Mund. »Vom Brief des Arztes hat sie mir erzählt und dass sie demnächst nach Görz fahren wird. Ich fürchte, da stehen einige schwierige Konfrontationen vor ihr.«

»Sie hat einiges diesbezüglich angedeutet. Doch bevor sie nach Görz reist, lädt sie uns in ihre Villa ein. In den nächsten Tagen erwartet sie unsere Aufwartung. So wie du es dienstlich am besten einrichten kannst.«

»Uns beide?«

»Ein Besuch zum Kennenlernen. Wir können gemeinsam kochen, wandern, trinken, Karten spielen. Ich habe Luise gebeten, mir am Flügel vorzuspielen.«

Bruno strich sich über das Kinn. »Das ist eine interessante Idee.«

»Warst du schon einmal in ihrer Villa?«

»Nein, nicht ein einziges Mal. Sie hat immer gesagt, weil das Haus ihrem Mann gehöre, wolle sie mich dort nicht treffen.«

»Das hat sich also geändert.«

»Wie sagte schon der griechische Philosoph Heraklit? ›Wer in denselben Fluss steigt, dem fließt anderes und wieder anderes Wasser zu.‹ Panta rhei, alles fließt.«

Fedora boxte nach Bruno. »Gib nicht so mit deiner humanistischen Bildung an, Herr Professor.«

Er grinste breit. »Soll ich dir ein paar grundlegende Lektionen in vorsokratischer Philosophie näherbringen?«

Freitag, 20. September 1907

VIERTEL VOR SIEBEN. Der Aufenthalt im Landhaus hatte ihm klar vor Augen geführt, dass er keine Zeit mehr zu verlieren hatte. Zwei Nächte hatte Dario am Rand des Städtchens Isola verbracht. Das war mehr als genug ländliche Stille. Am ersten Abend hatte er sich um eine Spur zu leichtfertig dem Cognac gewidmet, gestern war er mit einem schweren Kopf erwacht und hatte den ganzen Vormittag gebraucht, um wieder klar denken zu können. Dann aber, im Laufe des Nachmittags, hatte Dario sich auf das Kommende vorbereitet. Er hatte gestern Abend nur eine Flasche Wein getrunken und den Cognac nicht angetastet, denn sein Plan war es, mit dem ersten Zug zurück nach Triest zu fahren. Er hatte die Spuren seiner Anwesenheit im Haus von Pietros Vater, so gut es ging, verwischt. Die fehlenden Lebensmittel, die geleerten Flaschen Cognac und Wein würden Signor Panfili nicht auffallen, und das Bett im Gästezimmer hatte er wieder gemacht. Auch den Aschenbecher hatte er geleert. Nur eines würde Signor Panfili auf die Anwesenheit eines anderen im Landhaus hinweisen. Dario hatte nach dem Versteck für den Schlüssel des Waffenschranks gesucht, war fündig geworden und hatte daraufhin den Metallschrank im Keller geöffnet. Darin befanden sich drei Jagdgewehre und ein Revolver samt Munition. Alle glänzten im Schein seiner Kerze und wirkten gut gepflegt. Für die Gewehre hatte Dario keinerlei Verwendung, für den Revolver sowie die Schachtel mit Patronen dagegen schon. Beides befand sich nun in seinem Koffer. Dario war auf alles vorbereitet.

Im Morgengrauen hatte er sein Gepäck genommen und war zum Bahnhof gegangen. Nun stand er am Bahnsteig und überlegte, ob er noch eine Zigarette rauchen sollte. Doch da hörte er den Pfiff der Lokomotive und wenig später rollte der Zug in den Bahnhof. Dario griff nach seinem Koffer.

※

Sieben Uhr. Auch heute hatte er die Tram genommen, um von Cologna in die Stadt zu kommen. Jede Minute zählte an einem Tag wie diesem. Bruno und Fedora hatten sich noch vor Sonnenaufgang verabschiedet. Sie war in Richtung Gretta marschiert, um im Haus ihres Mannes aufzuräumen. Sollte der von Carlo beauftragte Unterhändler bald einen Käufer finden und diesem das Haus zeigen wollen, so fand sie, wäre es besser, wenn manche persönlichen Gegenstände von Fedora und ihren Söhnen nicht einfach so herumliegen würden. Carlo erwartete um sieben Uhr früh ihr Kommen, um ihr den Schlüssel zu übergeben. Er würde dann aufbrechen, um beim großen Festakt am Hafen vor Ort zu sein. Fedora war, wie sie Bruno gesagt hatte, heilfroh, diesem Trubel fernzubleiben. Aufmärsche, Blasmusik, der winkende Erzherzog und Salutschüsse konnten ihr getrost erspart bleiben.

Bruno betrat sein Bureau und hängte Hut und Mantel an den Garderobenhaken. Zwar versprach das Wetter wie gestern spätsommerlich warm zu werden, dennoch hatte er den Mantel mitgenommen. Wer wusste schon, was der Tag bringen würde.

Luigi Bosovich trat vor die offen stehende Tür und klopfte an den Türstock. »Guten Morgen, Ispettore. Rapport in zwei Minuten.«

Bruno schaute auf seine Armbanduhr. Innerhalb kürzester Zeit hatte er sich an den neuen Zeitmesser gewöhnt. Es war zwei Minuten vor sieben. »Guten Morgen, Luigi. Ich bin bereit.«

Die Männer des k.k. Polizeiagenteninstituts sammelten sich in Oberinspector Gellners Bureau, der diesmal nicht hinter seinem Schreibtisch thronte, sondern in soldatischer Haltung am Fenster stand. Die zwei Inspectoren, sechs Polizeiagenten und fünf Polizeiamtsdiener nahmen Aufstellung. Gellner zählte seine Männer durch und machte einen Vermerk auf einer Liste und holte Luft.

»Guten Morgen, meine Herren. Alle sind, wie befohlen, zum Dienstantritt bereit, sehr schön. Wie Sie wissen, ist heute ein besonderer Tag, der von uns auch besondere Leistungen erfordert. Bislang ist die Excursion Seiner Kaiserlichen und Königlichen Hoheit in Triest reibungslos vonstattengegangen, doch die wahre Bewährungsprobe folgt heute. Bevor wir einzeln die Sicherungsmaßnahmen in der Stadt durchgehen, habe ich hier noch eine Verkündigung vorzunehmen.« Gellner griff zu einem Couvert, zog ein Schreiben heraus und präsentierte es seinen Leuten. »Der Statthalter und der Polizeidirektor haben meinem Vorschlag in jeder Hinsicht zugestimmt und die nötigen Papiere ausgestellt. Polizeiagent I. Klasse Vinzenz Jaunig einen Schritt vortreten.« Vinzenz tat, wie ihm befohlen. »Herr Jaunig, ich verkünde hiermit offiziell, dass Sie im Dienste der Polizeidirektion Triest mit Wirkung ab dem ersten Oktober 1907 zum Inspector II. Klasse des k.k. Polizeiagenteninstituts befördert werden. Ich gratuliere und sehe mit Genugtuung, dass Ihre vorbildlichen Leistungen anerkannt werden.« Gellner trat vor und schüttelte Vinzenz die Hand. Gemurmel erhob sich, einer der Männer klopfte Vinzenz von hinten auf die Schultern. Über diese Beförderung war schon länger getuschelt worden, endlich war es so weit.

»Vielen Dank, Herr Oberinspector. Ich werde mit allen Kräften danach trachten, mich der großen Ehre würdig zu zeigen.«

Gellner nickte zufrieden. »Das werden Sie, Herr Jaunig, da bin ich mir sicher.« Gellner nahm wieder Haltung an, und Vinzenz stellte sich in das Spalier seiner Kollegen. »Ein weiterer Punkt erfordert unsere Aufmerksamkeit, bevor wir zum Dienstplan für den Festakt kommen können. Wie mir zugetragen wurde, hat das Verhör des Verdächtigen in den Tötungsdelikten Franceschini und Kuzmin keinerlei Ergebnisse gebracht. Wie soll ich mir das erklären?« Gellner schaute zuerst Bruno, dann Emilio mit strafendem Blick an.

»Der Verdächtige«, sagte Emilio. »ist störrisch wie ein Esel. Aber wenn wir ihn noch ein, zwei Tage in der Zelle dampfen lassen, wird er weich werden. Sofern er tatsächlich an den Taten beteiligt war.«

»Was wollen Sie damit sagen, Inspector Pittoni? Etwa, dass Inspector Zabini den falschen Mann verhaftet hat?«

»Diese Frage ist noch nicht geklärt«, sagte Emilio.

Bruno schaute Emilio an. Wie immer war dessen Miene völlig undurchdringlich. Geriet der Mann außer Kontrolle? Wut gärte in Bruno, von der er sich natürlich nichts anmerken ließ. »Herr Oberinspector«, sagte er in sachlichem Tonfall, »ich danke Ihnen und der gesamten Belegschaft des k.k. Polizeiagenteninstituts, dass ich mich in den letzten Tagen den Tötungsdelikten widmen konnte und kaum in die Vorbereitungen des Festaktes eingebunden war. Ich habe gestern

Abend noch ein Verhör mit dem Verhafteten Sgrazutti durchgeführt. Der Mann hat eine Aussage gemacht, deren Wahrheitsgehalt noch zu prüfen ist, die aber plausibel erscheint.«
Gellners Augen weiteten sich. »Bravo, Herr Inspector! Lassen Sie hören. Ist der Mann an den Fällen beteiligt?«
»Wie ich im Bericht, den ich gestern Abend geschrieben habe und der in diesem Augenblick von Ivana mit der Schreibmaschine in Reinschrift gebracht wird, festhalte, ist Signor Sgrazutti in den Fall involviert. Er hat zugegeben, gemeinsam mit dem späteren Todesopfer Arrigo Franceschini und einem weiteren Mann namens Ludovico Antozzi einem Mann namens Jure Kuzmin aufgelauert zu haben. Es ging dabei um einen rauen Schabernack, den sie Kuzmin spielen wollten. Wie sich später herausstellte, haben die drei aber den Bruder von Jure Kuzmin erwischt, nämlich das spätere Todesopfer Jože Kuzmin. Die Brüder Kuzmin ähneln einander an Aussehen und Gestalt, daher kam es zur Verwechslung. Signor Sgrazutti gibt an, dass aus dem Schabernack eine handfeste Rauferei wurde, weil Jože Kuzmin wild um sich geschlagen hat. Jože Kuzmin war erfolgreicher Boxsportler, wie mir mehrfach berichtet wurde, und er war ein sehr kampfkräftiger Mann. Auch wurde wiederholt wegen Gewaltausübungen gegen ihn ermittelt und eine Verurteilung zu einer kurzen Haftstrafe liegt vor. In jedem Fall hat Jože Kuzmin Arrigo Franceschini das Messer in den Bauch gerammt und ist fortgelaufen. Sgrazutti und Antozzi haben ihren verletzten Freund in ein Versteck in Servola gebracht. Dort ist Franceschini über Nacht seinen Verletzungen erlegen. Sgrazutti gesteht, an diesem Raufhandel mit Todesfolge beteiligt gewesen zu sein. Von der Ermordung Jože Kuzmins wusste er nichts, er streitet jede Beteiligung ab. Er hat zwei Zeugen genannt, die bestätigen können, dass Sgrazutti am betreffenden Abend, an dem der Mordanschlag gegen Kuz-

min ausgeführt wurde, mit ihnen zusammen war. Die Männer haben zu dritt Karten gespielt. Die Namen der Männer sind bekannt, womit Sgrazuttis Alibi überprüft werden kann. Das muss frühestmöglich getan werden.«

Gellner kniff die Augen zusammen. »Das heißt, Sgrazutti ist höchstens inkriminiert, an einer Rauferei beteiligt gewesen zu sein.«

»Nicht nur. Dass er und Antozzi den verletzten Arrigo Franceschini nicht in ärztliche Pflege übergeben haben, ist unterlassene Hilfeleistung mit Todesfolge. Der Mann hatte eine Stichwunde, es war unverantwortlich, nicht ein Hospital oder einen Arzt aufzusuchen.«

»Aber an der Ermordung des zweiten Mannes will er nicht beteiligt gewesen sein. Klingt das nicht nach Ausrede?«

»Das ist im Bereich des Möglichen. Wichtig erscheint folgende Ausführung Sgrazuttis. Auf meine Frage, warum sie Jure Kuzmin einen Streich spielen wollten, hat Sgrazutti gesagt, dass er und Arrigo Franceschini von Ludovico Antozzi aufgefordert wurden, Kuzmin einzubläuen, dass dieser, ein Slowene, sich nicht an italienischen Mädchen vergreifen soll. Ludovico Antozzi war also der Rädelsführer. Der Mann steht im Verdacht, einer militanten Gruppe von Irredentisten nahezustehen. Ich habe mehrere Akteneinträge gefunden, die Antozzis politische Ausrichtung aufzeigen. Antozzi selbst wurde angeblich von einem Mann namens Dario Mosetti dazu angestiftet, gegen Jure Kuzmin vorzugehen. Wie mir scheint, geht es im Kern der Sache um einen Fall von Eifersucht. Dario Mosetti scheint eine junge Frau aus bestem Haus zu verehren, die aber zärtliche Bande mit Jure Kuzmin geknüpft hat. Deswegen hat Dario Mosetti seinen Freund Ludovico Antozzi auf Jure Kuzmin gehetzt, um diesem das Leder zu gerben. Antozzi hat deswegen zwei seiner rauen Spießgesellen formiert.«

»Ist das ein Hirngespinst oder hat das Hand und Fuß?«, fragte Gellner.

»Hand und Fuß, Herr Oberinspector. Ich habe mit der betreffenden jungen Dame gesprochen. Ihr Name ist Elena Pasqualini.«

Gellner stemmte die Fäuste in die Hüften. »Doch nicht etwa die Tochter des renommierten Kaufmanns Giovanni Pasqualini?«

»Eben jenes junge Fräulein.«

»Verdammt, das wird Schlagzeilen machen.«

»Es geht noch weiter, Herr Oberinspector.«

»Lassen Sie hören, Zabini.«

»Sgrazutti sagt aus, dass Ludovico Antozzi wegen des Todes ihres gemeinsamen Freundes Arrigo Franceschini Vergeltung an Jure und Jože Kuzmin gefordert und einen Racheplan geschmiedet hat. Es steht der Verdacht im Raum, dass Ludovico Antozzi diese ausgeuferte Rauferei im Hinterhof politisch instrumentalisieren wollte, um einen offenen Konflikt zwischen Italienern und Slowenen zu provozieren. Das war die Aussage von Sgrazutti, deswegen hat dieser sich an den Racheplänen nicht beteiligt. Ich hege den Verdacht, dass Ludovico Antozzi den genannten Jože Kuzmin selbst erschossen hat oder an dessen Ermordung beteiligt war.«

Gellner boxte in die Luft. »Her mit dem Strolch! Den nehme ich höchstpersönlich in die Mangel.«

»Leider konnten wir weder Ludovico Antozzi noch Dario Mosetti habhaft werden, aber ich habe die beiden zur Fahndung ausgeschrieben und auch der Grenzpolizei telegraphiert.«

»War da nicht ein dubioser Anruf, weswegen Sgrazutti den Kollegen aus Opicina entwischt ist?«

»Der Mann gibt an, von Ludovico Antozzi gewarnt worden zu sein.«

»Das will ich genauer wissen, Zabini. Was war das für eine Warnung?«

»Es liegt im Dunklen, was Antozzi gewusst hat. In jedem Fall hat er Sgrazutti gesagt, dass er verschwinden solle, weil die Polizei verrücktspiele. Mehr nicht. Sgrazutti hatte wegen des Todes seines Freundes Franceschini ein schlechtes Gewissen und ist fortgelaufen.«

»Wie kommt dieser Antozzi darauf, dass die Polizei verrückt spielt?«

»Diese Frage kann ich nicht beantworten, weil zum Zeitpunkt des Anrufes Antozzi gar nicht auf der Liste der Verdächtigen stand.«

»Zabini, gehen Sie auch dieser Frage nach!«

»Zu Befehl, Herr Oberinspector, aber solange wir Antozzi nicht haben, ist der Fall unklar.«

Gellner ging grübelnd auf und ab, hielt an und schaute in die Runde. »Haben die anwesenden jungen Polizeiagenten genau zugehört? Nehmen Sie sich ein Beispiel! So wird ordentliche Polizeiarbeit gemacht. Sehr gut, Inspector Zabini, man sieht, Sie kommen in diesem Fall voran. Deswegen entbinde ich Sie von allen Pflichten zur Sicherung des Festaktes und gebe die Order, so lange an der Klärung des Falles zu arbeiten, bis die Hauptverdächtigen hinter Schloss und Riegel sitzen. Alle anderen spitzen nun die Ohren, denn jetzt besprechen wir den Einsatzplan für den Festakt.«

Bruno schnappte einen Blick Emilios auf. War da eine Regung zu entdecken? Nein, nichts, Emilios Panzer hielt stand, Bruno hatte absolut keine Ahnung, was sein Kollege dachte oder fühlte.

Acht Uhr. Jure schaute noch einmal auf seine Taschenuhr, dann zog er an der Klingel und wartete. Das Wetter war sommerlich warm, also hatte er auf seinen Mantel verzichtet. Er nahm den Hut ab und schaute sich im Garten um. Was für eine prächtige Villa, kein Vergleich zum Zinshaus, in dem er aufgewachsen war. Akzeptierten Elenas Eltern es wahrhaft, dass ein dahergelaufener slowenischer Bursche aus der Vorstadt sich um die Gunst der wohlerzogenen und überaus schönen Tochter der Familie bewarb? Nun, Signor Pasqualini war stadtbekannt dafür, keinerlei Vorurteile gegenüber den anderen Völkern der Donaumonarchie zu hegen, er war ein Vertreter der cosmopolitischen Italiener der Stadt, aber er war Vorstand einer traditionsreichen Kaufmannsfamilie, und die alteingesessenen Familien Triests waren in der Regel konservativ, was die Ehepartner ihrer Söhne und Töchter betraf. Waren Signor und Signora Pasqualini wirklich so fortschrittlich, dass es ihnen allein auf den Charakter und Wert eines Menschen ankam und nicht auf seine Abstammung? Anscheinend ja, anderenfalls hätten sie es Elena bestimmt nicht erlaubt, sich mit Jure zu treffen. Das fand Jure großartig. Was für bewundernswert aufgeschlossene Menschen Elenas Eltern doch waren.

Die Tür wurde geöffnet. Elena stand vor Jure und strahlte ihn an. Wie hinreißend schön sie war! Jure kämpfte gegen den Impuls an, Elena sofort zu umarmen und zu küssen.

»Pünktlich auf die Minute! Jure, bitte komm herein.«

»Vielen Dank.« Jure trat über die Schwelle.

Elenas Lächeln verschwand, ihre Miene zeigte sich nun besorgt. »Danke, dass du gekommen bist, aber leider können wir nicht gemeinsam zum Hafen gehen.«

»Nicht?«

»Mein Vater erlaubt es nicht. Ah, da ist er ja!«

Giovanni Pasqualini kam mit ausholenden Schritten auf

die beiden zu und streckte die Hand zum Gruß aus. »Jure, da sind Sie ja. Guten Tag, mein Freund. Ich war ganz bestürzt, als ich von Ihrem Verlust gehört habe. Mein herzliches Beileid. Elena hat mir berichtet, dass Sie und ihr Bruder sehr vertraut miteinander waren.«

»Danke für das Beileid, Signor Pasqualini. Und ja, Jože und ich waren ein Herz und eine Seele.«

»Jure, ich hoffe, Sie haben dafür Verständnis, dass ich es aus gegebenem Anlass Elena nicht erlaube, mit Ihnen zu Fuß zum Hafen zu gehen. Ich habe derzeit keinen Überblick über die Situation, daher muss ich zum Schutz meiner Familie Maßnahmen ergreifen.«

Jure schluckte betreten. »Soll ich wieder gehen?«

Giovanni Pasqualini winkte ab. »Im Gegenteil, junger Freund, ich bitte Sie in den Salon zum Gespräch. Ich muss alles wissen, vor allem was die rätselhafte Involvierung Signor Mosettis in die Sache betrifft. Sein Vater und ich hatten vor Jahren eine vor Gericht ausgetragene Auseinandersetzung, aber den Sohn kenne ich eigentlich nur vom Sehen. Ich fand ihn höflich und wohlerzogen. Dann müssen Sie mir auch erzählen, wie es Ihrer Mutter geht. Der Verlust ihres Sohnes muss ein herber Schlag gewesen sein. Elena, mein Kind, kannst du bitte veranlassen, dass uns eine Kanne Kaffee in den Salon gebracht wird? Und dann setz dich bitte zu uns. Mama wird auch gleich dazustoßen. Die Kutsche, die uns zum Hafen bringen wird, kommt erst in einer Stunde, also halten wir Familienrat.«

»Sehr wohl, Papa. Ich eile.«

»So, kommen Sie weiter, Jure, lassen Sie uns reden.«

»Sehr gern, Signor Pasqualini. Vielen Dank für die Einladung.«

Neun Uhr. Bruno klopfte an die Tür und wartete. Er klopfte erneut. Dann drückte er die Klinke nach unten, aber die Tür war versperrt. Er klopfte lauter. Hinter sich hörte er, wie eine Tür geöffnet wurde.

»Waren Sie nicht neulich schon da, Signore?«, fragte ein älterer, vornehm gekleideter Mann am anderen Ende des Flurs.

Bruno trat auf den Mann zu. »Das ist korrekt, ich habe gestern und vorgestern hier geklopft. Wissen Sie vielleicht, wo Signor Mosetti sein könnte?«

»Das weiß ich nicht und anderenfalls würde ich es Ihnen nicht sagen. Wer sind Sie und was wollen Sie von meinem Mieter?«

Bruno las den Namen am Türschild. »Signor Sillani, sind Sie der Besitzer dieses Wohnhauses?«

»Jawohl, und deshalb bin ich ein bisschen neugierig, warum Sie wiederholt bei meinem Mieter klopfen.«

Bruno zog seine Kokarde. »Ich bin von der Polizei.«

»Von der Polizei?«, rief der ältere Herr beunruhigt. »Ist etwas vorgefallen?«

»Das versuche ich herauszubekommen, Signor Sillani, aber leider habe ich ihn jetzt schon zum dritten Mal nicht angetroffen.«

»Der junge Herr muss doch wie jeder andere rechtschaffene Mensch arbeiten. Sein Vater besitzt eine Fabrik in Servola und der junge Signor Mosetti arbeitet dort. Manchmal wundere ich mich zwar, dass er erst gegen Mittag außer Haus geht und erst wieder spätnachts nach Hause kommt, aber er hat mir einmal erklärt, dass er lieber abends arbeitet, weil es dann im Bureau leiser ist.«

»Zahlt Signor Mosetti seine Miete pünktlich?«

»Meistens schon. Manchmal kommt es zu kleinen Verzögerungen, wenn er auf den Zahltag vergisst.«

»Und wie ist er so als Mieter? Gibt es manchmal Probleme?«

»Signor Mosetti ist ein beispielhafter Mieter, immer höflich, geschmackvoll gekleidet und es gibt keinerlei Lärmbelästigung durch ihn im Haus. Lärm kann ich nicht ertragen. Daher achte ich penibel darauf, dass in meinem Haus nur vertrauenswürdige Menschen wohnen.«

»Und wann haben Sie ihn zum letzten Mal gesehen?«

»Vor ungefähr einer halben Stunde hat er das Haus verlassen.«

Bruno schnappte nach Luft. »Also habe ich Signor Mosetti nur knapp verpasst. Wissen Sie vielleicht, wohin er gegangen ist?«

»Nein, ich habe ja nur vom Fenster aus gesehen, wie er das Haus verlassen hat. Aber er ist in Richtung Hafen gegangen. Ich denke doch, er wird zum großen Fest gegangen sein. Die halbe Stadt ist ja deswegen auf den Beinen.«

»Wissen Sie noch, wie er gekleidet war?«

»Darauf habe ich nicht geachtet. Aber Signor Mosetti ist immer geschmackvoll bekleidet. Herr Wachtmeister, warum suchen Sie denn so hartnäckig nach ihm? Hat er am Ende etwas angestellt?«

Bruno gestikulierte beschwichtigend. »Nein, es geht nur um eine Befragung. Vielen Dank für das Gespräch, Signor Sillani.«

»Stets zu Diensten, Herr Wachtmeister.«

Bruno hob zum Abschied den Hut und verließ mit schnellen Schritten das Haus. Eine halbe Stunde! Bruno fluchte in sich hinein. Er marschierte in Richtung Porto Vecchio. Er war heute nicht der einzige Triestiner, der diesen Weg einschlug.

Viertel nach neun. Fedora ging unruhig im Haus umher, sie konnte keinen klaren Gedanken fassen. Sie versuchte, sich mit Arbeit zu beschäftigen, wickelte Gläser in altes Zeitungspapier, räumte den Schrank mit der Bettwäsche aus, trug dies und jenes von einem Raum in den anderen. Sie würde dieses Haus verlassen müssen. Das Haus, in dem sie seit zehn Jahren gelebt hatte, in dem sie ihre Söhne aufgezogen hatte, in dem sie die Speisen gekocht, die Böden gekehrt, die Fenster geputzt hatte. Es war der Traum eines bürgerlichen Lebens gewesen, der sie dazu bewegt hatte, der Traum einer geordneten Welt und ihrem pflichtbewussten Platz darin. Sie hatte diesen Traum zerstört. Aus Langeweile, Begierde und Treulosigkeit. Der Verlust schmerzte. Und gleichzeitig fühlte sie sich befreit, wie aus einem Kerker entlassen. Natürlich war es verrückt, was Carlo und sie hier taten, es war verwerflich und unmoralisch, es war schand- und sündhaft. Es fühlte sich gleichzeitig beängstigend und belebend an. Sie ließ die Starre und Stagnation hinter sich und wagte einen Neuanfang.

Sie freute sich unbändig, ihre Söhne wiederzusehen. Carlo hatte ihr versprochen, nach der amtlichen Trennung von Tisch und Bett, ihr das Sorgerecht zu geben. Sie würde gut für die Buben sorgen. So gut es ging.

Was tat sie hier eigentlich? Der Haushalt konnte auch morgen noch aufgelöst werden. Fedora schaute auf die Penduhr in der Stube. Der Weg zum Hof von Carlos Bruder war nicht weit. Wenn sie die Localbahn nach Opicina nahm und dann zügig in Richtung Monrupino marschierte, würde sie in einer Stunde dort sein. Natürlich würden ihre Schwiegermutter, ihr Schwager und ihre Schwägerin sie mit Vorwürfen bombardieren, sie beschimpfen und verdammen, aber sie würde ihre Söhne sehen. Sie mochte den älteren Bruder Carlos nicht, schon am ersten Tag nach ihrer Hochzeit hatte er geringschätzig über sie gesprochen. Bilder der Nozze carsiche tauchten in ihrer Erinnerung auf, sie hatte das traditionelle Hochzeitskleid und den Brautkranz des Karstes getragen. Alle hatten ihre Schönheit bewundert, nicht wenige Männer hatten Carlo um eine solche Braut beneidet. Das war jetzt alles Vergangenheit.

Fedora entschloss sich schnell, sie kramte in ihrer Tasche nach der Geldbörse und zählte die Münzen. Das Geld reichte für die Fahrkarten. Jetzt, wo Carlo auf See war, würde sie mit ihren Söhnen wieder hier im Haus wohnen. Der Verkauf des Hauses würde erst nach Carlos Rückkehr von der Fahrt nach Bombay erfolgen können, es war aus Fedoras Sicht unsinnig, in diesen Wochen das Haus leer stehen zu lassen und ihren Söhnen täglich den Schulweg von Monrupino nach Triest zuzumuten. Fedora legte sich im Geiste Argumente für den zu erwartenden Streit mit Carlos' Familie zurecht. Oh ja, es würde eine harte Auseinandersetzung werden, darin war sich Fedora sicher. Sie sah keinen anderen Weg, als diesen Konflikt zu wagen.

Schon in einer Stunde würde sie ihre Söhne umarmen können. Das war jetzt das Wichtigste auf der Welt. Fedora sperrte das Haus ab und ging schnellen Schrittes los.

※

Halb zehn. Die Straßen und Plätze füllten sich. Ein Bataillon war in Reih und Glied von der k.k. Landwehrkaserne zur Piazza Grande marschiert und hatte neben der Kapelle der Militärblasmusik Aufstellung genommen. Die jungen Soldaten hatten ihre Uniformen auf Vordermann gebracht, die Stiefel und Knöpfe waren poliert, die Kappen saßen akkurat und die Gewehre trugen sie mit Stolz. Der Kapellmeister hob den Taktstock und das erste Lied wurde gespielt. Bruno wunderte sich nicht, dass zu Beginn gleich der Radetzky-Marsch ertönte. Er verließ die Piazza Grande und schlenderte in Richtung Molo Giuseppino, wo die beiden neuen Dampfer lagen. Die Polizisten hatten alle Hände voll zu tun, die Gleise der elektrischen Straßenbahn und der Verbindungsbahn zwischen den beiden Bahnhöfen frei zu halten.

Vor dem Denkmal von Erzherzog Maximilian von Österreich auf der Piazza Giuseppina war die hölzerne und festlich geschmückte Tribüne aufgebaut worden, von hier aus würden der Thronfolger und seine Gattin das Ablegen der Schiffe verfolgen. Rund um die Tribüne und das Denkmal hatte ein Detachement von Matrosen in ihren strahlend weißen Paradeuniformen Stellung bezogen. Die Männer waren frühmorgens mit Barkassen von den beiden vor dem Hafen ankernden Kriegsschiffen herübergekommen und an Land gegangen. Die einfachen Menschen sammelten sich auf der Piazza Grande, so blieb die Piazza Giuseppina dem Adel, den Ehrenbürgern und den Repräsentanten der Staatsmacht vorbehalten. Die Männer der Rathauswache hatten die Piazza Giuseppina weiträumig abgeriegelt und kontrollierten die Einladungen der Festgäste.

Bruno schaute sich um. Er schätzte, dass sich bisher an die fünftausend Menschen am und rund um den Porto Vecchio gesammelt hatten und laufend kamen weitere hinzu. In Kürze würde der Thronfolger vorfahren. In diesem Gewühl einen einzelnen Menschen aus der Menge zu picken, war wie die Suche einer Nadel im Heuhaufen. Zumal Dario Mosetti Bruno nicht persönlich bekannt war.

Da entdeckte er ein vertrautes Gesicht. Bruno stellte sich auf die Zehenspitzen, um über die Köpfe hinweg zu sehen. Signorina Elena überquerte in einer kleinen Gruppe von Personen die Piazza und näherte sich der Tribüne. Bruno sah jetzt auch den stadtbekannten Geschäftsmann Giovanni Pasqualini. Er schob sich voran durch die Menge der Schaulustigen, bis ihm ein Wachmann entgegentrat.

»Signore, haben Sie eine Einladung?«

»Ich bin im Dienst«, sagte Bruno leise und zeigte diskret seine Kokarde.

Der Wachmann trat zur Seite und Bruno ging auf die feierlich gekleideten Menschen zu, die in Gruppen rund um die Tribüne standen. Auf der Tribüne entdeckte Bruno den Statthalter Prinz Hohenlohe-Schillingsfürst, den Bürgermeister, den Direktor des Österreichischen Lloyds und weitere Leitende Angestellte der Schifffahrtsgesellschaft. Unter ihnen auch das Team der Konstrukteure. Bruno sah aus der Ferne seinen langjährigen Freund Lionello Ventura.

Giovanni Pasqualini und seine Familie standen links der Tribüne, wo sich die Vertreter des Bürgertums versammelten.

Über allem wachte ruhend auf seinem Monument Erzherzog Maximilian, der jüngere Bruder des Kaisers. Wegen seiner Faszination für die Schifffahrt war er im Alter von zweiundzwanzig Jahren zum Oberbefehlshaber der k.u.k. Kriegsmarine ernannt worden. Er hatte zahlreiche Schiffsreisen unternommen und auf seine Veranlassung war das prächtige Schloss Miramare gebaut worden. 1864, also sechs Jahre vor Brunos Geburt, war Erzherzog Maximilian zum Kaiser von Mexiko inthronisiert, aber schon drei Jahre später von mexikanischen Revolutionären gefangen genommen, zum Tode verurteilt und hingerichtet worden. Bruno war mit Geschichten über den beliebten Bruder des Kaisers aufgewachsen und mit dem Stoßseufzer der Älteren, die meinten, der junge Erzherzog hätte nie aus Triest fortgehen dürfen.

»Guten Tag, Signor Pasqualini, guten Tag, Signora. Erlauben Sie, dass ich mich vorstelle?« Bruno zeigte wieder seine Kokarde. »Inspector Zabini. Gestatten Sie, dass ich kurz mit Ihrer Tochter spreche?«

Giovanni Pasqualini schaute zuerst Bruno und dann Elena an. »Geht es um diese furchtbare Sache mit dem jungen Herrn Kuzmin?«

»Ja.«

»Signor Kuzmin hat mir vor einer Stunde im meinem Haus die Vorkommnisse genau geschildert. Wir sind gemeinsam mit der Kutsche hierhergefahren.«

Bruno schaute sich unwillkürlich um. »Ist Signor Kuzmin hier?«

»Da er über keine Einladung verfügt, ist ihm der Zutritt zum Tribünenbereich versagt. Wir haben uns bei der Ankunft getrennt. Ich glaube, Signor Kuzmin befindet sich auf der Piazza Grande«, sagte Pasqualini.

»Guten Tag, Herr Inspector«, grüßte Elena. »Jure hat mir gesagt, dass er am Molo San Carlo die Abfahrt der Schiffe verfolgen möchte.«

»Danke für die Auskunft, Signorina Elena. Haben Sie heute Signor Mosetti gesehen?«

»Nein, heute nicht.«

»Wann haben Sie ihn zuletzt getroffen?«

»Das war am Mittwoch um die Mittagszeit, als er völlig überraschend im Hause meiner Eltern vorgesprochen hat.«

»In einer speziellen Angelegenheit?«

Elena schaute verlegen zu ihren Eltern. Ihre Mutter hakte sich bei Elena ein. »Sag dem Herrn Inspector, was Signor Mosetti gewollt hat.«

Es war deutlich erkennbar, wie unangenehm Elena die Sache war. Sie schluckte schwer.

»Signor Mosetti ist vor mir auf die Knie gegangen und hat mir aus heiterem Himmel einen Heiratsantrag gemacht.«

Bruno verzog erstaunt den Mund. »Aus heiterem Himmel?«

Giovanni Pasqualini sekundierte seiner Tochter. »Ich finde die Handlungsweise des jungen Herrn unschicklich und sprunghaft. Und ich dulde nicht, dass er meine Tochter bedrängt. Das werde ich ihm klar und deutlich zur Kenntnis bringen, sollte er mir begegnen.«

Bruno hob den Hut. »Nun, ich danke für die Auskunft und will den Festakt nicht weiter stören. Guten Tag.« Er verließ die Piazza und wühlte sich durch die Menge in Richtung Molo San Carlo.

⁂

Am Molo San Carlo herrschte reger Betrieb, nicht nur, weil sich auch auf diesem Molo Schaulustige sammelten, sondern weil der reguläre Schifffahrtsbetrieb aufrechterhalten werden musste. Eben legte der kleine Dampfer Metcovich auf der Fahrt von Triest nach Venedig ab. Mehrmals täglich befuhren italienische und österreichische Dampfer die Strecke und verbanden auf der dreistündigen Fahrt die beiden Metropolen der oberen Adria.

Jure schaute über das Hafenbecken hinüber zum Molo Giuseppino, der wie der Molo San Carlo lang und schlank tief in das Hafenbecken ragte. Rechts lag die Baron Beck und links die Palacky. Aus den Schornsteinen der beiden Dampfer stieg Rauch, natürlich waren die Kessel so knapp vor der Abfahrt schon auf Temperatur, und wenn die Leinen eingeholt wurden und die Dampfer langsam den Hafen hinter sich gelassen hatten, würden die Heizer kräftig Kohle auflegen. Ja, er fühlte die Faszination, die von den Schiffen ausging. Schon als Kind hatte er gern den Schiffen im Hafen zugesehen, und als er seine Lehre als Maschinist begonnen hatte, war ein Dampfer zu seinem Arbeitsplatz geworden. In den letzten Wochen hatten die Zeitungen immer wieder Berichte über die neuen Schiffe gedruckt. Die Baron Beck und ihre Schwestern waren nicht die größten oder schnellsten Dampfer des Österreichischen Lloyds, aber natürlich waren sie erheblich größer als die gute alte Argo, mit der er selbst bald wieder in See stechen würde. An der Baron-Beck-Klasse war bemerkenswert, dass bei der Konstruktion und beim Bau auf größtmögliche Wirtschaftlichkeit geachtet wurde. Sieben gleichartige Schiffe würden die Werft im Lloydarsenal innerhalb von nur zweieinhalb Jahren verlassen und auf den Hauptlinien nach Alexandria, Konstantinopel und Bombay ihren Dienst verrichten.

Sowohl auf den Decks der Baron Beck wie auch auf der Palacky sammelten sich die Passagiere, schauten über die Reling hinab zum Molo und zur Piazza und winkten. In Kürze würde der Autokorso mit den Vertretern des Kaiserhauses, der Armee und der Marine vorfahren. Es waren Reden geplant, dann würden der Thronfolger und die Herzogin ein Gebet für die Seeleute und Passagiere sprechen, der Bischof würde die Schiffe weihen und zuletzt würde der Thronfolger mit der Herzogin das Spalier der Offiziere beider Schiffe abschreiten und die beiden Kapitäne persönlich verabschieden. Wenn die Mannschaften an Bord waren, würden die beiden Dampfer ein Hornsignal ertönen lassen und die Kriegsschiffe auf der Reede vor dem Hafen würden drei Salven Salutschüsse abfeuern. Im Klang der am Molo aufmarschierenden Blasmusikkapelle würde zuerst die Baron Beck und nur wenige Minuten später die Palacky ablegen. So war das Programm des Festaktes in der Zeitung und auf Plakaten angekündigt worden.

Jure wurde vom Geschehen mitgerissen. Die Stimmung im Porto Vecchio war exaltiert, so viele lachende Gesichter und geschwenkte Hüte hatte er noch nie gesehen. Von der Piazza Grande hörte man die Kapelle einen Marsch spielen. Das Wetter war sonnig, warm und klar. Die Straßenhändler und Marktfahrer hatten sich herausgeputzt und offerierten lächelnd ihre Waren, die Welt schien in diesem Moment ein freundlicher Ort voller gut gelaunter und zuversichtlicher Menschen zu sein.

Er musste näher heran, dachte Jure. Vielleicht würde er den Thronfolger in seinem Auto sehen. Mitten hinein ins aufregende Gewühl. Jure ging los.

Auf einmal entdeckte er in der Menge ein Gesicht.

Jure erschrak.

Er kannte dieses Gesicht. Aber er wusste nicht woher. Er wusste nur, dass er sich vor Kurzem krampfhaft versucht hatte, dieses Gesicht einzuprägen. Jures gelöste Stimmung war mit einem Schlag dahin.

Dann fiel ihm ein, wer der Mann war, der eben in einiger Entfernung inmitten der Menschenmasse an ihm vorgezogen war.

Dario Mosetti.

Für einen Augenblick wusste Jure nicht, was er tun sollte. Fortlaufen? Angreifen? Die Polizei verständigen? Zu Elena eilen? Er biss die Zähne zusammen und setzte sich in Bewegung.

~·~

Viertel vor zehn. Bruno schaute dem sich entfernenden Liniendampfer Metcovich hinterher. Auch hier am Molo San Carlo drängten sich die Leute. Bruno ging bis an das Ende des Molo und blickte hinaus zu den beiden ankernden Kriegsschiffen. Sehr viel größer als die neuen Dampfer schienen sowohl das Linienschiff als auch der Panzerkreuzer nicht zu sein, Bruno schätzte, dass die Schiffe rund einhundertzwanzig Meter lang waren, also höchstens zehn bis fünfzehn Meter länger als die Baron Beck. Aber es ging eine dunkle Drohung von den Schiffen aus. Der Panzerkreuzer

Kaiser Karl VI. war vor sieben Jahren in Dienst gestellt worden, das Linienschiff Árpád vor vier Jahren. Wie schlafende Tiger lagen sie vor dem Hafen, auf Befehl des Kapitäns konnten sie zu reißenden Bestien werden. Bewaffnet mit schweren Kanonen verschiedener Kaliber würden diese Schiffe Feuer und Tod speien. Wozu bauten Menschen solche Waffen?

Bruno wandte sich ab, ging den Molo wieder zurück und schaute sich um. Wo war Jure Kuzmin?

Aus der Richtung des Südbahnhofes näherte sich eine Gruppe von festlich gekleideten Menschen, die Fahnen mit einem Bruno bestens bekannten Wappen trugen. Der Turnverein Eintracht hatte eine Delegation versammelt, um dem Festakt beizuwohnen. Bruno kannte viele der Leute, er selbst war seit seiner Jugend Mitglied und war bei Ruderregatten als Vertreter des Vereins angetreten. Aus der Ferne entdeckte er zwei seiner langjährigen Kameraden, einer von ihnen hielt eine Fahnenstange in seiner Rechten. Brunos Vater hatte es immer gutgeheißen, dass sein Sohn Mitglied im deutschen Turnverein war, denn als Italiener, der mit einer Deutschen aus Wien verheiratet war, war es ihm wichtig, dass seine Kinder erstens Deutsch sprachen und sich zweitens sowohl dem italienischen, als auch dem deutschen Volk zugehörig fühlten.

Bruno ging noch einmal den Molo San Carlo auf und ab. Vielleicht hatte er Jure Kuzmin ja übersehen, vor allem aber wollte er eine Begegnung mit den gut gelaunten und sangesfreudigen Vereinsmitgliedern vermeiden. Für ausgelassene Stimmung und Lieder hatte er gerade keine Zeit.

Bruno kam erneut zum Ende des Molo. Nein, Kuzmin war hier nicht. Wo war er? Und wo war Dario Mosetti? Hatte sich Ludovico Antozzi auch unter die Festgäste gemischt? Suchten die Männer eine Konfrontation? Wollten sie den Festakt sprengen? Was, wenn Schüsse fielen? Würde es Tote geben? Drohte der Ausbruch einer Massenpanik? Dunkle Gedanken an einem hellen Tag. Bruno fluchte in sich hinein.

～☙～

Dario mischte sich unter die vielen Schaulustigen rund um die Piazza Giuseppina. Es schmeichelte seinem Sinn für Schönheit, dass sich so viele Menschen herausgeputzt, dass die Herren den guten Anzug aus dem Schrank geholt, dass die Damen das elegante Kleid angezogen und den schönsten Hut aufgesetzt hatten. Er selbst hatte auch seinen besten Anzug gewählt, mit Pomade sein Haar in Form gebracht und den Schnurrbart gestutzt. Bei einem Schuhputzer auf der Via del Corso hatte er sein Schuhwerk polieren lassen.

Er sah über die Köpfe der dicht gedrängt stehenden Menschen hinweg zur Tribüne. Dort erwarteten einige hohe Herren und ihre Ehefrauen die Ankunft des Thronfolgers. Musik lag in der Luft, ein Streichquartett hatte rechts neben der Tribüne Stellung bezogen und spielte populäre Walzermelodien aus Wien.

Dario sah viele in der Stadt bekannte Gesichter. Er entdeckte Signora Pasqualini, die mit ihren beiden Söhnen etwas abseits der Tribüne stand. Dario hatte also richtig geraten, dass die Familie Pasqualini eine Einladung erhalten hatte. Die Mosettis hatten von der Stadtverwaltung dagegen keine Einladung erhalten, weil sie offenbar nicht vornehm genug waren, um sich in der Nähe des Thronfolgers aufhalten zu dürfen.

Wo war Elena?

Er entdeckte sie. Schlagartig pochte sein Herz. Wie schön sie war. Mit filigraner Eleganz griff sie sich an den Hut, damit er von der über die Piazza streichenden leichten Windböe nicht fortgeweht wurde. Allein diese Bewegung rührte Dario.

Sie war schön wie ein Engel, schön wie der Frühling und Sommer zusammen, sie war das schönste Fräulein, das er jemals zu Gesicht bekommen hatte.

Wie sehr er sie liebte!

Sollte er sich durch die Menge drängen, um erneut vor ihr auf die Knie zu fallen? Sollte er unter den Blicken und mit dem Segen des Thronfolgers erneut einen Heiratsantrag unterbreiten? Diesmal würde sie zustimmen. Bestimmt!

Aber was, wenn sie ihn erneut abwies?

Wie ein Dolch stach die Ungewissheit. Es war wie ein brutaler Hieb mit dem Säbel, der seine Seele in zwei Teile schnitt.

Dario wandte sich ab und taumelte förmlich durch die schmale Gasse. Er schnappte nach Luft. Sein Kopf drohte zu platzen. Liebte sie ihn nicht? Und warum liebte sie ihn nicht? Warum ergab sie sich nicht seinem Willen? Oder lag es nur an der Rivalität ihrer Väter? Aber er wusste doch, was gut für sie war. Er sah doch das Glück so klar vor Augen. Die Hochzeitsreise nach Florenz, Rom und Pompeji. Das unermessliche Glück der Flitterwochen. Das Leben in vornehmen Hotels, eine Promenade beim Colosseo und eine Dampferfahrt nach Ägypten. Was wollte sie noch mehr? Das Leben würde ein himmlischer Traum sein.

Dario lehnte sich schwer atmend an eine Hauswand und schaute in den Himmel. Dann setzte er sich in Bewegung. Nur fort von hier. Wut gärte in ihm. Dario wollte reinen Tisch machen, das war unausweichlich. Jure Kuzmin musste vom Antlitz der Erde getilgt werden, dieser Hohlkopf durfte nicht länger Elenas Herz vergiften. Der Mann war wie eine Krankheit, eine eiternde Wunde, die mit glühendem Eisen ausgebrannt werden musste.

Dario tastete nach dem Revolver in seiner Sakkotasche.

Er würde jetzt nach Roiano fahren und seinem Todfeind auflauern. Es gab keine andere Möglichkeit. Dario ließ die

Piazza Giuseppina hinter sich und marschierte durch die schmalen Gassen der Città Vecchia.

～☙～

Zehn Uhr. Bruno stand an der Mauer des Rathauses und spähte nach allen Seiten. Er hatte ein mehr als mulmiges Gefühl im Bauch. Es war schlicht und ergreifend unmöglich, in der Menschenmenge jemand gezielt auszumachen. Er konnte nichts tun, außer zu warten, bis etwas geschah. Es war zum Haareraufen. Vor ihm befanden sich Tausende Menschen, die Blasmusikkapelle und ein Bataillon Soldaten auf der Piazza Grande. Die Polizei war eben dabei, eine Passage quer über die Piazza freizumachen, damit der Autokorso passieren konnte.

Aus der Ferne entdeckte er ein Gesicht, das ihm sofort bekannt vorkam. Wie war der Name des Mannes? Dass er Magazineur bei dem Stallungen des Ippodromo war, fiel Bruno sofort wieder ein. Während Bruno nachdachte, setzte er sich in Bewegung und drängte sich durch die Menge. Sich entschuldigend, schob er die Menschen zur Seite. Dabei erntete er mehrere unfreundliche Kommentare, auf die er aber nicht achtete. Er erreichte den Mann und stellte sich demonstrativ neben ihn in die vorderste Reihe des Spaliers. Bruno schaute den Mann unverwandt von der Seite an.

»Guten Tag, Signor Fonda.«

Gino Fonda erkannte Bruno sofort und zuckte zurück.

»Wie ich sehe, lassen Sie sich die Ankunft des Thronfolgers nicht entgehen.«

Fonda schaute nervös um sich.

»Wollen Sie eine Bombe auf das Automobil werfen?«

»Was wollen Sie von mir?«

»Ich habe nur eine einfache Frage gestellt.«

»Lassen Sie mich in Ruhe.«

Bruno musterte den Mann scharf. Stellte er eine Gefahr dar? Sollte er ihn hier und jetzt festnehmen und abführen? »Ganz bestimmt liegt die Bombe nicht unter der Tribüne. Die wurde gründlich abgesucht. Überhaupt ist die Piazza Giuseppina strengstens kontrolliert worden. Haben Sie die Bombe unter ihrem Sakko versteckt?«

»Ich habe mir nichts zuschulden kommen lassen«, sagte der ältere Mann störrisch. »Sie können mir keine Angst einjagen.«

»Wenn Sie keine Dummheiten vorhaben, habe ich überhaupt nicht vor, Ihnen auf den Pelz zu rücken.«

Gino Fonda wandte sich Bruno zu und öffnete sein Sakko. »Sehen Sie selbst, Herr Inspector, ich trage nichts bei mir außer meinem Hemd.«

»Und was tun Sie hier?«

»Was tausend andere auch tun. Ich will den Thronfolger sehen.«

Bruno hörte aus der Richtung der Piazza della Borsa laute Rufe. Von dort näherten sich die Automobile. Das Stimmengewirr auf der Piazza Grande erstarb und die Leute reckten ihre Köpfe. Langsam rollten die drei Fahrzeuge heran. Aus der Ferne sah Bruno das erste Automobil mit dem in Galauniform gnädig winkenden Thronfolger Erzherzog Franz Ferdinand und seiner Gattin Herzogin Sophie. Ein uniformierter Fahrer lenkte den Wagen, ein zweiter Mann saß neben ihm. Dahinter folgten zwei weitere Automobile mit offenem Verdeck, in dem Vertreter des Hochadels saßen.

Bruno ließ Fonda nicht aus den Augen.

Die Menge schwenkte Hüte, ein Tosen ging durch die Masse und aus Tausenden Kehlen erschallten Hurra- und Hoch-Rufe. Sogar die Blasmusik ging im Geschrei unter. Die Fahrzeuge querten gemächlich die Piazza und bogen dann auf die Rive in Richtung Piazza Giuseppina ein.

Das war also der große Moment. Der Thronfolger hatte sich dem einfachen Volk Triests gezeigt und freundlich lächelnd zugewinkt.

Gino Fonda hatte seinen Hut nicht abgenommen, er hatte mit verkniffenen Lippen und starrer Miene den Automobilen nachgesehen.

»Sehen Sie, nichts ist geschehen, Herr Inspector. Und jetzt lassen Sie mich in Frieden«, sagte Fonda und drängte sich durch die Menge.

Bruno folgte ihm.

Fonda verließ die Piazza Grande und marschierte am Rathaus vorbei. Er schaute hinter sich und sah, dass Bruno hinter ihm war. Fonda beschleunigte seinen Schritt und verschwand in den schmalen, überraschend stillen Gassen der Città Vecchia.

Bruno bog in die Gasse ein. Warum lief er Fonda hinterher? Der Mann hatte nichts verbrochen. Hatte Bruno ein Attentat verhindert oder vielleicht doch nur einen etwas sonderlichen, aber harmlosen Bürger schikaniert? Am Ende der Gasse bog Gino Fonda nach rechts. Bruno verlangsamte seinen Schritt und stellte sich in ein Haustor. Sollte der Mann doch seiner Wege gehen.

Bruno sah am Ende der Gasse einen Mann in einem eleganten Anzug, der die Fahrbahn nach links querte. Bruno stand im Schatten des Hauseinganges und dachte für ein paar Sekunden absolut nichts.

Ein weiterer Mann erschien, überquerte eilig die Fahrbahn und verschwand hinter der Hausecke. Bruno hatte die Gesichter der beiden Männer aus der Ferne nicht erkannt. Der zweite trug einen Tweedanzug im englischen Stil. Bruno dachte fieberhaft nach. Der zweite Mann war groß gewachsen und hatte sich in Brunos Augen verdächtig bewegt. So, als ob er von Hausecke zu Hausecke schlich und die offene

Fahrbahn tunlichst mied. Außerdem schien er um die Ecke gespäht zu haben, ehe er weitergegangen war. Bruno kannte derartige Bewegungsmuster. Als junger Polizeischüler hatte sein Ausbilder den Frequentanten der Polizeischule regelrecht eingebläut, sich bei Observierungen richtig zu bewegen, nämlich unauffällig, und er hatte den Schülern genau gezeigt, wie man Observierungen richtig und wie man sie falsch ausführte. Der Mann im Tweedanzug hatte eindeutig keine entsprechende Schulung erhalten. Bruno rannte los.

In den verwinkelten und engen Gassen der mittelalterlichen Altstadt am Fuße des Colle di San Giusto konnte man leicht den Kontakt zur observierenden Person verlieren, deshalb musste er sich sputen. Bruno bog um die Ecke und sah den Mann nicht mehr.

War er links oder rechts abgebogen? Bruno lief aufs Geratewohl nach links.

◦⊚◦

Jure behielt Dario Mosetti aus der Distanz genau im Auge. Der Mann ging auf die Via del Corso zu. Würde er die Elektrische nehmen? Oder im üblichen Gewühl auf der belebten Straße verschwinden? Wohin war er unterwegs? In jedem Fall ging er nicht in Richtung seiner Wohnung. Seit er ihn verfolgte, erwog Jure weitere Schritte. Wie konnte er Inspector Zabini erreichen, ohne Mosetti aus den Augen zu verlieren?

Hatte der Mann etwas mit der Ermordung seines Bruders zu tun? Sollte Jure die Antwort auf die Frage aus ihm herausprügeln? Würde Mosetti Elena wieder belästigen?

Mosetti ging nicht geradeaus zur Via del Corso, sondern bog in die Via del Monte ein. Die Straße führte in einem weiten Bogen rund um den Colle di San Giusto hinauf zur neu erbauten Scala dei Giganti. Jure schlenderte langsam hinterher, denn wirklich zügig ging Mosetti nicht. Als er ebenso umbog, konnte er Mosetti nicht mehr entdecken, also beschleunigte er seine Schritte und näherte sich dem Israelitischen Krankenhaus und dem gegenüberliegenden Israelitischen Friedhof. Das Tor zum Friedhof stand offen. Hatte Mosetti den kleinen Friedhof betreten? Jure konnte den Mann nirgendwo auf der Straße sehen, also huschte er durch das Tor und schritt die Reihe der Gräber ab. Mosetti war wie vom Erdboden verschluckt.

»Drehen Sie sich nicht um. Eine Waffe ist auf Sie gerichtet.«

Jure erschrak und drehte sich um. Mosetti stand unmittelbar hinter ihm und hielt einen Revolver in der Hand. Jure schaute in die schwarze Mündung der Waffe.

»Ich sagte, nicht umdrehen! Los, gehen Sie weiter bis zur Hecke. Langsam. Legen Sie Ihre Hände auf den Rücken, damit ich sie sehen kann. Weiter.«

Jure tat, wie ihm befohlen. Sein Puls hämmerte wie verrückt. War seine letzte Stunde gekommen?

»Gehen Sie hinter die Hecke.«

»Was wollen Sie tun? Mich am helllichten Tag erschießen?«

»Was ich tun und lassen werde, ist allein meine Angelegenheit.«

Jure gelangte zur Friedhofsmauer. Niemand würde ihn hier sehen, er war von der Mauer und der Hecke verdeckt. Er wandte sich Mosetti zu. Die Miene des Mannes war grotesk verzerrt. Unendlicher Hass und Verzweiflung spiegelten sich darin. Verlor Mosetti den Verstand? Todesangst erfasste Jure, doch seltsamerweise ließ ihn diese Angst still werden. Alles rund um ihn herum verschwand aus seiner Wahrnehmung, nur noch der Mann mit dem Revolver und er selbst blieben übrig.

Mosetti hob die Waffe und hielt sie Jure vor die Brust.

»Sie werden auf dieser Welt nicht mehr gebraucht, mein Herr.«

Jure sah die Bewegung des Daumens in unnatürlicher Langsamkeit. Bewegte sich Mosetti beim Spannen des Hahns wirklich so langsam oder war Jures Wahrnehmung beschleunigt? Noch bevor Jure diese Frage überhaupt zu Ende denken konnte, handelte er. Er schlug mit rechts Mosettis Hand zur Seite.

Ein Schuss krachte.

Jure fühlte den Luftstrom der nur wenige Zentimeter neben seinem Ohr vorbeifliegenden Kugel. Er packte mit beiden Händen die waffenführende Hand seines Gegenübers und warf sich mit seinem Rücken gegen dessen Brust. Mosetti versuchte, seine Hand zu befreien, doch Jure hielt sie eisern umklammert. Mit seinem rechten Fuß hakte er sich um Mosettis linken Unterschenkel und wuchtete den Oberkörper mit Schwung zurück. Die beiden Männer stürzten zu Boden. Jure bemerkte, wie die Wucht des Aufpralls Mosetti die Luft nahm. Der Griff um den Revolver wurde locker. Jure schlug die Waffe fort, rollte zur Seite, sprang hoch und verpasste Mosetti einen heftigen Tritt gegen die Hüfte. Jure stürzte sich auf die Waffe und nahm sie an sich. Er ging drei Schritte zurück.

»Mosetti, stehen Sie auf.«

Dario wand sich am Boden und hielt sich die Flanke. Er schnappte nach Atem.

Jure kontrollierte die Ladung der Trommel und spannte den Hahn. »Ich sagte aufstehen.«

⁂

Bruno war sich sicher, aus der Ferne Jure Kuzmin erkannt zu haben, also blieb er an ihm dran. Er bog in die Via del

Monte ein und ging ein Stück. Da knallte ein Schuss. Sofort rannte er los und zog dabei seinen Revolver aus dem Schulterhalfter. Vor dem Israelitischen Krankenhaus standen zwei Männer und eine ältere Frau und starrten verängstigt zum Friedhof hinüber. Bruno trat durch das Tor und lief durch die Reihen. Er entdeckte Kuzmin, der mit der rechten Hand eine Waffe hielt. Bruno näherte sich. Hinter einer Hecke sah er Dario Mosetti, der eben dabei war, sich vom Boden zu erheben.

»Signor Kuzmin, legen Sie die Waffe zu Boden!«, rief Bruno.

Kuzmin schaute über seine Schulter und sah, dass Bruno seine Dienstwaffe gegen ihn richtete.

»Ich wiederhole, legen Sie die Waffe zu Boden! Noch ist nichts geschehen.«

»Nichts geschehen? Der Mann hat mich bedroht und wollte mich erschießen.«

»Hat jemand eine Schusswunde?«, fragte Bruno.

»Nein. Die Kugel ist einen Fingerbreit an meinem Ohr vorbeigeflogen.«

»Gut. Dann gibt es noch keine Verletzten. Das soll so bleiben. Legen Sie die Waffe nieder.«

Dario stand mit kreidebleichem Gesicht und starrte aus weit geöffneten Augen abwechselnd Jure und Bruno an.

»Er hat meinen Bruder getötet.«

»Das ist nicht richtig, Signor Kuzmin. Ich weiß mittlerweile, dass ein Mann namens Ludovico Antozzi mit an Sicherheit grenzender Wahrscheinlichkeit Ihren Bruder getötet hat.«

»Aber Mosetti hat den Auftrag dazu gegeben.«

»Das ist nicht erwiesen. Geben Sie mir die Gelegenheit, Signor Mosetti zu verhören, lasten Sie nicht diese Schuld vor den Augen eines Polizisten auf sich. Signor Kuzmin, das ist meine letzte Aufforderung, legen Sie Ihre Waffe nieder.«

»Das ist nicht meine Waffe, das ist seine«, sagte Jure, löste den gespannten Hahn und griff mit der linken Hand die Mündung der Waffe. Er wandte sich um und reichte sie Bruno. »Nehmen Sie, Herr Inspector. Ich habe keine Verwendung dafür.«

Bruno hielt weiterhin seinen Revolver angeschlagen, näherte sich Jure und nahm ihm die Waffe ab. Er steckte seinen Revolver in das Halfter, öffnete die Trommel von Mosettis Waffe und schüttelte die Patronen in seine Hand. Patronen sowie Waffe verschwanden in der Tasche seines Sakkos. »Signor Kuzmin, entfernen Sie sich ein paar Schritte.« Bruno löste seine Handschellen vom Gürtel. »Dario Mosetti, ich nehme Sie fest wegen des Verdachtes, an der Tötung von Arrigo Franceschini und Jože Kuzmin beteiligt gewesen zu sein.«

Bruno führte den Verhafteten durch die Straßen. Jure folgte. Auf dem Weg entdeckte ein Streifenpolizist die Männer und schloss sich auf Brunos Befehl der Kolonne an. Sie erreichten das Gebäude die Polizeidirektion.

Vom Hafen ertönten zwei Schiffshörner. Wenig später rollte der Donner der Salutschüsse über die Stadt.

⁓❦⁓

Halb fünf. Oberinspector Gellner verfolgte mit harter Miene, wie die zwei uniformierten Männer Dario Mosetti in Handschellen abführten. Emilio stand mit verschränkten Armen beim Fenster, Bruno neben der Tür. Regina Kandler, die während des Verhörs in der Ecke gesessen und stenographiert hatte, erhob sich.

»Frau Kandler, haben Sie alles mitgeschrieben?«, fragte Gellner.

»Ja, Herr Oberinspector.«

»Dann fertigen Sie bitte gleich die Schönschrift der Aussage an.«

»Soll ich mit der Schreibmaschine tippen?«

»Nicht nötig, Frau Kandler, Ihre Handschrift ist mustergültig lesbar.«

»Ist recht, Herr Oberinspector.«

»Schließen Sie bitte beim Hinausgehen die Tür. Meine Herren, setzen Sie sich.«

Regina schloss, wie angewiesen, die Tür von außen und die beiden Inspectoren setzten sich zu ihrem Vorgesetzten. Gellner hatte es sich nicht nehmen lassen, in diesem Fall selbst den Verdächtigen zu verhören. Bruno und Emilio hatten zwar immer wieder Zwischenfragen gestellt, aber Gellner hatte den Verdächtigen regelrecht in die Mangel genommen. Bruno fand, dass Gellner mit hohem Druck das Verhör geführt, aber den Druck an keiner Stelle übertrieben hatte. Die Hintergründe waren zuerst sehr spärlich, dann aber immer klarer ans Licht gekommen.

»Bitte teilen Sie mir angesichts der Aussagen des Verdächtigen Ihre Einschätzung des vorliegenden Falles mit«, forderte Gellner und schaute demonstrativ Bruno an.

Bruno räusperte sich. »Nun, bis auf kleine Details sehe ich den Ablauf der Ereignisse jetzt klar und deutlich vor mir. Ein Fall von Eifersucht, allzu leichtfertige Gewaltbereitschaft, eine dumme Verwechslung und die blutige Eskalation. Am meisten tut mir Jože Kuzmin leid. Er wurde völlig unbeteiligt unter Druck gesetzt, geschlagen, gejagt und schließlich getötet. Ein Jammer. Und die unterlassene Hilfeleistung, die letztlich zum Tod von Arrigo Franceschini geführt hat, ist auch bitter.«

»Glauben Sie Dario Mosetti, dass er an den Gewalttaten nicht beteiligt war?«

»Seine Aussagen klingen glaubwürdig. Aus einem Gefühl heraus traue ich dem Mann keine Gewalttaten zu.«

»Aber immerhin hat er Jure Kuzmin am Friedhof eine Kugel verpassen wollen«, warf Emilio ein.

Gellner schaute Emilio an. »Was ist Ihre Sicht der Dinge, Inspector Pittoni?«

»Mir ist Mosetti nicht geheuer. Ich glaube, er lügt, wenn er sagt, dass er an der Ermordung von Kuzmin nicht beteiligt war. Kann ja sein, dass er nicht dabei war, da teile ich Brunos Meinung, aber dass er davon nichts gewusst hat, nehme ich ihm nicht ab.«

Gellner nickte. »Ich kann Ihre Zweifel sehr gut nachvollziehen.«

»Eines ist mir auch bei den anderen Verhören aufgefallen«, warf Bruno ein.

»Und zwar?«

»Bei allen bisherigen Verhören wurde ein Mann als Haupttäter genannt. Ludovico Antozzi. Das kann natürlich der Wahrheit entsprechen, dennoch löst dieses Schuldzuweisen bei mir Zweifel aus. Wir müssen befürchten, dass Antozzi, anders als seine Spießgesellen, bei der Flucht mehr Glück gehabt oder mehr Gerissenheit bewiesen hat. In jedem Fall ist er nicht hier, um uns seine Sicht der Dinge darzulegen. Und im Zweifelsfall reden sich Verdächtige beim Verhör gerne auf den Spießgesellen aus, der nicht da ist und sich auch nicht verteidigen kann.«

»Da hat Bruno absolut recht«, sagte Emilio. »So etwas erleben wir regelmäßig.«

Gellner nickte. »Der Vorbehalt ist berechtigt, aber für mich ist dieser Antozzi ein ganz übler Bursche, ein militanter Irredentist, mehrmals in Gewalttaten involviert, im Milieu offenbar bestens bekannt. Diesem Mann würde ich liebend gern die Zangen ansetzen.«

»Solange keine anderen Beweise und Aussagen vorliegen«, sagte Bruno, »ist und bleibt Antozzi der Hauptverdächtige im Mord an Kuzmin.«

Gellner schaute Bruno an. »Haben Sie sich auch über diesen anderen Kuzmin-Bruder informiert?«

»Luigi und ich haben die Familie, so gut es in der kurzen Zeit ging, durchleuchtet. Das sind integre und ehrliche Leute. Jure Kuzmin scheint besonders ambitioniert zu sein, er ist drauf und dran, sich als Kaffeeimporteur einen Namen zu machen.«

»Glauben Sie, dass sich der Bursche aus der Vorstadt der Tochter eines renommierten Kaufmanns auf ungebührliche Art genähert hat?«

»Diese Aussage Mosettis hat mit der Wirklichkeit nichts zu tun, Herr Oberinspector. Erstens scheinen Jure Kuzmin und Elena Pasqualini zärtliche Gefühle füreinander zu hegen, und zweitens habe ich den Eindruck, dass Signorina Elenas Eltern einer Verbindung ihrer Tochter mit dem tüchtigen und aufstrebenden Geschäftsmann Kuzmin wohlwollend entgegenblicken.«

Es klopfte an der Tür.

»Ja bitte!«, rief Gellner.

Luigi streckte schüchtern den Kopf herein. »Äh, Herr Oberinspector, Frau Regina hat mir gesagt, dass ich klopfen und es Ihnen gleich sagen soll.«

»Was sollen Sie mir sagen, Signor Bosovich?«

»Ich habe einen der Männer gefunden, die in das Magazin Kuzmins eingebrochen sind.«

Bruno sprang auf. »Ist es Ludovico Antozzi?«

»Nein. Der Name ist Stefano Gentile.«

»Wo ist er?«

»Draußen. Signor Vlah und ich haben ihn vorläufig festgenommen und hergebracht. Der Mann ist entweder Beteiligter oder zumindest Zeuge der Erschießung von Jože Kuzmin.«

Gellner schlug mit der Faust auf die Tischplatte. »Signor Bosovich, Sie sind ein Tausendsassa! Großartig! Sofort herein mit dem Mann.«

Luigi schloss die Tür wieder. Emilio stellte sich ans Fenster, Bruno neben den Eingang. Gellner schaute mit strengem Blick zur Tür.

»Meine Herren, ich gehe davon aus, dass wir den Fall heute noch aufklären. Ich bin sehr zufrieden mit Ihrer Arbeit. Inspector Zabini, wenn Anfang nächster Woche der Thronfolger Triest wieder verlassen hat, können Sie sich drei Tage Urlaub nehmen. Das haben Sie sich verdient. Und Sie, Inspector Pittoni, nehmen Urlaub, wenn Inspector Zabini wieder zurück ist.«

Es klopfte wieder.

»Herein!«

Mittwoch,
25. September 1907

»Probiere diesen Hut«, sagte Luise und öffnete eine der vielen Schachteln auf dem Frisiertisch.

Fedora setzte den Hut auf und betrachtete sich nicht im Spiegel des Frisiertisches, sondern im großen Stehspiegel inmitten des Boudoirs. »Ich weiß nicht so recht. Ist dieser Stil noch zeitgemäß?« Sie drehte den Kopf links und rechts.

Luise stand neben ihr und fasste sich ans Kinn. »Du hast recht, meine Liebe, dieser Hut ist heillos aus der Mode gekommen. Nicht einmal greise Gräfinnen würden so einen Hut beim Nachmittagskaffee im Salon des Kurhotels in Abbazia tragen, obwohl dort die Mode des vorletzten Jahrhunderts immer noch als der letzte Schrei gilt. Kein Wunder also, dass ich den Hut schon seit Jahren nicht mehr aus der Schachtel genommen habe. Ich weiß gar nicht, ob ich ihn je getragen habe. Sehen wir weiter.« Luise verstaute den Hut in der Schachtel und stellte diese weg.

Luises Boudoir war mit einer kunstvoll getischlerten Poudreuse, dem Frisiertisch mit Spiegel, dem auf Rollen beweglichen Stehspiegel, zwei breiten Kleiderschränken, einem Kanapee und einem Kaffeetischchen samt zweier Kaffeehausstühle möbliert. Schon nach dem Frühstück hatten die beiden das Boudoir in Beschlag genommen und wühlten sich seitdem durch Luises Garderobe. Auf dem Tischchen standen zwei Tassen Kaffee, Luise nahm einen Schluck. Sie hatten bereits drei Kleider, einen Wintermantel, einen Regenschirm und einen Morgenmantel für Fedora gefunden. Luise hatte darauf bestanden, ihre neue Freundin auszustatten. Manche Kleidungsstücke trug sie nicht, einfach weil ihre Schränke geradezu überladen waren. Die beiden waren barfuß, unfrisiert und nur mit Negligés bekleidet. Berge von Kleidungsstücken lagen im Boudoir verstreut, es roch nach Kaffee, Stoffen und den Lavendelkissen, mit denen die Kleider vor Mottenbefall geschützt wurden.

»Jetzt habe ich etwas gefunden, das passen könnte.« Luise brachte einen eleganten Hut in zartem Lila und setzte ihn Fedora auf. Diese trat vor den Spiegel.

»Oh, das ist ein schöner Hut.«

»Du siehst hinreißend aus. Jetzt noch etwas Puder, Rouge und Lippenrot und die Triester Salons liegen dir zu Füßen.«

Fedora rückte den Hut etwas schief und nahm eine verruchte Pose ein. »Glaubst du, liegen die Salons mir wegen des Hutes zu Füßen oder weil ich sie im Negligé mit nackten Waden betrete?«

Luise lachte und klatschte in die Hände. »Das heißt, wir müssen ein Kleid suchen, das zu diesem Hut passt.«

Während Luise in den Schränken stöberte, trat Fedora an das Fenster. Sie und Bruno waren gestern Vormittag mit dem Zug am Bahnhof Sistiana angekommen und hatten dort einen Wagen genommen. Luise hatte für ihren Besuch einige Vorkehrungen getroffen. Die Haushälterin hatte die Gästezimmer vorbereitet, Vorräte eingekauft und das Déjeuner zubereitet. Den restlichen Nachmittag und den Abend hatten Luise, Fedora und Bruno bei Tee, Wein und Musik verbracht. Luise hatte fast eine Stunde lang am Klavier gesessen.

Fedora öffnete das Fenster und schaute in den Garten. Sie hörte Bruno seit geraumer Zeit, und als sie sich ein wenig aus dem Fenster beugte, sah sie ihn auch beim Gärtnerhaus. Er trug nur Schuhe, Hose und Unterhemd beim Holzhacken. Seit zwei Stunden war er an der Arbeit. Er hatte gesagt, dass er die Damen bei der Anprobe nicht stören wolle, also hatte er nach einer Beschäftigung gesucht. Der Gärtner war heilfroh, dass jemand Holz hackte. Der Mann war schon so alt, dass er nur mehr für seinen bescheidenen Tagesbedarf Brennholz beschaffte. Fedora schaute Bruno eine Weile zu. In der heranziehenden kalten Jahreszeit würde der Gärtner ausreichende Vorräte für lange stille Abende in seinem Häuschen vorfinden, und in der Villa würden prasselnde Kaminfeuer manchen Abend behaglich machen. Fedora schloss wieder das Fenster.

»Er arbeitet unermüdlich. In den nächsten Wochen muss in diesem Haus niemand frieren«, sagte Fedora und trat an Luise heran.

Luise stand vor dem geöffneten Kleiderschrank und schaute schmunzelnd Fedora von der Seite an. »Alles, was Bruno zum Glücklichsein braucht, ist Bewegung an der frischen Luft, egal ob Wandern, Rudern oder Holzhacken. Na ja, ein bisschen Zuwendung braucht er auch. Fedora, meine liebe Freundin, setzen wir uns. Lass uns Kaffee trinken.«

»Gerne.«

Sie nahmen am Kaffeetischchen Platz.

Luise füllte die Tassen. »Ich habe ein Anliegen.«

»Und zwar welches?«

»Ich möchte dich um eine Erzählung bitten.«

»Welche Erzählung?«

»Bruno hat mir berichtet, dass du noch nicht volljährig allein und unter schwierigen Bedingungen aus der Provinz nach Triest gekommen bist.«

»Du willst also wissen, warum meine Eltern heilfroh waren, mich loszuwerden?«

Luise hob die Untertasse und nahm einen Schluck Kaffee. »Willst du mir die Ehre erweisen, von der Begebenheit zu berichten?«

»Du drückst dich immer so gewählt aus. Das fasziniert mich. Und ja, warum sollte ich dir nicht davon erzählen?«

Fedora sammelte sich, sie schaute ein Weilchen zum Fenster. »Ich stamme aus einem Dorf zwischen dem Isonzo und der Grenze zu Italien. Meine Muttersprache ist Furlanisch, das auch von den meisten Familien im Dorf gesprochen wird. In der Schule hat man mir Italienisch halbwegs beigebracht, erst als ich nach Triest gekommen bin, habe ich die Sprache richtig gelernt. Mein Vater hat drei Brüder, einen älteren und zwei jüngere. Onkel Adolfo ist der Erstgeborene und Hoferbe. Mein Vater und Onkel Adolfo sind sich bis auf den heutigen Tag sehr ähnlich, nicht nur im Aussehen, auch im Denken und der Lebensweise. Sie sind wahre friulanische Bauern. Was zählt sind die Tiere im Stall, die Felder, die Gemüsebeete, die Sonntagsmesse und die familiäre Tradition. Einer meiner Onkel hat sich im Karst angesiedelt, die Tochter eines Weinbauern geheiratet und bewirtschaftet seitdem das Weingut. Onkel Ottavio ist der Jüngste von ihnen, und er hat einen ganz eigenen Charakter, er taugt nicht zum einfachen Leben auf dem Land. Schon in seiner Kindheit ist er, so wurde mir berichtet, durch tollkühne Streiche aufgefallen, und im Erwachsenenalter hat sich das nicht geändert. Und eines Tages hatte er eine Affäre mit einer verheirateten Frau. Ich war damals noch ein Kind und habe das gar nicht so mitbekommen. In jedem Fall hat die Dorfgemeinschaft Onkel Ottavio fortgejagt. Ich habe ihn nie wieder gesehen. Sein Name ist mir deswegen so präsent, weil meine Mutter immerzu geseufzt hat, dass ich genauso verrückt sei wie Ottavio. So ist Onkel Ottavio für mich so etwas wie ein Vorbild. Die Enge im Dorf hat mir nicht gepasst.«

»Wurdest du auch fortgejagt?«

»Um ein Haar wäre es mir auch passiert. Ich bin dem zuvorgekommen und habe mich selbst auf den Weg gemacht.«

»Was war dein Problem mit dem Dorfleben? Die Enge?«

»Ich war eine schwierige Tochter und habe meinen Eltern Kummer bereitet.«

»Wie das?«

»Ich trage einen Hexenbann in mir.«

Luise zog erstaunt die Augenbrauen hoch. »Ein böser Bann?«

»Ein unzüchtiger. Er hat mich vor sich hergetrieben.«

»Berichte mir bitte davon.«

»Als ich sechzehn war, hat mich meine Großmutter bei der Selbstbefriedigung ertappt. Ich wurde streng bestraft. Als ich siebzehn war, habe ich mehrmals den feschen Stallburschen unseres Ortsvorstehers verführt. Als ich achtzehn war, habe ich mit dem Sohn des Gutsherrn von Gradisca d'Isonzo einen Sommer lang so oft wir nur konnten geschlafen. Und als ich neunzehn war, kam der Pfarrer zu meinen Eltern und hat von ihnen verlangt, mich in ein Kloster zu sperren, denn ich trüge den Teufel im Leibe. Ich dumme Gans habe mehrmals meine wollüstigen Gedanken gebeichtet. Das war wohl eine außerordentlich strenge Prüfung Gottes für den Pfarrer. Der Mann war am Rande des Nervenzusammenbruchs, weil er Tag und Nacht sündig von mir geträumt und seine Pflichten als Pfarrer schmählich vernachlässigt hat. Bevor sie mich in ein Kloster sperren konnten, bin ich aus dem Dorf fortgegangen. Und ich habe den Hexenbann mit mir genommen.«

»Ich verstehe jetzt, dass du unter den Wochen, die dein Mann auf See war, gelitten hast.«

»Offenbar ist es mein Schicksal, nicht in das enge Korsett der Konventionen zu passen«, sagte Fedora nachdenklich und nahm einen Schluck Kaffee. »Ich stecke mitten in der zweiten großen Krise meines Lebens. Es hat viel Kraft gekostet, aus dem Heimatdorf fortzugehen, aber ich war jung, hungrig, ich wollte das Leben kennenlernen. Meine Neugier hat mir die nötige Kraft gegeben. Triest war wie eine neue und faszinierende Welt.«

»Und in dieser Zeit hast du Bruno kennengelernt.«

»Ja. Ich war neunzehn. Er zweiundzwanzig. Wäre er doch damals nicht aus Triest fortgegangen.«

»Hättest du ihn geheiratet?«

»Natürlich. Ich war verrückt nach ihm und er nach mir. Bestimmt hätten wir jetzt fünf oder sechs Kinder. Nein, mindestens acht. Der Mann ist unersättlich. Und ich erst recht.«

Die beiden lachten.

»Aber als Bruno Triest verlassen hat, habe ich Carlo kennengelernt.«

»Wie war das?«

»Schön, ja, es war schön. Carlo war wahnsinnig in mich verliebt, er war galant, charmant, er hat mich auf Händen getragen. Und er sah in seiner Uniform richtig fesch aus. Viele Mädchen waren neidig, weil sich Carlo nur für mich interessiert hat. Also habe ich seinen Heiratsantrag angenommen. Die erste Zeit war es der Himmel auf Erden, wir haben uns sehr geliebt. Der erste Schatten fiel über uns, als unsere Tochter Clara gestorben ist. Ich war monatelang niedergeschlagen und einsam, und Carlo war auf See. Eine bittere Zeit, aber ich habe durchgehalten. Und dann wurde ich wieder schwanger. Das war eine neue Hoffnung. Und doch war die Ehe nicht von Bestand. Carlo hat mir immer weniger zugehört. Ich habe es sehr genau gefühlt, dass er nach einigen Tagen zu Hause, schon die nächste Abreise herbeisehnte. Und in Wahrheit ging es mir ganz ähnlich. Jetzt ist alles auseinandergebrochen.«

»Ich hoffe inständig, dass du diese, wie du zuvor sagtest, zweite große Krise deines Lebens meisterst.«

Fedora kicherte und wies um sich. »Ach, so schlecht geht es mir gar nicht. Immerhin sitze ich im Negligé beim Kaffee mit der Baronin Callenhoff. In meiner ersten Krise arbeitete ich von frühmorgens bis spätabends in einem Lagerhaus und musste ein Bett mit einer Kameradin teilen. Meine gegenwärtige Lage ist zwar verzweifelt, aber luxuriös. Vielen Dank dafür, liebe Luise!«

Luise lächelte. »Es freut mich, eine kleine Stütze zu sein.«

»Erzähl bitte von deiner Ehe. Warum läuft es so schlecht mit dem Baron?«, fragte Fedora.

Luise rückte ihren Stuhl zurecht. »Nun, hätte ich den Baron Callenhoff vor meiner Hochzeit gekannt, hätte ich mich, in Erwartung der Trübsal meiner Ehe, in die tiefste Schlucht der Julischen Alpen gestürzt. Das Beste, was ich über meinen Ehemann berichten kann, ist, dass er wegen seines notorischen Geizes und seiner tief sitzenden Habgier das Familienvermögen der Callenhoffs in den letzten Jahren verdoppelt hat. Was mir immerhin ein bequemes Leben in dieser Villa ermöglicht.«

»Wie war die Hochzeit?«

»Kostspielig. Mein Vater musste den größten Teil der Kosten tragen, was er ohne zu murren getan hat. Mein Vater ist zwar ein durch und durch konservativer Mann, aber er ist großzügig. Und er hat rechtzeitig vorgesorgt, dass seine vier Töchter standesgemäß verheiratet werden konnten.«

»Und wie war die Hochzeitsnacht?«

»Ich war bis zum Tag meiner Vermählung Jungfrau und habe diese pflichtschuldig in der Hochzeitsnacht an meinen Gemahl abgeliefert.«

Fedora wartete auf weitere Ausführungen. »So knapp ist das geschildert? Du bist doch Literatin, Luise, du kannst das doch bestimmt anschaulicher erzählen.«

»Eigentlich nicht. Denn der Baron hat den Ehevollzug so sachlich vorgenommen, wie ein Tierarzt ein Fohlen zur Welt bringt. Es tat alles mit der nötigen Sorgfalt, agierte handwerklich solide und traf die entsprechenden Vorkehrungen für unappetitliche Körperausscheidungen. Es war ein Desaster. Und was danach kam, das sogenannte Eheleben bis zum Zeitpunkt, als klar war, dass ich ein Kind im Leibe trug, war um keinen Deut besser. In Wahrheit habe ich erst erfahren, was Liebe ist, was Sehnsucht sein kann, was Freude bedeutet, als Bruno mir diese Welt erschloss.«

»Für dich wäre also eine Trennung von Tisch und Bett auch das Richtige.«

»Helmbrecht würde einer vom Gericht und der Kirche ausgesprochenen Trennung niemals zustimmen. Das entspräche nicht der Tradition. Die Trennung ist aber schon seit Jahren eheliche Praxis. Darüber bin ich sehr froh. Weißt du, warum Helmbrecht mich geheiratet hat?«

»Wegen deines Namens?«

»Fast richtig.«

»Nur fast?«

»Er hat mich wegen des Namens meiner Vorfahren und einer Jahreszahl geehelicht. Helmbrechts Ahn, der Stammvater des Hauses Callenhoff mit dem Namen Guntram, ist wegen seiner Verdienste von Kaiserin Maria Theresia im Jahr 1774 in den Rang eines Freiherrn mit erblichem Adelstitel erhoben worden. Heinrich von Kreutberg hingegen, der Stammvater meiner adeligen Vorfahren, wurde vom Grafen von Cilli in einer Urkunde aus dem Jahr 1418 zum Herren der Burg Oberhaasberg ernannt. Die Burg existiert schon seit ungefähr zweihundert Jahren nicht mehr, doch der Name und der Erbtitel haben sich seit beinahe fünfhundert Jahren erhalten. Das ist die Jahreszahl, derentwegen der Baron Callenhoff mich geheiratet hat. Helmbrechts Erbe Gerwin von Callenhoff, mein sechsjähriger Sohn, kann von sich behaupten, einer Familie zu entstammen, deren Geschichte bis 1418 zurückreicht.«

»Das ist der Grund?«

»So ist es.«

»Das klingt ein bisschen verrückt.«

»Ein bisschen? Es ist völlig verrückt. Ich bin gerne reich, das gebe ich zu. Reichtum macht mein Leben komfortabel und abwechslungsreich, zumindest seit ich mich der Pflicht entledigt habe, einen männlichen Erben zu gebären. Ich kann reisen, ich kann schreiben, ich kann reiten und wandern, wann und wohin ich will, ich bin privilegiert und koste es aus. Aber wenn ich darüber nachdenke, finde ich den Feudalismus widerwärtig.«

»Ich hätte nichts dagegen, eine wohlhabende Baronin zu sein.«

»Weißt du, worauf ich mich heute besonders freue, meine Teure?«, fragte Luise.

»Worauf?«

»Darauf, mit dir gemeinsam zu kochen. Ich liebe Kochen, bin aber so unerfahren. Und so wie Bruno Holz hackt, wird er bestimmt hungrig sein.«

»Und so wie wir ihn gestern Nacht gefordert haben, erst recht.«

Die beiden lachten.

Luise griff zur Kanne. »Noch Kaffee?«

»Sehr gern.«

Montag, 30. September 1907

Die Kanzlei des Polizeidirektors und das k.k. Polizeiagenteninstitut lagen in ein und demselben Gebäude. Bruno hatte deshalb nur das Stockwerk zu wechseln, als er telephonisch zum Rapport befohlen worden war. Ivana hatte den Anruf entgegengenommen und war mit bedrückter Miene in Brunos Bureau gekommen, um ihm den Befehl zu übermitteln. Rapport beim Polizeidirektor? Das war ungewöhnlich und verhieß wohl nichts Gutes, dennoch hatte Ivana keine Fragen gestellt. Bruno hatte seine Arbeit unterbrochen und war sofort losmarschiert. Jetzt saß er seit einer Viertelstunde vor dem Bureau des Polizeidirektors und wartete. Er schaute zum Fenster hinaus.

Die Tür wurde geöffnet und ein Amtsdiener trat in den Vorraum. »Inspector Zabini, bitte treten Sie näher.«

Bruno erhob sich, nickte dem Amtsdiener zu und betrat das große Bureau. Hinter dem mächtigen Schreibtisch saß Polizeidirektor Dr. Stephan Rathkolb.

»Guten Tag, Herr Polizeidirektor«, grüßte Bruno in strammer Haltung.

»Hinteregger, Sie können sich zurückziehen. Ich spreche mit dem Inspector unter vier Augen.«

»Sehr wohl, Herr Direktor«, sagte der Amtsdiener, verneigte sich und schloss die Tür von außen.

»Inspector Zabini, bitte setzen Sie sich.«

»Vielen Dank.« Bruno nahm auf dem bereitstehenden Stuhl vor dem Schreibtisch Platz.

»Darf ich Ihnen eine Schale Gold offerieren? Oder Mokka?«, fragte der Polizeidirektor in deutscher Sprache und wies mit einladender Handbewegung auf die Kaffeekanne und die beiden bereitstehenden Tassen.

»Sehr gerne, Herr Direktor, eine Schale Gold.«

»Schön.« Der Polizeidirektor füllte zwei Tassen mit dem duftenden Kaffee und tropfte etwas Obers hinzu. »Nehmen Sie Zucker?«

»Ein Stück bitte.«

Mit der Zange beförderte Rathkolb je ein Stück Zucker in die Schalen, nahm eine der Tassen und lehnte sich zurück. »Greifen Sie zu, Inspector.«

»Herzlichen Dank, Herr Direktor.«

Die beiden Männer rührten schweigend den Zucker in den goldfarbenen Kaffee. Rathkolb nahm einen Schluck und stellte dann die Untertasse auf dem Schreibtisch ab.

»Ganz bestimmt wissen Sie, weshalb ich Sie zu einer Unterredung gebeten habe, Inspector Zabini.«

»Melde gehorsamst das Ja.«

Der Polizeidirektor tippte auf einen geschlossenen Aktenumschlag, der vor ihm auf dem Tisch lag. »Hier liegt mir ein gerichtliches Schreiben vor, wonach der Offizier zur See Carlo Cherini und seine Gemahlin Fedora Cherini, geborene Zorut, sowohl vor Gericht wie auch vor der Kirche eine Trennung von Tisch und Bett einklagen. Der Grund der Klage ist die Zerrüttung des ehelichen Vertrauens beider Ehepartner. Solche Angelegenheiten sind normalerweise für mich als Polizeidirektor irrelevant, trotzdem liegt dieser Fall auf meinem

Tisch. Wie mir scheint, ist dem Ehepaar Cherini das eheliche Gelöbnis der Treue zum Verhängnis geworden. Der Mann ist Erster Offizier auf einem Dampfschiff unter der Flagge der Handelsmarine seiner Majestät des Kaisers, das ist eine bedeutsame Stellung. Nun erleidet er offenbar ein Schicksal, wie so manch anderer Seemann dieser Welt auch. Und die Ehefrau des Offiziers erleidet ein Schicksal, wie so manche Ehefrau eines Seemannes. Was da genau stattgefunden hat, steht nicht in der Klageschrift, aber wenn das Paar eine einvernehmliche Trennung will und auch beide von Anklagen wegen Ehebruchs absehen, legt sich beiderseitiges Verschulden nahe. So spielt das Leben.«

Direktor Rathkolb griff erneut zur Untertasse und nahm einen Schluck, während er Bruno nicht aus den Augen ließ.

»Ich habe mich ein bisschen umgehört, was die Person des Offiziers Cherini betrifft. Sein Dienstgeber, der Österreichische Lloyd, bescheinigt Signor Cherini ein seit Jahren untadeliges Verhalten sowohl abseits als auch an Bord des Schiffes. Mir liegt Kunde vor, dass Signor Cherini in den letzten Jahren als Zweiter Offizier der Bohemia vor allem auf der Linie Triest–Bombay seinen Dienst zur vollsten Zufriedenheit seiner Vorgesetzten und der gesamten Mannschaft des Dampfers geleistet hat. Wegen seiner Verdienste wurde er im Sommer zum Ersten Offizier des neuen Dampfers Baron Beck befördert und stach zur Jungfernfahrt des Schiffes in See. Der große Festakt ist uns allen noch in lebhafter Erinnerung, nicht zuletzt weil Sie, geehrter Herr Inspector Zabini, nicht unwesentlich zum reibungslosen Ablauf desselben beigetragen haben.«

Der Direktor nahm erneut einen Schluck Kaffee.

»Ich habe mit eigenen Augen gesehen, wie Seine Kaiserliche und Königliche Hoheit Erzherzog Franz Ferdinand und seine Gemahlin Herzogin Sophie von Hohenberg das Spalier der Offiziere sowohl der Baron Beck als auch der Palacky abgeschritten haben. Seine Hoheit der Erzherzog ließ es sich nicht nehmen, unseren braven Seeleuten die Hand zu schütteln. Ja, Signor Cherini, der Erste Offizier der Baron Beck hat dem Thronfolger die Hand geschüttelt und von Mann zu Mann in dessen Antlitz geblickt.«

Wieder nahm Direktor Rathkolb einen Schluck Kaffee.

»Sie können sich bestimmt vorstellen, Inspector Zabini, dass ein Trennungsverfahren eines Offiziers von solcher Reputation keine Kleinigkeit ist und sich so etwas jederzeit zu einem handfesten Skandal auswachsen könnte.«

»Ja, Herr Direktor, das kann ich mir vorstellen.«

»Und nun sind mir vom im Wohnviertel des Ehepaars Cherini zuständigen Polizeikommissariat Gerüchte zugetragen worden, die in der Lage sind, ein unschönes Licht auf die Polizeibehörde zu werfen. Es geht nämlich das Gerücht um, wonach Sie, Inspector Zabini, mit der Ehefrau des Offiziers Cherini über längere Zeit ein ehebrecherisches Verhältnis gepflegt hätten. Nun ist es so, dass über Männer auf bedeutenden Posten immer wieder falsche oder schmähliche Gerüchte in die Welt gesetzt werden, dennoch muss ich für Klärung sorgen. Wie mir berichtet wurde, haben mehrere Reporter in dieser Causa mit Investigationen begonnen. Inspector Zabini, ist an diesen Gerüchten etwas dran?«

Bruno streckte seinen Rücken. »Jawohl, Herr Direktor, in der Tat habe ich Signora Cherini in den Zeiten der Abwesenheit ihres Gemahls wiederholt beigewohnt.«

Direktor Rathkolb stellte seine Tasse ab. »Sie sind also geständig, was den Ehebruch betrifft?«

»Voll geständig, Herr Direktor. Ich habe Fedora Cherini mehrmals getroffen und ein zärtliches Verhältnis mit ihr gepflegt.«

Rathkolb schüttelte den Kopf. »Himmelherrgott, Zabini, was sind denn das für Geschichten? Gerade Sie hätten doch wissen müssen, dass so ein Verhältnis nicht auf Dauer geheim bleiben kann! Da ein Offizier zur See von einwandfreiem Leumund, dort ein hochrangiger Polizist. Ich bin enttäuscht von Ihnen, Zabini. Dabei sind Sie und Signor Pittoni die wichtigsten Vertreter der Polizei dieser Stadt. Gerade Sie sind für mich bislang ein wahres Aushängeschild gewesen. Unkorrumpierbar, belastbar, unerschrocken, weder in geistiger noch in körperlicher Hinsicht können irgendwelche Strolche Sie aus der Bahn werfen. Ich denke mit Stolz an die vielen Pokale, die Sie mit Ihrer Mannschaft bei Ruderregatten für den Turnverein Eintracht und die Stadt Triest gewonnen haben, die Gerichte sind voll des Lobes für Sie, weil Sie Ihre Berichte mit geradezu wissenschaftlicher Genauigkeit und Expertise verfassen, weil jede Ihrer Aussagen vor Gericht belastbar ist und nicht zuletzt, weil Sie, so wie Seine Exzellenz der Statthalter und ich es sehen, wie kein anderer den Geist Triests widerspiegeln. Halb Italiener, halb Deutscher, Sie sprechen fließend beide Sprachen. Was glauben Sie, wer der logische Nachfolger von Oberinspector Gellner ist, wenn dieser zu höheren Diensten berufen wird oder dereinst seinen Ruhestand antritt?«

»Nun, da gibt es auch meinen Kollegen Emilio Pittoni.«

»Inspector Pittoni ist ein bemerkenswerter Polizist, er hat Scharfsinn, ein Respekt einflößendes Gedächtnis und ein untrügliches Gespür für Wahrheit und Lüge, das steht völlig außer Streit. Aber Inspector Pittoni neigt auch, wie ich weiß, zu politischen Ansichten, die mit einem höchstrangigen Beamten der Monarchie schwer zu vereinen sind. Der Irredentismus ist eine Strömung, die sich gegen die Donaumonarchie richtet. Und dann pflegt Inspector Pittoni Kontakte zu manchen Geschäftsleuten dieser Stadt, die sich in einem Graubereich des Tolerierbaren bewegen. Glauben Sie etwa, ich weiß das nicht?«

»Ich würde niemals Ihre Um- und Weitsicht in Zweifel ziehen, Herr Direktor.«

»Da tun Sie auch gut daran.«

»Ich stehe für Signora Cherini ein.«

Rathkolb glaubte, nicht recht gehört zu haben. »Wie bitte?«

»Herr Direktor, ich nehme die Schuld, eine verheiratete Frau zum Ehebruch verleitet zu haben, auf mich und ich ergänze dieses Eingeständnis mit dem Hinweis, dass ich, sobald Gericht und Kirche die Trennung von Tisch und Bett des Ehepaares Cherini bestätigt haben, Fedora Cherini unter meinen Schutz stellen werde. Ich kann Signora Cherini nicht heiraten, solange sie nicht Witwe ist oder die katholische Kirche die Ehe annulliert. Für eine Annullierung fehlt jede Handhabe, das Ehepaar hat zwei prächtige Söhne. Aber ich kann mich öffentlich zur Liebe meiner Jugend bekennen und ihr meinen Schutz zuteilwerden lassen.«

»Sagten Sie: ›Liebe meiner Jugend‹?«

»Ja, Herr Direktor. Ich habe Fedora kennen und lieben gelernt, noch bevor sie Carlo Cherini gekannt hat. Und wir hatten damals schon ein inniges, jugendliches Liebesverhältnis. Aber dann war ich ein Jahr in Graz zum Studium. In diesem Jahr hat sich Fedora in Carlo verliebt und ich habe mich in Graz auch verliebt. Leider ist aus meiner Liebe keine Ehe entstanden, während Fedora das Band der Ehe mit Carlo Cherini geschlossen hat. So blieb ich Junggeselle und habe mich ganz der Arbeit gewidmet. Nach Jahren haben sich Fedoras und meine Wege wieder gekreuzt, und eine Schicksalsmacht, der wir uns nicht entziehen konnten, hat uns abermals zusammengeführt. Jetzt ist es nach manchen Irrwegen des Lebens meine ernste Absicht, die Liebe meiner Jugend zu beschützen und ihr ein Heim an meiner Seite zu geben.«

Der Polizeidirektor warf die Hände hoch und lachte. »Teufel auch, Zabini, wie machen Sie das nur? Mit ein paar Worten wird aus einem furchtbar peinlichen Skandal eine rührende Romanze.«

Bruno konterte nüchtern. »Herr Direktor, mir ist vollkommen bewusst, dass die gegebene Lage für die Söhne des Ehepaares Cherini alles andere als leicht ist.«

Rathkolbs Miene wurde schlagartig wieder ernst. »Da haben Sie völlig recht, Herr Inspector.« Sinnierend schaute der Polizeidirektor ein Weilchen in die Luft. »Ich will meine Gedanken mit Ihnen teilen, Signor Zabini.«

»Ich lausche aufmerksam.«

»Ihre Verdienste als Inspector des k.k. Polizeiagenteninstituts sind so mannigfach und unbestreitbar, dass sie bei keinem Gerichtsverfahren und keiner Revision ignoriert werden können. Aber ein Inspector I. Klasse, der einen Offizier zur See mit dessen Frau betrügt, ist für die Polizeibehörde inakzeptabel. Selbst wenn es zu keiner Klage wegen Ehebruchs gekommen ist, also das Ehepaar Cherini von sich aus jeden Streit beigelegt und damit nicht das Gericht beschäftigt hat, so wird doch im Strafgesetz durch Paragraph fünfhundertzwei Arrest von einem bis sechs Monaten auf das Vergehen des Ehebruchs festgelegt. Wenn man Sie verurteilt hätte, wären Sie sofort aus dem Dienst entlassen worden. Diese Gefahr ist vom Tisch, weil Sie von Carlo Cherini nicht angeklagt wurden. Aber eine interne Revision bleibt unausweichlich. Ihre Degradierung steht im Raum. Andererseits gibt Ihr offenes Geständnis und Ihre, wie ich formulieren möchte, ritterliche Haltung der Signora Cherini gegenüber die Handhabe, Ihre Verfehlungen in einem milden Licht zu betrachten. Auch das wird bei der Revision zur Sprache kommen. Signor Zabini, Sie sind ein kluger und umsichtiger Mann. Bleiben Sie in dieser leidigen Angelegenheit bei der Linie, die Sie mir eben vorgezeigt haben, und ich denke, Sie können den Sturm auswittern.«

»Ich habe meine Gedanken und Gefühle offen dargelegt und kann, egal was da kommen möge, nicht davon abweichen.«

»Gut so, mein Herr. Und gerade weil Sie klug und umsichtig sind, werden Sie meine eben getroffene Entscheidung verstehen.«

»Herr Direktor, ich stehe zu Ihrer Verfügung.«

Der Polizeidirektor erhob sich. Bruno tat es ihm gleich. »Inspector Zabini, ich werde Sie nicht degradieren. Sie bleiben weiterhin mit voller Verantwortung Inspector I. Klasse des k.k. Polizeiagenteninstitut der Reichsunmittelbaren Stadt Triest.«

»Vielen Dank, Herr Direktor.«

»Bis zum Abschluss des Verfahrens zur Trennung von Tisch und Bett des Ehepaares Cherini und der von mir hiermit eingeleiteten internen Revision, muss ich Sie vom Dienst suspendieren. Bitte übergeben Sie mir Ihre Legitimationskarte, die Kokarde und die Dienstwaffe. Ihre Bezüge werden ab morgen für die Dauer der Suspendierung ausgesetzt.«

Bruno legte das Schulterhalfter mit dem Revolver, die Karte und die Kokarde auf den Schreibtisch.

»Haben Sie noch Fragen, Inspector?«

»Keine Fragen, Herr Direktor.«

»Gut, dann bitte ich Sie, bis auf Widerruf die Amtsräume der Polizeidirektion zu verlassen. Private Gegenstände in Ihrem Bureau können Sie selbstverständlich noch abholen. Halten Sie sich für Befragungen zur Verfügung. Guten Tag.«

»Guten Tag, Herr Direktor.«

Samstag, 5. Oktober 1907

Die Nachmittage verflossen in beglückender Lethargie und Langsamkeit. Über dem Golf ballten sich seit Tagen Wolken zusammen, die dem Küstenland herbstliche Kühle und anhaltenden Regen bescherten. Im Salon der Villa knisterte deshalb schon ein Feuer im Kamin. Gut, dass Bruno bei seinem ersten Aufenthalt in der Villa Holz gehackt hatte. Bruno und Fedora hatten sich beim Kaufmann in Sistiana mit Vorräten eingedeckt, sodass erst einmal keine Notwendigkeit bestand, sich außer Haus zu begeben. Der Gärtner blieb auch in seinem Häuschen und wartete, bis sich die Regenfront über der oberen Adria verziehen würde, um die Herbstarbeit im Garten zu beginnen. Mithin, Bruno und Fedora steckten seit drei Tagen in einer Phase des süßen Nichtstuns.

Luise war mit dem Zug in Richtung Görz abgefahren. Die beunruhigenden Nachrichten über den Gesundheitszustand der Mutter des Barons Callenhoff hatten dazu den Anlass gegeben. Sie hatte Bruno gegenüber nicht sagen können, wie lange sie die Verpflichtungen im Stammhaus der Familie Callenhoff in Beschlag nehmen würden. Und da der Baron nicht vor Jahreswechsel wieder in Europa erwartet wurde, hatte Luise die Villa kurzerhand Bruno und Fedora überlassen.

Die beiden hatten es erst nicht glauben können. Und auf die Frage, ob der Baron es gutheißen würde, wenn ihm fremde Menschen in seinem Haus logierten, hatte Luise achselzuckend geantwortet, dass der Baron zweifellos Verständnis aufbringen würde, wenn ein Polizist die Kunstgegenstände und die Sammlung historischer Büchsen gegen umherziehende Räuber verteidigte und wenn eine neue Haushälterin für Ordnung im Gästezimmer, Salon und in der Bibliothek sorgte. Aber es würde, so Luise weiter, den Baron mit an Sicherheit grenzender Wahrscheinlichkeit nicht im Geringsten kümmern, was in der Zeit seines Aufenthaltes in Brasilien in der Villa in Sistiana geschah. Haus und Garten hatte er schon vor Jahren als sozusagen privates Sanatorium für seine überspannte Frau vorgesehen. Solange also keine Feuersbrunst die Villa in Schutt und Asche legte, würde er hier bestenfalls seine Jagdtrophäen aus Südamerika abladen, die Haushaltsbücher hinsichtlich buchhalterischer Korrektheit überprüfen und mit dem nächstbesten Zug nach Wien fahren, um dort in den Salons und Kaffeehäusern mit der ausschmückenden Erzählung seiner Reiseabenteuer zu reüssieren.

Also hatten es sich Bruno und Fedora gemütlich gemacht. Bruno legte ein Lesezeichen in das Buch, klappte es zu und erhob sich von der Récamiere. Leider verfügte die Villa über kein elektrisches Licht, aber noch war es hell genug, um ohne Lampe zu lesen. Neben der Récamiere gruppierten sich noch eine Ottomane und zwei Ohrensessel rund um den Kamin. Bei den Fenstern des zentralen Raums der Villa standen ein großer Tisch mit acht Stühlen und der Bösendorfer-Flügel. Fedora saß bei Tisch und war über ihre Schreibarbeit gebeugt. Als sie Bruno hörte, schaute sie hoch.

»Was liest du da eigentlich für ein Buch?«, fragte sie.
»Eines aus Luises Bibliothek.«

»Und gefällt es dir?«

»Schwer zu sagen. Ein seltsames Buch.«

»Was soll das bedeuten?«

Bruno drehte das Buch in der Hand. »Der Name des Autors ist mir im Bücherregal sofort ins Auge gestochen. Italo Svevo. Wenn ich das richtig verstanden habe, ist das ein Pseudonym für einen völlig unbekannten Triester Schriftsteller. Der italienische Schwabe, ein Italiener und Deutscher. Wer wählt einen solchen Künstlernamen? Seltsam. In jedem Fall hat mich der Name an mich selbst erinnert. ›Una vita‹, so der Titel. Das Buch ist 1893 in Triest erschienen.«

»Und was ist seltsam daran?«

Bruno legte das Buch auf die Récamiere und trat vor den Kamin. »Ich habe noch nicht verstanden, was mir der Autor sagen will. In jedem Fall pflegt er eine ganz eigene Schreibweise. Ob man damit Erfolg haben kann, weiß ich allerdings nicht. Luise hat es sehr gut gefallen.« Bruno schob mit dem Schürhaken die Glut auf einen Haufen und warf drei neue Scheite in den Kamin. Dann ging er zum Tisch und füllte seine Kaffeetasse. »Darf ich dir noch Kaffee aufwarten?«

»Er ist bestimmt schon kalt.«

»Darf ich trotzdem nachschenken?«

»Ja, eine Schale nehme ich noch.«

»Kommst du mit den Briefen voran?«

Bruno servierte Fedora die Tasse und blickte auf eine Vielzahl an beschrifteten Blättern. Seit den Morgenstunden bemühte sie sich, Briefe an ihre Söhne, ihre Eltern, an Carlos Eltern, an ihre Onkel und Tanten, an das Gericht und das Bistum Triest zu schreiben. Die Arbeit schien nicht von Erfolg gekrönt. Fedora hatte einige Briefe begonnen und dann die Zeilen durchgestrichen, anderer Papiere lagen zerknüllt auf dem Tisch, ihre Finger waren voller Tinte, sogar an ihrer Nase hatte sie einen blauen Fleck. Sie legte die Füllfeder ab und machte ein verdrießliches Gesicht. »Nicht ein Stückchen. Ich werde noch verrückt bei dieser Arbeit.«

»Kann ich dir behilflich sein?«

»Ich wüsste nicht wie.«

»Woran hapert es?«

»Meine Gedanken schweifen ständig ab. Ich kann mich nicht konzentrieren. Man kann nicht behaupten, dass ich als Briefschreiberin talentiert bin. Seit Carlos Bruder, dieser Hornochse, mit der Axt herumgefuchtelt und gedroht hat, mir den Schädel zu spalten, und seit Carlos Mutter, die Hyäne, mit Steinen nach mir geworfen hat, bin ich wie vom Winde verweht. Nicht einmal eine Sekunde haben sie mich meine Söhne sehen lassen. Diese Verbrecherbande. Kindesentführung nenne ich es. So ein Pack.«

Seit Tagen versuchte Bruno, Fedora aufzuheitern. Er stellte sich hinter sie, legte seine Hände auf ihre Schultern und begann sie sanft zu massieren. Ihre verspannte Haltung lockerte sich. »Was du in deiner gegenwärtigen Lage brauchst, meine Liebe, sind ausgiebige Spaziergänge an der frischen Luft. Ein Aufenthalt in der Natur macht immer alles besser.«

Fedora schloss die Augen und genoss eine Weile die Massage. »Du und deine Heilmethoden, ihr werdet irgendwann noch berühmt. Aber bei diesem Hundewetter setze ich keinen Fuß vor die Türe.«

»Warum versuchst du nicht, das begonnene Lustspiel weiterzuschreiben?«

»Es ist überhaupt nicht sicher, dass ich jemals ein Stück schreiben werde.«

»Du warst doch zuletzt so voller Ideen.«

Fedora seufzte. »Meine Ideen sind Unsinn. Ich kann weder Briefe noch Stücke schreiben, also muss ich wohl oder übel Reporterin werden. Die Zeitungen nehmen jeden Mist.«

Bruno lachte, setzte sich neben sie und schaute ihr in die Augen. »Da sitzen wir nun, zwei gestrandete Schiffbrüchige des Lebens. Der suspendierte Polizist und die von Haus und Hof vertriebene Komödiendichterin.«

»Ich bin vierunddreißig Jahre alt und komme mir vor wie eine dumme Vierzehnjährige.«

»Geh nicht so hart ins Gericht mit dir.«

»Bruno, ich bin verzweifelt. Was soll ich nur tun? Mit jedem Tag wächst der Schmerz, von meinen Kindern getrennt zu sein. Stell dir bloß vor, welche Ängste sie erleiden. Ich bin eine furchtbare Mutter.«

Bruno legte seine Hand auf Fedoras Unterarm. »Halte durch. Carlo hat ja in Aussicht gestellt, dir die Söhne zu überlassen. Das Trennungsverfahren muss noch abgeschlossen werden, dann kommen die Buben wieder zu dir. Wichtig ist, dass du jetzt eine Anstellung und eine eigene Wohnung findest.«

Fedora nahm einen Schluck Kaffee. »Nächsten Montag stelle ich mich im Theater vor. Ich bin sehr neugierig.«

»Würdest du gerne im Theater arbeiten?«

Ihre Augen funkelten. »Natürlich! Viel lieber als in irgendeiner Fabrik oder Kanzlei. Mit Nadel und Zwirn konnte ich schon immer gut umgehen. Die Kostüme zu schneidern und auszubessern, stelle ich mir aufregend vor. Jedes Kostüm ist ein eigener Mensch mit einer eigenen Geschichte, und diese liegt in meiner Hand. Ich werde jede Aufführung sehen. Wenn mich das Theater einstellt, werde ich Luise für die Empfehlung bis an mein Lebensende dankbar sein. Ich bin nicht geschaffen für die kleine Bürgerlichkeit, das ist mir zu eng. Das Theater kann mir eine größere Welt eröffnen, auch wenn ich nur die Kostüme flicke.«

»Wer weiß, vielleicht kannst du irgendwann sogar Rollen übernehmen. Du hast ein schönes Gesicht und eine ausdrucksstarke Stimme. Ich bin mir sicher, dass du auf der Bühne eine gute Figur machst. Es ist nicht aller Tage Abend.«

»Meinst du wirklich?«

»Du solltest es versuchen.«

Fedora ließ sich den Gedanken durch den Kopf gehen. »Die Schauspielerei würde mich reizen. Aber für die jugendliche Schönheit komme ich wohl nicht mehr infrage. Ich könnte die verrückte Alte spielen.«

Bruno lachte. »In frühestens zwanzig Jahren nimmt man dir diese Rolle ab. Aber du kannst die böse Tante geben.«

Fedora setzte sich auf seinen Schoß und legte ihm ihre Arme um den Hals. »Du bist genial, Bruno! Das ist es. Ich spiele die böse Tante.«

Er grinste schalkhaft. »Glaubhaft wärst du auch als lüsterne Nachbarin.«

Erst funkelte sie Bruno böse an, dann drückte sie ihm einen Kuss auf die Lippen. »Jetzt sehe ich die Zukunft vor mir. Ich werde ein Stück schreiben, in dem ich selbst auftreten kann.«

Umschlungen saßen sie eine Weile schweigend beisammen und lauschten dem heulenden Wind vor den Fenstern, dem prasselnden Regen und dem knisternden Feuer im Kamin.

»Meine Mutter hat mir vor Jahren eine Weisheit mit auf den Lebensweg gegeben«, murmelte Bruno.

»Lass mich an dieser Weisheit teilhaben.«

»Wenn das Leben nicht so traurig wäre, dann müsste man darüber lachen. Oder nein! Warte. Konträr. Wenn das Leben nicht so lachhaft wäre, müsste man darüber weinen. Ach verflixt, ich weiß es nicht mehr.«

Fedora zuckte mit den Schultern. »Ich glaube, es ist das Gleiche.«

Mittwoch, 9. Oktober 1907

Rolando Cohn, Franc und Jure Kuzmin standen am Molo und beobachteten die Verladung der letzten Kohlebehälter auf die Argo. Basierend auf einer Skizze von Jure hatte eine Schmiede die Behälter in Form eines umgekehrten Pyramidenstumpfes gebaut. Die genieteten Metallplatten wurden durch ein Tragwerk verstärkt, sodass in einem Behälter ungefähr fünfhundert Kilogramm Steinkohle Platz fanden und die voll beladenen Behälter mit den Ladebäumen der Argo gehoben werden konnten. So wurde die Kohle nicht mehr lose in die Frachträume geschaufelt, sondern sie konnte neben- und übereinander gestellt werden. Und bei der Rückfahrt aus Aden ließen sich die leeren Behälter ineinanderstapeln, sodass relativ wenig Ladevolumen verbraucht wurde. Natürlich war die Herstellung der Behälter nicht gerade billig gewesen, aber die Be- und vor allem die Entladung der Kohle konnte dadurch erheblich beschleunigt werden. Jure schätzte, dass die Liegezeiten in Aden dadurch um zwei Tage verkürzt wurden. Das sparte Zeit und somit Geld.

»Da kommt die letzte Fuhre Zucker«, sagte Cohn und zeigte auf ein langsam heranrollendes Pferdefuhrwerk.

»Sehr gut«, erwiderte Franc. »Damit ist die Lieferung von Herrn Weithofer vollständig. Ich werde gleich die Mannschaft instruieren, damit die Säcke verladen werden können.« Franc trat auf die Gangway und stieg an Bord.

Signor Cohn nahm eine Prise Schnupftabak. »Lieber Jure, ich sehe mit großer Freude, dass unser Betrieb läuft. Die Argo kommt auf ihre alten Tage noch mal richtig unter Dampf. Und das Telegramm aus Aden ist sehr erfreulich.«

Jure nickte. Gestern Nachmittag war ein Telegramm eines arabischen Kaffeehändlers eingetroffen, in dem von gut gefüllten Lagerhäusern in Aden die Rede war.

In der Ferne entdeckte er eine offene Kutsche. Ein breites Lächeln legte sich in sein Gesicht. »Entschuldigen Sie bitte, Signor Cohn. Ich bin bald wieder zurück.«

Rolando Cohn kniff die Augen zusammen und als er entdeckte, dass Elena Pasqualini in der Kutsche saß, lächelte er milde. »Nehmen Sie sich alle Zeit der Welt, junger Mann.«

Jure eilte Elena entgegen. Die Kutsche hielt an und Elena stieg aus.

»Liebe Elena, du hast es also wahrhaft einrichten können, in den Hafen zu kommen.«

»Das habe ich dir doch geschrieben, Jure.«

»Ich war mir nicht sicher, ob es zeitlich möglich sein wird.«

»Wann läuft die Argo aus?«

»In vier Stunden.«

»Nun, da bleibt ja wohl ausreichend Zeit für eine Verabschiedung.«

»Ich danke dir für deine Briefe. Sie bedeuten mir sehr viel.«

»Mir deine auch.«

Die Familie Pasqualini war zu Jožes Bestattung gekommen. Ebenso Rolando Cohn. Der Fall hatte weit über die Grenzen der Stadt hinaus für Schlagzeilen gesorgt. Dario Mosetti und Andrea Sgrazutti saßen in Haft, gegen mehrere Männer war wegen der Beteiligung am Mordanschlag gegen Jože Anklage erhoben worden, aber wie die Polizei mittlerweile wusste, waren jene Männer, die mit Ludovico Antozzi in das Lagerhaus eingebrochen waren, von diesem getäuscht worden. Antozzi hatte von einem Streich gesprochen, den man Jože spielen wollte, dass Antozzi kaltblütig von der Schusswaffe Gebrauch machen würde, hatte niemand geahnt. Antozzi selbst war aus Triest verschwunden, so viel war sicher. Niemand wusste, wo er sich aufhielt, man rechnete, dass er längst in Italien untergetaucht war.

Als Jures Vater und älterer Bruder von ihrer Fahrt nach Smyrna zurückgekommen waren, waren Jožes sterbliche Überreste schon beerdigt gewesen. Franc hatte eine Messe für seinen Sohn lesen lassen und sich so verabschiedet.

Jure und Elena spazierten nebeneinander am Kai entlang.

»Und wie geht es dir jetzt so knapp vor dem Auslaufen?«, fragte Elena.

»Besser. Langsam fange ich mich. Auch meine Mutter hat das Schlimmste überwunden. Was bleibt uns anderes übrig? Das Leben geht weiter.«

»Gern hätte ich Jože kennengelernt.«

»Ich werde ihn vermissen. Die Welt ist für mich ohne ihn ein wenig stiller.«

»Die Arbeit an Bord wird dich ablenken.«

»Das hoffe ich. Kommst du mit deinen Studien voran?«

»Sehr gut sogar.«

»Es freut mich außerordentlich, dass wir einander wiedersehen.«

»Mein Vater lässt ausrichten, dass du nach deiner Heimkehr wieder herzlich zu seinem Kaffeekränzchen eingeladen bist. Auch deine Eltern sind willkommen. Ich glaube, er wird Ihnen eine gedruckte Einladung schicken. Der Zusammenhalt deiner Familie hat meinen Eltern sehr imponiert.«

»Gerne komme ich.«

Sie gingen ein Stückchen schweigend. So richtig gelöst und heiter war ihr Gespräch nicht.

»Nun denn, Jure, ich muss weiter. Meine Tante erwartet meinen Besuch.«

»Ich begleite dich zur Kutsche.«

»Das ist sehr liebenswürdig.«

Bei der Kutsche hielten sie inne und schauten einander sehnsüchtig an. Elena hob ihre Hand, Jure ergriff und küsste sie.

»Gute Reise, lieber Jure. Ich freue mich darauf, dich wiederzusehen.«

»Liebe Elena, vielen Dank für die Glückwünsche. Ich freue mich auch auf ein Wiedersehen.«

»Mein Vater sagt immer: Die Zeit heilt alle Wunden. Arrivederci.«

»Da ist bestimmt etwas Wahres dran. Arrivederci.«

Elena stieg in die Kutsche. Jure sah dem Einspänner noch eine Weile hinterher. Dann wandte er sich um und ging zum Ende des Molo. Er schaute in den herbstlichen Himmel. Der Wind warf den salzigen Hauch der See in sein Gesicht. Nebelkrähen belagerten sorgsam spähend die Mauer des Molo. Möwen zogen in der Luft ihre Kreise und ließen spitze Schreie hören. Vor ihm lag der Golf von Triest, das weite und offene Meer. Die Adria, seine Heimat.

ENDE

*Weitere Titel finden Sie auf den
folgenden Seiten und im Internet:*

WWW.GMEINER-VERLAG.DE

Günter Neuwirth im Gmeiner-Verlag:

Polizistin Christina Kayserling ermittelt:

Totentrank
ISBN 978-3-8392-0651-5

Erdenkinder
ISBN 978-3-8392-0258-6

Neumondnacht
ISBN 978-3-8392-0498-6

Moorhammers Fest
ISBN 978-3-8392-0890-8

Inspektor Hoffmann ermittelt:

Die Frau im roten Mantel
ISBN 978-3-8392-2145-7

Zeidlers Gewissen
ISBN 978-3-8392-2278-2

In der Hitze Wiens
ISBN 978-3-8392-2407-6

Inspector Bruno Zabini ermittelt:

Dampfer ab Triest
ISBN 978-3-8392-2800-5

Caffè in Triest
ISBN 978-3-8392-0111-4

Sturm über Triest
ISBN 978-3-8392-0418-4

Südbahn nach Triest
ISBN 978-3-8392-0630-0

Wettlauf in Triest
ISBN 978-3-8392-0812-0

E-Book-Only:

Paulis Pub
ISBN 978-3-7349-9436-4

Fichtes Telefon
ISBN 978-3-7349-9438-8

Hoffmanns Erwachen
ISBN 978-3-7349-9444-9

WWW.GMEINER-VERLAG.DE
Wir machen's spannend

Birgit Rückert
Der Abt von Salem – Im Bann der Medici
Historischer Roman
384 Seiten, 12,5 x 20,5 cm,
Broschur
ISBN 978-3-8392-0855-7

Anno Domini 1498. Eine beunruhigende Nachricht erreicht Johannes, den Abt von Salem: In Florenz predigt ein Dominikanermönch die Apokalypse, während seine Gegner die Rückkehr der Medici betreiben. Plötzlich verschwindet Markus, Sohn eines Salemer Steinmetzen und Lehrling eines Florentiner Malers. Von Salem aus macht sich Johannes gemeinsam mit Markus' Vater und dem jungen Mönch Amandus auf die Suche. Dabei geraten sie mitten in die blutigen Machtkämpfe zwischen Anhängern des Bußpredigers und Medici-Freunden.

GMEINER SPANNUNG

WWW.GMEINER-VERLAG.DE
Wir machen's spannend

Sibilla Bellini
Süßer Tod am Lago di Garda
Kriminalroman
384 Seiten, 12,5 x 20,5 cm,
Broschur
ISBN 978-3-8392-0907-3

Nach ihrer Scheidung und einem Burn-out kehrt die mailändische Profilerin Ricarda Antonini mit ihrer 13-jährigen Tochter Mia in ihre Heimat am Gardasee zurück – entschlossen, ihr Leben neu zu ordnen. Doch die Ruhe währt nicht lange, denn ein Serienmörder versetzt die Region in Angst und Schrecken, sodass sie von ihrem Bruder, Kommissar in Brescia, in den Strudel der Ermittlungen gezogen wird. Entsetzt erkennt Ricarda Parallelen zu ihrem letzten Fall. Handelt es sich um einen Trittbrettfahrer – oder steckt mehr dahinter?

GMEINER SPANNUNG

WWW.GMEINER-VERLAG.DE
Wir machen's spannend

Armin Fuhrer
Ligurisches Erbe
Kriminalroman
336 Seiten, 13,5 x 21 cm,
Premiumklappenbroschur
ISBN 978-3-8392-0887-8

Bestseller-Autor Sebastian Wolf sucht im malerischen Bergdorf Montalto Ligure nach Ruhe und Inspiration für seinen nächsten Thriller. Doch als der Dorfpfarrer brutal ermordet wird, findet sich der Schriftsteller inmitten einer Serie mysteriöser Todesfälle wieder. Besteht ein Zusammenhang zu einer alten Dorflegende?

Während sich zwischen den engen Gassen und der drückenden Sommerhitze Liguriens die Mordopfer häufen und die Zeit davonläuft, arbeitet Wolf mit Ispettore Flavotti zusammen, um den Täter zu finden. Kann er das Rätsel lösen, bevor der Mörder sein grausames Werk vollendet?

GMEINER SPANNUNG

WWW.GMEINER-VERLAG.DE
Wir machen's spannend